中國古代小說演變史

齊裕焜　著

總序

　　閩水泱泱，閩學悠永。百年老校福建師範大學之文學院，發祥於前清帝師陳寶琛創辦的福建優級師範學堂國文科，後又匯聚福建協和大學、華南女子文理學院等校的學術資源，可謂源遠流長，底蘊博厚。葉聖陶、郭紹虞、董作賓、章靳以、胡山源、嚴叔夏、黃壽祺、俞元桂等往賢，曾相繼執教我院，為學科創立與發展作出突出貢獻，留下彌足珍貴的學術傳統，潤澤和激勵一代又一代學人茁壯成長。時至今日，我院備具中國語言文學、戲劇與影視學兩個一級學科博士學位授權點及博士後科研流動站，中國現當代文學國家重點學科，中國語言文學國家文科基礎學科人才培養和科學研究基地，擁有上百名專任教師，三十多位教授和博士生指導教師，兩千餘名本科生和碩士博士研究生，實已發展為大陸文史研究與教育的重鎮。

　　閩臺隔海相望，地緣相近，血緣相親，文緣相承，近年兩岸關係和平發展進程中緣情淳深，學術文化交流益顯大有作為。正是順應這一時代潮流，我院和臺灣高校交往密切，同仁間互動頻繁，時常合作舉辦專題研討及訪學活動，茲今我院不但新招臺籍博士研究生四十多人，尚與相關大學聯合培養文化產業管理專業本科生。學術者，天下之公器也。適惟我院學術成果豐厚，就中歷久彌新者頗多，因與臺北萬卷樓圖書股份有限公司總經理梁錦興先生協力策畫，隆重推出《福建師範大學文學院百年學術論叢》（第一輯），以饗讀者，以見兩岸人文交流之暉光。

　　茲編所收十種專著，撰者年輩不一，領域有別，然其術業皆有專

攻，悉屬學術史上富有開拓性的研究成果。如一代易學宗師黃壽祺先生及其高足張善文教授的《周易譯注》，集今注、語譯和論析於一體，考辨精審，義理弘深，公認為當今易學研究之經典名著。俞元桂先生主編的《中國現代散文史》，被譽為現代散文史的奠基之作，北京大學王瑤先生曾稱「此書體大思精，論述謹嚴，足見用力之勤，其有助於文化積累，蓋可斷言」。穆克宏先生的《六朝文學研究》，專注於《昭明文選》及《文心雕龍》之索隱抉微，頗得乾嘉樸學之精髓。陳一琴、孫紹振二位先生合撰的《聚訟詩話詞話》，圍繞主題，或爬梳別抉而評騭舊學，或推陳出新以會通今古，堪稱珠聯璧合，相得益彰。《月迷津渡》一書，孫先生從個案入手，以微觀分析古典詩詞，在文本闡釋上獨具匠心，無論審美、審醜與審智，悉左右逢源，自成機杼。姚春樹先生的《中國近現代雜文史》，系統梳理當時雜文的歷史淵源、發展脈絡和演變規律，深入闡發雜文藝術的特性與功能，給予後來者良多啟迪。齊裕焜先生的《中國古代小說演變史》，突破原有小說史論的體例，揭示不同類型小說自身的發展規律及其與社會生活的種種關聯，給人耳目一新之感。陳慶元先生的《福建文學發展史》，從中國文學史的大背景出發，拓展和發掘出八閩文學乃至閩臺文學源流的豐厚蘊藏。南帆先生的《後革命的轉移》，以話語分析透視文學的演變，熔作家、作品辨析與文學史論為一爐，極顯當代文學理論之穿透力。馬重奇先生的《漢語音韻與方言史論集》，則彙集作者在漢語音韻學、閩南方言及閩臺方言比較研究中的代表論說，以見兩岸語緣之深廣。

可以說，此番在臺北重刊學術精品十種，既是我院文史研究實績的初次展示，又是兩岸學人同心戮力的學術創舉。各書作者對原著細謹修訂，責任編輯對書稿精心核校，均體現敬文崇學的專業理念，以及為促進兩岸學術文化交流的誠篤精神！對此我感佩於心，謹向作者、編輯和萬卷樓圖書公司致以崇高敬意和誠摯謝忱！並企盼讀者同

仁對我院學術成果予以客觀檢視和批評指正。我深信，兩岸的中華文化傳人，以其同種同文的民族自尊心、自信心和傳承文化的責任心，必將進一步交流互動，昭發德音，化成人文，為促進中華文化復興繁榮而共同努力！

汪文頂

謹撰於福州倉山

二〇一四年十二月二十七日

目次

中國古代小說演變史

目次 ❖ 3

五　開創中國小說的新紀元 ……………………………… 123

第三節　「三言」和「二拍」 …………………………… 126

一　白話短篇小說的繁榮 ………………………………… 126

二　商人生活的生動畫卷 ………………………………… 130

三　驚世駭俗的市民愛情觀 ……………………………… 133

四　揭露黑暗的社會現實 ………………………………… 138

五　卓越的人物塑造藝術 ………………………………… 140

第四節　李漁的白話短篇小說 …………………………… 144

一　李漁的生平和創作 …………………………………… 144

二　現實社會的生動寫照 ………………………………… 146

三　戲劇化的小說藝術特色 ……………………………… 150

第五節　明清其他白話短篇小說 ………………………… 154

一　明末白話短篇小說 …………………………………… 154

二　清代白話短篇小說 …………………………………… 156

三　明清其他白話短篇小說綜述 ………………………… 158

第三章　歷史演義小說 ……………………………… 163

第一節　概述 ……………………………………………… 163

第二節　《三國演義》 …………………………………… 169

一　《三國演義》的成書過程和作者 …………………… 170

二　亂世英雄的頌歌 ……………………………………… 173

三　震撼人心的道德悲劇 ………………………………… 177

四　軍事文學的開山之作 ………………………………… 180

五　類型化藝術典型的範本 ……………………………… 183

六　虛實結合的辯證藝術 ………………………………… 186

七　歷史地位與影響 ……………………………………… 188

第三節　列國志系統的歷史演義小說 …………………… 190

吳序

　　自魯迅《中國小說史略》問世迄今，已經過去了四分之三個世紀。儘管研究我國古代小說的論著汗牛充棟，而從小說史的框架方面看，卻始終沒有超越《中國小說史略》的藩籬。而且半個世紀以來，以通史的形式來寫一部新的中國古代小說史，不僅數量微乎其微，質量也不夠理想。近十年來，海內外對我國古代小說中幾部名著的研究工作確有較大突破，但古代小說史的撰寫卻仍付闕如。現任教於福建師大中文系的齊裕焜同志，是六十年代北大中文系畢業的研究生，治古典小說頗有成就。他從前年起，便帶著兩位碩士研究生開始撰寫這部《中國古代小說演變史》，這是一次有創造性的嘗試。由於我曾忝為裕焜的研究生導師，他在本書草創伊始便囑我為他們通審全稿。我認為他們這項工作很有意義，儘管自己早已不從事這方面的研究，還是不揣冒昧地答應了。幾十萬字讀下來，實在獲益非淺，很想把個人的讀後感介紹給本書的讀者。這就是我為本書寫序的動機。

　　本書的特點之一是從體例上突破了《中國小說史略》的框架，卻又未背離撰寫一般通史的原則。在對古代小說進行分門別類的同時，使讀者仍能看出時間上的發展順序，真正落實了「演變」的前因後果。當然，有些小說是各種題材的融合體，在分類過程中很不容易為它們找到恰當的歸屬，因此本書的分類未必對每一部作品都區劃得十全十美，無懈可擊。但這部《中國古代小說演變史》畢竟是從新的角度來觀察、考慮問題的，能給人以多方面的啟發。我個人在審讀書稿時，就感到它的內容既有縱向發展的脈胳，也有橫向聯繫的軌跡，實

際上作者們只想在我國古代小說領域中盡量做到點、面、線的結合。可以說，這確是一次大膽而有新意的嘗試。

　　特點之二是書中所論列的各類小說涉及範圍甚廣，有許多一般小說史和小說論著中從不談起的作品，本書都提到了並給予它們以適當評價。這就使讀者耳目一新。我們做學問，總希望後來人「青出於藍」、「後來居上」。但前人在著述中也要給後人鋪平道路並指明走向，讓後人有「出藍」、「居上」的機會才行。此書在這一點上對讀者恰好起了開拓視野和引導方向的作用。假令我們的研究工作者一編在手，據此而按圖索驥，說不定會有更多更新的發現。我在審稿過程中確實也增長了不少知識，學到了許多新東西，因而深感到古人說的「教學相長」，真是經驗之談。單憑這一點，便足以證明裕焜同志和他的兩位助手不僅曾下了不少工夫去讀書，而且還經過縝密思考和嚴格選擇，才寫成這部內容豐富的《中國古代小說演變史》的。

　　特點之三是本書對於幾部長篇古典巨著如《三國演義》、《水滸傳》、《儒林外史》、《紅樓夢》等，都做出了更有深度和說服力的新的評價。當然，由於撰稿之人非一，在評價每一部名著時也各具特色。如對《三國演義》和《水滸傳》，是在近年來現有科研成果的基礎上百丈竿頭更進了一步的；而對《儒林外史》和《紅樓夢》，則由於撰寫人對作家與作品做了深刻細緻的鑽研分析，因之得出了彷彿出人意外、而實際上卻是有根有據的新的結論。這三個特點恰好證實了我上面的話，這部《中國古代小說演變史》在撰寫中確是力求做到點、面、線三方面統籌兼顧，既有述也有作，而且是從「述」中體現了「作」的。

　　但這部《中國古代小說演變史》也並非無疵可指。首先，由於書成於眾手，無論是文章的立意還是文字的風格，都未能完全統一。其次，既然全書由幾個人分工撰寫，而每位作者的素養和興趣自然有深淺多寡輕重之別，因而對其所必須撰寫的那一部分內容，在章節之間

也難免有畸輕畸重的地方。然而話說回來，一部書即使由一個作者來寫，應該是「一家之言」了，也還不免出現此處精彩紛呈、彼處平淡無奇的現象，何況是由幾個人撰寫的集體著作呢！

　　最後，我想談談裕焜和他的兩位助手。我和裕焜誼屬師生，情同益友。將近三十年的交往使我深感裕焜不僅由衷地尊師重道，而且熱心地獎掖後進。在治學的態度上也是不苟同異，對別人的意見既不武斷也不盲從的。比如他對《金瓶梅》的看法，就同我本人不一樣，並不因為由我審讀全稿便有所曲從。這是很難得的。助手之一陳惠琴同志肯好學深思，寫文章有才華，但欠老練，思路敏捷卻有時愛標奇立異。另一位助手包紹明同志，則文風樸實無華，立意力求平正。這兩位都是大有前途的青年學者。裕焜執教高校也已二十餘年，能得天下英才而教育之，使我這日趨衰悖的老友由衷感到欣慰。對於這部《中國古代小說演變史》，我僅僅做了一次通審工作，但通過讀文章，卻更多地對裕焜及其兩位弟子有所了解，也是一大收穫。古人為某一著作寫序，往往對寫書的作者更為重視，因為作品出於作家手筆，二者必不可分割。我於序末作此贅言，讀者或亦能有所鑒諒乎！

吳小如

一九八九年十二月

寫於北京大學中關園寓所

緒論

　　在源遠流長的中國文學史上，與詩歌、散文相比，小說和戲曲是晚出的。可是，在我們這樣一個歷史悠久的國度裡，即使產生較晚，從「粗陳梗概」的魏晉小說算起，至今也有一千五百多年的歷史了。在這漫長的歲月裡，產生了數量眾多的作品。如白話小說，收入最近編寫的《中國通俗小說總目提要》有一一五七部，其中一九〇〇年前的約六〇〇部；文言小說，據袁行霈、侯忠義編的《中國文言小說書目》，收入約二七〇〇種。當然，其中有相當一部分不是嚴格意義上的文言小說，有的則已亡佚。在小說這一百花園中，各類小說爭奇鬥艷，其中不乏傑構佳作，放射出璀璨的光彩，成為我國以至世界文學的瑰寶；有的雖是二、三流作品，但也以各自的特色，把百花園妝點得絢麗多姿。無可諱言，也有不少雜草，但它也可以轉化為肥料，使奇花異草更加繁茂蔥蘢。整理與總結中國古代小說這份豐厚的文化遺產，對於弘揚民族優良傳統，提高民族自信心，建設有中國特色的社會主義文化都是十分必要的。

　　在緒論裡，我們想對中國古代小說發展的軌跡和特點作粗略的描述，對中國小說史研究的狀況進行簡要的回顧，也許對讀者了解中國古代小說的概貌和本書編寫的意圖會有所幫助。

一　中國古代小說的分期

　　中國古代小說中，文言小說和白話小說是互相影響、又自成體系

的兩大系統。文言小說從魏晉時代起，綿延不斷，伴隨中國古代社會走完了它的歷程。白話小說起步較晚，但從宋元時代開始，就如長江大河，洶湧澎湃，波瀾起伏，到了五四運動前後又演進為中國現代小說，奔突喧騰，更富有強大生命力。

文學的發展，總要受到社會政治、經濟、文化的影響和制約的。中國小說的發展，與以下三個因素關係尤為密切。一是商品經濟的發展與市民階層的壯大。因為中國古代小說的主流，是由「說話」這種市民文藝發展而來的。二是社會的思想、文化的解放。當封建專制主義統治比較嚴密、思想禁錮嚴重時，小說的發展就受到壓制；當社會思想、文化思想比較活躍的時期，小說就比較繁榮。三是印刷業的發展。小說，特別是長篇小說，動輒數十萬言，沒有高度發達的印刷業是不可能大量編撰和印行的。

除了社會政治、經濟、文化制約與影響外，還有文學特別是小說自身發展的規律。根據中國社會發展的階段和古代小說的發展情況，我們把中國古代小說的發展分為六個時期：

1 準備期：從遠古至先秦兩漢

神話傳說、寓言故事、史傳文學等，是我國最早的敘事文學。它們雖然不是小說，但從思想上、題材上、語言藝術的表現方法上為後來小說的產生和發展作了多方面的準備。

2 成熟期：魏晉至唐

魏晉時代是個動亂的年代，封建專制統治相對薄弱，各種「異端」思想得到了發展，老莊思想和外來佛教也日趨興盛。於是，魏晉南北朝時代，志怪志人小說產生了，它們漸漸從野史雜傳中分離出來，開始走向獨立的文學形式，展現了中國小說的雛形。但它們最終仍然沒有擺脫依附歷史著作的狀態，作家還不是有意為小說，形式也

比較簡單，只是「粗陳梗概」而已。

到了唐代，隨著經濟的高度繁榮發展，各類文學作品的普遍繁榮，由於韓愈倡導的古文運動的推動和中外文化交流的結果，古代小說開始成熟，成為獨立的文學形式——傳奇體小說。唐傳奇的作家是有意為小說，自覺地進行想像和虛構，作品從記錄神怪異聞，轉向描寫現實的社會人生；在藝術上篇幅加長了，描寫細緻，情節曲折，人物形象也較鮮明，是成熟的短篇小說，是我國文言小說的一座高峰，對後代文言小說和白話小說都產生了巨大的影響。

3 轉變期：宋、元

宋代城市經濟十分繁榮，市民階層不斷壯大，說唱文學由唐代主要宣揚佛經的「變文」、「俗講」，發展到「說話」。宋元話本在中國小說史上承前啟後，標誌著中國古代小說發生了根本性的轉變。這種轉變表現在以下幾個方面：一是從文言小說向白話小說轉變。雖然文言小說仍在繼續發展，但白話小說成為古代小說的主流。二是從短篇小說向長篇小說轉變。雖然文言短篇小說仍在繼續發展，但由話本發展起來的章回體小說，成為我國長篇小說的唯一形式，蔚為大觀，量多質高，成為古代小說中的主力軍。三是民間藝人大量參加小說創作，並與專業作家結合。四是小說題材從描寫文人生活，轉向對社會生活的全面描寫，小手工業者、城市平民、小商人等成為作品的主人公。五是小說由史傳體向說唱體發展。宋元以前的小說主要接受史傳文學的影響，從宋元時代起開始了說唱體小說的新階段，中國古代小說的民族形式和風格都與說唱文學的特點密切相關。

標誌著這個歷史轉變階段的是宋元短篇話本和在話本基礎上發展起來的《三國志演義》與《水滸傳》。這兩部傑作雖然成書於元末明初，但它的基本骨架卻是在宋元時代形成的，嚴格地說，它們不是明初社會的產物，而是宋元時代市民文學的碩果。

4　繁榮期：明代

明代初年，農業生產有一定恢復，經濟得到發展，但是，政治上強化君主專制，社會思想遭到禁錮，商品經濟受到壓抑與摧殘，宋元時期發展起來的市民文學受到打擊，明代開國後的一百年，小說幾乎處於一片空白的斷層時期。到明代中葉，政治上的嚴峻形勢開始緩解，商品經濟漸趨活躍，資本主義萌芽迅速成長，市民意識重新抬頭，以李贄、三袁、馮夢龍為代表的進步思想家、文學家，反對理學，提倡人性的解放，重視小說、戲曲創作，生氣勃勃的思想啟蒙運動有力地推動著小說創作的發展；印刷業十分興旺，為長篇小說的出版創造了良好的物質條件。於是明嘉靖、萬曆年間到明末，小說創作出現了繁榮的局面，這個繁榮期的代表作是《西遊記》、《金瓶梅》和「三言」等白話短篇小說集。神魔小說、人情小說成為小說的主潮。這個時期，中國古代小說又發生了重大的變化，就其總體趨向來說，是從文人與群眾相結合的創作轉向作家個人創作；從說書體小說向文人創作小說過渡；從描寫歷史、頌揚英雄轉向描寫市井小民；從驚心動魄的政治軍事鬥爭轉向日常生活的細膩描寫；從類型化的人物典型向個性化的人物典型過渡；長篇小說從線性結構向網狀結構發展；英雄主義、理想主義轉向寫實主義、暴露文學；作家的主體意識、作家的思想情感在作品中有較多的顯現，即使如《西遊記》這樣文人創作與群眾創作相結合的作品，其作家的個性也得到比較充分的體現，作品的個人風格更加鮮明。

5　高峰期：清初至清中葉

清王朝的建立，使明代中葉發展起來的資本主義萌芽遭到打擊，君主專制制度進一步強化，思想文化上的高壓政策，使清初的小說創作出現了短暫的沉寂局面。康熙的晚期，商品經濟再度發展，市民意

識重新抬頭，顧炎武、王夫之、黃宗羲等人所倡導的啟蒙運動又推動著小說的發展，小說創作在康熙晚年到乾隆年間再次出現高潮。文言小說在唐傳奇之後，雖然並未斷線，但沒有取得多少引人注目的成就，而在清初，《聊齋誌異》異峰突起，成為文言小說的又一座豐碑。《聊齋誌異》是清代小說繁榮的先聲。接著《儒林外史》和《紅樓夢》出現，把中國古代小說發展推向了高峰，達到前所未有的成就。這個時期小說的新特點是：從對封建政治黑暗的揭露，轉向對封建意識形態的認真反思；作家把自己的生命熔鑄在藝術作品中，作家個性更為鮮明；人物形象達到高度個性化；在封建社會即將解體前夕，作家已敏銳感到時代的變化，反映個性解放思想的新人物出現了；對封建社會已經失望，作家帶有更濃重的感傷和困惑的情緒。

　　一八四〇年鴉片戰爭爆發，中國社會發生了根本性質的變化，從封建社會變為半封建半殖民地社會。但是，小說創作卻沒有立即反映這種變化，從一八四〇年到一八九四年中日甲午戰爭這一時期，近代小說尚未出現，這時期興盛的公案俠義小說和狹邪小說是古代小說的餘波。所以，我們把雖然出現在一八四〇年以後，但仍屬於古代小說範疇的作品也在這個時期介紹。

6 演進期：一八九五～一九一一年

　　近代小說的出現，實際上是在一八九四年中日甲午戰爭之後，即從一八九五至一九一一年，算是近代小說時期，也就是古代小說終結演進為近代小說的時期。由於資產階級改良主義和資產階級民主革命的發展，時代的鬥爭需要小說，於是小說創作又一次大繁榮，出現了至少六百種以上的白話小說。近代小說從內容上反映著反帝、反封建的鬥爭，提倡改良主義或資產階級民主革命；從藝術上說，逐漸接受西方小說影響，在繼承古代小說傳統的同時，在人物、結構、語言方面都有重大的變化。這個時期，可以不算為中國古代小說的一個時

期，把它們作為現代小說史的一部分也許更為恰當。

二　中國古代小說發展中的幾個問題

　　每個民族的文學都與這個民族的社會、文化、心理密切相關，具有獨特的民族傳統。只有確立自己民族文學的主體地位，發揚民族優良傳統，在這個基礎上吸收外來文化的優點，才能使民族文學在世界文學的百花園中獨放異彩，為世界文化作出獨特的貢獻。拒不吸收其他民族文化的長處，抱殘守缺、故步自封，本民族的文學也就不能豐富和發展；否定自己的民族傳統，崇洋媚外，全盤吸收，也會使民族文學失去特色；喪失民族文學在世界文學之林中的獨特地位，也會使世界文學的百花園變得單調和乏味。

　　中國古代小說有著鮮明的民族風格和民族氣派。造成中國小說迥異於西方小說的主要原因是：一、以儒家為主，儒道佛互相融合與碰撞的政治倫理思想；二、注重纂修歷史和史傳文學的影響；三、說唱文學的影響；四、中國富有民族特色的其他文藝形式的融合、滲透。由於這些因素的影響與作用，使中國古代小說在下列幾個方面，表現了鮮明的民族特色。

（一）創作思想

　　儒家哲學思想把本體論、認識論始終融合在道德論中，強調道德修養和個人對社會的責任；它的文藝思想強調「詩言志」、「文以載道」，倡導文學的教化作用。因此，小說作家在作品中總是按照善與惡、忠與奸、正與邪的道德觀念來塑造人物，達到文藝的教育作用。

　　歷史學家編纂歷史，也是要在歷史著作中樹立完美的理想人格，作為後代的楷模。史傳文學的傳統，深刻地影響著小說創作。

　　在儒家思想影響下，民間說唱文學也是強調「喻世」、「警世」、

「醒世」的教化作用。同時，強調文學作品的娛樂作用，「寓教於樂」，「娛目醒心」，通過「娛目」達到「醒心」的目的。

「詩言志」，「文以載道」，戲曲的「不關風化體，縱好也枉然」等等，這就是中國文學的傳統，在這樣濃厚的教化至上的氛圍裡，小說創作是難以例外的。

由於上述原因，中國古代小說始終密切關注現實社會，把重大社會問題作為中心題材，把塑造「仁人志士」形象作為小說的神聖使命。不必諱言，這使古代小說中相當一部分作品成為封建說教的工具，而喪失其藝術魅力；強調封建道德，抹殺了人物靈魂深處的矛盾與鬥爭，而使人物類型化、模式化、絕對化。

但是，儒家思想雖是封建倫理思想，但它在一定歷史時期也有進步意義，特別是當作品中所歌頌的事業是正義的事業時，那麼忠於國家，為保衛民族利益赴湯蹈火，為社會的公正而剛毅不阿、不懈鬥爭，都與歷史的進步潮流、與人民的利益相一致，因而起著教育人民、鼓舞人民的作用，受到人民的歡迎。

同時，中國古代小說在創作過程中，許多作品有廣泛的群眾基礎，因此，人民群眾的思想情感深深地滲透在人物形象中，當時人民群眾還不可能用其他語言概念來表述他們的道德觀念，也只能借助「忠、孝、節、義」這些概念來表述自己的道德理想。因此，在小說「勸善懲惡」中，人民也強烈地寄托著自己的理想與情感。

隨著資本主義萌芽的發展，具有初步民主主義思想的啟蒙運動興起了。先進的思想家、文藝家雖然還不能完全擺脫儒家思想的束縛，但卻對神聖的道德規範提出了大膽的挑戰，他們筆下的主人公已不是全忠全孝的「仁人志士」，而是「離經叛道」的浪子；已不是封建社會的進取者，而是冷眼旁觀人；他們並不想為封建王朝建功立業，顯身揚名，而是帶著悲觀迷惘的情緒，離開那即將坍塌的大廈，在佛道思想中尋找自我解脫的道路。《儒林外史》、《紅樓夢》這些作品已逐

步擺脫封建教化思想的影響，走向抒寫作家心靈、抒寫作家對人生、對社會的切身感受的新路。

（二）作品題材

中國古代小說在題材方面的特點是歷史題材多，重大題材多，因襲繼承現象多。

中國古代小說題材相對集中，大體可以歸為歷史演義、英雄傳奇、公案俠義、人情世態、諷刺譴責、靈怪神魔這六類。如果再概括一些，可以歸納為講史（包括英雄傳奇、公案俠義），世情（包括人情和諷刺），神魔（包括志怪和神魔）三種。

中國古代小說重大題材多，與儒家思想密切相關。儒家思想是以倫理化、政治化為特徵的，注重封建社會的秩序化，追求人格道德的完善化，關心人倫關係的規範化，因而，選擇重大題材是作家的神聖使命。作家相當自覺地把他們的視線集中在關係國家命運、世風道德等重大問題上，因而歷史小說、英雄傳奇、公案俠義、人情世態、譴責諷刺小說就應運而生了。即使靈怪神魔小說，與佛教道教的流行有關，但仍以儒為主，儒佛道三教合一，「言誕而旨正」，通過靈怪神魔故事，達到教化的目的。當然，在其他各類小說中，也常滲透著因果報應、歸隱避世的佛道思想，反映出三教合一與互相碰撞的思想影響。

中國古代小說歷史題材多，與注重編纂歷史的傳統有關。中國有著編寫史書的傳統，而《史記》等歷史著作在中國有著與儒家經典同樣崇高的地位，因而「史貴於文」的價值觀念使我國的古代小說出現了把歷史通俗化的歷史演義小說，出現了取材於歷史的英雄傳奇和公案俠義小說。即使是以現實生活為題材的人情小說，也往往要假托歷史，以抬高自己的身價。而作為小說源頭的神話傳說，早就被歷史化和政教化了，因而神魔小說中存在著大量把歷史幻想化的作品。

在封建社會裡，人民大眾深受封建制度的壓迫，他們在現實生活

中深切感受到國家的前途、民族的命運與個人的命運是息息相關的，國家統一，政治清明，人民才能安居樂業。因此，關懷國家命運，反對外族侵略，歌頌明君賢相，頌揚英雄俠客，希望淳樸忠厚的人際關係，是人民願望的表現，也是「說話」中的集中題材。

中國古代小說題材的特點，使古代優秀小說總是引導讀者關心國家前途、民生疾苦、社會正義，而不要沉溺於個人情感的狹小天地裡；總是在作品中高揚著愛國主義、集體主義、英雄主義的主旋律，鼓舞人民為美好前途而鬥爭，而不要消極頹廢、意志消沉。西方小說強調個性解放，反對封建專制和神學統治，有其一定的歷史進步性，但是，他們小說中的英雄人物可以置國家人民的命運而不顧，不是戰鬥在戰場，而是決鬥於情場，這在中國古代小說，在中國老百姓的審美觀念、道德觀念中是難以想像的。當然，中國古代小說中也有些作品成為宣揚封建道德的教科書，既毒化人民，又扼殺了作品本身的生機，這些作品是中國古代小說的支流，自然而然會逐漸被歷史所淘汰。

中國古代小說題材相對集中，因襲現象比較嚴重。有的同一題材在不同類型的作品中重複出現；有的題材由戲曲傳給小說，由小說輸送給戲曲，互相影響；有的同一個題材，在同類作品中不斷重複，出現相似模式的作品和無窮盡的續書。這些情況都影響了中國古代小說的發展，因而雖數量多而精品不多，書名雖異而雷同者甚眾。

中國古代小說題材的走向，從總體上說是從取材歷史走向取材現實生活。講史、神魔類小說，由於多取材於歷史或筆記小說等書面材料，因而因襲現象嚴重；而世情類取材於現實生活，所以在《金瓶梅》之後，還能繼續發展，出現了《儒林外史》、《紅樓夢》等巨著。

（三）人物塑造

中國古代小說的人物塑造，經歷了從實錄到虛構、從類型化人物到類型化典型、從類型化典型到個性化典型的發展過程。

　　唐以前的小說，還屬於記述怪異和實錄人物言行的階段，沒有自覺地創造人物形象。到了唐傳奇，開始進行藝術虛構，在故事情節開展中注意刻畫人物。但是，人物刻畫還服從於故事情節的敘述，人物個性不夠鮮明，小說人物還處於類型化階段。到了宋元話本出現，注意到把故事情節的曲折開展與人物個性的刻畫統一起來，在類型中有了個性。在宋元話本基礎上產生的《三國演義》、《水滸傳》創造了一系列光輝的類型化典型形象，這些作品把驚心動魄、複雜曲折的故事情節與人物塑造結合起來，用濃墨重彩、渲染烘托的手法誇張人物的主要性格特徵；用粗線條勾勒和工筆細描結合的辦法在類型中顯示不同的個性；用傳奇性的細節刻畫人物個性以展現人物個性的不同側面；用中國繪畫、戲曲中獨具的洗練手法在簡單的描畫中突出人物精神特質，以達到傳神的目的等等，使這些類型化典型具有強烈的故事性、鮮明的傾向性，高度的理想化和突出的個性特徵。它們具有永久的藝術魅力，是深受中國大眾喜愛的藝術典型。

　　這些類型化的典型人物，是中華民族文化傳統的產物，體現了我國古代人民以古拙雄渾為美的審美趣味，要求和諧與整一的古典美學原則。這些典型人物沒有西方小說中人物「靈」與「肉」的搏鬥，沒有懺悔與贖罪意識，沒有人格的分裂。我們不能以西方小說為標準，來貶低英雄人物的典型意義。

　　當然，我們對這些類型化典型的肯定，並非要肯定古代小說中存在的大量類型化人物。那些類型化人物其主要缺陷就是只有類型沒有個性；粗線條勾勒多於工筆細描，個性消失在共性中；只注意故事情節的驚險曲折，而沒有把故事情節與人物刻畫有機地統一起來。因此，他們只是類型而不是典型，千人一面，蒼白無力。我們必須把類型化典型與類型化人物區別開來，而不要籠統用「類型化」來貶低《紅樓夢》以前的中國小說。

　　我們肯定中國古代小說中類型化典型，是根據歷史主義的原則對

藝術典型進行審美價值評價，並沒有把它絕對化、神聖化的意思。應該看到這種類型化的典型是一定歷史階段的產物，體現著政治化的道德觀念，比較適合表現重大題材而不太適合表現日常生活；比較適合表現英雄人物而不太適合表現細民百姓；比較適合表現雄渾粗豪的風格，不太適合表現細膩溫柔的情感；存在著簡單化、絕對化的傾向，不利於表現生活的複雜性。因此，隨著社會生活的發展和中國古代小說藝術經驗的積累，從《金瓶梅》開始，中國古代小說進入更高的發展階段，以《儒林外史》、《紅樓夢》為代表，小說表現了前所未有的廣闊複雜的社會生活；對人物性格進行了多層次、多側面的揭示，使我國古典小說人物塑造達到個性化典型的成熟階段。當然，我國古代小說個性化的典型人物仍然有著鮮明的民族特點，其氣質神韻迥異於西方小說中的典型人物，而具有中華民族的特有風采！

（四）結構與語言

西方是先有長篇小說，後有短篇小說，而中國則相反，先有短篇後有長篇，因而，中國古代小說的結構也不同於西方小說。

1 文言小說深受史傳文學，特別是《史記》的影響

《史記》的體例分則為獨立的人物傳記，合則為通史。這種體例被後代史家奉為圭臬，「自此例一定，歷代史家遂不能出其範圍」（趙翼語）。從唐傳奇開始到《聊齋誌異》，大部分文言小說都是傳記體，基本上是《史記》中人物傳記的體例。

白話短篇小說的結構除受史傳文學影響外，更重要的是由「說話」藝術特點所規定的。為適應聽眾心理和口味，就要有頭有尾，追求故事的完整性，交代人物出身、經歷和結局，這就造成白話短篇小說基本上也是人物傳記的體例。

總之，無論文言或白話短篇小說都是縱向地順序地講述人物的一

生中幾件重大事件，有頭有尾，而少有西方短篇小說那樣橫切人物片段生活，甚至只描寫一個瞬間的心理活動。

2 長篇小說一部分由「講史」發展而來

「說話」藝人依據的重要材料是史書，受《史記》分為傳記合為通史體例的影響；「說話」藝人要把長篇故事分若干次講完，一次講述一個故事，這就造成「講史」話本基本上是把短篇故事聯綴在一起的體例。長篇小說另一部分由「小說」演變而成，這類長篇小說更是短篇聯綴體。總之，中國初期長篇小說如《三國演義》、《水滸傳》以及《西遊記》都是短篇連綴的體例，或稱為線性結構。到了《金瓶梅》出現，長篇小說才擺脫了線性結構，發展為網狀結構。它以一個家庭為圓心，通過家庭內外關係的描寫，將觸角伸向社會的各個角落，織成了生活的巨網，全面反映了當時的社會生活。《紅樓夢》更創造出波瀾壯闊、自然和諧、完整統一的藝術結構，猶如「天然圖畫」，把網狀結構發展到更高級更成熟的階段。

3 史傳文學是歷史學家為歷史人物作傳，「說話」是說書人講述 人物故事

因此，中國長短篇小說都是第三者敘述，而沒有第一人稱的寫法；大多是順序敘述人物和事件，極少運用倒敘、插敘手法。這是中國小說敘事方法的特點，也影響了中國小說的結構。

文學是語言的藝術，民族語言是構成文學作品民族特色的最重要因素。中國古代小說在語言方面有著得天獨厚的優勢，首先，存在文言小說和白話小說兩大系統。文言小說語言的精練、準確，白話小說語言的生動活潑，可以互相吸收，互相融合。其次，群眾創作與文人創作相互結合，相互學習，既有民間語言的豐富礦藏，又有文人創作的錘煉加工，使小說語言達到爐火純青的地步。第三，中國是具有悠

久文化傳統的國度，詩、文、詞、曲以及歷史著作、哲學著作在語言方面都有著輝煌成就，為小說語言的成功奠定了堅實的基礎。

由於上述原因，中國古代小說在語言上的突出成就是：群眾化、通俗化、口語化；精練準確而又豐贍多采；典雅秀麗而又潑辣幽默。人物語言摹影傳神，惟妙惟肖；小說語言的風格多姿多彩，百花齊放。《紅樓夢》達到古代小說語言成就的高峰。它廣採博收，兼收並蓄，熔各種文體（詩、詞、賦、曲、偈、銘、誄）於一爐，集文言白話成就之大成，形成以北方口語為基礎而又高度加工提煉的文學語言，成為我國規範化的書面語言。「五四」以來，現代文學的語言大師們基本上是繼承了《紅樓夢》所代表的文學語言傳統而創造發展的。

（五）融合與發展

中國古代小說的獨特民族形式、民族風格，它的繁榮發展，除了上述諸因素外，還應考察其內部發展演變的情況。

中國古代小說可分為幾種類型，它們以共同的題材和表現方法為基本特徵，有著比較嚴格的規範，但又是不斷融合演變的。它演變的方式，基本上是同類小說的縱向延伸和不同類型小說的橫向融合兩種方式。

同類小說的縱向延伸，又可分為演變與擴大兩種情況。首先說演變：如長篇人情小說從《金瓶梅》發軔，然後直接發展為家庭小說《醒世姻緣傳》、《歧路燈》等；演變為才子佳人小說；它的消極因素惡性發展為猥褻小說。而家庭小說、才子佳人小說又融合成《紅樓夢》，才子佳人小說直接發展為狹邪小說；家庭小說、才子佳人小說又與俠義小說結合發展為兒女英雄小說。其次我們說擴大：一種辦法是直接的續書。續書多是中國古代小說的特有現象，幾乎所有古代有影響的作品都有續書，如《續紅樓夢》、《續西遊記》、《續金瓶梅》、《水滸後傳》、《小五義》等等；另一種辦法是由一人擴大為家族，由

一個家族擴大為另一個家族。如隋唐系統小說中的羅成擴大為羅家將；薛仁貴擴大為薛家將；北宋初年邊境戰爭小說由楊業擴大為楊家將，又擴大為楊家女將；由楊家將又擴大為狄家將、呼家將等等。

　　以上兩種情況基本上都屬於同類小說之間的延伸、演變、發展；另一種情況，則是不同類小說的橫向融合，產生新的品種或新的風格。公案小說與俠義小說結合為公案俠義小說，就是產生了新的品種。而更多的是在保持一類小說基本模式的同時，吸收融合另一類小說的寫法，產生新的風格。歷史演義融入英雄傳奇、神魔小說的寫法，產生了《禪真逸史》、《禪真後史》這類小說。在人情小說崛起之後，歷史演義、英雄傳奇、神魔小說中多融入人情小說的成分，使它們在保持其原有特性基礎上，更貼近現實生活。基本上屬於神魔類的《綠野仙蹤》在神魔小說的框架中更多地反映人情世態，而其主要價值恰恰在於描寫人情的部分。《水滸後傳》直接繼承《水滸傳》，基本上是英雄傳奇小說，但其中滲入才子佳人故事，體現了隨著時代變化，英雄傳奇小說中婦女觀的變化，也使英雄人物更具人情味。屬於歷史演義的《檮杌閑評》用魏忠賢、客印月的婚戀為主線貫串起來，具有才子佳人小說的格局，更富有浪漫色彩。

　　小說創作受商品化的推動，當一種題材小說普遍受到歡迎時，說書人和作家（含出版商）千方百計將它們延伸、擴大，造出無數續書，以滿足讀者和聽眾的需要；當聽眾和讀者對同一模式的小說感到膩煩的時候，說書人和作家就絞盡腦汁，在原有模式的基礎上，糅合進其他因素，使它花樣翻新，別有情趣。正因為如此，續書多，因襲題材多，大同小異多，就成為古代小說的特點。古代小說數量之多令人吃驚，但精品之少卻令人遺憾。這就造成這樣一種現象，《三國演義》、《水滸傳》、《西遊記》之後，歷史演義、英雄傳奇、神魔小說數量很多，卻沒有一部作品能與它們相頡頏，更不必說超過它們了。

　　《紅樓夢》是人情小說，它在《金瓶梅》之後取得了偉大的成

功。這是因為曹雪芹把自己切身的經歷、自己的性格、自己的靈魂，融化在作品中，在批判地繼承前人成就的基礎上，創造出震古爍今的傑作。這說明，單憑題材的因襲、延伸，作品難以成功；只靠題材、寫法上的融合、借用，也不易創造出傑作，只有生活與作家的感情發生火一樣關係的時候，文藝作品的生命才會燃燒起來。

三　中國古代小說研究的回顧

小說，特別是長篇小說在西方歷來受社會重視，小說家也有崇高的地位。而在中國封建社會裡，正統文學是詩歌和散文，小說是不能登「大雅之堂」的「閑書」，小說家命運也極為悲慘。相當多的作家沒有留下姓名，不少作品在作家生前無力梓行，只靠抄本流傳。小說不被重視，當然小說理論也不發達。中國古代小說家很少有創作理論，極少有人為自己的作品寫過序跋；明中葉以前，只有零星的小說資料的記載而沒有系統的小說研究；到了明中葉以後，才有李贄、袁宏道、馮夢龍、金聖嘆、毛宗崗、張竹坡、脂硯齋諸人為小說寫的序跋和評點文字，但沒有出現體系嚴密的小說理論著作。小說引起整個社會的重視，那是到了晚清才開始的。但當時中國古代小說還沒有展開系統的研究，小說史的編撰還無從談起。

五四運動以後，對中國古代小說和小說史的研究才進入比較自覺和系統的階段。

魯迅是中國小說史研究的開拓者。在他編寫《中國小說史略》之前，古代小說作品流散頗多，連「三言」都沒能全部看到；研究工作剛剛起步，只有蔣瑞藻的《小說考證》、錢靜芳《小說叢考》，收集了一些研究資料，但小說、戲曲混雜，體例混亂；新的研究成果不多，最突出的要算胡適對《紅樓夢》等幾部小說的考證了。在這樣困難的情況下，魯迅對中國古代小說研究從資料工作做起。他的《古小說鈎

沉》輯錄了隋以前的古小說，《唐宋傳奇集》匯編了唐宋傳奇，《小說舊聞鈔》又編輯了元明清時期關於小說的評論資料。這三本書極具史料價值，又為魯迅撰寫《中國小說史略》打下了堅實的基礎。魯迅正是經過這樣扎實的準備之後，開始對中國小說史進行深入系統的研究。一九二三至一九二四年間，《中國小說史略》正式出版了，這是我國第一部小說史。《中國小說史略》最重要的功績就是勾勒出我國古代小說發展的基本輪廓，建立了比較科學的體系。正如阿英先生所指出的：「披荊斬棘，闢草開荒，為中國歷代小說，創造性地構成了一幅色彩鮮明的畫圖」[1]。《中國小說史略》出版已六十多年了，至今我們仍感到是一座難以超越的高峰，事實上，也還沒有一部小說史著作超過了它。

　　《中國小說史略》問世之後，又出過六、七種小說史著作。其中較有影響的是一九三五年出版的譚正璧的《中國小說發達史》和一九三九年出版的郭箴一的《中國小說史》。前者材料頗豐，更為學術界所重視。

　　從「五四」到一九四九年這個歷史時期，老一輩學者胡適、鄭振鐸、俞平伯、孫楷第、王古魯、阿英、譚正璧、胡懷琛、孔另境、葉德均、王利器、劉開榮、馮沅君、趙景深、戴望舒等，有的為保存中華民族的優良文化，省吃儉用，費盡周折，千方百計地把散佚在國外的古代小說影印回來；有的對古代小說進行了比較系統的整理、考證；有的則對重要作家作品作了比較深入的研究，這些都為中國小說史研究奠定了良好的基礎。特別是一九三三年出版的孫楷第先生編的《中國通俗小說書目》，更成為古代小說研究者不可須臾或缺的工具書。

　　一九四九年後，古代文學研究者努力學習馬列主義、毛澤東思想，對古代小說特別是《水滸傳》、《紅樓夢》等名著進行了深入研

1　〈關於《中國小說史略》〉，見《文藝報》一九五六年第二十號。

究，對小說的時代背景、思想內容和藝術成就的研究都作出了超越前人的成績。茅盾、何其芳、吳組緗、董每戡、聶紺弩、范寧、劉修業、吳小如、何滿子、徐士年、許政揚、李希凡、蔣和森、程毅中、劉世德、袁世碩、郭豫適、戴不凡等一大批學者的研究論文和著作引起國內外的廣泛重視。同時，資料工作也更有系統，更有成績。中國古代小說，幾乎都有大量評注，對研究工作有很大的幫助。俞平伯《脂硯齋紅樓夢輯評》，在評注搜集方面開創了良好的先例。王利器輯錄的《元明清三代禁燬小說戲曲史料》一書，在古典小說資料搜集方面又開闢了新的領域。一粟《紅樓夢卷》、魏紹昌《老殘遊記資料》等開闢了出版專書研究資料集的新路，小說研究資料的收集整理更集中，更完備。張友鶴《聊齋誌異會校會注會評本》，將大量的評注、版本資料集中在一起，創造了古典小說資料輯集的新方法。

　　在這個歷史時期，出版了一本比較有影響的小說史，就是北京大學中文系五五級編的《中國小說史稿》。這本小說史反映了一九四九年後古典小說研究的新水平，大體上總結了幾部名著的研究成果。但是，也反映了那個時候的侷限，即「左」的思想的影響，整部小說史主要是幾部名著的評論，次要作品幾筆帶過或略而不提，對某些古代小說或流派批評不當，不夠實事求是。

　　「文化大革命」十年，中國人民遭到空前的浩劫，學術研究園地一片荒蕪。十一屆三中全會以後，古代小說研究進入全面繁榮的新時期。主要表現是：

1 解放思想，打破禁區，擴大了古代小說研究的範圍

　　近十年來，一大批中青年研究者崛起，和老一輩專家一起，撥亂反正，清除古代小說研究中的「左」的影響，對幾部名著進行了重新評價；衝破禁區，過去不太敢涉及的作品如《金瓶梅》等掀起了研究熱潮；對過去忽視的文學流派如才子佳人小說進行了深入的探討；過

去研究較少的中國古代小說理論，引起了重視，出版了葉朗的《中國小說美學》，曾祖蔭等編注的《中國歷代小說序跋選注》，黃霖、韓同文編輯的《中國歷代小說論著選》等等；過去甚至連研究者也難以看到的古代小說，現在也相繼出版，為古代小說研究提供了必不可少的條件。相繼介紹和出版了海外學者對中國古代小說的研究論著，擴大了我們的眼界。如劉世德編的《中國古代小說研究》，介紹了有代表的研究論文；出版了臺港和西方研究《金瓶梅》的兩本論文集等等。在我們編寫本書時，柳存仁先生的《倫敦所見中國小說書目提要》和臺灣出版的孟瑤女士的《中國小說史》都給我們不少啟發和幫助。不少中青年研究者用新的方法論，對古代小說進行宏觀研究或從新的角度對作品作了饒有新意的分析和探討，這也說明我們的研究正在不斷深入之中。

2　研究工作更有組織，更加系統

近年來相繼成立了《紅樓夢》、《三國演義》、《水滸傳》學會，出版了《紅樓夢學刊》、《紅樓夢研究輯刊》、《三國演義學刊》、《水滸爭鳴》、《聊齋誌異研究集刊》、《明清小說研究》、《明清小說論叢》等刊物，以學會和刊物為陣地，團結大批研究者，逐步形成中心。在這個基礎上，這幾年出版的研究著作，無論數量和質量都超過了以往任何一個時期。幾部名著都出版了不止一部的研究專著，出版了不止一種的研究資料。如朱一玄先生編的就有《三國演義》、《水滸傳》等數種研究資料集。會評、會注本這種形式得到發展，《水滸傳》、《儒林外史》都出版了會評本。出版了譚正璧、譚尋的《古本稀見小說匯考》，江蘇社科院主持編輯的《中國通俗小說總目提要》，袁行霈、侯忠義編的《中國文言小說書目》等工具書。雖然還沒有小說通史問

世[2]，但專門史或斷代史卻出了幾部，如胡士瑩《話本小說概論》、李劍國《唐前志怪小說史》、方正耀《明清人情小說研究》，以及對小說研究史進行研究的專著，如郭豫適著的《紅樓夢研究小史稿》等等。學術研究還與文藝創作結合，不少學者參加了幾部名著的改編工作，根據《紅樓夢》、《三國演義》、《水滸傳》、《西遊記》、《儒林外史》、《聊齋誌異》等名著改編的電影、電視劇都取得了可喜的成績，使古代小說更廣泛地普及到人民群眾中去。

　　當然，目前的研究工作還有待深入，宏觀上研究較少，對作品研究還要向深處掘進，還需要更好地組織起來，共同協作，以期做出無愧於我們民族和時代的研究成果。

四　本書的編寫體例與範圍

　　本書是為適應大學本科《中國小說史》選修課的需要而編寫的，採取了教材式的寫法。

　　編寫的體例，改變過去按歷史發展時期編寫的辦法，而採取分類編寫的方法，這是一種嘗試。分類編寫的好處，是對各種類型小說的發展脈絡可以敘述得更清楚些，便於對小說本身題材、表現方法的演變規律進行探討。但是，也遇到不少困難。首先，時代的政治、經濟、文化對小說發展的影響不如分期敘述清楚；同一時代各類小說發展的概貌，即橫切面不夠清晰。不過，其他文學史、小說史著作都是分歷史時期編寫的，讀者自可參考。況且，中國古代小說成熟較晚，最繁榮的是明清兩代，歷史跨度比詩歌、散文小得多，讀者對明清兩代歷史背景和文化概貌易於掌握，不至於產生大的問題。其次，中國

2　一九七九年人民文學出版社出版的《中國小說史簡編》（南開大學中文系編）是一本通俗讀物。

古代小說分文言、白話兩大系統，白話小說中又有長短之別，如果全部按類劃分，把文言小說、白話短篇和長篇小說一鍋煮，不易理清頭緒，不利於闡明文言小說和白話短篇小說自身的演化。因此，本書把志怪傳奇小說、白話短篇小說各專列一章，按歷史發展線索予以敘述，然後將長篇小說按類型分章敘述。第三，長篇小說分類也很困難，眾說紛紜，目前按我們理解分為歷史演義、英雄傳奇、神魔、人情、諷刺、公案俠義六類，是否恰當，有待讀者、專家指教。第四，古代小說在發展中的趨勢是互相吸收與融合，有些小說難以分類，有的則介於二者之間。同一題材小說，我們採用集中敘述的辦法，如隋唐系統、楊家將系統、說岳系統等等。但是，它們雖然題材相同，而類型並不完全相同，有的屬歷史演義，有的為英雄傳奇，我們只好把寫朝代的歸於歷史演義一章，寫個人或家族的歸之於英雄傳奇，在具體闡述時，指出它們的演變情況，哪些作品是歷史演義，哪些作品為英雄傳奇。

正確劃定小說史的研究範圍是研究小說史的必要條件。我們只把比較嚴格意義上的小說劃入編寫範圍。在志怪傳奇小說一章中，為敘述中國古代小說起源，我們談到了神話傳說、寓言故事、史傳文學對小說產生的影響，在魏晉小說產生之後，就不把這些列入研究範圍。志人小說在魏晉以後，有的轉化為傳奇小說，有的則屬於野史、筆記，我們也不再提它。作為口頭文學的宋元話本，我們放在白話短篇小說一章裡敘述，宋元之後的民間說唱文藝，雖然也是敘事文學，與小說關係密切，但它已自成體系，屬民間文學史範圍，本書也不把它們列入。小說理論是小說史的重要部分，本應予以充分重視，但本書篇幅有限，加之研究不夠，目前我們沒有專門列章介紹，將來如有修改重寫的機會，爭取專闢一章，敘述古代小說理論的發展，或專門寫一本中國小說理論史。本書只寫到鴉片戰爭前後，對雖在鴉片戰爭之後，但仍屬於古代小說範疇的作品作了評介，不過對晚清的譴責小說

和革命小說，則不予論述，因為這些小說的性質與古代小說已有明顯區別，而且數量眾多，要理出一個頭緒，殆非易事，還是專門寫晚清小說史更好。

　　過去的小說史實際上只是重要作家和重點作品的介紹分析，本書在編寫時希望改變這種狀況，重點描述各類小說演變的軌跡和闡明其發展規律，盡可能涉及過去為人們所忽略的作品；對重要作家作品只著重闡述它們在小說史上的貢獻，沒有全面敘述，避免與其他小說史、文學史重複。因此，現在包括《金瓶梅》在內的七部名著，只佔全書四分之一的篇幅；對其他作品較之過去的小說史著作則有較多的論述。

　　近十年來，古代小說研究碩果累累，是最活躍、最有成果的時期。本書編寫時盡可能吸收新成果，以期反映當前研究的水平。

　　歷史在前進，學術研究在推陳出新，本書只想給讀者提供研究小說史的線索，便於進行新的探索和研究，並不期待讀者接受我們的觀點和結論。

第一章

志怪傳奇小說

第一節　概述

　　我國宋代以前的小說，基本上都是文言短篇小說。宋以後，在文言小說的哺育下，以及其他因素的作用下，白話小說異軍突起，很快地取代了文言小說而成為古代小說的主要形式。但作為白話小說源頭之一的文言小說並未絕響，它一方面繼續給白話小說以一定的影響，另一方面仍以其獨特的精神風貌和強大的生命力，在古代小說的領域裡擁有自己的天地，毫不示弱地伴隨著中國古代小說走完它最後的路程。

　　唐以前的文言小說，通常稱為古小說，它典型的特徵是形式短小，內容瑣雜，都是一些「粗陳梗概」的「殘叢小語」，屬於雜記見聞的筆記體小說。古小說主要包括志人小說和志怪小說兩種，志人小說記載人物瑣聞逸事，志怪小說則以記載神鬼怪異故事以及人的異行幻夢為主要內容。作為小說的原始形態，它們都具有一定的小說因素和藝術價值，但從小說發展的歷史角度看，兩類小說的地位和作用卻不盡相同。志人小說主要記錄時人的言行片斷，在勾勒人物、描摹情態方面，為後世小說的創作提供了有益的經驗。但志人小說仍然停留在真人真事的記錄上，還沒有集中力量刻畫形象，情節缺乏完整性，故事缺乏必要的虛構，因此志人小說實際上還不能稱為完全意義上的小說，把它劃入古小說的範疇，主要是從小說這種文體的歷史漸進性上考慮的。

　　相比較而言，志怪小說更具有小說的性質。最突出的是它有豐富

的想像和幻想、比較鮮明的形象和比較完整的情節，特別是它最富於藝術的虛構。這些因素在各種條件的作用下不斷增長、擴大、完善，從而發展為更高級的形態。降及唐代，志怪小說吸收了志人小說和史傳文學的優點，演變出相當成熟的文言短篇小說——傳奇，使中國古代文言小說進入了一個全盛的黃金時代。

唐傳奇的興起，標誌著中國古代短篇小說的成熟。它在體制上更具有作為短篇小說這種體裁的特徵。首先，它的篇幅都在一千至三千字左右，改變了古小說「殘叢小語」的面貌，為作品情節內容的展開和藝術表現的豐富提供了條件，從而奠定了文言短篇小說的基本規模。其次，優秀的傳奇作品都是人物傳記，是以記敘人物為其中心的，這就使古小說從記錄異聞為主轉向了塑造人物為主的軌道。第三，從格局上，唐傳奇總是以主人公的命運為線索，單線發展，展開情節，起因結局，交代分明，最後附以議論。這種結構形式，成為後來文言短篇小說的基本程式。第四，從語體上看，唐傳奇主要使用散體，但也間以駢體和韻語，用以狀物寫人，言懷抒情，多種語體的綜合運用，為唐傳奇塑造人物形象提供了豐富的手段，對後世小說（包括白話小說）集多種文體、語體於一身的特點產生了深遠影響。總之，唐傳奇的形成標誌著文言小說體制的定型。

志怪雖進化為傳奇，但本身並未消逝，而是在不斷地完善和發展，一直延續到清末民初。唐以降的志怪小說集多達一百五六十種，尚不包括大量散佚者在內。特別值得注意的是，唐代以後，雜記見聞的志怪體寫法與注意描摹的傳奇體寫法經常交融在同一作品中，難以明確地區分。正如胡應麟所說：「至於志怪、傳奇，尤易出入，或一書中二事並載，一事之內兩端俱存。」[1]到了清代的蒲松齡，更是把志怪傳奇小說的創作推向高峰。近五百篇的《聊齋誌異》，一部分是

1　《少室山房筆叢‧九流緒論》，轉引自侯忠義：《中國文言小說參考資料》（北京市：北京大學出版社，1985年），頁27。

簡短的志怪體小說，一部分是「用傳奇法，而以志怪」的傳奇體，標誌著志怪傳奇小說的創造性的新發展，成為志怪傳奇小說永恆的驕傲。而清代中葉紀昀的《閱微草堂筆記》亦不失為志怪體小說爐火純青的傑作。

志怪小說不僅作為中國古代文言小說的源頭之一，從而對文言小說的發展產生直接的影響，而且它對整個中國古代文學的影響也是明顯的，它富於想像的虛幻與真實相結合的藝術形式，給其他文藝創作提供了借鑒。特別是白話小說和戲曲，不但從志怪中（包括傳奇）汲取題材和素材，而且在藝術想像和表現方法上接受志怪傳奇小說的啟示和影響。如宋話本中有靈怪、煙粉、神仙、妖術諸類，明清章回小說復有神魔小說一門，而以歷史、公案、俠義、人情為題材的小說，也從志怪傳奇小說中汲取了豐富的養分。至於戲曲，取材於志怪傳奇的更是數不勝數。

「志怪」一詞最早見於《莊子》〈逍遙遊〉，是記述奇聞怪事的意思。「志怪小說」的提法始見於唐代段成式《酉陽雜俎》序言。基於傳統的小說概念，他所說的「志怪小說」是把有怪異內容的叢談雜記包括在內的。到明代的胡應麟，才明確地使用「志怪小說」一語，並把它列為六種小說中的一種，進一步賦予「志怪」以小說分類學上的確切含義。但在歷代史志書目中，「志怪」的名稱並未得到普遍的承認，如《四庫總目》雖也曾用過「志怪之書」的詞語，但小說分類卻以「異聞」名之。直到魯迅著《中國小說史略》，志怪名稱才最終得以確定。

志怪小說的起源可以追溯到遠古至先秦，大量在口頭流傳或載入史書的神話傳說、迷信故事、地理博物傳說和寓言故事等，為志怪小說的產生作了多方面的準備，而這些也正是志怪小說的源頭。

我國古代的神話傳說，內容豐富，但缺乏系統性，零星地分散在各類古書中。神話材料保存較多的是《山海經》、《楚辭》和《淮南

子》。此外在《穆天子傳》、《莊子》、《國語》、《呂氏春秋》等書中也有部分記載。

上古神話傳說的內容，有的是關於天地開闢、人類誕生的神話。這類神話歌頌和崇拜那些創造天地的神，在造物神身上寄託了古先民創造世界的宏偉志向。如在三國徐整《三五歷記》、《五運歷年記》裡，盤古被描寫為天地萬物之祖，日月星雲、風雷雨水、草木金石都是盤古垂死化身而來的，而開闢天地的盤古卻是以人的形象為模特創造出來的，這一形象的創造，體現了原始人創造世界的宏偉魄力和非凡的藝術想像力。

女媧的神話則反映了世界遭水火大破壞後女媧重整乾坤的經過和人類誕生的經過。在神話裡，女媧不僅是被描寫為一個世界的創造者，而且還被描寫成創造人類和化育萬物的始祖。從盤古創世到女媧補天造人，雖然把世界萬物包括人類的創造歸之於天神，但從這兩個人形化、人格化的天神形象中，我們卻可以感受到古先民征服自然和改造自然的願望和熱情。

在遠古之時，原始人常常受到來自水旱災害、毒蛇猛獸的嚴重威脅，為了生存，他們以頑強的意志與自然災害展開不屈不撓的鬥爭，有關這方面的內容在神話傳說中也佔有相當的數量。像后羿射日，鯀禹治水，精衛填海，夸父逐日等等都是。這些神話中神和英雄都具有不怕犧牲、百折不撓、一心為人類謀幸福的特點，同時具有征服自然的超人力量。上古神話傳說還反映了氏族社會末期各部族間的鬥爭。如黃帝與炎帝、蚩尤的戰爭，共工與顓頊的戰爭，禹和三苗的戰爭等。神話傳說還有大量有關發明創造的內容。如神農氏發明農具和製陶、冶煉、醫藥、種植等技術。燧人氏鑽木取火，倉頡發明文字等等，這些神或英雄的發明創造，實際上是人類在征服自然過程中的鬥爭的結晶，它反映了原始人的偉大創造力。

以上簡單介紹了神話傳說的主要內容。上古神話傳說作為志怪小

說的起源之一，它對志怪小說的產生和發展具有不容忽視的意義。

　　首先，神話傳說中的強烈的積極浪漫主義精神，奠定了後世小說創作的積極浪漫主義的傳統。女媧補天造人的首創精神，后羿射日的樂觀信念，精衛填海、刑天舞干戚的堅強意志，永遠放射著理想的光輝，深刻影響了後代作家的世界觀和人物性格的塑造。而六朝志怪、唐人傳奇乃至於蒲松齡的《聊齋誌異》在創作精神上更是與上古神話傳說一脈相承。

　　其次，神話新奇奔放的幻想和理想化的誇張，同樣深刻地影響了後世作家的創作方法，足以啟發作家的想像力，開闊作品的境界，而從志怪一系來看，它的關於神靈變化的觀念和表現形式，為志怪奠定了幻想的基礎。魏晉以後的志怪傳奇不僅在創作方法、藝術構思等方面深受神話傳說的啟發，乃至於作品中的神仙妖怪等的形象都同神話中的各種神人神獸在表現上有淵源關係，不同的只是它們的人格化程度提高了，體現著新的審美觀念。

　　再次，神話傳說開創了神怪題材，它是後世志怪傳奇小說豐富的題材寶庫。它不僅作為豐富的營養，一直哺育著志怪傳奇的發展，而且還影響到其他體裁的小說，如明代長篇小說《西遊記》和《封神演義》乃至於清代的《鏡花緣》，都明顯地烙有神話傳說的印記。

　　宗教迷信故事對志怪小說的產生也有著重大的影響。宗教迷信故事主要流行於春秋戰國時期，散見於史官諸子之書中，多數都是幻化和神秘化了的歷史故事。它雖不及神話那樣優美宏麗，但在題材和幻想形式上有不少新變化，對志怪小說的形成發生過巨大的作用。

　　宗教迷信故事的內容主要包括：鬼神顯靈作祟的故事和關於卜筮占夢的迷信故事。這些故事的內容雖趨於消極，但它對後世小說家通過描寫花妖鬼魅和記述夢境來反映現實，拓展想像和幻想的空間，具有一定的啟發作用。

　　與上古神話傳說相比，宗教迷信故事自有其新的特點。首先，在

神話中，神是幻想世界的主體，神話的幻想境域是排斥人類在外的神靈的世界。而在宗教迷信故事中，人變成幻想世界的主體，人可以與鬼神互相交往。其次，在宗教迷信故事中，神已不像神話中那樣可以死去，而是成為大自然中一種神秘的力量，通過顯靈來體現它的無比的威力。同時出現了鬼的觀念，人死為鬼，鬼可以隨意變化報恩復仇。這種鬼神不死和隨意變化的幻想觀念和幻想形式，對志怪小說的形成是發生了很大的作用的，幾乎成為後世志怪小說創作的一種模式。

地理學和博物學產生於西周春秋之際，那時，由於人們認識水平的限制和宗教神秘觀點的影響，不可能科學地解釋地理博物方面的現象，再加上一些巫覡方士之流利用地理博物知識自神其術和傳播迷信，因此當時的地理博物知識都被披上一層神秘的色彩而虛誕化了，成為地理博物傳說。它同神話傳說、宗教迷信故事一起被志怪小說所繼承，成為志怪小說的另一源頭。

地理博物傳說主要載於《穆天子傳》、《王會解》、《山海經》等書中，內容主要是遠國異民、神山靈水、奇花異木、珍禽怪獸等，奇譎詭幻、新鮮怪誕。其中尤以《山海經》為怪誕不經，可謂地理博物傳說的集大成者。在該書中，地理博物都被神話化和志怪化了。與宗教迷信故事不同的是，地理博物傳說沒有什麼故事情節，只是一些幻想材料。但它為志怪小說提供了極為豐富的幻想素材和幻想形式，並長期對志怪小說發生了巨大的影響，成為志怪的主要內容之一。

先秦的寓言故事對志怪小說的產生和發展也有重要的影響。由於先秦諸子百家爭鳴，許多思想家、政治家常常借助於一些淺顯生動的故事來論證自己的某個觀點或某種思想，這些故事就是寓言。寓言取材很廣，有的取材於現實生活，有的取材於民間故事，有的就是利用古代現成的神話和傳說。寓言主要散見於先秦諸子散文和歷史散文中，如《孟子》、《莊子》、《韓非子》、《戰國策》諸書中都保存了大量的寓言。寓言在藝術上主要有四個特點，一是有故事性，二是有虛構

性，三是形式短小，四是有哲理性。寓言的故事性和虛構性顯然受到神話傳說的影響，但是寓言的編造故事和虛構都有明確的說理目的，也就是說，它是一種自覺的創造和虛構，而神話的藝術虛構對作者來說卻是不自覺的。寓言這一特點使它更近似於小說，對小說產生的影響也更為直接。此外，在題材方面也常常為後世小說所繼承。魏晉六朝的志怪小說中，很多題材都是取自寓言故事，一直到後來的《西遊記》、《聊齋誌異》也都受到寓言的影響。

　　在研究志怪小說的起源和產生時，還有兩點值得我們重視。一是它與宗教的密切關係，上古神話傳說是原始宗教的產物，先秦宗教迷信故事是巫教和陰陽五行學的產物，地理博物神話也帶有濃厚的宗教和半宗教色彩。它們為志怪小說的產生提供了思想基礎和創作素材，因而宗教是志怪小說發育生長的土壤。另一方面，志怪小說從孕育到產生都與史籍有著密切的關係。志怪小說由口耳相傳的志怪故事到被零星分散地載入史書，再從史書中分化出來，以書面的形式獨自記異語怪，這一形成過程清楚地表明志怪小說是史傳的支流。特別是早期的志怪小說，剛從史書脫胎，在內容和形式上都有著明顯的歷史特徵。所以歷來有小說為「史之餘」之說，志怪亦長期隸於史部，直到《新唐書》〈藝文志〉才退為子部小說家類。這些都說明志怪小說與史傳文學的千絲萬縷的關係。

　　志怪小說的形成和發展經歷了五個階段。

一　先秦兩漢是志怪小說的萌芽和形成期

　　先秦的史籍裡載有大量的神話傳說、迷信故事、地理博物傳說和寓言，這些傳說故事雖然都不同程度地含有志怪小說的若干因素，但還不能稱之為小說，因為它們還是史書的附庸。只有當這些志怪故事完全脫離了史書，以書面的形式獨自記異語怪，才算具備了小說的形

式特徵。

　　直到漢代，才出現了一批初具規模的志怪小說。它們逐漸脫離了史書，以搜奇記異、短書雜記的獨特風格奠定了志怪小說的基礎。

　　志怪小說之所以能在兩漢之間形成，主要有兩個方面的原因：一方面，由於當時的陰陽五行學、讖緯迷信、神仙方術等特別發達，從皇帝到平民，上下侈談神怪，而志怪小說的內容正是迎合了社會上這方面的需要，這無疑能刺激一些人創作志怪小說的熱情；同時，道教、佛教的興起和流行，人們在宗教思想的影響下，「空生怪說」[2]，隨之便產生大量的新的神異傳說；舊的傳說在流傳過程中也添加了新的內容，這就為志怪小說提供了豐富的素材和幻想形式。

　　另一方面，野史雜記的發達也給志怪小說的發展創造了極有利的條件。野史雜記多採遺聞軼事，不拘史實，虛構的成分較多。如趙曄的《吳越春秋》和袁康的《越絕書》，就是根據史實寫成，而異聞卻很多。這類野史雜記在歷史和小說之間搭起了橋樑，使志怪小說的作者能夠駕輕就熟地採用史傳成熟的筆法，來創作以虛幻故事為主要內容的志怪小說。

　　另外，兩漢志怪小說的形成，《山海經》一書尤值得注意。它的關於遠國異民和山川禽獸的奇思異想，對於富有開拓精神和好奇心的漢代人來說，十分具有吸引力。模仿它的作品相繼踵武，故胡應麟稱之為「古今語怪之祖」[3]。

　　現存的漢代志怪小說主要有兩類，一類是地理博物體的志怪小說，它們都是仿學《山海經》的作品，如《神異經》、《洞冥記》、《十洲記》、《括地圖》等。不過，這些作品中，真正可視為志怪小說雛形的作品並不多，因為這些作品中很大一部分內容是關於遐方異物的記

2　《論衡》，卷3〈奇怪篇〉。

3　《少室山房筆叢・山海經》，轉引自侯忠義：《中國文言小說參考資料》（北京市：北京大學出版社，1985年），頁54。

載，缺乏人物和情節，因此不能算作志怪小說。另一類是野史雜傳體的志怪小說，代表作有《漢武故事》、《列仙傳》、《蜀王本紀》等。《漢武故事》形成於東漢，是從以往史傳中分化出來的，不再附屬於史籍。該書主要記武帝一生的遺聞軼事，神怪色彩十分濃厚。它以武帝為中心人物，以武帝求仙為主要情節，已具備了小說的基本要素，其中寫漢武帝與西王母相會，天上人間，自由馳騁，完全是幻想的虛構的情節，也是典型的志怪小說的筆法。《列仙傳》記述七十二位神仙的事蹟，這些仙人有的純屬虛構，有的是神仙化了的歷史人物。這些神仙的形象與上古神話中的神相比，已有了一定的變化，形象特徵完全人化，顯得較親切，人甚至可以和神仙戀愛，比如有名的《蕭史傳》和《江妃二女傳》就是兩個優美的人和神仙戀愛的故事。這也是首次把人神愛情故事引入志怪小說，對後世同類題材的小說影響很大。《蜀王本紀》主要記載有關古蜀國歷代君王的神話和傳說，其中望帝杜宇、開明帝鱉靈和五個力士的傳說最為精彩。相比較而言，野史雜傳體的志怪小說，小說的形態特徵更為明顯，它們的出現，標誌著志怪小說在漢代已初步形成。

二　魏晉南北朝是志怪小說的鼎盛時期

這一時期，志怪小說的發達情況可以從以下幾方面來觀察。首先，作家、作品急劇增多。在為數眾多的作家中，包括不少當權者和知名之士，如魏文帝曹丕、梁元帝蕭繹，劉宋大臣劉義慶，著名學者文人干寶、陶淵明、祖沖之、顏之推、任昉、吳均等。這種情況無疑提高了志怪小說的地位和聲望。同時，作品數量也大大超過往者，據今人統計，這個時期的志怪作品約八十餘種，而且普遍都是多卷本，有的多達三十卷，內容豐富、題材廣泛，思想和藝術成就都較高。如《搜神記》、《拾遺記》、《搜神後記》、《續齊諧記》等，都是此間的佳作。

其次，這時期的志怪現實感和時代感大大增強，開始出現與現實生活相聯繫的作品，這正是志怪小說在思想上走向成熟的主要特徵。第三，故事奇幻多姿，藝術想像力和表現力得到提高。寫仙凡相感、人鬼戀愛、死後復生、冥婚冥報、人獸異化等奇思異想的作品層出迭新。

當然，也必須指出，這個時期志怪小說的創作多數仍屬於自覺或半自覺的宗教迷信宣傳，作者在敘寫怪異之事時都是抱著「實錄」的態度的，因此還不是有意識的創作。藝術上總的看來是多敘事而少描寫，不甚注意人物性格的刻畫，只滿足於講故事，以情節取勝，但情節又往往簡單。這些都表明，志怪作為小說尚在幼年。

三　唐代是志怪小說的演變期

唐代是中國封建社會的鼎盛期，農業、手工業，商業空前發展，促進了城市經濟和文化的繁榮，人們不再滿足於以往志怪作品的簡短故事。在這種情況下，唐代文人們開始有意識地創作小說，他們從六朝志怪小說、史傳文學、唐代變文俗講及其他各類文體中汲取豐富的營養，融會各家之長，創造出唐傳奇這種新的小說體裁，從而奠定了中國文言短篇小說的典型形態。它是中國小說史上的一座輝煌的豐碑。

唐傳奇的興起，給中國文言小說注入了新的生機，傳奇體從此成為文言小說的主要形式。志怪小說唐以後雖然不斷有人創作，而且數量甚夥，但由於它們都是一些短書雜記的「叢殘小語」，在宋以後白話小說勃興的背景下，作為小說的特徵更顯得蒼白微弱，而一些較好的志怪小說，也都帶有傳奇筆意。因此，唐以後，傳奇小說實際上代表了文言小說的主流。

四　宋元時代是志怪傳奇小說的蕭條期

宋傳奇取材於現實生活的較少，多數是「托往事而避近聞」。主要取材於歷史，相當一部分是寫隋煬帝和唐明皇的。但由於作者揭露得十分深刻，因此具有一定的歷史認識意義。同時，由傳統儒學與佛教結合而產生的理學對傳奇小說亦有影響，因此，宋傳奇多明因果而寓教化，具有概念化的傾向。元代是個短暫的歷史時代，傳奇小說數量少、質量低，不足深論。

五　明清兩代是志怪傳奇小說復興、興盛和終結期

明代的前中期，傳奇小說在經歷了宋以後近五百年的蕭條之後，又有了新的轉機。出現了像瞿佑的《剪燈新話》、李禎的《剪燈餘話》等比較好的傳奇專集。同時還出現了一些較好的單篇傳奇，如《中山狼傳》、《遼陽海神傳》等。這些作品寓意深刻，人物形象生動，情節委婉曲折，描寫也較細膩，有唐傳奇文風。到了明末，文人創作傳奇之風又盛，一大批造詣較高的詩文作家積極參與了傳奇小說的寫作，特別是當時思想解放思潮的影響下，不少作品除了傳統的反封建主題外，還表現出一定程度的人道主義和個性解放的色彩，藝術上也更趨完美。明末傳奇小說大昌之勢為清初《聊齋誌異》的出現創造了良好的條件。

清康熙年間出現的《聊齋誌異》，把志怪傳奇小說的創作推向思想和藝術的高峰。《聊齋誌異》問世後，曾風行一時，模擬之作紛紛出現。其中雖不乏佳作，但總的看來，成就都遠遜於《聊齋誌異》。《聊齋誌異》的出現，還從對峙的意義上刺激了筆記體志怪小說的繁榮。如紀昀從六朝志怪小說樸素的記事觀念出發，認為《聊齋誌異》

為才子之筆，不應崇尚。因此，他寫《閱微草堂筆記》時，就努力追蹤晉宋志怪筆法，「尚質黜華」，記事簡要，而且議論頗多。由於它文筆清雅，「雋思妙語，時足解頤；間雜考辨，亦有灼見」[4]。同時也由於作者地位高，文名大，因此在當時文壇上影響也很大。仿效之作亦紛紛出現，但後繼者功力都不及紀昀。到了晚清，報刊雜誌上雖還出現大量單篇的傳奇小說，然而質量卻每況愈下，至此，我國古代志怪傳奇小說發展的歷史便歸於終結了。

第二節　魏晉南北朝志怪小說

　　兩漢出現的一些初具規模的志怪小說，僅僅是具備了小說的某些形式特徵，嚴格地說，它還不能稱為完全意義上的志怪小說，它還帶有草創期的粗糙、幼稚、不成熟的特點。進入魏晉南北朝後，志怪小說在各種條件的作用下有了長足的發展，不僅作家多、作品多，而且形式上更趨於成熟，不僅有了一定規模的故事情節，而且也有了某種程度的人物形象描寫，同時現實性和時代感也大大增強了。

一　繁榮的原因

　　魏晉南北朝志怪小說當然是在兩漢志怪的深厚基礎上發達起來的，但它的繁榮和進步又有著深刻的社會原因。時代的政治、經濟、思想文化情況為志怪小說的繁榮和進步提供了種種有利條件，同時也規定著此時志怪在內容上所帶有的時代特徵。

　　首先，魏晉南北朝是中國歷史上少有的動亂時代，階級矛盾、民族矛盾以及統治階級內部的鬥爭都異常尖銳。從三國到隋，三個半多

4　魯迅：《中國小說史略》，見《魯迅全集》（北京市：人民文學出版社，1957年），卷8，頁176。

世紀，社會陷入分裂混亂的狀態，三十多個朝代和小國交相更替，各統治集團之間的爭權奪利、豪征巧奪，使人民蒙受兵荒馬亂的巨大災難。在這種情況下，人民把自己的反抗精神和追求理想的願望，通過豐富的幻想，寄託在一些神鬼故事裡而曲折地顯示出來，他們不僅發展了舊傳說，而且也創造了新故事。志怪小說裡的一些優秀作品正是這些傳說故事的記錄和加工，這是魏晉南北朝志怪小說具有積極性內容的重要原因。

　　第二，志怪小說的大量出現又與當時宗教迷信的盛行密切相關。魯迅先生指出：「中國本信巫，秦漢以來，神仙之說盛行，漢末又大暢巫風，而鬼道愈熾；會小乘佛教亦入中土，漸見流傳。凡此，皆張皇鬼神、稱道靈異，故自晉訖隋，特多鬼神志怪之書」[5]。魏晉南北朝時期，宗教迷信的規模、聲勢、影響都大大超過前代，上至皇帝、大臣，下至平民百姓，大多迷信神鬼，佛道兩教廣泛傳布，社會上充滿了侈談鬼神、稱道靈異的風氣。靈魂不死、輪迴報應、鬼神顯驗、肉體飛升等迷信，成為極其普遍的社會心理和社會意識。宗教迷信的盛行，勢必造成大批鬼神傳說的出現和流傳，佛教徒和道教徒為宣揚法旨和自神其術，也大量編造和收集神怪故事；同時，六朝文人普遍接受佛道思想，宗教迷信觀念極大地支配著他們的寫作，如干寶、劉義慶、顏之推等都是為了「發明神道之不誣」而整理創作志怪小說的，這對志怪小說的發展和傳播，更起了推波助瀾的作用。

　　第三，談風的盛行。談風包括清談和閑談，這是六朝名士風流的表現。清談又稱清言，它主要有兩方面的內容：一是品評人物，這是受漢末清議風氣的影響，又同魏晉選取人才的「九品中正制」密切相關；二是談論老莊哲學即所謂玄理，這主要是知識分子為逃避嚴酷的現實政治而追求清虛玄遠。清談對志人小說的產生影響更大。閑談主

5　魯迅：《中國小說史略》，見《魯迅全集》（北京市：人民文學出版社，1957年），卷8，頁31。

要是人們聚在一起，說些玩笑、嘲戲之語或講故事。《陳書》卷三十六《始興王叔陵傳》有「叔陵……夜常不臥，燒燭達曉，呼召賓客，說民間細事，戲謔無所不為」的記載，《魏書》卷九十一《蔣少游傳》也有「青州刺史侯文和……滑稽多智，辭說無端。尤善淺俗委巷之語，至可玩笑」的記載。這裡所說的「民間細事」、「淺俗委巷之語」，就是指民間發生和流傳的各種故事。談風熾盛，對小說創作來說，使各種傳說和故事得到迅速流傳，並大量地集中到文人手裡，文人就有可能較快地和較多地將它們加工創作，匯集成書。

二　重要的作家作品

　　魏晉南北朝志怪小說從數量看是相當可觀的，現在保存下來的完整與不完整的尚有三十餘種。魏晉時期較著名的志怪小說有題為魏文帝曹丕撰的《列異傳》、晉張華的《博物志》、題為郭璞撰的《玄中記》、干寶的《搜神記》、葛洪的《神仙傳》、王嘉的《拾遺記》、祖臺之的《志怪》、戴祚《甄異傳》等。南北朝時期較著名的有署名陶淵明的《搜神後記》、劉義慶的《幽明錄》、《宣驗記》、劉敬叔的《異苑》、東陽無疑的《齊諧記》、祖沖之的《述異記》、任昉的《述異記》、吳均的《續齊諧記》、顏之推的《冤魂志》等。可惜多數志怪小說都已失傳，比較完整地流傳至今的大約只有《博物志》、《搜神記》、《拾遺記》、《搜神後記》、《續齊諧記》、《異苑》等幾種。那些散佚作品的部分佚文被輯入宋李昉的《太平廣記》，魯迅先生的《古小說鉤沉》也輯錄了部分佚文。

　　值得慶幸的是，現存的志怪小說保存了魏晉南北朝志怪最有價值的部分，《博物志》、《搜神記》、《拾遺記》、《續齊諧記》都代表了那一時期志怪小說的最高成就。

　　《搜神記》作者干寶，字令升，晉新蔡（今河南新蔡縣）人，生

卒年不詳，大約生活於西晉太康中至穆帝永和間，他是東晉初期著名史學家，著有《晉紀》、《春秋左氏義外傳》等書，注有《周易》、《周官》數十卷，今皆散佚。他搜集了許多古今神怪故事編成《搜神記》，目的就是要證明世上真的有鬼神，所謂「發明神道之不誣」（〈自序〉），這也是當時一般志怪小說作者的主觀意圖。從內容上看，《搜神記》主要記了些神仙鬼怪、妖祥卜夢、報應還魂、法術變化諸事，可說是神道、方術的大雜燴。但由於書中的材料大都是從民間來的，因而也保存了不少優美動人的民間傳說故事，它們雖也染有怪異的色彩，但在思想傾向上卻反映出了當時人民的理想願望，歌頌了勞動人民勤勞、勇敢的品德，這些構成了本書的精華。《搜神記》可說是魏晉南北朝志怪小說的上乘之作。

《博物志》作者張華，字茂先，范陽方城（今河北固安縣南）人，生於魏明帝太和六年（232），卒於晉惠帝永康元年（300）。他自幼嗜書博學，《晉書》本傳說他「博物洽聞，世無與比」。他在當時，是像漢代東方朔一樣的傳奇式人物，也是一個精於數術方伎的方術家。《博物志》是一部地理博物體志怪作品，深受《山海經》的影響，書中主要記載山川、地理、異物、奇境、殊俗、神話、野史，乃至禮制、服飾等等，而著重宣揚的還是神仙與方術。由於它的地理博物體的特點，因此書中記述的雜考雜說雜物，毫無故事性可言，這部分文字當然不能視為志怪小說。而我們認可它為小說，主要是根據它另一方面也記載許多故事性很強的非地理博物性的傳說，突破了地理博物體志怪專記山川動植、殊方異族的範圍，這也是它作為志怪小說的價值所在。

《拾遺記》作者王嘉。梁蕭綺對該書曾加以整理，於故事之後附加議論，稱之為「錄」，因此明朝胡應麟認為《拾遺記》是蕭綺所撰而託名王嘉。這種說法不過出於揣測，並無確據。王嘉，字子年，隴西安陽（今甘肅渭源縣）人，生卒年不詳。他是一個能文的方士，

《晉書》卷九五五〈藝術〉〈王嘉傳〉說他隱居山林，不食五穀，清虛服氣，弟子受業者數百人。《拾遺記》共十卷，前九卷都是記歷史遺聞佚事，從庖犧、神農一直到晉代帝王，第十卷談仙山靈物，長生不老，所記人物事件多是神話化和方術化了的歷史傳說，所謂「多涉禎祥之書，博采神仙之事」。其中記載帝王的故事，有的寓有借古諷今以示規勸的意思，也有一些故事通過美妙的幻想來顯示某種社會理想和征服自然的願望。因此從內容上看，《拾遺記》也是良莠參差的。而從小說藝術的角度看，《拾遺記》的價值更高，它想像豐富，語言雅暢，所述之事，大都情節委曲，描摹細膩，在六朝志怪中，它的寫作技術是比較高明的，對後世的影響也較大。

　　《續齊諧記》作者吳均，字叔庠，梁吳興故彰（今浙江安吉縣）人，生於宋明帝泰始五年（469），卒於梁武帝普通元年（520）。《續齊諧記》並非完書，部分篇章已散佚，今只存一卷十七條，但所記都較有價值，如〈田氏紫荊〉、〈陽羨鵝籠〉、〈黃雀贈環〉、〈會稽趙文韶〉等，都是極有名的故事，不僅情節曲折有致，奇特生動，富有情趣，而且描摹細膩，文詞清麗優美。在六朝志怪中，實屬上乘之作。

三　良莠參差的思想內容

　　魏晉南北朝志怪小說是在當時社會土壤中發展起來的，一方面，它多從現實取材，因而它具有極其深厚的時代感和現實感，蘊涵著極其豐富的社會內容。另一方面，由於六朝文人普遍接受佛道思想，宗教迷信觀念極大地支配著他們的寫作，他們主觀上是為了「發明神道之不誣」，因此這些落後的思想意識也大量地滲透在作品中。

　　從進步的一面看，首先，這時期的小說真實地反映了當時社會現實的黑暗和人民遭受的苦難，鞭撻了封建統治階級的凶殘暴虐和荒淫無恥，表現了人民英勇頑強的反抗精神。《搜神記》中的〈干將莫

邪〉、〈韓憑夫婦〉是突出的代表作。〈干將莫邪〉是寫善鑄寶劍的巧
匠干將被楚王殺害後,他的兒子赤不惜犧牲自己,在山中俠客的幫助
下,替父報了大仇。這個故事,情節離奇,悲壯動人,它不僅鞭撻楚
王的凶惡殘暴,而且高度讚頌赤至死不移的復仇精神和山中俠客不吝
生命、見義勇為的無私無畏的英雄氣概。

　　〈韓憑夫婦〉是寫宋康王強佔韓憑的妻子何氏,韓憑含憤自殺,
何氏趁與康王登臺賞景之時,也跳臺自盡。康王故意將他們分葬兩
處,而且厚顏無恥地說:「爾夫婦相愛不已,若能使冢合,則我弗阻
也。」然而奇蹟終於出現了:

> 夙昔之間,便有大梓木生於二冢之端,旬日而大盈抱,屈體相
> 就,根交於下,枝錯於上。又有鴛鴦,雌雄各一,恒棲樹上,
> 晨夕不去,交頸悲鳴,音聲感人。宋人哀之,遂號其木曰「相
> 思樹」。

　　故事中的何氏是一個「富貴不能淫,威武不能屈」的女性,她在
宋康王的威逼利誘面前,忠於愛情,堅強不屈,最後以身殉情,表現
了純潔崇高的思想品質。小說富有濃厚浪漫主義色彩的神奇結尾,象
徵著韓憑夫婦的精神不死,永不分離,它表現了當時人民的情感和願
望。

　　在黑暗的封建社會裡,不只是最高統治者殘暴荒淫,那些助紂為
虐的貪官汙吏也無不是凶殘的吃人野獸。《述異記》寫宣城太守封邵
變虎吃百姓;《齊諧記》寫薛道詢化虎吃人又還原為人後,竟又升
官。這些雖不是現實的故事,但表現了對反動官吏本質的認識。那些
吃人的虎,顯然就是殘民以逞的貪官酷吏的本質化身。而《冤魂志》
中的〈弘氏〉和《搜神記》中的〈東海孝婦〉則比較直接地表現了人
民反抗昏官酷吏的鬥爭。〈弘氏〉寫南津縣尉孟少卿為了強取弘氏的

木料給梁武帝蓋廟，便將弘氏誣為強盜，判處死刑，奪去了木料。弘氏的冤魂不僅使少卿嘔血而死，而且使經辦該案的官吏們也一一受到懲罰。〈東海孝婦〉寫孝婦周青被昏庸太守屈打成招，判為死罪。周青臨死發下大誓：立十丈竹竿，以懸五幡，若為冤枉，血當順竿而上。行刑後，血果然順竿而上，而且當地大旱三年。這類故事的深刻意義在於揭露和抨擊了昏暗的封建吏治，生動地表現了下層人民對昏庸官吏顛倒黑白、草菅人命的憤怒控訴和反抗。

　　人民的反抗精神還表現在與鬼妖的鬥爭上，《搜神記》中的〈李寄斬蛇〉可謂此類故事中最傑出的作品。故事是寫東越國有一條大蛇，經常為害，地方官吏束手無策，聽信巫祝神蛇之說，每年送一貧家女餵蛇，累年如此，已用九女。少女李寄挺身應募，設計殺死大蛇。李寄斬蛇的勝利，不僅是消滅了蛇妖，更主要的是在她身上集中地體現了古代勞動人民敢於鬥爭的膽略和善於鬥爭的智慧。對這個少年女英雄為民除害、勇敢無畏的崇高德行的讚頌，無疑也是對昏庸怯懦的封建官吏的嘲諷和鞭撻。

　　熱情歌頌純真美好的愛情，表達被壓迫人民對婚姻自由的強烈追求，這也是魏晉南北朝志怪小說一個十分突出的主題。這類小說以超現實的虛構藝術，寫了人神之愛、人鬼之愛，魂體分離之愛，起死回生之愛，表現了對封建婚姻制度的有力衝擊。《搜神記》中的〈紫玉韓重〉和《幽明錄》中的〈賣胡粉女子〉是這類題材的優秀之作。〈紫玉韓重〉寫吳王夫差的小女紫玉與平民青年韓重相愛，私訂婚約，遭到吳王的極力反對，紫玉鬱悶而死。韓重遊學歸來，到紫玉墳上痛哭，紫玉顯魂與韓重相見，並約韓重到墓中「與之飲宴，留三日三夜，盡夫婦之禮」，臨別時還贈給韓重一顆明珠。後來韓重去見吳王，吳王認為他是「發冢取物」，要處治他，紫玉的靈魂又出現，為他解釋。故事生動地描寫了紫玉真摯的生死不渝的愛情，表現出作者對封建勢力破壞青年男女自由婚姻的強烈控訴。

　　〈賣胡粉女子〉寫一富家青年愛上了一位賣脂粉的姑娘，就天天假借買脂粉去與她說話。後來，男子在相會之際，「不勝其悅」，突然身亡。姑娘不顧一切，臨屍痛哭，那男青年突又復活，終成夫妻。這個故事曲折地反映出封建婚姻制度對青年男女自由結合的壓力，同時讚頌了愛情起死回生的偉大力量。

　　《幽明錄》中的〈龐阿〉則是在中國小說中首次採用離魂情節來表現愛情的動人故事。故事是寫一個石氏女子一次在家看到男青年龐阿，一見鍾情，精誠所至，竟然幾次魂離軀體，前往龐家，與龐阿相會，並誓志不嫁他人，終為龐妻。這個故事，通過離魂這個離奇美妙的情節表達了少女對自由愛情的強烈追求。另外，像《搜神記》中的〈天上玉女〉記述孤苦的仙女和凡人結合；〈盧充〉敘說未婚而死的少女的鬼魂嫁夫生子；以及《列異傳》中〈談生〉的娶鬼婦等等，寫的都是人神、人鬼的結合，但反映的卻是現實社會中男女的愛情要求。

　　第三，這時期的志怪小說也突出地表現人民群眾對和平幸福生活的渴求與憧憬。魏晉南北朝是一個苦難的時代，人民於是就幻想一個無官民之分，無征戰之苦，無壓迫剝削，人們自耕自食，和睦相處的理想社會。《搜神後記》中的〈桃花源〉、〈韶舞〉、〈袁相根碩〉、〈穴中仙館〉和《幽明錄》中的〈劉晨阮肇〉，〈黃原〉都表現了這種良好的願望。〈桃花源〉與〈桃花源記〉所述的內容一樣，它通過一捕魚人所遇，創造了一個烏托邦式的世外桃源：那裡沒有戰爭的創傷，沒有天災時疫的侵害，沒有勞役賦稅橫征暴斂之苦，人們「不知有漢，無論魏晉」，男女躬耕自食，老幼怡然自樂。這理想的境界，表達了人民對剝削壓迫、戰亂世態的深惡痛絕，寄託著勞動人民對安定生活的渴望。〈韶舞〉寫滎陽人何某看見一個大人跳舞而來，那人自己說跳的是韶舞，一邊舞一邊走。何某跟他走入一個山穴，發現了很寬闊的地方，而且有良田數十頃，於是留下來開墾種地，後代子孫也就在這裡生活了。這個故事同樣表達了亂世中的勞動人民渴望安居樂業、躬耕自食的生活理想。

〈袁相根碩〉、〈劉晨阮肇〉、〈黃原〉三個故事的情節都是寫青年男子入山遇見仙女，結為夫婦。這類故事主要的不是在寫愛情，而是表達了人們在荒亂年代嚮往寧靜幸福生活的願望。

表達同樣的思想內容的還有《搜神記》中的〈千日酒〉。但這個故事卻寫得十分含蓄、深刻，耐人尋味。內容寫劉玄石因喝了狄希的「千日酒」而醉死過去，家人便將他埋葬。三年之後，狄希得知，叫人掘墳啟棺，劉玄石果然醒來，但旁觀者被玄石的酒氣沖入鼻中，亦各醉臥三月。這個故事透過讚酒的表象，表露出消極避世的思想。宋人王中詩云「安得山中千日酒，酩然直到太平時」，正是點破了這個故事蘊涵的思想。

人民群眾對和平生活的追求還表現在想得到神仙幫助，逢凶化吉，解除危難，改變境遇，獲得幸福的幻想上。這類故事在志怪小說中為數甚多，帶有相當的普遍性。如《搜神記》中的〈董永葬父〉、〈楊伯雍施水〉，《搜神後記》中的〈白水素女〉，都是這類故事的優秀之作，這些故事都是把佛教中「善惡報應」的觀點用勞動人民自己的理解作了形象化的符合生活邏輯的解釋。

以上我們介紹了魏晉南北朝志怪小說進步的思想內容，這也是最值得我們珍視的精華。但我們也應該看到，作為特定歷史時期的產物，魏晉南北朝志怪小說中的不少作品則滲透著宗教迷信的糟粕，它們或鼓吹服藥求仙、丹鼎符籙、肉體成仙等道家觀念，或宣揚佛家的靈魂不滅、輪迴報應、天堂地獄之說，或說巫鬼妖怪，或誇殊天異物，目的都在證明神仙及幽冥世界的實有和神鬼的感靈。如《搜神記》中的〈阮瞻〉就是寫「素執無鬼論」的阮瞻被鬼嚇壞的故事，顯然是在證明鬼神的存在。〈蔣濟亡兒〉則寫蔣濟兒死後在陰間衙門裡當差，這也是宣揚佛教的天堂地獄的迷信思想。這類故事在魏晉南北朝志怪小說中為數甚多，帶有很濃厚的消極因素，易於麻痺人的思想，把人帶到宗教迷信的幻境中，使人們屈服於命運的安排，客觀上

起了鞏固封建統治的消極作用，這類作用無疑應予以摒棄。

四　藝術成就及在小說史上的意義

　　魏晉南北朝志怪小說處於小說發展的初期。在藝術形式方面，一般還是粗陳梗概。由於作者在寫作時都把怪異之事當作真事，按史家「實錄」原則如實記載。因而志怪小說的創作一般還不是有意識的文學創作，總的來看是多敘事少描寫，並不專意於人物形象的刻畫。一些故事雖以離奇取勝，但情節又往往簡單，和後來的短篇小說相比還有很大的距離，但一些優秀作品在藝術上也取得了相當的成就。

　　從小說藝術發展的角度看，首先是加強了故事的完整性和豐富性，情節曲折多變，表現手法富於現實性。如〈干將莫邪〉、〈韓憑夫婦〉、〈李寄斬蛇〉、〈劉晨阮肇〉、〈丁姑〉、〈左慈〉等，在情節結構上都擺脫了粗陳梗概的寫法。〈干將莫邪〉寫干將埋劍別妻；赤入山逢俠；俠客攜赤頭入宮行刺。這開頭、發展和結尾三部分，完整圓合，很自然地推進了故事的情節。而在〈李寄斬蛇〉中，作者先用官吏的無能、九女的懦弱反襯李寄的勇敢，再通過鋪寫李寄斬蛇的過程，刻畫李寄沉著機智的性格，最後寫李寄斬蛇後「緩步而歸」，再一次渲染了她的勇敢沉著。不僅故事委曲多姿，引人入勝，而且也成功地塑造了這個象徵人民戰勝災害的智慧與勇敢的少女形象。又比如《續齊諧記》中的〈陽羨鵝籠〉，寫書生自由出入鵝籠，嘴吐酒菜和女人，女人再吐男人，男人又吐女人，尋歡作樂，後又一一吞入，情節曲折有致，故事生動有趣，可謂「輾轉奇艷」、「幻中生幻」，大有山外有山，戲中有戲之妙。這說明此時有些志怪小說已開始注意避免平鋪直敘，追求情節波瀾曲折的趨向。

　　其次，有些描寫妖魅神怪的小說已不僅僅滿足於情節的離奇曲折，而且還常常賦予被描述對象以人性和可感的音容笑貌，用寫人的

手法來寫鬼神妖魅，因而也使之富於人情味和生活情趣，讀來興味盎然，給人的審美感受也比較豐富深刻。如《幽明錄》中的〈劉俊〉，寫三個在雨中爭奪瓠壺的小孩，行為詭異，顯係鬼魅，但舉止動作，聲口性情，完全是三個頑童，並不使人感到陰森可怕，反而感到活潑有趣。這一類故事在魏晉南北朝志怪小說中佔有相當的篇幅。它說明一些主要來自民間傳說的志怪小說，世俗性、人情味加強了，宗教性則相對減弱了。

第三、一些志怪小說已初步注意了對場面、人物動作、人物語言進行細節性的描寫渲染，以襯托人物性格。如《搜神記》的〈干將莫邪〉不僅具體描述了赤報仇堅決，不惜犧牲自己的剛烈行動，而且還通過他的頭被煮時「踔出湯中，瞋目大怒」的細節，突出地表露了他對楚王的死不瞑目的刻骨仇恨。〈韓憑夫婦〉寫何氏跳臺前「陰腐其衣」，表現她的機智、細心和「視死如歸」的殉情精神。又如《搜神記》中〈千日酒〉，寫劉玄石酒醒一段，亦可謂刻畫細緻，栩栩如生：「……乃命家人鑿冢破棺看之，冢上汗氣徹天，遂命發冢，方見開目、張口，引聲而言曰：『快哉醉我也！』因問希曰：『爾作何物也？令我一杯大醉，今日方醒，日高幾許？』墓上人皆笑之。」這裡寫劉玄石初醒時的動作、語言，真是神態如見。

魏晉南北朝的志怪小說在中國小說史上有著不容忽視的重要意義。從中國小說史的角度看，處於小說初級階段的魏晉南北朝志怪小說與同期的志人小說相比，具有更多的小說因素，最突出的是它有豐富的想像和幻想，比較鮮明的形象和比較完整的情節，這些因素在各種條件的作用下，不斷增長、擴大和完善，使它發展為更高級的小說形態。唐代傳奇就是在它的基礎上，又接受史傳文學的影響而發展起來的相當成熟的文言短篇小說。志怪雖進化為傳奇，但自身並未消逝，而是以更完善的形態繼續發展，自成一系，唐、宋、元、明、清均有志怪佳作。志怪小說可謂源遠流長，影響深遠。

同時，志怪小說為白話長短篇小說、戲劇提供了豐富的神怪故事的素材。宋人平話如《生死交范張雞黍》、《西湖三塔記》出自《搜神記》相同題材的故事；明長篇小說中的《封神演義》、《三國演義》和馮夢龍的「三言」，都吸收了《搜神記》的若干材料；關漢卿的《竇娥冤》，鄭光祖的《倩女離魂》，湯顯祖的《牡丹亭》、《邯鄲記》是〈東海孝婦〉、〈龐阿〉、〈焦湖廟祝〉的進一步發展；黃梅戲《天仙配》亦改編自《董永》；魯迅的新編歷史小說《鑄劍》亦以〈干將莫邪〉為藍本。另外，志怪小說在藝術想像和表現手法上為後代小說積累了一定的藝術經驗，一直給後代小說以深刻的啟示和影響。

第三節　唐代傳奇

一　唐傳奇興盛的原因

中國古代小說發展到唐代，進入了一個新的階段，被稱為「特絕之作」的傳奇小說，開始出現在文壇上，並以其優美的藝術形式和廣闊的社會生活內容，與唐詩同被譽為「一代之奇」。唐人傳奇的出現，說明我國古代小說已開始在文學領域裡獲得了獨立的地位。魯迅曾說：「小說亦如詩，至唐代而一變，雖尚不離於搜奇記逸，然敘述宛轉，文辭華艷，與六朝之粗陳梗概者較，演進之跡甚明，而尤顯者乃在是時則始有意為小說。」[6]魯迅的這段話，精確而概括地指出了唐傳奇在小說史上所起的變革作用：首先，傳奇小說絕大部分是文人有意識的創作，也就是說，唐傳奇的作者能比較自覺地借助小說的形式，通過故事情節和人物形象反映現實，抒寫理想。其次，傳奇小說在藝術形式方面有了極大的改進，無論構思布局、人物描寫、語言藝

6　魯迅：《中國小說史略》，見《魯迅全集》（北京市：人民文學出版社，1957年），卷8，頁54。

術，都達到了一個新的水平，它在藝術上的成就，已經超過了六朝小說，標誌著古代小說的成熟。

　　唐代文言短篇小說之稱為「傳奇」，最早見於晚唐裴鉶的《傳奇》一書，宋以後根據這種小說記敘奇行異事的特點，遂以傳奇概稱之。另一方面，由於當時人們對小說也還沒有擺脫傳統的偏見，一些正統派文人輕蔑地稱其為「傳奇」，以別於高雅的古文。

　　唐代傳奇的產生和發展，首先是和唐代經濟、政治形勢的變化分不開的。唐代前期，由於統治者在生產上採取了一系列進步的措施，如推行均田制，減輕賦役等，使農業生產得到迅速的恢復和發展，促進了手工業的發達和商業的繁榮。商品經濟的發達，帶來了城市的興盛和城市人員成分的複雜化，官僚豪紳、商販、手工業者、無業遊民、落魄文人匯聚一處，從而使得都市中人們的社會聯繫日趨廣泛，社會生活的內容更為複雜。這種狀況，一方面開闊了傳奇作家的視野，為他們的創作提供了豐富的素材，使他們有可能擺脫單純志怪的狹小範圍，而去表現廣闊的社會現實生活。另一方面，市民階層的興起，為了滿足他們對文化娛樂的需要，產生了「市人小說」。「市人小說」的現實性、通俗性、傳奇性的題材內容和藝術方法諸方面，無疑也為文人創作傳奇小說提供了有益的借鑒。

　　在政治上，初盛唐的統治者採取了較為開明的措施，不興文字獄，人們思想活躍，言論自由。這就使得文人們敢於大膽地反映現實生活，表達自己的思想感情。同時，唐代統治階級內部的矛盾也促成了小說創作同政治鬥爭的聯繫，對傳奇的創作思想產生了很大的影響。例如，唐朝前期的統治者對六朝以來享有特權的世族門閥採取抑制的政策，反映在小說中，就是《鶯鶯傳》、《霍小玉傳》等對士族婚姻制度的批判；中唐以後，統治階級內部鬥爭激烈，反映在小說中，是《周秦行紀》等含沙射影的作品的出現。另外，「安史之亂」後出現的藩鎮割據，對豪俠小說的產生，也有著深刻的影響。

　　其次，宗教思潮對唐傳奇也產生了一定的影響。唐代儒、釋、道三家並存，人們的思想也比較活躍，統治者特別提倡道教，道士女冠在社會上享有各種特權，風氣所及，社會上一些人競相建築道觀，崇尚道教，合藥煉丹，妄想長生不老，飛升成仙。這種思潮和風尚反映在傳奇創作上，就是促使求仙問道的作品大量出現。唐朝統治者雖尊崇道教，但佛教作為一種麻醉人民的工具，他們也予以提倡。而從傳奇創作的角度看，佛教與傳奇創作的關係更為密切。在思想上，部分傳奇作品滲透著濃厚的因果報應、生死輪迴的迷信觀念；在內容上，佛教故事為傳奇小說提供了一部分題材，如《續玄怪錄》中的〈杜子春〉就是取材於《大唐西域記》卷七〈烈士池〉；在藝術表現上，唐傳奇在佛教文學和佛教民間故事的影響下，想像力更為豐富，語言更為平易、準確、具體、生動。同時，佛經散韻夾雜的體裁，對傳奇小說的結構形式也有一定的影響。

　　第三，唐傳奇的興起和發展也是文學本身不斷發展的結果。六朝的志怪小說對唐傳奇有著直接的影響，它不僅在藝術表現上為唐傳奇提供了有益的借鑒，而且在題材、主題上也對唐傳奇產生深遠的影響。很多傳奇故事都是取材於六朝志怪，如《補江總白猿傳》、《遊仙窟》、《枕中記》、《南柯太守傳》、《離魂記》、《吳堪拾螺》等，這些故事，不僅題材承襲，而且在主題和藝術構思上也有明顯的繼承關係。六朝的志人小說雖不像志怪小說那樣對唐人傳奇有直接的淵源關係，但在記事傳人的現實性和藝術技巧等方面，也為唐傳奇積累了豐富的經驗。

　　當然，「粗陳梗概」的六朝小說不可能在藝術結構和人物描寫方面給唐傳奇以更多的影響，而在這方面，唐傳奇更得力於史傳文學的影響。從先秦兩漢至六朝的史傳文學，特別是《史記》對傳奇小說創作有很大影響。唐傳奇大部分作品的題名、結構、行文、人物刻畫都直接仿效《史記》的史傳體式。而介於正史與小說之間的野史雜傳，

描寫人物細緻生動，結構謹嚴完整，情節曲折委婉，對唐傳奇的發展、影響更為深刻。

同時，唐代各種形式的文學普遍繁榮，也在不同程度上，給傳奇發展以影響。特別是唐代民間文學新穎的題材、廣闊的社會生活內容、活潑多樣的表現形式，給傳奇帶來了許多啟示。民間「說話」的興起，使傳奇在有意識創作這一點上受到了重大影響。一些民間故事傳說，被傳奇作家採來加工再創作，如白行簡《李娃傳》即來源於民間說話《一枝花》。

另外，唐代古文運動與詩歌的發展，也影響了傳奇的創作。古文運動對文體的解放，使傳奇作家能夠充分利用其成功經驗，自由地敘事抒情，而唐代詩歌的現實主義精神也在一定程度上引導傳奇作家面向現實，反映現實。

第四，科舉制度對傳奇創作的繁榮也起過積極推動作用。唐代舉子們在參加科舉考試之前，往往撰寫一篇或數篇傳奇故事，呈獻給主考官或文壇領袖，以求留個好印象，從而在考試時引起他們的注意。這也叫做「行卷」。宋趙彥衛《雲麓漫鈔》說：「唐世舉人，先借當時顯人以姓名達主司，然後投獻所業，踰數日又投，謂之『溫卷』，如《幽怪錄》、《傳奇》等皆是也。蓋此等文備眾體，可見史才、詩筆、議論。」由於名利關係，「行卷」風氣到中晚唐尤為盛行。這和唐代傳奇的發展情況也是一致的。

二　唐傳奇發展概況

唐人傳奇根據它的歷史情況，可分三個時期：

（一）初唐到盛唐，是由志怪到傳奇的過渡時期

這時期作品的數量較少，基本上承襲了六朝志怪的餘風，內容多

以描寫神怪故事為主。但在描寫神怪時又穿插有人世間的事。藝術上雖較粗糙，但已逐漸注意到形象的描繪與結構的完整，敘述故事發展過程比較詳細具體，篇幅也較長，已經初露有意識創作的端倪，顯示出承上啟下的痕跡。

這時期的傳奇小說流傳至今的只有王度的《古鏡記》、無名氏的《補江總白猿傳》、張鷟的《遊仙窟》三篇。

《古鏡記》是現存唐傳奇最早的一篇，作者王度（約585-625），是初唐詩人王績之兄。小說主要是寫一面有靈性的神奇古鏡到處降妖伏怪、治病驅邪的故事。這篇小說的主題是矛盾的，神鏡一方面治病救人，另一方面又認為：「百姓有罪，天與之疾，奈何使我反天救物！」一方面置害人的妖精於死地，同時，也不饒恕那些並不害人的希望「變形事人」的精怪。出現這種主題前後矛盾的現象，正說明《古鏡記》是一篇用若干個有關鏡子的志怪故事貫串而成的作品，作家有意創作的意識並不明顯，它帶有六朝志怪小說的痕跡。但作者在小說中，又記述了自己家世、仕途及人事的變遷，虛虛實實，真真假假，故事情節曲折連貫，文字也較流暢優美，與「粗陳梗概」的六朝志怪相比，還是有較大的進步。

《補江總白猿傳》，無名氏作。故事寫梁將歐陽紇攜妻南征，途中妻子被白猿精劫走，救回時已有身孕，生子名詢，「聰悟絕人」，形貌卻像猿猴，長大後以文學、書法知名於時。作品的內容不外是搜奇獵異，但寫歐陽紇失妻後不避艱險，終於救回妻子，則表現了他對妻子的摯愛。這一點仍值得肯定。宋以後有人認為這篇小說是唐人為嘲諷貌似猿猴的歐陽詢而作，此說似事出有因，但也不必窮究坐實。《補江總白猿傳》在藝術上比《古鏡記》有了進一步的提高，首先在結構上，它已擺脫了平鋪直敘、流水帳式的簡單手法，而是圍繞白猿盜婦這一中心情節，展開矛盾衝突，著重描述歐陽紇歷盡艱辛，尋妻殺猿的行動。在殺死白猿後，又用倒敘的手法，交代白猿的惡行。在

語言上，它是用簡潔優美的古文寫成，敘事寫景也較生動形象。總之，雖然它在題材上仍不脫六朝志怪小說的怪異色彩，但在藝術表現上已初具傳奇小說的規模。

《遊仙窟》，作者張鷟（約660-740），字文成，在當時頗有文名。唐開元間，這篇小說已傳到日本，很受日本人推重，一直流傳不衰。而在國內，卻久已失傳，近世始由人從日本抄錄帶回中國。故事是作者自敘一次偶入仙窟的艷遇。這顯然是封建文人縱酒狎妓的浪蕩生活的自敘。小說具有較濃重的色情成分，同時宣揚了「歡樂盡情，死無所恨」的及時行樂思想，格調較低。但從另一方面看，十娘和五嫂的形象在一定程度上也體現了當時一些企圖衝破禮教束縛的女性生活的苦悶。其中，男主角張文成是以一個知識分子的形象出現，這種寫法與中唐以後許多以戀愛為主題的作品相近。《遊仙窟》藝術上的最大特點是基本採用一種韻散相同的形式，在簡單的情節中，穿插大量的詩歌駢語，並以此作為全篇的主體。這對後來傳奇小說通過賦詩言志來交流人物感情的寫法，顯然有一定影響。從傳奇小說的發展來看，《遊仙窟》已基本上擺脫了志怪小說的神怪氣息，開始著眼於「人事」的描寫，完成了由志怪小說到傳奇小說的過渡，在唐傳奇的發展中，具有不可低估的意義。

（二）中唐時期，是唐傳奇空前繁榮的黃金時代

作家輩出，佳作如林，流傳至今的唐傳奇名篇，絕大多數是這一時期的作品。這時期的作品內容上的一個重要特點就是從前期的以志怪為主轉為以反映現實生活為主。即使一些涉及神怪的篇章，也往往具有社會現實內容，而且反映的生活面較廣，觸及到社會的某些本質方面，具有較高的認識價值。藝術上也更加成熟，想像豐富，構思精巧，情節曲折動人，注意人物形象的描摹和刻畫，生活氣息很濃，完全具備了唐傳奇特徵的典型形態。

　　這一時期的作品中，以反映封建官場生活為題材的作品佔有一定的數量，如沈既濟的《枕中記》和李公佐的《南柯太守傳》。這兩篇傳奇小說都是以南朝宋劉義慶《幽明錄》中〈楊林入夢〉的故事為藍本，融合了志怪和寓言的表現手法，借夢境來影射現實，集中而深刻地寫出了封建官場的險惡和統治階級內部人物盛衰無常的悲劇，具有較強的現實意義。

　　以愛情婚姻為題材的作品，在這一時期的傳奇小說中，也顯得格外突出，這一類作品代表著唐傳奇的最高成就。這些作品大都歌頌堅貞不渝的愛情，抨擊了封建禮教和門閥制度對婦女的迫害，塑造了一系列具有一定反抗精神的女性形象，代表作有：蔣防的《霍小玉傳》、白行簡的《李娃傳》、元稹的《鶯鶯傳》、沈既濟的《任氏傳》、李朝威的《柳毅傳》，還有許堯佐的《柳氏傳》、陳玄祐的《離魂記》、李景亮的《李章武傳》等。

　　對封建統治者驕奢淫逸生活的揭露，以及對統治集團內部矛盾鬥爭的反映，也是這個時期傳奇創作值得注意的一個內容。這類作品主要有陳鴻的《長恨歌傳》、《開元升平源》託名牛僧孺而實為韋瓘所作的《周秦行紀》、柳珵的《上清傳》等。陳鴻的傳奇都能站在一定的歷史高度，通過敘述一系列歷史現象，來探究開元天寶之際治與亂的根源，總結歷史的經驗教訓，因此具有較高的史學價值。《周秦行紀》和《上清傳》則是當時「牛李黨爭」的產物，它直接利用小說來作為攻擊政敵的工具，典型地反映了封建統治集團內部由爭權奪利而引起的激烈鬥爭，同樣具有一定的認識價值。

（三）晚唐時期，是唐傳奇演變和衰微時期

　　這時期，傳奇作品的數量大大增加，出現了大批傳奇專集，表明晚唐文人對傳奇小說的進一步重視。主要集子有牛僧孺的《玄怪錄》、李復言的《續玄怪錄》、牛肅的《紀聞》、薛用弱的《集異記》、

袁郊的《甘澤謠》、裴鉶的《傳奇》、皇甫枚的《三水小牘》等。從內容上看，這些集子總的傾向是搜奇獵異，神怪氣氛復盛，與現實生活逐漸疏遠。但也出現了一些值得重視的新的題材，即出現了許多表現豪士俠客的作品，如袁郊的《紅線傳》、裴鉶的《聶隱娘》、《崑崙奴》、杜光庭的《虬髯客傳》等。這時期以愛情為題材的傳奇，寫得較好的有薛調的《無雙傳》、皇甫枚的《步飛煙》、牛僧孺的《崔書生》、裴鉶的《裴航》等。

晚唐的傳奇還有一些可讀之作，如牛僧孺的《郭元振》，寫郭元振斬除豬魔，拯救無辜少女，其中描寫被元振所救援的受難少女，毅然與貪財負義的父母決裂，跟隨元振出走，立意較新穎。牛肅的《吳保安》則寫出一對遇難朋友的深情厚誼，十分動人。李復言的《李衛公靖》寫李靖代龍降雨，反釀成水災，這個故事旨在告誡人們：必須按自然規律辦事，否則好心會帶來惡果。從總體上看，晚唐傳奇小說，浪漫主義傾向較為突出，刻意追求故事情節的離奇，嚮往虛無縹緲的幻境，從而削弱了傳奇小說的現實主義精神。並且篇幅一般都比較短小，內容也單薄，對人物性格也缺乏深刻細緻的描繪，儘管作品的數量不少，但從思想內容或藝術成就上看，都遠遜中唐時期那些著名的作品，呈現出一種逐漸衰落的趨勢。

唐代傳奇流傳至今的單篇作品約四十餘篇，專集四十多部，大都收入宋初李昉等編集的《太平廣記》裡，魯迅輯的《唐宋傳奇集》、汪闢疆輯的《唐人小說》都是較好的本子。

三　讚頌自主的愛情和婚姻

在唐傳奇中，寫得最精彩動人的是以青年男女愛情婚姻問題為題材的作品，它們通過活生生的藝術形象和感人的情節，猛烈抨擊了封建禮教和門閥制度的罪惡，著重反映了廣大婦女在婚姻愛情問題上所

受的迫害以及她們的反抗鬥爭，在一定程度上反映了人民群眾特別是婦女對愛情自由和婚姻自主的理想和願望，表現了進步的思想傾向。

　　蔣防的《霍小玉傳》是一篇描寫妓女與士子戀愛而以悲劇結局的傳奇小說，作者以極大的同情把霍小玉塑造成一個美麗癡情而又堅韌剛烈的悲劇形象。作為一個妓女，她渴望跳出火坑，她同李益相愛，就是要爭取真正的愛情生活，擺脫倚門賣笑、被人蹂躪的悲慘命運。而一經愛上李益，她就生死從之，至死不渝，最後並為此犧牲了年輕的生命。雖然從一開始她就清楚自己同李益社會地位的懸殊，就擔心自己被拋棄，但她仍然愛著李益。她對愛情的要求是很可憐的，只希望李益能和她度過八年的有限時光，然後任他「妙選高門」，成就婚事，自己便「捨棄人事，剪髮披緇」，遁入空門。為了李益的前途，她自願作出最大的犧牲。然而，在那個無情的社會裡，這麼一個可憐的最低要求，她也無法實現。李益的逾期不至，使她深陷痛苦的思念中，但她不是無可奈何地等待，而是變賣服飾，囑托親友，到處探尋李益。這不僅表現她對愛情的忠貞執著，也表現了她的百折不撓的頑強精神。最後，在黃衫客的幫助下，李益終於來到她的面前，當她確知李生負心後，她絲毫也不哀求，纏綿的愛立刻轉為強烈的恨，在臨死前，她怒斥李益的負心薄情，並發下復仇的遺願。作者就是這樣，把深沉的愛和強烈的恨統一在霍小玉的身上，成功地寫出了霍小玉溫柔善良而又剛強義烈的性格。

　　霍小玉的悲劇，是由於李益的「負心」。但值得注意的是，小說中的李益，並不是那種喜新厭舊的紈絝惡少，他的負心也不能簡單地歸結為玩弄女性。悲劇的發生包含著深刻的社會歷史原因。應該說，在李益赴官之前，是真心愛霍小玉的；離異之後，他「漸恥忍割」，對自己的負心感到羞愧；小玉死後，他「為之縞素，旦夕哭泣甚哀」，以致霍小玉才在死後現形，表示感嘆。然而，他同霍小玉的感情，卻與他的門第和個人的前途絕不相容，森嚴的門閥制度，使他最

終選擇門當戶對的封建婚姻。李益形象的塑造，顯示出現實主義的深刻力量。總之，《霍小玉傳》通過兩個主要人物的塑造，不僅反映了封建社會婦女被侮辱被損害的悲苦命運，同時也有力地揭露了封建門閥制度的罪惡。

而白行簡的《李娃傳》則從另一角度鞭撻了罪惡的士族婚姻制度，在李娃這個妓女形象的塑造上，也體現了現實主義的深刻性。作品不是把李娃寫成一個純情的女子，而是根據她妓女的身分，深刻揭示了她思想性格的複雜性。她本質純潔善良，也愛著鄭生，但長期的妓院生活又使她在計逐鄭生中忍情扮演了不光彩的角色。但她並未絕情，所以當她看到鄭生淪為乞丐，「枯瘠疥厲，殆非人狀」時，心靈深受震動，憐愛交織，她懷著一種悔過、贖罪的心情不惜一切地去救鄭生，使他重新出人頭地。這裡，李娃的思想性格不能簡單地歸結為對愛情的堅貞、忠誠，否則就無法解釋她前面參加的計逐行動。應該說，李娃後來的愛情摻和著強烈的道義感，她只要求把鄭生從沉淪中拔起，並不奢望與鄭生將來的結合。她這樣做，完全是為了公子，根本沒有什麼夫貴妻榮的念頭。當鄭生金榜題名，即將走馬上任時，李娃是這樣對鄭生說的：

> 娃謂生曰：「今之復子本軀，某不相負也。願以殘年，歸養老姥。君當結媛鼎族，以奉蒸嘗。中外婚媾，無自黷也。勉思自愛，某從此去矣。」

在這裡，我們看到的是一個風塵女子純潔而痛苦的靈魂。她不是不愛公子，而是她清醒地意識到，他們之間有著一條在當時是難以逾越的階級鴻溝。然而，作品的結局卻出人意料地呈現出喜劇的色彩，妓女李娃竟為鄭家明媒正娶，並進而受封汧國夫人。這個結局就本質而言，顯然是不現實的，但在當時人民極力反對士族婚姻制度的情況

下，虛構這一完滿結局，似乎也可以告訴人們：門當戶對的門閥婚姻原則也是可以突破的。這無異是對士族婚姻制度的挑戰。

　　《李娃傳》主題思想的深刻性，還在於通過滎陽公這個形象的刻畫，揭露了門閥制度維護者的虛偽性。在鄭生淪落時，他為了家族門第的尊嚴，不惜置親子於死地；一旦看到兒子做了官，卻又立即表示「吾與爾父子如初」，而且主動聘娶李娃。這種出爾反爾、前倨後恭的舉動，正是封建統治者虛偽的階級本性的表現。

　　元稹的《鶯鶯傳》是寫張生與崔鶯鶯相愛，後來又負心背棄的故事。女主角崔鶯鶯是一個出身貴族家庭的封建禮教叛逆者的典型，她聰明、敏感，感情纖細，加之封建禮教的薰陶，賦予她舉止端莊、沉默寡言的大家風範。她有著強烈的愛情要求，但卻深藏內心，表現得比較隱蔽和曲折。如她愛張生，並約他幽會，可是一旦張生真的出現在她的眼前時，她又感到十分驚懼，竟採取了完全違反自己初衷的行動，「斥責」張生「非禮之動」。這種愛而卻懼的心理狀態，正表明她的封建意識和愛情要求間的深刻矛盾，經過內心的激烈的鬥爭，她終於不顧一切後果地與張生私自結合，這一行為，無疑是對封建禮教的最大的叛逆。這對一個深受封建禮教束縛的大家閨秀來說，確實是難能可貴的。但遺憾的是，張生的始亂終棄，使得鶯鶯又一次無可挽回地陷入悲慘的境地。鶯鶯的悲劇無疑概括了歷史上許多純情女子被負心男子遺棄的共同命運。作者對張生卻抱著肯定的態度，並把他拋棄鶯鶯、另娶新人的行為譽為「善補過」，這反映了作者思想中存在著濃厚的封建意識，以至於大大削弱了作品的思想意義。

　　唐傳奇中還有一些具有神怪色彩的愛情小說，如沈既濟的《任氏傳》、陳玄祐的《離魂記》和李景亮的《李章武傳》、裴鉶的《裴航》等。這些小說繼承了六朝志怪的傳說，又有所創新，在神奇怪異的描寫中充滿了人間社會的清新氣息。這些小說都側重於謳歌精誠專一的愛情，並把這種愛情描寫與反封建禮教緊密交融在一起，在創作上更

傾向於浪漫主義。《任氏傳》中的任氏，是一個沒有受到封建禮教浸染而帶有幾分野性的狐女，在與鄭六的戀愛過程中，她處處採取進取的姿態。但她性格開朗卻並不輕挑，當富公子韋崟上門凌辱她時，為了保持自己的貞潔，她機智而勇敢地與之周旋，義正辭嚴，入情入理地譴責韋崟「忍以有餘之心，而奪人之不足」的不義行動，終於說服韋崟放棄邪惡的念頭。而當鄭生遠出就職時，她明知此行不吉，但為了不使鄭生失望，最後還是答應了他的要求，途中果為獵犬所害。任氏雖為狐妖，然而我們讀來卻覺得她可愛可親，這是因為在她「遇暴不失節，徇人以至死」的行動中，體現了廣大婦女的優秀品質，反抗強暴的可貴精神和追求美好生活的強烈願望。

《離魂記》是寫一個官家女子倩娘因愛而病，竟致魂離軀體，私奔出走，與青年王宙結合的故事。《李章武傳》是寫有夫之婦王氏與李章武相愛，王氏思念成疾而死，死後亡魂與李章武再會。這兩個故事都十分淒婉動人，它通過非現實的描寫，體現了兩位女子對愛情的精誠專篤以及她們在禮教束縛下的苦悶。《裴航》是晚唐較有影響的一篇傳奇小說，它寫書生裴航愛上貧女雲英後，一往情深，放棄了科舉考試，而去一心一意地追求雲英，經過種種努力，終於與她結為婚姻，裴航最終也因雲英是仙女而得道成仙。在愛情和仕途上的飛黃騰達的矛盾面前，裴航選擇了前者，這種選擇，在當時勢利薰心的世風中是極為難能可貴的。當然，作者的本意無非是想通過這個凡人與仙女結合的故事，宣傳求仙學道的思想，但由於他在客觀上寫出了裴航鄙視流俗的高潔品格，讚頌了不帶任何世俗勢利色彩的愛情，因此使得這篇小說在思想上發出了奪目的光輝。

在以婚姻愛情為題材的傳奇中，李朝威的《柳毅傳》也是一篇獨具特色、值得注意的上乘之作。它把當時人們所喜聞樂道的愛情、靈怪、俠義三方面的內容結合在一起，構成了一個美麗、動人的傳奇故事。《柳毅傳》的愛情描寫與同時代的愛情婚姻小說不同之處在於它

描寫柳毅與龍女的結合，不是出於什麼郎才女貌，一見鍾情，而是有
著更深一層的道德理想做基礎。柳毅救助龍女，完全是出於對封建婚
姻制度壓迫下的弱女子的同情。正是柳毅的這種正義感和光明磊落的
胸懷，才引起龍女全家的恭敬和感戴，而龍女對柳毅的傾慕和追求，
也是出於柳毅對自己有救助之恩。這樣的愛情描寫，顯然寄託了比一
般郎才女貌的愛情小說更多的道德理想和美學理想。同時，這篇小說
在一定程度上也表露出反對父母包辦婚姻，要求男女婚姻自主的進步
思想。故事中寫龍女的不幸婚姻是由「父母配嫁」，這就暗示出龍女
的夫婦失和的原因是婚姻不是出自於自由的選擇，而柳毅不肯在錢塘
君的威逼下娶龍女，龍女不願違背「心誓」改嫁給由父母擇定的「灌
錦小兒」，也都表明了男女婚姻應該自主的意思。

四　揭露封建政治的腐敗

　　深刻揭露封建社會官場的黑暗和政治的險惡，也是唐傳奇重要的
主題之一。唐代自安史之亂後，中央集權遭到嚴重的削弱，統治階級
內部的鬥爭愈演愈烈，不論是舊時的豪門世族或新發跡的達官貴人，
都已不可能長久保持其榮華富貴。升官發財，封妻蔭子只不過是過眼
的雲煙。於是，他們產生了人生無常、禍福難料，追求功名利祿而又
畏懼風雲變幻的心理。

　　唐傳奇在這方面也有深刻的反映，代表作便是沈既濟的《枕中
記》和李公佐的《南柯太守傳》。這兩篇傳奇用虛幻的故事，典型地、
形象地揭示了中唐時期的社會政治生活的複雜面貌。《枕中記》中盧
生的形象在唐代士子中是具有典型性的，他醉心仕途的思想和願望，
反映了當時士子的普遍心態。他認為人生在世，應當建功立業，出將
入相，享盡榮華富貴，成為豪門世族，而不應該落魄潦倒，困居鄉里。
呂翁的一個枕頭使他在夢境中一切如願以償，娶了貴族家的女兒，做

了節度使，當了宰相，但也因此而招致嫉恨，先後兩次被貶流放，幾乎自殺，後來借助於宦官的力量，總算重新得到皇帝的寵信，位極人臣，壽終正寢，可醒來後卻是黃粱一夢。作者通過盧生夢境中一生的遭遇，無非是要勸誡世人不要熱衷於功名富貴，人生的榮辱窮達不必縈繞於心，這顯然是作者歷盡仕途滄桑後產生的看破紅塵的思想。

　　《南柯太守傳》的立意，與《枕中記》差不多，但它所反映的人物關係、矛盾性質與《枕中記》卻有所不同，它所反映的不只是一般的君臣關係或大臣間的傾軋，而是皇親國戚之間的疑忌。淳于棼以駙馬身分出任南柯太守，倚仗公主之勢而顯赫榮耀，又因公主之死而失勢，因有植黨招權的嫌疑被皇帝疏遠，軟禁起來，最後把他遣返原籍。這顯然是當時那些依靠裙帶關係而飛黃騰達的顯貴們的活生生的寫照。淳于棼的宦海沉浮典型地反映出了封建社會那種岌岌可危、朝不保夕險惡的政治環境。篇末又借李肇贊語進一步點明了小說主旨：「貴極祿位，權傾國都。達人視此，蟻聚何殊。」把封建朝廷比作蟻窟，把那些爵祿高登的庸碌之徒斥為蟻聚，其諷刺之情，鄙夷之態，是何等的鮮明、強烈。這個結尾是十分成功的，它起到了畫龍點睛的作用。

　　這兩篇小說都充滿了厭世無常和浮生若夢的消極情緒，這固然表現了作者在佛道思想影響下的思想侷限，但也反映了作者對政治現實的憤懣和對當權者的諷刺。

五　禮讚除暴安良的豪俠

　　唐傳奇中還有一些讚頌豪士俠客除暴安良、見義勇為的作品。這類作品主要出現在晚唐時期，這類作品的出現，原因是多方面的，但主要的是由於當時的政治形勢所決定的。「安史之亂」後，藩鎮割據更為嚴重，它們割據一方，擁兵自重，與朝廷對抗，有的甚至稱王稱

帝。藩鎮之間為擴張勢力也互相攻伐，明爭暗鬥，並往往蓄養俠士刺
客，作為自己爭權奪利的工具，因此社會上盛行遊俠之風。而飽受戰
亂之苦的人民群眾，對現實極為不滿，也希望出現英雄豪傑來扶危濟
困，仗義除奸。這些都為豪俠小說的產生提供了社會基礎。同時，由
於當時神仙方術的盛行和許多俠義小說的作者都信奉佛道，又使這類
小說披上了一層超現實的神秘色彩，出現在小說中的俠客往往具有特
殊的武藝和神術，是一些神出鬼沒的奇人。

　　袁郊的《紅線傳》寫身為女奴的豪俠紅線，運用盜取金盒的特殊
手段，及時制止了藩鎮田承嗣和薛嵩之間的一場血腥鬥爭。它雖然間
雜著封建報恩觀念和因果輪迴，遁身隱跡等佛道思想，但也在一定程
度上揭露了唐代末期藩鎮割據、互謀吞併的黑暗現實，反映了勞動人
民反對藩鎮戰爭，渴望安居樂業的思想。作者對紅線這個女豪俠形象
的塑造是成功的，她既有「勢似飛騰，寂無形跡」的超人技藝，又具
備普通人生活習俗和情感。特別值得注意的是，作品敢於把一個普通
的奴婢寫成豪俠，這對講究等級名分、「男尊女卑」的封建社會來說，
確實是難能可貴的。而身為女奴的紅線，她立身行事，不僅著眼於
「報恩」和「贖身」，而且還能考慮到：「兩地保其城池，萬人全其性
命，使亂臣知懼，烈士安謀。」這就使紅線的行動又在一定程度上衝
破了個人的恩仇觀念，從而使整個作品的內容具有進步的思想傾向。

　　杜光庭的《虯髯客傳》也是一篇帶有超人色彩的俠客小說。它以
楊素寵妓紅拂大膽私奔李靖的愛情故事為線索，描寫隋末有志圖王的
虯髯客在「真命天子」李世民面前折服，出海自立的故事。這個故事
英雄傳奇的色彩很濃。紅拂、李靖、虯髯客三個人物性格鮮明，英氣
勃勃，被後人譽為「風塵三俠」。出身卑微的紅拂於亂世中，識穿楊
素尸居餘氣的本質，毅然私奔風流倜儻、卓有才智的英雄李靖。紅拂
的這一行動，說明在激烈的社會變革時期，受壓迫的奴隸思想上的解
放，他們敢於突破封建意識的束縛，蔑視腐朽的權貴，追求自由幸福

的愛情生活。虬髯客的形象較為複雜，作者把他塑造成豪放慷慨，仗義助人，有遠見卓識而行動詭秘的俠客。他胸懷壯志，饒有資財，不同於李靖、紅拂擇主而事，而想乘社會動亂之機，幹一番爭王圖霸的事業。但他又有自知之明和知人之見，當他認識到太原李世民是「真命天子」時，便主動放棄逐鹿中原的念頭，而遠走海外，自立為君。小說通過這些人物的活動，一方面重在宣揚李唐王朝的神聖和永恆性，但另一方面又維護統一，反對分裂，這在晚唐群雄割據、社會動亂不安的特定歷史時期，又具有一定的合理性。

　　裴鉶的《聶隱娘》的故事近似於《紅線傳》，而情節更為離奇。在聶隱娘的主要行動中，既反映了藩鎮之間尖銳的矛盾鬥爭，也部分地體現了人民要求復仇，渴望出現為民除害的豪俠的迫切心情。

　　豪俠小說還值得注意的是，一些作品將俠士排難解紛的精神滲透到愛情婚姻的領域中。中唐以愛情婚姻為題材的小說中，已偶有出現俠客的形象，如《霍小玉傳》中的黃衫客，《柳氏傳》中的許俊，都是挺身而出、成人之美的俠客，而《柳毅傳》中的柳毅，也可算是以書生的形象來表現俠客見義勇為的作風。晚唐這類題材的豪俠小說也有不少，寫得較好的有裴鉶的《崑崙奴》和薛調的《無雙傳》。《崑崙奴》塑造了一個聰明機智、俠骨義膽的「義僕」磨勒的形象，磨勒突破重重難關，把受奴役、被侮辱的紅綃妓從大官僚的魔窟中救了出來，使她與所鍾愛的年少貌美的崔生結為夫妻。磨勒這個行動的意義已不僅限於封建的恩主義僕的範疇，而是表達了當時受壓迫人民希望解脫苦難的良好願望。同時作品通過對紅綃遭遇的描寫，也反映了豪門貴族的倚勢欺人以及封建女奴的悲苦命運。

　　《無雙傳》中的古押衙，也是一個富有個性的俠義之士，他為了救出被籍沒入宮的無雙，以成全王生和無雙的愛情，冒著困難和危險，暗中施行奇計，救出無雙後，為了保證他們二人的幸福，又舉刀自刎以滅口，捨命報恩。作者通過這個人物形象，體現了受恩必報、

捨命全交的道德觀念，讚揚了「士為知己者死」的精神。但古押衙在行計過程中，為保守秘密而冤殺十幾個知情相助的人，這就絕不是一種道德行為了，這也說明了「士為知己者死」這類封建道德本身的侷限性。

六　唐傳奇的特點

　　首先，從創作意識上看，唐傳奇的作者一般都是有意識地進行小說創作。他們一反漢魏六朝小說的「紀實法」，自覺地借助小說的形式，通過故事情節和人物形象反映現實生活或某種理想，在創作過程中，充分發揮作家想像、虛構的才能，使故事更生動，藝術形象更具有典型意義。這一點我們可以從兩方面來理解。其一，在以神仙鬼怪為題材的小說中，傳奇作者不再像六朝小說作者那樣，把神仙鬼怪的故事看成生活的真事，而是把它作為表現作品主題和作者理想的一種手段，隨便驅使，任意處置。比如《柳毅傳》，它所描述的「傳書」和「娶龍女」的故事，顯然是受到干寶的《搜神記》中的〈胡母班〉、〈鄭容〉、〈娶河伯女〉等故事的啟發而寫成的。但干寶在記錄時顯然是以真事視之，唯恐失實。而李朝威則僅僅是借用了這些傳聞故事，進行藝術的再創造，通過豐富優美的想像，歌頌了有情有義的柳毅和敢於反抗封建禮教束縛、追求自由幸福的龍女，從而體現了作者進步的思想傾向。相類似的作品還有《任氏傳》、《裴航》、《李章武傳》等。其二，唐代傳奇中有不少描寫現實人生的作品，不再拘泥於生活中的真人真事，打破了「紀實研理，足資考核」[7]的舊傳統，這一特點更鮮明地體現在取材歷史的傳奇中，如《長恨歌傳》、《東城老父傳》、《開元升平源》等，它們雖然是以真人真事或真實的傳聞故事

7　邱煒萲：《客雲廬小說話》，引自阿英編：《晚清文學叢鈔》〈小說戲曲研究〉卷。

作為題材，但卻不能跟史書等量齊觀。因為作者在創作時，已有意識地進行了一定的藝術加工和虛構，作者實際上是想通過再創造的藝術形象來體現自己的歷史觀。至於像杜光庭的《虬髯客傳》一類的小說，就更加不受歷史事實的約束，它只是借用了楊素、李靖、李世民等歷史人物的名字，而整個故事情節以及時間地點都是虛構的。在這裡，歷史事實只是起了提供小說背景、啟迪作者思路的作用。總之，有意識的小說創作最明顯的標誌就是藝術的想像和虛構，這是唐傳奇的一大特點，也是它與「雜錄」、「志怪」最大不同之處。它表明從唐傳奇開始，中國古代小說才從某些模稜兩可的概念中解放出來，開始以它那特有的風貌在文壇上獨樹一幟了。

其次，唐傳奇繼承和發揚了史傳文學現實主義傳統，也汲取了神話傳說、志怪小說的浪漫主義精神，使傳奇小說在創作方法上發展到一個新的水平。從現實主義精神這方面來看，唐傳奇中的一些代表作品，比較注意「對於人和人的生活環境作真實的、不加粉飾的描寫」[8]。從作品所反映出來的社會生活的深度和廣度來看，唐傳奇的作家對生活是抱著積極干預的態度的，他們對生活的觀察相當深刻、細緻。《霍小玉傳》中書生李益形象的塑造就是極好的例子。作者筆下的李生並不是那種單純玩弄女性的紈綺子弟，他結識霍小玉的緣起固然是以獵取女色為目的，然而，當他同霍小玉見面後，就被這個美麗聰慧的少女的溫柔多情所感動，因而從第一次見面直到她死，始終對她有著一定的感情。他對自己的負心感到羞愧，對小玉的割捨感到痛苦。直到小玉死後，他還「為之縞素，旦夕哭泣甚哀」。這一切，似乎是矛盾的，然而正是在李益這種情感和行動的矛盾中，顯示了作家對生活觀察的現實主義深刻性。因為，李益對霍小玉的感情與他的

8　高爾基：《談談我怎樣學習寫作》（北京市：人民文學出版社，1978年），見〈論文學〉，頁163。

門第和個人前途是絕不相容的。這正是李益「忍情」背棄霍小玉的主要社會歷史原因。作者在李益形象的塑造中，顯示出了他對唐代社會歷史的深刻認識。其他諸如《李娃傳》、《鶯鶯傳》、《柳氏傳》、《東城老父傳》、《長恨歌傳》等等，也都稱得上現實主義的傑作，這些小說主題的社會意義都較深刻，它們從各個不同的側面，通過各種藝術形象，對唐代複雜的生活現象作了本質的、合乎規律的反映，這也正是現實主義傳奇作品所作出的重要的貢獻。

　　唐傳奇中也有大量帶有浪漫主義傾向的作品。特別是一些描寫婚姻愛情的作品，反映了人民積極向上的、進步的理想，讚頌了某種高尚的道德情操，具有鮮明的積極浪漫主義的傾向，比如像《任氏傳》、《柳毅傳》、《李章武傳》、《離魂記》等，它們或寫神鬼狐妖與凡人的纏綿悱惻的愛情故事，或寫少女因愛戀相思而魂離軀體、離家私奔的大膽舉動，都充滿了奇異美妙的幻想。

　　在《枕中記》和《南柯太守傳》中，兩位作者也充分利用了浪漫主義的表現手法，打破了時間和空間的界限，擺脫了人世的羈絆，把主人公起伏變化的一生壓縮於一夢之中，離奇神異，變化莫測。這樣的奇思遐想，可以使作者的想像在更廣闊的天地中翱翔，可以更率真地評判人物，針砭時弊，這種巧妙的藝術構思往往能夠更廣泛深刻地反映真實的社會內容，有助於揭示事物的本質。

　　總之，創作方法的多樣化，同樣標誌著唐代傳奇小說的成熟。

　　第三，從小說藝術的表現技巧來看，唐傳奇無論在情節結構、人物描寫或語言藝術上都達到了一個新的水平。唐傳奇的故事情節一般都能做到構思精巧新穎，結構嚴謹完整，波瀾起伏，曲折有致，富於懸念，具有較強的藝術吸引力。漢魏六朝的小說，大都以作者的見聞和感受作為結構線索，因此故事情節往往不完整。相形之下，唐傳奇卻要高明得多，它開始把故事情節放到結構的中心位置，改變了多數古代小說的類似散文的結構形式。如《柳毅傳》，從柳毅落第返湘，

在涇河之濱與龍女相遇寫起，通過倒敘交代了龍女在夫家受虐待的不幸遭遇，暗示了包辦婚姻的不合理；接著又鋪敘柳毅去洞庭龍宮送信的場面，然後引出了性格暴躁的錢塘君，救回了龍女。在傳書故事已經完結，柳毅將離開龍宮的時候，突然又出現了錢塘君硬要做媒，柳毅正色拒絕的情節。柳毅回家後，兩次娶妻都夭折了，最後終於與龍女化身的盧氏結婚。整個故事結構十分嚴整，富有浪漫色彩的情節安排得十分巧妙，一波未平，一波又起，跌宕起伏，引人入勝。

唐傳奇還善於根據表現主題的需要，截取人物經歷的某一方面和某一階段，或突出一兩個中心事件來刻畫人物，如《任氏傳》，在剪裁和布局方面，作者根據主題的需要，重點選擇了兩個情節來描寫任氏對鄭六愛情的忠誠：一是抗拒韋崟的強暴行動；一是明知「是歲不利西行」，但為了滿足鄭六的要求，不惜犧牲自己的生命。通過這兩件典型事例突出了任氏對愛情堅貞不渝的品格，從中亦可見出作者藝術構思的匠心。

唐傳奇中還有一種繫事寫人，由人及事的結構形式，它以主人公所經歷的某一件事為中心，以重大的歷史變故作為促使故事情節發展變化的社會背景，重點是記敘人物的生活狀況，思想風貌和心理狀態，具有條理清晰、層次分明、故事性強的特點，像《東城老父傳》、《長恨歌傳》、《高力士傳》等都屬於這一類。

在人物形象塑造上，唐傳奇塑造了一系列性格比較鮮明的人物形象，而且描寫的對象涉及社會生活的各個階層，有落第書生、紈絝子弟，有大家閨秀、風塵妓女，有帝王后妃、官僚貴族，有豪俠之士、商賈藝人，他們代表著不同的社會階層和思想傾向。傳奇作者善於通過不同人物所處的社會環境和生活經歷，來揭示他們的心理，刻畫他們的性格，這些形象既有自己的性格特徵，同時又有一定的典型意義。即使一些身分處境相近的人物，在不同作家的筆下寫來也各具風貌，富有鮮明的個性。如李益和張生，都是負心薄行的士人，而他們

的個性卻截然不同。李益愛霍小玉，但又無法擺脫世族婚姻的誘惑，在辜負盟約後，自感心虛理虧，羞愧痛苦，因此對霍小玉只能採取欺瞞躲匿的方式；張生則表面上顯得莊重、深沉、誠摯，背約之後，還擺出正人君子的面孔，無恥地為自己的行動辯護。霍小玉和李娃同是忠於愛情的妓女，前者顯得癡情、善良、單純、敢愛敢恨、寧死不屈；後者則深於世故，老練沉著。任氏和龍女都屬於「異類」女子，而任氏的形跡、性格近乎風塵女子，她的多情智慧中包含著義烈貞節；龍女則更像現實生活中的名門閨秀，憂鬱中包含著豐富的感情。作者之所以能鮮明地寫出這些不同人物的不同性格，主要是通過真實地深入描寫人物的環境、教養、出身、遭遇而完成的。

在刻畫人物形象時，唐傳奇還出現了肖像描寫、心理描寫和細節描寫等等。像《霍小玉傳》等優秀作品已經摒棄了靜止而又單純地勾勒外貌的寫法，開始圍繞情節的展現和性格的發展，動態地、多方面地描寫人物的嬉笑怒罵、外貌、服飾、表情和姿態等等。比如在霍小玉出場前，作者先讓鮑十一娘贊她為「仙人」，淨持說她「不至醜陋」。霍小玉剛剛亮相，蔣防就用生花的妙筆渲染她的照人的神采：「但覺一室之中，若瓊林玉樹，互相照耀，轉盼精彩射人。」繼而又寫她的笑貌和聲容。在李益始亂終棄的過程中，又進而窮形盡相地描寫霍小玉「流涕觀生」、「含怒凝視」、「長慟號哭」，從而深刻表現了霍小玉善良、癡情、剛烈的性格。在心理描寫方面，唐傳奇雖還處在雛形階段，多數心理描寫還離不開人物的語言，但在某些地方也有新的突破，像《鶯鶯傳》就採用了「以詩傳情」的手法，《李衛公靖》則用無聲描摹來刻畫李靖代龍降雨前的心理活動：「吾擾此村多矣，方德其人，計無以報。今久旱苗稼將悴，而雨在我手，寧復惜之？」細節描寫在唐傳奇中則較為成熟，往往寥寥數語就能十分傳神地展示人物的內心世界。試讀《李娃傳》中鄭生初見李娃的細節描寫：

他日，乃潔其衣服，盛賓從，而往扣其門。俄有侍兒啟扃。生曰：「此誰之第耶？」侍兒不答，馳走大呼：「前時遺策郎也！」娃大悅曰：「爾姑止之，吾當整妝易服而出。」生聞之私喜⋯⋯

輕輕幾筆，把鄭生、侍兒、李娃三個人不同的心理狀態表現得活靈活現。

唐傳奇還善於使用對比、烘托、個性化的對話等手法來表現人物的個性，這些藝術手法都使唐傳奇在人物形象的塑造上達到一個較高的水平。

唐傳奇的語言也取得了較高的成就，它的語言具有既華艷又質樸的特點。一方面它繼承了古代散文、駢體文、詩歌語言的優良傳統，大量運用了描寫性質的形容詞和駢偶語句，並且也能較好地表情達意。如《遊仙窟》、《柳毅傳》、《南柯太守傳》、《長恨歌傳》等就間雜了很多較為平易的四言和六言的對句，而且多數都寫得相當活潑灑脫，都能較好地表達出人物的思想感情和性格特徵。另一方面，唐傳奇也吸收了較多的民間俚語俗諺中富有生命力的詞匯，顯得活潑自由，生活氣息較濃。如人稱代詞往往直用「我」「你」「他」，形容聲音用「骨董一聲」，用「鞋」比喻夫妻和諧等等，都採自民間口語，又如《上清傳》中德宗罵陸贄語：「這獠奴！我脫卻伊綠衫，便與紫衫著。又常喚伊作陸九。我任賓參，方稱意，次須教我枉殺卻他。及至權入伊手，其為軟弱，甚於泥團。」純是口語，使人如聞其聲。

唐傳奇的語言還具有精練準確、文辭雅潔的特點，敘述性的語言，一般都很精練，要言不繁。如《枕中記》全文不過千餘字，寫盡人生仕宦風波，榮辱得失，語言的精練準確，可謂達到了爐火純青的地步。而描寫性的語言也具有形象鮮明、描摹生動的特點，如《李娃傳》中描寫東西兩肆比賽唱輓歌的場面，作者用繪聲繪色、唯妙唯肖

的語言，把唱輓歌的神態舉止、聲調表情、乃至客觀效果，都逼真地刻畫出來，使讀者有耳聞目睹之感。

七　唐傳奇在小說史上的地位和影響

　　唐傳奇在我國小說史上承前啟後，佔有重要的地位。由於唐傳奇的作家是有意識地進行小說創作，不但擴大了小說的題材，而且提高了小說創作的藝術水平，把處於雛形狀態的六朝「粗陳梗概」的小說發展到了比較成熟的階段，使小說形成了自己的規模和特點。唐傳奇創造了一系列不同類型的藝術典型，如霍小玉、李娃、崔鶯鶯、任氏、柳毅、倩娘、紅線、「風塵三俠」等，都是富有藝術生命力的人物形象，為小說創作中藝術形象的典型化提供了有益的經驗。唐傳奇中各種不同題材的小說對後世的各類小說也產生了直接的影響，如以婚姻愛情為題材的小說對後代的才子佳人小說，豪俠小說對後來的俠義小說，顯然都有明顯的影響，唐傳奇中關於狐鬼仙妖的小說對後世的神魔小說、蒲松齡的《聊齋誌異》等的影響也是顯而易見的。

　　同時，唐傳奇的題材也為後來的小說戲曲提供了豐富的題材來源。宋以後，根據唐傳奇的題材進行改編再創作的小說、戲曲大約有一百多種，小說如宋元話本《李亞仙》、《陳巡檢梅嶺失妻記》、《鶯鶯傳》、《黃粱夢》，明擬話本如《杜子春三入長安》、《李公佐巧解夢中言，謝小娥智擒船上盜》、《吳保安棄家贖友》、《白娘子永鎮雷峰塔》等等。戲曲如《西廂記》、《曲江池》、《南柯記》、《邯鄲記》、《紫釵記》、《倩女離魂》、《長生殿》等等，都改變自同題材的唐傳奇小說。這種題材的襲用，有的增添了新內容，有的有所發展和創新，成為一代佳作，如《西廂記》、《長生殿》等。這些都說明了唐人傳奇承上啟下、繼往開來的重要地位和深遠影響。

第四節　宋元明傳奇小說

一　宋元傳奇

宋代傳奇是直接承襲唐傳奇而來的，其成就遠不如唐傳奇，如魯迅先生所言：「宋一代文人之為志怪，既平實而乏文彩，其傳奇，又多托往事而避近聞，擬古且遠不逮，更無獨創之可言矣。」[9]

宋傳奇寫得較好的主要有以下兩類作品：

一類是側重描寫歷史上帝王后妃的事蹟，揭露了封建統治者的荒淫腐朽、昏庸誤國，勸諷之意較明顯，具有一定的歷史認識價值。這類作品主要是以隋煬帝和唐玄宗這兩個帝王為描寫對象。寫隋煬帝的有偽托顏師古作的《隋遺錄》、無名氏的《隋煬帝海山記》、《迷樓記》、《開河記》等，這些作品大部分是記述隋煬帝開運河，遊江都，造迷樓，修西苑等奢侈淫樂的生活，揭露了隋煬帝的荒淫專斷和奸官佞臣們的助淫助虐、殘忍貪婪，也反映了廣大宮女和開河民夫倍受蹂躪，勞身傷命的悲苦命運。寫唐玄宗的有樂史的《楊太真外傳》、秦醇的《驪山記》、《溫泉記》、無名氏的《梅妃傳》等，這些作品或寫唐玄宗與楊貴妃豪華奢侈的宮廷生活，或寫楊貴妃與梅妃之間的嫉妒爭寵，在一定程度上揭露了唐玄宗荒淫誤國以至釀成天下大亂的史實。但作者在批判的同時，對唐玄宗與楊貴妃的愛情悲劇卻抱以同情，使作品的主題複雜化了。

這類作品在藝術上成就不高，多數只是一般的客觀敘述，內容蕪雜，結構鬆散，缺乏組織剪裁，有獵奇堆砌之嫌。

宋傳奇另一類作品是取材現實，主要描寫男女戀情和妓女生活的。

9　魯迅：《中國小說史略》，見《魯迅全集》（北京市：人民文學出版社，1957年），卷8，頁85。

寫得較好的有張實的《流紅記》和柳師尹的《王幼玉傳》、秦醇的《譚意哥傳》、無名氏《李師師傳》等。《流紅記》是根據唐人筆記中的《紅葉題詩》的故事改寫而成的，作品較真實地反映了被禁錮在深宮的宮女的精神苦悶，以及對自由、愛情的渴望，有一定的現實意義。《王幼玉傳》寫的是妓女王幼玉的愛情悲劇，作品表現了一個被侮辱、被損害的少女不甘心賣笑的屈辱生活，和爭取獲得做人的尊嚴的強烈願望，深刻揭露了封建社會對下層婦女的殘害。《譚意哥傳》寫妓女譚意哥與小官吏張正愛情離合的故事，情節仿襲《霍小玉傳》，由於作者從陳腐的封建觀念出發，著意把譚意哥塑造成一個恪守封建禮教的婦女形象，「言理多於言情」，因而大大削弱了作品的現實意義。《李師師傳》是寫北宋末名妓李師師與宋徽宗趙佶的風流韻事。小說批判了宋徽宗窮奢極欲和荒淫無度，以及奸臣、閹宦們的禍國災民。末尾處寫李師師在異族入侵、國難當頭之時，慷慨捐錢助餉，敢於痛斥賣國求榮的奸佞，不惜仗義捐生，表現了一定的民族氣節。

  以上是宋傳奇值得一提的幾篇，其成就遠不如唐傳奇。究其原因，一是在創作上缺乏創造性，一味模擬唐傳奇，又只拾其皮毛，失其精髓。如唐傳奇面對現實，取材於生活，而宋傳奇則多數迴避現實，主要取材於歷史；唐傳奇注意謀篇布局，提煉加工，而較多的宋傳奇卻顯得蕪雜，而且為逞才氣摻入了大量游離情節之外的詩詞，不僅妨礙了敘事的統一性，也使小說變得冗長而不精練。「加以宋時理學盛極一時，因之把小說也多理學化了，以為小說非含有教訓，便不足道」[10]。這樣，就更使宋傳奇失去了生命力。

  元代傳奇繼宋傳奇後更趨衰微，不僅作家少，作品少，作品的質量也不足深論，這裡也就略而不述了。

---

10 魯迅：《中國小說史略》，見《魯迅全集》（北京市：人民文學出版社，1957年），卷
  8，頁331。

二　明初傳奇

　　傳奇小說經過宋元兩代的衰微冷落，到了明初出現了新的轉機，主要標誌是瞿佑的《剪燈新話》、李禎的《剪燈餘話》的出現。

　　瞿佑，字宗吉（1347-1433），號存齋，錢塘人，早年便享有文名，但一生懷才不遇，只做過訓導、教諭、長史一類小官，永樂間，因詩蒙禍，謫戍保安十年。《剪燈新話》成書於洪武十一年（1378）前後。這部作品共載有二十二篇傳奇，內容多數是關於婚姻戀愛、鬼神怪異的故事。其中一些優秀的篇章，在一定程度上反映了封建婚姻制度的不合理和元明之際社會現實的黑暗，表現了人民群眾的某些進步的要求和善良的願望。以婚姻戀愛為題材寫得較好的有〈金鳳釵記〉、〈翠翠傳〉、〈綠衣人傳〉等。〈金鳳釵記〉寫富家小姐興娘與崔生在孩提時代就由父母約為婚姻，但此後一別十五載，崔生杳無音信，興娘因思念崔生抑鬱而死，死後魂附其妹慶娘之體，與崔生私為夫妻。作品通過這一美麗的幻想情節，熱情讚美了青年人生死不忘的愛情。〈綠衣人傳〉寫一個綠衣女鬼和書生趙源生相戀的故事，反映了當時廣大婦女追求美好生活的願望，有力地揭露和批判了賈似道荒淫殘暴、草菅人命的令人髮指的罪行。〈翠翠傳〉寫的是一對恩愛夫妻在元明之際的戰亂中的不幸遭遇。妻子翠翠在戰亂中為亂軍頭領據為侍妾，丈夫金定尋到軍中，以兄妹相稱，咫尺天涯，難得一見，最後他們在難以忍受的精神折磨中先後死去，只能把恢復夫妻名分的願望寄託於死後。這個故事控訴了戰亂給人民帶來的苦難，反映了人民久亂思安，希望有一個和平安定的社會環境，過安居樂業生活的迫切心情。這幾篇小說文筆清新，情節曲折，寫得纏綿悱惻，淒婉深沉，有一定的藝術感染力。

　　一些以鬼神怪異為題材的小說，雖多數滲透著濃厚的因果報應的

封建思想，但由於作者把故事發生的背景放在人民的流離痛苦、社會的動蕩混亂上，因此也具有一定的現實意義。如〈太虛司法傳〉寫馮大異不信鬼神而發展到與鬼神搏鬥。作者筆下的陰曹地府、牛鬼蛇神的種種暴行，使人自然聯想到封建統治集團的黑暗殘暴。〈三山福地志〉揭露了達官貴人以怨報德的醜惡本質，提出當政的丞相、平章不過都是陰間無厭鬼王、多殺鬼王投生，因而在世間貪饕不止，賄賂公行，殘殺良民，反映了元末政治的腐敗。〈令狐生冥夢錄〉也通過令狐生之口尖銳地揭露了官吏之貪婪：「始吾謂世間貪官汙吏受財曲法，富者納賄而得全，貧者無資而抵罪，豈意冥府乃更甚焉！」在揭露封建社會黑暗殘暴方面，這些小說的確寫得十分深刻大膽。

瞿佑《剪燈新話》在藝術上有意追蹤唐人傳奇的作風，在講述一個奇異故事的同時，較注意對人物形象和社會生活的刻畫描摹，故事情節比較委婉曲折，描寫也比較細膩，語言華艷典雅。但喜用詩詞駢語，形成一種韻散相間、駢散相間的格局，影響了小說的精練集中。

《剪燈新話》出現後，深受時人的歡迎，一時仿作紛起，《剪燈餘話》便是一部較有代表性的模仿之作。

《剪燈餘話》，作者李禎，字昌祺（1376-1452）；盧陵（今江西吉安縣）人，曾任禮部郎中和廣西、河南布政使等官職。為人剛正嚴肅，學問淵博。《剪燈餘話》成書於永樂八年（1410）前後，全書共載三十一篇傳奇小說。這部作品完全是《剪燈新話》的仿作，許多作品題材命意、藝術構思都與《剪燈新話》相近，但文中羅列的詩詞韻語比《剪燈新話》要多，因此篇幅顯得更長。從總體看，《剪燈餘話》的思想、藝術成就比《剪燈新話》稍差，但有些篇章也寫得不錯，如〈鳳尾草記〉、〈瓊奴傳〉、〈鞦韆會記〉、〈賈雲華還魂記〉，都以愛情婚姻為題材，通過青年男女為爭取自由的愛情婚姻所作的努力和所遭受的苦難，鞭笞了吃人的封建禮教和惡勢力，讚美了純真高尚的愛情。另一篇〈芙蓉屏記〉則是一篇優秀的公案小說，作者在敘述

破案的曲折性時，特別注意描寫受害者崔英夫婦間的深厚的感情，正是這種真摯的夫妻之愛，推動著情節的發展。作者一方面頌揚了為民除害、成人之美的清官，一方面又歌頌了夫妻間真摯的感情，這兩種主題交錯的寫法，與一般單純破案小說相比，內涵顯得更加豐富。

上述「二話」的出現，使傳奇小說的創作進入了一個新的階段，它在中國文言小說發展史上，具有重要的意義：首先，它繼承了唐傳奇的優良傳統，使傳奇這一體裁在宋元兩代的衰落後又重新振作，有的作品在寫作技巧和內容取材上，已兼及傳奇和志怪之長，給傳奇創作帶來一股清新風氣，對明中後期的傳奇創作乃至於《聊齋誌異》都產生了很大的影響。同時在當時文網極嚴、文壇冷落的情況下，「二話」以其新鮮進步的內容一新時人耳目，所以深受時人歡迎，影響很大，乃至於統治者不得不橫加禁止。其次，「二話」給擬話本、戲劇提供了豐富的題材，近三十篇的傳奇被改編為擬話本和戲曲，著名的如〈金鳳釵記〉被凌濛初改編為擬話本《大姐遊魂完夙願，小妹病起續前緣》，沈璟也據此寫成劇本《墜釵記》；〈翠翠傳〉被凌濛初改編為擬話本《李將軍錯認舅，劉氏女詭從夫》，另外葉憲祖的雜劇《金翠寒衣記》、袁聲的《領頭書》也取材於此；〈綠衣人傳〉對後世影響也很大，明周朝俊的戲劇《紅梅記》、馮夢龍的擬話本《木棉庵鄭虎臣報冤》，乃至於解放後創作的崑曲《李慧娘》，都是從〈綠衣人傳〉發展而成的；〈芙蓉屏記〉也被凌濛初改寫成擬話本《崔俊臣巧會芙蓉屏》，明張其禮的戲劇《合屏記》、葉憲祖的雜劇《芙蓉屏》也都是根據本篇故事改編的。

三　明中葉至清初的傳奇小說

明嘉靖以後，中國封建社會母體中出現了資本主義生產關係的萌芽，商業、手工業的發展，城市經濟的繁榮，市民階層的擴大，使思

想文化領域也發生了重大的變化，出現了反對封建禮教、追求個性解放的新思潮，這種新思潮直接刺激了文學的發展，首先在通俗文學領域、長短篇白話小說、戲劇文學都取得了豐碩的成果。而在傳奇小說領域，也出現了復興的局面，一大批具有相當文學造詣的作家，自覺地、積極地從事傳奇小說的創作，寫出了一大批具有一定思想深度和藝術力度的好作品。這種風氣一直延續到清初，有如魯迅先生在《中國小說史略》中指出的那樣：「蓋傳奇風韻，明末實瀰漫天下，至易代不改也。」

明中葉至清初從事傳奇小說創作的重要作家有：馬中錫、董玘、蔡羽、宋懋澄、邵景瞻、戈戈居士、徐芳、王猷定、魏禧、李清、王晫、黃周星、陸次雲、陳鼎、鈕琇、王士禎等，他們都寫出了為人傳誦的佳作，這些作品有的被收進了明馮夢龍編輯的《情史類略》、明王世貞輯的《正續艷異編》、清康熙年間張潮輯的《虞初新志》、嘉慶年間鄭澍若輯的《虞初續志》等傳奇集子中，有的散見於各自的文集中。這些作品從各個不同的側面，為我們展示了資本主義萌芽給明代中葉以後社會帶來的種種微妙的變化，反映了當時社會人們的道德行為、性格、心靈之間的矛盾鬥爭和衝突，富有鮮明的時代特色和相當高的認識價值。

這時期傳奇作品的時代特色表現在以下幾個方面：

首先，有關愛情婚姻的作品，在一定程度上抨擊了封建制度對婦女的壓迫，描寫了被壓迫婦女追求人格平等的鬥爭，鮮明地體現了那個時代市民階層新的婚姻觀和道德觀。宋懋澄的《負情儂傳》和《珍珠衫》、戈戈居士的《小青傳》、黃周星的《補張靈崔瑩合傳》等等，都是傳誦一時的名篇。其中尤以宋懋澄兩篇作品為佳。《負情儂傳》寫的是杜十娘怒沉百寶箱的故事。它表面上是寫傳統性質的士子與妓女戀愛的故事，實際上是在封建社會後期要求個性解放和男女平等呼聲日見增強的情況下，表現妓女階層爭取人權與婚姻幸福的十分嚴肅

的悲劇。杜十娘在封建禮教和市儈勢力的雙重壓迫下，面對負義的李生，不乞求，不苟且，而是毅然投江，以一死來表示對這個罪惡社會的最後決裂和抗爭，展現了明代中後期下層市民在進步思潮激發下所產生的崇高的精神境界，無疑具有高度的歷史真實性。《珍珠衫》寫的是蔣興哥重會珍珠衫的故事，這個故事通過楚人夫婦悲歡離合的奇特命運，鮮明地體現了那個時代市民階層的家庭婚姻、思想感情和道德觀念。楚人休妻後又對原妻藕斷絲連的愛情以及最後又重修舊好，並不嫌棄她二度失身於人，這反映了封建貞節觀念在市民階層中已經逐漸淡薄。作品寫楚人妻一方面因無法忍受分居的痛苦而犯下失貞的錯誤，另一方面在內心又不失對丈夫的愛情，這揭示了生活中人的性格的複雜性，同時也是作者對人的自然要求的矯枉過正的肯定，體現了一種與封建傳統觀念相對立的生活原則。

　　第二，這時期的優秀作品，敢於把批判的矛頭直接指向封建統治集團，揭露了封建社會末期政治的腐敗黑暗，具有強烈的政治傾向性。如鈕琇的《張羽軍》寫皇帝親自製造文字獄，作者敢於直斥皇帝的「不法」，對受害者明確地表示了同情和讚揚。董玘的《東遊記異》是用隱喻手法寫成的政治小說，作者把宦官比為狐狸，把支持他們的人比作老虎，指出由於這些「獸類」盤踞在宮廷近側，使得京城「霧塞晝冥」。這篇小說是影射明正德年間大奸臣、大權宦劉瑾的，作者的政治勇氣是值得欽佩的。陳鼎的《義牛傳》也是用寓言的形式，描寫土豪劣紳與官府勾結起來，欺壓貧苦人民，比猛虎更凶狠殘暴。最後作者寫義牛衝進官府，為受害者報仇雪恨，表現了勞動人民對壓迫者、剝削者的痛恨和反抗。邵景瞻《覓燈因話》中有一篇〈貞烈墓記〉，則揭露了封建社會的軍官衙役為霸佔民妻而為非作歹，草菅人命，描寫了下層人民的生命財產、妻子兒女毫無保障的悲慘境遇，可以幫助人們認識封建社會的黑暗腐巧。

　　第三，反映了商品經濟的發展以及對人們意識的影響。由於明中

葉資本主義因素的萌生，金錢在社會生活中的作用愈來愈明顯，以至
成為社會生活的槓桿和某些人思想行動的支配力量。蔡羽的〈遼陽海
神傳〉和邵景瞻的〈桂遷夢感錄〉便是此類作品中最出色的兩篇。
〈遼陽海神傳〉通過描寫徽商程士賢與海神的愛情故事，反映了當時
商人的商業活動和他們的思想意識，作者在作品中揭示了金錢對傳統
道德觀念的巨大衝擊：「徽俗，商者率數歲一歸，甚妻孥宗黨全視所
獲多少為賢不肖而愛憎焉。」錢的多寡決定了對一個人的品德「賢」
或「不肖」的評價，它說明金錢已經成了支配人的思想感情的主要力
量。〈桂遷夢感錄〉寫桂遷落難時得同學施君救濟，後掘財致富後，
以怨報德，因夢惡報，迷途知悔，改惡從善。這個故事寫現實生活中
的人情世態，揭露了金錢是怎樣腐蝕人的靈魂，支配著人與人之間的
關係，具有一定的認識價值。

　　第四，這時期的傳奇作品，還塑造了一些不為名教所羈絆，具有
自由解放色彩的「狂士」形象，表現了明中葉以後，在思想解放的思
潮影響下，知識分子的苦悶、追求和生活態度。如宋懋澄的《顧思思
傳》中的顧思思，黃周星《補張靈崔瑩合傳》中的張靈，都是狂士典
型。他們憤世嫉俗，鄙棄仕進，性情豪放，狂蕩不羈，但在他們狂顛
的後面，卻包藏著深深的憂憤和感傷，他們有崇高的政治理想或愛情
追求，但腐敗的社會使他們懷才不遇，一籌莫展，他們只能借酒澆
愁，借發瘋作狂，自暴自棄來抗議那個黑暗的社會。作者塑造這些
「狂士」的形象，與明代中後期追求「人」的解放的新思潮是一致
的。他們的「狂」不但表現在他們的日常行為、待人接物的狂怪不同
流俗，更重要的是表現在他們思想上的反正統的異端性質。通過這些
形象，我們可以了解到當時一部分知識分子的思想狀況。

　　明中葉至清初的傳奇小說在我國志怪傳奇小說發展史上具有承前
啟後的歷史意義。唐傳奇是我國志怪傳奇小說發展上的第一個高峰，
宋元傳奇不能繼承唐傳奇的優點，使傳奇小說趨於衰微。明初，瞿

佑、李禎的努力，使傳奇小說又萌生機，但在內容的深度廣度和藝術手法上都未超越唐傳奇，有如魯迅先生所指出的那樣：「文題意境，並撫唐人，而文筆殊冗弱不相副。」[11]只有到了明中葉後，在特定的社會環境和新思潮的衝擊下，經過一大批作家的努力，傳奇小說才真正呈現出復興之勢。這時期作品取材現實人生和反映時代精神這兩點，就遠不是宋、元、明初的傳奇作品所能比肩的，而在反映現實的深度和廣度上，與唐傳奇比較也是一種站在巨人肩膀上的超越。特別是他們以下層人民為主要描寫對象以及敢於涉筆國事政治的膽識，都不是唐傳奇作家所能企及的，這種大膽干預政治、干預生活的精神，對蒲松齡《聊齋誌異》無疑具有很深的影響。

在藝術上，這時期的傳奇作品也取得了新的進步。首先，它更注重人物形象的刻畫，塑造了一些生動的富有典型意義的正反人物形象，如杜十娘、楚人夫婦、馮小青、顧思思、張靈、桂遷、賈似道等，而且都富有鮮明的時代特色。在手法上十分注意細節描寫和心理描寫，在情節結構上也更為嚴整曲折。在表現形式上，已基本上拋棄了散漫拖沓的韻散相間的格局，代之而起的是樸素平實的散文形式，這種形式一直持續到傳奇小說的歷史終結為止。總之，明末清初傳奇小說為《聊齋誌異》的出現奠定了基礎。

此外，明末清初傳奇小說對白話小說和戲劇文學還產生了積極的影響。為擬話本和戲劇提供了豐富的素材和人物形象。白話小說如《杜十娘怒沈百寶箱》、《蔣興哥重會珍珠衫》、《轉運漢巧遇洞庭紅》、《疊居奇程客得助》、《桂員外窮途懺悔》，戲劇作品如《因緣夢》、《百寶箱》、《合香衫》、《療妒羹》、《巧聯緣》等等，都從這時期的傳奇中汲取了有益的營養。

---

11 魯迅：《中國小說史略》，見《魯迅全集》（北京市：人民文學出版社，1957年），卷8，頁170。

第五節　《聊齋誌異》

一　作者的生平和創作

　　《聊齋誌異》的作者蒲松齡（1640-1715），字留仙，別號柳泉居士，山東淄川（今淄博市）蒲家莊人。他出生於一個漸趨沒落的書香之家，父親蒲槃只是個童生，因家貧而棄儒從商。蒲松齡從小熱衷功名，十九歲參加科舉考試，在縣、府、道考了三個第一，名揚鄉里，但鄉試卻屢試不中，到五十多歲還未考取功名。直到七十二歲才援例出貢，補了個歲貢生，四年後便去世了。蒲松齡一生窮愁潦倒，在他三十一歲那年，曾應朋友孫蕙之請，到江蘇省寶應縣作了一年的幕僚，使他親身體驗到了官場的生活，次年便辭回鄉里。他一生大部分時間都居住在淄博和濟南，「五十年以舌耕度日」，直到七十歲才撤帳歸家。

　　蒲松齡坎坷的一生和特殊的生活經歷，使他有可能廣泛接觸社會各階層人物，上至官僚縉紳、舉子名士，下至農夫村婦、婢妾娼妓、賭徒惡棍、僧道術士等。這種豐富的生活閱歷對他寫作《聊齋誌異》無疑有重大的影響，而科場的失意和生活的貧困，更使他在思想上對科舉制度的腐朽、封建政治黑暗有深刻的認識和體會。在〈與韓刺史樾依書〉中，他慨然長嘆：「仕途黑暗，公道不彰，非袖金輸璧，不能自達於聖明，真令人憤氣填膺，欲望望然哭向南山而去。」同時，蒲松齡生活上的困境使他和廣大農民的命運有共同之處，因此農民的災難和痛苦能激起他廣泛的共鳴，他敢於把批判的筆觸指向封建官吏：「雨不落，秋無禾；無禾猶可，征輸奈何？吏到門，怒且呵。寧鬻子，無風波。」（〈官民謠〉）「公庭亦有嚴明宰，短綆惟將曳餓人。」（〈離亂〉）他常「怠於民情，則愴惻欲泣，利與害非所計及也」

（〈與韓刺史樾依書〉）。這種憎惡社會黑暗，同情下層人民的思想感情，反映了蒲松齡世界觀中進步的一面。

　　由於階級立場、封建思想與生活道路的影響，蒲松齡的思想中也有他的侷限。如他同情人民疾苦，卻反對農民革命；他痛恨貪官汙吏、土豪劣紳，但對最高統治者卻存有幻想。此外，封建迷信的宿命論和因果報應思想，以及陳腐的封建道德觀念，也在一定程度影響了他的創作。

　　蒲松齡一生著述頗多，除《聊齋誌異》外，還有詩、文、詞、賦、戲曲、俚曲和一些雜著。一九六二年中華書局出版的《蒲松齡集》收集較為完備。長篇白話小說《醒世姻緣傳》很可能也是他的作品。而《聊齋誌異》則是他的代表作。作者大約從二十歲左右開始創作，到四十歲左右完成，以後又幾經修改、增補，可以說是他畢生心血的結晶。《聊齋誌異》是在廣泛採集民間傳說、野史佚聞的基礎上，又經過藝術加工再創造而成。作者在《聊齋誌異》自序中說：「才非干寶，雅愛搜神，情類黃州，喜人談鬼。聞則命筆，遂以成編。久之，四方同人又以郵筒相寄，因而物以好聚，所積益夥。」又說：「集腋成裘，妄續幽明之錄；浮白載筆，僅成孤憤之書，寄託如此，亦足悲矣！」這說明作者的創作態度是十分嚴肅的，它抒發了作者的孤憤，寄託了作者對生活的理想。

　　《聊齋誌異》現存的版本主要有：手稿本，僅存上半部；乾隆十六年（1752）鑄雪齋抄本；乾隆三十一年（1766）青柯亭刻本；一九六二年中華書局出版的會校會注會評本採錄最為完備，共收作品四百九十一篇。

　　近五百篇作品的《聊齋誌異》，在體裁上並不一致。一類近於筆記小說，篇幅短小，記述簡要；一類近似雜錄，寫作者親身見聞的一些奇聞異事，具有素描、特寫的性質。大部分作品則是具有完整的故事、曲折的情節、鮮明的人物形象的短篇小說。魯迅先生讚譽的「用

傳奇法而以志怪」指的就是這一類小說。

二　歌頌自由幸福的愛情婚姻

　　描寫愛情主題的作品，在全書中數量最多。作者出於對遭受封建禮教壓迫的青年男女的同情，在作品中讚頌了青年男女對婚姻幸福生活的熱烈追求，抨擊了封建婚姻制度，體現了強烈的反封建禮教的精神。

　　首先，作者在作品中肯定了為封建禮教所不容的「情」的力量。封建禮教的核心是「存天理，滅人欲」，而作者卻有意識地把「情」作為「禮」的對立面來加以頌揚，把這種屬於「人欲」的「情」，寫成是爭取婚姻幸福的巨大力量。它可以超越時空的限制，可以不受生死榮辱的束縛，只要有這種至情，就能金石為開，就能沖決一切阻礙而獲得婚姻幸福。比如，〈連城〉中的連城與喬生互相傾愛，兩意纏綿，他們為了愛情，不惜割卻心頭肉，不惜以死來反抗封建惡勢力的阻撓破壞，他們愛情的力量又可以戰勝死神，死而復生，終於在人間獲得美滿的婚姻。〈阿寶〉中的孫子楚，為了獲得富商女阿寶的愛情，先是僅為阿寶一句戲言而砍斷自己的枝指，雖痛楚欲死也絕不猶豫後悔。後又相思成疾，於奄奄一息之際，魂附鸚鵡，飛向阿寶身邊，左右不離，終以癡情感動了原不屬意於他的阿寶，並結為生死夫妻。〈竹青〉中的男子魚容，與曾經患難相愛的神女竹青南北分離之後，每一思念竹青，只要披上竹青送給他的黑衣，就能舉翅藍天，飛越千山萬水來到竹青身旁。這類富有浪漫色彩的描寫，以豐富的想像、詩意的誇張，突出了情的巨大力量，充分肯定了情在男女婚姻中的合理性，批判和否定了「存天理，滅人欲」的理學教條。

　　在頌揚愛情的巨大力量和它的合理性的同時，作者還從「人生所重者知己」的觀點出發，強調了愛情應以雙方的志趣相投、互相尊

重、患難相扶為基礎。如〈瑞雲〉、〈喬女〉、〈白秋練〉、〈連瑣〉、〈晚霞〉等，都表達了作者的這種進步的愛情觀。瑞雲身為名妓，不以賀生貧窮為念，兩人心心相照，彼此傾慕，而當瑞雲由美變醜，淪為賤奴時，賀生毫不改變初衷，坦然與她結為夫婦。喬女為報孟生知己之愛，以寡婦之身，不顧世俗非議，不避嫌疑，於孟生死後，盡心竭力為孟生撫養遺孤，對孟家財產一毫莫取。白秋練竊聽慕生吟誦的詩篇後，搖情動性，想念至於廢眠絕食，並通過母親，主動向慕生求婚。對詩歌的共同愛好，使他們獲得理想的愛情。連瑣和楊生都喜歡吟詩、下棋、彈琵琶，共同的愛好把他們吸引到一起，「剪燭西窗，如得良友」，並逐漸由友誼生發出愛情。晚霞和阿端之戀，也是以共同的志趣和各自嫻熟的舞蹈藝術作為愛情的基礎。這些癡情的青年男女，都把真摯的愛情建立在共同的志趣、愛好和彼此敬慕、相互了解的基礎上，並不惜為追求或維護這種愛情而拚死鬥爭。這是在愛情婚姻問題上的民主主義思想的體現，它更多地反映了被壓迫階級和市民階層的婚姻觀念和婚姻理想，它與傳統的「郎才女貌」的愛情描寫相比，無疑是一個重大的進步。

在描寫愛情婚姻題材的作品中，作者還塑造了許多聰明美麗、熱情純真、不為封建禮教所束縛的女子形象，她們愛憎分明，對美好的事物有著熱烈的嚮往和追求。〈嬰寧〉中的嬰寧，天真浪漫，憨直坦率，無視「不苟言笑」的閨訓，嗜花愛笑，不論是在家長或陌生男子面前，乃至在莊重的婚禮上，她也笑個不停。她雖嬌憨天真，但在愛情問題上卻是嚴肅認真的，當西鄰子對她心懷不善時，她就給他以嚴厲的懲處。〈小翠〉中的小翠，憨跳貪玩，不顧長幼尊卑的名分，把丈夫的臉塗成花面，把球兒踢到公公的頭上，甚至還把癡呆的丈夫打扮成皇帝模樣。〈狐諧〉中的狐娘子，風趣詼諧，經常在男賓席上高談雅謔，並善於在談笑中揶揄那些心術不正的輕薄者。作者對這些女性天真純潔、自由奔放性格的熱情讚美，無疑是對束約婦女心性行為

的封建禮教的鄙棄。

　　歷來封建閨範崇尚女子無才便是德，蒲松齡卻反其道而行之。在他筆下，出現了許多才華橫溢、有膽有識的女子。這些女子，不僅在追求婚姻幸福的過程中大膽主動，在婚後也具有自立精神，而絕不成為夫權統治的奴隸。如〈黃英〉中的黃英，獨自經家理業，使得家道興旺，資財豐盈。〈蕙芳〉中的蕙芳，〈雲夢公主〉中的雲夢公主，不僅在擇婚過程中是主動的，婚後也不依賴於丈夫生活，倒是丈夫靠她們的同情幫助，才過上好日子。〈顏氏〉中的顏氏，有膽有識，滿腹經綸，羞於見丈夫屢試不第，男裝赴考，竟連連高中，官場十年，政績卓著。〈仇大娘〉中的仇大娘，在家道敗落、惡人相欺的逆境中，以驚人的謀略和魄力重振門戶。她對外不怕豪強，遇事挺身而出；對內「養母教弟」，持家井然有序，處理問題又周到精細，通情達理。對這些有品德、有才能、有作為的女性，作者總是極力讚揚。這一切都說明了蒲松齡在這個問題上所表現出來的婚姻觀、婦女觀是進步的，它在某種程度上反映了市民階層婦女的個性解放的要求。

　　蒲松齡在愛情婚姻問題上反封建的民主思想是值得我們充分肯定的，但由於在當時的歷史條件下，蒲松齡的思想不可能完全超越封建思想體系的範疇，這就決定了他對封建婚姻制度的批判是不可能徹底的，他在婚姻觀和婦女觀上存在一定的侷限。首先，他在部分作品中，肯定和美化了封建的一夫多妻制。比如〈蓮香〉中的桑生與李氏、蓮香；〈陳雲棲〉中的真毓生與雲棲、雲眠；〈小謝〉中的陶望之與秋容、小謝，都是一夫二妻。作者對這種現象繪聲繪色、津津樂道，甚至情不自禁地讚嘆：「絕世佳人，求一而難得之，何遽得兩哉？」（〈小謝〉）而對一夫多妻所造成的妻妾間的矛盾，作者十分強調做妾的要對正妻俯首貼耳，逆來順受，在〈妻擊賊〉中，他把一個武藝超群、才幹非凡，而任從正妻打罵的女子作為正面典型而大加讚揚，就是一個突出的例子。其次，在部分作品中，用宿命論的觀點來

解釋婚姻現象，蒲松齡雖然看到了封建婚姻給青年男女帶來萬千不幸，但到底如何才能使他們解除痛苦和獲得幸福，他有時又感到茫然，因此思想上常常會陷入婚姻命定的泥坑，從而影響了他的小說創作。像〈柳生〉、〈鍾生〉、〈伍秋月〉等作品都表露了作者這種落後的思想。第三，在少數作品中，作者還在一定程度上宣揚了封建的片面的貞操觀點，如在〈耿十八〉中，作者主張無論怎樣窮，寡婦都應守節；〈金生色〉中則寫一個新寡的婦女因不貞而遭到可悲的下場；另外，在〈土偶〉中，作者則肯定了王氏在丈夫死後矢不復嫁的行動。當然這類作品為數較少，但畢竟反映了作者婚姻觀中的消極面，這也是作者反封建不徹底的地方。

三　暴露科舉制度的弊端

蒲松齡一生失意於科場，本身就是一個科舉制度的犧牲者，因此他對科舉制度的腐朽性有極其深刻的切身感受。在《聊齋誌異》中，他以沈痛犀利的筆觸，通過對知識分子精神面貌的剖析和對考試弊端的揭露，批判和暴露了科舉制度埋沒人才和摧殘人才的罪惡。

首先，作者飽含感情塑造了一批有真才實學而屢試不中、「困於名場」的知識分子形象，通過他們在淪落中掙扎的苦難生涯，揭示了科舉制度壓抑和摧殘人才的本質。〈葉生〉中的葉生，〈素秋〉中的俞恂九，〈褚生〉中的褚生、〈于去惡〉中的方子晉，皆屬於此類。他們貧而好學，才華出眾，然而作為科舉制度的犧牲品，他們科場失意的命運幾乎是一致的。以葉生為例，他「文章辭賦，冠絕當時」，可連個秀才都未考中，屢試不中，困頓而死。死後，他託身鬼魂，把自己的學問轉授給知己的後代，發願要通過學生的中舉，顯露自己的才學，為文章吐氣，「使天下人知半生淪落，非戰之罪也」。褚生也是鬱鬱而終，他的才華只能在死後通過好友顯靈，為之代筆的折光中得以顯現。

很顯然在這些落拓士子身上，飽含著作者對自己一生淪落的悲憤。

作者認為，科舉制度之所以埋沒人才，主要是由於考官營私舞弊、不學無術。〈考弊司〉、〈阿寶〉、〈神女〉、〈素秋〉等篇都暗示了科舉考試的賄賂公行，在〈考弊司〉中，作者把管轄秀才的考弊司隱喻為骯髒的妓院，司主名叫「虛肚鬼王」，秀才初見，必須割下髀肉一塊，作為「例見錢」，這顯然是用陰間的野蠻來嘲諷人間主考官的貪婪。而〈賈奉雉〉、〈司文郎〉、〈于去惡〉、〈三生〉等篇，則鞭撻了考官的不學無術，「黜佳才而進凡庸」。〈賈奉雉〉中「才名冠一時」的賈奉雉，屢試不第，後來聽人勸告，將一些差劣之句連綴成章，以應試卷，竟得考官賞識，高中經魁。〈司文郎〉寫一個瞎眼和尚能用鼻子嗅出文章的好壞，但考試結果正好與他所嗅相反。和尚聞知後，嘆息說：「僕雖盲於目，而不盲於鼻；簾中人並鼻盲矣。」嘲諷尤為激烈。〈三生〉寫數以千萬計的落第士子在陰司聚眾告狀，要挖掉試官的雙眼，表現了作者對有眼無珠的考官的深惡痛絕。

蒲松齡對那些利慾薰心、熱衷功名、精神空虛的名利之徒也進行了辛辣的嘲諷。如〈王子安〉、〈續黃粱〉、〈苗生〉等篇。〈王子安〉寫屢試不中的王子安，盼中舉心切，一日醉夢中出現了報馬臨門的盛況，不僅連中進士，而且殿試翰林。他「自念不可不出耀鄉里」，便大呼長班，長班稍稍來遲，就要進行懲罰，醒來始知是受了狐狸的戲弄。〈續黃粱〉也是寫曾孝廉在夢中作了宰相，便即刻倒行逆施，荒淫無度……醒來竟是南柯一夢。作者通過王子安、曾孝廉這類士子形象，深刻地批判了在科舉制度下培養出來的封建士子的醜惡靈魂。

在《聊齋誌異》中，作者還揭示了促成封建士子神魂顛倒、熱衷功名的社會因素，即科舉制度所造成的惡濁的社會風氣。〈胡四娘〉篇寫胡四娘嫁給窮書生程孝思，程生應試不第，寄人籬下時，四娘備受家中姐妹的奚落和冷遇。而當程生一日「高捷南宮」，四娘頓時也身價百倍，「申賀者，捉坐者，寒暄者，喧雜滿屋。耳有聽，聽四

娘；目有視，視四娘；口有道，道四娘也。」中舉前後兩種完全相反
的人情世態，形象地說明了科舉制度是怎樣毒化了社會風氣。作者在
另一篇小說〈羅剎海市〉中，把這種庸俗的世風斥為「花面逢迎，人
情如鬼」，表示了作者對世態炎涼的極大憤慨。

四　揭露封建社會的黑暗和腐敗

　　揭露、譴責貪官汙吏、惡霸豪紳的罪行，抨擊黑暗的封建官僚政
治，是《聊齋誌異》又一重要主題。在這類作品中，作者根據自己的
親身見聞和深切感受，以犀利的筆鋒，觸及封建政治的各個方面，從
而深刻地反映了封建社會的根本矛盾，表達了對人民疾苦的深深同
情。在〈席方平〉裡，作者通過描寫席方平魂赴陰司代父伸冤而慘遭
非人折磨的故事，實際上是影射了現實社會中整個官僚機構的腐敗與
黑暗。陰司的官吏，從城隍、郡司到冥王，都是貪贓枉法之徒，他們
接受了羊某的賄賂，強力壓制席方平訴訟告狀，對席方平濫施酷刑，
笞打、火床、鋸解，無所不至。目的就是為了維護富人的惡行，使席
方平的冤屈不得昭雪。很明顯，這個陰曹地府正是人間封建衙門的寫
照。作者借小說中的判詞寫道：「金光蓋地，因使閻摩殿上盡是陰
霾；銅臭薰天，遂教枉死城中全無日月。」這正是對現實社會中「有
理無錢莫進來」的封建衙門的辛辣諷刺。

　　而〈夢狼〉一篇，則借助超現實的夢幻世界，更直接、更形象地
寫出封建社會衙門裡的官吏都是吃人的虎狼。白翁在夢中來到其長子
白甲的衙門，只見「堂上、堂下、坐者、臥者，皆狼也，又視墀中，
白骨如山」。白甲不僅以死人為飯食招待父親，而且「撲地化為虎，
牙齒巉巉」。這幅骨肉陰森的吃人景象，尖銳地揭示了封建官府殘政
害民的階級本質。又比如〈潞令〉中的潞令「貪暴不仁，催科尤
酷」，到任不到百天，使杖殺五十八人。〈梅女〉中的典史為了三百錢

的賄賂，便誣人為奸，逼出人命。這一切說明貪官酷吏在封建社會裡並不是個別現象，而是普遍存在的社會問題。有如作者在〈夢狼〉的結尾所指出的那樣：「竊嘆天下之官虎而吏狼者，比比也。」

　　在作品中，作者還把批判的矛頭，直接指向封建最高統治者。〈促織〉就是寫由於皇帝喜歡鬥蟋蟀，每年都到民間徵收，而引起成名一家人亡家敗的故事。作者沈痛地揭露了「天子偶用一物」，而造成民間「每責一頭，輒傾數家之產」，甚至斷送人命的令人觸目驚心的嚴酷現實。作者不但寫了因進貢蟋蟀而引起的悲劇，同時還寫了因此而引發的喜劇，成名兒子的生魂化為一隻輕捷善鬥的蟋蟀，才挽救了一家被毀滅的命運，不僅獻蟋蟀的大小官吏個個得賞，人人高升，成名也因此進了學，發了財。小小百姓的存毀繫於一隻蟋蟀，這裡所揭示的悲劇與喜劇的矛盾，是皇帝一人與百姓萬家的矛盾，是一人歡樂與萬家遭殃的嚴重對立，它十分深刻地揭露了封建統治者荒淫娛樂、不恤民命的罪惡本質。

　　封建官僚機構的黑暗腐敗，也直接導致了地主豪紳們更為肆無忌憚地為非作歹，荼毒善良。《聊齋誌異》中的許多作品鞭撻了他們令人髮指的罪行。〈崔猛〉篇寫一個豪紳王監生「家豪富，四方無賴不仁之輩，出入其門。邑中殷實者，多被劫掠，或忤之，輒遣盜殺諸途。子亦淫暴。王有寡嬸，父子俱烝之。妻仇氏，屢沮王，王縊殺之。仇兄弟質諸官，王賕囑以告者坐誣」〈紅玉〉篇寫馮生因妻衛氏貌美，被地方豪紳宋氏在青天白日下搶劫了去，自己被打，他父親也被毆吐血而死，妻子不屈自盡，他抱著幼子四處告狀，從地方到督撫，也無人為他伸冤。〈竇氏〉篇中，地主南三復，騙姦農女竇氏，始亂終棄，逼死兩條人命，竇父告狀，南行賄官府，免罪不問。蒲松齡就是這樣通過一幅幅令人髮指的圖畫，揭露了地主豪紳們在官府的庇護下橫行霸道，為所欲為的罪行。

　　在無情地抨擊黑暗現實的同時，作者懷著對人民苦難的同情，也

熱情地歌頌了被壓迫者的反抗鬥爭，塑造了一系列富有反抗性的人物形象。比如〈商三官〉中的女子商三官，在父慘遭殺害，兄訟無門，舉家悲憤無奈的情況下，竟女扮男裝，學做優伶，深入仇家，終於殺了仇人，又自刎而死。對她壯烈的復仇，作者由衷地欽服：「然三官之為人，即蕭蕭易水，亦將羞而不流，況碌碌與世浮沈者耶！」〈向杲〉篇寫向杲在其兄被殺，而仇人「廣行賄賂，使其理不得伸」的情況下，竟化為猛虎，咬死仇人。作者在小說的結尾指出：「然天下事足髮指者多矣，使怨者常為人，恨不令暫作虎。」宣洩了自己對官紳相互勾結殘害人民的深惡痛絕的感情。

　　〈席方平〉是這類作品中出類拔萃的名篇。為了替父伸冤，他在地府裡身受毒打、炮烙、鋸解等種種酷刑，但絕不屈服；冥王許諾「予以千金之產，期頤之壽」，以期換得他的屈服，結果又以失敗告終。他一直堅持鬥爭到冤屈昭雪為止。席方平這種不畏強暴、百折不撓的鬥爭精神，是當時人民反抗意志的體現，也是現實生活中人民群眾與封建官府矛盾尖銳化的藝術再現。

　　當然，我們也應該指出，蒲松齡雖然針砭時弊不留情面，支持被壓迫者的反抗鬥爭。但這一切都是以不觸動封建制度為前提的，他揭露了壞皇帝，卻把希望寄託在好皇帝身上；他鞭撻貪官汙吏，卻「惟翹白首望清官」；他支持個人的反抗，但對大規模的農民起義卻持否定態度。這一切都反映了他思想上的矛盾，它表明，作為封建時代的知識分子，畢竟不可能擺脫時代和階級的侷限。

五　優美動人、色彩特異的人物形象

　　《聊齋誌異》之所以能成為不朽的傳世之作，除了它豐富深刻的思想內容外，與它精湛獨到的藝術造詣也是分不開的。

　　《聊齋誌異》最重要的藝術成就，是塑造了一大批性格鮮明、色

彩特異的人物形象，而在那千姿百態的人物畫廊裡，最令人難忘的是
那些由花妖狐魅幻化的女子形象。在這些女子身上，飽含著作者深沈
的摯愛之情，體現了作者美好的理想和願望。作者在這類人物的塑造
上，主要採用了浪漫主義的創作方法，「使花妖狐魅，多具人情，和
易可親，忘為異類，而又偶見鶻突，知復非人」[12]。作者運用想像和
擬人化手法，託物寫人，使這些由花妖狐魅幻化的女子既有作為動物
的自然屬性、精怪的神性，又具有人的思想感情和性格特徵。它們不
受生活環境的限制，不受時空的束縛，擁有超凡入聖的神力，它們往
往是人性、物性以及超現實的神性、妖性的嵌合體。如〈黃英〉中的
菊精黃英，是馬子才的妻子，愛菊、種菊、販菊，一如常人，直到她
弟弟陶生因醉酒化為菊花，才露出原形。〈辛十四娘〉中狐女辛十四
娘，言談話語，顯示出人間女子的人情練達、聰明智慧。當馮生的鬼
舅祖母為她做媒時，她要馮生明媒正娶，以示誠意：「郡君之命，父
母不敢違。然此草草，婢子即死，不敢奉命。」表現了冰清玉潔、不
可奪志的凜然正氣。但作者並沒有忘記她的狐仙身分，當馮生遇難
後，她為了替夫伸冤，遣婢至京華，又旋即到大同，偽作流妓，以其
狐媚妖態，迷惑天子，終於解救了丈夫。辛十四娘神通廣大，人間、
仙境、冥府，她可以自由奔馳，不論平民還是皇帝，她都可上下幹
旋，顯示了她的特異力量。〈綠衣女〉中由綠蜂幻化的女子，「綠衣常
裙，腰細殆不盈掬」，唱起曲來「婉轉滑烈」，「聲細如絲」；〈花姑
子〉中香獐精「氣息肌膚，無處不香」；〈白秋練〉中的魚精，離開家
鄉洞庭湖的水就要生病。其他如〈嬰寧〉、〈青鳳〉、〈狐夢〉、〈阿
纖〉、〈阿英〉等等，也都具有現實性和超現實性緊密結合的特點，它
們都是人性和物性、神性的有機統一體。

---

12 魯迅：《中國小說史略》，見《魯迅全集》（北京市：人民文學出版社，1957年），卷
　　八，頁171。

　　作者多寫花妖狐魅，最終的目的當然還是為了寫人。因此，作者在這些鬼狐形象人性、物性和神性的處理上，著重突出人性，使物性、神性統一到人性中。比如〈苗生〉篇，老虎的矯健有力，粗獷豪壯而又急躁兇猛的特性，不是依附於虎的形象，而是化入了苗生這一人物的性格和靈魂。苗生最後的化虎傷人，乃是他粗獷豪壯、急躁兇猛的性格發展所致。白秋練離不開洞庭湖水，這是她作為魚的物性，而化為女子，料事如神，這又體現了她的神性。但這一切又有機地統一在她熱情風雅的人性中，她對詩歌的酷愛和對愛情的執著追求，表現了一個少女高雅的愛好和純真的感情。又比如綠衣女的綠蜂特點，也是作為人的語言、衣飾、歌聲的特點出現的，最後雖化為蜂，「徐登硯池，自以身投墨汁，出伏几上，走作『謝』字」。表現出來的仍然是人的思想感情。總之，作者在這些花妖狐魅身上，並不突出其物的屬性特徵，而是把這些幻化的形象，置身於人類社會錯綜複雜的關係中，寓意深遠地摹寫各種人物的人性和人情。它們不僅具有普通人的形體、外貌和生活經歷，而且還具有人的七情六欲、人的思想感情。

　　《聊齋誌異》在人物形象的塑造上，還能做到充分個性化，作者筆下的眾多人物，大都具有自己獨特鮮明的個性特徵。僅以年輕的女性形象來說，有感情纏綿、拘於叔父嚴訓而行動謹慎的青鳳，也有天真爛漫、無拘無束的嬰寧；有愛詩善歌、卻心境淒苦的林四娘，也有頑皮憨跳、樂不知愁的小謝；還有紅玉、嬌娜、聶小倩、白秋練、晚霞、阿寶、連城、黃英、細侯等等。作者不僅能寫出不同題材作品中不同人物的性格特徵，即使是在一些題材相同或相近的作品中，作者也能從種種相同、相近或相類的因素中，寫出人物性格的差異來。比如〈嬰寧〉和〈小翠〉，都寄託著作者對「新人」的理想、作為天真爛漫的少女，她們都聰明智慧，都不受封建禮教「三從四德」的束縛，但嬰寧的憨直和質樸，小翠的坦蕩和伶俐，卻又絕不會混淆。〈俠女〉、〈商三官〉、〈庚娘〉三篇，都是通過復仇的情節表現了對強

暴的反抗，但俠女不同凡俗的義氣，商三官超人的膽識，庚娘臨難不驚、警變非常的特點，又各具姿彩。又比如〈青鳳〉中的耿去病、〈章阿端〉中的戚生，〈小謝〉中的陶望三，三人都不怕鬼魅，狂放倜儻，而且都為炫耀自己「有氣敢任」而居於多生怪異的廢第之中，他們的性格極其類似，但耿去病的狂放中流露出一種目中無人的富貴公子氣，戚生的膽氣中表現出幽默風趣的特點，陶望三的倜儻之外又顯得莊重不苟，同中之異還是很明顯的。

　　人物形象的充分個性化，與作者調動多種藝術手段來刻畫人物是分不開的。首先，作者在塑造人物形象時，有時善於抓住人物性格的主導方面，突出地加以描繪，給人以鮮明深刻的印象。像孫子楚的迂訥，喬生的癡情，邢雲飛的愛石，馬子才的喜菊，張幼量的好鴿，郎玉柱的書癡等。在塑造這類至狂至癡的形象時，作者並沒有簡單地把人物作為「某種孤立性格特徵的寓言式的抽象品」[13]，而是從生活中選取最生動、最富生活氣息、最有表現力的情節和細節來表現人物性格特徵，使得這些人物雖癡狂稚氣，卻生動可愛。

　　在《聊齋誌異》中，人物形象的刻畫更多的是既突出人物的重要性格特徵，又兼顧性格的豐富性。通過人物次要性格的描寫，來豐富和補充主要性格特徵，從而使人物性格層次分明、生動飽滿，既具有獨特的風貌，又不至於「乖戾反常」。以嬰寧為例，喜笑愛花、天真爛漫，構成了嬰寧憨癡活潑的性格基調，為了突出這個性格的主體性特徵，作者傳神入化地反覆描繪了她的各種明媚多姿的笑態。但是，作家也以深沈的藝術構思、靈活精巧的筆法，展示了與她這一性格「主體性」渾然一體的其他豐富多彩的側面。比如她到王家後，「昧爽即來省視（姨母）」，「操女紅精巧絕倫」；與王子服成婚後，「生以其憨癡，恐漏洩房中秘事，而女殊密秘，不肯道一語」；特別是她一

13　黑格爾：《美學》（北京市：商務印書館，1982年），第一卷，頁303。

反常態，哭訴身世，請求王生將父母合葬的那段話，更是真摯感人。這一切都從不同的側面表現出嬰寧聰明、勤勞知禮、處事縝密、感情深沈等複雜的性格特徵，顯示了嬰寧性格的豐富性，也使這個形象更富有真實感。

　　善於運用對照、烘托的手法，也是《聊齋誌異》人物創造的一個重要特點。比如《香玉》裡的香玉和絳雪，兩人都是溫柔多情、美麗迷人的花精樹妖，她們多年相處，情同骨肉，她們一起愛著黃生，但作者在她們的共同美中通過對比，又寫出了她們細微的性格差異，一個熱情風流，一個冷靜持重，一個與黃生結為眷屬，一個卻始終與黃生保持好朋友的關係。在〈葛巾〉中，作者除了重點刻畫葛巾外，又插入了另一女子玉版，玉版的出現，不僅使葛巾與常大用的愛情故事增加了波瀾，而且對葛巾有著明顯的映襯作用。她強邀葛巾到她處下棋時，言語間所表現出來悠閑心境和淡雅風采，把葛巾此時「辭以困頓」、「堅坐不行」所表現出來的焦灼心情映襯得更加鮮明，也更突出了葛巾含而不露、溫柔蘊藉的性格特點。在〈阿繡〉中，假阿繡的容顏更襯托了真阿繡的美麗，而在對真阿繡及其情人的救助中，也更好地展示了假阿繡的多情的俠義的性格。上述均是正面的對比映襯，使正面人物在互相對比和映襯中，既相得益彰，又同中見異。《聊齋誌異》中還有些作品是通過正反對比來突出人物性格的。比如在〈鴉頭〉中，正是姐姐妮子的冷酷、薄情、麻木不仁、甘於墮落，使妹妹鴉頭感情純潔、渴望自由、意志堅強、勇於反抗的性格，顯得更加鮮明突出，難能可貴。其他像〈姐妹易嫁〉、〈司文郎〉、〈胭脂〉等篇，也都是通過正反高低的對比，來充分顯示不同人物的不同性格特點。

　　《聊齋誌異》的作者還十分善於提煉和組織真實而富於藝術表現力的生活細節，來刻畫有血有肉的人物形象。比如〈王桂庵〉中王桂庵和榜人女的愛慕之情，是在以下幾個極為生活化的細節中表現的：先是王對女久久窺視，而「女若不覺」；接著王吟詩挑逗，「女似解其

為己者」，抬頭「斜瞬之」；當王把金錠投入女懷時，「女拾而棄之」；
最後王「又以金釧擲之，墮足下，女操業不顧」，正值榜人回歸，王
焦灼萬分，而「女從容以雙鉤覆蔽之」。這四個細節，不僅突出了王
桂庵癡心而略顯輕浮的性格，也精微地刻畫出榜人女思想感情的細微
變化，生動地展現了她外冷內熱、沈著機敏的性格特點。〈花姑子〉
也有類似的細節描寫。花姑正在煨酒，而安生卻粗魯地向她求愛，女
厲聲喝斥，顫聲癡呼，使安生張皇失措，殊切愧懼。但當她父親匆匆
趕入，詰問何故時，女卻從容對父曰：「酒復湧沸，非郎君來，壺子
融化矣。」這一別有情趣的細節，把花姑子這樣一個矜持、莊重而又
多情的少女的心理活動，唯妙唯肖地表現出來了。《聊齋誌異》中類
似這樣精彩的細節描寫，可以說俯拾皆是。總之《聊齋誌異》中生動
感人的人物形象，很大程度也得力於作者豐富生動的細節描寫。

六　離奇曲折、起伏多變的故事情節

情節是一切敘事文學的重要構成因素，是「某種性格、典型成長
和構成的歷史」[14]。人物性格的發展，決定情節的發展。相反地，離
開情節，也就談不到人物形象的塑造。《聊齋誌異》中寫了那麼多栩
栩如生、呼之欲出的人物，同情節的豐富性是分不開的。

首先，作者能夠充分注意到短篇小說的特點，通過曲折多變、騰
挪跌宕的情節，來迅速展開矛盾，逐步深化主題。以〈石清虛〉為
例，這篇小說不過一千一百字左右，作者以一塊佳石的得失為主要線
索展開故事情節，寫出了主人公忽喜忽憂，忽驚忽怒的幾番情緒變
化。石頭得而復失，失而復得，五起五落。但每次起伏又都不是簡單
的重複，而是推波助瀾，一浪推一浪地向前發展。到第四個起伏，故

---

14 高爾基：〈和青年作家談話〉，《論文學》（北京市：商務印書館，1982年），頁335。

事情節發展到高潮，主人公邢雲飛雖更加珍惜這塊石頭，但也難以保住。貪婪成性的某尚書，先以百金為誘，遭邢拒絕後，又將邢投入監獄，並典質田產，迫其就範，「邢願以死殉石」。情節發展到這裡，掀起了軒然大波，出現了不是人死，就是石亡的局面。隨即邢妻與子商量，獻出石頭，救邢出獄。邢回家得知真相，便罵妻毆子，屢欲自縊。石亡人逝的局面仍然沒有改變，情節發展至此似乎山窮水盡了。然而緊接著，作者蕩開一筆，寫邢雲飛夢一自稱「石清虛」的男子，「戒邢勿戚」，並告訴邢不久就可贖回佳石。屆時，果如其言，邢雲飛又得到了他心愛的石頭。情節的發展，時而風起雲湧，時而豁然開朗，可謂曲盡虛幻變化之能事，而在這曲折的情節發展中，邢雲飛石癡的性格，也得到了最充分的體現。再比如〈促織〉，也是在短短的篇幅裡，以蟋蟀得失為主要線索，圍繞成名一家的不幸遭遇，寫出了主人公的由悲到喜，由喜復悲，悲極復喜的多次反覆，深刻地展示了作品的主題。

　　《聊齋誌異》的情節，還具有神奇、虛幻的特點，充滿著浪漫主義的豐富想像。〈阿寶〉篇寫孫子楚愛慕阿寶，既可以魂隨阿寶去，又能變成鸚鵡，「遽飛而去，直達寶所」。〈竇氏〉篇寫竇氏女要報始亂終棄之仇，陰魂有靈，使新婦自縊而死，又能搬屍扮新娘而來，直到南三復得到應有的懲罰。〈向杲〉篇寫向杲欲為兄報仇，「則毛革頓生，身化為虎」，一口咬下仇人的腦袋。類似這樣富有濃重神奇色彩的情節，在《聊齋誌異》中不勝枚舉。這些看似不現實，甚至近乎荒誕的情節，凝聚著作者鮮明的愛憎與進步的美學理想，它實際上是曲折地反映了社會的現實生活。

　　《聊齋誌異》的故事情節，還富有很強的戲劇性。比如〈胭脂〉就是一篇情節曲折而很富有戲劇性的小說。這篇小說的人物關係十分複雜。戲劇性的衝突首先是由王氏引起的。她是少女胭脂的談友，為人品行不端，長期與宿介私通，又是毛大垂涎的對象，而且認識胭脂

一見鍾情的鄂秀才。宿介從王氏處得知胭脂情況，就冒名頂替，糾纏
胭脂，並強奪繡鞋而去，情節發展到這裡，使人產生了一個懸念：宿
介持鞋意欲何為？然而緊接著，宿介卻無意間丟失繡鞋，這是個偶然
的情節，也是個戲劇性很強的關鍵情節。這個偶然的情節又促使了整
個故事情節更複雜地發展。毛大偶然拾得繡鞋，又偶然聽到繡鞋的來
龍去脈，這又是一個富有戲劇性的情節。隨著毛大夜入胭脂家，因誤
入門戶而造成殺人命案，這一偶然事件促使戲劇衝突進入高潮。緊接
著便是審案。按照胭脂的交代，邑宰拘捕鄂生，惑於表相，判鄂死
刑。吳太守重審此案，使情節又生波瀾，他認為鄂生不會殺人，翻了
這起冤案，但由於主觀武斷，又造成新的冤案。正當宿介延頸待決的
絕望時刻，情節又再次「突轉」，施愚山通過細緻周密的調查推理，
終於使隱藏很深的真正殺人犯落入法網。整個故事情節的發展每每出
人意外，一個又一個的懸念又使讀者始終被故事情節的發展深深吸
引，從而使小說產生了很強烈的戲劇效果，因而這篇小說曾被改編為
戲劇和電影。《聊齋誌異》中還有不少名篇如〈畫皮〉、〈宦娘〉、〈姐
妹易嫁〉等也被改編成戲劇或電影等。這些都說明《聊齋誌異》的故
事裡「有戲」，情節的戲劇性，為改編者提供了很好的基礎。

七　簡潔精練、豐富多彩的語言

　　《聊齋誌異》雖然是使用文言來寫作，但就其發揮文學語言藝術
的特色來說，無疑是達到了很高的境界，它繼承了我國文言文的精
練、簡潔、準確、生動等優良傳統，而又克服了一般文言文板滯晦澀
的毛病，同時又從口語中提煉出大量清新雋永、詼諧活潑的富有表現
力的語言，給漸趨僵化的文言小說注進了新的血液。
　　首先，作者善於用簡潔精練的語言文字，表現豐富、深湛的內
容。如〈紅玉〉篇開頭有這樣一段：「一夜，相如坐月下，忽見東鄰

女自牆上來窺。視之，美。近之，微笑。招以手，不來，亦不去。」寥寥三十二字，就把馮相如和紅玉月夜初逢，一見鍾情，以及彼此默默無言卻又心心相印的內心活動描繪得恰到好處。性格化的語言也是《聊齋誌異》語言特色之一。如〈嬰寧〉寫嬰寧和王子服對話，「我不慣與生人睡」，「大哥欲我共寢」，不僅突出了嬰寧天真活潑、憨直純潔的性格，而且在藝術上也收到了因癡成巧，憨話變成妙語的美學效果。又如〈辛十四娘〉中楚銀臺公子應提學試第一，沾沾自喜，並出試卷誇示馮生說：「諺云，『場中莫論文』，此言今知其謬。小生所以忝出君上者，以起處數語，略高一籌耳。」寥寥數語，就寫出了那種「狂妄自負」、恬不知恥的卑劣性格。同時，《聊齋誌異》的語言還富有形象性和感染力。如描寫葉生從考場再一次失敗而歸來的落魄情景：「生嗒喪而歸，愧負知己，形銷骨立，癡如木偶。」不僅生動勾畫出葉生科場失意的形象，而且揭示出葉生此時此刻的心緒，能使讀者產生豐富的聯想和會心的共鳴。此外，《聊齋誌異》還大量吸收生動活潑的口語進行藝術加工，如〈聶小倩〉中的一段對話，除個別辭彙外，幾乎都是與口語接近的語言：

　　媼笑曰：「背地不言人，我兩個正談道，小妖婢悄來無跡響，幸不訾著短處。」又曰：「小娘子端好是畫中人，遮莫老身是男子，也被攝魂去。」女曰：「姥姥不相譽，更阿誰道好？」

　　其他如〈鏡聽〉中二婦「儂也涼涼去」的憤激不平的語言，多麼爽快淋漓；〈翩翩〉中花城「翩翩小鬼頭快活死，薛姑子好夢，幾時做得？」等幽默機智，風趣橫生的語言，都是經過藝術加工，表現力極強的口語，它們就像生活本身那樣真實自然。

八　繼承和創新

　　《聊齋誌異》是我國文言小說發展的高峰，它繼承並發展了我國志怪、傳奇小說的藝術傳統，創作出了完美的文言短篇小說，在我國文言小說發展史上可以說是空前絕後的。從繼承和創新的角度上，《聊齋誌異》具有以下的幾個特點：

　　首先，從創作方法看，它繼承和發展了六朝志怪運用浪漫主義手法來反映現實的傳統。六朝志怪對《聊齋誌異》的影響是最直接的，作者自己也曾明言「才非干寶，雅愛搜神」，事實上，《聊齋誌異》的優秀篇章從內容到形式都可看出明顯的傳統痕跡。六朝志怪以談鬼神靈怪為中心，但這種想像和幻想是建立在現實的基礎上的，例如〈干將莫邪〉、〈韓憑夫婦〉、〈李寄斬蛇〉等等，都是運用積極浪漫主義手法，表現了強烈的現實主義內容。當然，從藝術角度看，它們僅僅是初具小說規模。唐傳奇無論在內容或藝術上都比六朝志怪進了一大步，但在一些以志怪為題材的傳奇中，仍然是發揚了志怪的傳統，如《任氏傳》、《離魂記》、《枕中記》等。《聊齋誌異》在運用志怪題材反映現實方面，無論在內容的深度和廣度上，都超過了以往的志怪、傳奇，達到了新的高度。以《續黃粱》為例，這個題材最早見於《搜神記》中〈楊林〉篇，夢者是一商人，故事簡單，意義平平。到了唐傳奇《枕中記》，主人公改成書生，糅進了作者個人的坎坷遭遇和對官場的批判，但重點是宣揚「人生如夢」的消極思想。而蒲松齡在《續黃粱》中，則把書生改為官僚，通過曾氏夢中拜相、謫官被殺、冥中受罪、轉世遭難等情節，揭露了封建官僚制度的罪惡，表現了作者對現實的「憂憤深廣」的態度，藝術上也更為純熟。

　　以藝術表現手法上看，《聊齋誌異》兼有志怪、傳奇的特點，即魯迅先生所說的「用傳奇法而以志怪」。縱觀文言小說的發展，唐代

小說已具備志怪、傳奇二種體裁，明初瞿佑、李禎等人在寫法上極力模仿唐傳奇，但內容卻大多寫奇異靈怪之事，它們基本上已是以志怪為題材的傳奇小說，可以說開了《聊齋誌異》的先河。《聊齋誌異》中的志怪內容，多是一些神仙狐鬼精魅的故事，它似乎與六朝志怪相似，但蒲松齡的志怪，目的卻不在志怪本身，而在於通過志怪抒發自己的孤憤和理想。它絕不是「粗陳梗概」的藝術手段所能完成的，這就決定了它必然要吸收和發展傳奇寫法。《聊齋誌異》之所以能「獨於詳盡之外，示以平常，使花妖狐魅，多具人情，和易可親，忘為異類，而又偶見鶻突，知復非人」[15]。正是由於作者在藝術手法上善於用傳奇法來寫志怪題材。

　　更加注重人物形象的刻畫，也是《聊齋誌異》在藝術上的重大進步。當然，《聊齋誌異》並非沒有生動的故事和豐富的情節，而是在完整的故事的基礎上，更注重精心塑造人物形象，刻畫人物的個性和本質，使人物形象異常鮮明、生動、深刻。即以「離魂型」的作品為例，《幽明錄》〈龐阿〉寫石氏女子對龐阿一見鍾情，精誠所感，魂魄竟幻形去尋龐阿，故事的主題固然進步，但藝術描寫卻簡略粗疏，幾乎見不到人物的思想、性格和心理活動。唐傳奇《離魂記》，思想內涵和藝術手法上都有很大的進步，但《離魂記》仍然是故事性的作品，情節大於人物描寫，就主人公倩娘形象來說，缺乏個性。到了《聊齋誌異》的〈阿寶〉，在人物描寫上發生了質的飛躍，不僅刻畫出鮮明生動的人物形象，而且還寫出了人物複雜的性格特徵。孫子楚的斷指和魂化鸚鵡，都能在他「癡情」的性格中得到解釋，而這種性格又帶有異常鮮明的個性色彩。

　　《聊齋誌異》在學習古代語言上，顯示了它的兼收並蓄、博大精深、宏中肆外的特點。在提煉口語中，體現了它把民間語言作為文學

15　魯迅：《中國小說史略》，見《魯迅全集》（北京市：人民文學出版社，1957年），卷8，頁171。

語言源泉的正確道路。正是因為作者大膽地把新鮮活潑的口語融合進精練典雅的文言中，使中國古文在敘事言情上，朝準確、生活、形象、更有表現力的方向大大跨進了一步。蒲松齡的這種語言風格，對清中葉以後的文言小說有著較大的影響，直到清末的林琴南，還以《聊齋誌異》的筆法來翻譯西洋小說，收到了一定的成效。

九　《聊齋誌異》的仿作

　　《聊齋誌異》問世後，在當時產生了很大的影響，模仿之作紛紛出現，雖然這些仿作的成就都不及《聊齋誌異》，但也各自有其特色，這些作品大多產生於乾隆年間和同治、光緒年間。乾隆年間的作品主要有沈起鳳的《諧鐸》、和邦額的《夜譚隨錄》、浩歌子的《螢窗異草》；嘉慶、道光年間主要有馮起鳳《昔柳摭談》、管世灝《影談》等；同治、光緒年間主要有宣鼎的《夜雨秋燈錄》、吳熾斤的《客窗閒話》、王韜的《遁窟讕言》、《淞隱漫錄》等。其中較著名的是沈起鳳的《諧鐸》、浩歌子的《螢窗異草》和宣鼎的《夜雨秋燈錄》。

　　沈起鳳（1741-?）字桐威，號薲漁、紅心詞客，江蘇吳縣人。沈起鳳多才多藝，以小說戲曲知名於時。《諧鐸》成書於乾隆五十六年（1791），共收小說和雜記一百二十一篇，故事多寫神鬼精怪，作者借題發揮，著意勸懲，鞭撻和嘲諷了封建社會種種醜惡的現象。如〈森羅殿點鬼〉、〈棺中鬼手〉、〈桃夭村〉揭露和譏笑了官吏的貪婪無恥；〈考牌逐腐鬼〉、〈讀書貽笑〉、〈蘇三〉諷刺了腐朽的科舉制度；〈鮫奴〉則批判了以金錢為基礎的封建婚姻觀和虛偽奸詐的世風；〈蜣螂城〉抨擊了金錢的罪惡，對愛錢如命的剝削者嘲以「蜣螂抱糞」，表示了作者的鄙夷的態度。總之，《諧鐸》一書對社會病態的解剖，對人情世態的揭露是廣泛而較為深刻的，反映了作者在人生坎坷中的真實感受。藝術上主要特點是諷刺，寄諷喻於離奇之中，可謂嬉

笑怒罵，皆成文章，但有時過分追求詼諧，也在一定程度上削弱了諷刺力量。

　　《螢窗異草》作者浩歌子，又作長白浩歌子。有人認為是尹慶藍的化名。尹慶藍是乾隆時官至大學士的尹繼善的第六子，當時頗有文名。全書十二卷，包括傳奇、志怪一百三十八篇。該書無論是題材、情節、構思，還是人物、語言、風格，都刻意模仿《聊齋誌異》，有些篇章模仿到幾乎亂真的地步。但在思想內容上卻遠不及《聊齋誌異》寓意深刻、批判尖銳，藝術上也略輸一籌，不過在《聊齋誌異》流派的小說中，還是屬於較好的。書中的一些優秀篇章，有的真實地反映了在明清鼎革的動亂年代裡人民所遭受的苦難折磨，如〈銀箏〉、〈假鬼〉；有的鞭撻了統治者的殘酷無情，封建官吏的齷齪無恥，如〈陸水部〉、〈黃灝〉；有的讚揚了青年男女為追求自由愛情、自主婚姻而進行的鬥爭，如〈田鳳翹〉，〈宜織〉、〈青眉〉等。在藝術上也有可取之處，如情節曲折，語言暢達，善於寫景狀物，注意人物形象的刻畫，注意表現人物的內心美等。當然，《螢窗異草》也摻雜著大量的封建糟粕，不少故事美化了封建道德，宣揚佛道迷信、因果報應，還有一些汙穢的色情描寫，這反映了作者世界觀中落後的一面。

　　《夜雨秋燈錄》作者宣鼎（1832-1880），字瘦梅，安徽天長縣人，工書畫，以小說知名於世。《夜雨秋燈錄》共十二卷，一百一十三篇。作者一生顛沛流離，飽經滄桑，對社會現實及人民生活了解較多，因而小說的內容較為充實，「書奇事則可愕可驚，志畸行則如泣如訴，論世故則若嘲若諷，摹艷情則不即不離」（蔡爾康序）。在模仿《聊齋誌異》的作品中，本書可以說是最好的一部。

　　《夜雨秋燈錄》寫得較好的首先是一些以婦女戀愛婚姻為題材的作品，這些作品揭示了封建社會婦女悲慘的命運，歌頌了一些婦女對愛情的熱烈追求和自我犧牲精神。最著名的就是〈痲瘋女邱麗玉〉。這個故事寫痲瘋女邱麗玉的父母企圖用男青年陳綺的生命來換取女兒

的安全，在生與死面前，邱麗玉毅然選擇了「捨生取義」的道路，救了陳綺的命。而當身患重病的邱麗玉突然出現在陳綺的面前時，中了舉人的陳綺放棄了一切個人打算，視邱為結髮妻，親自為她煎湯熬藥。特別是當邱麗玉不治之症僥倖得救後，他們又能推己及人，關心著天下瘋病人的疾苦。作者通過曲折動人的情節、尖銳複雜的矛盾衝突來展現人物的心靈美，歌頌了這對青年男女捨己為人的高尚情操和生死不渝的忠貞愛情，確是一篇不可多得的佳作。它還被改編為戲曲、長篇小說、電影等，可見影響之大。其他如〈雪裡紅〉、〈谷慧兒〉、〈箏娘〉、〈蚌珠〉等篇也都讚頌了敢於衝破封建樊籠、爭取自由愛情的果敢行動。而在〈以顛寄烈〉、〈烈殤盡孝〉、〈郝騰蛟〉、〈天魔禪院〉等篇中，作者則對那些備受封建禮教摧殘、被侮辱、被損害的女子寄予深切的同情。

　　《夜雨秋燈錄》對貪官汙吏、土豪劣紳也有所揭露，如〈父子神槍〉、〈賺漁報〉、〈金竹寺〉、〈白長老〉、〈王大姑〉等，都體現了作者對現實的某種程度的認識和愛憎態度。此外，由於作者廣泛接觸下層社會，因此在他筆下也出現了一些淳樸善良正直勇敢的市井細民的形象，如〈石郎蓑笠墓〉裡的牧童，〈丐癖〉中的乞丐，〈劉子儀膏藥〉中的醫士等，莫不如是。

　　在藝術上，作者追摹《聊齋誌異》，善於刻畫富有個性的人物形象，情節曲折婉轉，結構綿密，加以想像奇特豐富，文字清麗暢達，在晚清文言小說中沒有一部能與它相比。

第六節　《閱微草堂筆記》

　　《閱微草堂筆記》是在《聊齋誌異》風行一時之後，能自創特色的志怪體筆記小說集。作者紀昀（1724-1805），字曉嵐，河北獻縣人。他三十一歲中進士，官至禮部尚書，曾主持纂修《四庫全書》，

是乾、嘉時期「位高望重」的學者。《閱微草堂筆記》是紀昀晚年的作品，大約從乾隆五十四年到嘉慶三年之間陸續寫成，前後歷時十年，全書共二十四卷，計一千一百餘則，包括《灤陽消夏錄》六卷、《如是我聞》四卷、《槐西雜志》四卷、《姑妄聽之》四卷、《灤陽續錄》六卷。

　　《閱微草堂筆記》在體制上屬筆記小說一系，大都篇幅短小，記事簡要。作者有意追摹魏晉六朝志怪小說質樸簡淡的文風，而對《聊齋誌異》用傳奇法而以志怪的創作方法卻不以為然，認為「《聊齋》盛行一時，然才子之筆，非著書者之筆也……小說既述見聞，即屬敘事，不比戲場關目，隨意粧點……今燕昵之詞，媟狎之態，細微曲折，摹繪如生，使出自言，似無此理，使出作者代言，則何以聞見之？又所未解也」[16]。作者這種欲使小說回到古代筆記小說水準上去的觀點，顯然是保守和落後的，這也說明他對文學創作需要豐富的想像虛構和集中概括的藝術手段缺乏起碼的認識。而他那種實錄而少鋪陳、質樸而少文飾的寫法，則導致了他的作品存在議論說教過多、結構鬆散、人物形象蒼白等弱點。因此，他的作品多數還只能算是雜記或小說的素材，其藝術成就是遠遜於《聊齋誌異》的。

　　從作品內容方面看，作者還是從儒家正統觀念出發，欲通過作品以達到「不乖於風教」、「有益於勸懲」的目的，對黑暗現實的批判就顯得溫和而有所保留。這與蒲松齡寄託孤憤、志在鞭撻的《聊齋誌異》相比，還是有很大距離的。但是，作為一個比較正直的文人，他畢竟透過那封建「盛世」的帷幕，看到了某些社會矛盾，而在敘述故事時，作者又採用了寫實的手法，真實地記錄和揭露了當時社會的一些醜惡現象。因此，仍有一定的進步意義和認識價值。魯迅先生就曾公正地指出：「他很有可以佩服的地方：他生在乾隆間法紀最嚴的時

---

16 見盛時彥：〈姑妄聽之跋〉，轉引自侯忠義：《中國文言小說參考資料》（北京市：北京大學出版社，1985年），頁33。

代，竟敢借文章以攻擊社會上不通的禮法，荒謬的習俗，以當時的眼光看去，真算得很有魄力的一個人。」[17]

抨擊「存理滅慾」的宋明理學，揭露道學家的迂腐虛偽，這是《閱微草堂筆記》重要內容之一。魯迅先生曾在《中國小說史略》中指出，紀昀「處事貴寬，論人欲恕，故於宋儒之苛察，特有違言，書中有觸即發……且於不情之論，世間習而不察者，亦每設疑難，揭其拘迂，此先後諸作家所未有者也」。確實，紀昀對道學的抨擊和諷刺是不留情面的。卷二十三有一則寫某公以氣節嚴正自許，曾以小奴配小婢，一日，因為奴婢偶然相遇笑語，即斥為「淫奔」，「杖則幾殆」，致使這對情竇初開的少男少女，「日不聊生，漸鬱悒成疾，不半載內先後死」。卷十五中記載一對青梅竹馬、癡情相戀的表兄妹，被斥以「悖理亂倫」，使這對男女一死一狂。卷十中寫一醫生固執一理，兩次拒絕一個女子買墮胎藥的要求，致使那女子自殺。這些故事都尖銳地抨擊「禁慾存理」的理學家以理殺人的罪惡。與此同時，紀昀還以犀利的筆觸揭示了「外貌麟鸞，中韜鬼蜮」的理學家的卑劣的靈魂，如卷二中一則寫一個以道學自詡的塾師，卻貪圖遊方僧人的錢財，結果被蜂群螫得頭面盡腫，狼狽不堪。卷四有一則故事揭露兩個道學家在學生面前「辯論性天，剖析理欲」嚴詞正色，道貌岸然，背地裡卻合謀密商奪取一個寡婦的田產，陰私被當場揭穿，弄得醜態百出。在卷七中，作者更以「心鏡」透視出道學家的種種真實心態：「有黑如漆者，有曲如鈎者，有拉雜如糞壤者，有混濁如泥滓者，有城府險阻千重萬掩者……有如蜂蠆者，有如狼虎者，有現冠蓋影者，有現金銀氣者，甚有隱隱躍躍，觀秘戲圖者；而回顧其形，則皆岸然道貌也」這些畢妙畢肖的描畫，表現了作者對道學家的深惡痛絕。

---

17 魯迅：《中國小說史略》，見《魯迅全集》（北京市：人民文學出版社，1957年），卷8，頁346。

　　對社會的黑暗腐朽的現實和勞動人民悲慘的遭遇，紀昀在作品中亦時時有所揭露和反映。如卷二的一則就記載了明末河南、山東等省的大災荒，飢民吃盡了草根樹皮後，終至「以人為糧，官吏弗能禁，婦女幼孩，反接鬻於市，謂之菜人」。一些肉舖飯店，公然將活生生的人如屠牲畜一般肢解出售，為我們展示了一幅慘絕人寰的社會圖景。卷九有一則記一富家女，被人拐賣為婢，五、六年後找回來時，「視其肌膚，鞭痕、杖痕、剪痕、錐痕、烙痕、燙痕、爪痕、齒痕遍體如刻畫」。卷二十五一則記某侍郎夫人「凡買女奴，成券入門後，必引使長跪，先告誡數百語，謂之教導，教導後即褫衣反接，撻百鞭，謂之試刑。或轉側，或呼號，撻彌甚。撻至不言不動，格格然如擊木石，始謂之知畏，然後驅使」。作者揭露這些，目的雖是為了「勸懲」，但客觀上卻暴露了封建官僚地主的殘暴，有助於我們更清楚地認識封建社會的本質。

　　《閱微草堂筆記》還廣泛描摹了人情世態，對當時社會生活中的醜惡現象作了諷刺和揭露。如卷九的一則寫一個聚賭的猾吏，與同夥勾結，暗中作弊，「取人財猶探物於囊」，作者斥之為不持武器的強盜。卷三的一則寫一個老儒為了賤價買人房宅，竟唆使強盜暗中鬧鬼，搞得人家不敢住，他便乘機「以賤價得之」，可謂狡詐之極。其他如裝神弄鬼、騙人錢財的巫婆術士，假公濟私、顛倒是非的貪官猾吏，忘恩負義、賣友求榮的無恥小人等封建社會中的惡俗人事，書中也有所揭露和鞭撻。

　　涉及狐妖鬼怪的作品在《閱微草堂筆記》中也佔有相當的數量。作者談狐說鬼，不僅僅是因為好奇，而是借狐鬼來反映人生，寄託感情。作者筆下的狐鬼大致可分為正反兩種類型。以正面形象出現的狐鬼，大多正直善良，珍視友誼，篤於愛情，資助弱者，嚴懲惡人，具有美好的心靈。如卷十二的一則寫「家貧傭作」的張四喜發現妻子為狐，竟用箭射傷她，狐女被迫痛哭離去，卻不忘舊情。後張病死，她

攜銀來哭葬，並主動擔負起贍養公婆的責任。作者在篇末稱讚狐女不僅形化為人，而且「心亦化人矣」。很顯然，作者是肯定狐女這種忠於愛情、以德報怨的行為的。同卷中另一則寫一狐與柳某交友，常以衣食周濟柳某，後柳某貪圖富室百金之賞，企圖毒死此狐，狐已知之，當眾揭露了柳某的陰謀，表示自己不忍與柳某反目為仇，又以布一匹、棉一束自簷擲下，說：「昨日爾幼兒號寒苦，許為作被，不可失信於孺子也。」然後嘆息而去。作者在這裡通過鮮明的對比，極寫狐的厚道熱誠，更顯得柳某忘恩負義、賣友求榮的可恥可惡。通過這些故事，可以深深感到作者對正直善良、助人為樂的讚頌和對世情險惡的喟嘆。

　　另一方面，《閱微草堂筆記》也記敘了不少狐鬼興妖作祟、擾世害民的故事。但作者又認為，狐鬼作祟，皆因人的心懷鬼胎，即「妖由人興」。因而只要人的「氣盛」，鬼怪即無所施其術而自行消亡。基於這種思想，作者寫下了一些含意深刻、給人啟迪的不怕鬼的故事，如卷二十三有一則寫某人租住在一所久無人居的空房裡，並「厲聲」宣佈不怕鬼，鬼聞知極為憤怒，入夜前來作種種凶醜之狀，某人毫不畏懼，鬼無奈只得退讓乞求：「汝但言一畏字，吾即去矣。」某人更為憤怒地說「實不畏汝，豈可詐言畏？任汝所為可矣！」鬼最後只好認輸，奄然而滅。這個故事寓意深刻，作者實際是在總結一種人生經驗，告訴人們如何對待社會上邪惡的東西。又比如卷六中有一則寫一個有膽量的許南金先生，某夜與一友共榻，半夜見一妖怪的臉從牆壁上出現，雙目明如火炬，那個朋友嚇得「股慄欲死」，而許卻借著妖怪的目光從容讀書。妖怪無計可施，只好退去。這個故事，情節奇特，生動有趣，它告訴人們，在邪惡勢力面前，害怕逃避是不行的，只要敢於鬥爭，就能戰勝它。像這一類故事，在作品中為數不少。

　　《閱微草堂筆記》在藝術上的成就主要表現在它的語言上。作者

記言敘事，簡潔流暢，平易自然，卻能於平淡中暗藏機鋒，飽含情致。如卷十一有一則寫一位「鬚髮皓然，時咯咯作嗽」的老翁打虎的經過：「老翁手一短柄斧，縱八九寸，橫半之，奮臂屹立。虎撲至，側首讓之。虎自頂上躍過，已血流仆地。視之，自頷下至尾閭，皆觸斧裂矣。」簡潔老練、平淡冷靜的語言中飽含著作者對打虎老翁驚人的勇敢和技藝的欽服和讚頌之情。又如卷十二中一則記承德避暑山莊的景色：

> 每泛舟至文津閣，山容水意，皆出天然，樹色泉聲，都非塵境；陰晴朝暮，千態萬狀，雖一鳥一花，亦皆入畫。其尤異者，細草沿坡帶谷，皆茸茸如綠罽，高不數寸，齊如裁剪，無一莖參差長短者。

這段描寫，淡雅清新，細緻入微，飄蕩著純淨雋秀之美，充分體現了紀昀爐火純青的語言功力。

《閱微草堂筆記》還具有議論精當，鞭辟入裡的特點，當然，作者的不少議論確屬於迂腐說教的封建糟粕。但是，由於紀昀有意識地把議論與作品的內容融為一體，加之他經歷豐富，閱世較深，知識淵博，論事又每每注意入情入理，因而許多議論亦能深入淺出，不僅能起到開掘題材、加深主題的作用，而且也能給人以哲理的啟迪。

應該指出，《閱微草堂筆記》的這些優點，與《聊齋誌異》相比，更顯示出它雜記散文的優勢，從小說文體的角度看，特別是把它放在明清時代小說大盛的背景下來考察，《閱微草堂筆記》實際上是一種文體的復古退化，把它列入小說史，確為勉強之舉。至於在紀昀之後，仿《閱微草堂筆記》的作品，如許仲元的《三異筆談》，俞鴻漸的《印雪軒隨筆》、俞樾的《右臺仙館筆記》等。而既仿《聊齋誌異》，又擬《閱微草堂筆記》的如樂鈞的《耳食錄》、許秋垞的《聞見

異辭》、湯用中的《翼駉稗編》等，「貌如志怪者流，而盛陳禍福，專主勸懲，已不足以稱小說」[18]。這裡就不一一介紹了。

18　魯迅：《中國小說史略》，見《魯迅全集》（北京市：人民文學出版社，1957年），卷　8，頁180。

第二章
白話短篇小說

第一節　概述

　　我國古代小說發展到宋元時代，又出現了新的飛躍。隨著社會政治、經濟的發展變化和「說話」藝術的興盛，出現了一種新型的小說——「話本小說」，這也是我國古代最早的白話小說。它的產生，使中國小說從內容到形式都更加面向社會，面向大眾；同時又是中國小說走向藝術高峰的一道橋樑。它為中國古代小說的發展開闢了一個嶄新的天地，它標誌著中國古代小說的發展進入了一個新的階段。正如魯迅先生在《中國小說的歷史的變遷》中所說：「至於創作一方面，則宋之士大夫實在並沒有什麼貢獻。但其時社會上卻另有一種平民底小說，代之而興了。這類作品，不但體裁不同，文章上也起了改革，用的是白話，所以實在是小說史上的一大變遷。」

　　話本產生於宋代，這是當時社會生活的藝術反映，也是文學自身發展的必然結果，是蘊蓄涵泳已久的一種歷史產物，它也有一個較長時間的發生發展的過程。唐宋以來在民間廣泛流傳一種叫做「說話」的表演技藝，「說話」就是講說故事的意思。話本就是「說話」藝人講唱故事時所依據的底本。話本的產生與「說話」藝術的發展興盛有著直接的關係。「說話」起源於我國古代的說唱藝術，我國古代很早就有了說故事和說書的傳統。在近年出土的文物中，發現有東漢時代的「說書俑」，歪頭吐舌，縮肩聳臀，極為生動地顯示出說書藝人講到緊要關頭時手舞足蹈的神態。三國時，曹植能「誦俳優小說數千

言」，「俳優小說」可能是一種口頭演說的文藝形式。到了隋代，在侯白的《啟顏錄》裡已用「說話」來專指講故事了。真正把「說話」當作一種專門的表演藝術，則是唐代的事情。郭湜《高力士外傳》記載：「每日上皇與高公親看掃除庭院，芟薙草木；或講經、論議、轉變、說話，雖不近文律，終冀悅聖情。」這表明唐肅宗時，「說話」已從民間進入宮廷。稍後，詩人元稹在〈酬翰林白學士代書一百韻〉裡有「翰墨題名盡，光陰聽話移」的詩句，這裡的「聽話」，就是指聽說書人講唱故事。元稹自己也作了注解說：「嘗於新昌宅（聽）說《一枝花》話，自寅至巳，猶未畢詞也。」《一枝花》話，就是當時民間傳說的李娃的故事，從中可知這個故事在當時已是定型的「說話」名目了。《一枝花》的話本今已失傳，我們只能從唐傳奇《李娃傳》中了解大概。但從現存的《廬山遠公話》、《韓擒虎話本》、《葉淨能話》等幾篇唐話本看，可知唐代的說話技藝已發展得相當成熟了。

　　與此同時，唐代還盛行著一種由當時寺院僧侶向民眾進行佛教宣傳的「俗講」。這種「俗講」，開始時只是單純演說經文和佛經故事，後來逐漸演變，也講唱一些民間傳說和歷史故事，如《漢將王陵變》、《秋胡變文》、《伍子胥變文》、《昭君變》等。「俗講」與「說話」關係極為密切，唐代「說話」在發展中不僅吸收了「俗講」的某些形式和技巧，而且在題材內容上也深受影響。

　　到了宋代，「說話」出現了空前繁盛的局面。這當然有著政治、經濟、文化等多方面的原因，但主要是宋代工商業的發達和城市經濟的繁榮促成的。宋朝統一中國後，生產力逐漸得到恢復和發展。隨著農業的發展，手工業、商業也逐步發展到更高的水準，帶來城市經濟的繁榮。孟元老在〈《東京夢華錄》序〉中，就曾經描繪過當時的首都汴京的繁華：「輦轂之下，太平日久，人物繁阜。垂髫之童，但習鼓舞，斑白之老，不識干戈。」「舉目則青樓畫閣，繡戶珠簾，雕車竟駐於天街，寶馬爭馳於御路，金翠耀目，羅綺飄香。新聲巧笑於柳

陌花衢，按管調弦於茶坊酒肆，八荒爭湊，萬國咸通。集四海之珍奇，皆歸市易；會寰區之異味，悉在庖廚。」伴隨著城市經濟的繁榮，以手工業工人、商人和小業主為主的市民階層也逐漸壯大起來。他們物質生活的水準有了顯著的提高，相應地對適合他們文化程度和生活情趣的文化娛樂的要求也不斷提高。於是各種民間技藝應運而生，一時繁盛起來。當時的城市中還出現了許多專門表演各種民間技藝的瓦舍勾欄。瓦舍又叫瓦肆、瓦子，是當時規模很大的綜合遊藝場所，其中的勾欄是專門供各種民間技藝演出的地方。在這裡上演的除「說話」外，還有雜劇、傀儡戲、諸宮調等。據《東京夢華錄》記載，當時的瓦舍勾欄，十分繁鬧，遊者如雲，「不以風雨寒暑，諸棚看人，日日如是」。

在諸種技藝中，「說話」是一種重要的技藝，深受市民的喜愛。說話藝人的人數也相當多，據《武林舊事》記載，僅南宋臨安城就有說話藝人約一百人。同時，說話藝人之間的分工也愈來愈細，當時因內容和形式以及藝人們各自的專長不同，已分成四大家：一、小說，二、說鐵騎兒，三、說經，四、講史。「說鐵騎兒」，主要是指講述取材於宋代農民起義或抗金抗遼的英雄傳說和戰爭故事。在四大家中，以小說、講史的影響最大，尤以小說家最有勢力。因為小說基本上是取材於城市平民各階層的生活，它對現實的反映最為直接及時，故事的內容是市民聽眾熟悉的，且又能真切地反映市民們的思想感情、理想與追求，因此在當時最受歡迎。在藝術技巧上，它也有超越其他家的優點。《都城紀勝》就曾指出，講史書的「最畏小說人，蓋小說者，能以一朝一代故事，傾刻間提破」。「頃刻間提破」就是當場把結局點破，一次講完。《夢粱錄》裡也指出小說具有「捏合」的特點，所謂「捏合」，一是指小說可以把當時的社會新聞同說話的內容融合在一起，二是指虛構編造。這裡就說出了小說在藝術上具有短小精悍和可以自由虛構的特點。而這一點，也正是它可能演變為白話短篇小

說的一個關鍵的因素。

　　隨著說話技藝的日趨繁盛發達，說話藝人漸漸便有了自己的職業性的行會組織，如杭州的小說家團體就稱為「雄辯社」。[1]在社裡，說話藝人可以自由地切磋技藝，交流經驗，傳遞資訊，以改進和提高自己的演說水準。這樣的行會組織，對從整體上提高宋代說話的水準，無疑是大有裨益的。同時，還出現了專門編寫話本和戲劇腳本的文人組織「書會」。書會的成員都是一些富有才情、文學功底較深的落魄文人，他們在當時被尊稱為「書會才人」。正是這些書會才人的辛勤的勞動，才使得話本能從原來簡略粗陋的單純的說話底本，發展為可供閱讀的書面文學作品。至此，話本實際上已具備了雙重的功能：既是傳統的說話人的底本，又是藝術上相當成熟的白話小說。

　　話本一般又可分為兩類：說話四家中講史的底本為講史話本，自元代開始叫做「平話」。「平話」講述長篇歷史故事，取材於歷史，後來發展為章回體的長篇小說；另一類就是本章所要介紹的篇幅短小的小說話本，常常被稱為小說，又稱為「短書」。它對我國古代白話短篇小說的發展，有著直接而深遠的影響。

　　白話短篇小說的發展，從宋元小說話本開始，主要經歷了三個階段，即宋元小說話本──明末的「三言」、「二拍」──以李漁為代表的明末及清代的其他白話短篇小說。

　　宋元小說話本雖處於白話短篇小說的初期，但由於有「說話」藝術的長期哺育和書會才人的潤色加工，因此它一開始就顯示出不凡的風貌。它不僅給文學的發展注入了新的生命，而且帶來了整個社會審美情趣的歷史性變化。從文學史的角度看，宋以前的文學是以傳統詩文為主流的，它側重作者的自我表現，表現作者本人的精神、思辨、襟懷和意趣。而作為異軍突起的小說話本，則是以再現為主要特徵的

1　見《武林舊事》卷3，〈社會〉條。

文學，它所要展示的是世俗人情。它猶如那個時代社會生活的萬花筒，它提供給我們的，是以社會各階層人物為中心的歷史畫卷。從小說史的角度看，宋以前的志怪傳奇小說是以文人士大夫為讀者對象，而宋元小說話本則主要是提供給市民欣賞的藝術。因此它的取材，主要是市民所熟悉、所感興趣的城市現實生活，即使有些篇章以上層社會的生活為題材，但它對故事的敘述和評價，也依然是從市民的審美觀點出發的。宋元小說話本的這一變化，使我國古代小說的發展深深植根於現實生活的土壤裡。另一方面，與作品的內容相適應，小說話本在藝術上也有新的創造。首先是小說語言的白話化、通俗話，風格上顯得粗獷、明快、爽朗、潑辣。這種用語的變化，使中國小說走向群眾成為可能。在人物塑造上，小說話本主要以城市平民為描寫對象，作者從不神化他們筆下的人物，而是以自然平實之筆，寫他們的七情六欲，並通過他們在現實社會中不同的命運遭際來展示他們性格發展的歷史，從而構成作品真實的社會內容。在情節描寫上，作者並不刻意求奇，而是把筆觸深入到普通的家庭生活領域，從日常生活中發掘藝術的寶藏。所有這一切，不僅奠定了我國古代白話短篇小說的基礎，而且也確立了宋元小說話本在中國小說史上具有劃時代意義的歷史地位。

　　由元入明，白話短篇小說曾一度衰落。明代前中期，作品較少，而且多以單篇流傳，在文壇上影響不大。直到明中葉以後，由於城市經濟的繁榮發展，我國封建社會內部逐漸孕育了某些資本主義因素。與此相適應，在思想文化領域，出現了以李贄為代表的提倡人性解放、提倡通俗文學的新思潮。白話短篇小說作為當時最為通俗的文學形式，又迎來了一個新的高潮。一些文人一方面對宋元以來單篇流傳的小說話本進行搜集整理，編輯出版，另一方面，他們也懷著極大的興趣開始模擬小說話本這種形式進行創作，於是一種新型的更為成熟的白話短篇小說──擬話本，便應運而生了。擬話本雖然仍保持著話

本的體制，但在精神內核上已發生了很大的改變，最顯著的是由訴之聽覺而轉為訴之視覺，藝術描寫更為細膩，語言更為規範純熟，它真正成為嚴格意義上的短篇小說了。擬話本的產生，使古代白話短篇小說進入了一個輝煌的時期。

　　代表明代擬話本最高成就的是馮夢龍的「三言」和凌濛初的「二拍」。馮夢龍和凌濛初在思想上都不同程度地受到李贄個性解放新思潮的影響，馮夢龍就曾大聲疾呼，要「借男女之真情，發名教之偽藥」[2]。馮、凌二氏都十分熱衷於擬話本的創作，他們都力求在自己的作品中，「極摹人情世態之歧，備寫悲歡離合之致」。讀他們的作品，猶如在欣賞一幅幅五光十色、多彩多姿的世俗生活的畫卷，展現在我們面前的，有獻身愛情的青年男女，有專制昏憒的封建家長；有始亂終棄的負心漢子，有掙扎煎熬的勾欄妓女；有貪婪殘暴的權貴官吏，有正直高尚的忠臣義士；有奸邪淫蕩的惡棍僧尼，有迂腐可笑的儒士酸丁；有氣焰薰天的豪紳富商，有沈淪墮落的妒婦美妾；有卑鄙猥瑣的走狗幫閒，有善良安分的商人市民……總之，三教九流，形形色色，各類人物齊備。他們多是活躍於當時生活舞臺上的現實的人物，他們的身上散發著濃郁的時代氣息。我們從中能夠感受到生命的充實和「人欲」的誘惑力，感受到與傳統迥異或尖銳對立的思想道德觀念和價值觀念，感受到新興的市民階層對「人」的尊重和人格平等的歷史要求，感受到作者對現實社會種種醜惡現象的無情批判；同時，我們也能感受到那個時代小市民的種種庸俗、淺薄、低級、無聊的趣味和感情，感受到作者勉為其難的封建說教和無力的道德訓誡。這一切就構成了「三言」、「二拍」進步的但又不無微瑕的思想傾向。

　　「三言」、「二拍」的突出成就，引起了世人尤其是下層人民對白話短篇小說的濃厚興趣，直接刺激了明末清初的創作熱潮。一時間，

2　〔明〕馮夢龍：〈序山歌〉。

仿效之作紛起，數量之多，蔚為大觀，而且餘波不息，一直延續到清中葉。不過，從總體上看，這些後起之作的成就卻無法與「三言」、「二拍」相比肩。其間一些較好的作品，如李漁的小說，雖能在一定程度上繼承「三言」、「二拍」的傳統並在藝術上有所創新，但由於作者過於追求情節的新穎奇巧，過於追求小說的喜劇效果和娛樂功能，因此在內容上有時不免傷於纖弱，與馮、凌二氏的優秀之作相比，缺乏一種震撼人心的力量。

　　明末和清代其他白話短篇小說與李漁的小說相比，卻又等而下之。成就不高的一個重要的原因，是這些作品雖一意仿效「三言」、「二拍」，卻往往得其皮毛而失其精髓。過分強調了小說懲惡揚善的教化功能，而在具體描寫中，又往往無視現實生活的真實和小說創作的藝術規律，以至於一些作品訓諭滿紙、告誡連篇，大大削弱了作品的形象性和主題的開拓，不再有宋元話本的尖銳新鮮和「三言」、「二拍」的富於現實的氣息。故魯迅先生在《中國小說史略》中謂其「形式僅存而精神與宋迥異」。當然，上述只是就總體而言，它並不排除其中也出現了一些值得肯定的好作品，這些好作品，往往散落在各個集子中。作為新的歷史時期的產物，這些作品反映了「三言」、「二拍」所沒有接觸到的社會生活，開拓了小說的題材，它同樣是中國小說史中不可或缺的一部分。

　　古代白話短篇小說大約發展到清康熙、乾隆年間，便呈現出難以為繼的衰勢。雖然最後一部擬話本集子《躋春臺》產生於清末的光緒年間，但它卻是沈寂近百年之後的一聲微弱的回響。與此同時，中國歷史在鴉片戰爭的隆隆炮聲中進入了近代社會，隨著社會政治、經濟的急劇變化，隨著中國資產階級民主革命高潮的到來，我國的白話短篇小說又發生了一次新的飛躍。但這時，小說史已翻開了另外的一頁。

第二節　宋元小說話本

一　小說話本的體制和概況

　　宋元小說話本的體制結構一般由四個部分組成，即：題目、入話、正話和篇尾。題目是根據正話的故事來確定的，是故事內容的主要標記。入話，也叫「得勝頭回」、「笑耍頭回」，就是在正文之前，先寫幾首與正文意思相關的詩詞或幾個小故事，把它作為開篇，以引入正話。「入話」具有肅靜聽眾、啟發聽眾和聚集聽眾的作用。正話，即故事的正文，是小說話本的主要部分。正話在敘述故事時，也不時穿插一些詩詞，用來寫景、狀物，或描寫人物的肖像、服飾，它具有渲染氣氛、增強效果的作用。小說話本一般都有篇尾，往往用四句或八句詩句為全篇作結，有時也有用詞或整齊的韻語作結的。篇尾一般游離於情節結局之外，具有相對的獨立性，它是由說話人（或作者）自己出場，總結全篇主旨，或對聽眾加以勸誡，或對人物、事件進行評論。小說話本這種體制的形成和定型，是「說話」藝術長期發展的結果，它標誌著小說話本的成熟。

　　小說話本在宋元時代，數量很多，據《醉翁談錄》、《也是園書目》、《寶文堂書目》等書記載的篇題，約有一百四十多種。但由於在封建社會裡，這種民間文學始終受到統治階級和正統文學家的歧視和排斥，再加上開始時小說話本多以單篇抄錄的形式存在，無人編輯整理，因此在流傳與保存方面，都受到很大的影響，大部分作品都已散佚。保存至今的大約只有四十餘種，主要散見於明代的《清平山堂話本》、《京本通俗小說》、《熊龍峰四種小說》和馮夢龍編撰的《喻世明言》、《警世通言》、《醒世恆言》等書中。

　　小說話本題材廣泛，內容豐富，有的取材於現實生活，有的從

《太平廣記》、《夷堅志》等書中選取題材，並結合當時的社會生活，融入作者自己豐富的生活經驗，加工創造成富有時代氣息的小說。現存的作品主要包括了愛情婚姻、訴訟案件、歷史故事、英雄傳奇、神仙鬼怪等方面的內容。講述歷史故事的作品寫得較好的有〈張子房慕道記〉、〈老馮唐直諫漢文帝〉、〈漢李廣世號飛將軍〉等，這些故事多寫英雄賢士的懷才不遇和統治者的昏庸殘暴，在一定程度上反映了封建專制制度的腐朽反動。以英雄傳奇故事為題材寫得較好的有〈史弘肇龍虎君臣會〉、〈鄭節使立功神臂弓〉等，這些作品多描寫英雄人物的發跡變泰，寄託了下層人民渴望翻身解放的幻想，宣揚了「王侯將相本無種」的思想。一些講述神仙鬼怪則反映了小說話本落後消極的一面，如〈西山一窟鬼〉、〈西湖三塔記〉、〈定州三怪〉等，都著力於描述精靈鬼怪，散佈恐怖氣氛。小說話本中還有一些宣揚因果報應和佛教戒律的作品，如〈菩薩蠻〉、〈五戒禪師私紅蓮記〉、〈花燈轎蓮女成佛記〉等。這些作品的出現，有其深刻的時代社會的原因，它也反映了小說話本在思想內容上的複雜性。

從總的來看，小說話本中數量較多、質量較好的當屬反映愛情婚姻和訴訟案件為題材的作品，這兩類作品代表了宋元小說話本的最高成就。

二　執著追求自由的愛情婚姻

戀愛婚姻是人類最基本的生活內容，戀愛婚姻的自由則是人類最自然的一種要求。而在長期的封建社會裡，人類的這種天性卻受到封建禮教的殘酷扼殺和壓抑。封建的婚姻制度剝奪了男女之間表達愛情、自由結合的權利，造成了許許多多的愛情和婚姻的悲劇。與此同時，千百年來青年男女為爭取愛的權利而進行的不屈不撓的鬥爭，也從來沒有停息。這種社會現實反映到文學中，就形成了中國文學的反

封建的積極主題。宋元小說話本繼承了這一文學的永恆主題，並以更廣泛的反映來展開和深化這一主題，從而在中國小說史上留下了不少獨放異彩的佳作，如〈碾玉觀音〉、〈鬧樊樓多情周勝仙〉、〈志誠張主管〉、〈快嘴李翠蓮記〉等，都是小說話本中膾炙人口的名篇。

〈碾玉觀音〉是寫一個發生在咸安王府中的女奴璩秀秀與工匠崔寧的婚姻悲劇故事。作品讚頌了女奴秀秀為爭取人身的自由，爭取獨立自主的婚姻而頑強鬥爭的精神，鞭撻了製造悲劇的咸安郡王的野蠻殘暴，從而揭示了下層人民與封建統治著之間不可調和的矛盾，具有較深刻、較積極的思想意義。

在作品中，作者成功地塑造了璩秀秀這個女奴的形象，這是以往的文學作品中未曾出現過的一個嶄新的女性形象。她美麗聰明，大膽潑辣，桀驁不馴，沒有一點矜持和忸怩之態，更沒有封建道德的負擔。她愛上玉匠崔寧後，就敢於大膽追求，當王府失火，偶遇崔寧時，她首先主動提出：「比似只管等待，何不今夜我和你先做夫妻？」而當崔寧尚猶豫不決時，她更進一步小用心計，促使崔寧下決心與她做成夫妻，然後雙雙逃亡，去過自由獨立的生活。在那個時代，秀秀的言行確實達到了驚世駭俗的地步，她的行動具有雙重叛逆的性質：一是對封建人身依附關係的蔑視和反抗，一是對封建婚姻制度、倫理道德的背叛。由於封建勢力的強大，他們最終卻無法逃脫咸安郡王的魔掌，在殘酷的迫害面前，在幸福被毀滅的時刻，我們看到了秀秀又一次的掙扎和反抗。惡勢力奪走她的生命，而她的鬼魂卻仍懷著強烈的生活欲望和執著的愛，去苦苦追求自己的理想。秀秀鬼魂的出現，當然只是一種主觀幻想的產物，作者正是用這種浪漫主義手法，來進一步揭示秀秀美好的靈魂和執著反抗的性格，進一步控訴了封建社會吃人的本質，從而使這篇優秀的愛情小說具有更強烈的社會批判性。

〈鬧樊樓多情周勝仙〉和〈志誠張主管〉寫的也是青年女子對自

由愛情、自主婚姻執著追求的故事。前一篇寫商人的女兒周勝仙與范二郎相愛，卻因父親的反對而難遂心願，相思成疾，鬱悶而死。死後復甦，再去尋找范二郎，卻被范誤認為鬼，失手將她打死。死後鬼魂仍去找范二郎，並在夢中結為夫妻。後一篇也是寫一個老員外的小夫人愛上青年主管張勝，卻因對方的軟弱而終致身亡，死後鬼魂繼續追求張勝。這兩個故事的主題與〈碾玉觀音〉是一致的，它們都表現了青年女子大膽反抗封建禮教、熱烈追求婚姻幸福的主動精神。

〈快嘴李翠蓮記〉則是從另一個角度反映了那個時代青年女子的婚姻悲劇。作品側重描寫李翠蓮對封建禮教的大膽反抗。她性格剛直，心靈嘴快，蔑視一切封建禮法，不論是在家作女兒，還是出嫁作媳婦，都鋒芒畢露，毫不妥協，與封建禮教格格不入。作者用富有喜劇性的誇張筆墨，著力渲染了她這種不屈不撓的叛逆性格。比如燕爾新婚，她便無法忍受夫家的禮俗規矩，「打先生，罵媒婆，觸夫主，毀公婆」，她的行為被封建家長視為大逆不道，被休棄回娘家。回家後，又受到父母兄長的責備和嫌棄，現實社會無處容身，她最終只得投身佛門，去尋求超脫世俗的自由。這個富有喜劇色彩的故事實際上是一個相當深刻的悲劇，它在詼諧中飽含著深沈的悲憤。李翠蓮僅僅因心直口快便不能見容於那個社會，不僅失去了婚姻家庭，甚至連父母兄弟也不能原諒她，以至於陷入孤苦無告的窘境，這就相當深刻地揭示了封建禮教束縛婦女的殘酷性；而李翠蓮對封建禮教始終如一、寧折不彎的抵制和反抗，也明顯地表現出那個時代的下層婦女對男女平等和個性自由的強烈要求，表現了廣大婦女民主意識的初步覺醒。

上述作品都成功地塑造了富有反抗精神的下層婦女的形象，她們都是過去文學作品中未曾有過的閃耀著民主性思想光芒的全新形象。她們的出現，表明宋元小說話本已從更深的層次上開拓了中國文學反封建的傳統主題。當然，我們也無須諱言，由於時代的侷限，這類小說也存在著一些較為複雜的消極因素。作品中也不時流露出市民階層

的落後的思想意識和藝術情趣，有的作品還有宿命論和欣賞色情等糟
粕。但這些畢竟是白璧微瑕，它掩蓋不了這類作品在思想內容上的熠
熠光華。

三　抨擊封建吏治的黑暗腐朽

　　以獄訟事件為題材的公案小說，在話本小說中也佔有相當大的比
重。這類作品涉及的社會生活面極為廣闊，它直接反映了當時複雜的
社會矛盾，比較深刻地揭露和批判了黑暗腐朽的封建吏治，對沒有人
權保障的下層人民所遭受的苦難寄予了深切的同情，同時也熱情讚頌
了那些能為人民出氣的綠林好漢。〈錯斬崔寧〉、〈簡帖和尚〉、〈宋四
公大鬧禁魂張〉等，都是這類小說的代表作。

　　〈錯斬崔寧〉敘寫的是一對青年男女因十五貫錢而引起的謀殺冤
案。這個案件看似複雜，其中有不少偶然巧合的因素，但主要的原因
還是府尹的「率意斷獄，任情用刑」。正如作者指出的這樣：「這段冤
枉，仔細可以推詳出來，誰想問官糊塗，只圖了事，不想捶楚之下，
何求不得。」遺憾的是，像這樣的糊塗問官，在封建社會裡，卻比比
皆是！作品告訴我們，如此錯誤的審問和判決，居然是「部復申詳，
倒下聖旨」，指令「行刑示眾」，這就進一步揭示出了封建吏治的昏庸
腐朽，草菅人命。同時作品通過一句戲言竟釀成大禍的描述，也反映
了當時人民生命財產沒有保障，隨時可能就會有橫禍飛來的悲慘命運。

　　〈簡帖和尚〉寫皇甫松中了惡棍和尚設下的簡帖毒計，認定妻子
楊氏與人有私，送官拷問，官府偏聽一面之詞，威逼楊氏招供，並在
沒有任何證據的情況下，判定離異，楊氏終落和尚之手，後來由於和
尚陰謀暴露，她又被官府判歸夫家。這個故事通過一個善良婦女無端
被暗算、被冤屈、被迫害的遭遇，揭露了封建社會中邪惡勢力的橫
行、官吏的昏憒冷酷和婦女任人擺佈的悲劇命運。皇甫松的兇暴審

妻，是封建夫權觀念膨脹的結果，而開封府在沒有任何證據的情況
下，就判定皇甫松可以休妻，這對毫無經濟保障的楊氏來說，無疑是
要把她逼往死路，這實際上是助紂為虐，為簡帖和尚陰謀得逞開了綠
燈。從這個故事中，我們亦可看到封建官僚機構的腐朽和可惡。

〈宋四公大鬧禁魂張〉是一篇帶有濃厚傳奇色彩的俠義公案小
說。它描寫俠盜宋四公、趙正等路見不平，拔刀相助，憑著自身的本
事，懲治了一些為富不仁的財主和昏庸糊塗的官僚，鬧得禁衛森嚴的
東京城一片混亂，不得安寧。這個故事帶有官逼民反的思想傾向，作
品中劫富濟貧的俠盜，與梁山好漢有某些相似之處。作者著意渲染俠
盜們輕財尚義和機智靈巧，嘲笑了封建官吏的愚蠢無能，從另一個角
度反映了封建官府的色厲內荏的實質和腐敗黑暗的政治。

公案小說寫得較好的還有〈錯認屍〉、〈錯勘贓〉、〈汪信之一死救
全家〉等，這些作品都把批判的矛頭指向腐朽的封建官府，反映了廣
大人民的悲慘命運，具有一定的歷史認識意義。

四　獨具風采的藝術特色

由於小說話本是由「說話」這一民間技藝演化而來，主要又是在
市民生活的土壤上生長發展起來的，它們的作者又大多與下層人民聲
息相通，因此在人物形象、情節結構以及語言風格等方面，必然會形
成自己獨具風采的特色。

首先，小說話本塑造了一系列栩栩如生、富有時代氣息和鮮明個
性特徵的人物形象。如〈碾玉觀音〉中的璩秀秀，〈鬧樊樓多情周勝
仙〉中的周勝仙，〈志誠張主管〉中的小夫人，〈快嘴李翠蓮記〉中的
李翠蓮等，這些都是個性化很強的人物形象，她們的身上無不閃耀著
時代的光輝。作者們在塑造這些人物形象時，一是能夠注意結合人物
的社會環境和個人經歷來刻畫人物的性格。比如秀秀和小夫人，她們

都是被壓迫的下層婦女，都不顧一切地追求愛情和婚姻的自由，並都為此丟掉了性命，但由於她們生活環境和個人經歷不同，因此她們的性格也有差異。小夫人出身雖不高貴，但畢竟得到過王招宣的寵幸，又二度為人侍妾，因此性格較溫順軟弱，在追求愛情幸福的過程中，她往往乞靈於金錢財物，而且缺乏眼力，把自己的愛情理想一廂情願地寄託在膽小無情的張主管身上，因此直至死後變為鬼魂也未能如願。而市井平民的女兒秀秀，則顯得大膽潑辣。王府失火，她公然「提著一帕子金珠富貴」逃走，遇到心上人崔寧，就直截了當地提出結婚的要求，並軟硬兼施說服崔寧，雙雙遠走高飛，去做長久夫妻。在秀秀的性格中，我們幾乎看不到女性的嬌羞，有的只是直爽、坦率、敢於講求實際，這正是她長期的市井生活和女奴的身分所決定的。

　　小說話本還善於通過人物的內心活動和人物的言行等的細緻刻畫來表現人物的性格。如〈錯斬崔寧〉寫劉貴馱錢帶醉回家，與陳二姐的一段對話，以及劉貴睡著後陳二姐的內心活動和離家前後的行動，就十分真實地表現了陳二姐的思想性格。劉貴醉後戲言，說已將陳二姐典賣他人，陳二姐信以為真，對這飛來的橫禍，她沒有任何怨恨和反抗，想的只是：「不知他賣我與甚色人家？我須先去爹娘家說知。就是他明日有人來要我，尋到我家，也須有個下落。」離家前，她把十五貫錢分文不動地堆在劉貴腳後跟，拽上房門，並交代鄰居轉告劉貴自己的去向。陳二姐這些看似平淡無奇的言行和內心活動，實際上極為真切地揭示了她逆來順受、任人支配和細心善良的性格特徵。

　　小說話本還善於用誇張的手法，來突出人物的性格特徵。如〈宋四公大鬧禁魂張〉，作者就是用誇張的手法，來刻畫宋四公、趙正等人的俠盜性格。作者寫他們神出鬼沒，武藝非凡，以致鬧得東京城草木皆兵，王爺大尹們魂飛魄散，這樣就突出了俠盜們的勇敢和機智。對於一些反面人物，作者也常用誇張的手法來刻畫他們的性格特徵，如〈碾玉觀音〉中咸安郡王的兇狠殘暴，〈萬秀娘仇報山亭兒〉中萬

員外的吝嗇刻薄，都是通過誇張的描述，而給人留下了深刻的印象。

　　情節曲折、故事性強，也是小說話本鮮明的特色。小說話本保留了訴諸聽覺的說書藝術的特點，十分注重故事情節的安排，講究結構完整，線索清楚，剪裁得當。一般說來，小說話本在展敘故事時，都有開端的概括介紹，都有故事情節的發展、高潮和結局，並隨時注意情節發展的前後照應，同時也善於使用伏筆、製造懸念，增加情節的曲折性，以取得引人入勝的藝術效果。比如〈簡帖和尚〉，在情節的安排上就十分成功。故事從奸僧出場行騙寫起，到陰謀敗露，奸僧伏法結束。作者並沒有一開始就把奸僧的人品、意圖介紹給讀者，而是採用層層剝筍式的寫法，通過娓娓敘述來的曲折離奇的故事情節，來吸引讀者的注意力。故事的開始寫一個來歷不明的官人託僧兒送簡帖到皇甫松家去，既要當面交給楊氏，又要讓其丈夫知曉。簡帖的曖昧使皇甫松認定妻子有私，便送官拷問，楊氏的申訴使人相信她是清白的，但那位「官人」惡意中傷的目的何在？這官人又是何許人？作者卻避而不談，只是一路說下去，寫到楊氏被休改嫁，在大相國寺重遇故夫，而「官人」被大相國寺一個「打香油錢的行者」撞見後，讀者才知曉，原來簡帖事件是一連串精心縮結的連環套，那位若隱若現的「官人」也才徹底暴露了他的廬山真面目，而隨著讀者疑團的消釋，故事也就結束了。這樣的結構情節，雖然曲折離奇，但作者卻沒有故弄玄虛，而自然、平順地寫來，顯得簡練、謹嚴、引人入勝。

　　小說話本在情節安排上還十分講究「巧合」，通過偶然性的巧合，來加強故事情節的曲折性。當然這種巧合絕不是荒誕離奇，偶然性是由必然性決定的。作品中的「巧」，來源於生活，又經過作者的藝術提煉，因此它能反映生活的真實，體現客觀的規律。如〈錯斬崔寧〉，作者在情節安排中，處處抓住一個「錯」字，在「錯」的背後，又處處強調一個「巧」字。劉貴戲言，二姐出走是「巧」；二姐走後劉貴被殺，又是「巧」；二姐偶遇崔寧，結伴同行也是「巧」；而

劉貴丟失的錢與崔寧身上的錢又同是十五貫，更是巧到令人瞠目結舌的地步。於是這種種巧合，就直接導致了鄰里的「錯」和官府的「錯」，以至於使他們被錯判死刑。當然，這些偶然的巧合中，又包含著必然性的因素。二姐對一句「典身」的玩笑信以為真，這是因為現實生活中存在著買賣妻妾的現象，而「男女同行，非奸即盜」的社會輿論和封建官府的黑暗腐朽、草菅人命，又直接導致他們含冤被殺。正因為這種種巧合是以生活的真實為基礎，所以才「巧」得可信，「巧」得動人，既扣人心弦，又合情合理。

小說話本在語言上的重要特色，第一、運用生動活潑的白話語言來敘事狀物。這種白話語言和唐傳奇所使用的那種典雅的文言大不相同，它是在民間口語、諺語和修辭技巧的基礎上，吸收了一些文言的成分而提煉出來的一種新的文學語言，無論敘事寫景、抒情狀物，還是刻畫人物性格，都顯得簡潔明快、通俗生動。小說話本中許多優秀的篇章，如〈碾玉觀音〉、〈錯斬崔寧〉等等，都成功地做到了用白話來描寫社會日常生活，敘述駭人聽聞的奇聞逸事，並用以抒發作者自己的思想感情。第二、小說話本的人物語言具有個性化的特點。如〈碾玉觀音〉中王府失火後，秀秀與崔寧的一段對話：

> 秀秀道：「當日眾人都替你喝采：『好對夫妻！』你怎地倒忘了？」崔寧又則應得喏。秀秀道：「比似只管等待，何不今夜我和你先做夫妻？不知你意下如何？」崔寧道：「豈敢！」秀秀道：「你知道不敢，我叫將起來，教壞了你。你卻如何將我到家中？我明日府裡去說！」崔寧道：「告小娘子：要和崔寧做夫妻不妨；只一件，這裡住不得了。要好趁這個遺漏，人亂時，今夜就走開去，方才使得。」秀秀道：「我既和你做夫妻，憑你行。」當夜做了夫妻。

寥寥幾句對話，就把秀秀大膽潑辣和崔寧隨和懦怯而又謹慎細心的性格活脫脫地寫出來了。類似的人物語言，在小說話本處處可見，這也是小說話本塑造人物形象取得成功的一個重要的原因。

小說話本還大量運用了概括力極強的俗語、諺語。這些語言充滿泥土氣息，凝聚著勞動人民的智慧，具有極強的生命力，例如，說人面臨危機時是：「豬羊走入屠宰家，一腳腳來尋死路。」說人脫離困境時是：「鰲魚脫卻金鈎去，擺尾搖頭不再回。」說求人的難處是：「將身投虎易，開口告人難。」說金錢萬能是：「火到豬頭爛，錢到公事辦。」還有，「著意栽花花不發，等閑插柳柳成蔭」、「畫龍畫虎難畫骨，知人知面不知心」等等。這些帶有特別規定性涵義的諺語，具有一針見血、言簡意賅的作用，它既節省了文字，適合短篇小說短小精悍的要求，又能給讀者以鮮明深刻的印象和生活經驗的啟示，這些語言長期以來一直活在人們的口頭上，有的流傳到今天也仍具有生命力。

五　開創中國小說的新紀元

宋元小說話本在小說史上的變革意義，首先表現在它第一次全面突破了以文言為主的小說用語的範疇，採用了為廣大人民群眾都能接受的白話來進行寫作，開始了我國文學語言上的一個新的階段。我們知道，隨著宋代工商業的逐漸發展和城市經濟的繁榮，市民階層也日益壯大，他們的文化程度、思想意識和生活情趣都要求有適合於他們口味的文學。而從漢唐以來就已經流行的傳統詩文，以其艱深高雅而使他們無法接受，即使是故事性較強又有一定趣味性的魏晉志怪和唐人傳奇，也由於所反映的社會生活面的狹窄和語言上的障礙，不能充分地適應他們的需要，於是小說話本便應運而生了。小說話本起初是以口頭創作的方式出現的，它尤其要求通俗性和故事性，以適應群眾

的文化水準和審美情趣，這就使得話本的語言必須是當時通行的口語。從口頭創作轉為書面文學時，這種通俗的口語經過市民作家的加工改造，便形成了一種特殊的語言風格。它既保存了口頭創作的靈活性、通俗性，又具有書面文學的精練性。這一變化，不僅使文學語言本身得到了豐富，而且藝術手段也更加多樣化，從而使作品產生更強烈的藝術感染力。正如鄭振鐸先生所說的那樣：「宋人的短篇話本，就今所傳者觀之，其運用國語文的技術，似已臻精美純熟之境。他們捉住了當前的人物、當前的故事、當前的物態，而以懇懇切切的若對著面的親談的口氣出之，那麼樣的窮形盡相，裒裒動聽，間或寓以勸誡，雜以詼諧，至今似乎還使我們感到他們的可愛。難怪當時這些說話人是如何的門庭如市了。」[3] 這說明，宋元小說話本語言的白話化，就使得這種文學樣式有可能成為多數人民的共同財富，使人民有可能從小說作品中受到更多的鼓舞和教育。

當然，僅僅語言上突破是不夠的，與之相適應的是宋元小說話本在題材內容上的更新，而這一點則在更深的層次上決定了小說話本在小說史上的重要地位。宋以前的小說，主要指魏晉小說和唐代傳奇，基本上是反映當時社會中上層所發生的事，雖然一些優秀的作品，也表現了進步的思想傾向，但作品的題材內容和審美情趣仍然停留在封建知識階層的圈子裡，與下層人民的需要有相當的距離。而小說話本則是在下層社會中產生，它不僅直接取材於市民的日常生活，反映市民的情感和意識，而且是站在市民的立場上來反映的。從思想內容上看，小說話本的反封建意識更為強烈，市民作家們往往無視封建道德的權威，大膽地描寫市民們的愛和恨，與他們的反抗和追求；從作品所塑造的人物形象看，小說話本完全突破了六朝小說和唐傳奇侷限於

3　鄭振鐸：〈宋元明小說的演進〉，見《鄭振鐸古典文學論文集》（上海市：上海古籍出版社，1984年），頁373。

社會中上層的框子，塑造了一系列栩栩如生的下層市民的藝術形象，使下層人民特別是市民的形象第一次作為主角登上了小說作品的席位。當然，並不是所有的小說話本的題材都取材於現實生活，有些則是取材於志怪小說或傳奇作品，例如〈鬧樊樓多情周勝仙〉素材就是取自《夷堅志》。但小說話本在處理舊題材時，卻是從當代市民的道德觀點和美學觀點出發，對舊題材作了脫胎換骨的創造性的藝術改造，對人物性格也能做新的處理，從而使其具有鮮明的時代感。

　　宋元小說話本對後世的長短篇白話小說和戲曲也產生了深遠的影響。明清長篇白話小說從體制上看雖然更多地承襲了宋元講史、說經話本的傳統，但在人物形象的鮮明、細節描寫的真實、情節結構的巧妙、語言風格的簡潔明快和題材的多樣化等方面，卻更多受益於小說話本。從題材的角度看，宋元小說話本中的愛情題材對明清人情小說、獄訟小說對公案俠義小說、英雄傳奇故事對歷史演義和英雄傳奇小說、神仙鬼怪故事對神魔小說都產生了相當的影響。明清的短篇白話小說更是直接從小說話本發展而來，明清白話短篇小說又稱「擬話本」，就說明了它們之間的親密的承繼關係。可以說，宋元小說話本開闢了中國短篇小說的一條新路。甚至於在小說史上自成一系的明清文言小說，在創作精神和藝術方法上也從小說話本中汲取了有益的養分，這恐怕也是明清文言小說能重放光彩的一個重要的原因。

　　宋元小說話本也為同時代和後世的戲曲提供了豐富的題材。宋元戲曲有《志誠主管鬼情集》、《洪和尚錯下書》、《柳耆卿詩酒玩江樓》、《曹伯明錯勘贓》等。明清戲曲中取材小說話本的也很多，最著名的是清初戲曲家朱素臣採用〈錯斬崔寧〉的情節，寫成《十五貫》傳奇（又名《雙熊夢》）幾百年來盛演不衰，至今仍被視為崑曲的保留劇目，深受觀眾的歡迎。

第三節　「三言」和「二拍」

一　白話短篇小說的繁榮

　　宋元小說話本在宋元至明代初期，都是以單篇的形式流傳，到了明中葉以後，在李贄等人的倡導下，一些進步的文人漸漸開始重視通俗文學，便有文人、書商對流傳於民間的宋元小說話本進行收集整理、加工出版。現在的宋元話本的主要集子，如《清平山堂話本》、《熊龍峰四種小說》等，都出在這時期。同時，一些文人還開始模擬小說話本的體制進行創作，這就出現了主要供案頭閱讀的文人模擬話本，魯迅先生稱之為「擬話本」。「擬話本」的出現，使古代白話短篇小說的創作又進入了一個繁盛的時期。而成就最高、影響最大的是馮夢龍的「三言」和凌濛初的「二拍」。「三言」是短篇小說集《喻世明言》（原名《古今小說》一六二四年刊行）、《警世通言》（一六二四年刊行）、《醒世恆言》（一六二七年刊行）的總稱，每集收短篇小說四十篇，共一百二十篇。其中多數是經過作者潤色的宋元明話本和明代文人的擬話本，而作者自己創作的作品較少。「二拍」指《初刻拍案驚奇》（一六二八年刊行）、《二刻拍案驚奇》（一六三二年刊行）。《初刻拍案驚奇》共四十卷四十個短篇小說，《二刻拍案驚奇》也是四十卷，但其中卷二十三〈大姊魂遊完夙願〉[4]與《初刻拍案驚奇》的卷二十三重複，卷四十〈宋公明鬧元宵〉則係雜劇，故兩集實有小說七十八篇。「二拍」所有的作品都是作者自己創作的。「三言」、「二拍」的出現，是明代白話短篇小說繁榮的標誌。

　　在白話短篇小說的整理、創作方面功績最顯著的是馮夢龍。馮夢

4　為節省文字，本章所論及的小說，凡題目為對句的，均取首句代之。

龍（1574-1646），字猶龍，又字子猶、耳猶，別號墨憨子，長州（今江蘇吳縣）人。他少有才氣，與哥哥夢桂、弟弟夢熊在當時文壇上同被譽為「吳下三馮」。青壯年時，多次應舉赴考，但總不得志，同時，他也「逍遙艷冶場，遊戲煙花裡」[5]，過著放蕩不羈的風流才子的生活。五十七歲時補了一名貢生，六十一歲出任福建壽寧知縣，在任期間，「政簡刑清，首尚文學，遇民以恩，待士有禮」[6]。六十五歲離任回蘇州，卒年七十三歲。馮夢龍在思想上很受王艮、李贄為代表的「王學左派」的影響，反對偽道學，肯定「人欲」，尊重個性。在文學觀上，他也接受李贄的觀點，大力推崇通俗文學和民間文學，並有許多獨到的見識。首先，他十分重視文學的社會意義和教育作用，認為好的小說應該能夠使「怯者勇，淫者貞，薄者敦，頑鈍者汗下。雖日誦《孝經》、《論語》，其感人未必如是之捷且深」[7]。他在《醒世恆言》序中指出，「三言」題名，其意是：「明者，取其可以導愚也。通者，取其可以適俗也。恆則習之而不厭，傳之而可久。三刻殊名，其義一耳。」很顯然，作者編輯「三言」的目的，在於勸諭、警誡、喚醒世人，有其明確的社會教育作用。在生活與藝術的關係問題上，馮夢龍也有其新鮮獨到的見解。他認為小說創作，可以「人不必有其事，事不必麗其人」[8]，也就是說小說創作可以不必拘泥於生活中的真人真事，而應該有較多的藝術概括和虛構的自由。同時，他又指出小說創作應該做到「事真而理不贗，即事贗而理亦真」[9]也就是小說的題材無論是真人真事，還是虛構，都要符合生活的情理。這也是他對藝術虛構的總體要求。這些無疑都體現了馮夢龍進步的文學觀。

5　王挺：〈輓馮夢龍詩〉。轉引自繆詠禾：《馮夢龍和三言》（上海市：上海古籍出版社，1979年）。

6　《壽寧府志》。

7　《古今小說》〈序〉。

8　《警世通言》〈敘〉。

9　《警世通言》〈敘〉。

　　馮夢龍畢生從事戲曲、民歌和白話小說等通俗文學的搜集、整理、創作和編輯工作，著作豐富，就目前較明確的就有五十多種，而且範圍很廣，涉及當時通俗文學的各個方面。在小說方面，除「三言」外，還增補和改編了長篇小說《平妖傳》、《新列國志》等。選編了以男女之情的故事為主要內容的文言筆記小說集《情史類略》。戲曲作品有《雙雄記》、《萬事足》兩種，還改編別人劇本八種，合稱《墨憨齋新曲十種》。刊行的民歌集有《掛枝兒》、《山歌》兩種，還編印有《笑府》、《古今譚概》等。在眾多的著作中，以「三言」影響最大，它不僅對小說話本的傳播起了重要的作用，而且直接推動了擬話本的創作。

　　「三言」之後，模仿「三言」創作的擬話本集子相繼問世，凌濛初的「二拍」就是當時影響較大的擬話本集子。凌濛初（1580-1644），字玄房，號初成，別號即空觀主人，浙江烏程（今江蘇吳興）人。青壯年時期過著風流才士、浪蕩文人的生活，五十五歲時出任上海縣丞，六十三歲升任徐州通判並分署房村。一六四四年正月，李自成農民軍進迫徐州，他抵抗不降，後嘔血而死。凌濛初一生也十分愛好通俗文學，他的作品除「二拍」外，還有雜劇《虯髯翁》，編有戲曲、散曲集《南音三籟》等，共約二十多種。「二拍」是凌濛初最好的作品，主要是根據「古今來雜碎事」加工創作而成，故事大都有來源，但在原書中僅是舊聞片斷，而凌濛初則對這些素材進行生發改造，寫成富有時代氣息的生動的故事。正如近人孫楷第先生所說的那樣，凌氏的擬話本小說，「要其得力處在於選擇話題，借一事而構設意象，往往本事在原書中不過數十百字，記敘舊聞，了無意趣，在小說則清談娓娓，文逾數千，抒情寫景，如在耳目；化神奇於臭腐，易陰慘為陽舒，其功力亦實等於造作」[10]。

　　馮夢龍與凌濛初生活在同一時代，他們的文學觀都受到李贄為代

10　孫楷第：《三言二拍源流考》。

表的進步思潮的影響。因此，從總體上看，他們的作品所反映的社會
內容和達到的思想高度大致相同。他們的作品從多方面反映了明代的
社會生活，特別是對城市市民階層的生活，有著更多的精彩的描繪。
其中有的表現了市民階層的商業活動和商人的思想意識；有的頌揚了
青年男女為爭取愛情自由和人權而進行的不屈不撓的鬥爭；有的作品
把批判的筆觸指向腐朽黑暗的封建官府，揭露官僚地主的罪惡；有的
作品則謳歌朋友間的信義任俠的精神，充滿溫馨的人情味。總之，
「三言」、「二拍」展示了明中葉以後封建社會漸趨沒落、資本主義因
素正在萌生這一歷史交叉點上的特殊的社會風貌，具有鮮明的時代感
和很高的歷史認識價值。

　　當然，由於時代和階級的侷限，「三言」、「二拍」也存在著一些
消極落後的東西，而「二拍」尤為突出。一些作品充滿了陳腐的封建
說教，如「三言」中的〈陳多壽生死夫妻〉、「二拍」中的〈行孝子到
底不簡屍〉等，突出地頌揚「孝子節婦」，用因果報應、宿命論的思
想來遮掩封建禮教殘酷的本質；有的作品專意於露骨的色情描寫，如
「二拍」中的〈喬兌換鬍子宣淫〉、〈奪風情村婦捐軀〉等，這類小
說，雖對官僚地主、僧尼道士的糜爛墮落有所暴露，但由於作者在具
體描寫時，津津樂道於姦淫行為的描述，因此，它對讀者也具有一定
的腐蝕作用。還有個別作品，流露了作者仇恨農民起義的政治傾向，
最典型的就是「二拍」中的〈何道士因術成姦〉，它把明代農民起義
的女領袖唐賽兒醜化成淫亂不堪的妖婦，最後因姦被殺。上述這些都
體現了「三言」、「二拍」思想內容方面的複雜性。

　　最後需要提及的是，由於「三言」、「二拍」「卷帙浩繁、觀覽難
周」[11]，所以在「三言」、「二拍」出版後不久，便有姑蘇抱甕老人[12]

---

11 《古今奇觀》〈序〉。
12 抱甕老人，真實姓名不詳。但原刻本題頁上有「墨憨齋手定」等字樣，故推測其可
　　能是馮夢龍的朋友。

從「三言」中選出二十九篇，又從「二拍」中選出十一篇，共計四十篇，都是明代的作品，編成一部選集《今古奇觀》。由於它篇幅較少，選擇較精，因此出版後，深受歡迎，流行極廣。清代「三言」、「二拍」原著曾一度失傳，《今古奇觀》就成了主要的傳播媒介，因此它的流傳甚至比「三言」、「二拍」更廣泛，影響更大。

二 商人生活的生動畫卷

在中國封建社會裡，歷代統治者都實行「重農抑商」的政策，因此商人的社會地位極低，被視為賤流，甚至他們的財富，也被視為不義之財，商人在文學作品中也歷來都是被批判的角色。明中葉後，手工業、商業的進一步發展，促進了資本主義生產關係萌芽的成長，商業資本開始突破自然經濟的樊籠，金錢在社會中顯示了它的巨大誘惑力，傳統的輕商思想開始淡化。特別是以李贄為代表的進步思潮的出現，更在理論上肯定了商人經商活動的合理性和積極意義。李贄認為「好貨」、「好色」都是人類的自然要求，應該充分肯定，所謂「好貨」，就是要求興工商以圖利。在〈又與焦弱侯書〉中他也曾說過：「且商賈亦何可鄙之有？挾數萬之資，經風濤之險，受辱於關吏，忍詬於市易，辛勤萬狀。所挾者重，所得者末。」李贄這種對商人肯定和同情的態度，是當時進步的社會思潮的典型反映，它深刻地影響了當時的文學創作，在一些文學作品尤其是小說中，商人已作為正面形象出現，經商活動也被視為正當行業而受到讚頌。這在文學創作上是一個新的可喜的變化。這種變化在「三言」、「二拍」中表現得尤為顯著。

「三言」中一些作品細緻地描寫了商人的行商生活，商品交換和流通過程，以及與之相關的城市絲織等手工業生產情況。如〈楊八老越國奇逢〉從主人公楊復「湊些資本，買辦貨物，往漳州商販，圖幾

分利息，以為贍家之資」寫起，描述了他行商過程中曲折艱險的經歷及其家庭悲歡離合的故事。〈施潤澤灘闕遇友〉、〈沈小官一鳥害七命〉、〈新橋市韓五賣春情〉中反映了機戶的生活和絲織鋪的情況。〈蔣興哥重會珍珠衫〉寫湖廣襄陽府棗陽縣商人蔣興哥專走廣東做買賣，販運珍珠、玳瑁、蘇木、沉香等商品，徽州新安商人陳大郎來襄陽販糴米豆等。〈徐老僕義憤成家〉也詳細敘述了老僕阿寄從事長途販運的全過程，有頭有尾，有聲有色。

　　「二拍」中有關商人題材的作品，在數量上比「三言」要多，而且推崇商人的主題更為鮮明，一些作品還細膩地反映了商人的思想感情。如〈烏將軍一飯必酬〉，正文是寫一個開雜貨舖的小店主受報致富的故事，反映了一種希冀飛來橫財的商人心理。它的「入話」寫蘇州商賈子弟王生兩次販賣遇盜，心中害怕。而「甚是愛惜」他的嬸母楊氏則「又湊起銀子，催他出去」，鼓勵他繼續行商，「不可因此兩番，墮了家傳行業」。王生在楊氏的激勵下，重整旗鼓，終於發了大財。作品盛讚楊氏，說她是有眼光、有遠見的人。在〈贈芝麻識破假形〉中，蔣生說自己「是經商之人，不習儒業，只恐有玷門風」。馬少卿當即指出：「經商亦是善業，不是賤流。」而在〈疊居奇程客得助〉中，作者還寫到當時徽州地區的百姓「是專重那做商的，所以凡是商人歸來，外而宗族朋友，內而妻妾家屬，只看你所得歸來的利息多少為重輕。得利多的，盡皆愛敬趨奉；得利少的，盡皆輕薄鄙笑，猶如讀書求名中與不中歸來的光景一般」。這些作品都反映了作者對商人的推崇，也反映了當時社會「重商」的風氣。

　　在「二拍」中，對商人經商活動寫得最成功的當推〈轉運漢巧遇洞庭紅〉和〈疊居奇程客得助〉兩篇。前一篇是寫一個破產商人文若虛隨商船出海，意外致富的故事。作品真實地描述了海外經商的客船往返貿易的情況，以及福建沿海波斯商人的商業活動，反映了明代海外貿易的規模。作品還成功地刻畫了文若虛這個商人的典型形象。從

他身上可以明顯地看到在資本主義經濟萌芽和發展過程中，商人們那種渴求一本萬利、橫財暴富的心理，以及為此而不惜投機冒險的性格特徵。作品對經商過程的描寫也非常生動，如買賣雙方的討價還價等，都能使人產生身臨其境的感覺，從而加深對當時商業活動的了解。〈疊居奇程客得助〉是寫破產後為人管帳的商人程宰因得到海神指點，採取囤積居奇的手段，四、五年間就由十幾兩銀暴發為四、五十萬兩銀子的鉅賈。值得注意的是，作者寫海神不是給程宰現成的財富，而是給他傳遞商業資訊，教他經商之道，要他「自去經營」。在作者看來，這樣取得財富是正當的，是值得稱讚的。程宰的致富之路，正是當時多數商人的理想之路。可以說這個故事真實地表現了當時商人思想的特點，反映了商人活動的本質的東西。如果說〈轉運漢巧遇洞庭紅〉中文若虛的發財還是天賜機緣的話，那麼，〈疊居奇程客得助〉就是自覺地利用商業資訊和囤積居奇的手段而發財致富了。

「三言」、「二拍」不僅以讚賞的筆調，正面描寫商人的行商活動，而且還一反長期以來形成的「無商不奸」的偏見，熱情褒揚了商人們在商業活動和人際交往中所表現出來的忠厚、正直、互相幫助、恪守信義的優良品德。如〈呂大郎還金完骨肉〉，寫布商呂玉偶然拾得二百兩銀子，他首先想到的是「倘或失主追尋不見，好大一場氣悶」，後來遇著失主，還一路陪送他回家，將銀子歸還。作者肯定了呂玉這種拾金不昧、忠厚善良的高尚品德。〈劉小官雌雄兄弟〉寫小店主劉德，自己家境並不寬裕，卻「平昔好善，極肯周濟人的緩急」。兩次援救落難之人，不僅慷慨解囊，而且悉心照料，善始善終，作者表彰了劉德助人為樂的精神和慷慨任俠的氣度。〈施潤澤灘闕遇友〉寫主人公施復在生意上錙銖必較，而當他拾到六兩銀子時，雖也想借此發家致富，但又想到失主失銀後的悲慘境況，經過一番複雜的思想鬥爭，最後還是把銀子還給失主朱恩。六年後，施復為買桑葉，途經灘闕時巧遇朱恩，朱恩以同樣豪爽的態度幫助了困境中的施

復。這個故事讚揚了下層市民拾金不昧、富有同情心的高尚情操，表現出下層人民對以互助為基礎的友誼的追求。

「三言」、「二拍」對商人和他們經商活動的肯定，在當時的歷史條件下，具有進步的意義。我們知道，商人是「一個不從事生產而只從事產品交換的階級」[13]。在商品流通領域，「他成了每兩個生產者之間不可缺少的中間人」[14]。商業活動對生產的發展有著極其重要的作用。在封建時代，商業資本在國家經濟的發展中具有破壞封閉的封建自然經濟基礎的重要作用。而在長期以小農經濟為主的中國封建社會裡，商業的發展就更顯得重要了。正是基於這樣的認識，所以我們說「三言」、「二拍」對商人的肯定，具有進步的歷史意義。而小說對商業活動的具體描述，也有助於我們加深對明代社會資本主義萌芽時期的形象認識。

三　驚世駭俗的市民愛情觀

明中葉以後伴隨著資本主義萌芽而出現的以李贄為代表的進步思潮，作為對正統的、專制主義的、禁欲主義的思想叛逆，首先是以要求「人」的解放為其思想的主要特點的。李贄公開肯定人的「好貨」、「好色」的欲望，這實際上是代表了市民階層對物質和精神的要求。所謂「好色」，其主要內容是要求愛情和婚姻的自由自主，這是「人」的解放的一個重要內容，是個性自由的一個重要方面。封建的婚姻，是以男尊女卑為條件的，鼓吹愛情自由，就不能不抨擊男尊女卑而主張男女平等。因此李贄認為，只有以男女平等為條件的愛情婚

13　恩格斯：《家庭、私有制和國家的起源》，見《馬克思恩格斯選集》（北京市：人民出版社，1972年），卷4，頁162。

14　恩格斯：《家庭、私有制和國家的起源》，見《馬克思恩格斯選集》（北京市：人民出版社，1972年），卷4，頁162。

姻，才是真正自由的愛情婚姻。這種代表市民意識的新的愛情婚姻觀念，具有近代人文主義的色彩。「三言」、「二拍」中一些優秀的以愛情婚姻為題材的作品，就反映了這種以個性解放和平等自由為核心的市民的愛情婚姻觀念。

首先，「三言」、「二拍」中不少作品突出表現了市民們敢於衝破封建禮教所規定的門第、等級觀念，衝破「父母之命，媒妁之言」等封建成規，大膽而熱烈地追求愛情和婚姻的自由與幸福。比如「三言」中的〈賣油郎獨佔花魁〉，寫名噪一時而久有「從良」之志的名妓莘瑤琴，第一次與賣油郎秦重接觸，便為他的忠厚老實、體貼入微所感動，感到「千百個中難遇此一人」。但此時她內心深處的門第等級觀念，又使她不肯以秦重為從良對象：「可惜是市井之輩，若是衣冠子弟，情願委身於他。」直到她被衣冠子弟百般凌辱後，她才從切身的體驗中清醒過來，才認識到那些衣冠子弟「都是豪華之輩，酒色之徒，只知買笑追歡的樂意，那有憐香惜玉的真心」。而只有秦重這樣的市井小民，才是真正「知心知意」的「志誠君子」，於是主動提出嫁給秦重，並表示「布衣蔬食，死而無怨」。花魁娘子在婚姻問題上對門第觀念的摒棄，是秦重對她敬重關心、真誠相愛的結果。正是這種建立在互相尊重、平等基礎上的愛情，使得王孫公子的高貴的門第和潑天的富貴相形見絀。這個故事形象地表達了市民階層在婚姻戀愛問題上對金錢和門第的蔑視。類似的作品，在「三言」中還有不少，如〈玉堂春落難逢夫〉、〈宋小官團圓破氈笠〉、〈宿香亭張浩遇鶯鶯〉等。其中〈宿香亭張浩遇鶯鶯〉一篇很有新意。這篇小說寫少女鶯鶯與張浩私定盟約，後來張浩為父母所迫，欲另娶他人，鶯鶯聞知後，一不哭泣，二不自盡，而是向父親說明她與張浩的關係，並向官府告了張浩一狀，指控他「忽背前約」，要求法律能「禮順人情」。鶯鶯的舉動真是達到了驚世駭俗的地步！私定盟約，這已不容於封建禮法，而她竟敢為之訴之法庭，這在過去的作品中是不可想像的。這個

故事最後以喜劇告終，它鮮明地體現了作者對鶯鶯行動的支持和肯定的態度。

「二拍」中也有不少作品表現了同樣的主題。如〈通閨闥堅心燈火〉，寫少女羅惜惜與張幼謙少年同窗，情投意合而私訂終身，但她父母嫌張家境貧寒，執意要把她嫁與豪門子弟。羅惜惜得知後，就夜夜與張私會，並立意殉情，要「歡娛而死，無所遺恨」。真是情無反顧，顯得何等的真摯、決絕！其他如〈李將軍錯認舅〉、〈莽兒郎驚散新鶯燕〉也都是寫女主人公私訂終身，遭父母反對，她們都要以死來反對父母之命，她們只要情真，視榮華富貴如草芥。在她們面前，「父母之命」、「門當戶對」等封建婚姻成規顯得何等的蒼白無力，而當事人的個人意願則在她們的婚姻選擇中被強調到高於一切的地步。「二拍」中另一篇〈張溜兒熟布迷魂局〉也很值得重視。故事寫陸惠娘原與騙子丈夫張溜兒一起行騙，用「仙人跳」詐騙錢財，後來她在行騙中愛上了陷入騙局的沈燦若，便毅然拋掉張溜兒，與沈燦若一起逃走，並結為夫妻。作者對她的舉動評價甚高，誇她「能從萍水識檀郎」。作者通過這個故事所要說的是：不但未婚女子應該有戀愛婚姻的自由，就是已婚的有夫之婦，也應該有拋棄不好的丈夫而重新戀愛、結婚的自由。這對封建的婚姻觀念實在是一種大膽的背叛。

「三言」、「二拍」中一些愛情小說，還敢於大膽衝破封建禮教的藩籬，表現出一種有悖於封建貞節觀的新的貞操觀念。如「三言」中的〈蔣興哥重會珍珠衫〉就是較出色的一篇。故事寫蔣興哥外出經商，經年不歸，妻子王三巧在家寂寞無歡，被壞人勾引失足。蔣興哥發現妻子姦情後，「如針刺肚」，內心十分痛苦，但他並沒有嚴懲妻子，反是責怪自己「貪著蠅頭微利，撇她少年守寡，弄出這場醜來」。他一方面不動聲色地把妻子休回娘家，一方面卻又「念夫妻之情不忍明言」。在妻子改嫁時，他還把十六只箱籠送給她作陪嫁。最後幾經周折，蔣興哥與王三巧又破鏡重圓，並不嫌棄她二度失身於他

人。這個故事鮮明地體現了那個時代市民的婚姻關係和道德觀念，它說明封建的貞操觀念在市民的婚姻生活中已逐漸失去其支配作用。又如「二拍」中的〈酒下酒趙尼媼迷花〉，寫賈秀才的妻子巫娘子遭到流氓姦騙，痛不欲生，賈秀才不但沒責備她，反勸道：「不要尋短見！此非娘子自肯失身，這是所遭不幸。」然後夫妻又合夥設計，殺了仇人。失身一事不但沒有造成夫妻間的隔閡，反而「那巫娘子見賈秀才幹事決斷，賈秀才見巫娘子立志堅貞，越相敬重」。倆人情投意合，白頭偕老。封建的貞操觀告誡婦女「餓死事小，失節事大」，失節與夫妻感情似乎是無法調和的矛盾，但作者卻把這二者和諧地統一起來了，而諒解的基礎是夫妻間信任和真情。這在封建社會裡確實是很難達到的思想境界，與明中葉以前的小說，甚至與《水滸傳》、《三國演義》、《西遊記》等優秀作品比較，都可以看到在婦女觀上的巨大的變化和進步。相似的描寫在「二拍」中還有不少，如〈姚滴珠避羞惹羞〉、〈兩錯認莫大姐私奔〉、〈陶家翁大雨留賓〉、〈趙司戶千里遺音〉、〈顧阿秀喜捨檀那物〉等，也都程度不同地反映了同樣的思想傾向。

　　「三言」、「二拍」中還有一些作品反映了作者要求男女平等的主張，表現了下層婦女為爭取人格的尊嚴而進行的不屈不撓的鬥爭。這類作品在「三言」、「二拍」中成就最高。如〈杜十娘怒沈百寶箱〉，寫青樓名妓杜十娘，長期苦心經營，「蘊藏百寶」，以作從良之資。愛上李甲後，仍一再試探李甲的忠誠和勇氣，並為他做出了一個女性所能做的一切，但杜十娘的「從良」，並不僅僅是為了嫁一個男人，而是有著更高的追求。她追求的是以人格的平等和互相尊重為基礎的愛情。因而當李甲在金錢誘惑和個人利益考慮下，「負心薄倖」地出賣她時，她沒有用溫情的淚水去求得李甲的哀憐，也沒有用財富去換取李甲的回心轉意，更沒有包羞忍恥屈從於孫富，而是在面斥李甲、孫富之後，懷揣百寶箱，毅然投江，用生命來維護自己的愛情理想和人

格的尊嚴，以一死來表示對那個黑暗社會的最後抗議。杜十娘的愛情
悲劇，帶有鮮明的時代特徵，在她「寧為玉碎，不為瓦全」的剛烈性
格中，我們可以感受到明中葉以後新興起來的爭取人權的思想潮流正
成為文學作品創作的主潮。

　　「二拍」中的一些作品也表現了一定程度的平等思想，比如在
〈滿少卿飢附飽颺〉中，作者就對封建婚姻中男女關係的不平等，提
出異議：

> 天下事有好些不平的所在，假如男子死了，女人再嫁，便道是
> 失了節，玷了名，污了身子，是個行不得的事，萬口訾議；及
> 至男人家喪了妻子，卻又憑他續弦再娶，置妾買婢，做出若干
> 的勾當，把死的丟在腦後，不提起了，並沒有人道他薄倖負
> 心，做一場說話。就是生前房室之中，女人少有外情，便是老
> 大的醜事，人世羞言；及至男人家撇了妻子，貪淫好色，宿娼
> 養妓，無所不為，總有議論不是的，不為十分大害。所以女子
> 愈加可憐；男子愈加放肆。這些也是伏不得女娘們心裡的所
> 在。

　　在當時，作者能有這樣的認識是極其難能可貴的。這正如恩格斯
所說：「凡在婦女方面被認為是犯罪並且要引起嚴重的法律後果和社
會後果的一切，對於男子卻被認為是一種光榮，至多也不過被當作可
以欣然接受的道德上的小汙點。」[15]作者的這種思想也體現在他作品
的具體描寫中，在他筆下的許多婦女形象，都是以一種新的、與男子
平起平坐甚至以膽識超過男子的面目出現。如〈同窗友認假作真〉中
女扮男裝、文武雙全的聞俊卿，〈李公佐巧解夢中言〉中女扮男裝、

15　見《馬克思恩格斯選集》（北京市：人民出版社，1972年）卷4，頁71。

以才智報殺父殺夫之仇的謝小娥，〈顧阿秀喜捨檀那物〉中才智過
人、忠於愛情的王氏，〈程元玉客店代償錢〉中身懷絕技、除暴安良
的巾幗英雄韋十一娘，還有〈破勘案大儒爭閒氣〉中光明磊落、不畏
官刑的妓女嚴蕊，這些都是才智膽識不讓鬚眉的新女性。作者從品德
和能力上肯定她們，實際上就是對男女不平等、壓迫婦女現象的嚴重
抗議，它同樣表現了新興的市民階層進步的思想意識。

四　揭露黑暗的社會現實

　　這一類作品在「三言」、「二拍」中佔有相當的數量，作者把批判
的筆觸指向封建社會的各個方面，或揭露奸臣弄權、陷害忠良，反映
統治階級內部政治鬥爭的殘酷；或鞭撻封建官吏的貪贓枉法，殘害無
辜；或控訴土豪劣紳仗勢欺人，橫行鄉里；或描述流氓惡棍的種種坑
矇拐騙的惡行，反映了當時惡濁的社會風氣。這一切，對我們充分認
識封建社會腐朽的本質，具有十分重要的意義。

　　〈沈小霞相會出師表〉是反映明代統治階級內部政治鬥爭的傑
作。它寫的是明代奸相嚴嵩父子專權時，打擊異己，進行政治迫害的
無數冤案中的一件。故事所依據的材料絕大部分是真人真事，《明史》
〈沈鍊傳〉有比較詳細的記載。作品主要是寫忠正耿直的沈鍊不滿於
奸臣嚴嵩父子的倒行逆施，置生死於度外，直接與嚴嵩父子展開鬥
爭，並由此引起家破人亡的一連串悲慘事件。鬥爭的性質雖屬於統治
集團內部的忠奸之爭，但由於作品深刻揭露了嚴嵩父子及爪牙們禍國
殃民的罪行；又寫了一些下層人民對沈鍊父子的同情和支持，說明在
客觀上沈鍊的鬥爭與人民的利益是一致的，因此就使得這個故事具有
較普遍的社會意義。〈盧太學詩酒傲王侯〉寫「貪酷無比」的浚縣知
縣汪岑因當地土紳盧柟冒犯了自己，便利用盧柟家人的罪名，陷害盧
柟，羅織成死罪，又怕事情敗露，企圖在獄中以私刑拷死盧柟。汪岑

致人於死地的動機，僅僅是因為盧柟對他態度傲慢，而作品中有關汪岑「必置之死地，才洩吾恨」的描寫，入木三分地揭示了封建官僚貪酷無恥、陰險毒辣的本相。〈木棉庵鄭虎臣報冤〉也是這類作品中寫得較好的。小說對南宋奸相賈似道骯髒的一生作了藝術的再現。賈似道原是鬥雞走狗、飲酒宿娼、一身惡習的無賴，依靠身為貴妃的堂姐的勢力一步登天，爬上宰相的高位。他陷害忠良、獨攬朝政、杜絕賢路、結黨營私，幹盡了傷天害理、奸邪誤國的勾當，最後終落得個可悲的下場。小說通過對這個人物卑鄙、陰險、凶殘而又無能的面目的刻畫，表達了人民對權臣酷吏的憤恨和鄙視。

揭露貪官汙吏貪贓枉法、殘害無辜的作品寫得較好的有「二拍」中的〈惡船家計賺假屍銀〉、〈進香客莽看金剛經〉、〈王漁翁舍鏡崇三寶〉、〈青樓市探人蹤〉、〈錢多處白丁橫帶〉等。作者對晚明官場的腐敗之風是痛心疾首的，因此這類的揭露也尤其深刻，令人觸目驚心。作者在〈惡船家計賺假屍銀〉中譴責那些「如今為官作吏的人，貪愛的是錢財，奉承的是富貴，把那『正直公平』四字拋卻東海大洋」。〈進香客莽看金剛經〉中的柳太守，就是一個貪官的典型，他有「極貪的性子」，聽說某寺珍藏的白居易手書的《金剛經》價值千金，便一心要弄到手，不惜串通劫盜，構設罪名，誣陷該寺住持，直到索到這部《金剛經》才罷手。〈王漁翁舍鏡崇三寶〉也是寫一個身為提刑官的「大貪之人」渾耀，為了搶奪一面寶鏡，反覆勒索法輪和尚，竟至將和尚打死。〈青樓市探人蹤〉寫一個又貪又狠，「除了銀子再無藥醫」的楊巡道，為官時貪財納賄，被撤職回鄉後，「所為愈橫」，「終日在家設謀運局，為非作歹」，幹盡傷天害理的事情。〈錢多處白丁橫帶〉則揭露了官場裡賣官鬻爵的現象。郭七郎用錢買了個刺史，張多保告訴他，做官「有的錢賺，越做越高，隨你去剝削小民貪汙無恥，只要有使用，有人情，便是萬年無事」。這一切都充分暴露了封建官場的腐敗黑暗和封建官吏魚肉百姓的本質。

　　對土豪劣紳仗勢欺人、橫行霸道的罪惡，「三言」、「二拍」也進行了無情地揭露和鞭撻。如〈灌園叟晚逢仙女〉寫惡少張委看上了愛花如命的秋先老人的花園，竟強迫秋公把園子賣給他，甚至提出要把秋公一同買下，並威脅說如果不賣，「就寫帖兒送到縣裡去」！遭到秋公反對後，他果然誣告秋公為妖人，打入牢獄。活活是一副惡霸的嘴臉。小說最後寫張委受到了嚴懲，這表現了人民懲惡揚善的願望，但在封建社會中，像張委這樣的惡霸是很難受到實質性的懲罰的，因為在他的後面，有一個龐大的專制政權在支持著。對現實生活中的各色騙子拐子、流氓惡棍，作者也一一予以曝光：有的專以煉丹燒銀詐騙錢財，如〈丹客半黍九還〉中的丹客；有的喪心病狂、專以自己的妻子為誘餌行騙，如〈張溜兒熟佈迷魂局〉中的張溜兒；有的專以拐賣良家婦女為職業，如〈姚滴珠避羞惹羞〉中的汪錫和王婆；有的教唆詞訟，進行訛詐，如〈趙五虎合計挑家釁〉中的牛三、周丙等；還有結夥設局行騙的職業盜騙集團，如〈沈將仕三千買笑錢〉中的王朝議、李三、鄭十等。這些形形色色的騙子惡棍，公然在光天化日之下，橫行霸道，為所欲為，而且屢屢得逞。這正深刻地暴露了現實社會的黑暗和當時世風的惡濁。

五　卓越的人物塑造藝術

　　「三言」、「二拍」是由宋元小說話本直接發展而來，因此在藝術上仍保持了不少小說話本的特色，如敘述方式、結構體制、語言的運用和提煉等，都繼承了小說話本的優良傳統。但「三言」、「二拍」多是文人創作，因此它在藝術上又有很多新的發展，更趨於成熟和定型化。比起話本來，它的篇幅大大加長了，主題思想更為集中鮮明，作品結構更為謹嚴，故事情節更為曲折動人。尤其在人物形象的塑造上，取得了更為突出的成就。「三言」、「二拍」的作者在吸收前人藝

術經驗的基礎上，運用多樣化的藝術手段，塑造了眾多性格鮮明富有典型意義的藝術形象，有如一幅幅千姿百態、栩栩如生的人物畫卷，展現了明代社會中的各類人物，特別是城市市民的思想性格和精神風貌，具有很高的歷史認識價值和審美價值。

首先，作者善於把人物置身於真實的社會生活環境中，扣緊人物的身分、經歷和遭遇來刻畫他們的性格特徵。比如〈王嬌鸞百年長恨〉中的王嬌鸞和〈杜十娘怒沈百寶箱〉中的杜十娘，她們都嚮往和追求自由幸福的愛情和婚姻，都同樣在愛情上經歷了從希望、追求到幻滅、絕望的悲劇歷程，最後都為維護自己的愛情理想獻出了年輕的生命。但由於她們各自的身分、生活環境的不同，因此在同樣的遭遇中卻表現出了不同的性格特徵。王嬌鸞是「深閨養育」的「名門愛女」，她選擇周廷章，是因為他「才情美貌」和「門戶相同」，當周一去三年，杳無音信，負心背盟後，她先是不死心，頻頻寄書傳簡，希望他回心轉意，而當這一希望破滅時，她一方面下了必死的決心，另一方面又想到「我嬌鸞名門愛女，美貌多才。若嘿嘿而死，卻便宜了薄情之人」。於是利用父親的關係，將周負心的醜行訴諸官府，通過官府嚴懲了周廷章。杜十娘則是一個青樓名妓，深諳世道，在愛情選擇上，更注重對方的品德。她雖與李甲「朝歡暮樂」，「如夫婦一般」，但在下決心之前，仍多次考驗李甲，表現出穩重和心計。而當她一旦發現李甲的負心忘義後，她不乞求，也不想用金錢去換取李甲的回心轉意，而是勇敢地在眾人面前指控李甲的不義和孫富的不仁，最後與百寶箱一起葬身大江。相形之下，王嬌鸞更顯出千金小姐的軟弱、輕信，缺乏生活經驗，但又恩怨分明；杜十娘則顯得機智、剛烈、老練，「寧為玉碎，不為瓦全」。她們性格上的差異顯然與她們的身分、生活環境的不同有很大的關係。

「三言」、「二拍」還善於透過人物的言行，去揭示人物的性格特徵，使人物更富於形象的生動性和可感性。如〈蔣興哥重會珍珠衫〉

裡的王三巧，從「目不窺戶」、安分守己到引狼入室、失身於人，其
間她性格發展的整個複雜過程，以及她思想感情、內心深處的極其細
微的變化，就完全是通過她自身言行的動態描繪，而層次分明地展現
出來的。作品寫她因買珠寶首飾，不知不覺墜入薛婆的圈套，先是與
薛婆一般性交談，竟產生好感，接著便是「一日不見她來，便覺寂
寞，叫老家人認了薛婆家，早晚常去請她」。最後乾脆邀薛婆來家歇
宿，兩人飲酒耍笑，抵枕而眠。對薛婆淫詞穢語的挑逗，她先是制
止，接著既不制止也不插言，最後竟插言逗趣，津津樂道。王三巧言
行上的這種變化，正是她內心世界變化的具體表現。在薛婆的引誘
下，我們看到她性格中輕浮、軟弱、貪求枕席之歡的一面得到了惡性
的發展，這也是她失足的思想基礎。同樣，小說中薛婆老謀深算、隨
機應變、巧舌如簧的性格，也是通過她引誘王三巧的言行中顯露出來
的。又如 「二拍」中的〈韓秀才乘亂聘嬌妻〉，寫韓秀才參加歲考
後，「甚是得意」，以為這下縣前許秀才的女兒便可嫁給他了。「出場
來將考卷謄寫出來，請教了幾個先達幾個朋友，無不嘆賞。又自己玩
了幾遍，拍著桌子道：『果然有些老婆香！』」這裡，正是通過韓秀才
的言行，把他那種躊躇滿志和天真窮酸的性格描摹得淋漓盡致。

　　「三言」、「二拍」還善於通過富有特徵性的細節來塑造人物性
格。在〈賣油郎獨佔花魁〉中，作者寫秦重辛苦一年，攢足與花魁娘
子「相處一宵」的花柳之資，又誠心誠意地等了幾個月，才得以見到
帶醉歸來的美娘，而美娘卻對他表示了冷淡，在這種情況下，作品緊
接著便有一個對揭示秦重的性格十分重要的細節描寫：

　　　　秦重看美娘時，面對裡床，睡得正熟，把錦被壓於身下。秦重
　　　想酒醉之人，必然怕冷，又不敢驚醒她，忽見欄杆上又放著一
　　　床大紅紵絲的棉被。輕輕地取下，蓋在美娘身上，把銀燈挑的
　　　亮亮的，取了這壺熱茶，脫鞋上床，捱在美娘身邊，左手抱著

> 茶壺在懷，右手搭在美娘身上，眼也不敢閉一閉……美娘放開
> 喉嚨便吐，秦重怕污了被窩，把自己的道袍袖子張開，罩在她
> 嘴上。美娘不知所以，盡情一嘔。嘔畢，還閉著眼，討茶嗽
> 口。秦重下床，將道袍輕輕脫下。……斟上一甌香噴噴的濃
> 茶，遞與美娘……

秦重在這裡不是把美娘看作花錢玩弄的寵物，而是把她當作一個需要
關懷、需要幫助的人，他的「知情識趣」，充滿了對美娘的真心的愛
和尊重。這一細節，正是淋漓盡致地表現出秦重「志誠忠厚」、善良
細心的性格。又如「二拍」中〈佔家財狠婿妒侄〉有一細節，寫員外
要到莊上收割，臨行，「員外叫張郎取過那遠年近歲欠他錢鈔的文
書，都搬出來，便叫小梅點過燈，一把火燒了。張郎伸手火裡去接，
被火一逼，燒壞了指頭叫痛。員外笑道：『錢這般好使！』」這一細
節，入木三分地把張郎「貪小好刻薄」、「苦苦盤算別人」的性格刻畫
出來了，具有很強的諷刺性。這類出色的細節描寫，在「三言」、「二
拍」中舉不勝舉，這也正是它藝術上成熟的標誌。

　　抓住人物的主要性格特徵，反覆加以渲染，使之清晰完整、突出
鮮明，也是「三言」、「二拍」塑造人物的一個重要的方法。比如〈盧
太學詩酒傲王侯〉中盧柟豪放不羈、傲視權貴的性格，就是在他與貪
酷陰險的縣令汪岑的矛盾衝突中反覆渲染、層層加深而突現出來的。
當盧柟的傲慢激怒了汪知縣、汪某派公差來拘捕他時，他正在暖閣上
與賓客飲酒。眾公差明火執仗打入房帷，乘機搶劫，眾賓客驚恐萬狀，
盧柟卻全不在意地說：「由他自搶，我們且白吃酒，莫要敗興，快斟
熱酒來」；待他被繩索套住拿到公堂上時，他仍是「挺然居中而立」，
當面責斥汪岑；及被打得血肉淋漓，由家人扶往監獄時，他仍然「一
路大笑走出儀門」，並吩咐家人送酒到獄中來；直到最後，他被囚禁
十年，新任知縣冒著丟官的風險，斗膽為他平反，他去見救命恩人

時，仍是「輕身而往」，「長揖不拜」，不願傍坐，並當面唐突道：「老
父母，但有死罪的盧柟，沒有傍坐的盧柟。」在生死攸關的激烈衝突
中，經過這樣反覆的層層渲染，盧柟傲視權貴、狂放不羈而又帶有貴
公子不諳世情的性格愈益顯得鮮明耀眼，給人留下難忘的印象。

　　「三言」、「二拍」還善於通過勾魂攝魄的心理描寫，細緻入微地
刻畫出人物複雜的內心世界。如〈蔣興哥重會珍珠衫〉寫蔣興哥在外
經商，得知家中妻子失節後，「如針刺肚」，急急趕回家去。「望見了
自家門首，不覺墮下淚來。想起：『當初夫妻何等恩愛，只為我貪著
蠅頭微利，撇她少年守寡，弄出這場醜來，如今悔之何及！』在路上
性急，巴不的趕回。及至到了，心中又苦又恨，行一步，懶一
步……」這段心理描寫充分地表現出了蔣興哥的性格特徵和思想鬥爭
的過程。他此刻的情感是十分複雜的，氣惱苦恨，傷心流淚，開始時
還惱恨妻子，到後來反而責怪自己，這是善良厚道、富於情感的小商
人特有的心理活動，作者寫來貼切真實，生動感人。〈金玉奴棒打薄
情郎〉則通過刻畫負心漢莫稽在不同處境不同地位時的內心世界的變
化，來展現他那種頑劣卑微、趨炎附勢的性格特徵。其他如「二拍」
中的〈轉運漢巧遇洞庭紅〉、〈丹客半黍九還〉等篇，也都有十分精彩
的細緻入微的心理描寫。這種勾魂攝魄的描寫手段，不僅使小說擺脫
了一般人物描寫的俗套，而且使人物形象更富有立體的質感。

第四節　李漁的白話短篇小說

一　李漁的生平和創作

　　在「三言」、「二拍」的影響下，明末清初出現了一個白話短篇小
說創作的高潮，作家作品大量湧現，其中成就最突出的是清初的李
漁，他的《無聲戲》、《十二樓》是繼「三言」、「二拍」之後，兩部質

量較佳、影響較大的白話短篇小說專集。他的小說成就僅次於「三言」、「二拍」，在清代的白話短篇小說中佔有很重要的地位。

　　李漁（1611-1680），字笠鴻，號笠翁、隨庵主人、新亭樵客等，原籍浙江蘭溪，但他自幼跟從父輩生長在江蘇如皋。他的父親、伯父都是經營醫藥的商人，因此李漁少時家境富裕，受到良好的教育。李漁十九歲那年，他的父親逝世。不久，他便回到家鄉蘭溪，讀書著文，準備應考。二十七歲中秀才，此後雖參加過幾次鄉試，均落第。其間，由於如皋方面財源斷竭，加上明末清初的易代戰亂，他的家境便逐漸衰落下去了。順治八年（1651）左右，李漁移居杭州，以賣文刻畫為生，並開始了通俗小說和戲曲的創作，《無聲戲》、《十二樓》中的大部分作品，〈憐香伴〉、〈風箏誤〉、〈蜃中樓〉、〈意中緣〉等多種傳奇都寫於這一時期。順治十五年（1658）左右，李漁又移家南京，繼續以刻文賣書度日，此後在南京住了將近二十年。他的南京住所取名為芥子園，他所開的書舖也名芥子園，著名的《芥子園畫譜》就是此時刻印的。李漁在南京期間，還組織家庭劇團，自編、自導、自演，到處獻演，足跡遍及蘇、皖、浙、贛、閩、粵、鄂、豫、陝、甘、晉等地，有如他自己所說：「二十年來負笈四方，三分天下，幾遍其二。」[16]李漁這樣風塵僕僕地奔走，一方面是為了謀生，養家糊口，另一方面，也與他傾心戲曲的志趣有關。康熙十六年（1677），六十七歲的李漁又由南京移家杭州，隱居湖山，安貧樂道，過著清閒的生活，兩年後在杭州逝世，終年六十九歲。

　　李漁一生著作甚富，除《無聲戲》、《十二樓》外，主要有詩文雜著合集《李笠翁一家言全集》，其中卷一至卷四為序、跋、銘、贊、記、書信等，稱《笠翁文集》；卷五至卷七為詩，稱《笠翁詩集》；卷八為詞，稱《笠翁詩餘》；卷九至卷十為讀史論古之文，稱《笠翁別

16 《笠翁一家言全集》〈上都門故人述舊狀〉卷3。

集》。外有《閑情偶寄》六卷；戲曲十六種左右，已確認的有《笠翁十種曲》；長篇小說有《合錦回文傳》、《肉蒲團》。

　　李漁在文學史上的突出成就，主要表現在戲曲小說兩方面。他創作的劇作在清初劇壇上影響很大。「笠翁詞曲有盛名於清初，十曲初出，紙貴一時。」[17]有人甚至推崇他「所製詞曲，為本朝第一」[18]。他的《閑情偶寄》中的〈詞曲部〉和〈演習部〉，是我國第一部把戲曲作為綜合藝術來研究的具有很高藝術價值的戲曲理論著作，在中國戲劇理論發展史上佔有重要的地位。小說創作成就主要體現在白話短篇小說集《無聲戲》、《十二樓》上。《無聲戲》現存四種本子：（一）《無聲戲》，十二回，每回演一故事，卷首有偽齋主人序。清初精刊本，藏日本尊經閣。（二）《無聲戲合集》，原有一集和二集，二集今不存，此合集為順治原刊本，惜只殘存二篇，此書現歸北京大學圖書館。（三）《無聲戲合選》，原目十二回，今殘存九回，為開封孔憲易先生私藏。（四）別本《連城璧》，日本抄本，為大連圖書館收藏，此抄本有全集十二回，外編原是六卷，現殘存四卷。共計十六篇，是現知《無聲戲》諸版本中保存李漁小說最多的一種。《十二樓》又名《覺世名言第一種》，此書十二個故事中都有一座樓，因此後出刊本書名均改為《覺世名言十二樓》，簡稱《十二樓》。現有消閑居精刊本、會成堂重刊本，坊刊巾箱本以及民國年間上海亞東圖書館汪原放點校本。

二　現實社會的生動寫照

　　《無聲戲》和《十二樓》共收有李漁白話短篇三十篇（現存二十八篇），這些作品從不同的角度反映了當時的社會風貌，具有一定的

17　〈毗梨耶室雜記〉，轉引自蕭榮：《李漁評傳》，（杭州市：浙江古籍出版社，1987年），頁72。

18　支豐宜：《曲目新編》〈題詞〉，見《中國古典戲曲論著集成（九）》，頁133。

進步意義和認識作用。

　　首先，作者善於通過描寫男女青年在愛情上的悲歡離合和種種遭遇與矛盾，表現他們追求婚姻自由的強烈願望，在一定程度上體現了作者在婚姻愛情問題上的民主意識。在這類作品中，〈譚楚玉戲裡傳情〉和〈合影樓〉寫得最好。〈譚楚玉戲裡傳情〉寫的是江湖戲班女伶劉藐姑與落魄書生譚楚玉的愛情故事。譚楚玉為了接近心上人劉藐姑，不惜投身戲班，藉同臺演戲之機，向藐姑表達摯愛之情。這在當時是難得的，因為在封建社會裡，戲子的地位極低，甚至不如乞丐。譚楚玉雖然落魄，但畢竟是「舊家子弟」，他的行動表現了對封建等級觀念的蔑視。劉藐姑的性格在作品中更為突出。她雖為娼優，但心地純潔無瑕，為了追求理想的伴侶，她不畏惡勢力脅迫，不受金錢的誘惑。她對譚生的愛情表現得十分真誠，當重利忘義的母親要將她賣給富翁為妾時，她先是公開反抗母命，聲稱已自許譚生，寧死不嫁他人。迎娶之日，她又借戲發揮，痛斥富翁的恃財不義，最後與譚生雙雙投江，以死殉情。這是一個為追求愛情婚姻自由而勇敢向封建禮教和封建勢力挑戰的女性形象，作者在這個人物身上寄寓了全部的同情，肯定並讚頌了這種為愛情獻身的悲壯之舉。小說後半部寫雙雙獲救，譚生金榜題名，皆大歡喜。表現了作者「願有情人終成眷屬」的善良願望，但在藝術構思上卻沖淡了作品悲劇性的主題。這也是作者「娛心」、「勸善」創作目的所決定的。

　　〈合影樓〉是一齣輕鬆的愛情喜劇，作者以清新優美的筆調，描寫了珍生與玉娟這一對才子佳人的愛情故事。他們的戀愛方式很奇特而又富於詩意，囿於封建禮法，他倆雖一水之隔，卻無由見面，只好在各自的水閣上，與對方的影子談心，或以言語，或用手勢，或借流水荷葉傳遞情書，互訴愛慕相思之情。儘管玉娟之父「古板執拗」，「家法森嚴」，極力反對他們結合，但經過不懈的努力和眾人的幫助，他們最終還是結成了美滿的姻緣。這個故事形象地告訴人們，愛

情的產生是自然的，是任何力量都無法改變的，正如李漁在小說入話中所說的那樣：「天地間越禮犯分之事，件件可以消除，獨有男女相慕之情，枕席交歡之誼……莫道家法無所施，官威不能攝，就使玉皇大帝下了誅夷之詔，閻羅天子出了緝獲的牌，山川草木盡作刀兵，日月星辰皆為矢石，他總是拚了一死，定要去遂了心願。」作者在這裡強調了愛情的巨大力量，體現了作者肯定人欲、反對道學、追求個性解放和愛情自由的思想。李漁的這種思想，與李贄、馮夢龍的新思想是一脈相承的。

李漁的一些小說還暴露了封建統治者的荒淫昏庸，揭露了封建官場的黑暗、吏治的腐敗和社會風氣的惡濁，具有批判現實的積極意義。〈鶴歸樓〉寫宋徽宗在國家危亡之際，仍下詔選妃，追求淫樂，後因故罷選。但當他聞得兩位預選的絕色佳人竟為兩個新進士所娶，竟然「吃臣子之醋」，濫用皇權，接二連三地迫害兩位無辜的進士。作品尖銳地嘲諷了這個一國之君的小人行徑，暴露了封建統治者荒淫誤國的本質。〈萃雅樓〉則刻畫了一個朝廷惡棍的形象，身為朝官的嚴世蕃，竟是一個人面獸心、殘忍兇狠的傢伙，他酷好男色，為了長期霸佔美貌少年權汝修，竟串通太監閹割了他。作者對這種慘無人道的暴行，表現了極大的憤慨和譴責。

〈老星家戲改八字〉則暴露了官場的黑暗和吏治的腐敗。故事寫一個刑廳皂隸蔣成，因心慈手軟，不會欺心鑽營，結果在衙門二十多年，眼見同事個個白手起家，家境富足，自己卻食不充口。後來得到新任刑廳的照顧，也漸漸發達起來，做滿兩任官，宦囊竟以萬計。一個老實本分的人，由吏而官，數年之內，竟積起萬金家資，更不用提那些如狼似虎的貪官汙吏了。在作品中，作者還借衙役的自白，一針見血地道出了封建官府的本質：「要進衙門，先要吃一副洗心湯，把良心洗去。要燒一分告天紙，把天理告辭。然後吃得這碗飯。」在〈清官不受扒灰謗〉中，作者譴責了昏官的濫用刑罰和率意斷案。小

說中的太守是以正人君子的面目出現，他極重「綱常倫理」，凡告姦情的，「原告沒有一個不贏，被告沒有一個不輸到底的」。他審理姦情的唯一法寶，就是先看婦人容貌如何，凡是長得標緻的，就認定會勾引男人，案子也不審自明了。正是他這種酸腐的偏見和主觀武斷，致使窮書生蔣瑜與鄰婦何氏蒙受不白之冤。對官府的濫用刑罰，嚴刑逼供，作者在小說中也表現了極大的憤慨；「夾棍上逼出來的總非實據，從古來這兩塊無情之木，不知屈死了多少良民！」這可以說是對封建官府任情斷獄的有力控訴。

　　李漁小說還為我們描繪了一幅幅生動的市民生活的圖景，歌頌了下層市民講信義、重友情、富有同情心和正義感的美好品德。如〈乞丐行好事〉歌頌了一個見義勇為、助人為樂的乞丐「窮不怕」，這個「窮不怕」常把討來的東西拿去周濟窮人，當高陽縣寡婦受人欺侮，無錢贖女時，「窮不怕」路見不平，慷慨解囊相助，並代寡婦向全縣財主求助，結果「一縣財主，抵不得一個叫化子」，竟無一人肯資助分文。作者借「窮不怕」的口，十分感慨地說：「如今世上有哪個財主肯替人出銀子，貴人肯替人講公道的？若要出銀子，講公道，除非是貧窮下賤之人裡面或者還有幾個。」在這裡，作者通過窮人和富人之間的鮮明對比，突出了下層人民的高尚品德，表現了自己對現實清醒的認識和鮮明的愛憎感情。在〈妻妾敗綱常〉中，作者塑造了一個善良、樸實、言而有信、富有同情心的奴婢碧蓮的形象，作者也是把她放在與口是心非、虛偽薄倖的主人妻妾的對比中，來勾畫她的美好的心靈的。其他如〈重義奔喪奴僕好〉中重義輕財的奴僕百順，〈生我樓〉中尊重和孝敬老人的小商人姚繼等，作者都給予頌揚和肯定。這些都表現了作者對世態人情的清醒的洞察力和進步的平民意識。

　　李漁小說的思想內容總體上的進步意義是明顯的，但同時也應指出，由於時代的侷限和他本人某些庸俗落後思想的影響，他的作品也常常混雜著一些落後低下的東西。在他的作品裡，民主性的精華和封

建性的糟粕並存，現實與理想、理智與感情、局部與整體又常常矛盾著。他的一些作品，在歌頌自由愛情和婚姻的同時，又往往以肯定和讚賞的態度描寫一夫多妻制，鼓吹封建主義的倫理道德。因此作者筆下的一些理想人物，往往是披上風流、倜儻外衣的正人君子。作者在他的戲曲作品〈慎鸞交〉中就曾這樣說過：「據我看來，名教之中，不無樂地；閒情之內，也盡有天機。畢竟要使道學、風流合而為一，方才算的個學士文人。」小說〈寡婦設計贅新娘〉的主人公呂哉生就是這樣的一個風流才子，他在妻子死後，經常嫖妓，並先後佔據五位佳人，隨後他又發憤讀書，連中二榜。這樣，他既升官發財，又妻妾滿堂。這正是「道學、風流合而為一」的作者心目中的理想人物。在呂哉生的身上，我們也可以看到作者自己放蕩生活的痕跡。李漁在這些地方實際上是混淆了情和欲的界限，突出地表現了他庸俗的思想意識和生活情趣。

還應當指出的是，李漁為了宣揚封建倫理道德，為了發揮小說的勸善懲惡的教化作用，也為了片面地追求小說的喜劇效果，因此在作品中，他常常有意無意地調和生活中本來不可調和的矛盾，把真與假、美與醜、善和惡這些本來對立的東西統一起來，這就影響了他小說反映生活的廣度和深度，這也是他一些批判現實的作品尖銳性和深刻性比較薄弱的原因。另外在有的作品中，作者也鼓吹封建的貞操觀念，無原則地肯定婦女的守節行為，並把這種貞操觀念同愛情的忠誠混為一談。這一切都影響了李漁小說的思想成就。

三　戲劇化的小說藝術特色

李漁是一位小說戲曲兼擅的作家，對戲曲藝術尤為精通。在小說與戲曲的關係上，他認為戲曲是有聲的小說，小說則是無聲的戲曲。因而在進行小說創作時，他也有意識地吸收引進了戲曲藝術的一些特

點，從而使他的小說形成自己鮮明的藝術特色，在明末清初的白話短篇小說中獨樹一幟，令人耳目一新。

　　李漁的小說創作特別注重故事的新鮮奇特，這和他的戲曲創作一樣。李漁在戲曲題材的選擇上，非常強調新奇，認為「有奇事方有奇文」，當然這種新奇又要做到真實自然，不露痕跡。因此，他的小說題材大部分取自現實生活，「正因寫實，轉成新鮮」。[19]在題材的處理上，又往往能標新立異，伐隱攻微，從平凡的人與事中發現前人「摹寫未盡之情，刻畫不全之態」。比如愛情婚姻在古典文學作品中可謂是一個爛熟的題材，要想出奇創新確是很難，但李漁卻能另闢蹊徑。在〈合影樓〉中，作者讓男女主人公對著水中的人影傾訴戀情，借流水荷葉來傳遞情書，後來又用誤會法，使男女主人公在大怨中獲得大喜。這樣的構思是別出心裁的，它擺脫了才子佳人小說「私訂終身後花園，落難公子中狀元」的俗套，給人新鮮之感。在〈譚楚玉戲裡傳情〉中，作者則讓男女主人公在眾目睽睽的戲臺上談情說愛，假戲真作，上演了一齣絕妙的戲中戲。在〈生我樓〉中，作者寫的是在戰亂中一家人的離合悲歡的故事，這個題材也是常見的，但作者卻把它寫得格外的奇巧新穎。尹小樓插標賣身欲為人父，偏偏又有一個願買人為父的姚繼。姚繼從亂兵手中買回兩個婦人，竟然一是生母，一是未婚妻，而買來的父親又是生身父親。這個故事可謂奇極巧極，由於作者把故事放在兵荒馬亂的背景下來敘寫，因此並不使讀者有造作之感。這篇小說濃厚的傳奇色彩，體現了作者極力追求新奇的良苦用心。李漁在小說創作中，力求情節發展的曲折多變、變幻莫測。這也與他的戲曲創作有著密切的聯繫。李漁在戲曲創作上還十分重視戲劇情節的生動性和複雜性。李漁曾說：「戲法無真假，戲文無工拙，只是使人想不到，猜不著，便是好戲法，好戲文。」因此，他的小說創

19 魯迅：《中國小說史略》。

作也遵循了這些規律。如〈聞過樓〉寫呆叟歸隱山林，朋友苦勸不止，移家後竟禍難迭起，頻遭變故，而且愈演愈烈，搞得呆叟惶惶不可終日，令讀者亦為之不平叫屈。最後真相大白，原來是他好友殷太守等捨不得他遠離而玩弄的幾個令他回頭的圈套。為了增加情節的生動性、曲折性，李漁還特別注意利用懸念來吸引讀者的注意力。如〈遭風遇盜致奇贏〉寫秦世良三次借銀外出經商，卻三次丟失，或被搶，或被偷，或被冒認，而且都丟得蹊蹺，其中緣由，作者都未做交代，留下懸念。到了小說後半部分，作者才有條不紊、合情合理地將這些懸念一一加以解決，世良的失銀也一一得到加倍償還。情節的發展可謂跌宕多姿，令人大驚大喜。

為了使故事情節的發展更能吸引讀者，李漁還借鑒了戲曲結構的「立主腦，減頭緒，密針線」的創作經驗，使他的大部分小說都能做到結構單純，主線明確，前後照應。如〈譚楚玉戲裡傳情〉，作者緊緊圍繞譚劉二人愛情的發展來展開情節，絕無「旁見側出之情」，使作品的主要人物和主要事件分外鮮明，很好地突顯出作品的主旨。〈聞過樓〉也是沿著呆叟移家後的種種遭遇，來推動情節的發展的。這種戲曲式的小說結構，與較複雜的結構形式相比，顯得通俗直接，沒有枝蔓蕪雜之累，也便於文化水準較低的市民們閱讀，有雅俗共賞之妙。

李漁小說的語言與他的戲曲語言一樣，具有淺顯通俗、生動風趣的特點。李漁在語言上力主「貴淺顯」，他認為作家要向各方面學習語言，既要「話則本之街談巷議，事則取其直說明言」[20]，又要博採「經、傳、子、史以及詩賦古文」乃至「道家佛氏，九流百工之書」[21]，這樣兼收並蓄、融會貫通，才能真正提高語言的藝術表現力。李漁小說的語言也體現了作者的這種主張。如在〈譚楚玉戲裡傳

---

20 李漁：《閒情偶寄》〈詞曲部〉。

21 李漁：《閒情偶寄》〈詞曲部〉。

情〉中，有一段描寫劉藐姑高超技藝的文字：

> 他在場上搬演的時節，不但使千人叫絕，萬人贊奇，還能把一
> 座無恙的乾坤，忽然變做風魔世界，使滿場的人，個個把持不
> 定，都要死要活起來。為什麼原故？只因看到那消魂之處，忽
> 而目定口呆，竟像把活人看死了。忽而手舞足蹈，又像把死人
> 看活了。所以人都讚嘆他道：「何物女子，竟操生殺之權！」

　　作者在這裡就是把經過加工提煉的口語和少量的文言詞語有機地
揉合在一起，既明白如話，又精練乾淨，使人讀後對劉藐姑的表演技
藝有一個形象鮮明的印象。

　　李漁小說語言還具有喜劇性特色。我們知道，李漁的審美意識是
以喜劇為主導的，他在戲曲〈風箏誤〉中曾說過：「惟我填詞不賣
愁，一夫不笑是吾憂。」李漁小說的喜劇性當然是由各種因素組成
的，但語言的喜劇性是其中重要一環。他的小說語言具有插科打諢的
成分，富有調侃性意味，同時大量運用方言、俗語，增加語言的諧謔
色彩。比如〈萃雅樓〉中嚴世蕃的家人勸金、劉二人將權汝修送回嚴
府：「你們兩位都是有竅的人，為什麼丟了鑰匙不拿來開鎖，倒把鐵
絲去捵？萬一捵壞了簧，卻怎麼處？」在〈仗佛力求男得女〉中，作
者寫一個財主年老無子，菩薩告訴他只要慷慨施捨就會有子，他遵囑
而行，果然通房懷了孕，這時他又不想再花錢財了，作者在這裡有一
段唯妙唯肖的心理描寫：「菩薩也是通情達理的，既送個兒子與我，
難道教他呷風不成。況且我的家私，也教去十分之二。譬如官府用
刑，說打一百，打到二三十上，也有饒了的。菩薩以慈悲為本，絕不
求全責備，我如今也要收兵了。」這一段勾魂攝魄的心理描寫，具有
很強的喜劇性，作者以漫畫式的筆調，探及人物的靈魂深處，在讀者
會意的笑聲中，一個極其吝嗇而又愚蠢的土財主形象就活脫脫地躍然

紙上了。這種帶有戲謔、調侃意味的語言，確實有助於加強小說整體
的喜劇感。

　　當然，李漁小說在藝術上也存在著明顯的缺點。比如由於他刻意
求新，因此有時就會出現為情節而情節，造成矯揉造作、過於巧合和
牽強的弊病；有時為了追求風趣、詼諧，把握不當，就會失之油滑、
輕佻；有的由於作品內容的荒唐、庸俗，一些語言也會帶有低級趣
味。總之，李漁小說的藝術表現，也往往會帶上作者審美意識中庸俗
低下的印記，這無疑也影響了他小說的成就。

第五節　明清其他白話短篇小說

　　在「三言」、「二拍」的影響下，明末清初白話短篇小說的創作出
現了繁盛的局面，一時作者紛起，專集頻出。這種局面一直持續到清
中葉才漸趨衰歇。據近年胡士瑩先生《話本小說概論》一書統計，除
「三言」、「二拍」和李漁小說外，明清其他白話短篇小說專集亦在五
十種上下，實際可能還不止這些。下面我們就分別對明末和清代的白
話短篇小說專集的基本情況作一些簡單的介紹。

一　明末白話短篇小說

　　明末白話短篇小說主要集子有《鼓掌絕塵》、《石點頭》、《西湖二
集》、《鴛鴦針》、《幻影》、《艷鏡》、《筆獮豸》、《十二笑》、《壺中
天》、《一片情》、《九雲夢》等，其中寫得較好的有以下幾部：

　　《鼓掌絕塵》，題「古吳金木散人編」，刊於明崇禎四年（1635），
分風、花、雪、月四集，每集十回，寫一個完整的故事。該作繼承了
《金瓶梅》的傳統，著重表現當時社會的人情世態。其中風、雪兩集
主要寫才子佳人愛情故事。花、月兩集則寫官場的腐敗和人情的冷

暖，表現了作者對現實的批判態度。這部小說集體制上頗有特色，每個短篇小說都分十回，篇幅較長，可視為短篇小說向中篇小說過渡的標誌。兩個才子佳人的愛情故事，從題材、構思上看，對清初才子佳人小說也有一定影響。

《石點頭》，題「天然癡叟著」，馮夢龍為該書寫了序言，從中可看出作者可能是馮的朋友席浪仙。書刊於崇禎年間。書名取義於「生公說法，頑石點頭」、「推因及果，勸人作善」之義。全書收白話短篇小說十四篇，創作素材多來自前人的筆記野史，或摘取於文言小說。寫進小說時，都經過了作者脫胎換骨的加工改造。作品的內容有的反映了明末資本主義萌芽時期市民的生活，有的反映下層婦女的遭遇，有的鞭撻了科舉的弊端，具有一定的現實意義。當然，由於作者意在勸懲，因此一些作品也染有迷信、因果報應、宿命的落後色彩。藝術方面，如情節、人物刻畫、語言等方面都達到了較高的水準。在明末擬話本中亦屬佳作。

《西湖二集》，此書為《西湖一集》續書，《一集》已佚。作者周清源，名楫，明末杭州人。該書約刊於崇禎年間。全書共三十四卷，每卷寫一故事，每篇故事主人公的活動都與杭州西湖有關。素材很大部分取自前代或同時代人的野史筆記或文言小說。內容涉及面較廣，而對官場和科場的揭露，尤為深刻，飽含作者的憤恨和譏諷之意。一些作品還生動地描述了當時杭州的風俗習慣，對我們了解當時的社會生活很有幫助。藝術上的優點，主要是情節生動引人，諷刺辛辣得體，語言優雅流暢，具有較高的閱讀欣賞價值。

《鴛鴦針》，題「華陽散人編輯」，「蚓天居士批閱」。卷首有序，後署「獨醒道人漫識於蚓天齋」。有人認為作者就是明末人吳拱宸，待考。全書四卷，每卷四回寫一個故事。四篇小說有三篇都是寫科場之事，所刻畫的儒林眾生相，栩栩如生。作者在針砭儒林敗類時所用的外莊內諧的筆法，獨具特色，可視為一部短篇《儒林外史》。孫楷

第先生評該書說：「除第四卷，文皆流利。其事或虛或實，要皆寄其不平之思。雖傷蘊藉，較之清代諸腐庸短篇小說猶為勝之。」[22]是為的論。

　　《幻影》，別名《三刻拍案驚奇》，但不是凌濛初《二刻拍案驚奇》續書，題「明·夢覺道人，西湖浪子輯」，卷首有夢覺道人序，刊於崇禎年間。原書十卷四十回，每回寫一個故事，今存二十九回。內容較蕪雜，分別從家庭倫理關係、婦女問題、官場、科場、佛門、市井等方面，為我們描繪了一幅明末特色鮮明的社會生活的風情畫卷。藝術上較一般化，模仿的痕跡也較明顯。

二　清代白話短篇小說

　　清代白話短篇小說數量較多，主要是清初和清中葉前的作品，專集有《清夜鐘》、《醉醒石》、《豆棚閒話》、《照世杯》、《西湖佳話》、《二刻醒世恆言》、《娛目醒心編》、《雨花香》、《珍珠舶》、《通天樂》、《八洞天》、《五色石》、《警悟鐘》、《躋春臺》等。較好的有以下幾部：

　　《清夜鐘》，題「薇園主人述」，刊於清順治初年。有人考證作者是明末人于鱗，也有人認為是錢塘陸雲龍。原書十六回，每回寫一個故事，現存殘本兩部共十回。內容的新穎之處是反映了明清鼎革之際動亂的社會現實，對李自成農民軍的節節勝利和明王朝的腐敗昏亂也有直接或間接的反映，這在清初的擬話本中是較突出的。

　　《醉醒石》，題「東魯古狂生編輯」，作品寫於明末清初，刊於清初。全書共有短篇小說十五篇。作者以醉醒之石為書名，意在勸世訓誡。但由於作品題材多數取材於當時現實生活，對官吏的貪汙腐化、僧人術士的虛偽奸詐，以及科舉之弊端都有所揭露，在一定程度上反

22　《大連圖書館所見小說書目》。

映了當時現實生活的真實，因此仍具有批判現實的積極意義。該書文筆簡潔，敘事寫人都較細緻生動，反映了作者較高的文學修養。不過故事情節較簡略，詩詞穿插太多，影響了小說的成就。

《豆棚閒話》，題「聖水艾衲居士編」。有人認為作者就是清初錢塘人范希哲，惜無實據，難以定論。此書刊本較多，最早的為康熙時寫刻本。全書共有十二則十二個故事。作品對明末吏治的腐敗、世風日下、人情澆薄的現象，無賴幫閒的醜惡嘴臉，以及投清的士大夫文人的心態都有所揭露，具有一定的積極意義。寫作上一個重要的特色，就是全書皆以豆棚下的閒話為線索，將十二個故事貫穿起來，又往往從有關豆的談話內容生發開去，引出一個個耐人尋味的故事，與西方小說《一千零一夜》、《十日談》的寫法相近。這種寫法在白話短篇小說中是絕無僅有的。

《西湖佳話》，全名為《西湖佳話古今遺蹤》，題「古吳墨浪子搜輯」，刊於康熙年間。全書共十六篇小說。作品大都根據史傳、雜記和民間傳說寫成。作者採用名人和勝蹟交融的寫法，既塑造了諸如鶯鶯、白居易、蘇東坡、岳飛、蘇小小、白娘子等流傳甚廣、又為群眾喜聞樂見的人物形象，又敘述了西湖名勝古蹟的來龍去脈，描繪西湖山水的美麗多姿，使讀者加深對西湖的了解和嚮往。全書說教的意味較淡，文筆純樸清新。

《五色石》，題「筆煉閣編述」，書前有作者自序，序署「筆煉閣主人題於白雲深處」。有人認為作者即清乾隆江蘇舉人徐述夔，但無實證。作者在書首序中說：「《五色石》何為而作也？學女媧氏之補天而作也。」可見寫作動機是為了勸善懲惡，警醒世人。不過作品在具體描寫中，對封建官場、科場作了暴露性描寫，在有關愛情婚姻作品中主張以才貌取人，這些方面體現了作品進步的思想傾向。該書在藝術上達到了較高水準，故事情節曲折複雜，新鮮奇特，語言豐富多彩，富有表現力。《五色石》在清代擬話本集子中實屬上乘之作。

三　明清其他白話短篇小說綜述

　　明清其他白話短篇小說從總體上看，無論在思想性或藝術性方面都不如「三言」、「二拍」，也遜於李漁的小說。內容上封建說教的氣味較濃，勸誡警世之意過於突出。我們從《石點頭》、《清夜鐘》、《醉醒石》、《五色石》等書名上，便可望知作者的用心。有的作品幾乎可以說是訓諭滿紙、告誡連篇，像杜綱編的《娛目醒心編》，凡十六卷，除了空泛的說教，幾與現實無涉，充滿酸腐之氣。在藝術上，這一時期的多數作品模仿抄襲的痕跡較明顯，一些作品的情節也顯得簡單粗糙，小說中議論較多，詩詞較多，小說的語言也遠不如「三言」、「二拍」那樣鮮明生動。當然，指出這些缺點，並不是說這些小說一無是處，應當說，其間也出現了一些較好的篇什，它們分散在眾多的集子中，值得我們認真篩選。即使是一些較弱的作品，它們既是新的歷史時期的產物，也總有它們自己的面貌，有其值得注意和肯定的地方。

　　從題材上看，這一時期的白話短篇小說可謂包羅萬象，作家們的筆觸幾乎涉及明清時代社會生活的各個方面，不少作品反映了「三言」、「二拍」所沒有接觸到的社會生活。如《豆棚閒話》第七則〈首陽山叔齊變節〉，作者借用歷史題材，用翻案文章來譏笑現實中假清高人物，入木三分地刻畫出明清易代之後，部分知識分子的心態。《鴛鴦針》卷三〈真文章從來波折〉揭露了明末一些無行文人利用文社來招搖撞騙的醜行，作者真實地描述了晚明一些假名士以文社為「終南捷徑」，獵取功名的現象。這種題材，在短篇小說中極少反映，它具有一定的史料價值。又如《躋春臺》中的〈審煙槍〉一篇，通過對一起人命案的特殊審理，反映了鴉片輸入後，對國人身心的摧殘，從一個側面控訴了帝國主義的罪行，具有鮮明的時代感和現實的教育意義。

　　愛情婚姻題材的小說，相對於「三言」、「二拍」來說，也有新的發展，出現了一些描寫才子佳人愛情故事的小說，這類作品都歌頌了青年男女以才貌為基礎的愛情和婚姻，同時對封建婚姻的「門當戶對」、「父母之命、媒妁之言」等觀念表示了極大的輕視，反映了作者們在愛情婚姻問題上的民主意識。這類作品寫得較出色的有《鼓掌絕塵》中的風集和雪集，《五色石》中的〈二橋春〉、〈選琴瑟〉、〈鳳鸞飛〉等。這些作品都有一些共同的特點，它們都非常強調男女雙方的才貌相當，情投意合，追求所謂「才子佳人，天然配合」；他們的結局都是喜劇性的大團圓，當然這種結局都是經過長期的追求和遭受種種挫折之後，最後才實現的理想的結合；男女雙方，特別是女方的父母都很開明，都很贊成和支持女兒有個理想的配偶，並且還很尊重女兒本人的意見。這些特點與同時期風行一時的中篇才子佳人小說，如《好逑傳》、《玉嬌梨》、《平山冷燕》等有共同之處，它們都表現出共同的進步的思想傾向。

　　明末和清代的一些白話短篇小說集子中，還出現了一些以儒林眾生為主要描寫對象的作品，這些作品真實地再現了當時下層儒生們心靈的美和醜、道路的正與邪、生活的貧困與追求，成功地塑造了一批儒林中正反人物形象，從而較深刻地揭露了封建科舉的弊端。這類題材在「三言」、「二拍」中也是較少見的。雖然這類小說的思想高度和藝術成就與吳敬梓的《儒林外史》尚有一定的距離，但在暴露性的描寫方面，卻也有十分出色之處，具有一定的認識價值。如《鴛鴦針》卷一〈打關節生死結冤家〉，寫杭州秀才徐鵬子，滿腹文章，參加鄉試，考卷優異，卻被同學丁全用三千兩銀子買通考官，偷換頂替，徐落選後要求查考卷，卻被誣陷入獄。《鼓掌絕塵》月集寫一個富公子陳珍胸無點墨，卻仗著家裡有錢，也要去考秀才，他先是買來考卷，塾師幫著做還不行，最後乾脆請塾師作槍手入場代考。後來府試、院試代考不得，就花了三百兩銀子買通考官，「兩次卷子，單單只寫得

一行題目，」公然也榜上有名。陳珍後來還爬上袁州府判的地位，作威作福，敲剝百姓。這兩個故事充分說明，封建科舉制度已失去了選拔人才的作用，而淪為赤裸裸的金錢交易，其結果必然是貪官和蠹官遍地，形成惡性循環。

在《醉醒石》第六回〈高才生傲世失原形〉中，作者刻畫了另一類型的儒生形象。作品寫一才子李徽，妄自尊大，猖狂放肆，最後竟不由自主地變成老虎傷人。這個故事狠狠諷刺了那些「恃才傲物，眼底無人」的儒林狂生，表現出作者對那些「僥倖一第，便爾凌轢同儕，暴虐士庶，上藐千古，下輕來世」的讀書人的鄙夷和不滿。在《躋春臺》中，作者對一些蒙館騙錢的偽儒學也有所揭露。〈假先生〉篇寫楊學儒設館招生，完全是出於市儈的打算；「學錢雖短，一年二十餘人，當餵兩槽肥豬，在家又免卻一人吃費，還是有利。」〈審煙槍〉、〈雙血衣〉等篇，作者也淋漓盡致地描敘了那些教書的先生打牌燒煙，帶徒打鴨，覷覦美色的醜惡行徑，這樣的先生豈不誤人子弟？作者不無感慨地嘆息道：「上智則誤功名，下愚多成鄙陋。」這也是儒林敗類日益增多的重要原因。

明末和清代其他白話短篇小說的藝術成就都不高，其中各個集子的藝術水準也參差不齊，難以一概而論。不過，有些作品在藝術上表現出一些新的特點，亦值得我們注意。首先是一些短篇作品，篇幅增長，並開始分回目，表現出向中篇小說演進的趨勢，如《鼓掌絕塵》、《鴛鴦針》，每篇小說中都有對仗工整的回目，這種分回的寫法，顯然是受了明代長篇章回小說的影響，同時又在形式上奠定了清代中篇小說的基礎。第二是一些小說融入說唱文學的寫法。如《躋春臺》中〈雙金釧〉、〈十年雞〉，〈螺旋詩〉、〈比目魚〉等篇，在正文中插入人物的唱詞，這些唱詞都屬第一人稱，中間有第二人稱的夾白。唱詞前並無曲牌，但都俚俗上口，有點類似快板、順口溜或打油詩。這類小說頗類似宋元話本中的《快嘴李翠蓮記》。第三是詩詞大量在

正文中出現，有的幾乎隔幾行就插一首詩。這些詩多帶有評點說教的性質，穿插在情節中，多為累贅。上述的特點實際上都不能表現短篇小說的優勢，有的雖然也能給人耳目一新之感，但從白話短篇小說的發展來看，它實際上是一種退化，它似乎表現出古代白話短篇小說難以為繼的傾向。

第三章
歷史演義小說

第一節　概述

　　我國是歷史悠久、歷史典籍極為豐富的國家。不但每個朝代都有官修的「正史」，而且還有大量的「野史」、筆記。浩如煙海的歷史著作為歷史演義小說提供了取之不竭的創作素材。《左傳》、《戰國策》、《史記》等優秀的歷史著作，擅長戰爭描寫，善於把紛繁複雜的歷史事件處理得井井有條，結構綿密，善於通過行動和細節去描寫人物的性格等，這些特色為歷史演義小說的創作積累了寶貴的藝術經驗。

　　宋元時代，「說話」藝術勃興。在「說話」四家中，最為發達的是「小說」和「講史」兩家。孟元老《東京夢華錄》說，北宋時有專說「三分」的專家霍四究，專說五代史的專家尹常賣等。周密《武林舊事》記載，僅南宋臨安有名的「講史」藝人就有喬萬卷、許貢士等二十三人。可見當時「講史」的興盛和分工的細密。

　　「講史」是以歷史事實為依據，吸收民間傳說，講述歷代興廢爭戰之事。它的特點：一是取材於歷史，以朝代為主體，不以英雄人物為主體；二是講述歷代興廢之事，側重政治、軍事鬥爭；三是基本上採取「正史」的書面語言，也吸收了民間口語，形成半文半白的文體；四是篇幅較長，分節敘述。

　　目前流傳下來的「講史」話本有：

　　一、《新編五代史平話》，無作者姓名，宋刊本。它是說「五代史」的底本，梁、唐、晉、漢、周各分上下二卷，其中梁史、漢史的下卷已佚。全書主要依據史實，歷敘五代興替始末。「全書敘述，繁

簡頗不同，大抵史上大事，即無發揮，一涉細故，便多增飾，狀以駢驪，證以詩歌，又雜諢詞，以博笑謔。」[1]在它的基礎上，經文人藝術加工，在元末或明初產生了長篇歷史演義小說《殘唐五代史演義傳》。

　　二、元刊《全相平話五種》，包括《武王伐紂平話》、《七國春秋平話》（後集）、《秦併六國平話》、《前漢書平話》、《三國志平話》，均不署作者姓名。

　　《武王伐紂平話》，別題《呂望興周》，分上中下三卷。從紂王行香、蘇妲己被魅開場，次敘雲中子進劍除妖，再敘紂王荒淫暴虐，囚西伯於羑里，再次敘西伯回國，聘姜尚助周，文王死，武王、姜尚起兵伐紂，直至紂子殷郊斧斬紂王。《封神演義》就是以它為藍本創作而成的。

　　《七國春秋平話》（後集），又名《樂毅圖齊》，亦分上、中、下三卷。本書以孫臏、樂毅為主要人物，描述燕齊兩國之間的矛盾鬥爭。它的《前集》已失傳，但從《後集》的「入話」可以推出，《前集》必為「孫龐鬥智」，明吳門嘯客編的《孫龐演義》可能就是根據《前集》改編的[2]。

　　《秦併六國平話》，別題《秦始皇傳》，亦分上、中、下三卷。從秦併六國，始皇統一天下，一直寫到始皇病死沙丘，趙高擁立二世，天下大亂，秦帝國覆亡，又牽入劉邦戰勝項羽，建立西漢王朝，基本與史實相同。

　　《前漢書平話》續集，別題《呂后斬韓信》，亦分上、中、下三卷。主要寫劉邦做皇帝後，統治階級內部的矛盾和殘殺。劉邦對韓信存戒心，又恨楚臣季布、鍾離末未獲，韓信殺鍾離末獻漢王，反被奪

1　魯迅：《中國小說史略》，見《魯迅全集》（北京市：人民文學出版社，1957年），卷8，頁89。

2　譚正璧：《古本稀見小說匯考》（杭州市：浙江文藝出版社，1984年），頁185。

了軍權，改封淮陰侯。番兵入寇，陳豨奉命禦敵，與韓信密約，到邊地即舉反旗。劉邦恐慌，必要親征，並囑呂后用計誘斬韓信。劉邦死後，諸呂作亂，群臣不服，最後樊噲之子樊元親率諸軍攻入宮中，殺諸呂，包括其母呂胥，迎薄姬所生的北大王入宮即位，就是漢文帝。此話本大體於史有據。明甄偉《西漢演義》八十四節至一〇一節是依據此書上卷、中卷內容進行改寫的。

《三國志平話》亦分上、中、下三卷，這是《全相平話五種》中最重要的一種，已初具《三國演義》的規模。

從現存的「講史」話本可以看到，歷史演義小說是以它為基礎發展起來的。「講史」話本，分節敘述，每節有題目，這種形式後發展成章回小說，成為我國古代長篇小說的唯一形式。

在宋元「講史」繁榮的同時，我國戲曲也發展成熟了。在元代戲曲舞臺上出現了數量眾多的歷史劇和歷史故事劇。這些戲曲作品與「講史」互相吸收，互相促進，從更加深廣的角度開掘歷史題材，為歷史演義小說的創作注入生機勃勃的民間藝術的生命，提供了更多可借鑒的豐富生動的故事情節和光彩奪目的人物形象。

元末明初，《三國志通俗演義》創作成功，這種「言不甚深，文不甚俗」的歷史演義，既不像歷史著作那樣深奧難懂，又不像「講史」平話那樣「言辭鄙謬」；既能使讀者了解歷史，又具有很高的文學價值，得到藝術享受，「雅俗供賞」，受到各階層人們的普遍歡迎。因而從明代中葉起，文人們競相創作，書賈大量印行，造成了歷史演義創作出版的熱潮。以漢末三國的歷史為中心，向兩頭擴展，上自盤古開天地，下迄清宮演義。每個朝代都有演義，有的一個朝代有幾部演義，到了清中葉，就出現了四、五十部之多。正如可觀道人在《新列國志敘》中所說：「自羅貫中氏《三國志》一書，以國史演為通俗演義，汪洋百餘回，為世所尚，嗣是效顰日眾，因而有《夏書》、《商書》、《列國》、《兩漢》、《唐書》、《殘唐》、《南北宋》諸刻，其浩瀚幾

與正史分簽並架。」

突竟什麼是歷史演義？它與歷史的關係如何，是否允許藝術虛構？虛構到何種程度？這是我國小說美學領域中的重大課題。

我國古代小說理論家對這個問題大致有兩種見解：

一是正史派。他們認為歷史演義小說應忠實於史實，只是把歷史通俗化。庸愚子（即明弘治間人蔣大器）在〈《三國志通俗演義》〉序中提出歷史演義要「事紀其實，亦庶幾乎史」，只是語言要雅俗共賞，做到「言不甚深，文不甚俗」。修髯子（即明嘉靖時人張尚德）提出要「羽翼信史而不違」[3]。到了清代的蔡元放則更為徹底，他談到《新列國志》改編時說：「有一件說一件，有一句說一句，連記事實也記不了，哪裡還有功夫去添造。故讀《列國志》，全要把作正史看，莫作小說一例看了。」

他們認為歷史演義要忠實於歷史，那麼，歷史演義與歷史有何區別？為什麼還要創作歷史演義呢？他們認為歷史演義之所以需要，是因為：一、把歷史通俗化。陳繼儒給歷史演義下的定義是：「演義，以通俗為義也者。」[4]二、「亦足補經史之所未賅」[5]。就是正史敘述比較概括簡要，通俗演藝使之更詳細、更豐富，對正史起演繹補充作用。三、把歷史條理化。因為史書記載的史實比較分散、散亂，歷史演義則「條之以理，演之以文，編之以序」[6]。四、在忠實史實的基礎上，可以在文字上增添潤色，增加它的生動性、可讀性。

這一派的主張，基本上是混淆了歷史與小說之間的區別，把歷史演義看作正史的普及，忽視了小說作為形象思維的藝術產品的審美特徵，必然給歷史演義小說的創作帶來不良的影響。

3　《三國志通俗演義》引。

4　《唐書演義》〈序〉。

5　陳繼儒《敘列國傳》。

6　余象斗〈題《列國》序〉。

　　另一派是創作派。他們從文學創作角度看待歷史演義小說，反對照搬歷史，允許藝術虛構，強調歷史小說的審美特性。明代著名的通俗小說家熊大木指出：「至於小說與本傳互有同異者，兩存以備參考。」[7]明酉陽野史也認為歷史演義「直作小說而覽，毋執正史而觀」[8]，肯定了史書與歷史演義小說性質不同的特點，不能互相替代。

　　明萬曆間著名文學家謝肇淛進一步肯定小說的藝術虛構，提出「虛實相半」的重要論點。「凡為小說及雜劇戲文，須是虛實相半，方為遊戲三昧之筆。亦要情景造極而止，不必問其有無也。」謝肇淛肯定了藝術虛構在歷史小說創作中的重要地位，而且著眼藝術的審美意象，只要「情景造極」，達到審美要求就可以了，「不必問其有無」。這是對正史派的一針見血的批評，劃清了文學作品與歷史的區別，無疑是正確的。但是，從謝肇淛所舉的作品，如《飛燕外傳》、《天寶遺事》，至以《琵琶》、《西廂》之類的戲曲作品來看，他在這裡是泛論文學作品與史傳的區別，而不是專指歷史演義小說，混淆了歷史演義小說與其他文學品種的區別，因而也不夠全面，不夠有說服力。

　　明崇禎年間的文學家袁于令，在〈《隋史遺文》序〉中說：「正史以紀事：紀事者何，傳信也。遺史以搜逸：搜逸者何，傳奇也。傳信者貴真：為子死孝，為臣死忠，摹聖賢心事，如道子寫生，面面逼肖。」「傳奇者貴幻：忽焉怒發，忽焉嘻笑，英雄本色，如陽羨書生，恍惚不可方物。」袁于令這段話，比前人前進了一大步，明確地區分了歷史著作和歷史演義小說的區別：「正史」是「傳信」要「貴真」；而歷史演義是「傳奇」，要「貴幻」。這裡的「幻」，包括了藝術創作中的虛構、誇張、想像等。他還指出，歷史演義小說的創作，主要不是依據史實，「什之七皆史所未備」，主要是「憑己」，憑藉作者

7　《新刊大宋演義中興英烈傳》〈並序〉。

8　《新刻續編三國志》〈引〉。

的藝術創造。袁于令在他的論述中指出藝術虛構對歷史小說創作的重
要性，但沒有涉及一個問題，即歷史小說的藝術虛構是否有限度？如
何區別歷史小說與其他小說？所以，他的論述還不能有力地說明歷史
演義小說特有的藝術特徵。清康熙年間，金豐對歷史演義小說論述更
為精闢：「從來創說者不宜盡出於虛，而亦不必盡由於實，苟事事皆
虛則過於誕妄，而無以服考古之心，事事皆實則失於平庸，而無以動
一時之聽。」他針對「貴實」與「貴幻」的兩種相反見解，提出「不
宜盡出於虛」，「亦不必盡由於實」。因為「盡出於虛」，則抹殺了歷史
演義作為歷史小說的特徵，與一般文學作品沒有區別，使人感到缺乏
歷史的真實，「無以服考古之心」；「盡由於實」，則排斥了藝術虛構，
失去了歷史演義作為文學作品的藝術特徵，與歷史著作沒有區別，缺
乏藝術魅力，「無以動一時之聽」。金豐進一步探討歷史演義小說「虛
實」之間的界限應如何掌握的問題。他認為主要歷史事實與歷史人物
性格應「實」，故事情節則可以「虛」，「如宋徽宗朝有岳武穆之忠，
秦檜之奸，兀朮之橫，其事固實而詳焉」，其他情節則可以允許虛
構。虛實相生，就會產生巨大的藝術魅力。

　　吸收前人對歷史演義小說的有益見解，我們認為對歷史演義小說
與歷史的關係可以歸結為以下幾點：一、歷史著作與歷史演義小說之
間的根本區別是，前者是科學，後者是藝術；科學要求高度的真實性
和科學性，而藝術則應遵循藝術創作的規律，包括藝術虛構、人物典
型化原則等等。二、歷史與歷史演義小說之間的關係是生活與藝術的
關係。歷史演義小說因為它取材於歷史，所以叫歷史小說，以區別於
取材於現實生活的人情小說，取材神話傳說的神怪小說等等。三、歷
史演義小說與其他小說的區別在於，歷史演義小說的主要歷史事實與
歷史人物面貌要符合歷史真實，應該「七實三虛」，虛構要有一定的
限度，否則就不是歷史演義小說，而是一般小說。四、在主要故事內
容不違背歷史事實的前提下，不拘泥史實，作家遵循藝術創作規律，

大膽進行藝術虛構。正如黑格爾所說：「從這方面來看，我們固然應該要求大體上的正確，但是不應剝奪藝術家徘徊於虛構與真實之間的權利。」[9]

　　總之，我們把敷演史傳、偏重敘述朝代興廢爭戰之事，而又故事性強、通俗易懂的小說稱為歷史演義小說。

　　正如孫楷第先生所說：「通俗小說中講史一派，流品至雜。」本章所述歷史演義小說，包括以下三種類型：一、基本上是演繹史書的歷史演義小說，如《東周列國志》、《西漢演義》等。二、基本符合史實，但有較多藝術虛構，所謂「七實三虛」的作品，如《三國演義》等。三、取材於當時邸報、朝野傳聞，反映當時重大政治事件的時事小說，如《樵史通俗演義》等。至於，雖然取材於歷史，但主要是寫神仙妖魔、靈怪變幻故事的，如《封神演義》、《女仙外史》等則歸入神魔小說一章；雖然有些歷史的影子，但主要採自民間傳說，以敘述英雄人物故事為主體的，則歸入英雄傳奇一章，如《水滸傳》、《楊家將》等。當然，同一題材小說在發展演變過程中，有的則發展為按史演義的歷史演義小說；有的則博採民間傳說，成為英雄傳奇小說，如隋唐系統的小說就有這種情況。為了敘述的方便，我們把同一題材的小說集中在一起，在敘述其演變過程時，加以分析與區別。

第二節　《三國演義》

　　《三國演義》是在長期群眾創作基礎上由文人作家加工而成的第一部長篇章回小說，是我國歷史演義小說的典範性作品。

9　黑格爾：《美學》（北京市：商務印書館，1979年），卷1，頁353-354。

一　《三國演義》的成書過程和作者

　　三國故事早在民間廣泛流傳，在唐代已喧騰眾口。李商隱〈驕兒詩〉描寫兒童「或謔張飛鬍，或笑鄭艾吃」可資證明。到宋代，民間說書中已有專說「三分」的專門科目和專業藝人。蘇軾《志林》記載：「王彭嘗云：塗巷中小兒薄劣，其家所厭苦，輒與錢，令聚坐聽說古話，至說三國事，聞劉玄德敗，顰蹙眉有出涕者；聞曹操敗，即喜唱快。」說明當時說三國故事不僅藝術效果好，而且「擁劉反曹」的傾向已很鮮明。

　　在戲曲舞臺上，金元時期出現了大量的三國戲。陶宗儀《南村輟耕錄》記載的金院本中有《赤壁鏖兵》等劇目。據《錄鬼簿》、《太和正音譜》等記載，可知元雜劇中大約有六十種三國戲，現存有《關大王單刀會》等二十一種。

　　三國故事的講史話本，目前保留下來的有兩種。一種是人們熟知的元至治年間（1321-1323）新安虞氏刊印的《三國志平話》，全書約八萬字，分上中下三卷。全書開端敘司馬仲相斷劉邦、呂后屈斬韓信、英布、彭越一案，命他們投生為劉備、曹操、孫權三人，三分漢室天下以報宿仇。接敘黃巾起義，劉、關、張桃園三結義，以後的故事輪廓與《三國演義》大體相同。第二種是近年在日本天理圖書館發現的《至元新刊全相三分事略》。它在扉頁上又標明「甲午新刊」，當為元世祖前至元三十一年（1294）[10]。它與《三國志平話》內容大致相同，但更簡略粗糙，不過，它比《三國志平話》的刊刻時間提早了約三十年，因而值得重視。

　　元代末年，偉大作家羅貫中以《三國志平話》為框架，充分利用

10　《三分事略》的刊刻年代有不同說法。此據劉世德：〈談三分事略〉一文，見《文學遺產》1984年第4期（1984年）。

陳壽《三國志》和裴松之注提供的史料，廣泛吸收民間傳說中生動的故事情節，刪汰民間故事中荒誕不經之處，寫成了《三國志通俗演義》一書。

羅貫中的生平材料很少。元末明初賈仲明（1342-1423？）所著《續錄鬼簿》云：「羅貫中，太原人，號湖海散人。與人寡合。樂府隱語，極為清新。與余為忘年交，遭時多故，天各一方。至正甲辰復會，別來又六十餘年，竟不知其所終。」賈仲明至正甲辰（1364）與羅貫中見面時是二十二歲，而且是忘年交，因而把羅貫中的生卒年定為一三一五至一三八五年之間。近來發現四明叢刊本《趙寶峰先生文集》〈附錄〉載有〈門人祭寶峰先生文〉中有署羅本者，羅本即羅貫中[11]。目前學術界對此雖有不同看法，但從明郎瑛《七修類稿》、田汝成《西湖遊覽誌餘》等書記載，以及明嘉靖本等幾種明刻本《三國志通俗演義》的題署來看，認為羅本即羅貫中是有根據的。趙寶峰是元代浙東理學家，卒於元至正二十六年（1366），從祭文所列門人名單提供的線索，也為我們對羅貫中生卒年的推斷提供了有力的佐證[12]。

王圻《稗史彙編》云：「如宗秀羅貫中、國初葛可久，皆有志圖王者，乃遇真主，而葛寄神醫工，羅傳神稗史」。清顧苓《塔影園集》卷四〈跋水滸圖〉、徐渭仁〈徐鈵所繪水滸一百單八將圖題跋〉等，都說羅貫中與元末農民起義領袖張士誠有交往。羅貫中是有多方面藝術才能的作家，今署羅貫中寫的小說，除《三國志通俗演義》外，還有《隋唐兩朝志傳》、《殘唐五代史演義傳》、《平妖傳》。他還寫過戲曲，現存雜劇《宋太祖龍虎風雲會》。

---

11 王利器：〈羅貫中、高則誠兩位大文學家是同學〉，見《社會科學戰線》1983年第1期（1983年）。

12 〈門人祭寶峰先生文〉的名單是按照「序齒」排列先後的，在名單中佔第十一位的羅本恰處在向壽（1310年生）、烏斯通（1314年生）和王桓（1319年以前生）之間，因此推斷羅約生於一三一五至一三一八年間。參看歐陽健：〈試論《三國志通俗演義》的成書年代〉一文，載《三國演義研究集》（成都市：四川省社會科學院出版社，1983年）。

　　現在見到的《三國志通俗演義》最早刊本是明嘉靖壬午（1522）刊刻的。全書二十四卷，二百四十則，題「晉平陽侯陳壽史傳，後學羅本貫中編次」。有弘治甲寅（1494）庸愚子「序」，嘉靖壬午關中修髯子「引」。繼嘉靖本出現之後，新刊本大量湧現，至明末不下二十種，它們大多以嘉靖本為底本，只做些插圖、音釋、考證、評點和文字增刪、卷數和回目的整理工作。但其中萬曆刊本《三國志傳》，如《新刻全像大字通俗演義三國志傳》、《新刻按鑒全像批評三國志傳》等值得我們重視。它與其他版本不同之處，主要是有關羽之子關索一生的故事。《明成化刊本說唱詞話》中有《花關索傳》四集，包括花關索出身傳、認父傳、下西川傳、貶雲南傳，完整敘述關索的生平際遇。萬曆本《三國志傳》以詞話《花關索傳》為藍本，寫關索認父故事。在《三國志平話》和《三分事略》裡諸葛亮南征時，只有「關索詐敗」一句，沒有完整的故事。而在嘉靖本裡也沒有關索故事，在毛宗崗評改本中，有一段沒頭沒尾的關索事蹟。這些跡象表明，萬曆本《三國志傳》與嘉靖本不是同一底本，其底本有可能早於嘉靖本[13]。

　　清康熙年間，毛宗崗與其父毛綸對嘉靖本《三國志通俗演義》作了修改和評點。他辨證史事，增刪文字，更換論贊，改回目為對偶，並把書名定為《三國演義》[14]。從此，毛氏父子的評改本成為最流行的本子。毛宗崗的修改加工，是精雕細琢，粗看無大變化，細看卻有不同，藝術描寫有較大提高，封建正統思想大為加強，尤其對曹操，刪削讚賞性評價，增加詆毀文字，使全書貶曹傾向加重。

　　毛宗崗仿照金聖嘆評點《水滸傳》、《西廂記》的手法，對《三國演義》作了評點。他的評點是中國古代小說理論的一個重要組成部分，對《三國演義》的研究也有著重要的參考價值。

13　柳存仁：〈羅貫中講史小說之真偽性質〉，見劉世德編：《中國古代小說研究》（上海市：上海古籍出版社，1983年），頁80。

14　為了行文方便，我們在論述時統一用《三國演義》這個書名。

二　亂世英雄的頌歌

　　生活在大動亂年代的羅貫中，選擇了漢末三國這個大動亂的時代作為自己歷史小說創作的題材，他面對三國的歷史，進行深刻的反思。為什麼會出現大動亂、大分裂？什麼人才能圖王稱霸，統一天下？這是羅貫中反思的中心點。他通過《三國演義》的創作，探索漢末三國盛衰隆替的歷史，總結經驗教訓，從而表現在漢末三國各個政治集團的角逐中，究竟什麼樣的人物，採取什麼樣的策略才能在群雄逐鹿的時代裡取得勝利。從這個意義上說，《三國演義》是一曲亂世英雄的頌歌。它通過圖王稱霸者的失敗與成功、悲劇與喜劇，探索著封建時代的政治哲學，寄託自己的政治理想，客觀上反映了人民要求統一、反對分裂的美好願望。

　　作者認為皇帝昏庸、奸臣作亂是導致漢末大動亂的原因，人心、人才、戰略是誰能成為霸主的決定因素。作者正是圍繞著這幾個基本點，利用史料和民間傳說，進行巨大的藝術創造，為我們繪製了一幅三國時代的政治風雲的彩色畫卷，塑造了歷史人物栩栩如生的藝術形象。

　　《三國演義》描寫了漢靈帝中平元年（184）至晉武帝太康元年（280）共九十七年的歷史。二百四十則，可分為三大部分。頭一部分，主要寫漢末的動亂和各個政治集團的爭奪，曹操集團的崛起與壯大；第二部分，寫劉備集團的崛起與壯大，三國鼎立，互相爭雄的局面；第三部分，寫三國的衰落，統治者的昏庸懦弱，最終為司馬氏所統一。

　　作者在第一部分裡，深刻揭示了漢獻帝的昏庸和十常侍作亂，造成了漢朝的衰亡和人民的災難，形象地描寫了各個軍閥集團的失敗與滅亡。憑藉武力而篡奪了大權的董卓，暴戾凶殘，人心喪盡，雖然建

了郿塢，蓋了宮殿，囤積了足夠吃二十年的糧食，自以為長治久安。
可是「誰知天意無私曲，郿塢方成已滅亡」。作者還寫了袁術與孫堅
爭奪傳國玉璽的鬧劇。孫堅以為竊得傳國玉璽就可以得天下，結果死
於刀箭之下；袁術以為奪得傳國玉璽，就應了天意，竟不顧一切地做
起皇帝來。「強暴枉誇傳國璽」，「驕奢妄說應天祥」，結果都身敗名
裂。作者塑造了一個有著非凡武藝，幾乎打遍天下無敵手的呂布形
象，但他武藝雖好，卻沒有政治遠見，只是自恃勇力，一味殺伐，見
利忘義，反覆無常，最終在白門樓殞命，成為有勇無謀、見利忘義的
典型人物，受到歷史的懲罰。作者還塑造了一個出身高貴、實力雄厚
的軍閥袁紹，也因為優柔寡斷，不善用人而慘敗，使自己的事業付諸
流水，說明虛有其表的貴族世家也是成不了氣候的。作者還寫了統治
階級中的一些無用的「好人」，如老實無用的陶謙，缺乏大志的劉
表，懦弱無能的劉璋，他們也都逐步被吞併、被消滅。

　　作者寫凶殘暴虐者、胸無大志者、好謀無斷者、見利忘義者、昏
庸懦弱者都不能舉大事；那些堅固的堡壘，高超的武藝，「四世三
公」的名貴出身，帝王的符瑞都不足倚仗，都無濟於事；只有具有雄
才大略，有著爭人心、惜人才的品格和正確的戰略的人，才能成為中
原的霸主。

　　作者的著眼點在於人心、人才、戰略，凡是這三方面有傑出表現
的歷史人物，作者就充分利用史料加以開掘和渲染，而不管他是「仁
義之君」，還是「奸雄」的霸主，是人中俊傑還是有嚴重過失的人
物。相反，誰違背了爭取人心、珍惜人才的原則，不能實行正確的戰
略，作者就加以批評，也不管他是英雄豪傑還是凡夫俗子。這就是我
們歷史學家以歷史為鑒戒，所謂「秉筆直書」的態度。正像劉知幾在
《史通》〈惑經〉裡所說的：「蓋明鏡之照物也，妍媸必露，不以毛嬙
之面或有疵瑕，而寢其鑒也；虛空之傳響也，清濁必聞，不以綿駒之
歌時有誤曲而輟其應也。夫史官執簡，宜類於斯。苟愛而知其醜，憎

而知其善，斯為實錄。」「所謂直筆者，不掩惡，不虛美。」羅貫中正是以這樣嚴肅的態度來寫三國的歷史！

　　劉備新野慘敗，帶著十萬百姓一起向江陵轉移，日行十餘里，眼看曹操追兵就要趕上。諸葛亮勸他「不如暫棄百姓，先行為上」。但劉備說：「若濟大事，必以人為本。今人歸吾，何以棄之？」

　　對曹操，作者也寫他重視人心、愛惜百姓的事蹟。曹操入冀州後，有父老數人，鬚髮盡白，皆拜於地，譴責袁紹「重斂於民，民皆生怨」，而歌頌曹操「官渡一戰，破袁紹百萬之眾」，使百姓「可望太平矣」。曹操聽了很高興，並號令三軍：「如有下鄉殺人家雞犬者，如殺人罪。」於是，軍民震服，深得人心。

　　作者還寫到曹操為爭取人心，雖然知道劉備胸懷大志，久必為患。但是，他認為「方今用英雄之時，殺一人而失天下之心」是不可取的，還是熱情地接納劉備。關羽掛印封金，曹操認為「彼各為其主，勿追也」。作者引用裴松之的話讚揚曹操：「曹公知公而心嘉其志，去不遣追以成其義，自非有王霸之度，孰能至此事？斯實曹氏之休美。」又引一詩贊曰：「不追關將令歸主，便有中原霸主心。」嘉靖本小字注還說：「此言曹公平生好處，為不殺玄德，不追關公也。因此，可見曹操的寬大仁德之心，可作中原之主。」[15]這些文字，在《三國演義》裡都被毛宗崗砍掉了。曹操在官渡之戰勝利後，在繳獲的文件中，發現部下與袁紹勾結的書信。荀攸建議「可逐一點對姓名，收而殺之」，可是曹操卻焚書不問。作者引用「史官」的詩歌頌曹操：「盡把私書火內焚，寬洪大度播恩深。曹公原有高光志，贏得山河付子孫。」嘉靖本小字注云：「此言曹公能撈籠天下之人，因此得天下也。」

---

15 嘉靖本《三國志通俗演義》小字注，究為何人所作，有爭論。我們認為不是羅貫中本人的手筆，但值得重視，因為它是《三國演義》最早的評注。

　　作者十分注意人才問題。認為珍惜人才、鑑別人才和不拘一格使用人才是圖王霸業的基本條件。作者滿腔熱情地寫出曹、劉、孫三個集團在這方面許多令人讚嘆的事蹟，也寫到其中的挫折和教訓。

　　作者把史書中簡單的幾句話，發展成精彩的「劉備三顧茅廬」，表現劉備思賢若渴、珍惜人才的英雄風度。同時，諸葛亮出山，給劉備事業帶來轉機，開創了三分天下的局面，也證明了人才的重要。對曹操重用人才，也給予頌揚。官渡之戰時，一方面是袁紹好謀無斷，不能重用人才。在決定是否進行這次戰略決戰時，不聽田豐的意見，貿然發動戰爭；在決定作戰方針時，沮授建議堅守不出，待曹軍糧盡自退，袁紹又不採納；在作戰時，不聽審配、許攸的意見，調走審配，逼走許攸；用人不當，用醉鬼淳于瓊守烏巢，以致糧草被燒；在危急之時，又不聽張郃的意見，迫使張郃、高覽兩員虎將投降曹操，這就導致了袁紹的慘敗。「河北棟梁皆折斷，本初焉不喪家邦！」而曹操在戰略決策時，虛心聽取荀攸、荀彧的意見；聽說許攸來降，「操大喜，不及穿履，跣足出迎之」；對許攸燒烏巢的建議深信不疑，親自率軍奇襲烏巢；張郃、高覽來降，立即用為先鋒，追擊袁軍，取得勝利。整個官渡之戰，圍繞人才問題來寫，寫出這場戰爭勝負的原因在於人才的得失。官渡之戰結束了，作者還加了極為精彩的一筆：一邊是袁紹殺了堅持正確意見的田豐，摧殘人才；一邊是曹操焚書不問，寬大為懷。

　　鑑別人才也極為重要。「青梅煮酒論英雄」，除表現劉備的機智外，還表現曹操慧眼識英雄。另外，作者還寫了鑑別人才的困難。如料事如神的諸葛亮，把「言過其實」的馬謖當作人才加以重用，導致街亭失守；精明的曹操也因張松其貌不揚而怠慢他，使他把四川地圖獻給了劉備；思賢若渴的孫權，因龐統的傲慢而不肯重用，卻被劉備聘去做了軍師等等。

　　要不拘一格地使用人才，在這方面，作者也寫了許多意味深長的

故事。「溫酒斬華雄」，說明不應以出身貴賤作為劃分人才的標準。「火燒連營八百里」，老謀深算的劉備被「黃口孺子」陸遜打敗，說明「但當論其才與不才，不當論其少與不少」（毛批）。張遼、許攸、龐德等人被重用，說明不以個人恩怨作衡量人才的標準。總之，一城一地的得失，決定不了事業的成敗，而人才的得失是事業成敗的關鍵。「不喜得荊州，喜得異度也（蒯越，字異度）！」「奸雄」曹操又一次道出千古不破的真理！

　　《三國演義》裡出色的戰爭描寫是人們交口讚譽的。那些層出不窮的奇謀勝算，吸引了多少讀者！但是，作者最可貴之處，還不在於寫出戰役中的各種計謀，而在於著重寫戰略決策，從宏觀角度寫戰爭，把政治決策與戰略決策結合起來，因為這是關乎全局、決定成敗的。曹操的戰略是「挾天子以令諸侯」，高舉統一旗幟，取得政治主動權。曹操始終堅持這個戰略，就是到了力量十分強大時，孫權勸他即帝位，他一針見血地指出：「是兒欲使吾居爐火上耶！」他正確估量形勢，以天子名義進行討伐戰爭，吞併各個軍閥集團，統一了北中國。劉備實行「聯吳抗曹」的戰略方針，執行這個戰略方針，取得了赤壁之戰的勝利；違背這個方針，關羽失荊州；劉備給關、張報仇，感情用事，伐吳抗曹，「兩個拳頭打人」，結果一敗塗地。

　　《三國演義》卓越的史識，認真的反思，深刻的哲理，使它遠遠高出同類歷史演義小說，具有巨大而永久的思想價值。

三　震撼人心的道德悲劇

　　如果說《三國演義》對封建政治哲學的探索給後代讀者以極大的教益，是它具有強大藝術魅力的原因之一；那麼，它所表現的道德悲劇，就是它具有永久生命力的另一重要原因。

　　羅貫中在藝術地表現三國的歷史的時候，他不僅有政治、歷史的

標準，而且還有著倫理道德的標準。「天下者，非一人之天下，乃天下人之天下，惟有德者居之。」這就是作者的政治倫理思想。他面對浩瀚的史料，按照自己的倫理標準作出了選擇和判斷。

　　從歷史記載看，劉備與曹操雖然都是雄踞一方的軍閥，但劉備比較仁厚，曹操比較奸詐。劉備有意識地高舉「仁義」的旗幟與曹操抗衡，他對龐統說：「今與吾為水火者，曹操也。操以急，吾以寬；操以暴，吾以仁；操以譎，吾以忠，每與操反，事乃可成耳。」[16]從《三國志》和裴松之注來看，的確劉備的劣跡不多，而且還留下了攜民渡江、三顧草廬等歷史佳話；而相反，曹操卻有不少惡行，如「寧可我負天下人，不可天下人負我」的自白；「割髮代首」、「借頭壓軍心」，「夢中殺人」等詭計，正如許劭所評定的，是「亂世之奸雄」。《三國演義》裡擁劉反曹，主要不是作者的正統思想作怪。作者把劉備集團作為仁義之師，寄託自己的「仁君賢相」的政治理想；把曹操集團作為惡德的淵藪，加以鞭撻。這是羅貫中充分研究史料和民間傳說之後，依照自己的道德觀和審美觀所作的選擇和判斷。

　　作者常常在事業與道德之間發生矛盾時，展開道德悲劇的描寫。關羽在華容道截擊曹操，一方面為了劉備集團的事業，應該殺掉曹操，另一方面關羽又想報曹操的恩義，不忍殺他。激烈的內心衝突，使關羽處在兩難的境地。最終還是「義重如山」，寧可自己違背軍令，甘受軍法懲處，「義釋曹操」，道德的原則勝利了。劉備在關羽、張飛被殺後，要起兵伐吳為兄弟報仇，諸葛亮、趙雲都從蜀漢的事業出發，勸他適可而止，不要因此而破壞了聯吳抗曹戰略。劉備說：「不為兄弟報仇，雖有萬里江山，何足為貴？」不顧一切地起兵伐吳，遭到慘敗，葬送了蜀漢的事業。作者一方面清醒地批評劉備的嚴重失策，另一方面又熱情地歌頌為兄弟之情而不顧事業成敗的義。正

16　《三國志》〈蜀書〉〈龐統傳〉，裴松之注引《九州春秋》。

是在圖王稱霸的雄心與實現「仁義」的道德理想的矛盾中展示了劉備
的悲劇性格。

　　作者還寫到命運與道德原則的矛盾而造成的悲劇。毛宗崗云：
「孔明既云曹操不可與爭峰，而又曰中原可圖，其故何哉？蓋漢賊不
兩立，雖知天時，必盡人事，所以明大義於天下耳。」諸葛亮出山之
前已知天命不可違，但為了申明大義於天下，為報劉備的知遇之恩，
還是毅然出山，為蜀漢的事業，殫精竭慮，耗盡了畢生的精力。當他
將要離開人世時，「強支病體，令左右扶上小車，出寨遍視各營，自
覺秋風吹面，徹骨生涼。孔明淚流滿面，長嘆曰：『吾再不能臨陣討
賊矣！悠悠蒼天，曷我其極！』」這是多麼震撼人心的悲劇場面！讀
了之後，我們不禁想起偉大詩人杜甫的名句「出師未捷身先死，常使
英雄淚滿襟！」[17]知其不可而為之，為了事業和崇高的道德原則，與
命運抗爭，雖然失敗了，卻體現出雄健剛勁的陽剛之美，是古代「精
衛填海」、「夸父追日」那種史詩式英雄精神的延續與發展！

　　作者還在展示人物品質缺陷中，表現人物的道德悲劇，關羽是作
者全力頌揚的英雄人物，作者在歌頌他蔑視敵人、氣吞山河的氣概的
同時，也寫他驕傲自大，剛愎自用，輕視甚至侮辱自己的戰友等個人
英雄主義的缺點。這種品德缺陷，導致了悲劇的下場。但是正因為這
種品德上的缺點，造成「缺陷美」，反而引起人們對悲劇人物的同情
與崇敬，反而比趙雲、馬超這樣一些完美人物更具有追魂攝魄的藝術
力量。

　　作者塑造了曹操這個「奸雄」的典型。一方面，有雄才大略，另
一方面，又陰險、狡詐。作者把他作為惡德的化身，作為與劉備、諸
葛亮對立的人格系統予以嚴厲的譴責，表現出作者的道德原則。

　　有著美好品格而有又雄才大略的劉備、諸葛亮、關羽失敗了，而

17　孟瑤：《中國小說史》（新店市：傳記文學出版社，1986年）。

雖有雄才大略卻充滿惡德的曹操卻勝利了。這是一個歷史的大悲劇。造成悲劇的原因何在？作者無法回答這個問題，只能歸之於天命，發出「謀事在人，成事在天」的感嘆。

羅貫中有兩個天平。一是政治歷史的天平，一是道德倫理的天平。用政治歷史的天平來衡量時，對曹、劉、孫的英雄業績大加肯定和讚揚，譜寫了亂世英雄的頌歌；用倫理道德的天平來衡量時，歌頌劉備集團的仁義，而貶斥曹操的奸詐。仁義之師失敗了，「奸雄」的事業卻成功了，作者哀嘆這道德淪喪的悲劇。這兩個標準，有時還出現從政治歷史上予以肯定，在道德上予以譴責；理智上予以肯定，感情上又予以貶斥的矛盾現象。

羅貫中在《三國演義》裡宣揚的道德原則，包括「仁義」思想，「鞠躬盡瘁，死而後已」，「富貴不能淫，威武不能屈」等等，是我們民族以儒家思想為基礎的傳統倫理道德觀念，同時，又有時代的特色。如劉備與關、張，既是君臣，又是兄弟的關係，反映了市民階層的平等觀念。

《三國演義》所歌頌的道德原則，體現這些道德原則的人物故事，成為我們民族的道德風範而千古傳誦。劉備、諸葛亮等人的道德悲劇具有震撼人心的藝術力量，這就使《三國演義》成為我國最早的一部具有悲劇色彩的長篇小說。

四　軍事文學的開山之作

出色的戰爭描寫是《三國演義》具有永久藝術魅力的又一重要原因。

《三國演義》寫了大小四十多場戰爭，其中有官渡之戰、赤壁之戰、猇亭之戰等重大戰役，又有濮陽之戰、街亭之戰等激烈的中小戰役，還有許褚裸衣戰馬超這樣的搏鬥場面。可以說，整部《三國演

義》就是一部三國時期的戰爭史，堪稱我國軍事文學的開山祖與典範性作品。

　　《三國演義》的戰爭描寫，有以下幾個特點：

（一）以鬥智為主，智勇結合的戰爭描寫

　　一般的描寫戰爭的作品，大都沈湎於戰場上武力的較量，刀光劍影，蠻勇拚殺，而《三國演義》則以鬥智為主，展開戰爭描寫。這主要表現在把戰略決策與戰術運用、鬥智與鬥勇結合起來，而以鬥智為主，著重寫戰略戰術的運用。

　　戰略決策的正確與否是關係戰爭全局的，戰術運用是否得當是局部性的。《三國演義》把戰略決策與戰術運用、全局與局部結合起來；把戰爭描寫得絢麗多彩、豐富深刻，而不是單純的勝負記錄，單調乏味。赤壁之戰是最出色的例子。作者用九回篇幅寫赤壁之戰，其中頭三回集中寫戰略決策，在曹操強大力量的威脅下，諸葛亮為爭取與東吳結盟，奔走於夏口、柴桑之間，分析形勢，利用矛盾，爭取了同盟軍；孫權集團內部，展開戰略決策的激烈辯論，主戰主和各執己見，決戰求和猶豫難決，孫權在周瑜、魯肅的支持下，從狐疑不決到誓死抗戰。整個戰略決策過程寫得跌宕起伏，變化多端。在戰爭過程中，又充分展開孫、劉之間又聯合又鬥爭；孫權內部主戰派主和派的矛盾；主戰派內部周瑜、魯肅對待同盟軍不同策略的矛盾，把政治鬥爭與軍事鬥爭結合起來，使戰略決策的描寫具有更深刻的內涵。

　　作者把鬥智與鬥勇結合起來，寫出由於孫、劉聯軍的戰術運用正確，從劣勢轉化為優勢，寫出戰爭勝負的原因。作者緊緊抓住曹軍不善水戰這個線索，寫出孫、劉聯軍如何利用自己的長處和敵人的弱點，變劣勢為優勢；而曹軍又如何千方百計克服弱點，終於因無法克服而導致失敗。周瑜利用蔣幹行反間計，除掉深諳水戰的蔡瑁、張允；龐統獻連環計，貌似為不善水戰的曹軍排憂解難，而實際為孫、

劉聯軍的火攻巧作安排；黃蓋獻苦肉計，使在隔江水戰這樣困難條件下，有了火攻的可能性。在決戰的前夜，作者又寫了周瑜的謹慎周密與曹操的驕橫大意，使曹軍的失敗成為無可挽回的定局。

正因為把鬥智與鬥勇結合起來，既寫出謀士運籌帷幄、決勝千里，又寫出武將披堅執銳，斬將搴旗。在我國小說史上還沒有一部作品能把戰爭寫得如此豐滿有力，既饒有趣味又發人深思。

（二）全景性的戰爭描寫

《三國演義》的戰爭描寫特色，還在於它的全景性。第一，它描寫了這個歷史時期的一切重大戰役和著名戰鬥。描寫了規模宏大的戰役，又寫了具體的戰鬥；既有戰役的全景鳥瞰圖，又有戰鬥場面的特寫鏡頭；既有火攻又有水淹；既有設伏劫營，又有圍城打援；既有戰船交戰，又有陸地交鋒；既有車戰又寫馬戰，以至徒手搏鬥，可以說具備了古代戰爭的一切形式。描寫戰爭規模之大，次數之多，形式之完備，都是世界文學史上所少見的。第二、它很有魄力地直接描寫戰爭的總司令部，寫了曹操、孫權、劉備等最高統帥，寫了諸葛亮、周瑜等前線總指揮，更寫了關、張、趙、馬、黃、張遼、徐晃、甘寧、周泰等數十名大將，描寫了數以百計的將校和士兵，寫出了古代戰爭的複雜和豐富。特別是最高統帥部的描寫，使讀者對戰爭全局、戰略決策、戰術運用、勝負原因等都一目了然，從中受到智慧的啟迪和美的享受。表現戰爭全景，描寫最高統帥部的雄偉氣魄是《三國演義》戰爭描寫的寶貴經驗，這正是我國當代軍事文學所極需借鑑的。第三，它的全景性還表現在既寫戰爭又寫政治；既寫戰爭生活又寫政治生活，使《三國演義》能通過戰爭描寫，氣勢磅礴地描繪出三國時代的歷史畫卷。

（三）富有個性的戰爭描寫

　　《三國演義》描寫了幾十場戰爭但沒有雷同之感。每場戰爭都有自己獨特的風采。究其原因，是因為：第一，把寫戰爭與寫人物結合起來，特別是著重寫統帥的不同性格。赤壁之戰與猇亭之戰有許多相似之處，但正如毛宗崗指出的：「曹操赤壁之戰，驕兵也；先主猇亭之戰，憤兵也。驕兵敗，憤亦必敗。」由於曹操與劉備的不同處境與性格，曹操因驕傲而麻痺大意，導致慘敗；劉備因憤怒而失去理智，全軍覆沒，這就使兩次戰爭各具特色。第二、從實際出發，不把戰爭簡單化、模式化。作者不是從概念和模式出發，而是從史實、生活出發，寫出戰爭的複雜性。不像某些古代小說那樣，有所謂第一條好漢，有無敵的法寶，只要第一條好漢出來，只要祭起無敵法寶，對手都只能束手就擒。《三國演義》寫出戰爭的複雜性，料事如神的諸葛亮也有街亭之失，無敵的關羽卻被偏將馬忠活捉。在整個戰役中，不迴避勝利一方的某些失誤，所以勝利一方常常是大處得勝，小處失敗；而失敗的一方卻是局部取勝，全局慘敗。第三、把緊張激烈的戰鬥與輕鬆閒適的場面結合起來。作品裡既有龐德抬棺決戰、夏侯惇拔矢啖睛那樣激昂慷慨，也有諸葛亮彈琴退仲達、觀魚平五路那樣悠閒自得的場面。在激烈的大戰中，也有像蔣幹中計的喜劇、龐統夜讀的安諡。這種有張有弛的描寫，把戰爭寫得豐富多彩，神趣各異。

五　類型化藝術典型的範本

　　在歷史小說創作中，是以敘述歷史事件為主，還是以人物塑造為中心，這是歷史演義小說成功與否的關鍵。《三國演義》把塑造歷史人物形象放在重要地位，在故事情節的演進中塑造人物形象，這是《三國演義》具有永久的藝術魅力的又一重要原因。

　　《三國演義》塑造人物形象有以下的特點：

　　一、用濃墨重彩，用誇張和渲染的手法突出人物的主要性格特徵，給讀者以強烈、鮮明的印象。人物主要性格特徵，得到多方面的表現和反覆的強調，足以支撐整個形象，雖然比較單純，但卻像雕塑一樣，達到高度的和諧統一。諸葛亮的賢能，關羽的義勇，曹操的奸詐，張飛的魯莽都是經過反覆強調，多次渲染給人永難忘卻的印象。

　　二、善於用傳奇性的細節和情節來塑造人物。《三國演義》裡生活的細節比較缺乏，但卻有不少驚險生動的細節，我們稱之為傳奇性的細節。曹操獻刀，夢中殺人，借頭壓軍心，查檢董承衣帶詔，都非常深刻地表現曹操奸詐的性格。

　　三、善於用對比、烘托的手法塑造人物形象。作者在重要人物登場時，總是通過對比、烘托的手法，渲染他的重要作用。一出場就給他一個亮相的機會，在某些關鍵時刻起重要作用，他們的不同凡響就烘托出來了。諸葛亮出山之前，通過司馬徽、徐庶等人的稱讚；通過劉備的「三顧」，把孔明的地位寫得非常突出。然後，一登場就是精彩的「隆中對」，對天下形勢作了透闢的分析，提出了劉備集團的戰略方針，他作為軍師的形象就勾勒出來了。街亭之戰前，對司馬懿的出場，作者也作了精心佈置。曹丕託孤，司馬懿得到重用，諸葛亮視為心腹大患；然後諸葛亮用反間計，司馬懿被削職回鄉，諸葛亮「大喜」；到孔明第一次兵出祁山，所向無敵時，曹魏又起用司馬懿，諸葛亮聞之「大驚」。通過孔明的心情變化襯托出司馬懿的傑出才能，造成先聲奪人的氣勢。然後他一登場，用迅雷不及掩耳之勢鎮壓了孟達的叛亂，使諸葛亮措手不及。經過這樣的烘托，司馬懿這個人物就在讀者心目中站立起來了。

　　四、善於通過特定的情勢和氛圍表現人物內心的精神狀態，達到傳神的地步。關羽溫酒斬華雄，首先通過前面幾員大將被華雄所斬，把優勢讓給華雄，造成特定的形勢；其次通過袁紹、曹操對關羽的不

同態度，造成特殊的惡劣條件，使關羽處在不利的地位，有巨大的環境壓力，關羽能否取勝，成為讀者心中的懸念；第三，一切從聽覺中來，戰場情況完全是虛寫，最後關羽提華雄之頭擲於地下，「其酒尚溫」。用這種傳神之筆，把關羽的英雄神采突出地表現出來。

　　《三國演義》在人物塑造方面也有不少缺點，主要是人物性格單一而且缺少變化；只有人物的橫斷面而沒有性格發展史；作家沒有揭示人物與環境的關係，人物性格形成缺少依據。寫上層人物、帝王將相比較成功，寫下層人民、寫老百姓的日常生活蒼白無力；敘述語言半文半白，既不深奧又不粗俗，比較成功，但人物語言個性化不夠，缺少生活氣息。造成這些缺點的原因，主要因為《三國演義》取材於歷史，歷史人物登上政治舞臺時已經成熟，對他們的性格的發展史，材料不夠，知之甚少；由於取材於歷史記載，缺乏生活氣息。更重要的是，我國傳統文化觀念，重倫理道德，重文藝的教化作用，作家的審美意識與倫理道德觀念結合在一起，強調人物要體現善惡觀念，這樣就不可能多元化地展開人物複雜性格和內心矛盾的描寫。

　　對《三國演義》人物塑造的成就與不足，應進行科學的實事求是的分析。應該承認《三國演義》塑造的人物是典型人物，在我國小說史乃至世界文學史上，像曹操、關羽、諸葛亮、張飛等人物能給人那樣鮮明的印象，產生重大的影響，達到家喻戶曉的地步是不多見的。這些典型人物體現了古代審美意識的特點：單純、崇高、和諧，適應了中國古代讀者的欣賞水準，在現代也「仍然給我們以藝術享受，而且就某些方面說還是一種規範和不可企及的範本」[18]。不能用西方小說的個性化的典型模式來衡量，否定它的類型化典型性。當然，另一方面又要清醒看到它的不足之處。《三國演義》是我國長篇小說的開山之作，有不足之處是必然的，人物塑造還有待於進一步完善。傅繼

18 馬克思：〈《政治經濟學批判》導言〉，見《馬克思恩格斯選集》（北京市：人民出版社，1972年）卷2，頁114。

馥認為:「《三國志通俗演義》中的重要人物形象,是古代文學中類型化藝術典型的光輝高峰和不朽的範本」,「證明由類型化典型到性格化典型是普遍的規律,中國小說的發展歷史並沒有例外」[19]。從文學發展史的角度來看,《三國演義》所塑造的類型化典型還有待發展提高,逐步完善,向性格化典型過渡。

六　虛實結合的辯證藝術

正確處理歷史真實與藝術虛構的辯證關係,是《三國演義》具有不朽的藝術魅力的又一重要原因。在《三國演義》以後產生的歷史小說,或太實,成為通俗化的歷史;或太虛,演為英雄傳奇、神魔小說,失去歷史小說的特質。「全實則死,全虛則誕」,把史實與虛構對立起來,對歷史小說創作來說,都是行不通的。《三國演義》正確處理歷史真實與藝術虛構之間的辯證關係,它的主要經驗是在掌握分析大量史料的基礎上,對歷史進行總體的審美把握,把作者的理想、感情熔鑄在歷史事實之中;按照藝術創作的規律對人物進行典型化的概括;對歷史材料重新進行組織,使之符合藝術結構嚴整性的要求。

羅貫中在創作《三國演義》時,用《三國志平話》作框架,大量利用陳壽《三國志》及裴松之注、司馬光《資治通鑑》及胡三省注,並採用大量民間傳說。因此,《三國演義》主要情節符合歷史發展的基本線索,人物性格基本符合歷史人物的面貌,歷史事件的時間、地點、結局大體符合史實。因此,它雖有不少虛構的情節穿插其間,但就事件的總體說,基本符合歷史,或是歷史上可能發生的,因此,使人不易覺察出是虛構的,達到亂真的地步。魯迅在《中國小說的歷史的變遷》中說:「如王漁洋是有名的詩人,也是學者,而他有一個詩

---

19 傅繼馥:〈類型化藝術典型的光輝範本〉,見《三國演義研究集》(成都市:四川社會科學院出版社,1983年),頁101。

的題目名〈落鳳坡弔龐士元〉，這『落鳳坡』三字只有《三國演義》上有，別無根據，王漁洋被他鬧昏了。」

羅貫中在史實的基礎上進行藝術虛構，大體上採用了以下幾種辦法：

1 張冠李戴，移花接木

如「怒鞭督郵」本是劉備，移為張飛，以突出張飛魯莽的性格；斬華雄本是孫堅，改為關羽，以襯其神武等等。

2 妙手生發，善於鋪敘

根據《呂布傳》中「布與卓婢私通，恐事發覺，心不自安」幾句話，生發出王允「巧使連環計」，虛構出貂嬋故事；根據《諸葛亮傳》裡「於是先主遂詣亮，凡三往，乃見」這樣簡單的敘述，鋪敘成「三顧草廬」這膾炙人口的故事。

3 於史無徵，採用民間故事

桃園三結義、華容道放曹操等沒有歷史依據，主要採用《三國志平話》，加以加工改編，使之描寫符合情理，不覺其偽。

4 本末倒置，改變史實

張遼主動投降曹操，改為張遼被俘後拒不投降，劉備、關羽說情，曹操義釋；魯肅與關羽都是「單刀赴會」，魯肅義正辭嚴，逼使關羽「無以答」，變為關羽單刀赴會，魯肅在關羽的神威面前，驚慌失措。

5 善於穿插，巧於構思

「失街亭」和「斬馬謖」正史都有記載，但「空城計」只見於裴

松之注所引的〈郭沖三事〉，而且與「失街亭」、「斬馬謖」並無必然
聯繫。作者巧妙地把「空城計」插在「失街亭」與「斬馬謖」之間，
這樣一來，可以說明街亭之戰的重要意義，街亭一失，諸葛亮幾乎被
俘，馬謖罪過嚴重，非斬不可。諸葛亮的空城計不是故意弄險，故作
驚奇，而是萬不得已，不得不走這一步棋。這也突出諸葛亮臨機應
變，化險為夷的本領。「空城計」插入後，更好地塑造了諸葛亮與司
馬懿這兩位主帥的性格，他們都充分估計對手的才智，極為謹慎，但
孔明在謹慎中表現出臨危不懼，果敢機智；司馬懿在謹慎中卻顯出多
疑詭譎，猶豫不定。諸葛亮沒能料事如神，犯了用人不當的嚴重錯
誤，但有了「空城計」這神奇的一筆，使諸葛亮的失敗被淡化了，神
機妙算更突出了。正因為「空城計」插在「失街亭」、「斬馬謖」之
間，獨具匠心，描寫孔明失敗的「失、空、斬」卻成為表現古代英雄
傑出才智的贊歌，在我國藝術舞臺上久唱不衰。

七　歷史地位與影響

《三國演義》是我國章回小說的開山之作。它在思想藝術上都取
得巨大成就，成為我國歷史小說創作的楷模，在文藝和社會生活方面
產生了巨大的影響。

《三國演義》為歷史演義小說創作積累了豐富的經驗，在它的影
響下，先後出現了四、五十部歷史演義小說。它創作的成功，使章回
小說成為長篇小說的唯一形式，促進了長篇小說的繁榮發展，奠定了
長篇小說在我國文學史上不可動搖的歷史地位。它為後代其他小說創
作提供了豐富的經驗，它的創作思想、人物形象、藝術風格、藝術手
法都對後代各種題材小說的創作產生重大影響，可以毫不誇張地說，
在英雄傳奇、神魔小說、公案俠義、人情世態等小說中都可以看到
《三國演義》的影子。

　　《三國演義》對戲曲和說唱文學也產生重大影響。在清代就有雜劇三國戲四種、傳奇十三種，包括《鼎峙春秋》這樣有二百四十齣的宮廷大戲。僅京劇這一個劇種，從清末流傳至今的三國戲就有一百五十多齣。幾乎所有的地方戲都有三國戲。直接或間接取材於《三國演義》的說唱文學作品遍佈全國各地的主要曲種，廣東木魚書《三國志全書》，彈詞《三國志玉璽傳》以及揚州評話《三國》等是較有影響的作品。

　　《三國演義》的續書，有萬曆年間酉陽野史編寫的《續編三國志後傳》，十卷一百三十九回。它敘述的故事自「後主降英雄避亂」起，至「三大帥平定蘇峻」止，以北地王劉諶幼子劉曜為主角，他得到梁王劉理的次子劉淵、張苞之子張賓、關興之子關防、關謹，趙雲之孫趙概、趙染等人的輔佐，起兵興漢。故事純屬虛構，作者自序稱「因感蜀漢衰微，劉備雖有關、張、諸葛等人輔佐，亦不能恢復漢業，故記其後裔以洩憤一時，取快千載」。另有《後三國石珠演義》，三十回，亦名《後三國傳》，清梅溪遇安氏著。敘仙女石珠故事，因時代與《三國演義》相續，故名《後三國傳》。然而人物情節各不相同，不能算作續書。《三國演義》續書和《水滸傳》、《西遊記》、《紅樓夢》比較是最少的，因為它是歷史小說，畢竟受到歷史題材的限制，而不能任意虛構，隨心所欲地續作。

　　《三國演義》對社會生活的影響在中國古代小說中是首屈一指的。《三國演義》的成功，使三國歷史得到普及。它的故事膾炙人口，它的藝術形象深入人心，一方面統治階級利用它的忠義思想在人民中進行封建道德的灌輸；利用它所闡發的圖王稱霸的謀略，作為統治術加以應用和傳授。清王嵩儒《掌固零拾》云：「本朝未入關之先，以翻譯《三國演義》為兵略，故其崇拜關羽，其後有託關神顯聖

衛駕之說，屢加封號，廟祀遂遍天下。」[20]另一方面，廣大人民群眾也從《三國演義》裡吸取與統治階級作鬥爭的智慧與力量。黃人在《小說小話》中說：「張獻忠、李自成、及近世張格爾、洪秀全等，初起眾皆烏合，羌無紀律。其後攻城掠地，伏險設防，漸有機智……聞其皆以《三國演義》中戰案為帳內唯一之秘本。」[21]

《三國演義》也為世界人民所熱愛。蘇、日、朝等國早已有全譯本，西方美、法諸國也正準備出版全譯本。隨著翻譯本的出現，各國對《三國演義》的研究正在逐步深入中[22]。

第三節　列國志系統的歷史演義小說

一　《列國志傳》的演化

最早講述列國故事的當推宋元講史話本，如《七國春秋平話》、《秦併六國平話》等。到了明中葉，余邵魚編《列國志傳》一書。余邵魚，字畏齋，福建建陽縣人，是著名出版家余象斗的族叔，明嘉靖、隆慶間人。

《列國志傳》，共八卷二百三十四則，現存最早的是萬曆丙午三十四年（1606）刊本。另有一種十二卷本，係萬曆乙卯四十三年（1615）刊本。前有陳繼儒序。八卷本與十二卷本基本相同。

《列國志傳》所敘故事起自武王伐紂，下迄秦併六國。它主要依據《國語》、《左傳》、《史記》等史籍，同時吸收了不少民間傳說，以及宋元以來的話本和戲曲故事。西周部分共三十四則，約佔全書七分

20　轉引自朱一玄：《三國演義資料匯編》（天津市：百花文藝出版社，1983年），頁703。

21　轉引自朱一玄：《三國演義資料匯編》（天津市：百花文藝出版社，1983年），頁748。

22　王麗娜：〈國外研究《三國演義》綜述〉，見《三國演義論文集》，（鄭州市：中州古籍出版社，1985年）。

之一。作者在第一卷卷首標明「按先儒史鑒傳」，實際上主要參考了
講史話本《武王伐紂平話》。東周故事佔大部分。作者在卷三至卷六
卷首標明「按魯瑕丘伯《左丘明春秋傳》」，因《左傳》記事簡略，
《列國志傳》有較多的發揮和虛構。《左傳》記事的下限是西元前四
七九年，到秦併六國還有二百年左右的歷史，作者在第七卷至第八卷
卷首標明「按先儒史記列傳」。《史記》描寫細緻，《列國志傳》大多
照抄，有的更為簡略。還吸收了「妲己驛堂被誅」，「穆王西遊崑崙
山」，「秋胡戲妻」，「卞莊刺虎」，「伍子胥臨潼鬥寶」，「孫臏下山服袁
達」等民間傳說。作者在編寫時，在史實和民間傳說材料的基礎上，
進行藝術虛構，但想像力貧乏，多是承襲《三國演義》等當時流行小
說的情節。如「管仲天柱峰滅戎」一則，管仲夜間劫寨，用草人借
箭，完全是「草船借箭」的翻版；「管夷吾氣死鬥伯比」，則是模仿諸
葛亮罵死王朗；「晉郤縠火攻曹河」一則，又是抄襲了王濬破吳，燒
斷橫江鐵索的情節；「郤縠遺計斬舟之僑」一則中，先軫按郤縠遺下
的錦囊妙計，「斬舟之僑首級於馬下」，與「武侯遺計斬魏延」雷同。
這些情節均不見《左傳》，是作者仿照《三國演義》編撰的。

　　《列國志傳》描寫簡略，文字粗率，缺乏動人的藝術力量，因而
影響不大，流傳不廣。但從中國古代小說演變的角度來考察，卻有著
不容忽視的重要地位。首先，它以時間為經，以國別為緯，敘述了從
商紂滅亡到秦併六國長達八百年的歷史，是較早把歷史形象化、通俗
化的嘗試，為馮夢龍編寫《新列國志》奠定了基礎。其次，它是《武
王伐紂平話》到《封神演義》、《七國春秋平話》（前集）到《孫龐演
義》的過渡性作品。《列國志傳》中有關武王伐紂和「孫龐演義」部
分是由宋元講史話本中蛻變而來的，而《封神演義》、《孫龐演義》的
有關章節又是由《列國志傳》演化而成的，我們在談《封神演義》、
《孫龐演義》的章節中還將涉及這個問題，在此不贅述。

　　馮夢龍把余邵魚的《列國志傳》改編成《新列國志》，全書由二

十八萬字擴展到一百零八回，七十餘萬字。在改編中，首先，他砍掉了從武王伐紂到西周衰亡這段歷史，集中寫春秋、戰國時代，成為東周列國的歷史演義。其次，以《國語》、《左傳》、《史記》等為主，參考二十多種史書，考訂史實，對人名、年代、地點錯訛者多加訂正，刪掉與史實不符、任意虛構的情節，如「臨潼鬥寶」、孫臏故事中荒誕不經的傳說等等，使《新列國志》更符合史實。當然，它也保留了一些民間故事，對史實也作一些小的調整。第三，藝術上有長足的進步。敘述描寫細緻逼真，筆墨酣暢，有一定的藝術感染力。

　　清乾隆年間，秣陵蔡元放（名㻅，別號七都夢夫，野雲主人）把《新列國志》略作刪改潤色，再加了一些夾注及評語，易名《東周列國志》，共二十二卷，一百零八回。它實際上是《新列國志》的評點本。現在最流行的就是這個本子。下面我們論述《新列國志》、《東周列國志》時，一律用《東周列國志》這個書名。

二　《東周列國志》

　　從《列國志傳》演化為《東周列國志》的過程，是不斷向史實靠攏的過程。這與作者在歷史小說創作中持「恪守正史」的指導思想有關。可觀道人在〈新列國志敘〉中說：「本諸《左》、《史》，旁及諸書，考核甚詳，搜羅極富，雖敷衍不無增添，形容不無潤色，而大要不敢盡違其實。凡國家之興廢存亡，行事之是非成毀，人品之好醜貞淫，一一臚列，如指諸掌。」蔡元放明確宣稱：「全要把作正史看，莫作小說一例看了。」這就是說，《東周列國志》一方面比較嚴格地忠實於歷史；另一方面，進行適度藝術加工，在細節上有所「增添」，在文字上加以「潤色」。《東周列國志》只是把正史加以通俗化和藝術化罷了。由於馮夢龍是一個才華橫溢的作家，又有宋元講史話本和余邵魚的《列國志傳》作基礎，因此，《東周列國志》與其他

「恪守正史」的通俗演義相比，思想藝術水準高出一籌，成為將歷史通俗化的範本，是除《三國演義》外，較有影響的歷史演義小說。

一、春秋戰國時代是我國歷史上的大變革、大動亂年代，政治、軍事、外交、思想等方面的鬥爭空前激烈和活躍。在諸侯之間爭奪霸權、施行兼併的過程中，湧現出大批傑出的政治家、軍事家、思想家，他們在鬥爭中表現出來的膽識謀略、思想情趣、道德風貌都給後代留下寶貴的精神財富。《東周列國志》把它藝術地形象地表現出來，在廣大群眾中普及了歷史知識，為人民提供了豐富的歷史經驗，具有很高的認識價值，這是它的主要貢獻。

作者在反映歷史時，抓住重點，對反映時代特徵的典型事件則加以詳盡舖敘；對一般史實只作簡略交代。在描寫歷史事件中，熔鑄了自己的政治理想與愛憎感情，對賢明君主選賢任能、改革政治，給予熱情歌頌；對暴虐的君王荒淫無恥、殘害人民，則給予無情的批判；例如，作者用整整七回的篇幅寫齊桓公開創霸業的故事。齊桓公不記一箭之仇，重用管仲，表現了政治家的博大胸懷；採用管仲的建議，大膽革新，推行一套富民強國的政策，成為春秋的霸主。但是，後來偷安宴樂，重用奸佞，結果被害而死，三日無人收屍。這說明選賢任能，創立霸業；親近奸佞，喪失天下。作者還寫了「衛靈公築臺納媳」，「衛懿公好鶴亡國」，「齊襄公兄妹淫亂」，「殺三兄楚王即位」等精彩的歷史故事，對荒淫昏庸的君主進行了諷刺和批判。

作者還描寫了不少捨己為人、抗暴除強的故事，如「信陵君竊符救趙」，「圍下宮程嬰匿孤」，「藺相如兩屈秦王」等，都表現了我國人民傳統的美德。

作者還寫了許多出色的戰例，如秦晉韓原之戰，秦晉殽之戰，晉楚城濮之戰等重大戰役，表現軍事家傑出的軍事指揮才能；描寫「鄭莊公掘地見母」，「燭之武退秦師」，「蘇秦合縱相六國」，「死范雎計逃秦國」等生動有趣的故事，表現歷史人物在政治、外交活動中的膽識

與智慧。特別是對謀士說客的活動作了大量描寫，反映了在東周列國時期的人情世態、神采風貌。

當然，作品中的封建道德觀念、天命思想等，對作品的思想價值有一定的損害。

二、《東周列國志》在藝術上取得一定成就。全書脈絡分明，有詳有略。用五分之四的篇幅，敘述春秋時代五霸競起，互相爭雄的動亂局面。用五分之一的篇幅，寫戰國時代七國爭霸，此長彼消，最終為秦所吞併。以時間為序，以五霸七雄為重點，穿插其他小國的歷史，比較全面地概括了東周列國時期的歷史。

在史實的基礎上，加以藝術概括，在情節上進行「增添」，文字上加以「潤色」，使故事更生動，描寫更細緻，人物形象更鮮明。以宋楚泓之戰為例，《左傳》對此有記載，但比較簡略。《列國志傳》則敘事簡陋，只增加一些戰爭場面的描寫，結尾是宋襄公表示悔恨，「嘆曰：吾早聽子魚之言，不致今日之禍。」《東周列國志》描寫就精彩生動得多了。它增加了宋襄公「命建大旗一面於輅車，旗上寫『仁義』二字」這個細節，然後圍繞「仁義」大旗，寫開戰前公孫固的憂慮；戰爭進行中公孫固的兩次勸告，宋襄公都指著大旗，口口聲聲罵公孫固不知「仁義」，只知行詭計；到宋襄公慘敗，「仁義」大旗被楚兵奪去時，宋襄公仍不悔悟，還在聲言「寡人將以仁人行師」。作者增加了「仁義」大旗這個細節，突出批判了宋襄公蠢豬式的「仁義道德」，使宋襄公的迂腐可笑的形象更為鮮明，諷刺力量大大加強。從這個例子就可以看到，《東周列國志》是在對歷史事實不傷筋動骨的前提下，進行「美容術」，增添細節描寫，進行文字潤色，使它既忠於史實又較生動形象。這就是它對歷史加以通俗化、形象化描寫的主要經驗。正因為如此，《東周列國志》也具有一定的文學鑑賞價值。

《東周列國志》過分拘泥史實，採擷史料過於瑣屑，有些章節頭緒紛繁，人物典型化不夠，總之，史學氣味太濃，文學性不足。這說

明歷史演義的創作還是要走《三國演義》「虛實結合」的道路，完全依傍正史，成為通俗化的歷史教科書是不符合創作規律的，也是難以寫出出色的歷史小說的。

《東周列國志》有一定的民間文學基礎，又有馮夢龍這樣大手筆編撰，尚且只能達到這種水準，難怪那些「恪守正史」的其他歷史演義，大多湮沒無聞了。

三　《孫龐演義》、《樂田演義》

敘述東周列國故事的作品還有《孫龐演義》和《樂田演義》比較重要。

《孫龐演義》二十回，署「吳門嘯客述」。吳門嘯客，生平不詳，現存明崇禎九年（1636）刊本。《樂田演義》十八回，成書稍晚，作者是清初著名小說家徐震。徐震字秋濤，別號烟水散人，浙江嘉興人。「大約生於順治、康熙年間，到康熙末年還在世」[23]，著有《珍珠舶》，《女才子書》等中長篇小說九種。清康熙五年（1666），書坊把《孫龐演義》與《樂田演義》合刻，稱為《前後七國志》。

《孫龐演義》，寫孫臏、龐涓朱仙鎮結義，同上雲夢山從鬼谷仙師學兵法戰策。龐涓下山仕魏，拜為大元帥，並招為駙馬。他狂妄自大，立「大言牌」，要列國進貢。王敖斧劈「大言牌」，警告龐涓，孫臏已學成高超本領，可制服他。龐涓為了陷害孫臏，強迫魏國使臣徐甲三次騙孫臏下山。孫臏為救徐甲一家百餘口性命，隻身來魏都。龐涓誣其「謀叛」，將其刖足。孫臏受刑後裝瘋，流落為乞丐。孫臏得到齊國使臣幫助，隨他們的茶車混出魏國國境，到齊國做了軍師。後孫臏用減灶佯敗之計，將龐涓誘至馬陵道上，伏兵四起，活捉龐涓。

---

23 對徐震的生卒年有不同看法，此據胡士瑩《話本小說概論》。

五國諸侯會審，將龐涓剁成七塊分給七國。

《孫龐演義》用史實作點綴，多採民間傳說，雜以神魔靈怪，與史實距離甚遠。如把孫武的後代孫臏說成是孫武的孫子，又給他造出一個在燕國當駙馬的父親孫操；把與孫臏不同時代的子夏、白起、廉頗、馮驩等拉在一起，所以，它實在很難說是一部歷史演義小說。它的故事可能有兩個來源，一是元代講史話本《七國春秋平話前集》。《孫龐演義》可能就是根據這個《前集》而改編的[24]。二是余邵魚的《列國志傳》。《列國志傳》第七卷從第五則〈魏征龐涓下雲夢〉，至第十六則〈馬陵道萬弩射龐涓〉，其中〈王敖破大言牌〉、〈孫子下山三服袁達〉、〈孫子被刖詐風魔〉以及第八卷提到龐涓是魏國駙馬等等，在《孫龐演義》中都有，說明《孫龐演義》編寫時可能還參考了《列國志傳》。

《孫龐演義》愛憎分明，謳歌孫臏，貶斥龐涓。把孫臏足智多謀、襟懷坦蕩和龐涓陰險奸詐、嫉賢妒能的性格作了強烈的對比。作品語言簡潔、樸實，保留了市井說書的特色和民間文學的風格。

《樂田演義》出自文人之手，風格與《孫龐演義》迴異。

小說依據史實，敘述燕王噲昏庸愚蠢，竟效法堯舜將王位禪讓給奸臣子之。子之專權後，殘酷暴戾。太子平在郭隗幫助下逃到無終山。齊國乘燕內亂之機，佔領燕國，子之被俘，燕王噲自縊。百姓擁立太子，趕走齊兵。燕昭王即位後，由郭隗輔佐，勵精圖治，革新政治，設立黃金臺招攬人才。趙人樂毅，懷抱異才，在趙、齊、魏都不得重用，投奔燕國。燕昭王封為丞相，君臣相得，國家振興。適值齊湣王昏暴，枉殺忠臣，窮兵黷武，不斷侵犯列國，樂毅聯合四國諸侯，興兵伐齊，連下七十二城，齊湣王棄都逃亡，衛、魯、鄒等國均不納。湣王聞莒州、即墨尚未失守，一面逃往莒州棲身，一面向楚國

---

24 孫楷第：《中國通俗小說書目》和《王古魯日本訪書記》。

求救。楚將淖齒，暗通樂毅，反誅齊王。淖齒驕淫狂妄較湣王尤甚，民難以堪。王孫賈領莒州百姓殺淖齒，立田法章為襄王，並重用田單。燕昭王暴卒，惠王繼位，惠王愚暗多疑，中田單反間計，用奸臣騎劫代替樂毅。田單詐降，後用火牛陣殺敗燕兵，刺死騎劫，收復失地。樂毅伐齊之功，毀於一旦。燕惠王悔恨，復召樂毅，樂毅不歸。

　　頗有才華而一生坎坷的徐震在《樂田演義》中借樂毅故事，抒發了自己的感情和理想。「奇才有奇用，大志成大功。但恨塵埃裡，無人識英雄。」要求識別人才、重用人才是作者寫作的主旨。

　　《樂田演義》基本依據史實，無離奇誇張的情節，也沒有荒誕不經的神怪故事，卻能以樂毅、田單兩人為中心，寫出眾多歷史人物的鮮明形象；情節較生動，能引人入勝，在同類歷史演義小說中，尚屬上乘之作。

第四節　隋唐系統的歷史演義小說

　　以隋唐歷史為題材的小說，數量很多，約有十二部，其中一部分是由歷史演義演化而來的英雄傳奇小說。為了敘述的方便，我們一併在本節加以簡要的評述。

一　隋唐系統小說的遞嬗

　　隋唐故事在民間廣泛流傳，在戲曲、小說和說唱文學中均有不少作品是以它為題材的。在元雜劇中，現存《單鞭奪槊》、《老君堂》等作品；在說唱文學方面，有《大唐秦王詞話》；長篇小說則數量更多。

　　《隋唐兩朝志傳》，十二卷一百二十二回，題為「東原貫中羅本編輯」，「西蜀升庵楊慎批評」，有楊慎、林瀚序，刊於明萬曆四十七年（1619）。此書從隋末寫到唐末僖宗時代。前面九十一回寫隋亡唐

興的歷史，後面二十多回，卻概述了唐貞觀以後的二百多年歷史。虎頭蛇尾，十分潦草。

　　林瀚作於明正德三年（1508）的序稱：「羅貫中所編《三國志》一書，行於世久矣，逸士無不觀之。而隋唐獨未有傳志，予每憾焉。前寓京師，訪有此書，求而閱之，知實亦羅氏原本。第其間尚多闕略，因於退食之暇，遍閱隋唐諸書所載英君名將忠臣義士凡有關於風化者悉為編入，名曰《隋唐志傳通俗演義》。」[25]林瀚（1434-1519），字亨大，號泉山，閩縣（今福建省福州市）人，成化進士，授編修，官至吏部尚書。從他的序裡透露出一個消息，即現存的《隋唐兩朝志傳》是他據羅氏原本改編的，羅氏原本現已不存。

　　《唐書志傳通俗演義》，八卷八十九節，題「金陵薛居士的本，鰲峰熊鍾谷編集」，卷首有李大年明嘉靖三十二年（1553）序，現存嘉靖三十二年楊氏清江堂刊本，還有唐氏世德堂、余氏三臺館、武林藏珠館刊本。此書從隋煬帝大業十三年寫起，至唐太宗貞觀十九年止。主要演述隋朝滅亡和唐王朝建立的過程，末尾敘述唐太宗征高麗，加入薛仁貴征東事蹟。

　　熊鍾谷，就是熊大木，鍾谷是他的字，福建建陽人，明嘉靖時書坊主人，也是通俗小說的作家，親自編寫了《全漢志傳》、《大宋中興通俗演義》、《南北宋志傳》等長篇小說。

　　《隋唐兩朝志傳》與《唐書志傳通俗演義》前八十九回大體相同，它比《唐書志傳通俗演義》多了後面三十多回，即從貞觀到唐末的故事。《唐書志傳通俗演義》刊行時間比《隋唐兩朝志傳》早六十六年，但李大年〈序〉比林瀚〈序〉卻晚四十五年，究竟哪本書成書早？似難判定。孫楷第先生在重刊本的《日本東京所見小說書目》中說：「而細觀全書（指《隋唐兩朝志傳》），則似與熊書（指《唐書志傳通俗演義》）同出於羅貫中《小秦王詞話》（今有諸聖鄰重訂本），熊據

25　有人認為此序是偽托的。

史書補，故文平而近實。此多仍羅氏舊文，故語淺而可喜。」這就是說，兩書同出於《小秦王詞話》，而《隋唐兩朝志傳》保留羅氏舊文更多些。

　　《大唐秦王詞話》，八卷六十四回，題「澹圃主人編次」，大約刊行於明萬曆、天啟年間。「澹圃主人」是明萬曆年間人諸聖鄰的別號。卷首有四明（即寧波府）陸世科的序。陸世科為丁未（即萬曆三十五年）進士，諸聖鄰時代大體可見[26]。〈序〉云：「吾友諸聖鄰氏，以風流命世，狎劍術縱橫，雅意投戈，游情講藝，羨秦封之雄烈，揮霍遺編，匯成巨麗。毋以稗官混視，則弘文振藻，猶恍接其精英；文皇帝靈采景曜，幾不泯哉！」從這段話來看，諸聖鄰是個命運坎坷的文人，他以民間說唱鼓詞為底本，「揮霍遺編，匯成巨麗」，所以全書目錄標明是「重訂唐秦王詞話」。可見在諸聖鄰重訂本之前，還有一個舊本詞話。但孫先生把「舊本」派定為羅貫中所作，根據似不足。

　　《大唐秦王詞話》從隋煬帝大業十三年頒詔李淵為太原留守寫起，以隋末群雄並起為背景，李世民反隋統一天下為主線展開故事，直寫到李世民登極，與突厥訂立渭水之盟。全書敘述故事大部分用散文體，唱詞只作提綱挈領和鋪敘場面之用，雖未完全脫離說唱文學形式，但已不是說唱文學的底本，而是接近散文體的小說了。

　　《大唐秦王詞話》、《隋唐兩朝志傳》、《唐書志傳通俗演義》三書都比較簡單粗糙，藝術水準不高。它們都以李世民為中心展開故事，寫出眾多英雄人物。其中尉遲恭的故事已很完整，形象也最為生動鮮明，秦瓊、程咬金、單雄信也有了較多的描寫，但秦瓊出身經歷的傳奇性故事還沒有出現，程咬金喜劇性格尚不突出。《大唐秦王詞話》雖有羅成被射死於淤泥河等情節，但其身世沒有交代，而《唐書志傳通俗演義》、《隋唐兩朝志傳》則還沒有羅成的故事。單雄信的故事三書

26 柳存仁：《倫敦所見中國小說書目提要》（北京市：書目文獻出版社，1982年），頁115。

皆有，但在《大唐秦王詞話》裡，他還是個反面人物，被王世充用酒灌醉，招為駙馬，不講義氣，背叛朋友。《隋唐兩朝志傳》、《唐書志傳通俗演義》對單雄信的同情增加了，藝術描寫的進步也是明顯的。

綜上所述，《大唐秦王詞話》等三書，是說唐小說中較早的三部作品，都可能保留羅貫中原著的部分文字，它們雖然吸收了不少民間傳說，但大體依據史實，屬歷史演義小說。

屬於歷史演義小說的還有《隋煬帝艷史》。

《隋煬帝艷史》八卷四十回，題「齊東野人編演」，「不經先生批評」。作者究為何人，未詳。存明崇禎三年（1630）人瑞堂刊本。敘述隋煬帝陰謀奪取帝位後，荒淫無恥，窮奢極欲，任用奸佞，殘害人民，終於把一個富強的國家弄到山窮水盡的地步。人民奮起反抗，煬帝也陷入眾叛親離的境地，最後被縊死，結束了罪惡的一生。

《隋煬帝艷史》依據宋人所撰的《迷樓記》、《海山記》和《開河記》等小說[27]，並參照正史和其他史料編寫而成。重大事件都有出處；主要人物性格，符合歷史人物原型。此書充分利用史實，加以敷演鋪敘，既近史實又富文學色彩，是利用歷史素材改編為歷史演義小說中比較成功的作品。

書中對隋煬帝淫蕩生活有較多描寫，但愛憎分明，非自然主義的展覽，而是作了較為充分的批判；對隋煬帝的揭露也不僅侷限於他的淫亂生活，還著重批判他為滿足私欲而勞民傷財，大興土木，給人民帶來巨大災難的暴行；「從來土木傷民命，不似隋家傷更多。道上死屍填作路，溝中流血漾成河。」

《隋煬帝艷史》藝術水準較高。雖史料紛繁，但結構謹嚴，有條不紊，沒有雜亂之感。把古代帝王奢侈生活，宏麗的皇家建築生動逼

27　《迷樓記》、《海山記》、《開河記》或謂唐韓偓撰，或謂宋人作品，我們認為是宋人所作。

真地再現出來，如對煬帝西苑十六院的風景描寫，全面展現出大型宮苑的風貌；人物描寫，特別是心理描寫比較細緻，在它之前的小說中還不多見。如煬帝調戲宣華夫人一段，生動地描寫了宣華夫人前後的複雜心理變化，而且對她的命運和處境充滿了同情。整部小說的語言清新典雅，顯示作者淵博的學識和深厚的文學修養。當然，此書對隋煬帝腐朽生活表現得過直過露，並流露出天命觀和因果報應思想，這是此書的侷限。

《隋煬帝艷史》雖然沒有多寫李世民建立唐王朝的事蹟，但它對隋煬帝的批判深刻地揭示了隋亡唐興的歷史原因，而藝術水準又高出當時其他隋唐系統的歷史小說，因此，被清代的《隋唐演義》大量吸收。它是隋唐系統小說中承前啟後的一部重要作品。

《隋史遺文》的出現，標誌著隋唐系統小說發展到一個新階段。《隋史遺文》，十二卷六十回，明袁于令撰，存明崇禎刊本，卷首有崇禎六年（1633）作者自序。袁于令（1599-1674），又名韞玉，字令昭，號幔亭仙史等。江蘇吳縣人。明末生員，入清，官至荆州知府。他是著名的戲曲家，著有《吟嘯閣傳奇》五種及《長生樂》、《瑞玉記》。

《隋史遺文》改變了以秦王李世民奪取天下為主要線索，按照《通鑑綱目》的編年順序來敷演隋末唐初歷史的寫法，而以瓦崗寨諸英雄，尤其是以秦瓊為中心人物，把小說寫成了秦瓊和瓦崗寨的英雄史，使隋唐系統小說發生了根本性變化，從歷史演義轉化為英雄傳奇小說。

《隋史遺文》吸收了前面幾部隋唐系統小說的成果。其中隋煬帝開運河、殘害百姓事，主要取材於《隋煬帝艷史》；尉遲恭故事，主要是吸收了《大唐秦王詞話》的有關部分。

《隋史遺文》前面四十七回寫秦瓊出身經歷，初為衙役，後參加瓦崗起義。從四十八回起，轉入李淵起義，破王世充、竇建德。秦瓊

也投奔李世民，成為唐朝開國功臣。有關秦瓊的故事，大部分在本書中第一次出現。秦瓊小店落魄，當鐧賣馬，受盡店小二的凌辱，寫出英雄失意的窘況；結識單雄信，幽州見姑娘，校場比武，以及燭焰燒捕批等，寫出秦瓊、單雄信、羅成、程咬金等英雄的忠肝義膽，光彩照人。秦瓊形象得到細緻的描繪，單雄信、羅成、程咬金、王伯當、尉遲恭、徐茂公等英雄人物形象也較前鮮明突出。全書情節生動，引人入勝。雖然整部小說還有剪裁不當、不夠精練的缺點，但是，它為隋唐系統小說的發展開拓了一條新路，《說唐前傳》等作品就是沿著這條英雄傳奇小說的路子，發展得更加成熟了。

隋唐系統小說中影響最大的是《隋唐演義》。

《隋唐演義》二十卷一百回，清褚人獲著，卷首有作者康熙五十八年（1719）自序。

褚人獲，字稼軒，號石農，長洲（今江蘇蘇州市）人。他有多方面的才能，著作甚豐。主要有《堅瓠集》、《讀史隨筆》、《退佳瑣錄》等。他交遊廣泛，與尤侗、洪昇、顧貞觀、毛宗崗等著名的作家過從尤密。

《隋唐演義》的特點是「雜」。從內容方面看，它以隋煬帝與朱貴兒、唐玄宗與楊貴妃的兩世姻緣為中心，從隋文帝即位伐陳寫起，到唐明皇從四川返回長安為止。以史為經，以人物事件為緯，把隋唐兩朝歷史故事組織在一起，它著重寫了三部分內容：一、秦瓊、單雄信等英雄故事。二、隋煬帝故事。三、唐明皇、楊貴妃故事。秦瓊、單雄信等英雄故事，主要是從《隋史遺文》中移植過來，加以適當改寫。寫隋煬帝部分，主要根據甚至可以說是抄襲《隋煬帝艷史》。《隋唐演義》第三部分唐明皇等故事，主要依據野史筆記，如鄭處晦《明皇實錄》，曹鄴的《梅妃傳》，柳珵的《常侍言旨》，鄭棨的《開天傳信記》，王仁裕的《開元天寶遺事》，樂史的《太真外傳》，陳鴻的《長恨歌傳》等等，加以組織編寫。褚人獲把正史看作「古今大帳

簿」，把歷史演義視為「小帳簿」[28]，所以把正史、野史筆記以至歷史
演義中隋唐故事都搜羅在一起，寫成了這麼一本「小帳簿」式的歷史
演義。它的大部分內容是從《隋煬帝艷史》、《隋史遺文》中承襲而
來，只是少量的加工改編；而自己創造的部分，則把武則天、韋后、
楊貴妃的故事用因果報應和「女人是禍水」的觀點貫穿起來，思想平
庸、落後。

　　《隋唐演義》從體例上看，也是「雜」。它基本上是歷史演義
體，但因為承接了《隋史遺文》中有關秦瓊、單雄信的英雄故事，有
英雄傳奇小說的成分。它又受明末清初才子佳人小說的影響，也雜以
才子佳人小說的筆法，寫竇線娘、花又蘭和羅成的戀愛婚姻故事，按
才子佳人小說的公式進行，即竇線娘與羅成私訂終身，因波折引起誤
會，花又蘭好心代為傳信，最後一夫二妻團圓。所以說，《隋唐演
義》是以歷史演義為主，雜以英雄傳奇和才子佳人小說的體例。

　　《隋唐演義》所寫的時間跨度很長，頭緒複雜，作者組織穿插比
較巧妙，可見作者寫作功力。但「惟其文筆，乃純如明季時風，浮艷
在膚，沈著不足，羅氏軌範，殆已蕩然」（魯迅語），而且每回前有一
段封建說教，令人生厭。

　　比《隋唐演義》稍晚出現的《說唐演義全傳》，是隋唐題材小說
發展與演進的成果，具有劃時代的意義。它的出現，一方面，標誌著
隋唐系統小說完全從歷史演義的格套中擺脫出來，成了比較地道的英
雄傳奇小說，使它之前的幾部作品黯然失色，逐漸為它所代替；另一
方面，它動人的故事又為隋唐題材小說的發展開闢了新路，據之而興
的續書紛至遝來，形成新的高潮。

　　《說唐演義全傳》，它的前半部分又稱為《說唐前傳》，六十八
回。它的後半部分《說唐後傳》，包括兩部分，即《說唐小英雄傳》

---

28 褚人獲：〈《隋唐演義》序〉，見清康熙四雪草堂本《隋唐演義》。

（又名《羅通掃北》）十六回；《說唐薛家府傳》四十二回。書約成於清雍正年間，署鴛湖漁叟校訂，卷首有如蓮居士寫於乾隆元年（1736）的序。作者究為何人，不詳。《說唐前傳》是全書的精華，《說唐後傳》的兩部小說，則是《說唐前傳》的續書。

　　《說唐前傳》從秦彝託孤、隋文帝平陳寫起，一直敘述到李世民削平群雄，登極做皇帝為止。除大的歷史輪廓符合史實外，大部分利用民間故事編寫而成。它的突出成就在於以瓦崗寨好漢為中心，塑造了隋末亂世英雄的群像。第一回至十三回寫秦瓊的傳奇故事；十四回至二十回寫因父親慘遭殺害而造反求生的伍雲召；第二十一回至四十回重點寫憨厚粗魯的程咬金；第四十四回至五十三回重點寫勇猛無比的尉遲恭；第五十三回至六十一回重點寫英姿煥發的少年英雄羅成。

　　《說唐前傳》繼承了隋唐系統小說的優秀成果並有創造性的發展。如果說尉遲恭的形象主要是《大唐秦王詞話》創造的；秦瓊、單雄信形象主要完成於《隋史遺文》，那麼，所謂隋唐十八條好漢的說法是第一次在此書出現（可惜十八條好漢竟沒有寫全），其中伍雲召、雄闊海、裴元慶、李元霸等幾條好漢是首次出臺。羅成、程咬金的形象在此書得到很大的發展和完善。

　　《說唐前傳》的特點是：情節曲折，語言通暢，大筆描寫，粗線條勾勒，體現了民間文學樸素而剛健的風格。

　　《說唐後傳》中的《說唐小英雄傳》是演說唐太宗御駕征北番，被圍困在木楊城。程咬金殺出番營到長安求救，羅成之子羅通掛帥掃平北番的故事，中間穿插羅通與殺父仇人蘇定方的鬥爭。故事無史實依據，全屬杜撰虛構之詞，描寫粗略，價值不大。

　　《說唐後傳》中的《說唐薛家府傳》是寫薛仁貴一生的經歷。它從薛仁貴誕生寫起，描寫他少年時代的苦難生活，從軍後屢遭迫害，征遼時戰功卓著但被張士貴冒認，不得重用。尉遲恭鞭打張士貴，審出實情，仁貴始得重用，救駕平遼，被唐太宗封為平遼王。

　　薛仁貴故事在民間有悠久的歷史。元明雜劇中有《薛仁貴榮歸故里》、《摩利支飛力對箭》、《賢達婦龍門隱秀》等作品；在《永樂大典》中收有《薛仁貴平遼事略》；在一九六七年發現的《明成化刊本說唱詞話》中有〈薛仁貴跨海征遼〉；《唐書志傳通俗演義》和《隋唐兩朝志傳》也有薛仁貴故事，這些作品已大體具備薛仁貴故事的骨架。到了《說唐後傳》中的〈說唐薛家府傳〉則是集大成者，內容更加豐富，結構更加嚴密，描寫更加細緻。薛仁貴出身貧寒，經歷坎坷，雖有傑出才能和卓著功勛，但受奸臣張士貴（史有其人，並不像小說裡所寫的那麼壞）壓制迫害，長期不受重用，這種人才被摧殘的悲劇是能引起人們同情和共鳴的，這正是薛仁貴故事得以廣泛流傳的重要原因。

　　《說唐演義全傳》之後，出現了不少隋唐系統小說的續書。《混唐後傳》，一名《繡像混唐平西傳》，作者佚名，署「竟陵鍾惺伯敬編次」，「溫陵李贄卓吾參訂」，三十七回。但考其內容，除開頭插入薛仁貴征西故事五回外，幾乎全抄《隋唐演義》六十八回以後的內容，主要是武則天、韋后、楊貴妃「淫亂宮闈」的故事，集中表現「唐朝亡於女禍」的觀點，內容無甚可取。它抄襲《隋唐演義》，此書當為清康熙以後的作品，鍾惺、李卓吾「編次」、「參訂」云云，無疑是清人偽托了。

　　《征西說唐三傳》，又名《異說後唐三集薛丁山征西樊梨花全傳》，題「中都逸叟編次」，首有「如蓮居士題于似山居中」之序。如蓮居士有《說唐演義全傳序》，寫於乾隆元年，此書當亦寫於乾隆年間。這部小說是接續《說唐後傳》的《說唐薛家府傳》之後而敘寫薛家將的始末的。從薛仁貴掛帥征西起到薛剛輔佐中宗復位止。全書八十八回，可分三部分：第一部分，即薛仁貴征西傳，第二部分為樊梨花全傳；第三部分是薛剛反唐傳。

　　這部小說除承襲薛仁貴、羅通等人故事外，還創造了薛丁山、樊

梨花、薛剛等人物形象。把神魔小說和英雄傳奇結合起來，雖然多是照搬古代這兩類小說的俗套，但薛剛與綠林好漢結義，反抗唐朝的故事；薛丁山三休三請樊梨花的故事給讀者留下頗深的印象，因而在民間很有影響。戲曲中有許多劇目取材於此，其中有的劇目至今在舞臺上盛演不衰。

《粉妝樓全傳》，八十回。竹溪山人嘉慶十年（1805）序稱：「前過廣陵，聞世俗有《粉妝樓》舊集，取而閱之，始知亦羅氏纂輯，而什襲藏之，未見示諸人者也……余故譜而敘之，抄錄成帙，又恐流傳既久，難免魯亥之訛。爰重加釐正，芟繁薙蕪，付之剞劂。」從書的內容看，不大可能是據羅貫中舊本而改寫的[29]。作者大概就是這位竹溪山人。

此書敘唐乾德年間（實際上唐朝並無此年號）奸相沈謙專權，迫害羅成的後代羅增。羅增之子羅燦、羅焜被逼上山入夥，與草莽英雄一起為國除奸。沈謙以此為藉口，進而陷害其他忠臣。經過曲折複雜的鬥爭，沈謙陰謀敗露，出逃投敵，被抓獲斬首，羅增父子得到旌表和敕封。

全書於史無徵，多為虛構，情節曲折生動，文字也簡樸通暢，但多因襲《水滸傳》等小說，無甚新意。

綜上所述，在隋唐系統小說的發展中，可以分為歷史演義和由歷史演義分化出來的英雄傳奇兩大系統，其中《大唐秦王詞話》、《隋唐兩朝志傳》、《唐書志傳通俗演義》、《隋煬帝艷史》、《隋史遺文》、《說唐前傳》是最為重要的作品。

---

29 柳存仁：《倫敦所見中國小說書目提要》（北京市：書目文獻出版社，1982年），頁130。

二　隋唐系統小說演化的啟示

　　隋唐系統十多部小說的遞嬗是個複雜的過程，其中演變的規律，成功與失敗的經驗教訓，引人深思，富有啟示意義。

（一）

　　以隋唐故事為題材的小說可分為歷史演義和英雄傳奇兩大系統，已如上文所述。從寫作內容上來看，歷史演義系統主要敘述隋亡唐興改朝換代的歷史，著重表現隋煬帝窮奢極欲，造成隋朝滅亡。李世民是真命天子，有雄才大略，他東征西伐建立了唐王朝。而英雄傳奇系統以秦瓊等瓦崗英雄為中心，在隋末「十八家反王、六十四處煙塵」這種星火燎原的動盪形勢下，著重描寫英雄人物成長史。從寫作手法上來看，歷史演義系統基本上是按《資治通鑑》等史書的年代順序，以史實為根據，採取編年體的寫法，如《唐書志傳通俗演義》等每卷都標明歷史年代的起止時間。而英雄傳奇系統，主要採取記傳體，著重寫英雄人物傳，如《說唐前傳》就用大部分篇幅分別寫秦瓊、單雄信、伍雲召、程咬金、尉遲恭、羅成的小傳，然後匯集到隋亡唐興這個歷史主線中，與《水滸傳》結構方式相似。

　　當然，兩個系統小說有互相吸收、互相融合的情況。如《大唐秦王詞話》集中寫尉遲恭英雄業績，為《隋史遺文》、《說唐前傳》等英雄傳奇小說所吸收，成為眾多英雄傳記中的一種。而《隋唐演義》以歷史演義為主，「復緯以『本紀』、『列傳』而成」[30]，吸收了《隋史遺文》中秦瓊、程咬金等英雄傳記。

---

30 〔清〕梁紹壬：《兩般秋雨庵隨筆》，轉引自孔另境：《中國小說史料》（北京市：中華書局，1961年），頁160。

（二）

　　由於明中葉以後，資本主義萌芽的發展，在小說、戲曲作品中，市民階層的意識增強，反映在隋唐系統小說中，封建倫理思想如忠君思想、貞節觀念逐漸淡化，而反映市民意識的思想逐漸加強，表現在：

1　強調朋友信義，甚至把「義」放在「忠」之上

　　單雄信形象的演變就是典型的例子。前面已經說到從《大唐秦王詞話》到《唐書志傳通俗演義》單雄信的形象有了變化，即從反面人物到正面人物，徐茂功義氣感人。但在《唐書志傳通俗演義》裡，單雄信還是怕死求饒，希望徐茂功替他說情免死。到了《隋史遺文》，單雄信雖然感到徬徨、苦悶，但並不求饒，秦叔寶、程咬金、徐茂功更重義氣，向秦王提出「願以三家家口保他」，要求赦免單雄信，並據理力爭。秦王被駁得啞口無言，終因過去的仇隙耿耿於懷，氣量狹小，不肯赦免。在情節發展中，委婉地對李世民提出批評。最後秦瓊等三人輪流把自己股肉都割下，在火上炙熟，給雄信吃，並說：「兄弟們誓同生死，今日不能相從，倘異日食言，不能照顧你的妻子，當如此肉為人炮炙屠割！」這樣《隋史遺文》中的描寫較之《唐書志傳通俗演義》又進了一步，朋友之義得到充分展開，真實感人，體現了市民階層的道德觀念。到了《說唐前傳》，故事情節又有重大變化，不僅強調義氣，而且突出單雄信反唐到底的鬥爭精神，秦王多次勸單雄信投降，單雄信拒不投降，獨踹唐營，拚死為兄長報仇。被俘後，誓死不降，程咬金不向秦王求情，也不勸單雄信投降，而要單雄信「來生做一個有本事的好漢，來報今日之仇」。作者歌頌單雄信誓死反唐的不屈精神，歌頌程咬金、秦瓊等人的義氣，把「義」放在「忠」之上。

2 忠君思想觀念淡化，對統治者有了更清醒的認識

　　隋唐系統小說在演化過程中，忠君觀念逐漸淡化，在《說唐前傳》、《說唐後傳》等作品中，對統治階級的本質有了較清醒的認識。薛仁貴從軍立功，但被奸臣陷害，反映了唐王朝建立之後，皇親國戚倚勢欺人，奸臣當道，殘害忠臣；羅藝、羅成、羅通祖孫三代受奸臣陷害，也反映了李世民當政的唐初也並非清平世界，統治階級內部充滿了激烈的鬥爭。在羅成死後，秦王李世民、徐茂功等勸秦瓊再度出山，為唐朝打天下。程咬金憤怒地說：「啊呀！我那羅兄弟呵！唐家是沒良心的，平時不用我們，如今又不知那裡殺來，又同牛鼻子道人在此『貓兒哭老鼠』，假慈悲。想來騙我們前去與他爭天下、奪地方。」這說明對封建統治者利用農民起義軍為他們打天下，有了相當清醒的認識。

3 隨著「真命天子」觀念的淡化，平等觀念加強了

　　在說唐系統小說中《大唐秦王詞話》、《隋唐兩朝志傳》、《唐書志傳通俗演義》等都用不少編造的神話渲染李世民是「真命天子」，而在《說唐前傳》等書裡，逐漸淡化，「將相寧有種」的思想突出了。李密、程咬金都有符瑞，都曾被稱為「真命天子」。程咬金在瓦崗寨當了一段時間皇帝後，對眾人說：「我這皇帝做得辛苦，絕早要起來，夜深還不睡，何苦如此！如今不做皇帝了！」然後把頭上金冠除下，身上龍袍脫落，走下來叫道：「哪個願做的上去，我讓他吧！」可見皇帝人人可做，也可互讓，這是市民階層樸素的平等觀念，與「真命天子」的觀點是對立的。

4 封建的貞節觀念淡薄了，婚姻自主的思想抬頭

　　在明末清初才子佳人小說的影響下，隋唐系統小說也逐漸改變過

去歷史演義、英雄傳奇小說只寫帝王將相、英雄豪傑征戰成功，把不近「女色」作為英雄人物美好品質的格局，而轉寫英雄美人、戀愛婚姻。羅成與竇線娘「馬上訂盟」，締結良緣；花木蘭女扮男裝，代父從軍；花又蘭也女扮男裝，代竇線娘送信，為竇線娘與羅成的婚姻而奔波；薛仁貴在柳員外家中幫工謀生，柳員外之女金花私相愛慕，贈送衣物，被柳員外趕出家門，與薛仁貴在破窯成親。這些故事未見十分精彩，但畢竟反映了歷史演義、英雄傳奇小說的變化，女子已不單純是政治鬥爭的工具，而有獨立的人格；英雄人物戀愛婚姻已不是英雄的缺陷，而成為他們一生中的「佳話」。

（三）

在隋唐系統小說的演化過程中，英雄人物逐步從神到人，更加貼近生活，更富有個性色彩，因而更鮮明生動。在隋唐系統的小說中，李世民是中心人物，作者歌頌他的雄才大略，是「真命天子」，但李世民的形象總是站不起來，讀者印象模糊，究其原因，就是過分神化。瓦崗英雄形象比較鮮明，就是因為少了神靈的光圈而貼近生活，他們不是神仙而是凡人，每個人都有著苦難的經歷：尉遲恭為人牧羊；程咬金販私鹽，賣柴扒；薛仁貴為人幫工，住在破窯，饑寒交迫，秦瓊落難時受店小二凌辱，當鐧賣馬。他們出身貧寒，都是普通老百姓，只是時代的潮流把他們捲入隋末的大動亂中，他們成為亂世英雄。在描寫他們坎坷經歷的同時，對社會動亂、人民苦難、人情冷暖都作了比較充分的描寫，精確地描繪了英雄人物的社會環境，為他們性格的發展提供了合理的現實依據。

英雄人物從神到人，他們作為普通人的個性也顯現出來。任俠好義的單雄信，粗魯直率的尉遲恭，見義勇為又充滿喜劇色彩的程咬金，孝義雙全而性格深沈的秦瓊，武藝超群但又不脫孩童稚氣的少年英雄羅成都個性鮮明地活躍在歷史舞臺上。他們是普通人，有各自的

缺點；他們英勇無畏，但又愛面子，好奉承；他們重義好賢，但又不免時有私心雜念。例如程咬金就好說大話，愛奉承，對他常用「激將法」。秦瓊與羅成既是表兄弟，又是肝膽相照的朋友，但秦瓊教羅成用鐧時，不教「殺手鐧」；羅成教秦瓊用槍時，不教「回馬槍」，各留一手，這正是手工藝人等小私有者的心理的真實寫照。

　　隋唐系統小說演化的過程，總的來說是情節不斷豐富、描寫更加細膩、藝術水準不斷提高的過程。《大唐秦王詞話》、《隋唐兩朝志傳》、《唐書志傳通俗演義》藝術上都比較簡陋，到了《隋煬帝艷史》、《隋史遺文》、《隋唐演義》、《說唐前傳》藝術上就比較成熟。這個過程既有繼承又有發展，能表現人物性格的情節得到保留和發展。程咬金劫王杠時，通名報姓；在眾人議論緝捕劫王杠的「盜賊」時，程咬金為了朋友義氣，不顧個人安危，要說出來。尤俊達一面給他遞眼色，一面在桌子下面捏他的大腿。程咬金卻不理會，「叫將起來道：『尤大哥，你不要捏我，就捏我也少不得要說出來。』」這個情節表現程咬金的憨直，充滿喜劇性。從《隋史遺文》出現這個情節之後，在《隋唐演義》、《說唐前傳》中都保留下來。許多情節逐步豐富，如前面提到的「單雄信之死」，在《大唐秦王詞話》裡不到一百字，到《唐書志傳通俗演義》裡約有三百五十字，在《隋史遺文》裡約有一千五百字，到《隋唐演義》竟長達三千四百字。情節更加豐富，人物內心的矛盾更加突出，人物性格更加豐滿。

　　在《說唐前傳》之後出現的續書，如《說唐後傳》、《征西說唐三傳》、《粉妝樓全傳》等，由於沒有長期的藝術積累，藝術水準又呈下降趨勢。因此我們可以說，隋唐系統小說藝術發展是馬鞍形的，《說唐前傳》是高峰，兩頭比較低落。

（四）

　　續書多，是中國小說史的特殊現象，而隋唐系統小說有十二部，

應該說在中國古代小說中是名列前茅了。用什麼辦法寫出這麼多同一題材的小說和續書？主要有三種構成法：

1 移植法

即從民間吸收一個故事，納入隋唐小說中，成為小說的一部分或構成一部新小說。例如，把民間流傳的薛仁貴故事吸收過來，成為《唐書志傳通俗演義》、《隋唐兩朝志傳》的部分內容；然後又演成《說唐後傳》中的《說唐薛家府傳》。《隋唐演義》則移植《隋煬帝艷史》和《隋史遺文》中的故事，加以改編，加上武則天、韋后、楊貴妃故事則成了一本新書；又把《隋唐演義》中武則天、韋后、楊貴妃故事割裂出來，加上薛仁貴故事，成了另一本書《混唐後傳》。移植過來的故事，經過不斷加工、積累，有的成為藝術精品。

2 遺傳法

父傳子繼，演出另外故事，成為一本續書。《說唐後傳》中的《說唐小英雄傳》、《征西說唐三傳》等，就是由秦瓊之子秦懷玉，尉遲恭之子尉遲寶林，羅成之子羅通，程咬金之子程鐵牛，薛仁貴之子薛丁山等人組成，小英雄們馳騁邊疆，殺敵報國。不但故事多有因襲，性格也由父輩遺傳，小英雄們的性格與其父輩一模一樣。這樣編成的新書一般存在公式化、臉譜化的傾向，價值不高。

3 融合法

就是不同體例的作品互相滲透，互相影響，產生新品種。如在歷史演義中雜以英雄傳奇、才子佳人小說的體例，就產生了《隋唐演義》。歷史演義與神魔小說雜交，就產生了《征西說唐三傳》中〈樊梨花傳〉，它承襲薛仁貴這個歷史故事的框架，採用神魔小說的模式和手法，如移山填海、上天入地、神箭飛刀、攝魂鈴、捆仙繩等等，

這種融合法產生的新書，一般只注意情節的新奇曲折，在人物形象塑造方面成就不高。

第五節　其他歷史演義小說

除上面幾節提到的列國、三國、隋唐等歷史演義外，還有二十餘部其他歷史演義小說，它們大部分思想、藝術水準不高，因而社會影響不大，逐漸湮沒無聞。本節只舉其要，加以簡單介紹並探討其創作不甚成功的原因。

反映古史的有《盤古至唐虞傳》，簡稱《盤古志傳》，二卷七回[31]，題「景陵鍾惺伯敬父編輯，古吳馮夢龍猶龍父鑑定」，明書賈余季岳刊。首有托名鍾惺的〈序〉，〈序〉稱：「今依鑑史，自盤古以迄唐虞，事蹟可稽者，為之演義，總編為一傳，以通時目。」《有夏志傳》，四卷十九回，題署與《盤古志傳》同，首亦有鍾惺序，內容係緊接《盤古志傳》，「大禹受命治水」起，「成湯放桀南巢」止。《有商志傳》，四卷十二回，題署亦同《盤古志傳》。書從「湯王禱雨桑林野」寫起，至「太公甲子滅殷紂」止。這三本書，所謂鍾惺著、馮夢龍鑑定云云，當係偽托。《盤古志傳》書前列有〈歷代系統圖〉及〈歷代帝王歌〉，說明余季岳當時有刻印全史演義的計畫，這三本書相互連接，可能就是他的計畫付諸實施的部分。還有一本《開闢演義》，六卷八十四回，題「五嶽山人周游仰止集，靖竹居士王黌子承釋」，首有崇禎八年（1635）序。《開闢演義》自盤古開天地起至周武王弔民伐罪止，所敘的歷史相當於《盤古志傳》、《有夏志傳》、《有商

---

31 孫楷第：《中國通俗小說書目》作十四則，但王古魯指出：「雖未標明回數，但每回雙句與每則一句的小說並不相同……不過上下句雖同屬七字，並不相對，易於誤認為十四則。」王古魯的看法是正確的。王古魯：見《王古魯日本訪書記》（福州市：海峽文藝出版社，1986年），頁2。

志傳》三書的範圍。《開闢演義》據王古魯先生考證，是余象斗所編，後落入明書賈周游手中，改題為周游編[32]。

　　反映兩漢歷史的，主要有以下四本：一、明熊大木編撰的《全漢志傳》十二卷，明萬曆十六年（1588）刊本。二、《兩漢開國中興傳志》六卷，作者不詳，題「撫宜黃化宇校正」，明萬曆三十三年（1605）刊本。三、《兩漢通俗演義》八卷一百零一則，明甄偉著。首有甄偉序，明萬曆四十年（1612）金陵周氏大業堂刊本。四、《東漢十二帝通俗演義》十卷一百四十六則，明謝詔撰，大業堂刊本，故事起於王莽建立新朝，終於漢桓帝。後來劍嘯閣批評《東西漢通俗演義》是將甄偉的《西漢通俗演義》改為一百則；將謝詔的《東漢十二帝通俗演義》刪為一百廿五則，合刻刊行。

　　這幾本演義小說中，成就最高的是甄偉的《西漢通俗演義》。它名為《西漢通俗演義》，實際上只寫從東周末年到西漢初年一百年左右的歷史。從秦公子異人被擄入趙寫起，用十則的篇幅交代了秦始皇的出身經歷和秦王朝的興亡；用主要篇幅寫楚漢之爭，以及劉邦得天下後，殺韓信等事，到漢高祖逝世、漢惠帝登極止。惠帝以後西漢近二百年歷史並沒有涉及。

　　《西漢通俗演義》參考《史記》、《漢書》，雖吸收了民間傳說，但大體與史實相符。它的後半部（從八十四則起），還參考了元刊平話五種之一的《前漢書平話續集》（又名《呂后斬韓信》）的上中兩

32　《王古魯日本訪書記》云：「王黌不知是誰？看原書序文末段署名，中間似挖去一字，再閱卷一正文首頁所題『五嶽山人周　游仰止集』，『靖竹居士王黌子承釋』；其中『五嶽』及『周游』四字，顯係挖補，不意於第一頁下半頁第一行中發現『余仰止曰』，恍然大悟，此原係余氏刊本（明刊八仙傳即署為三臺仙人仰止余象斗），板落另一書賈周游之手，遂將『三臺山人余象斗仰止集』挖改而成，又因本人單名，不能不中空一字，挖改時又因一時大意，未曾將『余仰止曰』改為『周仰止曰』，所以露出了這個線索。『王黌』一名，也極為可疑。如果確是此人，序文末尾也不至於露出挖去一字的痕跡也。」

卷[33]。由於有講史話本和卓越的史籍《史記》、《漢書》作參考，作者文字水準較高，所以，作品取得較大的成功。下面我們以項羽四面楚歌為例，看看《西漢通俗演義》是如何在《史記》的基礎上改編的：

> 項王軍壁垓下，兵少食盡，漢軍及諸侯兵圍之數重，夜聞漢軍四面皆楚歌，項王乃大驚曰：「漢皆已得楚乎？是何楚人之多也。」（《史記》〈項羽本紀〉）

> 眾人捱到黃昏之時，將近一更之初，偶聞秋風颯颯，木落有聲，客思無聊，已動鄉關之念。況四野干戈，絕糧遭困，難當愁苦之懷。只見眾軍三個成群，五個一起，正在納悶之際，忽聽高山之上，順風吹下數聲簫韻，一曲悲歌，清和哀切，如怨如訴，透入愁懷，感動離情，淚下千行，百計難解。一聲高一聲下，一聲長一聲短，五音不亂，六律和鳴，如露滴蒼梧，如鶴唳九息，如聲送玲玎，如漏滴銅壺，愈傷而愈感，愈聞而愈悲，雖鐵石之肝腸，亦為之摧裂；雖冰霜之節操，亦為之改移。離散英雄之心，消磨壯烈之氣。其歌曰：「九月深秋兮四野飛霜，天高水涸兮塞雁悲愴，最苦戍邊兮日夜徬徨，披堅執銳兮骨立沙岡，離家十年兮父母生別，妻子何堪兮獨宿孤房！雖有腴田兮孰與之守？鄰家酒熟兮孰與之嘗？白髮倚門兮望穿秋水，稚子憶念兮淚斷肝腸。胡馬嘶風兮尚知戀土，人生客久兮寧忘故鄉？」……（楚歌四起，八千楚兵散）（《西漢通俗演義》第八十二則〈張子房悲歌散楚〉）

　　從上面所舉的例子，不難看出《西漢通俗演義》作者對史籍進行的「敷演」、「潤色」，表現了較高的文字水準。

---

[33] 趙景深：《中國小說叢考》，〈《前漢書平話續集》與《西漢演義》〉一文。

　　反映晉代歷史的，有明萬曆四十年（1612）周氏大業堂刊本《東西晉演義》，作者不詳，首有雉衡山人序文。雉衡山人，即楊爾曾，字聖魯，浙江錢塘人。另有《新鐫東西晉演義》一書，十二卷五十回，題「武林夷白主人重修，泰和堂主人參訂」，首亦有雉衡山人序。東西晉不分敘，前四卷十六回是西晉，後八卷三十四回為東晉。此書是在大業堂刊本《東西晉演義》基礎上，適當擴充增補、修改而成。全書自「王濬計取石頭城」始，至「晉帝築臺禪劉裕」止，堆砌史實，結構鬆散，枯燥乏味，無甚可觀。

　　敘述南北朝歷史的小說有《南史演義》，三十二卷，《北史演義》六十四卷。清乾隆五十八年（1793）刊本。作者杜綱，評點者許寶善。杜綱（約1740-1800）字振三，號草亭，江蘇昆山人。少補諸生，有聲望，老不得志。著述甚豐，有《近是集》、《娛目醒心編》等傳世。許寶善，字穀虞，一字穆堂，號自怡軒主人，江蘇青浦人。乾隆二十五年（1760）進士，累官監察御史，丁內艱歸，不復出。《南史演義》、《北史演義》之序評皆出其手。除《南史演義》、《北史演義》之外，反映南北朝歷史的還有《梁武帝演義》，又名《梁武帝全傳》、《梁武帝西來演義》，十卷四十回，清初永慶堂刊本，題「天花藏主人新編」，首有天花藏主人康熙十二年（1673）序。天花藏主人著述才子佳人小說多種，其生平在才子佳人小說專節中介紹。《南史演義》、《北史演義》和《梁武帝全傳》三書相比較，《北史演義》比較成功。它在大體符合史實的原則下，博採當時戲曲、筆記小說中的故事，全書文字流利，敘事較為生動，可讀性較強。

　　反映五代史的，有《殘唐五代演義傳》，六十回，題「貫中羅本編輯」，有八卷本、六卷本兩種。八卷本題「卓吾李贄批評」，六卷本題「玉茗堂批點」。此書可能是元明間人作，但所謂羅貫中編撰，並不可靠。至於李卓吾、湯顯祖評點，當係偽托。在宋元時代五代史故事在民間廣泛流傳，現存講史話本《五代史平話》。元雜劇中，直接

取材五代史故事的劇目有十種，如《李克用箭射雙鵰》（白樸），《鄭
夫人哭存孝》（關漢卿），《十八騎誤入長安》（陳以仁）等。在話本、
元雜劇以及民間傳說基礎上編寫而成的《殘唐五代演義傳》，其故事
輪廓和主要人物依據史傳，但兼採民間故事，虛構較多。全書保留了
口頭文學特點，風格粗獷雄渾，主要人物李存孝、王彥章等虎虎有生
氣，但前詳後略，六分之五寫梁，六分之一寫唐晉漢周，虎頭蛇尾，
粗率潦草。

　　至於反映宋、明等朝代的歷史演義，我們將在論述《楊家將》、
《說岳全傳》、《飛龍傳》、《英烈傳》等小說時，加以介紹。

　　數量眾多的歷史演義小說，為什麼逐漸被淘汰，湮沒無聞呢？究
其原因，主要是：

1 商品化傾向的影響

　　隨著明代中葉資本主義萌芽的發展，城市商品經濟日益發達，市
民階層不斷壯大，印刷業有了長足的進步，以營利為目的的文藝作品
大量出版，以供市民文化娛樂的需要，這就使文藝創作商品化傾向日
益嚴重。

　　「今書坊相傳射利之徒偽為小說雜書，南人喜談如漢小王（光
武）、蔡伯喈（邕）、楊六使（文廣），北人喜談如繼母大賢等事甚多。
農工商販，抄寫繪畫，家蓄而人有之；癡騃女婦，尤所酷好。」[34]

　　以牟利為目的，把歷史演義等小說作為商品大量傾銷市場，這一
方面帶來了出版業的繁榮，促進了通俗小說創作的發展；另一方面，
文藝創作商品化的衝擊，許多作者為了賺錢，粗製濫造，剽竊抄襲，
製造了大量低劣的通俗歷史演義。他們既無卓越的史識，又無熾熱的
感情；既無嚴謹認真的創作態度，又缺少深厚的文化修養，因此，他

---

34 葉盛：《水東日記》卷20。

們創作的歷史小說只能拼湊史料，模仿《三國演義》、《水滸傳》的情節，文字又粗糙低劣，當然無法創造出輝煌的巨著。

歷史演義小說大量湧現，泥沙俱下，出現少數較好的作品，而大量作品質量低劣，被歷史淘汰，這是不足為奇的。

2 封建倫理思想的重壓

大多數歷史演義的作者是恪守正史，把歷史通俗化，「以通俗喻人，名曰演義」。創作的目的是進行封建教化，宣揚封建思想。雉衡山人楊爾曾明白宣稱寫《東西晉演義》的宗旨是：「嚴華裔之防，尊君臣之分，標統系之正閏，聲猾夏之罪愆，當與《三國演義》並傳，非若《水滸傳》之指摘朝綱，《金瓶梅》之借事含諷，《癡婆子》之癡裡撒奸也。」所以，他們在作品中竭力宣揚封建道德，特別是忠君思想和因果報應觀念。

由於封建倫理道德的重壓，作品不可能多層次、多角度地展現豐富多彩的內心世界和複雜矛盾的性格，人物性格單一化，或是大忠或是大奸，成為封建道德的傳聲筒。正面人物只有道德的絕對完美，沒有任何「邪念」和猶豫；反面人物只有惡德，沒有絲毫的人性和良心。這樣人物性格只能是簡單化、絕對化，只是成為沒有血肉、沒有靈魂的軀殼。

3 創作模式的束縛

自《三國演義》問世以來，歷史演義形成一種模式，具有穩定的機制，它像一切文學形式一樣，對內容有反作用，這種反作用「不僅表現在對內容強化或抑制，而且應該包括對內容的選擇和同化」[35]歷史演義這種形式，在對生活的選擇上，只容納帝王將相，「歷代興廢

35　孫紹振：《文學創作論》（瀋陽市：春風文藝出版社，1987年），頁333。

爭戰之事」，而較少容納市井細民的生活，不能貼近日常生活；它在人物設置上，形成明君、賢相、良將與昏君、奸臣、武夫這樣固定的矛盾對立面，人物性格臉譜化，人物類型單一化；在情節設置上，軍事鬥爭與政治鬥爭交替出現，無非是雙方交戰，篡權奪位之類，沒有展現生活的豐富性，情節單調；在語言上，多採用半文半白的淺顯文言，缺乏生活氣息。總之，形式僵化了，模式化了，不能突破創新，因此，互相抄襲，互相模仿，沒有新意。《三國演義》之後的多數歷史演義給人千篇一律的感覺。不少作者也想突破固定模式的束縛，他們在歷史演義中雜以神魔怪異之事，或穿插才子佳人的風流韻事，但仍不能從根本上創造出新的形式。

第六節　明末清初的時事小說

明中葉以後，政治腐敗，奸相與宦官輪流把持朝政，閹黨與東林黨鬥爭激烈；民族矛盾尖銳，後金崛起壯大，構成對明王朝的嚴重威脅；階級壓迫加重，經濟凋敝，農民起義不斷發生，明王朝已無可挽回地走向衰亡。日益嚴重的社會政治經濟危機，引起了不少有識之士的憂慮與憤懣，用文藝形式抨擊朝政，揭露奸佞，已成為強大的潮流。這時出現了許多反映當時歷史現實的戲曲和小說，這些戲曲、小說交相輝映，互相影響與促進，成為反映時代的晴雨表。在戲曲創作中，揭露權相嚴嵩專政的《鳴鳳記》，是明代時事戲的開山作品。此後，時事戲蔚然成風，出現了反映鄭和下西洋的《西洋記》（無名氏）；反映遼東戰事的《籌虜記》（徐應乾）；揭露客魏橫暴統治的《磨忠記》（闈甫）、《清忠譜》（李玉等）、《喜逢春》（清嘯生）等作品。在短篇白話小說中，也出現了反對嚴嵩暴政的《沈小霞相會出師表》等作品。在長篇小說創作中，湧現了數量可觀的時事小說，這是歷史小說的新品種。在宋元「講史」中，就有說「中興」故事者，即

講當時抗金史實，這是時事小說的源頭。從明末到清初，衍出了時事小說這一歷史小說的分支，開拓了歷史小說的新途徑。康熙以後，一方面由於社會相對穩定，出現了「乾嘉盛世」；另一方面，清代統治者加強控制，文網甚密，使時事小說暫時銷聲匿跡。到晚清，由於時代的需要，又重新興盛起來。

　　所謂時事小說，就是指反映當代歷史事件的小說。作者是作品所敘的事件的同代人，也就是說作者與作品所寫事件的年代距離一般不超過一代人，即三十年左右。它的特點是及時、迅速地反映當代重大事件，大量記敘了當時的文獻資料和傳聞軼事，反映了同代人對事件的認識和情感，具有很高的認識價值和史料價值。但一般來說，由於時間間隔短，缺乏對事件的深沈的反思和藝術上的錘煉，比較簡略粗糙，藝術價值不高。

　　明天啟、崇禎年間，社會矛盾集中在三大問題上：一、朝廷內部客魏閹黨專權，不但殘酷壓迫百姓，而且排除異己，無情地鎮壓東林黨和正直的官吏，製造了駭人聽聞的冤獄，引起閹黨與東林黨、復社之間長期激烈的鬥爭。二、崛起於遼東地區的建州女真，在努爾哈赤領導下，統一了建州女真各部，在明萬曆四十四年（1616）正式建立後金政權，勢力逐漸強盛。到明天啟初年就佔領了瀋陽、遼陽，佔據了東北大部分地區，構成了對明王朝的重大威脅。三、人民無法忍受明王朝的殘酷壓迫，終於爆發了李自成、張獻忠等農民起義。這三大矛盾，是人民關心的焦點，因此，時事小說都從這三方面取材，湧現了不少作品。現分敘如下：

一　反映客魏閹黨禍國殃民的小說

　　最早的是《警世陰陽夢》，十卷四十回，題「長安道人國清編次」，崇禎元年（1628）刊本。首有序，置「戊辰六月硯山樵元九題於獨醒

軒」。戊辰六月，即崇禎元年六月。作者、序者生平不詳。有人認為作者、序者當為一人，可能是福建建陽籍人[36]。明天啟七年（1627）八月，熹宗去世，朱由檢即皇帝位。十一月安置魏忠賢於鳳陽，魏忠賢旋即縊死於途中。而《警世陰陽夢》創作於魏忠賢死後的第二年的六月，時間相隔僅半年。序稱：「長安道人知忠賢顛末，詳志其可羞、可鄙、可畏、可恨、可痛、可憐情事，演作陰陽二夢。」全書分「陽夢」、「陰夢」兩部分。「陽夢」八卷三十回，敘魏忠賢微時可羞、可鄙的經歷和發跡後可畏、可恨的罪行；「陰夢」二卷十回，敘魏忠賢死後在地獄受審服刑的可痛、可憐之事。此書多據當時的傳聞瑣語，與史實相距較遠。第一回至十一回，寫魏忠賢這個流氓無賴的升沈榮辱，刻劃出一副破落戶的嘴臉，頗為生動形象。特別是抓住他善吹彈歌舞，會逢迎獻媚的特點，用唱曲作線索，組織情節。因善唱曲，結識李貞（應是李永貞），得以入京；在赴京途中，因唱曲結識了何內相，有了做禮部長班的機會；在京又因善曲得妓女蘭生的青睞，反被鴇兒詐去錢財，被迫離京；在流落涿州時，生了膿瘡，索性淨身，投花子太監入夥，又因善彈唱，得花子太監頭兒的歡心；後又被殷內相請作教曲教師，名揚京城，得到何內相賞識，進宮當了太監，侍候熹宗皇帝，從此發跡變泰，成了權奸。在魏忠賢竊取大權之後，作品著重寫他心懷叵測，又愚蠢無能，被崔呈秀等奸臣操縱，幹盡壞事，甚至想殺害皇帝，圖謀篡逆。由於作者從概念出發，人物失去了個性；故事情節只是為了圖解魏忠賢的篡逆陰謀，缺少生活氣息。「陰夢」部分，充滿因果報應之說，雖然能表現作者愛憎情感，但只是作者的主觀情感的宣洩，缺乏藝術感染力，無藝術價值之可言。

　　比《警世陰陽夢》稍晚的是《魏忠賢小說斥奸書》，八卷四十回，題「吳越草莽臣撰」，崇禎元年刊本。馮夢龍曾自稱「草莽臣」，

---

36 歐陽健：〈《警世陰陽夢》得失論〉，見《明清小說論叢》第五輯。

因此，有人認為可能是馮夢龍著，孫楷第疑為《遼海丹忠錄》的作者
陸雲龍著。《魏忠賢小說斥奸書》未注明成書月份，但〈凡例〉之二
曰：「是書自春徂秋，歷三時而始成。」說明是寫成於崇禎元年秋
天，比《警世陰陽夢》要稍晚一點。《魏忠賢小說斥奸書》是收集當
時的邸報、野史而編成的，忠於史實但缺少小說意味，作者在〈凡
例〉裡說明材料來源：「閱過邸報，自萬曆四十八年至崇禎元年，不
下丈許。且朝野之史，如正續《清朝》、《聖》、《政》兩集，《太平洪
業》、《三朝要典》、《欽頒爰書》、《玉鏡新譚》，凡數十種，一本之見
聞，非敢妄意點綴，以墜於綺語之戒。」並明白宣佈，不是寫小說，
而是編歷史，所以「是書動關政務，半繫章疏，故不學《水滸》之組
織世態，不效《西遊》之佈置幻景，不習《金瓶梅》之閨情，不祖
《三國》諸志之機詐」（〈凡例〉之三）。全書是「紀自忠賢生長之
時，而終於忠賢結案之日」，每回回目標明繫年，紀年準確，毫無差
錯。《魏忠賢小說斥奸書》雖有史料之價值，但成為正史之附庸，喪
失了文藝作品的特點。

　　有關魏忠賢的第三本小說是《皇明中興聖烈傳》，五卷，不分
回，明刊本，題「西湖義士述」，卷首有「野臣樂舜日」的〈小言〉。
作者可能就是樂舜日。這本書原刊本國內已失傳，存清光緒三十二年
上海中新書局的排印本，改名《魏忠賢軼事》。〈小言〉云：「逆璫惡
跡，罄竹難盡，特從邸抄中與一二舊聞演成小傳，以通世俗。」書中
多里巷瑣語，與《警世陰陽夢》所走的路子相似。字句多半文半白，
「僅具小說形式，而文理殊拙劣」，「事蹟亦半為傳說，可資考證者殊
少」[37]。所以史料價值、文學價值都不高。

　　描寫客魏閹黨故事最成功的作品是《檮杌閒評》。《檮杌閒評》，又
名《明珠緣》，五十卷五十回，未著撰者。鄭之誠《骨董瑣記》引繆荃

37　譚正璧：《古本稀見小說匯考》（杭州市：浙江文藝出版社，1984年），頁251。

孫《藕香簃別鈔》，疑此書為曾在弘光朝任工部給事中的李清所撰。

《檮杌閒評》以魏忠賢一生的罪惡史為中心，廣泛深刻地揭露了明代後期社會的黑暗。揭露了當時政治的黑暗與殘酷，特務橫行，冤獄四起，左光斗、周順昌等正直的官吏被陷害入獄，刑法之殘酷令人髮指；揭露了經濟上的橫征暴斂，肆意勒索，程宏謀、田吉等巧取豪奪，激起民變；揭露了官場上的黑暗和腐敗，貪汙行賄，賣官鬻爵。崔呈秀以兩萬銀子的高價，出售廣東總兵之職，而一些無恥之徒為了升官，諂媚魏閹，拜乾爹，覓美女，造生祠，獻符瑞，以至倪文煥獻「投命狀」，李實上「害賢書」，以誣告陷害求得升遷。作品還廣泛觸及妓院、賭場等黑暗角落，反映了腐朽衰敗的社會風氣。作品把明天啟年間的腐敗，歸結為「檮杌」的專權。一個目不識丁的太監、一個毫無知識的保姆竟玩弄皇帝於股掌之上，把持朝政達六年之久。這種怪現象是封建專制制度特有的產物，徹底地顯示了封建制度的不合理性和必然滅亡的命運。由於作者世界觀的侷限，當然不可能徹底否定封建專制制度，所以把它歸結為因果；朱衡治水時，燒了蛇穴，雌雄兩蛇化為客魏兩人，攪擾明朝天下。

《檮杌閒評》吸收了《三國演義》等歷史小說和人情小說的成果，具有章回小說的完整形式，與其他時事小說相比，在藝術上是高出一籌的。

首先，此書正確地處理了歷史真實與藝術虛構的關係。主要人物、重大事件都於史有據。楊漣、左光斗、周順昌的冤獄；顏佩韋等蘇州市民的反抗；妖書、梃擊、紅丸、移宮等大案的描述；魏忠賢慶生辰，各地建生祠等情節大體與史實相符。在重大事件不違背史實的前提下，又有藝術虛構，使小說情節連貫，有利於人物形象塑造。如梃擊一案，「東宮待衛蕭條」（《三朝野記》）使張差得以闖入宮中，是符合史實的。但擒拿張差的韓本用卻換成了魏忠賢，給魏忠賢得以重用提供了依據，為小說增添了情節的戲劇性。揚州知府劉鐸因在扇子

上抄了歐陽暉悼熊廷弼的詩，被誣為東林餘黨，逮捕入獄，這在《國榷》、《三朝野記》等書中有記載。作者把歐陽暉的詩改為劉鐸自己所寫，以突出劉鐸的正義感和魏黨迫害忠良的罪行。《明史》、《利瑪竇日記》都記載陳奉以征稅找礦為名，敲詐勒索，湖廣僉事馮應京「以法裁之」，並上疏告狀，但反被削職查辦。小說中改陳奉為程士宏，把馮應京寫成民變的指揮者，把群眾的憤怒情緒借民變加以典型化。

其次，此書的藝術結構比較完整、精巧。作品以魏忠賢、客印月的姻緣為線索，把客魏罪惡生涯貫串起來。客魏姻緣當然是虛構的，但亦非空穴來風。《纖言》：「客氏者，熹宗乳媼也。宮中舊例：內監與宮女配為夫婦，宮女賴內監買辦，內監借宮女補縫，蓋藕相比也，無異民間伉儷焉。乃客氏姿色妖媚，心喜魏忠賢狡黠，熹宗於夜半特給忠賢為妻。」《國榷》亦記：「上命歸忠賢。」作者據此虛構出兩人的故事。第六回，寫魏忠賢隨母侯一娘逃出強盜窩，寄居石林莊，為客印月找回遺失的三顆明珠，魏忠賢與客印月青梅竹馬，訂下婚約。第十三回，寫十多年後魏忠賢到薊州販布，與婚姻不幸的客印月重會，重敘舊情，勾搭成姦，客印月贈明珠一顆作為表記。第十八回，寫魏忠賢流落涿州當乞丐，無法生活，忍痛把珠子送當舖典當。第二十二回，當太監的魏忠賢與當皇帝乳母的客印月在宮中相會，在政治上勾結起來。第三十四回，馮銓為魏忠賢贖回二十多年前當的明珠，越次拜相。明珠重會，客魏二人的權勢也達到頂峰。用明珠做針線，把故事貫串起來，具備當時人情小說的格套。閹黨的重要黨羽用虛構情節讓他們與客魏生平遭際這條主線掛鈎，漸次出場，逐步顯示他們的面目。如第六回，魏忠賢在石林莊與李永貞、劉若愚結拜兄弟；第九回魏忠賢為倪文煥向魯太監求情，讓他考上秀才；第十一回寫魏忠賢與傅如玉成親，帶出傅家親戚田爾耕；第十七回，侯七官聚賭被捉，魏忠賢為他求情引出崔呈秀。這些都組織得有條不紊、十分嚴密。

第三、人物描寫比較成功，像魏忠賢、客氏這樣大奸大惡，也不

簡單化、臉譜化。魏忠賢未發跡前，一方面品質惡劣，幹了不少壞事；另一方面，又遭受許多苦難，反映了下層人民生活的悲慘。魏忠賢也並非一味奸惡，有時也受良心譴責。當他的錢財被妓院老鴇盜去時，「想道：『這也是我不聽好人之言，至有今日。當日妻子原勸我安居樂業，我不聽他，要出來。如今將千金資本都費盡了，只落得一身落泊，要回去有何面目見他？』」客印月所嫁非人，婚姻不幸，作者也有同情之感。倪文煥因無權勢，不得進學，託魏忠賢求了魯太監才當了秀才，當時並非壞人。到當了西城御史，見奉聖府奴僕橫行，也大發雷霆，罵道：「況你主人不過是乳媼之子，爾等敢如此橫暴放肆。」但是當客魏震怒時，他又後悔自己做事魯莽，得罪權貴；又想這口氣無法忍受，「拚著不做官」罷了；但又轉念「一生辛苦，半世青燈，才博得一第，做了幾年冷局，才轉得這個缺，何曾受用得一日？況家貧親老，豈可輕易丟去，還是陪他個禮好。」到了劉若愚要他獻「投名狀」，誣告忠臣，以求魏忠賢恕罪時，他雖然十分猶豫，最後還是為了保全自己，「沒奈何也顧不得別人性命，昧著天良，點了四個人」。這就把倪文煥內心活動淋漓盡致地刻畫出來。有的虛構的陪襯人物也寫得十分活躍。如侯家丫頭侯秋鴻，先是打情賣俏，與魏忠賢勾搭，並引誘客氏與忠賢成姦。到了客魏專權時，她卻時時諷刺魏忠賢，多次勸客氏改惡從善，盡早退步；到客氏死於獄中，她又仗義贖屍，報答舊主。侯秋鴻性格活潑，語言鋒利，未見其人，先聞其聲，市井俗語，脫口而出，人物躍然紙上。

二　反映後金政權與明王朝在遼東對抗的小說

一是《近報叢譚平虜傳》，二十卷二十則，題「吟嘯主人撰」，作者真實姓名不詳，明崇禎刊本。書敘崇禎初，皇太極（清太宗）領兵避開袁崇煥堅守的遼錦防線，從喜峰口突入關內，攻下遵化、順義、

固安，突襲京師，袁崇煥急忙率軍進關應援。清太宗用反間計，崇禎信以為真，以通敵罪逮袁崇煥，故事到此為止。作者在序中說：「近報者，邸報；叢譚者，傳聞語也。」此書是抄綴邸報，雜以傳聞，無甚藝術價值。

　　另一部作品是《遼海丹忠錄》，八卷四十回，題「平原孤憤生戲草，鐵崖熱腸人偶評」，書首有翠娛閣主人序，崇禎時刊本。「孤憤生」、「熱腸人」當然不是作者真名。翠娛閣主人序中有「此予《丹忠錄》所由錄也」一句，譚正璧先生推斷翠娛閣主人當為本書作者[38]。翠娛閣主人是陸雲龍別署。雲龍字雨侯，浙江錢塘人，生平不詳。

　　《遼海丹忠錄》是記明末遼東戰事，以毛文龍故事為主，歌頌他忠心為國，被袁崇煥妒功而冤殺。每卷仿正史紀年，從萬曆四十七年起至崇禎三年止，相當全面地反映了當時遼東形勢。從努爾哈赤出身，勢力壯大敘起，其中寫到李永芳被俘投降；薩爾滸戰役，明軍大敗，杜松陣亡，楊鎬喪師；熊廷弼經略遼東到他被誣入獄；袁應泰出任遼東經略，沈陽失守；毛文龍在皮島建立根據地，逐步壯大，屢建戰功，成為後金心腹之患；努爾哈赤招降，毛文龍拒降並報告朝廷；朝鮮國內的內亂；袁崇煥寧遠大捷；毛文龍派兵騷擾後金後方，努爾哈赤病死，皇太極繼位；袁崇煥殺毛文龍等重大事件。

　　此書歌頌毛文龍，批判袁崇煥冤殺毛文龍。毛文龍事原是明末歷史上一樁公案。毛文龍本李成梁部下，後投廣寧巡撫王化貞，任游擊之職。後金攻佔遼東，他逃到沿海島嶼，以皮島（今朝鮮灣之椵島）為根據地，發展勢力，騷擾後金，牽制它的西進，為明朝建立了大功，提升為左提督，掛將軍印，賜尚方劍。毛文龍被殺，主要有三個原因，一是後金利用袁崇煥急於達成和議的心理，要袁崇煥殺掉毛文龍。二是與明王朝黨爭有關。毛文龍深得魏忠賢扶持，文龍對他也極

---

38 譚正璧：《古本稀見小說匯考》（杭州市：浙江文藝出版社，1984年），頁252。

力奉承。故魏忠賢倒臺，文龍被視為黨羽。三是毛文龍在海島常冒軍功，索要糧餉過多，「朝廷多疑而厭之」。崇禎二年六月初，袁崇煥以犒賞吏卒為名到雙島，誘騙毛文龍來，用尚方劍斬之。袁崇煥擅殺毛文龍是錯誤的，使親者痛，仇者快，也給自己種下殺身之禍。明末史學家談遷曾說：「袁氏身膺不當之罰，則擅殺島帥，適所以自殺也。」後來崇禎中反間計，決心殺袁崇煥。毛文龍事也是引起崇禎懷疑袁崇煥通敵，促使他下決心的重要原因。明末人們並不知清太宗用反間計，都以為袁崇煥通敵，使清兵直逼京師。所以袁崇煥被凌遲處死，百姓爭食其肉。到了清兵入關後，修太宗實錄，其真相才大白於天下，袁崇煥冤情才得以昭雪。《遼海丹忠錄》對袁崇煥所持態度是當時朝野一致看法，雖並不正確，但事出有因，也無可厚非了。

　　《遼海丹忠錄》文筆生動細緻，非草率之作，寫毛文龍、袁崇煥等歷史人物亦頗生動，故本書在諸多時事小說中是值得重視的一部。

三　有關李自成起義的小說

　　一是《新編剿闖通俗小說》，十回，題「西吳懶道人口授」，作者真實姓名不詳，寫於南明弘光時期，清兵下金陵之前。書敘李自成起義始末，由李岩聚眾起事到吳三桂上表南京向弘光報捷。

　　二是《定鼎奇聞》，又稱《新世弘勳》、《盛世弘勳》、《順治皇帝過江傳》等，二十二回，題「蓬蒿子編」，首載順治八年（1651）自序。第一回從閻羅王冥司勘獄寫起，敘閻王勘獄發現許多罪大惡極的鬼魂應受懲罰，奏明玉帝，判在刀兵劫內勾銷；同時派月孛、天狗等凶神惡煞（指李自成等）降生人世，攪亂天下。從第二回起轉入故事正文，從李自成出世，一直寫到李自成攻下北京，內部互相殘殺，清兵入關，統一全國。

　　這兩部書之後，還有《鐵冠圖演義》一書，五十回，題「松滋山

人編」，它是敘明末清初李自成、張獻忠起義故事，特別寫到明宮人
費氏投井，被義軍救出，配給李自成部將羅某，費氏懷利刃，刺殺羅
某後，亦自刎。

　　這三本有關李自成起義的小說，都是古代小說中的糟粕。首先，
這三本小說胡編亂造，語多誣蔑。如《定鼎奇聞》說李自成誕生在延
安府米脂縣財主李十戈家中；崇禎帝誤開劉伯溫所遺木櫃；又諸神將
攝李自成的鬼魂等荒誕不經的情節。《明史》這樣的官方史籍也承認
李自成「不為酒色，脫粟粗糲，與其下共甘苦。」而《定鼎奇聞》則
誣之為淫棍，覓春宮，尋春藥，姦淫婦女，無惡不作。因此，這三部
小說既無史料價值，更無思想認識價值。其次是藝術水準低下。《新
編剿闖通俗小說》，把當時一些史籍文獻，拼湊在一起，不相聯綴，
可以說還未構成小說。《定鼎奇聞》雖情節比較連貫，但描寫粗糙，
藝術水準極差。

四　全面反映南明歷史的小說

　　以上三類作品，或著重寫統治階級內部鬥爭，或側重反映民族矛
盾，或主要寫農民起義，但都沒有全面地描寫晚明歷史。只有《樵史
通俗演義》，把晚明社會三種矛盾交織在一起，全面表現晚明歷史，
探索明朝滅亡的原因。

　　《樵史通俗演義》，八卷四十回，題「江左樵子編輯」，「錢塘拗
生批點」，近人研究，該書實為江左松江府青浦縣人陸應暘所著[39]。他
的生平，光緒本《青浦縣志》中有記載：「陸應暘，字伯生，郊子
也。少補縣學生，已而被斥，絕意仕進。詩宗大歷，黃洪憲及許國、
申時行皆折節交之。王世貞好以名籠絡後進，常譽應暘；應暘不往，

39　欒星：〈《樵史通俗演義》贅筆〉，見《明清小說論叢》第四輯。

時論益以為高，萬曆時修復孔宅，應暘之力居多。卒年八十有六。」
陸應暘少年時代曾為王世貞賞識，王卒於一五九〇年，陸生年當不晚
於萬曆元年（1573）。《樵史通俗演義》曾參考《新編剿闖通俗小
說》、《新世弘勛》二書，《新世弘勛》刊於順治八年，所以該書必刊
於順治八年之後。作者享年八十六，其卒年當在順治十五年（1658）
前後。評點者「錢塘拗生」，不知何許人，但評者與正文觀點相同，
口吻似著者自道，歷史學家孟森先生認為，其與作者當為一人[40]。

　　《樵史通俗演義》從天啟帝繼位寫起，到南明弘光小朝廷滅亡
止。以客魏閹黨、閹黨餘孽與東林黨、復社文人之間的爭鬥為主線，
間或穿插李自成、張獻忠起義和遼東戰事，全面反映了天啟、崇禎、
弘光三朝的歷史。「提筆譜來慚信史，且將璫禍入編年」。從第一至二
十回，主要寫客魏閹黨的興衰，間敘遼東事件；第二十一回至三十
回，主要敘李自成起義軍的發展壯大，攻入北京，崇禎縊死煤山，兼
及遼東戰事、明朝廷內部鬥爭；三十一回至四十回，主要寫弘光朝閹
黨餘孽馬士英、阮大鋮專權，製造黨禍，迫害復社；腐化墮落，四鎮
內爭，清兵南下，弘光朝滅亡，李自成起義亦失敗。作者的寫作意圖
是通過對晚明歷史的全面描寫，說明「門戶亡明」，罪魁禍首是魏（忠
賢）、崔（呈秀）、馬（士英）、阮（大鋮）。「細繹作者之為人及其時
代，其人蓋東林之傳派，而與復社臭味甚密，且為吳中人而久宦於明
季之京朝者。其時代入清未久，即作是書，無得罪新朝之意。於客、
魏、馬、阮，則抱膚受之痛者也。」孟森先生〈重印《樵史通俗演義》
序〉中的這段話精闢地概括了作者對晚明歷史所持的立場與態度。

　　《樵史通俗演義》在反映天啟、崇禎、弘光三朝內部鬥爭和遼東
滿清政權與明王朝對抗等方面都比較符合史實，而在反映李自成起義

40　孟森：〈重印《樵史通俗演義》序〉，轉引自《樵史通俗演義》（鄭州市：中州古籍
　　出版社，1987年），頁366。

方面則虛多實少，訛傳與誣蔑屢見不鮮。這與對農民起義軍情況知之不多和作者所持的階級立場有關。

《樵史通俗演義》有很高的歷史文獻價值，它「據事直書」，記載了當時歷史事件的真實面貌，抄存了不少文獻資料。如翰林院編修倪元璐連上三疏，要求為東林黨人平反，廢除《三朝要典》，《樵史通俗演義》都保留了下來。《樵史通俗演義》評語云：「倪鴻寶太史三疏，真千古大經濟、大文章。雖不敢埋沒，一一備載，猶恨限於尺幅，稍為刪十之三。然已互千古不朽矣。」又如三十七回寫到馬士英檢查阮大鋮所薦武官，甚至有瞎子、跛子，大為惱怒，出佈告要求選武官「略似人形，方可留用」。評語曰：「余是年在金陵，無論各鎮紛爭得之聽聞，馬閣部『略似人形，方可留用』一示，實親見張掛部前，不敢妄一語也。」由於《樵史通俗演義》的史料價值，對當時的史籍，如《明季北略》、《明季南略》、《平寇志》、《懷陵流寇始終錄》、《南明野史》、《小腆紀年》等書影響甚大，它們多從其中採錄史料，《樵史通俗演義》因此為歷史學家所激賞。但從文學創作角度看，它抄錄了大量歷史文獻，甚至抄錄了一篇很長的明朝在京死難文臣名單，這種文史相雜的情況，是歷史演義小說形式上的倒退，嚴重影響了作品的藝術效果。

《樵史通俗演義》之後，可惜小說創作領域沒有出現反映南明歷史的優秀成果，而在戲曲方面，《桃花扇》卻在《樵史通俗演義》的影響下，成為一部偉大作品，彪炳於文學史冊。《桃花扇》不但在卷首將《樵史通俗演義》列為參考書目，注明採用其二十四段史實，對歷史的評價，尤其是對馬士英、阮大鋮及他們之間的關係；對左良玉南下「清君側」，對復社文人看法都受《樵史通俗演義》的深刻影響。《樵史通俗演義》對戲曲創作的影響可見一斑。

第四章
英雄傳奇小說

第一節　概述

　　英雄傳奇和歷史演義同屬於歷史小說的範圍，兩者既有共同點，又有區別。在文學史、小說史和許多專家的論著中，有的對歷史演義與英雄傳奇不作區分，有的雖有區分但無明確的界說。至於具體作品，更是意見紛紜，同一作品或歸之歷史演義，或稱為英雄傳奇。這說明要把講史小說作比較明確的分類是相當困難的。孫楷第先生在《中國通俗小說書目》〈分類說明〉中說：「通俗小說中講史一派，流品至雜，自宋元以至明清，作者如林。以體例言之，有演一代史事而近於斷代為史者；有以一人一家事為主而近於外傳、別傳及家人傳者；有以一事為主而近於紀事本末者，亦有通演古今事與通史同者。其作者有文人、有閭里塾師、瓦舍伎藝。大抵虛實各半，不以記誦見長。亦有過實而直同史抄，憑虛而全無根據者，而亦自托於講史。如斯紛紛，欲以一定標準絜其短長，殆非易事。」

　　誠然，把歷史演義和英雄傳奇區分開，「殆非易事」。不過，我們想做些嘗試。我們認為歷史演義與英雄傳奇主要有以下幾方面的區別：

　　第一，歷史演義是以描寫歷史事件的演變，記述一代興廢為主體，而英雄傳奇則以塑造傳奇式的英雄人物為重點。就是說前者「演一代史事而近於斷代為史者」、「通演古今事與通史同者」；而後者「以一人一家事為主而近於外傳、別傳及家人傳者」。前者是編年體，而後者是紀傳體。前者多稱為「演義」、「志」，如《三國演義》、《東周列國志》；後者多稱為「傳」，如《水滸傳》、《說唐全傳》。歷

史演義力圖反映歷史上的重大事件，反映歷史發展的概貌，吸取歷史的經驗教訓；英雄傳奇則力圖通過英雄人物的性格發展史，反映特定歷史時期的社會生活，寄託人民的理想和願望。

第二，歷史演義多從史書上擷取素材，它的主要事件和人物基本上依據史實，最多也只能「七實三虛」。「演義者，本有其事而添設敷演，非無中生有者比也。」[1]英雄傳奇則多吸收民間傳說故事，虛多實少，主要人物和事件多為虛構。歷史演義如戲曲中的歷史戲，英雄傳奇則似戲曲中的歷史故事劇。例如，《三國演義》、《東周列國志》大體符合歷史的面貌，而《水滸傳》、《楊家將》除了宋江、楊業在歷史上還有點影子外，其他人物和事件大都子虛烏有。金聖嘆曾論述《史記》與《水滸傳》的區別，指出《史記》是「以文運事」，《水滸傳》是「因文生事」。實際上歷史演義大多也是「以文運事」，受歷史事實的制約，「是先有事生成如此如此，卻要算計出一篇文字來」；而英雄傳奇不受史實的約束，「因文生事」，「只是順著筆性去，削高補低都由我」。

第三，歷史演義是從「說話」中的「講史」發展而來的，英雄傳奇的源頭卻是「說話」中的「小說」。宋元「說話」分四家，「講史」與「小說」是最重要的兩家。歷史演義毫無疑問是從「講史」發展而來的，英雄傳奇情況就比較複雜，它的源頭大多是「小說」。魯迅先生認為「小說」包括銀字兒，如煙粉、靈怪、傳奇；說公案，「皆是樸刀、桿棒、及發跡變泰之事」；說鐵騎兒，「謂士馬金鼓之事」。《醉翁談錄》記載的小說名目，也把「小說」分為靈怪、煙粉、傳奇、公案、樸刀、桿棒、神仙、妖術等類。其中與英雄傳奇關係最密切的是公案、樸刀、桿棒、說鐵騎兒等。當然，明代以後，英雄傳奇小說已沒有宋元「小說」話本的基礎，都是文人的創作，是從歷史演義中分

1 劉廷璣：《在園雜志》，轉引自黃霖、韓同文：《中國歷代小說論著選》（南昌市：江西人民出版社，1982年），上冊，頁382。

化出來的。總而言之，一部分英雄傳奇小說是由「小說」發展而來的；另一部分，即後期的英雄傳奇則是從歷史小說中分化出來的。

第四，歷史演義多從史書擷取素材，因而人物性格缺少發展變化；反映政治軍事鬥爭多，反映人民日常生活少；反映帝王將相多，反映市井小民少；書面語言多，生活語言少。而英雄傳奇主要吸收民間故事，多寫草莽英雄，就是寫帝王將相，也著重表現他們發跡變泰的故事；著重寫英雄人物小傳，因而較多表現人物性格的發展變化，除反映重大政治軍事鬥爭外，也較多涉及市井小民的生活；語言的生活氣息濃。

英雄傳奇小說從總體上說，較歷史演義成就高，更成功地體現了我國古代小說的民族風格和民族氣派。

英雄傳奇小說在明代日益興盛，明清兩代，作品約有三、四十部之多，大致可分為三類；一類是寫官逼民反，人民反抗鬥爭，著重表現草莽英雄的，如《水滸傳》、《後水滸傳》等。另一類是寫保衛邊疆、抗擊侵略，著重表現民族英雄的，如《楊家傳》、《說岳全傳》等。還有一類是寫帝王發跡變泰故事，著重歌頌出身寒微的帝王奮鬥成功的事蹟，如《飛龍傳》等。

因為歷史演義與英雄傳奇有著不可分割的血緣關係，因此，同一題材的作品有的是歷史演義，有的發展為英雄傳奇，我們為敘述方便，把同一題材的小說歸在一起寫，寫朝代的放在「歷史演義」一章，寫個人或家族的放在「英雄傳奇」一章。

英雄傳奇從元末明初的《水滸傳》產生以來，在明中葉到清中葉形成高潮，以後逐步衰落。它與才子佳人小說結合，產生了如《兒女英雄傳》這樣集兒女情和英雄氣於一身的作品。它對公案俠義小說有著巨大的影響。正如魯迅在評論《三俠五義》時所說：「其中所敘的俠客，大半粗豪，很像《水滸》中底人物，故其事實雖然來自《龍圖公案》，而源流則仍出於《水滸》，不過《水滸》中人物在反抗政府，

而這一類書中底人物，則幫助政府，這是作者思想的大不同處，大概也因為社會背景不同之故罷。」[2]

由於社會的變遷，作者思想的大不同，清中葉以來，英雄傳奇小說中草莽英雄本色盡失，代之而興的是輔佐清官的俠客和風流美貌的俠女，英雄傳奇的生命也就終止了。但它的精神、藝術風格卻影響深遠，在現當代表現革命鬥爭的作品中，它的優良傳統得到發揚光大。

第二節　《水滸傳》

一　成書過程與作者

北宋徽宗宣和年間，以宋江等三十六人為首的農民起義是《水滸傳》創作的歷史依據。關於宋江起義，在史書上有零星記載。《宋史》〈徽宗本紀〉：「淮南盜宋江等犯淮陽軍，遣將討捕；又犯東京、河北，入楚海州界，命知州張叔夜招降之。」《宋史》〈張叔夜傳〉：「宋江起河朔，轉略十郡，官兵莫敢攖其鋒。聲言將至。叔夜使間者覘所向；賊徑趨海瀕，劫巨舟十餘，載擄獲。於是叔夜募死士得千人，設伏近城，而出輕兵距海誘之戰；先匿壯卒海旁，伺兵合，舉火焚其舟。賊聞之，皆無鬥志。伏兵乘之，擒其副賊，江乃降。」《宋史》〈侯蒙傳〉：「宋江寇京東，蒙上書言：『江以三十六人橫行齊、魏，官軍數萬莫敢抗者，其才必過人。今青溪盜起，不若赦江，使討方臘以自贖。』」宋范圭撰寫的〈折可存墓誌銘〉：「班師過國門，奉御筆：『捕草寇宋江』。不逾月，繼獲，遷武功大夫。」此外，宋李壹《十朝綱要》，徐夢莘《三朝北盟會編》，王偁《東都事略》等書，都

---

2 魯迅：《中國小說的歷史的變遷》，見《魯迅全集》（北京市：人民文學出版社，1957年），卷8，頁352。

有類似的記載。可見當時宋江起義聲勢頗大，其結局，謂張叔夜招降，或謂折可存平定，或稱降後征方臘。

從南宋起，宋江故事即在北方（包括太行山地區、山東地區）和南方（包括安徽、江浙一帶）廣泛流傳，成為「說話」藝人喜愛的題材。龔開〈三十六人畫贊〉初次完整地記錄了宋江等三十六人的姓名和綽號。羅燁《醉翁談錄》記載了以「水滸」故事為題材的「說話」的名目，如〈青面獸〉、〈花和尚〉、〈武行者〉、〈石頭孫立〉等。它們是各自獨立的英雄故事，屬「小說」的範圍。宋末元初的《大宋宣和遺事》為我們展現了《水滸傳》的原始面貌，主要描寫了楊志賣刀、智取生辰綱和宋江殺閻婆惜三件事，末尾還提到張叔夜招安，征方臘，宋江封節度使。這表明「水滸」故事從獨立的短篇開始聯綴成一體，從「小說」進入「講史」的領域。元代出現了一批「水滸戲」，包括元明之際的作品在內，存目有三十三種，其中有六種劇本保留下來了。在康進之《李逵負荊》、高文秀《雙獻功》等作品中，水滸英雄從三十六人發展到七十二人，又發展到一百零八人。對梁山泊這個起義根據地的描寫也接近了《水滸傳》了。宋江、李逵的形象得到了比較集中的描寫，更為生動、突出。

在宋元以來廣泛流傳的民間故事、話本、戲曲的基礎上，經偉大作家的再創造，《水滸傳》在元末明初誕生了。

《水滸傳》的作者，眾說紛紜，但大抵不出羅貫中、施耐庵二人。明高儒《百川書志》所錄《水滸傳》則題「施耐庵的本」，「羅貫中編次」。今所見明本，有題「施耐庵集撰」，「羅貫中纂修」者（鄭振鐸藏明嘉靖殘本、天都外臣序本）；有題「中原貫中羅道本名卿父編輯」者（明余氏雙峰堂志傳評林本）。由此可見，《水滸傳》作者或單署施耐庵，或單署羅貫中，或施羅並舉。

羅貫中生平已見《三國演義》一節。施耐庵生平材料極少。明人記載多說他生活於元末明初，為錢塘人。從二十年代起，就有人提出

施耐庵是蘇北人。後陸續發現《施氏族譜》，淮安王道生撰〈施耐庵墓誌銘〉等材料。近年來，江蘇又進行大量調查，發現一批文物，主要有施家橋出土的〈施讓地券〉、〈施廷佐墓誌銘〉、《施氏家簿譜》（《施氏長門譜》）等。據此，有人對施氏生平作如下勾勒：施耐庵係元末明初人，名子安，又名肇端，字彥端，耐庵為其又字或別號。「鼻祖世居揚之興化，後徙海陵白駒」，至順間「鄉貢進士」，流寓錢塘。曾入張士誠幕，張敗後，隱居白駒著書，避朱元璋徵而去淮安，卒。乃孫遷其骨歸葬白駒鄉間施家橋。但對上述材料的可靠性，專家多有懷疑，因為《施氏家簿譜》中所載施彥端是否就是施耐庵證據不足。只要這一點無法確證，其餘材料的意義都不大了，因為那只是證明了施彥端及其後代的情況，與施耐庵無關[3]。

　　在中國古代著名小說中，《水滸傳》版本最為複雜，可分為繁本（或稱文繁事簡本）和簡本（或稱文簡事繁本）兩個系統。

　　繁本系統又可分為百回本，百廿回本和七十回本三種。現存百回繁本有：

一、《京本忠義傳》，殘頁，一九七五年發現，藏上海圖書館，明正德、嘉靖書坊所刻[4]。

二、《忠義水滸傳》，殘本，存八回，鄭振鐸藏本。當為嘉靖刊本。

三、《忠義水滸傳》，首有天都外臣（汪道昆）序，明萬曆十七年（1589）刊本。

四、《李卓吾先生批評忠義水滸傳》，明萬曆三十八年（1610）容與堂刊本。

　　以上四種是現存最重要的百回繁本。其中《京本忠義傳》雖刊刻

3　有關施耐庵生平的材料及爭論，詳見《施耐庵研究》（南京市：江蘇古籍出版社，1984年）。

4　顧廷龍、沈津：〈關於新發現的《京本忠義傳》殘頁〉，見《學習與批判》1975年第12期（1975年）。

於明正德、嘉靖年間，但成書可能在元末明初，是現存百回繁本中最早的本子。鄭氏藏嘉靖本是介於《京本忠義傳》和天都外臣序本、容與堂本之間的本子。天都外臣序本雖比容與堂本早，但現存的不是原刻本，而是清康熙年間的補刊本。所以容與堂本是現存最完整的百回繁本，而且它有李贄的評語，在《水滸傳》版本中具有重要地位。除以上幾種重要繁本外，明芥子園刊本《李卓吾評忠義水滸傳》，首有大滌余人序，有李贄評語。李玄伯藏明刻本《忠義水滸傳》，首亦有大滌余人序和李贄評語。芥子園本、李玄伯藏本的李贄評語是相同的，但與容與堂本不同。

　　百廿回繁本，主要有明袁無涯刊本，首有李贄序、楊定見小引。李贄評語與芥子園本同，與容與堂本不同。百廿回本是在百回本基礎上，增加了據簡本改寫的征田虎、王慶故事而成的。

　　七十回繁本，係金聖嘆用百回繁本作底本的修改刪節本，僅取前七十回，並將「梁山泊英雄排座次」改寫為「梁山泊英雄驚噩夢」結束全書。金聖嘆偽托施耐庵寫的序文和全書評語。

　　簡本系統較為重要的版本有：

一、《新刊京本全像插增田虎王慶忠義水滸傳》，殘本，明刊本，巴黎國家圖書館藏。

二、《京本增補校正全像忠義水滸志傳評林》，明萬曆二十二年（1594）雙峰堂刊本。還有雄飛館「英雄譜」本，「漢宋奇書」本等多種。回目不一，有一二〇回、一一五回、一二四回等，均有征田虎、王慶故事。

　　長期以來，關於簡本、繁本的關係，學術界一直存在著三種不同意見：簡先繁後，繁本是在簡本基礎上加工而成的；繁先簡後，簡本是繁本的刪節本；簡本和繁本是兩個系統，同時發展。我們仍持簡先

繁後的傳統觀點[5]。

　　《水滸傳》容與堂本的評點是葉晝所作，袁無涯刊本、芥子園本的評點是李贄的手筆[6]。《水滸傳》李贄、葉晝的評點是中國古代小說評點的發端，對中國古代小說理論的發展具有極為重要的意義。

　　金聖嘆對《水滸傳》的評點，使我國古代小說理論形成自己的理論體系，大大豐富了我國古代美學理論的寶庫。

　　水滸故事從流傳到《水滸傳》成書，到各種版本的出現，前後經歷了四百多年的時間。在這漫長的歲月裡，民間藝人、專業作家都參與了創造，各種社會思潮、文藝思潮都在《水滸傳》成書過程中留下了印記。分析《水滸傳》的成書過程，對我們正確理解和評價《水滸傳》具有重要的意義。

第一　《水滸傳》是民間文學與作家創作相結合的產物，它的思想與藝術水準是一個逐步提高的過程

　　《水滸傳》中的一些人物和故事有深厚的民間文學的基礎，從《醉翁談錄》的說話名目、水滸戲、《大宋宣和遺事》等材料看，可以肯定宋江、李逵、魯智深、武松、楊志、燕青等人物，「智取生辰綱」、「三打祝家莊」等故事都是早在民間流傳，有著深厚民間文學基礎的，恰恰是這些人物和故事是《水滸傳》中最精彩、最成功的部分，這絕不是偶然的巧合。優秀元雜劇《李逵負荊》幾乎原封不動地被吸收進《水滸傳》就是令人信服的證據。

　　施耐庵是一位偉大作家，他對水滸故事的加工創造作出了巨大的貢獻。

　　首先，他不僅選擇和保留了許多優秀的民間故事，而且對民間故

5　齊裕焜：〈略談《水滸傳》的成書過程〉，見《蘭州大學學報》1979年第1期（1979年）。

6　對李贄評語的真偽意見紛紜，此據葉朗《中國小說美學》的觀點。

事作了加工、提高，使英雄人物更光彩奪目。反霸鬥爭是元雜劇的共同主題，從現存的劇目看，多數只著眼於反對惡霸調戲婦女或與淫婦通姦，沒有更深刻的思想涵義，有的則成為庸俗的社會道德劇。《水滸傳》描寫高衙內調戲林沖妻子，表面上看與元代某些水滸戲的情節相似，但是作者把這件事與殘酷的政治迫害、與林沖性格的發展聯繫起來，創造了林沖這個具有深刻社會意義的典型。宋江殺惜在《大宋宣和遺事》裡，是因為閻婆惜與吳偉通姦而殺了她；在水滸戲裡宋江「因帶酒殺了娼妓閻婆惜」，「只因誤殺了閻婆惜」；而《水滸傳》把宋江殺惜與私放晁蓋聯在一起，把爭風吃醋的桃色事件變成了具有嚴肅政治鬥爭內容的故事。

其次，施耐庵把分散、零星的水滸故事改寫成《水滸傳》這部巨著時，在材料的選擇、安排上表現了對封建社會生活的深刻理解。他把高俅發跡的故事放在全書開端來寫，表明「亂自上作」，揭示了農民起義的社會根源。把英雄人物個人反抗放在前面寫，然後逐步聯合，形成一支強大的梁山義軍，客觀上反映了農民起義「星火燎原」的歷史進程；保持梁山義軍的悲劇結局，客觀上說明了投降是沒有出路的。

第二 《水滸傳》成書過程決定了它的複雜性和不平衡性

首先是思想內容的複雜性。在它的漫長的成書過程中，既有說話藝人、戲曲作家的精心創造，又有封建文人染指其間；各種社會思潮和文藝思潮也給它打上不同的烙印，整個成書過程充滿了兩種文化的激烈鬥爭。統治階級力圖磨滅它的革命鋒芒，要把它改造為宣揚投降主義的作品。明初朱元璋的孫子朱有燉所寫的兩本水滸戲：《豹子和尚自還俗》和《黑旋風仗義疏財》，就體現了這種反動傾向。《黑旋風仗義疏財》雜劇，寫到張叔夜出榜招安時，李逵樂得手舞足蹈：「我這裡聽議論，喜色津津。便出城門，跋涉紅塵，改過從新。到山寨勸

大哥，情願首做良民。」而且用了一半篇幅寫宋江、李逵投降後征方臘[7]。

其次是思想藝術的不平衡性。《水滸傳》是由小本水滸故事集合而成的，正像魯迅指出的：「《水滸傳》是集合許多口傳，或小本《水滸》故事而成的，所以當然有不能一律處。」[8]

《水滸傳》大體上由兩類話本組成的。一類是以寫人物為主的英雄小傳，一類是以事件為中心的公案故事或戰爭故事。這些大多是經過千錘百煉而高度成熟的短篇話本，是非常成功的，可是有的章節由於原先的基礎不好，比較平庸，尤其是各個人物小傳或各個故事之間的過渡性章節就更差。如在魯智深傳和林沖傳之間的《火燒瓦官寺》，就是為了把魯智深送入東京，把魯智深傳和林沖傳聯綴起來，這種過渡性章節就有勉強湊合的毛病。

由於《水滸傳》是由短篇話本聯綴而成的，因而結構比較鬆散，一些情節安排不合理，如為了用宋江、李逵去把一些獨立的故事連在一起，就讓宋江、李逵下山接父親或母親上山，情節很不合理，因為梁山泊其他頭領的家眷都是小嘍囉接上山的，為什麼宋江、李逵非要自己去接不可？情節多有重複，如李逵每次下山都要約三件事，這在作家獨立完成的作品中不會如此拙劣。另外結構比較鬆弛，為後來文人或書店老闆大開方便之門，可以採取「插增」的辦法，使《水滸傳》內容不斷增加。插增征田虎、王慶各十回，就是確切的證據。「征遼」十回是否是後來「插增」的也是有可懷疑之事。這些插增部分，大多比較低劣。

7　朱有燉的水滸戲情節與小說有很大不同，甚至連人物綽號、姓名也不同，可見不是在《水滸傳》之後產生的。此處引文據明宣德間周藩原刻本。

8　魯迅：《中國小說的歷史的變遷》，見《魯迅全集》（北京市：人民文學出版社，1957年），卷8，頁338。

二　《水滸傳》主題的辨析

《水滸傳》的主題思想，眾說紛紜，但不外三種觀點：一是農民起義說，有的認為《水滸傳》是農民革命的頌歌；有的則認為是宣揚投降主義的作品。兩種意見雖針鋒相對，但都是肯定了《水滸傳》是寫農民起義的作品。二是市民說，認為《水滸傳》是寫市民階層的生活，反映市民階層的情緒與利益，為「市井細民寫心」。三是忠奸鬥爭說，認為《水滸傳》是寫忠臣與奸臣的鬥爭，歌頌忠義思想。這三種觀點都包含著合理的成分，都從某個側面反映了《水滸傳》的思想內容。

我們分析《水滸傳》的主題思想，離不開三個基本事實。一是《水滸傳》確實是以農民革命為題材，廣大人民群眾參與了創作。二是它由市井說書藝人、戲曲藝人孕育而成。三是它由封建社會裡進步的知識分子施耐庵等人加工創作而成的。我們應該從事實而不是從概念出發分析《水滸傳》的主題思想。

在封建社會裡，農民階級與地主階級的矛盾是主要矛盾。被壓迫人民反抗地主階級的封建統治，用武裝鬥爭與封建的國家機器相對抗，不論其參加者的成分多麼複雜，也不論其反對封建統治的自覺程度如何，都屬於農民階級革命鬥爭的範圍。《水滸傳》是以農民革命為題材，它所反映的宋江起義有歷史事實為依據；它所描寫的「官逼民反」的故事，深刻地反映了農民起義的社會根源；它所描寫的梁山義軍千軍萬馬與封建統治者的軍隊作戰，攻城掠地，殺官吏、分財物都是我國千百次農民起義的真實寫照；它所描寫的英雄人物要與「大宋皇帝作個對頭」，要「殺到東京去，奪了鳥位」等等，都是農民革命情緒的生動表現；它客觀上反映了農民起義「星火燎原」的歷史進程。總之，《水滸傳》反映了農民革命的聲勢和情緒，它的某些部分

也塑造了光彩奪目的革命英雄的形象，從這個意義上說，《水滸傳》的確是一曲農民革命的頌歌。

在封建社會，尤其到了宋元時代，城市經濟有了巨大的發展，市民階層迅速壯大，但是這時的市民階層仍然未成為新的生產關係的代表，即資本主義生產關係的代表，它還從屬於封建的自然經濟。但是，不可否認，市民階層有著不同於農民的生活特點和思想感情。水滸故事是長期在城市中流傳的，市民階層參與了水滸故事的創造。因為市民階層不熟悉農村生活，也不真正了解農民，因此，水滸故事市井細民用自己的眼光觀察、反映的農民起義，與真正的農民起義存在著某種距離。這在《水滸傳》裡主要表現為：書中所描寫的梁山泊英雄大多出身於市民，並對市井生活作了色彩斑斕的描寫，而描寫農村生活卻蒼白無力；另外書中滲透了市民階層的道德觀，主要是對「仗義疏財」和見義勇為的豪俠行為的歌頌。

施耐庵等人是封建社會裡進步的文人，他們並不贊成也不理解農民起義，並沒有把梁山泊起義理解為農民階級反抗地主階級的階級鬥爭，而是看作「善與惡」、「義與不義」、「忠與奸」的鬥爭。因此，他們是用「忠奸鬥爭」這個線索把小本的水滸故事串連起來的。這體現在作者是用忠奸鬥爭貫串全書，在書中歌頌忠義思想，把《水滸傳》寫成忠義思想的頌歌。在以下三個問題上，表現尤為突出：

首先表現在他們對方臘起義的態度上。從客觀上說，宋江的梁山泊起義與方臘起義是一樣的「造反」行為。可是，作者在忠臣義士與亂臣賊子之間劃了一條線，那就是對皇帝的態度。如果被奸臣逼迫，不得不反，但始終忠心不忘朝廷，那麼雖然聚義水泊，抗拒官兵，攻城掠地，都是與奸臣作鬥爭，情有可原，不算亂臣賊子。如果南面稱王，建元改制，要奪取天下，那就是大逆不道，「十惡不赦」。所以，方臘是「惡貫滿盈」，宋江卻是「一生忠義」、「並無半點異心」。

其次表現在他們對宋江受招安的態度上。作者把宋江受招安看作

天經地義的行為。對宋江等人來說，因奸臣當道，「蒙蔽聖聰」，不得已「暫居水泊」，後來皇帝醒悟，重用義士，所以「義士今欣遇主」，接受招安以顯示他們的「忠良」。對皇帝來說，招安宋江等人得到忠臣良將，是國家之大幸，「皇家始慶得人」，從此可以藉以掃蕩「外夷內寇」。因此，梁山泊全夥受招安是作為「普天同慶」的盛事來描寫的。梁山義軍以「順天」、「護國」兩面大旗為前導，在東京接受皇帝的檢閱。他們接受招安，既是「順天」，又為了「護國」，根本不是投降。作者沒有把梁山泊起義看作是農民階級反抗地主階級的革命，也沒有把受招安看作是農民義軍對朝廷的投降，而是看作忠臣義士在不同政治環境中順理成章的變化，看作是忠臣義士的高尚品德，是上合天意、下得民心的光榮行為。

　　再次表現在作者對梁山泊義軍結局的處理上。作者對義軍結局的處理是為了表現「自古權奸害忠良，不容忠義立家邦」的「奸臣誤國」的觀點。《水滸傳》在結尾部分，瀰漫著悲涼的氣氛，痛恨奸臣誤國，而又無可奈何的情緒表現得淋漓盡致。征遼途中，羅真人勸宋江：「得意濃時，便當退步，切勿久戀富貴。」燕青用韓信等功臣被誅的史實，勸盧俊義要隱跡埋名，以終天年。但是，宋江、盧俊義因為要忠心報國，不肯急流勇退，終於被害。相反，李俊聽從費保等人勸告，避難海外；燕青、戴宗、阮小七、柴進、李應等辭卻功名，消極退隱，都得善終。李俊等人的命運和宋江的結局不是形成鮮明的對照嗎？作者在結尾部分的詩詞裡，譴責奸臣誤國，總結宋江悲劇的教訓：「太平本是將軍定，不許將軍見太平」；「時人苦把功名戀，只怕功名不到頭」；「早知鴆毒埋黃壤，學取鴟夷范蠡船」。這裡要表現的是功臣被害的悲劇，要宣揚的是功成名退的思想，要總結的是統治階級內部鬥爭的教訓，要表達的是對殺戮忠臣的憤慨。

　　作者一方面清醒地看到奸臣未除，忠臣義士仍然沒有前途，寫了悲劇結局；另一方面，又不違背忠君思想，宋江明知被毒害，卻視死

如歸，忠心不改；而皇帝也不辜負忠臣，為宋江封侯建祠，「生當鼎食死封侯，男子平生志已酬」，留下了一條虛幻的光明的尾巴。

魯迅曾指出：「至於宋江服毒的一層，乃明初加入的，明太祖統一天下之後，疑忌功臣，橫行殺戮，善終的很不多，人民為對於被害之功臣表同情起見，就加上宋江服毒成神之事去——這也就是事實上的缺陷者，小說使他團圓的老例。」[9]魯迅認為《水滸傳》的結局反映了作者同情功臣被害的思想，一語道破了《水滸傳》表現忠奸鬥爭的實質。

小本水滸故事既有農民革命思想的閃光，又有市民階層感情的滲透，最後加工者把它們聯綴成長篇巨製時，又用忠奸鬥爭的思想對它進行了加工改造。因而，《水滸傳》的主題思想呈現出多元融合的趨勢。我們既要看到施耐庵們表現「忠奸鬥爭」的創作意圖，又要看到作品實際展示了歌頌農民革命的客觀意義；既要看到忠奸鬥爭的思想是把全書串連在一起的主線，又要看到串連在這一條主線上的英雄小傳和相對獨立的故事，是閃耀著農民革命思想和市民道德理想的珍珠。所以，我們在分析《水滸傳》複雜的思想內容時，要把作者的主觀意圖與作品的客觀意義區分開來，把《水滸傳》的部分章節與貫串全書的主線、局部與整體區分開來，這樣才能擺脫那種非此即彼的簡單的邏輯判斷。承認《水滸傳》的思想內容是農民階級、市民階層和封建進步知識分子思想的多層次的融合，承認《水滸傳》是既矛盾又統一的藝術整體，也許這樣的認識更符合《水滸傳》的實際。

三　傳奇式英雄形象的塑造

英雄傳奇就是塑造傳奇式的英雄。《水滸傳》是英雄傳奇小說的

9　魯迅：《中國小說的歷史的變遷》，見《魯迅全集》（北京市：人民文學出版社，1957年），卷8，頁337。

典範作品，它成功地塑造了神態各異、光彩奪目的英雄群像。《水滸傳》與《三國演義》是同時代的作品，但是，由於它是在以反映人物命運為主的「小說」話本基礎上發展起來的；由於它的主要任務是塑造英雄人物，通過英雄人物的命運反映歷史的面貌，因此，塑造英雄人物是作者的「興奮點」而竭盡全力。從中國小說發展史來考察，《水滸傳》在人物塑造方面和《三國演義》相比，有很大的發展和提高，標誌著中國古代小說人物塑造從類型化典型向個性化典型的過渡。

　　《水滸傳》以「眾虎同心歸水泊」為軸線，描寫英雄人物經歷各自不同的人生道路，百川入海，匯集到梁山泊，展現了封建社會中「官逼民反」、「逼上梁山」的歷史潮流。一百零八條好漢，他們上梁山的道路，大致可分為三種類型，即奔上梁山、逼上梁山和拖上梁山。

　　第一類是性格豪爽的草莽英雄，他們大多出身在社會底層，對黑暗社會早已滿腔怒火，一觸即發，只要遇到適當機會，或身受迫害，或目睹世間不平，因而某些突發事件就成為導火線點燃了他們心中的怒火，他們立即義無反顧、一往無前地奔上梁山。李逵、魯智深、阮氏三雄、解珍、解寶都是這一類草莽英雄的代表。

　　第二類如宋江、林沖、楊志、柴進等人，或有高貴出身，顧惜「清白」身世，不肯輕易落草；或有較高的地位，留戀小康生活，不願鋌而走險。他們對統治階級有不滿，與被壓迫人民有較多聯繫，但對朝廷有較多的幻想，與封建統治者有不易割斷的聯繫，因此非到被統治階級逼得走投無路，非要經過一番嚴重的思想鬥爭，才會被逼上梁山。

　　第三類人物或是出身大地主、大富豪之家，或是身居要職，是統治階級的得力幹將，是鎮壓農民起義的骨幹力量，他們以消滅農民起義軍為己任，但是在與農民起義軍的血與火的搏鬥中，被打敗，被俘虜，被客觀形勢逼得無路可走，只好「暫居水泊，專等招安」。他們是被農民革命的風暴捲進義軍隊伍的，是被拖上梁山的。如盧俊義、

秦明、黃信、關勝、呼延灼等。

　　《水滸傳》裡的英雄人物是古代英雄人物與農民、市民階層理想人物相結合的產物。在原始社會，人們主要是圖騰崇拜，進入奴隸制社會以後，由圖騰崇拜進入了英雄崇拜的時代。歌頌的英雄人物是勇和力的象徵，是人類征服自然的理想化英雄。《水滸傳》裡的英雄人物，特別是草莽英雄，一方面繼承了古代英雄勇和力的象徵，但他們征服的對象主要不是自然界，而是人類社會的蟊賊。他們具有蔑視統治階級的權威，蔑視敵人的武力，具有戰勝一切敵人的豪邁氣概。另一方面，又體現下層勞動人民的道德理想，性格直率、真誠，總是把自己的內心世界、自己的個性赤裸裸地和盤托出，不受敵人的威脅、利誘，不計較個人的利害得失；對統治階級無所畏懼，甚至對皇帝也說些大不敬的言論；對自己的領袖也不曲意逢迎而敢於直率批評；從不隱瞞自己的觀點，從不掩飾做作；性格豪爽，不為禮節所拘。他們是「透明」的人，他們「任天而行，率性而動」，體現了與封建理學相對立的「童心」，是下層人民特別是市民階層道德思想的產物，是與反對封建理學的時代思潮一致的。因此，這些草莽英雄受到廣大人民群眾的熱烈歡迎，也受到具有初步民主主義思想的進步文人的讚賞。李卓吾、葉晝、金聖嘆稱他們是「活佛」、「上上人物」、「一片天真爛漫」、「凡言詞修飾、禮數嫻熟的，心肝倒是強盜，如李大哥雖是魯莽，不知禮數，卻是真情實意，生死可託」。李逵等草莽英雄成為雅俗共賞、人人喜愛的「妙人」、「趣人」。他們一方面繼承了古代英雄的特徵，作為「力」與「勇」的化身，具有類型化的傾向；另一方面，又寄寓了下層人民特別是市民階層的道德理想與生活情趣，有較為突出的個性特徵。具有個性化典型的傾向。

　　《水滸傳》裡的英雄人物，具有古代英雄勇和力的特徵，充滿了傳奇性，同時，又具有深刻的現實性。作品精細地描寫他們性格與周圍環境的關係，他們性格的形成與階級出身、個人遭遇有著密切的關

係；他們並非天生的英雄而有自身的弱點；他們的性格並非生來如此，而有一個發展變化的過程，他們是逐步戰勝自身性格的弱點、缺點才逐步成長起來的。這正是《水滸傳》由類型化典型向個性化典型過渡的主要特徵。如林沖的性格發展就有著清晰的軌跡。他先是安分守己、軟弱妥協，所以高衙內調戲他的妻子，他卻怕得罪上司，「先自手軟了」；發配到滄州，他仍抱有幻想，希望服刑以後還能「重見天日」，所以，還打算修理草料場的房子，以便過冬；只有當統治階級把刀架到他的脖子上時，他才憤怒地殺掉放火燒草料場的陸謙等人，奔上了梁山。

　　《水滸傳》一方面主要還是寫傳奇式的英雄，著重在火與血的拚搏中展現他們粗豪的性格，而對他們的日常生活、家庭關係等較少涉及，反映出塑造人物的類型化傾向；另一方面，《水滸傳》對英雄人物的周圍環境，對陪襯人物，對市井生活和風俗習慣也有了較為精細的描寫。除了英雄人物的主色調外，還展現了市井小民生活的斑斕的色彩。如圍繞武松這傳奇人物的經歷，通過潘金蓮勾引武松，王婆說風情，鄆哥鬧茶坊，武松告狀、殺嫂等情節，展現當時的市井生活和王婆、何九叔、鄆哥等「卑微人物」的精神面貌。圍繞著林沖、魯智深、楊志的遭際，描寫了東京大相國寺的眾潑皮，滄州開小飯館的李小二，東京流氓無賴牛二等人物，展示了當時的風俗人情和「市井細民」的心態。與《三國演義》相比，應該說《水滸傳》對人情世態、對社會眾生相的描寫有了長足的進展。這也是《水滸傳》人物塑造由類型化典型向個性化典型過渡的重要標誌。

　　《水滸傳》人物性格個性特徵更為鮮明，正如金聖嘆所說：「敘一百八人，人有其性情，人有其氣質，人有其形狀，人有其聲口。」這是它從類型化走向個性化的重要特徵。為什麼能使「大半粗豪」的人物都個性鮮明？它在人物個性化方面的重要經驗是：一、傳奇性與現實性、超人與凡人的結合。傳奇性的英雄必然有「超人」「傳奇

性」的一面，但又有凡人「現實性」的一面。《水滸傳》寫出了傳奇式英雄的超人之處，又寫了他們性格的弱點和成長過程，使他們具有凡人的品格，這就避免了過分誇張失實，避免了《三國演義》「欲狀劉備之仁而似偽，欲寫孔明之智而近妖」的缺點。二、驚奇與逼真的結合。義大利文藝復興晚期的詩人塔索在論述英雄史詩時曾說過：「逼真與驚奇，這兩者的性質是截然不同的，甚至可以說幾乎是互相排斥的。儘管如此，逼真和驚奇卻都是史詩必不可少的。優秀的詩人的本領在於把這兩者和諧地結合起來……」[10]怎樣做到驚奇與逼真的結合？就是整個故事情節高度誇張和生活細節嚴格真實相結合。沒有高度誇張，故事情節就失去驚心動魄的傳奇色彩；沒有細節的嚴格真實，誇張就失去真實感。如武松打虎，整個故事情節是高度誇張的，但是武松打虎的細節描寫卻是嚴格真實的。作者用哨棒打折了這個細節，一方面表現武松打虎時的緊張神情，一方面更顯示他徒手打虎的神勇；在打死老虎之後，寫他精疲力竭，「哪裡提得動，原來使盡了力氣，手腳都酥軟了」。想到如再出隻老虎，「卻怎地鬥得他過」，所以，「一步步捱下崗子來」；遇見披著虎皮的獵人，以為又遇到老虎，不由得大驚失色道：「啊呀！我今番罷了！」這些描寫都非常真實，既寫出武松浴血奮戰的艱辛，又使英雄人物親切感人。沒有這些細節的高度真實，就會削弱整個故事的真實性，就會因誇張而失實。三、粗線條勾勒與工筆細描結合。也就是說，用說故事的辦法，通過一連串驚心動魄的情節，勾勒出人物性格的輪廓，然後又用工筆細描的辦法，描繪人物的音容笑貌，突出人物的個性特徵。例如武松性格是通過一連串驚心動魄的故事展開的。而這一連串的故事是用敘述性的筆調作簡潔的勾勒，但是對關鍵性情節，對人物音容笑貌又作工筆細

---

10 塔索：〈論詩的藝術〉，轉引自《歐美古典作家論現實主義和浪漫主義》（北京市：中國社會科學出版社，1980年），頁126。

描。武松醉打蔣門神，故事情節簡單，如果作者只作粗線條勾勒，便會像金聖嘆所說：「如以事而已矣，則施恩領卻武松去打蔣門神，一路吃了三十五六碗酒，只依宋子京（宋祁）例，大書一行足矣。」但是，作者為了突出「醉打」特點，表現武松性格中「趣」的一面，卻作了細膩的描寫和盡情的渲染。作者細寫武松一路喝酒，「無三不過望」；寫他裝醉，在蔣門神的酒店裡三次尋釁鬧事，挑逗、激怒對方，尋找痛打蔣門神的藉口；作者對酒店裡的戰鬥及武松痛打蔣門神的「醉態」也作了淋漓盡致的描寫。這就不但使武松和魯智深、林沖、李逵等人的性格區別開來，也使武松性格的各個側面展示出來。「看他打虎有打虎法，殺嫂有殺嫂法，殺西門慶有殺西門慶法，打蔣門神有打蔣門神法。」如果只用粗線條勾勒，這幾個故事可能寫得雷同，但作者在細節上卻作了工筆細描，就把武松性格的勇、狠、細、趣的不同側面生動地表現出來，人物不僅有了骨架，而且血肉豐滿。這正是《水滸傳》較之以後的英雄傳奇小說，如《楊家將》、《說唐》等作品，人物性格要鮮明得多的重要原因。

四　鮮明的民族特色

《水滸傳》是在民間文學基礎上寫成的，它深深地紮根在我們民族生活的土壤中，因而具有鮮明的民族特色。《水滸傳》是體現中國古代小說民族風格、民族氣派的典範性作品。

《水滸傳》的民族特色，主要表現在它塑造的人物具有鮮明的民族性格；表現方法具有典型的民族風格，語言是高度純熟的民族文學語言。

《水滸傳》描寫了英雄人物生活的典型環境。它展示了中國宋元時代的真實的歷史圖景，它不但精確描寫了當時逼使英雄豪傑鋌而走險的惡劣的社會環境，而且逼真地再現了宋元時代城市經濟的發展和

市民階層不斷壯大的時代特點，描繪了封建時代城市和市民生活的風俗畫。汴京的大相國寺，清河縣王婆的茶坊，快活林蔣門神的酒店，白秀英賣唱的勾欄，無不散發著民族生活的濃郁氣息，具有極為鮮明的民族生活特色。

在宋元都市生活的土壤中成長起來的英雄人物具有突出的民族性格，體現了我國下層人民特別是市民的審美觀念、道德觀念和價值取向。

水滸英雄大多身體魁梧、虎背熊腰、粗豪爽朗、質樸純真，體現了古代英雄的力和勇，體現了以古拙淳樸為美的審美觀。「魯達自然是上上人物，寫得心地厚實，體格闊大」；「李逵是上上人物，寫得另是一樣氣色。一百八人中，真要算做第一快人，心快口快，使人對之，齷齪都銷盡。」金聖嘆這些評論，精闢地道出了梁山好漢所體現出來的我們民族的審美觀，也是千千萬萬《水滸》讀者的共同的審美判斷。

水滸英雄體現了強烈的群體意識。「八方共域，異姓一家」，「千里面朝夕相見，一寸心死生可同。相貌語言，南北東西雖各別；心情肝膽，忠誠信義並無差。其人則有帝子神孫，富豪將吏，並三教九流，乃至獵戶漁人，屠兒劊子，都一般兒哥弟稱呼，不分貴賤；且又有同胞手足，捉對夫妻，與叔侄郎舅，以及跟隨主僕，皆一樣的酒筵歡樂，無問親疏。或精靈，或粗魯，或村樸，或風流，何嘗相礙，果然認性同居；或筆舌，或刀槍，或奔馳，或偷騙，各有偏長，真是隨才器使」。每個人物都是英雄，但任何個體又離不開英雄的群體。每個人都有不同的性格和特長，但在集體中都能和諧相處，各顯所長。各個人的出身經歷不同，但在集體中都能平等對待，和睦相處。這種強烈的群體性意識，正是中國古代人民在長期的封建重壓下，在與自然與社會的鬥爭中形成的道德觀念，與西方小說中所體現的個人意識和個人英雄主義有很大的不同。

「義」是連結梁山一百零八條好漢的紐帶，是他們的道德準則。

扶困濟危，為人出力是他們的美德。「寫魯達為人處，一片熱血直噴出來，令人讀之深愧虛生在世上，不曾為人出力。」為了朋友之義，赴湯蹈火在所不辭，這是人生的信條，這是我們民族的價值取向，這種崇高壯烈的情感使讀者心靈昇華到更高的境界。

　　樂觀幽默的人生態度，是水滸英雄的又一特色。他們不是盲目樂觀，他們對社會的險惡有著嚴峻冷靜的判斷，但是任何艱難險阻都可以戰勝，在刀光劍影中，在生死的廝殺裡，他們保持著樂觀幽默的情調。魯智深拳打鎮關西，吳用智取生辰綱，武松醉打蔣門神，李逵江州劫法場等等，都是那麼自信、樂觀、風趣，這正是中國人民的民族性格。

　　在民間文學基礎上產生的《水滸傳》，經歷了從短篇到長篇，從民間說唱文學到文人創作，從聽覺藝術到視覺藝術的發展過程，典型地體現了中國古代長篇白話小說的發展道路，因而《水滸傳》形成的藝術特色，體現了中國古代小說的民族風格。它最突出的特點是情節的曲折性與人物刻畫的統一。魯智深的性格是在「拳打鎮關西」，「大鬧五臺山」，「倒拔垂楊柳」，「大鬧野豬林」等一系列緊張曲折的情節中展開的。林沖的性格是在「誤入白虎堂」，「刺配滄州道」，「棒打洪教頭」，「風雪山神廟」等驚心動魄的故事中完成的。小說中的一切情節都是為了表現人物性格，因而人物的外貌、性情、內心活動以至生活環境都是結合著情節展開的，沒有離開人物的情節，也沒有離開情節的人物描寫、環境描寫。正如胡士瑩先生所說：「人物描寫已達到生活環境的描寫和人物心理的刻畫緊密結合的程度；而且刻畫人物心理又是把對話、行動、內心活動三者結合起來，使聽眾和讀者如臨其境，如見其人。」[11]

　　《水滸傳》是在民間文學基礎上加工而成的，先天就有口語化的

---

11 胡士瑩：《話本小說概論》（北京市：中華書局，1980年），上冊，頁327。

特點，又經過施耐庵等文人作家的加工創造，成為純熟的優秀的文學語言。《水滸傳》的語言和《三國演義》比較，更為生動、活潑、生活氣息強，人物語言個性化成就高。《水滸傳》和《紅樓夢》代表了我國古代小說語言的最高成就，而又有著不同的特色。前者更多吸收民間說唱文學的語言成就，帶有更濃烈的民間文學色彩，更生動潑辣，酣暢淋漓。後者更多吸收了傳統詩歌、散文的成就，帶有更鮮明的文人創作的語言風格，更清新自然、典雅秀麗。

《水滸傳》的敘述語言通俗易懂，形象傳神，富有表現力，無論是敘述事件還是刻畫人物都能達到繪聲繪色、形神畢肖的地步。寫人物，如見其人，如聞其聲，在「汴京城楊志賣刀」一節裡對潑皮牛二醉態的描寫，在「魯智深大鬧野豬林」一節裡對魯智深勇猛形象的描寫，都是非常出色的例子。寫景色，則簡練傳神，使人如臨其境，使景物描寫與人物性格和諧地結合在一起，「林沖雪夜上梁山」中對雪景的描寫，就深受魯迅的讚賞，是古代小說中景物描寫的範例。

《水滸傳》人物語言達到個性化的高度。李逵初見宋江一節；林沖妻子被高衙內調戲，魯達帶眾潑皮趕來相助一節；都是通過人物對話，表現了各自不同的身分和性格。此外，像潑皮牛二的流氓無賴口吻，差撥語言的兩面三刀，王婆語言的圓滑刁鑽，閻婆惜語言的潑辣鋒利等等，都是十分精彩的高度個性化的。

五　地位與影響

《水滸傳》深受我國人民的喜愛，廣泛流傳，產生了重大的社會影響。首先，《水滸傳》裡的革命精神和理想化的英雄形象，成為鼓舞後代人民革命鬥爭的火炬，指引和激勵著人民奮起反抗黑暗統治。明清兩代的農民起義，有的打起「替天行道」的大旗；有的從《水滸傳》裡學習政治、軍事鬥爭的經驗；有的則借用水滸英雄的綽號，以

梁山好漢自居。只要翻閱一下徐鴻儒白蓮教起義、太平天國、天地會、小刀會起義、義和團鬥爭，這一些農民革命鬥爭的史料，就可以看到《水滸傳》的影響。其次，具有進步思想的文人如李贄、金聖嘆等，他們強調水滸的忠義思想，用以批判社會的黑暗和不平；他們歌頌梁山英雄的純真樸實，批判封建禮教的虛偽和殘酷，控訴假道學的「可惡、可恨、可殺、可剮」[12]。當然，他們並不贊成對朝廷「造反」，而強調宋江等人的「忠義」。再次，《水滸傳》的重大影響，還可以從反面看出。統治階級對它極端仇視，視為洪水猛獸。說它是一本「賊書」，「此書盛行，遂為世害」，「貽害人心，豈不可恨」[13]？因此屢加禁燬。但是，《水滸傳》是禁燬不了的，而且越禁越發傳播得快。於是統治階級就用《蕩寇志》這樣的反動作品來「破他偽言」，抵消它的革命影響，「使天下後世，深明盜賊忠義之辨，絲毫不容假借」[14]。

　　《水滸傳》在文學藝術領域也產生了巨大影響。首先，它是英雄傳奇小說的典範作品，它所創造的這種英雄傳奇的體式，對後代小說創作產生了重大影響。《說唐》、《楊家將》、《說岳全傳》等作品都是沿著它所開闢的創作道路發展的。同時，它對俠義小說又有直接而重大的影響。《三俠五義》等一系列公案俠義小說雖然作者的命意與《水滸傳》大相逕庭，「而源流則仍出於水滸」（魯迅）。

　　其次，《水滸傳》對其他藝術形式如戲曲、曲藝、電影、電視、繪畫等都有很大影響。以水滸為題材的明清傳奇作品，有李開先的《寶劍記》、陳與郊的《靈寶刀》、許自昌的《水滸記》、沈璟的《義俠記》等三十餘種。京劇、崑曲和各種地方戲都有大量的水滸戲。揚州評話中的《魯十回》、《林十回》、《武十回》、《宋十回》、《盧十回》、《石十回》，王少堂的《虎松打虎》都是曲藝中的著名作品。近

12　容與堂本《水滸傳》，第六回回評。

13　參看《明清史料乙編》（北京市：商務印書館，1936年）。

14　俞萬春：《蕩寇志》，第一回。

年來，又出現了不少以水滸為題材的電影、電視，使它得到更廣泛的傳播。以水滸為題材的繪畫更是不可勝數，明「陳老蓮水滸葉子」就是繪畫方面的傑出代表。

《水滸傳》不但在中國是家喻戶曉，而且也深受世界人民的喜愛。一七五九年，日本就有了《水滸傳》的節譯本；一九三三年，美國賽珍珠譯的名為《四海之內皆兄弟》的水滸譯本，產生了很大影響。現在《水滸傳》已有十多種文字的數十種譯本，風行世界，成為世界文學寶庫中的一顆明珠，放射著璀璨的光彩。

第三節　《水滸傳》的續書

《水滸傳》的巨大影響還表現在它的續書方面。《水滸傳》的續書最主要的有三部，即《水滸後傳》、《後水滸傳》和《結水滸傳》（《蕩寇志》）。在中國古代小說浩如煙海的續書裡，《水滸傳》的續書最有特色、最有價值。

一　《水滸傳》續書簡介

《水滸後傳》四十回，署「古宋遺民著」、「雁宕山樵評」。作者陳忱，字遐心，一字敬夫，號雁宕山樵，浙江烏程（今吳興縣）人。生於明萬曆四十一年（1613），卒年不詳。但從《水滸後傳》清康熙甲辰（三）年原刻本考察，陳忱在付刻前還作了序，可見康熙甲辰（1664）年他還活著。陳忱生活在明末清初「天崩地解」的時代，明亡時，他絕意仕進，與顧炎武、歸莊等人組織驚隱詩社。《水滸後傳》大約是他五十歲時的作品。晚年住在南潯，「身名俱隱」，「賣卜自給」，「窮餓以終」。除《水滸後傳》外，還著有《雁宕詩集》二卷、《癡世界樂府》、《續廿一史彈詞》等，可惜大多散佚。

　　《水滸後傳》緊接百回本《水滸傳》，描寫梁山泊英雄征方臘後，死傷過半，剩下李俊、阮小七、燕青等三十多人，分散各地，大多隱居不仕，想過太平日子。但是，蔡京、童貫等奸臣卻不放過他們，務要斬盡殺絕。他們被迫重新集結，再度起義。阮小七等在登雲山聚義，李應等在飲馬川舉兵，李俊等則以太湖為根據地，抗擊惡霸巴山蛇，後與樂和、花逢春（花榮之子）一起飄然揚帆出海，佔據金鰲島，開闢水滸英雄的海外基地。由於金兵大舉入侵，中原失守，徽、欽二宗當了俘虜。在這歷史轉折的關頭，阮小七、李應、燕青等水滸英雄和他們的後裔，肩負起打擊金國入侵者和漢奸賣國賊的雙重任務。他們懲辦了蔡京、高俅等奸臣，又探視當了俘虜的宋徽宗。在中原大勢已去的情況下，倖存的水滸英雄雲集，撤離登雲山，到海外與李俊會師。小說最後寫水滸英雄會集海外，征服暹邏諸島，李俊做了暹邏國王，他們解救了被金兵圍困在牡蠣灘的宋高宗趙構，又派燕青等「護駕」到杭州，為宋朝「中興」做出了貢獻。全書以「中外一家、君臣同慶」的大團圓結局。

　　《後水滸傳》四十五回，題「新鐫施耐庵先生藏本後水滸傳」、「青蓮室主人輯」。卷首有序，末署「彩虹橋上客題於天花藏」。後附「素政堂」、「天花藏」印章各一方。存清乾隆素政堂刊本。「青蓮室主人」不詳，「彩虹橋上客」當即天花藏主人。「施耐庵」云云，當係偽托。此書可能寫於清順治或康熙初年。

　　《後水滸傳》是用水滸續書的形式寫楊幺起義。它緊接百廿回本《水滸傳》，描寫南宋初年宋江托生為楊幺，盧俊義托生為王摩重新起義的故事。這時金兵入寇，徽、欽二帝被擄，高宗偏安江南，楊幺集何能（吳用轉世）、馬窿（李逵轉世）、花茂（花榮轉世）、賀雲龍（公孫勝轉世）等人分別在天雄山、焦山、白雲山、峨嵋嶺等地重舉義旗，反抗官府壓迫。他們懲辦了蔡京、童貫、高俅等轉世的賀省、董索、夏霖等奸臣惡霸。楊幺又親到臨安，勸高宗振興朝政。在楊幺

領導下，各地英雄齊集，以洞庭湖為根據地，屢次打敗「進剿」的官軍，聲威大振。朝廷震驚，派岳飛率軍鎮壓。楊幺等戰敗從地道遁去，直往龍虎山，重歸伏魔殿石窟，天罡地煞相逢於穴中，化成黑氣，「凝結成團，不復出矣」。

《結水滸傳》（《蕩寇志》）七十回，另附結子一回。作者俞萬春（1794-1849），字仲華，號忽來道人，浙江山陰（今紹興）人。他一生沒有正式任官，但在青壯年時代先跟隨其父鎮壓廣東珠崖城的黎族起義，後又隨父在桂陽鎮壓了梁得寬為首的農民起義，又參加「圍剿」趙金龍為首的瑤族人民起義。這些「征剿」農民起義的活動，為他創作《蕩寇志》提供了豐富的「生活經驗」。

《蕩寇志》草創於道光六年（1826），寫成於道光二十七年（1847），前後三易其稿，歷時二十二年。但俞萬春「未遑修飾而歿」，又經其子龍光代為「修潤」，於道光二十九年（1849）刻板問世。

《蕩寇志》緊接金聖嘆七十回本《水滸傳》，敘述宋江等在梁山泊英雄排座次之後，又發展至幾十萬人，力量不斷壯大。提轄陳希真因好道教修煉，「絕意功名」，抱病在家，他的獨生女陳麗卿容貌美麗，武藝絕倫，被高衙內看中，要娶其為妻。陳希真父女嚴懲了高衙內，寓家逃走，「權作綠林豪客」，創猿臂寨，與梁山泊對立。他們跟雲天彪、徐槐率領的官軍合作，同心協力「圍剿」梁山泊，結果把梁山好漢一百零八人「盡數擒拿，誅盡殺光」，把他們的靈魂也永遠鎮壓在石碣之下，永世不得翻身。

除以上三部《水滸傳》續書外，還有一九三三年中西書局出版的梅氏藏本《古本水滸傳》一百廿回，前七十回是金批本《水滸傳》，第七十一回起緊接盧俊義驚夢，從石碣天文順敘而下，寫宋江出奇破敵，官軍大敗，梁山泊慶功大宴，忽然霹靂一聲，雷轟石碣，結束全書。《古本水滸傳》表現農民義軍的反抗精神和英雄業績是有一定成就的，但所謂「施耐庵古本」顯係偽托所以實際上只是一部水滸續

書。續書時間不但在金聖嘆之後，也當在《蕩寇志》之後，因為它不僅前七十回用了金批本《水滸傳》，而且從七十一回續起的辦法也顯然是從《蕩寇志》學來的。我們甚至懷疑它是在民國以後續作的。在本世紀三〇年代，文壇上有一股續寫《水滸傳》的熱潮，出現了程善之的《殘水滸》、姜鴻飛的《水滸中傳》、張青山的《水滸拾遺》、張恨水的《水滸新傳》、谷斯范的《新水滸傳》、劉盛亞的《水滸外傳》等等。不同之處不過在於他們標明是「新作」、「續作」，而梅氏卻偽托為「古本」而已。

二　各抒胸臆，續成新篇

《水滸傳》三部續書都不是為牟利而粗製濫造的作品，都不是抄襲前傳、模仿原著的平庸之作，它們都是飽含著作者的感情，經過長期醞釀的嘔心瀝血之作，這正是《水滸傳》續書較之那些千篇一律的公案、俠義小說的續書高出一籌的根本原因。

三部續書都不滿意《水滸傳》宋江受招安、被奸臣所害的結局，圍繞著梁山泊英雄的結局各抒胸臆，續成新篇，體現了作者各不相同，乃至完全對立的思想情感，表現了大相逕庭的水滸觀。因而，三部續書是研究《水滸傳》研究史和明清時代文化思想史的寶貴材料。

下面我們分別剖析一下各書的具體情況：

首先我們要看一下《水滸後傳》。《水滸後傳》的作者陳忱是明代遺民，面對山河破碎、輿圖變色的現實，「窮愁潦倒，滿眼牢騷，胸中塊磊，無酒可澆，故借此殘局而著成之」[15]。他明確宣佈「《後傳》為洩憤之書」[16]。他要洩什麼憤？就是亡國之痛。

---

15 陳忱：〈水滸後傳序〉，轉引自黃霖、韓同文：《中國歷代小說論著選》（南昌市：江西人民出版社，1982年），上冊，頁307。

16 陳忱：〈水滸後傳序〉，轉引自黃霖、韓同文：《中國歷代小說論著選》（南昌市：江西人民出版社，1982年），上冊，頁312。

　　《水滸後傳》全書瀰漫著亡國悲痛的氣氛。當柴進、燕青立馬吳山，看到杭州秀麗河山時，感嘆地說：「可惜錦繡江山，只剩得東南半壁！家鄉何處，祖宗墳墓遠隔風煙。如今看起來，趙家的宗室，比柴家的子孫也差不多了，對此茫茫，只多得今日一番嘆息！」在這裡，不是寄託了作者深沈的亡國之痛嗎？

　　《水滸後傳》裡的忠君思想是引起人們非議之處。其實，作者的忠君是有兩重性的，作者對現實中的宋徽宗、宋高宗是把他們作為亡國之君來批判的。他說：「那道君皇帝聞著蔡京的屁也是香的」，「康王新立，盡有中興之望，不料原用汪伯彥、黃潛善一班奸佞之臣，以致宗留守氣憤而亡，李綱、張所貶責不用，眼見容不得正人君子，朝廷無路可歸了」！但是，當作者把宋徽宗、宋高宗作為國家的代表時，卻懷著同情和崇敬之心，寫李俊在海外建國還要「原奉宋朝正朔，一切文移俱用紹興年號」，燕青等去金營探視宋徽宗，李俊在牡蠣灘「救駕」，這並非作者要人們忠於宋徽宗這些昏君，而是表現作者懷念舊朝的遺民心情，寄託作者愛國之心。

　　《水滸後傳》繼承了前傳「奸臣誤國」的觀點，並注入新的內容。蔡京、高俅等奸臣不僅誤國而且賣國，他們不僅是迫害百姓，把人民「逼上梁山」的罪魁，而且是使國家淪亡，葬送大好河山的禍首。李應、樊瑞斥責蔡京等人說：「這四個奸賊，不要說把我一百單八個兄弟弄得四星五散，你只看那錦繡般江山，都被他弄壞，遍山豺狼，滿地屍骸，二百年相傳的大宋，瓦敗冰消，成了什麼世界！」作者憤怒地控訴了奸臣是國家淪亡的千古罪人。作者不僅充分揭露他們貪贓枉法的罪行，而且著重揭示他們賣國求榮的卑劣靈魂。王黼對楊戩、梁師成說：「實不瞞二位先生，我已使小兒王朝恩到金營與元帥粘罕沒喝說了，道不日攻破汴京，擄二帝北去，立異姓之人為中國之主。」「安知我二人不在議立之中。不消幾日，便有好音……」深刻揭露了王黼一夥奸臣賣國求榮的無恥嘴臉。

　　《水滸後傳》充分肯定了前傳水滸英雄鬥爭的正義性，在新的形勢下，又讓他們肩負起打擊惡霸奸臣和抗擊侵略保家衛國的雙重任務。作者在「三軍慟哭王業銷，萬事忽然如解瓦」的形勢下，把希望寄託在草莽英雄身上，「抱膝長吟環堵中，草澤自有真英雄」[17]。作者描寫梁山英雄和他們的後代為抗擊金兵入侵浴血奮戰。二十四回描寫燕青深入敵營，向當了階下囚的宋徽宗獻青果、黃柑，取苦盡甘來之意。宋徽宗悔悟道：「可見天下賢才傑士，原不在近臣勛戚。」宋高宗被金兵趕下海，包圍在牡蠣灘，只有李俊等人趕來「救駕」，才得脫險。這象徵著真正能挽救國家危亡的只有這些草莽英雄。

　　《水滸後傳》不滿意前傳宋江等人被奸臣殺害的結局，所以李俊等人在海外建國，作為抗金復國的基地，具有理想主義色彩。從書裡描寫的李俊海外基地的地理位置來看，與古代暹邏國（今泰國）的方位不合，倒像是在閩浙附近。因此，我們有理由認為，作者寫李俊海外建國，雖然是受唐傳奇《虬髯客傳》的影響，但更重要的是借此寄託作者對鄭成功在臺灣抗清鬥爭的期望，表現了強烈的抗清復明的鬥爭精神。

　　其次，我們再來看《後水滸傳》。《後水滸傳》用「天道循環」、「氣運劫數」的先驗循環論，把宋江起義與楊幺起義聯繫在一起，但是，揭開這層歷史唯心論的面紗，就可以看到《後水滸傳》包含著體現歷史本質的合理的內核。作者繼續展示了封建社會「官逼民反」的客觀現實，熱情歌頌農民前仆後繼的革命精神和報仇雪恨的堅強決心。

　　《後水滸傳》對前傳結局不滿，對宋江受招安持批判態度。廿七回眾好漢大鬧開封府，救出楊幺，王摩問楊幺：「方才哥哥說出梁山泊好漢劫救宋江。只這宋江，哥哥可學他麼？」楊幺回答：「宋江的仗義疏財，結識兄弟，便可學得；宋江懦弱沒主見，帶累弟兄遭人謀

---

17 陳忱：〈九歌──壬寅（1662）夏作〉，轉引自鄭公盾：《水滸傳論文集》（銀川市：寧夏人民出版社，1983年），頁391。

害，便不可學他。」王摩聽得大快，說道：「俺王摩向來笑宋江沒用……他們俱被宋江害得零落，自己也被人謀死……你若學了宋江，將你做了寨主，豈不是俺弟兄也要被你害得零落，豈不又是一場笑話？故此急要問你。你今主意與王摩一樣心腸，心同貌同，必能與眾弟兄共得生死，做得事業。」

楊幺像許多農民義軍領袖一樣，不能徹底否定封建制度，他仍然存在著忠君思想，特別在金兵入侵時，把希望寄託在宋高宗的「中興」上。楊幺認為南渡的宋高宗「外有謀臣良將，內有忠良，不復徽、欽之昏暗。若不昏暗，必盡改前人之非，天下事正未可料」。但是，他前往建康，目睹趙構無恢復之心，沈湎於酒色之中，「知其無能為矣」。於是潛入宮中直諫君非，勸他「遠讒去佞，近賢用能，恢復宋室」。同時提出了有條件投降的主張，「今奸佞滿庭，此身未敢輕許，陛下若能誅秦檜等，幺必願為良臣，再有人以力屈服楊幺者，亦願為良臣。如其不然，非所願也」。但是，楊幺的願望沒有實現，朝廷奸佞未除，楊幺卻因王佐的叛變而失敗，重演了起義被鎮壓的悲劇。不過，這種歷史的重演不是簡單的重複，而是告訴人們，農民起義除了因投降而被鎮壓外，內部出現奸細，堡壘從內部被攻破，也是農民起義軍失敗的另一種歷史教訓。

《後水滸傳》是在金兵南侵的大背景下展開故事的。作者雖然沒有寫楊幺義軍直接與金兵作戰，但是，作者著重批判了秦檜、黃潛善兩個賣國賊；揭露了由蔡京、童貫、高俅轉世的賀省、董索、夏霖與金人勾結、出賣國家的罪行；歌頌了楊幺等與奸臣賣國賊的鬥爭。

在金兵入侵的形勢下，作者一方面不敢對岳飛這樣的民族英雄不敬，所以寫楊幺對岳飛的崇敬，表示願向岳飛投降；另一方面，又避免寫岳飛對楊幺義軍的鎮壓；避免出現「水擒楊幺」的悲慘局面，而是讓楊幺等從軒轅井逃走，天罡地煞化成黑氣，「不復出矣」。這樣既保護岳飛的英名，避免成為鎮壓楊幺這些英雄豪傑的劊子手，又可使

楊幺等人免去被擒捉殺戮的悲慘結局，作者的處理是煞費苦心的。

最後我們再分析《蕩寇志》一書。《蕩寇志》(《結水滸傳》)是我國小說史上最自覺的反動小說之一。作者在農民革命的大風暴即將來臨之際，以他反動的政治敏銳性覺察到《水滸傳》對農民起義的巨大鼓舞作用，因此他寫出這部《蕩寇志》，配合滿清王朝的軍事鎮壓，對人民進行「攻心戰」。「蓋以尊王滅寇為主，而使天下後世，曉然於盜賊之終無不敗，忠義之不容假借矇混，庶幾尊君親上之心，油然而生矣。」[18]

為了抵消《水滸傳》的影響，作者編造出蔡京、童貫、高俅等奸臣與宋江義軍互相勾結的故事，妄圖把人民對貪官汙吏、惡霸奸臣的仇恨，轉移到梁山義軍身上去。

為了抵消《水滸傳》的影響，他樹立陳希真父女為榜樣，即無論受到如何深重的壓迫也都不能反抗朝廷，而要積極去鎮壓農民義軍，以此來換取朝廷的信任與賞識。就像徐虎林教訓盧俊義時所說的：「即使遇有微冤，希圖逃避，也不過深入窮谷，斂跡埋名，何敢嘯聚匪徒？」作者借仙人之口斥責宋江：「貪官汙吏干你甚事？刑賞黜陟，天子之職也；彈劾奏聞，臺臣之職也，廉訪糾察，司道之職也。義士現居何職，乃思越俎而謀？」這就是要求人民，不管貪官汙吏、惡霸奸臣如何橫行，都只能俯首貼耳，聽任宰割，而不能「越俎而謀」，起來除奸戮佞。

為了抵消《水滸傳》的影響，對水滸英雄竭盡誣蔑歪曲之能事。說他們奸詐強橫，殘害百姓；說他們勾結奸臣，攪亂朝綱。還編造出王進把林沖罵倒，群眾咒罵宋江等情節，把水滸英雄寫成十惡不赦的「強盜」，要把他們「千刀萬剮，方洩吾恨」，表現了對農民起義軍的刻骨仇恨。

---

18 徐佩珂：〈《蕩寇志》序〉，引自《蕩寇志》(北京市：人民文學出版社，1985年)，
　　下冊，頁1042。

　　《蕩寇志》也對《水滸傳》的結局不滿，認為梁山泊受招安，建功立業這樣的結局是歌頌了「強盜」。因此，作者就要寫水滸英雄被斬盡殺絕，以此來表示對朝廷招安義軍的抗議，以此來警告人們不能再走梁山義軍的道路。

　　《蕩寇志》極為鮮明的反動性又是披著華麗的藝術外衣出現的，具有極大的欺騙性和迷惑性。在中國古代小說史上像《蕩寇志》一樣反動的作品可以找到，但像它這樣極其反動又頗有藝術性的作品是找不出第二部的。《蕩寇志》是中國古代小說史上最理想、最難得的反面教材。

三　打破窠臼，別開生面

　　《水滸傳》三部續書都能在藝術上有所創新，展開一個藝術的新天地，而不是模仿前傳的狗尾續貂之作。

　　在三部續書中，《水滸後傳》藝術上最為成功。它在人物形象塑造方面取得較高成就，正如作者在《水滸後傳論略》中所說：「《後傳》有難於《前傳》處。《前傳》鏤空畫影，增減自如；《後傳》按譜填詞，高下不得；《前傳》寫第一流人物，分外出色，《後傳》為中材以下，苦心表微。」換句話說，就是《水滸後傳》在人物描寫上和《水滸傳》相比，在兩個方面有所發展：一是對前傳人物性格既有銜接又有發展，如樂和、燕青、阮小七、李俊等人物既保留了前傳人物的性格，又在新條件下寫得更豐富多彩；二是將前傳的次要人物樂和、燕青、李俊等，在他們重新開創水滸基業的故事中，寫得栩栩如生，分外增色，成為令人信服的領袖人物。另外，《水滸後傳》還增寫了兩類人物，一是補充前傳沒有交代的所謂「神龍見首不見尾」的人物，如王進、欒廷玉、扈成等，根據前傳描寫，「自是前傳山泊中

一色人物」[19]，按人物性格發展的邏輯，將他們補寫成《後傳》裡的英雄，加入了水滸英雄的行列；二是寫梁山泊英雄的後代如花逢春、呼延鈺、徐晟、宋安平等繼承父志，成了《後傳》中的小英雄。將這兩類人物補充寫進《後傳》，壯大李俊為首的英雄集體，是非常自然貼切的，但可惜性格都不夠鮮明。

　　《水滸後傳》在藝術結構上，克服前傳的不夠統一的缺點，佈局更為勻稱、緊湊，全書前後呼應成為有機的整體。

　　《水滸後傳》描寫情節場面，力透紙背，深刻傳達出作者的情感。正如胡適在評論《水滸後傳》時指出，燕青向宋徽宗獻黃柑、青果「這一大段文章真是當得『哀艷』二字的評語！古來多少歷史小說，無此好文章；古來寫亡國之痛的，無此好文章；古來寫皇帝末路的，無此好文章」[20]。在描寫風景時，雖是淡淡幾筆卻情景相生，清麗動人。如李俊等出海時的海景描寫，戴宗、安道全登泰山觀日出的描寫，燕青探望宋徽宗後對東京城郊「風景淒慘」的描寫等等，都能通過景物描寫，準確生動地傳達出人物的情感。

　　《水滸後傳》受明末才子佳人小說的影響，在書中生硬拼湊了幾對才子佳人，與全書游離，令人生厭。

　　《後水滸傳》寫南宋楊幺起義但又要通過輪迴轉世的說法與前傳保持血緣關係，因此，作品中的人物既是作者塑造的新人物，但又與前傳有所照應，使人們有似曾相識之感。讀者不難從楊幺、馬窿、賀雲龍、袁武等人物聯想到他們是宋江、李逵、公孫勝、朱武轉世而來的，因為他們身上還保持著前傳這些人物的某些特徵。這是《後水滸傳》作者在創作時別出新意的巧妙構思。

---

19 蔡元放：〈水滸後傳讀法〉，見《蔡奡評水滸後傳》，卷首。
20 胡適：〈《水滸傳續集兩種》序〉，見《中國章回小說考證》（上海市：上海書店，1979年），頁174。

《後水滸傳》裡楊幺從外貌上改變了宋江「面黑身矮」的特點，而是身材魁梧、英俊非凡。他既具有宋江仗義疏財、重賢任能的特點，又揚棄了宋江性格中懦弱妥協的弱點，使楊幺比宋江更具有農民革命領袖的精神風采，是塑造得比較成功的典型人物。但是，《水滸傳》塑造了眾多典型形象，他們以義氣為紐帶，以梁山泊為根據地，形成了一個互相襯托、互相補充的英雄集體，形成了梁山泊好漢的典型群。而《後水滸傳》除楊幺外，沒有能展示更多人物被「逼上梁山」的獨特命運，沒能塑造出眾多的成功典型。同時，各地英雄長期分散在各個山頭，到了全書快結束時才聚集在洞庭湖君山根據地，因而不能形成典型群，減弱了《後水滸傳》的藝術效果和社會影響。在結構上《後水滸傳》模仿《水滸傳》，用楊幺的活動將眾多好漢串連在一起，最後以洞庭湖為據點與梁山泊相呼應，使《後水滸傳》的書名得到坐實，這也是作者的精心構思。但由於群體久久不能形成，君山沒有能像梁山泊那樣，成為組織千軍萬馬與朝廷官府作戰的根據地，因而在展現農民革命的宏偉氣勢上受到了影響，削弱了《後水滸傳》所描寫的楊幺起義的聲勢。此外《後水滸傳》文字水準較低，藝術描寫粗糙，這也影響了這本書的流傳。

《蕩寇志》作者為了抵消《水滸傳》的影響，在人物描寫上的確下了很大的功夫。首先，他知道像高俅、蔡京這樣的奸臣，已被《水滸傳》揭露無遺，為讀者所深惡痛絕的。因此，他不去故意違背《水滸傳》的正義性，不幹為高俅等人翻案的蠢事，而且繼續把他們作為反面人物，讓高衙內死在林沖手下，讓蔡京、高俅都死於非命，造成《蕩寇志》也是反對奸臣、伸張正義的假相，以迷惑讀者。其次，歪曲水滸人物，誇大他們性格中缺點的一面，達到醜化他們的目的。這樣的寫法增加可信性，使讀者感到比較自然、貼切。如抓住盧俊義富豪出身，對農民革命不很堅定的弱點，特意寫盧俊義的兩次「反省」，通過他內心的矛盾和痛苦達到誣蔑梁山英雄的目的。第三，作

者挖空心思地製造了與《水滸傳》相對照的系列人物，讓他們對抗、殺害梁山泊好漢。像陳希真對公孫勝，劉慧娘對吳用，陳麗卿對花榮等等。尤其是還製造一些與水滸英雄有相似遭遇、經歷的人物與水滸英雄相對照，如王進、聞達與林沖、楊志對照，強烈對比出兩種不同的人生道路，證明林沖等人走上造反道路是錯誤的、有罪的。第四，塑造了陳希真、雲天彪等「正面英雄」，他們全忠全孝，智勇雙全，用這些「完美無缺」的「英雄」來批判梁山泊好漢。第五，把神怪迷信與現代科學結合起來，陳希真的「九陽真鐘」與白瓦爾罕的沉螺舟結合，軍閥的武力與洋人的科技結合，達到「圍剿」梁山的目的。說明梁山英雄雖然武藝高強，但也抵禦不了神明的懲罰和洋槍利器的進攻，失敗是必然的。第六，作者對人們心愛的水滸英雄下手特別慎重，一方面繼續保持他們的英雄氣概，另一方面又要讓他們不可避免地滅亡。因此，神武的武松無人可勝，但用「車輪戰」把他累死；魯智深無人可降服，讓他精神上受創傷以至發瘋而死。應該說，俞萬春費盡心機，充分施展他的藝術才能來醜化水滸英雄，樹立了反水滸的「英雄」們的形象。但是，水滸英雄形象已永久矗立在中國人民心中，俞萬春只能是枉費了心機罷了。當然，應該承認《蕩寇志》一些人物描寫還是比較好的，如陳麗卿既寫她武藝超群，又寫出她教養不足，粗魯矯憨，給讀者留下較深印象。

　　《蕩寇志》描寫技巧高明，不少場面寫得精彩、生動，有意與《水滸傳》抗衡。如「唐猛捉豹」、「鴛歌巷孫婆誘姦」等，要與武松打虎、王婆說風情等場面比個高低。正如魯迅所說的：「書中造事行文，有時幾欲摩『前傳』之壘，採錄景象，亦頗有施羅所未試者，在糾纏舊作之同類小說中，蓋差為佼佼者矣。」不揭露《蕩寇志》的反動性是錯誤的，不承認它具有較高的藝術性也不是實事求是的態度。

第四節　楊家將系統的小說

　　楊家將系統的小說，包括《楊家府演義》、《說呼全傳》、《五虎平西前傳》、《五虎平南後傳》、《萬花樓楊包狄演義》等。因為這些小說都從楊家將故事派生演繹出來，都以北宋時期的邊境戰爭為題材，小說的故事和人物也相互聯繫，相互交叉。因此，可以看作是一個系統的小說，放在一起論述。

　　楊家將故事在南宋就廣泛流傳。據《醉翁談錄》記載，南宋小說話本中有《楊令公》、《五郎為僧》。元雜劇中有《謝天吾詐拆清風府》、《昊天塔孟良盜骨》；元明雜劇中有《八大王開詔救忠》、《楊六郎調兵破天陣》、《焦光贊活捉蕭天佑》。到了明代出現了描寫楊家將故事的長篇小說《新編全像楊家府世代忠勇演義志傳》，即《楊家府演義》。明萬曆丙午三十四年（1606）刊本，八卷五十八則，有「萬曆丙午長至日秦淮墨客」序，每卷卷首則題「秦淮墨客校閱，煙波釣叟參訂」。秦淮墨客為紀振倫，字春華，生平不詳，也不能確定他是否為書的作者。除本書外，尚有《全像按鑒演義南北兩宋志傳》中的《北宋志傳》，又稱《北宋通俗演義題評》、《新刊玉茗堂批點繡像南北宋志傳》，五十回。或謂明熊大木作，但無確證。《北宋志傳》與《楊家府演義》差別相當大。《北宋志傳》前十五回寫呼延贊的故事，《楊家府演義》沒有；《北宋志傳》十六回至四十五回與《楊家府演義》第六則至四十則，故事輪廓雖相同，但具體情節與文字亦不相同；《北宋志傳》沒有楊文廣征南蠻故事，只寫到楊宗保被圍十二寡婦征西，其時楊令婆（佘太君）、穆桂英均健在，而《楊家府演義》則是楊文廣被圍，十二寡婦征西，其時穆桂英已死，由楊宣娘掛帥。《北宋志傳》只寫到楊宗保平西夏為止，《楊家府演義》卻寫到「楊懷玉舉家上太行」。這兩部書，哪一部成書更早些？我們以為《楊家

府演義》先出現。這是因為《楊家府演義》不分回只分則，題目是單句；《北宋志傳》分回，回目是雙句，對仗基本工整，顯示演進之跡。《北宋志傳》〈敘述〉中說：「茲後集起宋太祖再下河東，至仁宗止，收集楊家府等傳。」可見它是吸收了《楊家府傳》後改編的。當然，它所指的《楊家府傳》未必是現在我們所見的《楊家府演義》。但是，即使有一本更早的《楊家府傳》，它是現存的《楊家府演義》的祖本的可能性更大。

　　《楊家府演義》反映的時間跨度很長，從宋太祖趙匡胤登極寫起，直至神宗趙頊為止，約有一百多年的歷史。主要講述楊業、楊景、楊宗保、楊文廣、楊懷玉祖孫五代對遼和西夏作戰的故事，包括楊令公撞死李陵碑，楊六郎鎮守三關，楊宗保大破天門陣，十二寡婦征西等，最後以楊懷玉率領全家赴太行山隱居作結。小說中的人物與故事只有少量於史有據，如楊業與其妻折氏（戲曲小說中作佘太君），兒子楊延昭（戲曲小說中作楊景或楊六郎），孫子楊文廣（戲曲小說中化為楊宗保和楊文廣兩代），部將焦贊、王貴等，但大部分人物和故事，特別是楊門女將，都屬子虛烏有，整部小說「七虛三實」，是一部英雄傳奇小說而不是一部歷史小說。[21]

　　作品熱情歌頌楊繼業子孫五代為保衛邊疆，前仆後繼，英勇殺敵的愛國精神，特別是比較突出地描繪了楊門女將佘太君、穆桂英、楊宣娘（楊文廣之姐）等女英雄群像，在中國古代小說中是不可多得的。

　　小說的思想內容是複雜的，「忠君」思想、「華尊夷卑」的大漢族主義與愛國主義思想、「權奸禍國」的思想混雜在一起。這裡可以作三個層次的分析，首先是封建文人的傳統的忠君思想，強調對「聖上」要「誓以死報」，為君而死是死得其所。但是，這種忠君思想又是與反對侵略、保衛祖國的愛國主義思想結合在一起的，因為作者把

---

21 楊家將的有關史料，可參看《余嘉錫論學雜著》中〈楊家將考信錄〉篇；常征：
　　《楊家將史事考》（天津市：天津人民出版社，1980年）。

皇帝視為國家、民族的象徵，忠於皇帝也就是忠於國家。第二，作者把一切壞事歸於「四夷」，甚至把他們都說成是妖魔幻化的，無疑是鄙視少數民族的大漢族主義的偏見。但是作者對遼和西夏統治者覬覦中原，殘忍暴戾的罪行的揭露又說明了戰爭的正義性，而且提倡興仁義之師；對少數民族地區的人民，也倍加愛護，「不許騷擾良民」。這也表明作者的矛頭主要是針對著遼和西夏的上層統治者，而不是不分青紅皂白地反對少數民族。第三，作者一方面強調要忠君，另一方面又相當清醒地揭露封建帝王的昏庸和奸臣的禍國。小說裡描寫七王（即真宗皇帝）與王欽（即歷史上的王欽若）合謀，欲毒死八王陰謀奪取帝位，把真宗的罪惡面目揭露無遺；楊家將幾代人都受到奸臣的迫害，楊繼業因潘仁美的陷害而陷於狼牙谷，楊景因王欽的誣陷而幾被殺害，楊文廣又受到奸臣張茂的迫害，楊府差點被全家抄斬。楊六郎說：「朝廷養我，譬如一馬，出則乘我，以舒跋涉之勞；及至暇日，宰充庖廚。」道出了封建政治的殘酷。所以，小說最後以讚許的態度，寫楊懷玉不願再為皇帝賣命，「舉家上太行」，「耕田種地，自食其力」的行為。

　　從藝術方面說，小說也呈現出比較複雜的情況。總體水準不高，個別人物和故事比較精彩；整部小說比較粗糙，但它的人物和故事卻是較好的毛坯，為進一步加工提供了良好基礎，因此，就造成了小說水準不高但影響卻十分深遠這樣一種矛盾現象。

　　小說部分情節描寫比較曲折生動，如楊業，從歷史記載看，是「業墜馬被擒」，「遂不食三日」而死[22]。小說改寫為楊業陷入絕境，撞李陵碑自盡，更為壯烈；七郎為求救兵，被潘仁美設計亂箭射死，也不見於史書記載，而是根據民間傳說加工寫成的，充滿悲劇氣氛。有些人物也寫得相當生動傳神，如孟良與焦贊性格相近而不雷同。孟

22　《宋史》〈楊業傳〉；《續資治通鑑》〈雍熙三年〉。

良豪放爽朗但又機智靈活，在入遼求髮，盜驪寶馬以及到紅羊谷取歸令公骸骨等故事中都有比較充分的描寫。焦贊快人快語，魯莽粗獷，在夜殺謝金吾後，恐連累街坊，竟在壁上題詩，道出自己的真名真姓，表現出好漢做事好漢當的英雄氣概。

　　但從整部小說看，藝術水準較低，基本上是把流傳的民間故事雜湊在一起連綴而成。全書內容龐雜而不合情理。如呂洞賓化名為呂客為遼邦擺下七十二天門陣，鍾離化名鍾漢輔宋助陣，構思不合情理；不少人物有始無終，故事有頭無尾，而且前後情節多有雷同。如穆桂英自招楊宗保為婿，後又寫竇錦姑、杜月英、鮑飛雲招贅楊文廣，而所用的辦法，竟一模一樣。小說中充斥著神魔鬥法等荒唐可笑的情節，完全背離了生活的真實性，毫無藝術價值。

　　《楊家府演義》思想藝術水準都不高，但影響卻極深遠。這是因為從宋元時代起，中國封建社會已逐步進入後期，大多數王朝都是國勢衰微、外患頻繁，中國人民長期受到外族的侵略與壓迫，因而歌頌抗擊侵略、保家衛國的《楊家府演義》適應了社會需要，給備受侵略蹂躪的老百姓一點心理的安慰，有了一個揚眉吐氣的機會，因而獲得了廣泛的讀者。更為重要的是，《楊家府演義》提供的素材，為戲曲創作開闢了新天地，戲曲藝術家們利用這些素材，進行再度加工，創造出光彩奪目的藝術珍品。因而使楊家將的故事家喻戶曉，婦孺皆知了。我們只要把小說中的楊門女將與戲曲舞臺上的楊門女將加以比較，就可以看到它們之間的巨大差別；前者故事只是粗陳梗概，而後者卻細膩生動；前者人物形象粗糙乾癟，而後者卻血肉豐滿。小說和戲曲互相交流，相互促進，使原來比較粗糙的作品日臻完美，成為藝術的珍品，這是《楊家府演義》在民間產生深遠影響的主要原因。

　　《楊家府演義》雖然思想藝術價值並不高，但它把分散的楊家將故事集中在一起，為後來小說和戲曲的創作開闢了再創造的廣闊天地，它所塑造的人物形象具有長久的生命力，因而在中國古代小說發

展史上,《楊家府演義》也具有一定的歷史價值。

在「楊家將」的影響下,清代中葉產生了幾部小說,分敘如下:

《呼家將》,又名《說呼全傳》,十二卷四十回,作者不詳。現存最早的是清乾隆四十四年(1779)書業堂刊本,卷首有乾隆四十四年滋林老人序。滋林老人即張溶,字默虞,生平不詳。

《呼家將》寫大將呼延贊隨楊業征遼立功,加封忠孝王。其子呼延必顯襲父職,娶楊業之女為妻,生子守勇、守信。呼延贊父子為搭救落難的弱女和執行朝廷法制,得罪了丞相龐集,龐集串通了他女兒、仁宗寵妃龐多花唆使皇帝下令抄斬呼氏全家,建鐵丘墳,將呼延必顯夫妻倒葬在墳內。守勇、守信從地穴中逃出,歷盡艱險,幸得包拯、八賢王和佘太君、楊五郎等人救助,從西番借來援兵,打敗前來追捕的龐家兵將,殺死了龐多花的叔父龐琦和龐家四虎,呼延全家大團圓。

小說藝術水準較低,缺乏創造力,多是模仿或雜湊了當時民間傳說的故事,如把當時流行的真宗時劉后陷害李宸妃,設計換太子,後來仁宗認母的故事,改為仁宗時龐妃陷害劉妃,換了太子;把楊家將中十二寡婦征西、楊五郎削髮為僧等故事也照搬進來;神魔鬥法等情節也沒有脫離舊的窠臼,書中宣揚因果報應,一夫多妻等觀念,封建思想的糟粕較多。但此書中的許多故事,如「呼延慶打擂」、「鐵丘墳」等在說唱文學和戲曲舞臺上得到廣泛流傳,影響也很大。

《萬花樓楊包狄演義》,又名《大宋楊家將文武曲星包公狄青演義傳》,清李雨堂(西湖散人)撰,十四卷六十八回,卷首有李雨堂寫於「戊辰之春」的自敘。這裡的「戊辰年」當為清嘉慶十三年(1808)。

楊家將故事已見上述,包公故事將在公案俠義小說一章中詳細敘述。狄青是北宋名將,抵禦西夏入侵,頗立戰功,《宋史》有傳。他的故事在民間廣泛流傳,元雜劇中有吳昌齡《狄青撲馬》以及《復奪衣襖車》等劇目。《萬花樓楊包狄演義》是把狄青平西、包公斷案和

楊家將故事揉合在一起，而以狄青故事為主的一部英雄傳奇小說。前
面二十回是狄青出身傳，敘述狄青九歲時遇洪水與母失散，被峨眉山
仙師王禪老祖收為徒弟。七年後赴汴京尋母，與綠林好漢張忠、李義
結為兄弟。他們在萬花樓飲酒時，遇到奸臣胡坤之子胡倫，引起爭
鬥，狄青將胡倫摔死。國丈龐洪之婿、兵部尚書孫秀，與胡坤交情很
深，逮捕狄青三人，幸被包公開釋。正值西夏大舉進犯，楊宗保元帥
告急，狄青在校場粉壁題詩述志，又被孫秀引為口實，下令斬首，幸
為汝南王鄭印所救，始免於一死。後遇狄太后之子潞花王趙璧，又與
其姑母狄太后相認，從此狄青成了國戚。在御前比武，斬了龐洪心腹
大將王天化，取代王天化一品之職，因此與龐洪、孫秀等結下深仇。
從三十一回起至六十一回，敘述狄青與石玉送征衣到西部邊關，在楊
宗保元帥指揮下，屢立戰功，又多次被龐集、孫秀等陷害，幸得包公
主持正義，才免於難。小說插入包公在陳州遇李宸妃，仁宗認母的故
事，至此，奸黨人人喪膽，龐洪、孫秀方有所收斂。六十二回至六十
八回，敘述西夏又興進犯之師，楊宗保被敵帥混元錘打中喪身，形勢
危急。狄青被加封為天下招討元帥，與石玉、張忠、李義、劉慶合稱
五虎將，領兵西征，打敗西夏。番軍中百花小姐在陣前愛上楊宗保之
子楊文廣，歸降宋朝。西夏主稱臣請和。仁宗降旨，狄青與范仲淹之
女完婚，楊文廣與百花公主結合，全書在喜慶氣氛中結束。

　　小說的特點是將楊、包、狄故事揉合在一起，成為這些民間故事
的集大成者。小說情節比較曲折生動，雖頭緒紛繁，卻能整而不亂，
人物形象也比較豐滿，包公、狄青、石玉、焦廷貴等都能給讀者留下
較深印象，在楊家將系統小說中還算是較為可讀的作品。當然，從整
個中國古代小說史來看，它是英雄傳奇的後期作品，已是強弩之末，
無法與《水滸傳》、《水滸後傳》、《說唐全傳》等相提並論了。

　　《五虎平西前傳》，十四卷一百十二回，清嘉慶六年（1801）坊
刻本，作者不詳，卷首有嘉慶六年序。寫的是奸臣龐洪借刀殺人，要

仁宗派狄青去征服西遼，索取西遼國寶珍珠烈火旗。狄青為首的五虎將領兵征遼，因焦廷貴領錯了路，誤入單單國。狄青被賽花公主活捉，被迫成親。消息傳入中原，狄母被囚。狄青逃離單單國，攻入西遼，一路過關斬將，殺了西遼大將黑利，但被遼將星星羅海打敗。劉慶往單單國求救，賽花公主領兵打敗西遼，西遼獻出假珍珠烈火旗，狄青未加詳察，班師回朝，黑利之妻飛龍公主潛入中原，投靠龐洪，龐洪將其作為戶部尚書韓滔之女嫁給狄青。新婚之夜，飛龍公主欲刺殺狄青，被狄青所殺。包公審出真情，但仁宗寵愛龐妃，偏袒龐洪，未加治罪。龐洪告發狄青所收的是假珍珠烈火旗。狄青被發配遊龍驛，幸得仙人指點，詐死，免遭龐洪的謀害。西遼國大舉進攻，包公請出狄青。狄青等五虎將再度西征，又得賽花公主協助，西遼降服，獻出真珍珠烈火旗。包公審問奸臣，斬了龐洪、孫秀，絞死龐妃。賽花公主來中原與狄青團聚，楊家府佘太君大宴賓客。狄青還鄉祭祖，五虎將俱得榮升。

《五虎平西前傳》上與《萬花樓楊包狄演義》銜接，下啟《五虎平南後傳》。

《五虎平南後傳》，六卷四十二回，現存清道光二年（1822）刊本，卷首序同《五虎平西前傳》。故事的梗概是：南蠻王儂智高叛亂，狄青為首的五虎將征南，被蒙雲關守將段雲之女段紅玉用妖術困於深山之中。張忠、劉慶回朝求救，被孫秀之侄孫振（邊關守將）灌醉。孫振與其丈人馮太尉勾結，陷害狄青。楊文廣揭露其陰謀，仁宗皇帝派楊令公之媳王懷女掛帥南征，狄青之子狄龍、狄虎隨行，段紅玉與蘆臺關守將王凡之女王蘭英看上狄龍、狄虎，私下與他們結親，救出狄青，破了蒙雲關、蘆臺關。儂智高又派妖人達摩領兵，穆桂英、狄青俱中毒幾死。狄青向朝廷求救，包公到楊家府宣召，楊令公之孫女楊金花掛帥出征，楊府燒廚灶丫頭姹龍女為先鋒，領兵征服了南蠻。五虎班師回朝，孫振被斬首，眾將得到封賞。

　　《五虎平西前傳》、《五虎平南後傳》這兩部小說思想藝術水準都比較低劣。

　　從清乾隆四十四年到道光二年，這將近五十年的時間裡，先後出現了《呼家將》、《萬花樓楊包狄演義》、《五虎平西前傳》、《五虎平南後傳》四部小說，都是以楊、包、狄、呼等人的故事為題材，直接承繼《楊家府演義》的創作道路發展，具有許多共同點。第一，邊境戰爭與朝廷內的忠奸鬥爭結合，外禦強敵與內除奸佞並重，在反對外族侵略者的同時，著重揭露皇帝昏庸，奸臣當道，朝政腐敗，政治黑暗。第二，小說情節互相模仿，公式化傾向嚴重。從《楊家府演義》裡穆桂英與楊宗保在戰場上私結良緣開始，每一部小說中都是青年將帥出征，被女將降服，私結姻緣，得女將幫助取得勝利。這是過去古代小說、戲曲中「公子落難，小姐養漢，狀元一點，百事消散」的公式的翻版。不過把百花爭艷的花園變成刀光劍影的戰場，閨閣中的才女換成了戰場上的巾幗英雄，文弱書生變成了青年將帥，金榜題名改成了殺敵立功。第三，英雄傳奇小說和公案小說、神魔小說的雜揉，清官斷案、神魔鬥法與英雄豪傑的濟困扶危的故事結合，說明英雄傳奇小說已經衰落，再也無法在原有的格局裡開闢出新路，創造出具有高度思想、藝術價值的作品來了。

第五節　《說岳全傳》等民族英雄傳記小說

　　《楊家府演義》、《呼家傳》、《五虎平西前傳》、《五虎平南後傳》等是以英雄家族為題材的小說，《說岳全傳》、《于少保萃忠全傳》則是民族英雄的傳記體小說。如果從史實與虛構的關係來考察，《水滸傳》及其續書，《楊家將》系統的小說，則是虛多實少，只借一點史實，加以發揮，是比較典型的英雄傳奇小說，而《說岳全傳》、《于少保萃忠全傳》則虛實相半，甚至實多虛少，接近於歷史演義小說。但我們

在分類時，把「演一代史事而近於斷代為史者」歸於歷史演義小說，
而把「以一人一家事為主而近於外傳、別傳、家人傳者」則劃入英雄
傳奇小說的範圍。因此，《說岳全傳》、《于少保萃忠全傳》雖不是典
型的英雄傳奇小說，本書也將它們放在英雄傳奇小說一章中敘述。

　　岳飛抗擊金兵的英雄業績，在民間喧騰眾口，在南宋就是說話藝
人喜歡講述的故事。《夢粱錄》卷二十一有一段記載：「又有王六大
夫，原係御前供話，為幕士請給，講諸史俱通，於咸淳年間，敷演
《復（福）華篇》及《中興名將傳》，聽者紛紛，蓋講得字真不俗，
記問淵源甚廣。」這裡的《中興名將傳》，就是《醉翁談錄》中的
「新話說張（浚）韓（世忠）劉（琦）岳（飛）」。元明兩代，岳飛故
事被搬上戲曲舞臺。元雜劇有金仁傑的《秦太師東窗記》、無名氏的
《宋大將岳飛精忠》等。明代傳奇有無名氏的《精忠記》、陳衷脈的
《金牌記》、湯子垂的《續精忠》、吳玉虹的《翻精忠》等。明代中葉
以後則出現了幾部以岳飛為題材的小說。最早的是熊大木的《新刊大
宋中興通俗演義》，又名《大宋演義英烈傳》、《岳武穆精忠傳》，八卷
八十則，附李春芳編的《精忠錄》後集三卷，刊於明嘉靖三十一年
（1552）。從第一則〈斡離不舉兵南寇〉，到末一則〈冥司中報應秦
檜〉。熊大木在序中說：「以王本傳行狀之實跡，按《通鑑綱目》而取
義。」但也吸收了不少民間傳說，所以，「至於小說與本傳互有異同
者，兩存以備參考」。第二本是《岳武穆精忠傳》，六卷六十八回，題
「鄒元標編訂」，存明刊本。該書是熊大木本的刪節改編本。第三本
是《岳武穆精忠報國傳》，又名《重訂按鑒通俗演義精忠傳》，七卷二
十八則，明于華玉撰，明崇禎十五年（1642）刊本。于華玉字輝山，
江蘇金壇人，曾官浙江衢州府西安縣知縣。于華玉認為熊大木的《大
宋中興通俗演義》「荒誕」故事太多，所以，「痛加剪剔，務期簡
雅」，「正厥體制，芟其繁蕪，一與正史相符」。這樣刪削的結果，減
弱了小說的生動性、傳奇性，變成了正史的複述，失去了小說作為藝

術品的審美價值。第四本是《說岳全傳》，八十回，題「錢彩編次，金豐增訂」，成書於清乾隆九年（1744），錢彩，字錦文，浙江仁和（今杭州市）人；金豐，字大有，福建永福（今永泰縣）人。這本《說岳全傳》是岳飛故事的集大成者。它對《大宋中興通俗演義》進行了根本改造，對原有的故事情節大加刪改，突出了岳飛，去掉一切與岳飛無關的情節，把韓世忠等人降到比較次要的地位，即使承襲的部分情節，也進行了重新創作。它還廣泛吸收了戲曲、民間說唱文學中的精華，加強了小說的傳奇色彩，使小說有「令人聽之而忘倦」的藝術效果，很快就取代了其他說岳題材的小說，廣泛流傳。在它以後產生的岳飛題材的戲曲作品、說唱作品多是從《說岳全傳》中取材，加以改編的。

　　《說岳全傳》是以岳飛一生為主要線索的英雄傳記體小說。全書可分三大部分：一至十四回為第一部分，寫岳飛的青少年時代，敘述了岳飛神奇的出生故事和少年時代的坎坷經歷，在艱苦的磨煉中，經過名師的指點，岳飛逐漸成長為國家的棟樑之材。這部分虛構成分很多，構成傳奇式的開篇，揭示了岳飛性格的基礎。十五至六十回為全書的中心部分，寫岳飛在金兵入侵、國土淪喪的危急關頭，擔當起拯救國家的重任。著重寫他抗擊金兵的顯赫戰功，一直到大功垂成而慘遭殺害。其中也寫到他征討農民起義軍的情節。這四十多回基本框架是符合史實的，依據歷史發展的順序展開故事，但許多故事情節卻是經過藝術加工的，如岳飛抗擊金兵的多次戰鬥，被集中成愛華山、牛頭山、朱仙鎮三大戰役，就是根據小說創作的需要加以概括虛構的。這一部分可以說是虛實相半。六十一至八十回，為小說第三部分，寫岳飛死後，岳家軍將及後代小英雄在岳雷率領下一直殺到黃龍府，平定金國。岳飛的冤獄得到平反，秦檜等賣國賊受到懲罰。這部分故事基本上是虛構的。

　　小說較好地處理了歷史真實與藝術虛構的關係。作者尊重歷史，

小說寫到的人物基本上在歷史上都實有其人；岳飛一生故事的框架，也大體符合史實。同時，又滲透著作者的飽滿感情，作者對歷史和生活獨特的認識感受，對歷史事實進行精心的選擇和集中概括，吸收了許多民間傳說，藝術地創造了許多精彩的故事情節，如「岳飛槍挑小梁王」，「岳母刺字」，「高寵挑滑車」，「牛皋扯旨」等，使英雄人物血肉豐滿，閃耀著理想的光輝、神奇的色彩，使整部作品具有較高的審美價值。

忠與奸、愛國與賣國、抗戰與投降是貫穿全書的主線，這樣就使全書愛憎強烈，營壘分明，突出了「岳武穆之忠，秦檜之奸，兀朮之橫」。歌頌愛國、抗戰的民族英雄，鞭撻賣國求榮的漢奸賣國賊，揭露了侵略者的橫暴殘酷，使作品具有較高的思想價值。

作為作品中心人物岳飛，作者從多方面展示他的性格，人物形象比較豐滿。作者寫岳飛的青少年時代，尤為出色。岳飛出生才三天，就遭水災，母親抱著他坐在水缸裡，飄到河北大名府內黃縣，為王員外收留。他少年時代家境貧寒，卻刻苦學習，買不起紙筆就用樹枝當筆在沙地上練字。後來得到名師周侗的培養，武藝出眾，又得到蟒蛇怪獻出的神槍，更是英雄無敵。他與眾兄弟一起應武舉，在校場槍挑小梁王，顯露了他的英雄本色。到了金兵入侵之後，他經過許多波折，終於成為抗金統帥。作者著重寫他精忠報國的優秀品質、大智大勇的統帥才能和艱苦樸素、清正廉潔的作風，出色地寫出這位抗金名將的大將風度。作者還圍繞精忠報國這條主線，描寫岳飛對母親的孝、對妻子的愛、對部下士兵的體貼，展示了人物豐富的精神世界。最後，岳飛受秦檜陷害，屈死於風波亭，結束了悲壯的一生。作者寫得慷慨悲涼，催人淚下。

岳飛的英雄形象基本上是成功的。但是，作者頭腦中根深柢固的忠君思想，影響了岳飛形象的描寫。作者寫岳飛精忠報國，主要方面應予肯定，但是，岳飛的忠，有時達到「愚忠」的地步。在朱仙鎮大

敗金兵之後，正是乘勝追擊、收復河山的大好時機，可是，秦檜矯旨發十二道金牌命他班師，他卻不敢抗旨，收兵回朝，致使抗金事業半途而廢。如果說，作者這樣處理是為了真實反映歷史事實，還是可以理解的話，那麼，作者寫岳飛死後，還「顯聖」不許施全、牛皋反抗，就很難為之辯解了。作者在作品中揭露了宋高宗趙構的昏庸顢頇、妥協苟安，秦檜等奸臣投降賣國、陷害忠良；作者用讚賞的態度，寫出了牛皋對「瘟皇帝」的蔑視，作者也客觀地寫出了由於岳飛的愚忠而造成的悲劇，這些都說明作者對現實生活有著冷峻清醒的認識。但是「君要臣死，臣不得不死」的封建思想又像魔影一樣控制著作者，傳統的心理定勢使他無法完全按自己對現實的觀察如實地去描寫，最終只能用「天命」、「氣數」的因果報應之說，為岳飛因「愚忠」而造成的悲劇尋求解脫了。

　　《說岳全傳》還成功地塑造了一員「福將」牛皋的形象，他是李逵、程咬金式的人物，貫串全書的始終。通過「亂草崗牛皋剪徑」，「牛皋醉破番兵」，「藕塘關招親」，「牛皋扯旨」，「牛皋氣死金兀朮」，許多精彩生動的情節，把這個粗豪、爽朗、率直、幽默的人物形象寫得栩栩如生，生龍活虎。特別是他在滑稽可笑的語言中，一語道破了皇帝昏庸腐朽的本質，表現了徹底的反抗精神。在岳飛槍挑小梁王，將被判死刑時，牛皋大聲喊道：「今岳飛武藝高強，挑死了梁王，不能夠做狀元，反要將他斬首，我等實是不服！不如先殺了這瘟試官，再去與皇帝老子算帳罷！」當高宗因苗傅、劉正彥叛亂，處在危急之中時，牛皋奉岳飛之命，平定了叛亂，皇帝要給他封官加爵，他憤怒地斥責道：「你這個皇帝老兒，不聽我大哥之言，致有此禍！本不該來救你，因奉了哥哥之令，故此才來。今二賊已誅，俺們兩個要去回覆大哥繳令，哪個要做什麼官！」「那個瘟皇帝，太平無事不用我們；動起刀兵來，就來尋著我們替他去廝殺，他卻在宮中快活！」當岳飛被害之後，他到太行山重新聚義。金兵大舉進攻，形勢

危急，孝宗又去招安牛皋，牛皋說：「大凡做了皇帝，盡是無情無義的。我牛皋不受皇帝的騙，不受招安！」這些鋒利的語言，撕開了昏君的外衣，一針見血地道出了封建統治者的本質。

《說岳全傳》對反面人物的處理並沒有簡單化。寫秦檜、張邦昌、劉豫等奸臣，都是放在民族戰爭的背景中來刻畫的。寫出他們既是奸臣，又是賣國賊的雙重罪惡。書中寫到金兵統帥「兀朮之橫」，但又寫他敬重忠義之士，憎惡奸佞之徒，人物性格比較複雜。

《說岳全傳》以《水滸傳》的續書自居。它寫水滸英雄呼延灼又馳騁在抗金的戰場上；岳飛的師父周侗也是林沖、盧俊義的師父，說明岳飛與林沖、盧俊義是同堂學藝的師兄弟；水滸英雄的後代如阮小二之子阮良，董平之子董芳，張清之子張國祥，關勝之子關鈴，也都參加了岳家軍，為抗擊金兵浴血奮戰；岳飛大破連環馬，又是使用徐寧傳下的鈎鐮槍。這些都說明作者對水滸英雄的敬仰。小說在描寫到岳飛征討各地農民義軍時，並非一味斬殺，而是盡力勸說他們共同抵禦外侮。在岳家軍將領中有一半以上是綠林好漢。歷史上的岳飛曾鎮壓過農民起義，我們不能要求作者違背史實，「隱惡揚善」，迴避這個問題。值得讚賞的是，作者在處理這個問題時，注意強調民族大義，主張聯合對敵，共同打擊異族入侵者，這與全書的愛國主義主題是相一致的。

《說岳全傳》是以《水滸傳》為範本進行創作的，它走的是英雄傳奇創作的路子。這主要表現在以英雄人物為中心，通過寫英雄人物小傳，表現作品的主題，反映社會現實；用濃墨重彩的粗線條勾勒與曲折委婉的工筆細描相結合的辦法塑造人物形象；人物形象既有真實性又有傳奇性；作品語言生動酣暢，運用大量「市語」，通俗易懂，在明清兩代同類小說中，語言成就是比較突出的。

「國破家亡欲何之？西子湖頭有我師；日月雙懸于氏墓，乾坤半

壁岳家祠。」[23]這是抗清英雄張煌言行將就義時寫下的著名詩篇，歌頌埋葬在杭州西湖的岳飛與于謙這兩位民族英雄。他們的功業與日月同輝，為西湖增色。「賴有于岳雙少保，人間始覺重西湖」[24]。岳飛的故事多見於文藝作品，流傳甚廣，而于謙的功績，知道的人不多，古代小說中僅存《于少保萃忠全傳》一書。

　　《于少保萃忠全傳》，又名《大明忠肅于公太保演義傳》、《旌功萃忠錄》，十卷四十回，明孫高亮著，首有林從吾序。明萬曆刊本，未見。今所見均為清代翻刻本。林從吾序，《中國通俗小說書目》注明為「萬曆辛巳」，即萬曆九年，有誤。因書中第三十九、四十回，都寫到明萬曆十八年、廿一年之事。萬曆在位四十八年，逢「辛」有四，萬曆廿一年之後，有辛丑（萬曆二十九年），辛亥（萬曆三十九年）。我們認為林從吾序當寫於辛丑，即萬曆二十九（1601）年，該書即此時寫成[25]。

　　于謙（1398-1457），字廷益，浙江錢塘（今杭州市）人。永樂十九年進士，歷任河南、山西、江西等地巡撫，為政清廉，不畏強暴，是明代有名的剛正廉潔的清官。同時，他又是傑出的民族英雄。明英宗時代，宦官王振專權，政治腐敗，邊防廢弛，正統十四年（1449），蒙古瓦剌部族的軍隊在土木堡（今河北省懷柔縣境）消滅了明軍主力五十萬人，俘虜了英宗朱祁鎮，進逼北京。在這危急存亡之秋，于謙任兵部尚書，擁立景帝，反對南遷，並親自督戰，擊敗瓦剌的軍隊，使千百萬人民免遭塗炭。但英宗復辟後，卻以「大逆不道，迎立外藩」的罪名將他殺害。

---

23 張煌言：〈甲辰八月辭故里之一〉，見《張蒼水集》（上海市：上海古籍出版社，1985年），頁176。
24 袁枚：〈謁岳王墓作十五絕句〉之十五，見《小倉山房詩集》（北京市：中華書局《四部備要》本）。
25 孫一珍：〈讀《于少保萃忠全傳》〉，見《明清小說研究》，第五輯。

　　《于少保萃忠全傳》所敘述的人物、事件基本上與史實相符。但它不是一本演義小說，因為歷史演義總是概括一定歷史時期的全貌，表現特定歷史時期的矛盾與鬥爭，而《于少保萃忠全傳》則是圍繞著于謙一個人的命運和遭遇來描寫的。小說從他出生寫起，寫他幼年時代的聰慧，青年時代的抱負與交遊，進入仕途之後的剛正清廉，國家危亡時的力挽狂瀾，直到他含冤而死以及死後冤案的平反昭雪。它是一部傳記體小說，所以我們把它放在本章中敘述。

　　多數歷史題材的作品是根據史書加以演繹而成。《于少保萃忠全傳》寫於于謙遇難後的一百五十年左右，是產生在《明史》之前的著作，基本上可以算是當代人所寫的人物傳記小說。

　　小說作者懷著崇敬的心情，以飽含感情的筆觸，塑造了一個愛國恤民、膽識超群的英雄人物。剛正不阿是他性格的突出特點。他在青少年時代就不是傳統禮教所要求的那種謙謙君子，而是才華橫溢、鋒芒畢露的人物；進入仕途之後，他又是清廉正直、敢作敢為的官吏。正因為這樣，在土木之變的關鍵時刻，他「以社稷為重」，冒著「另立新君」的罪名，敢於承擔起挽救國家的重任。也正是因為他剛正不阿，敢於堅持原則，不取圓滑敷衍的處世態度，所以就必然為封建統治者所不容，必然在官場的傾軋、陷害中被吞沒。作者不僅通過于謙在土木之變等重大事件中的表現來刻畫人物，而且通過他救濟災民，公正斷案，安撫僮（壯）、瑤同胞以及清苦的生活，多方面地展示他的性格，人物形象比較豐滿。

　　小說中有些反面人物也寫得比較深刻，沒有簡單化、臉譜化的毛病。徐珵博學多才，治水有功，是于謙青年時代的好友；石亨儀表堂堂，武藝出眾，屢立戰功，受到于謙的器重。但是，他們一旦身居要津，就利欲薰心，心狠手辣，出賣朋友，置于謙於死地而後快。這兩個人物正是封建政治培育出的毒果，深刻地反映了封建政治的罪惡，具有一定的典型意義。

　　作品寫到景泰帝即位後，不願迎回英宗；急忙廢掉英宗的太子，另立自己的兒子為太子；英宗回都之後，陰謀發動「奪門之變」，實行復辟。這對暴露帝王為爭奪帝位而骨肉相殘的醜惡面目是有意義的。可惜的是，作者既要尊重景帝，又要忠於英宗，不能深入展開描寫，失之簡略草率。

　　《于少保萃忠全傳》是文人的作品，它沒有民間文學的色彩；作品純用文言，語言板滯，不夠酣暢；過於拘泥史實，情節不夠集中，從這個角度說，它不是英雄傳奇小說的體式，而近於正史中的人物傳記。

　　小說還雜有公案小說、神魔小說的寫法，如「于公斷冬青樹葉案」，則與明代《包公案》等小說相似；桂樹精現形，烏全真、老和尚的算命卜卦等，顯受當時流行的神魔小說的影響。總之，從選材角度來看，為英雄立傳，具有英雄傳奇小說的性質；從表現手法的角度來考察，這部小說融合了公案小說、神魔小說和傳記文學的特點，是具有新的特點的長篇傳記體小說。

第六節　以帝王發跡變泰為題材的小說

　　在中國古代小說中，有一些是以帝王發跡變泰故事為題材的歷史演義小說或英雄傳奇小說，我們集中在本節中論述。

　　在社會大動亂的年代裡，一些出身比較寒微，但具有雄才大略、非凡本領的人物，在軍閥割據、群雄角逐中，經過艱辛的奮鬥，終於稱霸天下，或為開國的君主。他們發跡變泰的故事，自然能引起廣大群眾的興趣與崇敬。所以以他們為主人公的小說就應運而生了。《飛龍全傳》和《英烈傳》就是這類題材中較有影響的小說。

　　宋太祖趙匡胤出身官僚家庭，青年時代浪跡江湖、走南闖北，經歷種種磨難，終於奪取天下。他的這種經歷本來就富有傳奇性，在民間流傳中更增加了神異的色彩。他的故事在宋代已經廣泛流傳，在宋

人筆記裡就可以看到不少有關的材料。如宋人葉夢得《石林燕語》記載:「太祖皇帝微時,嘗被酒入南京高辛廟,香案有竹杯筊,因取以占己之名位。俗以一俯一仰為聖筊。自小校而上至節度使,一一擲之,皆不應。忽曰:『過是,則為天子乎?』一擲而得聖筊。天命豈不素定矣哉!」趙匡胤的故事很快成為了說書藝人的熱門話題。長篇講史話本《新編五代史平話》中,就簡要敘述了他從降生到陳橋兵變的故事。羅燁《醉翁談錄》也記載了南宋有《飛龍記》的話本。金、元、明代趙匡胤的故事進入小說、戲曲和說唱藝術的領域。《朴通事諺解》中《西遊記》條引有元末平話《趙太祖飛龍記》一目,現雖亡佚,但可證明元末存在過一本寫趙匡胤故事的平話。明代也有關於趙匡胤故事的說書。如郎瑛《七修類稿》中記載:「元美(王世貞)家有廝養名胡忠者,善說平話。元美酒酣,輒命說解客頤。忠每說明皇、宋太祖、我朝武宗。」在小說方面,流傳下來的作品有《趙太祖千里送京娘》(見《警世通言》)和長篇歷史演義小說《南北宋志傳》。其中《南宋志傳》的主要人物和基本情節大多為《飛龍傳》所吸收,可以說是《飛龍全傳》的藍本。《北宋志傳》和《楊家府演義》雖是演楊家將故事,但開頭部分也寫到趙匡胤的故事。在戲曲方面,作品更為豐富。作品已佚而劇目尚存者有:金院本無名氏作《陳橋兵變》;元雜劇關漢卿的《甲馬營降生趙太祖》、王仲元的《趙太祖夜斬石守信》、趙熊的《太祖夜斬石守信》、武漢臣的《趙太祖天子班》、李好古的《趙太祖鎮凶宅》;明傳奇有無名氏的《風雲會》等七個劇目。完整保留下來的有元明間雜劇:無名氏的《趙匡胤打董達》、無名氏的《穆陵關三打韓通》、羅貫中的《趙太祖龍虎風雲會》。以上這些作品,都對《飛龍全傳》的成書有影響,不少故事為《飛龍全傳》所吸收。

現在我們可以見到的《飛龍全傳》是清乾隆二十三年(1768),吳璿根據舊本修改編撰而成的,全書共六十回。吳璿,字衡章,署東

隔逸士。他在《飛龍全傳》序中說，自己早年熱衷於「舉子業」，然
而「屢困場屋，終不得志」，所以到了中年「不得已，棄名就利，時
或與賈豎輩逐錙銖之利」。到了晚年，棄商閒居，改寫《飛龍傳》，
「借稗官野史」，抒發「鬱結之思」。

　　吳璿在序中說，他在己巳年，即清乾隆十四年（1749）得到友人
贈送的舊本《飛龍傳》，而隔了二十年又撿出舊作加以修改，「刪其繁
文，汰其俚句，布以雅訓之格，間以清雋之辭」，寫成新本的《飛龍
全傳》。他所依據的舊本，究竟什麼樣子，現已無從知道，但我們以
為很可能是一本長篇說唱詞話體小說。因為在吳璿改寫後的《飛龍全
傳》裡還保留著說唱詞話的痕跡。例如，十七回趙匡胤與陳搏下棋，
雙方佈局著子全用韻語描寫；三十回史肇祖被誣陷，押往刑場斬首，
臨刑前還念了一段類似快板的韻語；四十四回趙匡胤奉命上潼關剿除
高行周，其父哭別，竟也唸了一段快板。在臨行前，在父子生離死別
之際，唱了起來，這在一般散文體小說中是不會有的，顯然是說唱詞
話體小說留下的印記。

　　《飛龍全傳》從趙匡胤的青年時代寫起，到陳橋兵變、黃袍加
身，當了皇帝為止。作品描寫了這樣一個從「潛龍」到「飛龍」的發
跡變泰過程。作品以趙匡胤為英雄傳奇故事的中心，以鄭恩和柴榮為
陪襯，交織進眾多的歷史人物和故事。全書「七虛三實」，主要人
物、重大史蹟大體上有史實依據，但具體的故事情節又多虛構。它是
一本趙匡胤發跡變泰的記傳體小說，是典型的英雄傳奇小說。

　　小說所描寫的英雄人物趙匡胤，是個市民階層的理想人物，把皇
帝市民化了；同時，又在這個市民理想人物的頭上加上了「天授神
權」的靈聖光圈，把他神聖化了。小說一方面多次強調：「『皇帝輪流
做，明年到我家。』自從盤古至今，何曾見這皇帝是一家做的？」
「即如當今朝代去世的皇帝，他是養馬的火頭軍出身，怎麼後來立了
許多事業，建立了許多功績，一朝發跡，便做起皇帝來？」這表現了

日益壯大的市民階層的自信心和進取心，他們不甘於卑微的地位而追求政治上的權力，要求發跡變泰。另一方面，作品又反覆強調趙匡胤是「真命天子」，是天上赤鬚龍降世。每當他遇到危難時，不是「真龍出竅」加以保護，就是城隍、土地趕來「護駕」，使他「逢凶化吉」。這正反映了當時市民階層的脆弱性，反映了他們不能完全掌握自己命運的心理狀態，反映了他們要掌握統治權的欲望還停留在幻想的階段，還不能變為實際的行動。小說正是在這樣矛盾的心態中展開的。

作品的可貴之處在於，它雖然給趙匡胤套上了「真命天子」的神聖光圈，但它主要的卻是展示了一個市井豪俠的有血有肉的形象。

趙匡胤也和其他市井豪俠一樣，對黑暗勢力具有大膽的反抗精神。當他因騎泥馬被誣陷，發配充軍時，「只氣得三尺暴跳，七竅煙騰」，罵道：「無道昏君！我又不謀反叛逆，又不作歹為非，怎麼把我充軍起來？我斷斷不去，怕他怎的？」當他聽到其父趙弘殷因進諫而受責時，就想：「如今想將起來，一不做二不休，等待夜靜更深，再到勾欄院走一遭，天幸撞著昏君，一齊了命。撞不著時，先把這班女樂結果了他，且與我父親出氣。」後來果然潛入御花園，奔上玩花樓，殺了女樂後逃走。

重信義，也是趙匡胤的性格特點。作品裡寫趙匡胤結義有三次，就是第六回的「赤鬚龍出莊結義」，第九回「黃土坡義結芝蘭」，第三十八回的「龍虎聚禪州結義」。作品著重描寫他與鄭恩、柴榮、張光達、羅彥威等人患難與共、生死相依的友情。

抱打不平，也是市井豪俠的重要特點。作品虛構出「三打韓通」的故事，突出地體現了趙匡胤誅強扶弱、抱打不平的性格。大名府一打韓通，是因為韓通肆意凌辱妓院中的弱女子；平陽鎮二打韓通，是因為韓通霸佔民宅，欺凌百姓；百鈴關三打韓通，是因為韓通依恃官勢，為非作歹。趙匡胤對太行山「抹谷大王」，則在懲罰的同時，勸他改過從新，「替天行道」。「抹谷大王」在他的感召下，「將平日號令

改換一新，凡過往客商，秋毫無犯，賢良方正，資助盤纏；若遇汙吏貪官、土豪勢要，劫上山去，盡行誅戮。」這些寫法，表明趙匡胤的豪俠行為與水滸英雄的精神是一脈相承的。趙匡胤千里送京娘，更體現了他「救人須救徹」的豪俠行為。當京娘感激之餘，要以身相許時，趙匡胤正色道：「今日若有私情，與那兩個強人何異？把從前一片真情，化為假意，豈不惹天下的豪傑恥笑？」這種扶危救困、臨義不苟的精神正是市井豪俠的本色。

作者在寫趙匡胤的豪俠行為的同時，展開了對市井生活的描寫，富有生活氣息。如柴榮推車販傘，尋些薄利，權為糊口。他路過銷金橋，坐地虎董達設立關卡，重稅盤剝，寫出當時小商人經商的艱難；連年災荒，民不聊生，一些人被迫鋌而走險，偷販私鹽，寫出平民百姓生活之慘狀；祿哥為養活母親，市井博魚，尋些錢鈔，也寫出市井小民的生活情景，描繪了一幅宋代市井酒樓的風俗畫。

作者並沒有因為趙匡胤是「潛龍」，就把他寫得高大無比，而是在描寫他的豪俠行為的同時，還寫出了他的「劣迹」。他上妓院，下賭場，爭風毆打，輸錢賴帳，一副無賴相。所以汴梁城百姓說：「三年不見趙大舍，地方恁般無事，今日回來，只怕又要不寧了。」

圍繞著趙匡胤，還塑造了柴榮、鄭恩、陶三春幾個人物的鮮明形象。小說中的柴榮雖與歷史上的柴榮性格上不一致，但真實地表現了小商人膽小怕事、吝嗇小氣的特點，以襯托趙匡胤的雄才大略。鄭恩是個李逵式的人物，流浪江湖，賣油度日，性格粗魯爽直，與趙匡胤的恢弘氣度形成鮮明對照，相得益彰。

陶三春相貌奇醜，力大無窮，豪爽奔放，一改過去小說中閨秀淑女的形象，反映了下層市民的審美觀，成為《飛龍全傳》中對後世戲曲舞臺影響最大的人物。

《飛龍全傳》從總體上說寫得通俗生動，較有可讀性，當然，藝術上比較粗糙，全書前後部分不夠統一，神靈怪異描寫過多等，也是

明顯的缺點。所以，在中國古代英雄傳奇小說中，還只能算是二、三流的作品。

《飛龍全傳》問世之後，對後代的小說、戲曲有較大影響。在《飛龍全傳》裡就提到趙太祖三下南唐的故事：「後來趙太祖三下南唐，在於壽州被困，陶三春掛印為帥，領兵下江南解圍救駕。在雙鎖山收了劉金定，二龍山活擒元帥宋繼秋，刀劈泗水王豹，有許多功勞。」可見當時已有「趙太祖三下南唐」的故事，到了清代由「好古主人」編成《趙太祖三下南唐》（又名《俠義奇女傳》）一書，五十三回，存清同治四年（1864）刊本，可以看作是《飛龍全傳》的續書。但故事荒誕無稽、神魔鬼怪描寫過多，價值不大。取材於《飛龍全傳》的京劇和地方戲劇目，多達數十種，如《飛龍傳》、《童家橋》、《送京娘》、《輪華山》、《龍鳳緣》、《打瓜園》、《斬黃袍》等，有的至今仍在演出。從趙匡胤故事流傳演變中，也表明《飛龍全傳》在中國小說史上承前啟後的歷史地位，是一部值得重視的作品。

《英烈傳》，又名《皇明開運英武傳》、《雲合奇蹤》等，八十回。此書存數種明刊本，版本比較複雜。最早的是明萬曆十九年（1591）書林楊明峰刊本[26]。它的作者，明沈德符《野獲編》謂郭英之孫郭勛所作，因為射死陳友諒究竟是誰，在明代已有爭論，郭勛為宣揚乃祖射死陳友諒的功績而作此書。另外，有的版本題為「稽山徐渭文長甫編」，又把著作權歸之於徐渭，這兩說均不可靠。

《英烈傳》是寫朱元璋和其他「開明武烈」反抗元朝統治，建立明王朝的故事。從朱元璋幼年時代寫起，到建立明王朝，「定山河慶賀唐虞」為止。這本書反映了元末社會的動亂。朱元璋發跡變泰，從一個流浪青年演變為開國君主的過程，比較完整地寫出明朝開國史，塑造了朱元璋和「開國元勛」徐達、常遇春、劉基等人的形象，在小

---

26 有關《英烈傳》版本，參看孫楷第《中國通俗小說書目》、柳存仁《倫敦所見中國小說書目提要》。

說史上有一定意義。

　　但這部小說，所敘故事大都本於史傳及雜著、野史，過於受史實束縛，缺乏藝術想像與虛構，「結果成了與新聞紀事差不多的東西」[27]。因此，人物形象不夠鮮明，可讀性較差。書中對朱元璋的青少年時代描寫簡略，著重寫他當了統帥之後的戰爭生涯，只出現了一個一本正經、發號施令的朱元璋，而沒有表現他市井豪俠的一面，沒有展現他市井豪傑的心靈世界，沒有表現他作為「普通人」的個性。

　　這本小說雖以朱元璋為中心人物，但它的寫法卻不是走英雄傳奇小說的路子，沒有集中於個人命運的描寫，而偏重於歷史事件的敘述。因而，這本書雖然是「敘一時故事而特置重於一人或數人者」，卻沒有完成塑造傳奇式英雄的任務，而像一本歷史的「小帳簿」。

　　《英烈傳》雖然藝術成就不高，但對戲曲、曲藝創作都有較大影響。評書有專說《英烈傳》的，京劇和地方戲從中取材的有二、三十種之多，經過戲曲藝術家的再創造，徐達、常遇春、胡大海等人物，形象鮮明、血肉豐滿地活躍在戲曲舞臺上。

　　《英烈傳》問世後，又出現《續英烈傳》一書。《續英烈傳》，五卷三十四回，題「空谷老人編次」，首有紀振倫序，署「秦淮墨客」。孫楷第先生認為作者大概就是紀振倫。

　　《續英烈傳》是以明代歷史上的重大事件，即「燕王靖難」為題材，故事從明太祖確立皇太孫朱允炆為繼承人開始，至燕王朱棣奪取政權，登皇帝位，改元永樂，建文帝流亡為止。小說中所寫基本上合乎史實，唯有第五卷（即二十八回以後）建文帝削髮為僧，雲遊各地過流亡生活，以及後來又「歸國」的故事，是根據傳說加以附會的。

　　「燕王靖難」是明代歷史上的重大事件，當然吸引了不少作家。但在眾多反映這一事件的文藝作品裡，大多數站在建文帝一邊，討伐

---

27 趙景深：《中國小說叢考》（濟南市：齊魯書社，1983年），頁175。

燕王的篡逆，表現忠與奸的鬥爭；有的則在建文帝失去皇位這件事上，寄託亡國的哀思，如李玉的《千鍾錄》。但是《續英烈傳》比較客觀地反映了這場明代初年王室爭奪最高統治權的鬥爭。一方面是「仁慈之王」的建文帝，一方面是「英雄之主」的燕王，兩人為爭奪帝位而進行了極為殘酷的鬥爭。作者並沒有美化一方，醜化另一方，而是客觀公允地寫出這種鬥爭的殘酷無情，撕開了統治階級所謂綱紀倫常的虛偽面紗，揭示了鬥爭的本來面目。燕王為了從侄兒手裡奪取皇位，費盡心機，在政治上、軍事上採取各種謀略，充滿了殺機，到奪取帝位之後，又屠戮建文舊臣，追捕建文，使當時的南京成了血雨腥風的世界；而以「仁慈治天下」標榜的建文帝，雖然口頭宣揚仁義道德，但他為了保住皇冠，必欲置諸叔於死地而後快，繼位不上一年，周王、齊王、湘王、岷王、代王盡皆廢削；又派人監視燕王，剝奪他的軍權，甚至使反間計，策動燕王世子叛父等等，手段也十分毒辣，哪有什麼骨肉之情、仁愛孝慈之心？作者客觀地、真實地寫出這種封建最高統治集團內部你死我活的奪權之爭，這對認識封建統治者和封建政治的本質是很有意義的。

《續英烈傳》雖有過於拘泥史實，想像虛構不夠，敘述多於描寫的缺點，但與《英烈傳》相比，藝術上還略勝一籌。特別是建文和燕王兩個人物寫得比較成功。建文長在深宮，缺乏才智，仁柔懦弱；燕王則是久經沙場，老謀深算，智勇兼備。通過眾多場面的描寫，把兩人的不同性格鮮明地寫出。例如，第一回〈明太祖面試皇孫〉，朱元璋寫下「風吹馬尾千條線」一句，讓允炆做對子。允炆馬上對了一句：「雨灑羊毛一片氈」，而燕王則對了「日照龍鱗萬點金」一句。通過簡單的屬對一事，就對比地寫出建文與燕王的不同氣象。

《續英烈傳》寫戰爭繼承了《三國演義》的優良傳統，視角集中於戰爭雙方的統帥部，比較細緻地描寫雙方統帥部的決策過程，雙方「鬥智」的情景，從而較好地展示了雙方統帥的精神面貌與性格特

徵，這也是建文和燕王形象能比較豐滿的重要原因。

《續英烈傳》對戲曲也有較大影響，崑曲及地方戲裡都有與《續英烈傳》有關的劇目，如《千鍾錄》、《方孝孺》、《碧血十族恨》、《奏朝草詔》等。

第七節　其他英雄傳奇小說

除本章各節敘述的英雄傳奇小說外，還應提及的英雄傳奇小說有《禪真逸史》和《禪真後史》兩書。

《禪真逸史》（坊間劇本改題為《妙相寺全傳》或《大梁野史》），八集四十回；《禪真後史》，十卷六十回。二書均題「清溪道人編次」，存明刊本。清溪道人，即方汝浩，係明崇禎年間人，生平不詳。除以上二書外，他還著有《掃魅敦倫東度記》一書，將在本書《神魔小說》一章介紹。

《禪真逸史》原書前面有徐良輔題詞和〈凡例〉八則。書以南梁和東魏為背景，敘述東魏鎮南大將軍林時茂，因得罪權臣高歡之子高澄，懼禍出亡，在澤州向月庵出家，名太空，號澹然。後入梁，被薦為建康府妙相寺副主持。正主持鍾守淨不守清規，與破落戶沈全之妻黎賽玉通姦，澹然勸戒不從，鍾守淨反在梁武帝面前誣其勾結東魏，澹然懼禍潛逃。過張太公莊，其子為狐精所惑，澹然為之除妖，又得《天樞》、《地衡》、《人權》三冊天書，能呼風喚雨，召神驅怪，自此在張家隱居修真。十餘年後，澹然得杜伏威、薛舉及張太公之孫善相為徒，傳授武藝法術。三人後在孟門山與繆一麟、查訥共同起兵，奪城陷府，聲威大振。及齊篡位，齊都督大將軍段韶出兵征討，杜伏威、薛舉、張善相等受招安，皆封侯，鎮守西蜀。澹然隨三人至蜀，在峨眉山修煉。朝代數易，至唐滅隋，澹然九十餘歲，在山坐化，杜伏威等各傳位與其子，棄家訪師，後皆登仙界，全書以「禪師坐化證

菩提，三主雲遊成大道」作結。

　　《禪真後史》卷首有翠娛閣主人（陸雲龍）寫於崇禎己巳年（1629）序和〈源流〉一篇。《禪真後史》是《禪真逸史》的續集，與《禪真逸史》源流相接。前二十回寫儒生瞿天民為耿寡婦家塾師，品德高尚，與耿家、劉浣家結下深厚友情。他學儒、從醫、經商，幾經波折，家境逐漸富裕。二子先後娶親。其時正當唐太宗末年至武后以周代唐前後，天下動亂，人民饑饉流離，盜賊蜂起。上帝為挽救蒼生，派林澹然高徒之一的薛舉，降生人世。瞿天民之妾阿媚忽然懷胎，生下一子，就是薛舉轉世，取名為琰。瞿琰自幼得林澹然傳授仙術，抱濟困扶危之志，平暴滅妖，斬除奸佞，為國立功，深受武則天賞識，但他看到朝政日非，見機而退，棄名避世，歸隱飛升，重返天界。

　　作者自視甚高，認為《禪真逸史》「當與《水滸傳》、《三國演義》並垂不朽」（〈凡例〉之六）。主觀意圖是把歌頌英雄豪傑替天行道的《水滸傳》與匡扶漢室的《三國演義》揉合起來，創造出與二書並駕齊驅的新作。但是，作者的思想境界、藝術才能遠不逮施耐庵，羅貫中，作者的雄心未能實現，《禪真逸史》、《禪真後史》在中國小說史上只能屬於三流作品。

　　首先，作者歌頌的英雄人物林澹然、瞿琰雖然武藝高強，法力非凡，也有扶困濟危之壯舉，但是，從根本上說，徒具英雄之軀殼，缺少英雄之靈魂，就是缺乏對黑暗邪惡勢力的反叛精神，而是趨時避害，明哲保身，以至消極退隱。林澹然在東魏得罪高澄，「削髮為僧，逃災躲難」；在南梁又因勸戒惡僧鍾守淨，知其不改，怕他報復，又「雲遊方外，免使禍及」。當他逃離妙相寺，遇到韓回春、李秀等人，勸他「先開除了這賊，然後逃避不遲」。他卻說：「這廝乃聖上所寵，若殺了他，即是欺君逆主，反為不忠。」林澹然形象的塑造，無疑受水滸英雄魯智深的影響，但二者之間的差距，何啻十萬八千里！《禪真後史》中的瞿琰遵從其師祖林澹然的教誨，不敢「恃血

氣之勇」，「以取殞身滅族之禍」，因而到武后改唐為周，他見朝政紊亂，卻不能像《三國演義》裡的英雄那樣匡扶漢室，至死靡他，而是說：「小弟若仕於朝，必有奇禍。自古道：急流勇退，謂之知機。故辭疾歸閒，脫離羅網。」

其次，從藝術上說，由於作者思想境界不高，對創作素材缺乏提煉和選擇，因而平鋪直敘，主次不分，甚至繁枝弱幹，喧賓奪主。作為《禪真逸史》中心人物的林澹然，在書的後半部只是作為杜伏威等人的「顧問」，忽隱忽現；《禪真後史》裡的瞿琰恰恰相反，在書的前半部還未出世，當然沒能露面，只到後半部才有較多描寫。而且對主要人物缺乏性格化的細節描寫，人物性格不夠鮮明。作為英雄傳奇小說的主人公，其英雄人物的形象卻樹立不起來，從這個角度說，作者的創作意圖無疑是失敗了。

《禪真逸史》和《禪真後史》想把歷史演義、英雄傳奇揉合為一體，同時，雜以神魔、人情小說的筆法，反映了明代末年各類小說發展之後，互相影響、互相融合的趨勢。這是中國古代小說發展的一條規律，在其他小說中也常出現這種情況。這兩部小說比較可取之處，倒在於對世情的描寫。

作者生活在晚明，這是社會極為黑暗的時代。他對官府的黑暗，世風的頹敗，深惡痛絕，借小說創作，抒發其憤懣之情。

他同情人民起義，認為是「官逼民反」的結果。當瞿琰聽到羊雷等人造反時說：「草莽之中，豈無豪傑之士？可恨州縣官吏恃才傲物，任性妄貪，不能撫恤英雄，必凌逼以致叛亂。」

作品反映了上自權豪勢要，下及市井小民的生活，對吏治的窳敗和世風的頹喪作了充分的揭露。縣官簡仁，號五泉，老百姓叫他「五全」：「一曰全徵：凡本年一應錢糧等項，盡行徵收，其兌扣足加三……如遲延不納者，不拘老幼，酷刑監禁，決致鬻身變產貼補，才得完局；二曰全刑：凡用刑杖，親較籌目……一下不饒，用刑時還有

那吊打拶夾一套，不拘罪之輕重，一例施行；三曰全情：凡詞訟必聽人情……不拘是非曲直，人情到即勝，那受屈含冤的何止千萬；四曰全收：凡饋送之禮無有不收……五曰全聽：凡詞訟差撥之事……如人情錢物兩不到手時，滿堂人役，俱可發育，不知兀誰的話好，造化的彼此乾淨，出了衙門，晦氣的都受一頓竹片，那書吏、門皂俱獲大利，故有『五全』之號。」(《禪真後史》) 這把當時衙門的弊端揭露無遺。作品描寫鍾守淨、華如剛等和尚驕奢淫逸，敲詐勒索，暴露了道觀佛門藏汙納垢，使披著宗教外衣、作惡多端的和尚道士原形畢露。作品描寫瞿天民學儒、從醫、經商的種種波折，反映了當時細民百姓生活之艱難；瞿天民家中兩個媳婦合謀，預備害死小叔，獨吞家產；瞿天民託人尋找墳地，地痞幫閒敲詐勒索，從中漁利等等，都活脫脫地表現了當時社會的風俗人情。為和尚姦淫牽線搭橋的尼姑趙蜜嘴、地棍無賴龔敬南、瞿天民之媳潑婦張氏、江湖醫生全伯通等人物都繪聲繪色地活躍在書中，盡收在作家筆底。從總的方面說，《禪真逸史》與《禪真後史》比較，前者寫英雄豪氣為勝，後者以描寫世情見長。

《禪真逸史》和《禪真後史》語言簡潔明暢，自由活潑，舖事狀物，繪聲繪形，尤其是使用方言俚語，時曲新聲，收到圖貌傳神的藝術效果。使用方言俚語，如「這叫做竹管煨鰍──直死」；「人爭一口氣，佛爭一爐香」；「早死早托生，依然做後生」；「只圖個醉飽，哪管豬拖狗咬」；「懦夫生中尋死，好漢死裡求活」等等，都表現了作者的生活閱歷和語言的功底。作者使用詩、詞、曲、賦以及明代民歌〈掛枝兒〉等，用以描情狀物，刻畫人物性格，顯示了高超的語言藝術。如《禪真逸史》第五回，尼姑趙蜜嘴出場：

　　妙，妙，妙！老來賣著三般俏：眼兒垂，腰兒駝，腳兒蹺。見人撫掌呵呵笑，龍鍾巧扮嬌容貌，無言袖手暗思量，兩行珠淚

腮邊落，齋僧漫目追年少，如今誰把前情道。

本，本，本！眉描青黛顏鋪粉。嘴兒尖，舌兒快，心兒狠。捕風捉影機關緊，點頭解尾天資敏，煙花隊裡神幫襯，迷魂陣內雌光棍。爭錢撒賴老狸精，就地翻身一個滾。

這裡把趙蜜嘴的身分行徑，寫得鮮明突出，並暗示了她在故事情節中的作用。

又如《禪真後史》十三回，一首嘲幫閒的短歌：

白面郎君，學幫了介鬧，勿圖行止只圖錢，臉如筍殼，心如介觳；口似飴糖，腰似介棉。話著嫖，拍拍手掌，讚揚高興；講著酒，搭搭屁股，便把頭鑽。兜公事，指張介話李；打官司，說趙介投燕。做中作保是渠個熟徑，說譁打科倒也自新鮮。相聚時，賣弄介萬千公道交易處，勿讓子半個銅錢。話介謊，似捕風捉影；行介事，常記後忘前。害的人虎腸鼠刺，哄的人綿裡針尖。奉承財主們，呵卵脬、捧粗腿，虛心介下氣；交結大叔們，稱兄弟，呼表號，挽臂介捱肩，个樣人勿如介沿門乞丐，討得個無拘束的自在清閒。

這首用吳語方言寫成的短歌，把幫閒的欺詐瞞騙、口甜心狠的鬼蜮伎倆揭露得淋漓盡致。

《禪真逸史》還保存了一些音樂史料，如三十三回述張善相與段琳瑛私訂終身，寫出了〈秋鴻〉等古琴曲的標題，對研究音樂史有一定的價值[28]。

---

28 蔡國梁：《明清小說探幽》（杭州市：浙江文藝出版社，1985年），頁11-12。

第五章
神魔小說

第一節　概述

　　何謂神魔小說？魯迅在《中國小說史略》中說：「且歷來三教之爭，都無解決，互相容受，乃曰『同源』，所謂義利邪正善惡是非真妄諸端，皆混而又析之，統於二元，雖無專名，謂之神魔，蓋可賅括矣。」[1]在這裡魯迅先生側重分析當時對小說創作產生顯著影響的宗教思想狀況。在《中國小說的歷史的變遷》中，魯迅先生又進一步指出：「當時的思想，是極模糊的。在小說中所寫的邪正，並非儒和佛，或道和佛，或儒釋道和白蓮教，單不過是含糊的彼此之爭，我就總括起來給他們一個名目，叫做神魔小說。」[2]魯迅在中國小說史上首次提出了「神魔小說」的概念，使我們對神魔小說的內涵有了較具體的了解。

　　在魯迅論述的啟發下，根據這類小說所呈現的基本特徵，我們認為，神魔小說是指明清時代在儒道釋「三教同源」的思想影響下所產生的、以神魔怪異為題材的白話章回小說。這類小說除了魯迅在《中國小說史略》中提到的《平妖傳》、《四遊記》、《西遊記》、《後西遊記》、《續西遊記》、《封神傳》、《三寶太監西洋記》、《西遊補》八種外，據孫楷第的《中國通俗小說書目》、譚正璧的《古本稀見小說匯

1　魯迅：《中國小說史略》，見《魯迅全集》（北京市：人民文學出版社，1957年）卷8，頁122。

2　魯迅：《中國小說史略》，見《魯迅全集》（北京市：人民文學出版社，1957年）卷8，頁339。

考》等書所錄，尚有三十種左右。

　　神魔小說在明代極為興盛，這是有其社會原因的。首先是統治階級對宗教的提倡，特別是大力宣揚「三教合一」的思想。明王朝為了鞏固其統治地位，在使用暴力統治的同時，也利用各種思想工具。先是利用正統的儒家思想，開國之初，朱元璋就對他的臣下說：「天下甫定，朕願與諸儒講明治道。」[3]然後，就是利用道佛樹立政治威信，夢想長生不老。還在創業的時候，朱元璋就利用道人為他編造神話，進行宣揚。此後，又有世宗皇帝等狂熱地求神拜佛，訪仙問道，或封賞道士，或官辦佛事，遂使三教合一的思想深入人心，妖妄之說到處蔓延。在這種三教合一思想及妖妄風氣的影響下，神魔小說的創作便興盛起來。於是，三教合流思想影響著神魔小說的創作，神魔小說的創作又對三教合一的思想進行傳揚。如《西遊記》第四十六回，孫悟空曾對車遲國王說：「望你把三教歸一，也敬僧，也敬道，也養育人才，我保你江山永固。」《封神演義》中也曾說：「紅花白藕青蓮葉，三教原來總一般。」江西廉訪使劉廷璣在評《女仙外史》時也說：「此書三教兼備，皆撤去屏蔽直指本原，可以悟禪玄，可以達聖賢。」[4]

　　其次是明代思想解放運動的影響。古今中外一切思想解放運動在文學方面往往都有一定的浪漫主義與其呼應配合，相輔相成。明中葉，腐朽的封建制肌體內萌發出資本主義的幼芽，市民階層登上了歷史舞臺，社會風氣隨之一變，冰封的學術園地也出現了解凍的跡象。反射在傳統文藝領域內，表現為一種合規律的浪漫主義思潮：高雅矯飾的貴族文藝讓位於自由地表達願望、抒發情感的世俗文學；民間文藝得到了重視，新生意識充滿了活力。特別是對神怪的廣泛興趣，對

3　〔清〕張廷玉等撰：〈太祖記〉《明史》（北京市：中華書局，1974年），頁21。

4　見黃霖、韓同文：《中國歷代小說論著選》（南昌市：江西人民出版社，1982年），上冊，頁390。

奇幻誇張、狂放不羈的創作方法的肯定，更是有力地衝擊了封建王國「不語怪力亂神」的正統藝術思想。於是，佛道的盛行，文學的浪漫思潮，市民對神話的興趣，共同孕育出一大批以神魔怪異為題材的小說作品。

神魔小說雖然是時代的產物，然而，作為一種與宗教思想結合、用浪漫方法創作的幻奇型小說，並不是到明代一下子突兀在人們面前，它也走過彎彎曲曲的道路，有著源遠流長的歷史。

來源之一，神話與原始宗教。首先，原始宗教的種種觀念與形態是深深地滲入神話之中，成為神話創作的心理基礎，反過來，神話的流傳也推動了宗教的宣傳和發展。第二，神話中的神及其行事，都囊括著十分豐富的歷史內涵。因為在那時，歷史被置於世俗生活之上的神祇世界，人們與其說是住在現實世界中，還不如說是住在虛構的世界裡，於是，神話便折光地陳述這樣一段歷史。第三，原始宗教的幻想作為人類幻想的一部分出現在神話之中，大大地豐富了神話的幻想和想像。各種紛繁複雜、彼此對立的事件之間，只具幻想的因果聯繫，總是帶著濃厚的主觀幻想性。它可以神化自然現象，也可以把動物人格化；可以幻化人的靈魂，也可以用魔術溝通神人。這裡，宗教觀念對文學的滲透，神話與歷史的關係，以及幻想藝術，都為神魔小說的創作提供了題材及豐富的藝術表現形式。

來源之二，仙話與道教思維。仙話，是秦漢時在道教思想提供的溫床上產生的神仙故事傳說。尤其在漢代，神仙故事瀰漫整個朝野，或記仙言，或寫仙境，或寫仙人，從而構成了奇幻多彩的神仙畫廊，造成了一個空前富麗的神仙故事時代。仙話中的道教思維有四個方面的特點：第一，神仙絕大部分是理想化了的真實的人。他們有姓有名，有情有欲，並有一部得道成仙的生活史。第二，道教創造的神仙系統，等級森嚴，層次繁多，分工細密，實際上是典型化了的人世。第三，道教的天界具有無限的廣闊性，永遠不會以仙滿為患，隨時歡

迎一切得道者飛升而來。因而人們就可以根據需要不斷地創造神仙，源源不斷地把活人輸往天國。仙話與神話不同，神話中只有帝王或有特殊貢獻的祖先才能擢升到「神」的行列，而仙話是但凡修仙之人皆可成仙。第四，道教的仙話是以長生不死為主要內容，從人類社會的發展看，它說明個人意識的覺醒，認為只有人才是唯一美好的東西。因此，仙話創作打破了以兇猛古怪為美的原始觀念，而盡量集中人的外貌美來塑造神仙形象，然後賦予奇妙的法術變化和瑰麗的生活方式，從而達到引人嚮往的創作目的。所有這些道教創造仙話的思維特點，都給神魔小說的作者進行創造性的想像以充分的啟示，並且提供了豐富的材料。

來源之三，志怪與宋、元說話。關於神魔小說的來源與特點的問題，曾經有人認為，神魔小說既係從歷史小說分化，因此所有的神魔小說都借一點歷史事件作緣由。這話說對了一半。神魔小說確實都有一定的歷史根據，但並不都是從歷史小說分化出來，有的則是繼承了志怪小說的傳統。上古神話中，人的歷史往往是以一種幻想的形式凝聚、停留在某些神祇的活動之中，神話總是獨特地伴隨著歷史，折光地陳述歷史，人們在編神話的同時，也不自覺地在編著歷史，即上古時代人的歷史就是神的活動史。另外，被胡應麟稱為「古今紀異之祖」的《汲冢瑣語》，雖然也是記春秋時事，但絕不是信史，因為其內容大部分是記敘有關卜筮、夢驗之類的迷信傳說，雖然也有歷史故事，但也是虛幻的成分往往大於歷史的成分，有的根本不見史傳。因此，只能說這是「虛幻化了的歷史故事或歷史化了的虛幻故事」[5]。可見，志怪與歷史也有著親密的關係，所以，儘管後來的志怪在其發展過程中逐步擴大其題材來源，但取材於歷史人物事件的志怪仍佔相當大的比重，把歷史幻想化或借歷史人物敷衍神怪故事，便成為志怪

5　李劍國：《唐前志怪小說史》（天津市：南開大學出版社，1984年），頁95。

小說的一種傳統。由於明清神魔小說與上古神話、魏晉南北朝志怪小說有著直接的繼承關係，因此，對其神話歷史化和歷史幻想化的傳統必然有所繼承，這應該說是神魔小說都借歷史為原由的根本原因。倘若化用魯迅對《聊齋誌異》的評語，把「以傳奇法志怪」改為「以志怪法演史」或許能夠概括神魔小說在傳承上的基本特點。

至於神魔小說的題材類型，則是近承宋元說話而來。特別是受「說經」、「小說」中的靈怪類以及「講史」的影響，

第一類是由說經故事演化而來，即「說經」故事與「小說」的神仙靈怪共同作用下的神魔小說，像《西遊記》。它的主要故事骨幹唐僧取經及如來、羅漢、菩薩和玉帝、老君、龍王等佛道兩大神祇系統，都來自佛教故事、道教傳說。但是，這些故事走出寺院在民間流傳的過程中，又增加了許多人民群眾幻想的故事，最後經吳承恩的想像和創造，使之成為一個隱含針砭現實人世又神奇超越塵世的完整故事。這種再創造，無論在故事內容和表現手法上，都脫離了宗教說唱文學（「說經」）的範圍。另外像《西遊記》的續書、《東度記》等，雖然藝術成就不如《西遊記》，但其題材類型、創作精神基本是一致的。儘管作品中還有濃厚的宗教色彩，但同樣是用宗教的外殼裝上非宗教的內容，是變宗教之奇幻為藝術之奇幻，從而成為神魔小說最有代表性的一類作品。

第二類是由講史故事分化而來，即歷史幻想化的神魔小說。這類小說本身又有兩個發展階段；首先是歷史故事幻想化的階段，如《平妖傳》、《封神演義》、《女仙外史》等，其基本情節、主要人物與正史所載大致相似，或貫以想像幻想之情，或襯以奇幻瑰麗之景，或糅以野史佚聞之事，從而使歷史故事幻想化。因此，人們就逐漸不把這類作品當成歷史，而是作為小說來讀。隨著接受階層審美觀的變化，就出現了幻想成分增多、歷史成分減少的創作趨勢，即幻想故事歷史化的階段，如《希夷夢》、《歸蓮夢》等。它們不是演化某個具體的歷史

事件，而是借虛構之事來寫歷史、現實及理想，使幻想故事歷史化，有較強的藝術概括性。總之，這類講史演化的神魔小說，雖然藝術比較粗糙，但是作者能巧妙地作神話式的演化，傳奇式的幻想，幻域與人間、神人與凡人，互相交通，無窮變化，從而構成一個奇妙的神話世界。於是，歷史只留下影子，成為虛幻化的歷史故事。

　　第三類是由民間故事演化而來，即民間文學化的神魔小說，包括宗教故事的演化與民間故事的改編兩種形態。宗教故事指那些宣揚宗教教義、神化仙佛行事的故事。由於這些故事具有從民間來、又在民間中盛傳的特點，因此，民間文學化的神魔小說很大一部分是對這類故事的演化。像《八仙出處東遊記》、《北遊記玄帝出身志傳》、《東海觀音出身傳》等，其中或沈澱著古代民俗信仰的文化精神，或塑造著人民心目中的英雄形象，或敬仰某種非凡之壯舉，或寄託某種理想之願望。這類交織著歌頌理想正義與崇佛道滅妖魔的故事題材，在民間流傳的過程中就有很強的神異性，經過文人有意識的再創作，從而折射出時代之光。另外，民間文學化的神魔小說還有一部分是根據民間幻想故事改編而成的。像朱名世的《牛郎織女傳》、玉山主人的《雷峰塔奇傳》，就是根據民間長期流傳的四大傳說中的兩個傳說改編的。改編後的小說，雖然也反映一定的現實，也具有神奇的幻想，但從總體來看，是失大於得：第一，把已經脫離宗教的民間故事又塗上宗教的色彩；第二，在本以娛心為主的民間故事裡加重說教的分量；第三，對民間幻想故事的基本模式雖有突破，但又侷限到神魔小說的框框裡面。

　　神魔小說雖然在題材類型方面呈現出多種表現形態，但在藝術方面則是以浪漫主義為共同特色的。我國古代浪漫主義文學以上古神話為源頭，以先秦《莊》、〈騷〉為支流，共同哺育著我國浪漫主義文學的成長。明清神魔小說正是沿著它們的道路，從現實出發向古代人物、向神話世界、向幻想世界開拓，從而在小說中展現出廣闊的描寫空間，具有非凡的形象體系，充滿了豐富的象徵意味。

　　首先，是豐富的幻想、極度的誇張。《莊子》、〈離騷〉往往以豐富的想像、大膽的誇張去改造、融合神話傳說，使作品具有一種奇詭變幻的特色，正如《莊子》〈天下〉篇裡所概括的那樣：「以謬悠之說，荒唐之言，無端崖之辭，時恣縱而儻，不以觭見之也。」這種藝術傳統流經志怪、傳奇小說，到了神魔小說，則是以突破時空、突破生死、突破神人界限的手法去描寫奇人奇事奇境；其形象多是神魔，他們都有奇特的外貌、奇特的武器，有著變幻莫測的神通、超越自然的生命。即使是人，也多是被神話仙話化的「神人」、「真人」；其事件，多是除妖滅怪、伐惡揚善、戰天鬥地、顯揚忠烈；其環境，則多是幻域，其中有天庭、地府、龍宮，也有海市蜃樓般的仙莊、佛境、孤島，把現實與幻想、天上與人間皆籠於筆底，從而向人們展現出廣闊的描寫空間、奇麗的幻想天地。

　　其次，是奇妙的變形、豐富的象徵意味。屈原在〈離騷〉中通過「善鳥香草以配忠貞；惡禽臭物以比讒佞；靈修美人以媲於君；宓妃佚女以譬賢臣；虬龍鸞鳳以託君子；飄風雲霓以為小人」[6]的象徵體系，來表現他的理想願望；莊子也往往用被他理性濾化的神話形象、被人格化的動、植物形象及被改造變形的歷史人物形象，來說明他的哲學思想。像這樣的象徵形象也經常出入於神魔小說之中，作者設立這些象徵形象是為了表達某一信念而採用的手段，具有假定性和象徵性。具體說有兩種表現方式：一是整體性的象徵方式，像《西遊記》的整體形象並不僅僅在於折射現實，同時也在象徵著一種從追求到痛苦到實現的人生哲理；一是局部性的象徵方式，就是鑲嵌在整體性象徵體系中的一些有哲理意味的故事或與整體象徵無關的一些哲理性語言。當然，有的象徵並不是作者的主觀意圖，但是客觀上由於象徵意象的啟示，則激發了讀者對人生哲理的思考，從而擴大了作品的內涵。

6　〔漢〕王逸：《楚辭章句》，見《楚辭補注》（北京市：中華書局，1957年），卷1，頁3。

第二節　《西遊記》

一　成書與作者

　　歷史上有玄奘取經故事。據《舊唐書》〈方伎傳〉及其他野史記載，玄奘是河南洛陽人，姓陳名禕，大業末年出家，玄奘是他的法名。他那聰悟不群的天資和積極探求的精神，曾為他獲得佛教「千里駒」的讚譽。為了追求佛法的究竟，青年的玄奘不滿足於遍閱佛教譯品，決心遠遊西域，尋取真經。他不顧不許國人出境的禁令，於唐太宗貞觀三年（629）隻身離開長安，混入商隊，偷越國境，開始遠征；出玉門關，經新疆北道，越蔥嶺，出熱海，又經二十四國，跋涉五萬多里，終於到達了印度。在印度十三年，到了貞觀十九年，玄奘載譽而歸，並且帶回了六百五十七部梵文經論。

　　玄奘取經的壯舉，首先經歷的是宗教神話化階段。從《大唐西域記》到《慈恩三藏法師傳》，從《獨異記》到《太平廣記》中的〈異僧〉〈玄奘〉，我們可以看見這個宗教故事是怎樣走向神話化的。

　　《大唐西域記》是玄奘奉唐太宗之旨口述，由門徒辯機輯錄而成的。書中記述了他親身經歷一百多個國家和地區的見聞，雖然一再聲明「皆存實錄，匪敢雕華」，使其具有較高的學術價值，但是，它的文學價值卻是作者自己主觀上沒有意料到的。作為一個萬里西行、取經求法的僧人，他一方面以宗教家的虔誠心理去採錄有關佛家的種種靈異故事，從而把七世紀和七世紀之前在西域廣泛流傳的許多想像豐富、情節動人的故事傳說保存下來；另一方面，對自己飄然一身、赴印度取經所遇到的艱難困苦及各種自然現象，如沙漠幻影及鬼火之類，也多用宗教的心理去解釋，從而使許多事實在作者自己和別的信徒眼裡自然都成為靈異和神蹟。可見，取經故事從玄奘筆下寫出來的

時候，就已經染上了神異的色彩。

到了玄奘弟子慧立、彥悰的《慈恩三藏法師傳》中，他們為了頌讚師父非凡的事蹟，弘揚佛法，所以在口傳或筆錄玄奘取經事蹟的時候，必然常用離奇的想像、精彩的文筆加以誇張神化，從而使之成為一部帶有浪漫色彩的大型文學傳記。於是，兩部敘說宗教故事、宗教人物的著作，無意中卻搭起了通往文學創作的橋樑。雖然在故事間架及形象塑造方面沒能對《西遊記》的創作產生直接的影響，但是，其中豐富的幻想故事和離奇的想像，卻為後代的創作提供了多樣的藝術表現手法，如變形術的自覺運用，動物的擬人化等。

神奇的取經故事，越傳越神。於是，在唐朝末年就出現了像《獨異志》、《大唐新語》等敷衍玄奘取經神奇故事的筆記小說。然而，這些雖然說是一種創作，但也僅僅是在傳取經故事之奇，其中看不出作者所要反映的是哪種思想、感情和願望，因此，它還是屬於宗教神話化階段。

真正完成玄奘取經由歷史故事向文學故事轉變的，則是得力於唐代寺院「俗講」的盛行。正是在僧人的講唱中，使取經故事的內容擺脫歷史事實的束縛，變成一個怪誕不經但又結構完整的神話故事。刊印於南宋的《大唐三藏取經詩話》，就是唐五代寺院俗講的底本[7]，末有「中瓦子張家印」六字。據王國維考證，「中瓦子」是南宋臨安的一條街名，也是上演各種技藝的娛樂場所。可見，至遲到南宋末年（1278），玄奘求經的故事已經編成有詩有話、完全虛構的文學故事。雖然全書的情節和所經諸國、所歷危險與後來的《西遊記》很少相同，但卻是西遊故事發展的一個轉折點。比如在第二節中，敘說玄奘路遇猴行者，自稱是「花果山紫雲洞八萬四千銅頭鐵額獼猴王」，來助和尚取經。後來果然全賴猴行者的法力，方才渡過危險，達到目

7　《大唐三藏取經詩話》，日本高山寺舊藏。一九一六年羅振玉用日本所藏本影印，原本上、中卷有殘缺。今存三卷十七節。

的。顯然，這裡的猴行者已經成為取經的重要角色，而真實的取經主角卻退為配角，真實的取經故事只作為作品的筋骨，歷史人物讓位給虛構人物，宗教故事演向神魔故事。從此，取經故事的演變，便走上了更為廣闊的道路。

　　玄奘取經故事在戲曲裡也得到充分表現。與《三國演義》之有三國戲、《水滸傳》之有水滸戲一樣，《西遊記》之前也有豐富多彩的西遊戲，有的串演取經故事的始末，有的搬演取經故事的片斷，元代吳昌齡的《唐三藏西天取經》（殘存二齣）、無名氏的《二郎神醉射鎖魔鏡》、明代楊景賢的《西遊記雜劇》、無名氏的《二郎神鎖齊天大聖》等，就是流傳下來的重要劇本。這些劇本除了吳昌齡的雜劇還是以三藏求經為主之外，其他多承《取經詩話》，即把描寫的重點，從取經移到神魔之爭，故事的主角也完全被孫行者取而代之。這時的孫行者已經有了「齊天大聖」的光榮稱號，表現了他蔑視權威的叛逆精神。同時，猶如宗教神話化階段擺脫歷史的束縛一樣，雜劇也衝破了宗教文學的束縛，表現出市民文學的思想和風格，像《西遊記雜劇》中〈女王逼婚〉對兩性糾葛的內容表現得過於直露，這是那個時代的風尚的反映。另外，像孫悟空接經，在《金剛經》、《心經》、《蓮花經》後面來了個「饅頭粉湯經」，這也表現了市民階層對宗教的調侃，在一定程度上沖淡了宗教的主題。但是，雜劇中孫行者的形象描繪還存在著嚴重的缺陷：一是吃人搶親，滿身妖氣，令人生畏；一是臨陣退卻，猥瑣卑微，名實不符。

　　在話本創作方面，根據《永樂大典》、《銷釋真空寶卷》和朝鮮漢語教科書《朴通事諺解》等材料，證明元末曾有一部《西遊記平話》傳世。從現存的片斷材料看來，《西遊記平話》的最大貢獻是發展了西天取經的主體故事。我們看《朴通事諺解》有一條注云：「今按法師往西天時，初到師陀國界遇猛虎毒蛇之害；次遇黑熊精、黃風怪、地湧夫人、蜘蛛精、獅子怪、多目怪、紅孩兒怪，幾死僅免。又過棘

鈎洞、火焰山、薄屎洞、女人國，及諸惡山險水，怪害患苦不知其幾，此所謂刁蹶也。詳見《西遊記》。」可見，《西遊記平話》所歷之難要比雜劇豐富曲折得多，吳著《西遊記》中的許多重要情節就可以在《西遊記平話》中找到根據。同時，隨著破魔鬥法情節的增加，孫行者表現的機會增多，其性格也比雜劇來得穩定，來得生動。因此可以說，《西遊記平話》是西天取經故事發展到更高藝術階段的標誌。

　　至此，我們可以看出，取經故事的演變，猶如取經道路一樣漫長曲折：先被僧徒們渲染成一個帶有神秘色彩的宗教故事，後來民間把它改造成一個豐富多彩的神話故事，然後或搬上舞臺，或作為「說話」演說，雖然還披著宗教的外衣，但其主要人物卻由宗教人物演化為虛構人物，其主要傾向也由歌頌宗教的狂熱追求逐步轉到歌頌人類的不畏艱險、不怕困難的精神，歌頌對理想的追求，其中有量的變化，也有質的飛躍，有人民的感情、願望，也有作家的加工、演化。

　　同時，在這個取經故事的演變中，我們還可以看到，從猴行者到孫悟空，孫悟空的形象同樣有一個從孕育、發展到定型、完成的複雜的形成過程。首先，孫悟空的形象孕育於道教猿猴故事的凝聚。在《大唐三藏取經詩話》、《西遊記雜劇》和《西遊記平話》中，孫悟空的原型既有道教猿猴故事中猴精的神通，又有這類猴精喜吃人、荒淫、偷竊仙品的惡行，而佛教猿猴故事中的猴精形象絕大多數是正面的。其次，發展於釋道二教思想的爭雄。在釋道之爭中，佛教往往以理論的雅俗共賞、代價的低廉可行等優點戰勝了道教，於是佛法高於道法，就成為唐宋以來的社會看法。孫悟空形象演化的思想軌跡便也「由道入釋」，並受制於釋家的五行山和緊箍咒。這裡滲入的是中國民間的佛教思想的血液。第三，定型於個性解放思潮的崛起。在《西遊記》中，作者給孫悟空形象注進了新鮮血液，把原來宗教傳說中的惡魔脫胎為神話傳說中的英雄。那強烈的自由發展的要求和自由平等的觀念，那機智聰明、積極樂觀以及個人奮鬥的特徵，那「心高氣

傲」的個性和天真活潑的「童心」，都折射出新興市民階層的基本特徵，都泛現出個性解放思想的微瀾。第四，完成於偉大作家的綜合創造。如果說前三個方面是孫悟空形象內在的思想淵源的話，那麼，這個形象的外在特徵，也有一個發展、融合的過程。它受我國豐富的神話寶庫的啟示，如夏啟「石破而生」的故事，無支祁「形若猿猴」的外貌及蚩尤兄弟「銅頭鐵額」的特徵等。於是，英雄的神話與民間的傳說、外在的形象特徵與內在的思想淵源，在作者主觀創作意圖的作用下，互相結合、融化，共同孕育出孫悟空這個具有中國民族文化淵源的藝術形象[8]。在深厚的民間文學的基礎上，吳承恩寫成了《西遊記》這部巨著。

　　吳承恩（1510-1582），字汝忠，號射陽山人，淮安府山陽（今江蘇淮安縣）人。他出身於一個世代書香而敗落為小商人的家庭。自幼聰慧，好搜奇聞，年輕時即以文名著於鄉里。他曾希望以科舉進身，然而屢試不第，直到嘉靖二十九年（1550）才補為歲貢生，以後一直是南京國子監的太學生。到了嘉靖四十年，迫於家貧母老，不情願地當了長興縣丞，不久因恥於折腰遂拂袖而歸。後來又一度任過品級與縣丞相近而為閒職的荊府紀善，晚年歸居鄉里，貧老而終。坎坷的人生旅途，使他對現實有著深刻的認識；豐富的宗教知識，使他對人生有著哲理的觀照；好奇的讀書趣味，使他對藝術有著獨特的追求；善諧的性格特徵，使他對理想有著樂觀的嚮往。這四者構成了吳承恩文學生涯的四重奏。於是，在唱出了《二郎搜山圖歌》那憤世嫉俗的詩篇的同時，又創造了《西遊記》這神奇浪漫的巨著[9]。

8　關於孫悟空形象的演化，目前有「外來影響」說，「民族傳統」說和「綜合典型」說，我們從孫悟空形象的思想淵源方面進行探討，還是傾向於「民族傳統」說，這個觀點主要參考張錦池〈論孫悟空的血統問題〉一文。

9　關於《西遊記》的作者問題：在清代，一般都認為是元長春真人丘處機的作品。到了近現代，胡適、魯迅則力主吳承恩說，以後這一說幾乎成為定論。近年來學術界又出現了新的動向：在國內，日本學術界多從太田辰夫的否吳說；在國外，有章培

　　關於《西遊記》的版本，現在最早的刊本是明萬曆二十年（1592）金陵唐氏世德堂《新刻出像宮板大字西遊記》，二十卷一百回。隨後有萬曆三十一年（1603）書林楊閩齋刊本，又有明崇禎刊本《李卓吾先生批評西遊記》一百回，此書國內今存兩部。清代又出現多種版本。一九五四年作家出版社排印本，即以明刊世德堂本為底本，參校清代各種刻本整理而成。

二　奇詭變幻的神話世界

　　追溯中國小說的本源，我們可以看到古代神話傳說「奇幻」的特點。晉人郭璞稱《山海經》「閎誕迂誇，多奇怪俶儻之言」。清人王韜說：「《齊諧》志怪，多屬寓言，《洞冥》述奇，半皆臆創；莊周昔日以荒唐之詞鳴於楚，鯤鵬變化，椿齡老壽此等皆是也。」[10]這種奇幻的藝術傳統，隨著小說文體的形成，便也成為小說的一大美學傳統。湯顯祖在〈《點校虞初志》序〉中指出，唐傳奇「以奇僻荒誕，若滅若沒，可喜可愕之事，讀之使人心開神釋，骨飛眉舞……其述飛仙盜賊，則曼倩之滑稽；志佳冶窈窕，則季長之絳紗；一切花妖木魅，牛鬼蛇神，則曼卿之野飲」。這種藝術傳統發展到《西遊記》，作者就在取經故事演變發展的基礎上，以獨特的藝術追求，在古代長篇中構築了一個變幻奇詭而又真實生動的神話世界。

　　首先，這個神話世界向人們展現的是廣闊的描寫空間、奇麗的幻想環境。

　　有對自然環境的美化，主要是對仙地佛境的描寫。一翻開《西遊

　　恒等倡否吳論。（詳見《復旦學報》1986年第一期）不過，在還沒有確鑿證據推翻定論之前，我們仍堅持吳承恩著。

10　《新說西遊記圖像》〈序〉，見黃霖、韓同文：《中國歷代小說論著選》（南昌市：江西人民出版社，1982年），上冊，頁7。

記》，讀者就進入了一個奇麗的境界：先是充滿詩情畫意的花果山，接著又是「一派白虹起，千尋雪浪飛」的水簾洞，其中描寫眾猴如何好奇，石猴如何探奇，儼然一篇優美的〈桃花源記〉。現實世界也許有這麼一個水簾洞，但在作者的筆下，這塊人間的淨土卻是一個理想的社會，其間雖有人間之煙火，卻無塵世之紛擾。人們可以在此安居樂業，「霜雪全無懼，雷聲永不聞」；可以「稱王稱聖任縱橫」，自由自在，無拘無束。這種美化自然環境的描寫，在《西遊記》中隨處可見，特別是與僧道有關的諸境的描繪，更是令人神往。

　　有對險山惡水的誇張，這主要是設置在取經路上。《西遊記》雖然是吳承恩的再創造，但取經故事是取材於歷史的，歷史上的玄奘取經途中主要是同各種自然障礙進行鬥爭，因此，《西遊記》中仍然保留這方面的特點，並且有所誇飾，從而表現了神話英雄征服自然的力和勇。這裡，有鳥不敢飛度的險山，有舟不能舉棹的惡水；有寸草不生的火焰山，有寸步難行的黃風嶺等等。像這些曾在神話中出現過的奇異之境，隨著正統文學的鞏固和發展，人們對此已經帶有些遙遠感了。然而，到了明代，卻在吳承恩的筆下得到更為奇麗、更有意義的再現。

　　還有天宮、地府、龍宮，以及取經途中出現的種種幻景。這些雖說是現實生活的某種投影，但實際上是人間不可能存在的，純屬空中樓閣的幻域。在天宮，有金碧輝煌、富麗壯觀的靈霄殿，也有夭夭灼灼、神奇優美的蟠桃園；在地府，有「飄飄萬疊彩霞堆，隱隱千條紅霧現」的森羅殿，也有「荊棘叢叢藏鬼怪，石崖磷磷隱邪魔」的背陰山；另外，取經途中還有護法伽藍點化的仙莊，他們往往出現於取經一行「山窮水盡疑無路」之際，但當他們夢醒之時，卻失覺前之雕樑畫棟、燈火人家，唯原來之綠莎茵、松柏林。奇幻如海市蜃樓，恍惚猶南柯一夢。這種光怪陸離、變幻奇詭的環境描寫，以其獨立的審美價值，使我國古代長篇小說展現出一個新的藝術境界。

　　第二，優秀的浪漫主義小說，從來不是孤立地描繪什麼幻想世界、未來世界，而是讓環境描寫服從於形象的塑造，努力使環境和人物達到和諧的統一。《西遊記》的環境描寫之所以能夠清楚地留在讀者的記憶中，除了其獨特的美感效果之外，更主要的是因為有一大群神魔形象在這廣闊的天地、奇幻的世界中活動著。於是，奇幻的環境孕育出奇幻的人物，奇幻的人物反過來又改造奇幻的環境，從而在奇幻的環境中演出奇幻的故事，這樣就構成了一個和諧的藝術整體。

　　《西遊記》中神魔形象的奇幻特點，主要表現在他們有著奇特的形貌、奇特武器，有著變幻莫測的神通、超越自然的生命。

　　孫悟空，是《西遊記》的靈魂。首先，他的誕生便是一個奇蹟：在那十洲之祖脈、三島之來龍的花果山頂，有一塊仙石，「四面更無樹木遮陰，左右倒有芝蘭相襯」，何等高雅；「蓋自開闢以來，每受天真地秀、日精月華，感之既久，遂有靈通之意」，何等遙遠；「內育仙胞，一日迸裂，產一石卵，似圓球樣大。因見風，化作一個石猴。五官俱備，四肢皆全。便就學爬學走，拜了四方。目運兩道金光，射沖斗府」，何等神奇。這個奇幻環境中孕育出的奇幻人物，一出世便以非凡的氣魄，驚動了高天神界；其後，他以勇敢的探險精神，找到了水簾洞，當上了美猴王，在仙山佛地過著「不伏麒麟轄，不伏鳳凰管，又不伏人間王位所拘束、自由自在」的生活。然而，一種不足之感、無常之慮，促使他道心開發，繼續追求。於是，漂洋過海，訪仙求道，學到了七十二般變化、十萬八千里的筋斗雲、降龍伏虎的神通；大鬧龍宮，求得大小由之、變化萬端的金箍棒；打入冥界，勾了生死簿，躲過輪迴，與天地山川同壽。在具備了這些外在的奇幻特徵之後，便在鬧天宮的一系列鬥爭中，全面展現他那機智、樂觀、詼諧的內在性格特徵。至此，孫悟空的形象基本形成。

　　同樣，豬八戒也有一個奇特的出場：天蓬元帥下凡，卻投錯了豬胎，成了一個拙笨的黑豬精，這就規定了他的外形和性格的基本特

徵。他也有奇特的形貌：蒲扇耳、蓮蓬嘴，蹣跚臃腫的體態；也有奇特的武器：又笨又重的九齒釘耙；有風來雨去的魔法、三十六般的變化，同樣也不受生死的威脅。這些奇幻的特徵與其拙笨可笑的性格相輔相成，很快，豬八戒的形象也基本形成。於是，在取經一行的形象初步亮相後，便開始了西行十萬八千里的長征。

　　第三，浪漫型的神魔小說不同於現實主義小說，不是讓人物服從於環境，人物性格隨著環境的變化而變化，而是在性格特徵基本定型之後，通過虛構的種種環境和事件，反覆渲染人物的主要性格特徵。簡言之，不是環境改造人，而是人改造環境。因此，《西遊記》取經途中幻設的種種險境和奇事，正是為了通過對取經人物改造環境、征服一切的反覆描寫，達到渲染性格的目的。像三調芭蕉扇，就比較集中、生動地表現了這種奇幻人物征服奇幻環境的鬥爭。首先，這座八百里火焰山就來得奇幻：這是五百年前孫悟空踢倒老君的丹爐，落下幾塊帶有餘火的磚頭，到此處化為火焰山；其次，主管此山的牛魔王、羅剎女，同樣也有奇特的經歷、奇特的武器，也有幻化的神通，不死的本領。如此險惡的環境、高強的對手，使孫行者的勇與力、膽與識、奇與幻都得到了全面的展現。在這裡，吳承恩發揮了浪漫主義的奇思幻想，把一個本來粗糙簡單的故事，渲染得驚心動魄、變幻莫測。這不僅有較高的美學價值，更主要的是使神魔形象的奇幻特徵在征服環境的鬥爭中得到充分的表現，並進而表現出內在的性格特徵。於是，奇人、奇事、奇境，在幻想的基礎上達到了和諧的統一，從而展現出一個前所未有、奇幻瑰麗的神話世界。

　　清康熙間評論家黃越在分析了包括《西遊記》、《牡丹亭》等作品在內的許多文藝名著之後指出：「且夫傳奇之作也，騷人韻士以錦繡之心，風雷之筆，涵天地於掌中，舒造化於指下，無者造之而使有，有者化之而使無，不惟不必有其事，亦竟不必有其人，所謂空中之樓閣，海外之三山，倏有倏無，令閱者驚風雲變態而已耳，安所規於或

有或無而始措筆而摛詞耶！」[11]明末清初的袁于令也在《西遊記題詞》中指出：「文不幻不文，幻不極不幻」[12]。可見，小說評論家們都把高度的幻奇性作為浪漫作品的主要藝術形態，然而，這只是浪漫主義創作方法的外部風貌。英國著名小說家、文藝評論家愛・摩・福斯特在《小說面面觀》〈幻想〉中，曾談到幻想小說家對讀者的要求：「但有幻想傾向的小說家則說，『這裡談的事是不可能出現的。所以，我得要求你們首先將我的小說作為一個整體接受下來，然後才接受書中的某些事物。』」[13]因此，當我們瀏覽了《西遊記》整體的藝術風貌之後，就可以具體看看作品成功的真正秘訣。

三　對立統一的辯證藝術

第一，以幻想的形式表現真實的內容

在文學創作中，幻想並不是目的，也不僅僅是為了滿足讀者的好奇心，而是為了表現作家強烈的願望和想像，為了表現寫實所難表現的內容。前面說過，袁于令在對《西遊記》進行評論時，一方面旗幟鮮明地倡導「文不幻不文，幻不極不幻」，即要求充分馳騁作者的幻想，充分體現出幻奇的特色。然而，「言幻」必須是以「言真」「言我」為前提的，故袁于令又指出：「天下極幻之事，乃極真之事；極幻之理，乃極真之理。」[14]因此我們說，正確處理奇幻與真實的關係，正是《西遊記》取得成功的基本經驗。

---

11 朱一玄、劉毓忱：《西遊記資料匯編》（鄭州市：中州書畫社，1983年），頁272。

12 黃霖、韓同文：《中國歷代小說論著選》（南昌市：江西人民出版社，1982年），上冊，〈西遊記題辭〉，頁271。

13 愛・摩・福斯特：《小說面面觀》（廣州市：花城出版社，1981年），頁85。

14 黃霖、韓同文：《中國歷代小說論著選》（南昌市：江西人民出版社，1982年），上冊，頁271。

　　從環境描寫看，是「出於幻域，頓入人間」。幻域之一的天宮，雖然描繪得富麗堂皇，至高無上，實際上是人間統治機構在天上的造影。一方面，神的世界的組織，是隨著封建組織的嚴密而愈行嚴密。在封建組織中，分帝王、公、侯、伯、子、男的等級，在神的世界中，也分半神、神、較高、最高的神，他們互相形成權威的鎖鏈，從而進行對世界的支配。這種神的等級組織，在中國上古、中古雖然有之，但還不十分嚴密，到吳著《西遊記》，可以說是給神的世界作一次有系統的組織。而活動在神界的玉皇大帝、神將仙卿，其昏庸無能，奴顏媚骨，金玉其外，敗絮其中，實際就是作者生活的弘治到萬曆年間那荒淫腐朽的世俗帝王及其文武群僚的折影。幻域之二的地府，徇私舞弊之風盛行。幻域之三的險境，凶險暴虐之妖魔霸道，同樣是當時社會邪惡勢力的幻化。而幻域之四的仙莊，其環境的僻靜優雅，人事的恬淡悠閒，不正是與紛擾塵世相對而設的理想社會嗎？它的描寫是虛幻的，感情卻是真實的。吳承恩曾經尖銳地揭露當時「行伍日凋，科役日增，機械日繁，奸詐之風日竟」[15]的社會現象，發出「近世之風，余不忍詳言之也」[16]的沈痛感嘆。聯繫作者這種憤慨之情，我們不難理解作者如此描寫幻域的用心。

　　從形象塑造看，是「神魔皆有人情，精魅亦通世故」。《西遊記》的神魔形象，多以動物的外貌、妖魔的神通構成其奇幻的特徵，但是，倘若他們沒有人類的感情，那麼，他們的貢獻僅僅在於形式上的，在於打破正常體態，打破均衡和平淡，製造變幻多端的審美趣味。而吳承恩的成功，就是在於他能夠繼承神話、志怪中人神妖獸混合一體的表現傳統，完成了從神怪的自然性到人格化的神怪的藝術創造。

　　孫悟空，有猴的形貌、特徵，有妖的魔法神通，但內核卻是人的

15　〈贈衛侯章君履任序〉。

16　〈送郡伯古愚邵公擢山東憲副序〉。

感情、人的個性。他深明師徒之情義，故經得起冤枉；他具有活潑的個性，故表現得調皮；他熱愛自由的人生，故希望能長生；他也有凡人的弱點，故常常會失敗。這一切，都是把他作為人的形象來描繪。像第二十七回，在三打白骨精之後，被糊塗的唐僧貶逐時那「噙淚叩頭辭長老，含悲留意囑沙僧」的場面是很感人的。又如大鬧天宮中的孫悟空，作為人格化的神怪，作者首先還是把他作為人來描寫。他的反抗性並非一下子就表現得非常強烈，而是在爭取人的合理生存的鬥爭中激發出來的。兩次招安給他的弼馬溫和桃園看守的職務，開始他並沒有嫌棄之意，做弼馬溫就是「歡歡喜喜」上任的。但是，當他得知「弼馬溫」是「沒品」的，「未入流」的、「最低最小」的官時，這才意識到玉帝對他的藐視，於是，憤憤不平地反出南天門；還有蟠桃盛會居然也沒請他，不是公平相待，不能享受同等權利，這才更清醒地意識到自己的上當受騙，於是，悄悄地攪亂了蟠桃會，招來了一場十萬天兵的血腥鎮壓。然而，壓力越大，對玉帝的本質認識得越深刻，反抗也就越強烈。不僅刀砍火燒未能伏，而且在「齊天」的基礎上又進一步提出了「皇帝輪流做，明年到我家」，從而對玉帝作了徹底的否定。可見，孫悟空的叛逆性格是在複雜的鬥爭中產生，並不斷昇華的。

　　至於取經路上眾多的妖魔，雖然多是自然災害和險惡勢力的幻化，但也同樣有人的欲望，人的感情。鐵扇公主，和其他妖魔一樣的狡猾狠毒，但她也有著追求幸福的欲望，有著被夫遺棄的苦衷。因此，人們對她並不感到猙獰可惡，反而有時會油然而生同情之意。

　　可見，吳承恩並非一味地幻想，因此他筆下的神魔形象雖然如天馬行空，但落腳點卻是在堅實的大地；許多描寫雖然虛幻荒誕，然而表現的卻是那真實的人情世態。

第二，以具體的描繪象徵抽象的哲理

　　吳承恩創造了一個奇幻壯麗的神話世界，但不是說《西遊記》是歷史上的神話的延續。目前一種原型批評正在興起，即用神話的眼光看文學。其代表者榮格認為：「原始意象即原型——無論是神怪，是人，還是一個過程——都總是在歷史進程中反覆出現的一個形象，在創造性幻想得到自由表現的地方，也會見到這種形象。因此，它基本上是神話的形象。」[17]是的，我們在《西遊記》中看到這種「神話的形象」。然而，反覆出現的意象並非簡單的重複，而是有實質性的區別。如果說，古代的神話在幻想的背後充滿的是動人的真誠、詩意的光輝，那麼，所謂「現代神話」在那荒誕的背後更多的不是想像，而是理智，不是對自然的驚訝，而是對人生的探索。因此可以說，吳承恩創造的神話世界，其主觀意圖是在表現作家自己的願望和想像，以達到折射現實的目的，而客觀效果則啟發了讀者對人生哲理的思考。表現在作品中，就是出現了象徵性、抽象性的藝術形態，從而擴大了作品的內涵，這是《西遊記》成功的又一基本經驗。表現在作品中主要有兩種方式：

　　一是整體性的象徵方式，即作品的整體寓意是經由一個象徵性的形象體系而獲得實現的。《西遊記》是圍繞著取真經、成正果的中心點來設計情節、展開想像的，雖然其情節、人物都有現實的影子，但整體形象卻是假定的，是一個定向而不定量的象徵實體。因此，作品的美學意義絕不僅僅在於西行取經，也不僅僅在於折射現實，其意義遠遠超過題材的具體內容和作者的主觀意圖。如果說「真經」象徵著真理，「正果」隱寓著理想，那麼，西行取經則傳達出人生進取的頑強品格與戰鬥精神，以及這種精神品格背後隱藏的艱辛與痛苦。

---

17 轉引自《外國現代文學批評方法論》〈諸神的復活〉。見亞當斯：《自柏拉圖以來的批評理論》（美國：卓尼諾維克出版公司，1971年），頁817。

　　一是局部性的象徵方式，就是鑲嵌在整體性象徵體系中的，並對整體性象徵的描寫意義的凸現起到點睛作用的象徵方式。《西遊記》中八十一難的描寫，倘若僅僅是為了渲染人物性格，那自然會單調乏味。而當我們從象徵的角度看時，情況就不一樣了。我們把八十一難大致分為四類：一是表現自然力和象徵自然力的難，一是反映社會上種種邪惡勢力的難，一是直接來自最高統治者的難，一是取經人主觀錯誤認識造成的難。既要掃除自然障礙，又要戰勝社會邪惡；既要抵抗外來的壓力，又要克服自身的弱點。可以看出，這裡的描寫，都是在為整體象徵服務的。這裡的成功，正是它能以局部性的象徵價值，呼喚著「勇敢進取」這一整體象徵體系的寓意的呈現。如果說，《西遊記》的整體象徵體系是一根線，那麼，八十一難的描寫就是穿在這根線上的珍珠。

　　然而，小說畢竟是小說，它不能沒有故事與情節，也不能沒有人物與性格，但從神話世界經由象徵這座橋樑而向哲理王國延伸，的確是中國古代小說藝術的一大飛躍。

第三，以美醜的外形對應醜美的內質

　　中國文學是以古典的和諧美作為美的理想的。但這是偏重內容的和諧美，所以我國美學歷來講言志、抒情，強調美善統一。古希臘文學也講和諧美，它是偏重於形式的和諧，強調寫實、肖物，追求真美統一。這兩種不同的文學傳統，是直接由各自的神話中總結出來的。像希臘神話，其中的神或英雄多突出地表現為外貌美；而中國神話中的神，雖然愛人類，具有精神美，但在外貌上並不美，多為人首蛇身或鳥身，或獸首人身，有的完全是動物形象。可見，中國上古文學是不重形神統一的。

　　隨著美則益增其美、醜則益增其醜的審美心理的發展，後來的小說或戲曲作品便出現了臉譜化的現象：正面形象的外表一定是漂亮

的、非凡的，反面人物如奸臣、小丑之類，則從內心到外形都是醜的。而吳承恩能夠以客觀事物和現象的複雜性為依據，超越神話傳統，打破形神統一的框框，創造出外在的美或醜與內在的美或醜相矛盾的神魔形象。在《西遊記》中，作者曾多次通過悟空、八戒的口道出他的美學觀點。在第十八回，當高太公聽說有兩個和尚要來幫捉妖怪時，趕忙整衣相迎，可是，一看到相貌凶醜的孫悟空，便就不敢與他作揖。於是，行者道：

> 老高，你空長了許大年紀，還不省事！若專以相貌取人，乾淨錯了。我老孫醜自醜，卻有些本事。替你家擒得妖精，捉得鬼魅，拿住你那女婿，還了你女兒，便是好事，何必諄諄以相貌為言！

在第二十回，當取經一行準備投宿一老者人家時：

> 那老者扯住三藏道：「師父，你倒不言語，你那個徒弟那般拐子臉、別頦腮，雷公嘴、紅眼睛的一個癆病魔鬼，怎麼反衝撞我這年老之人？」行者笑道：「你這個老兒，忒也沒眼色！似那俊刮些兒的，叫做中看不中吃……」

這裡，分明道出了美醜相反相成的辯證關係。同時，從高太公和老者的反映中可以看到，外部特徵的醜很可能成為表現內心美的一種阻隔，一種心理排斥。然而，從距離美學來看，卻可能引起讀者對那種掩蓋在外醜中的美的關注。孫悟空奇特的外表形象確實不會引起多大的美感，但是，當他那機警、靈活、敏捷的猴性特徵，特別是當他那大公無私、正直好義、積極樂觀、勇敢奮鬥、執著追求等美好品質一旦呈現在人們眼前的時候，便在人們心理上產生出勝於形神統一的巨

大的美感。由於這種本質美是通過外貌醜體現出來，就使得藝術形象
既有崇高美，又有滑稽美。這種滑稽正是由人物的外貌醜陋和內心高
尚的不相稱而構成，而他們由內心世界構成的本質特徵卻是崇高的。
於是，滑稽美和崇高美既對立又和諧地統一在一起。

相反，外表美卻不一定引起美感，當他們內心不美的時候。像唐
僧，雖然儀表非凡，但給人的印象從來不及外表凶醜的孫悟空、豬八
戒更好些。還有取經途中那些幻人騙人的妖怪，也往往以美麗的形貌
出現。像白骨精，那猶如「半放海棠寵曉日，才開芍藥弄春晴」的花
容月貌，非但沒能淡化、而且更增其本質醜在人們心目中造成的心理
惡感。這就是吳承恩筆下的神魔形象獨特的審美價值。

第四，以詼諧的筆調寄寓嚴肅的諷刺

前面談的是《西遊記》人物形象外形與內質的矛盾統一，這裡主
要談其情節描寫的詼諧與嚴肅的矛盾統一。

「寓莊於諧」是我國文學傳統之一。到了吳承恩的《西遊記》，
則以他那玩世不恭的諧謔和憤世嫉俗的態度，進一步發展了寓莊於諧
的諷刺藝術。

首先，從作品整體來看，便是宗教的題材包含著對宗教的嘲諷。
西行取經，本來是一項偉大的宗教活動，按照佛教的教義，取經一行
必須要做到持戒忍辱，或者依靠無邊的佛法，方能達到目的。然而，
從作品的全部藝術描繪看，卻主要是孫悟空的一根金箍棒爭取來的，
即不忍辱、開殺戒、靠智勇爭取來的。在作品中常常可以看到，每遇
險處，三藏便虔誠地誦念《心經》，但妖魔鬼怪並未「發聲皆散」，三
藏默念《心經》時，一陣風將他攝進了魔窟，而最後多是得救於孫悟
空的智和勇。這是對那「修真之總經」的莫大諷刺。這個誦念《心
經》的故事，在宗教文學階段，對驅邪除妖是很有效應的，可是到了
吳承恩筆下，卻極其輕鬆地揭露了教義與行為、行為和效果之間的矛

盾，在令人覺得可笑中，一針見血地戳穿了宗教的虛偽。同時，對仙宗佛祖，作者也常常給予揶揄和嘲弄。如第七回寫孫悟空在如來手指邊撒尿留名的場面；第二十五回寫捉弄鹿力、虎力、羊力三仙喝尿的情節。於是，至高無上的形象在作者的利筆下，在讀者的笑聲中失去了尊嚴。

其次，在具體情節的安排中，作者的「諷刺揶揄則取當時世態」，就是說，作者並非通過神魔之爭的故事去專意比喻或附會某一重大的社會現象或階級矛盾，而只是在寫作過程中，對現實生活中一些醜惡現象信手拈來，涉筆成趣，便把五花八門、形形色色的臉譜世相和那些可恨可恥可笑可憐的社會現象的本質，一下子撕裂開來，抖出活靈活現、妙趣橫生的笑料，使人在笑聲中去體會它的真實涵義。像第三回孫行者入龍宮要寶，四海龍王那種百般獻媚和肉麻恭維；入幽冥界大打出手，一殿閻君那種膿包醜態，以及崔判官為唐太宗添了十年陽壽的描寫等等，都是深刻的諷刺。還有比丘國，國丈要孫悟空的「黑心」作藥引，悟空「把肚皮剖開，那裡頭就骨嘟嘟的滾出一堆心來」：

> 那些心，血淋淋的，一個個揀開與眾觀看，卻都是些紅心、白心、黃心、慳貪心、利名心、嫉妒心、計較心、好勝心、望高心、侮慢心、殺害心、狠毒心、恐怖心、謹慎心、邪妄心、無名隱喻之心，種種不善之心，更無一個黑心。

真是一幅奇特的世態漫畫。

吳承恩在諷刺、嘲弄虛偽的宗教、醜惡的世態的同時，也沒有忘記對作品正面形象缺點的嘲弄和批評。如豬八戒，作者通過對他貪吃、貪睡、貪財、貪色的漫畫式的描繪，善意地嘲笑他的貪婪；同時，還嚴肅地批評了他的自私，如三打白骨精時多次地說謊、進讒

言，嫉妒、誣蔑孫悟空，慫恿唐僧把孫悟空趕走。既嘲笑了他的表面缺點，又挖出了缺點存在的根源。另外，對作者心目中的英雄形象孫悟空，同樣也沒把他簡單化，如三調芭蕉扇時，由於急躁、驕傲，致使兩次上當：先是調到假扇，結果火越搧越旺，連自己的毫毛都要燒光；第二次則沒討到縮扇的口訣，只好扛著丈二長扇而回，不料又被牛魔王輕易地騙走。這裡，英雄並不是「完人」，可笑卻給人啟迪。喜劇大師莫里哀說：「一本正經的教訓，即使最尖銳，往往不及諷刺有力量；規勸大多數人，沒有比描畫他們的過失更見效的了；惡習變成人人笑柄，對惡習就是致命的打擊。」[18]因此，當我們在嘲笑這些缺點的同時，便愉快地同它們告別了。

　　吳承恩以獨特的想像力和生動的語言刻畫、無限風趣的形象誇張和強烈滲透的說服力，巧妙地把藝術的虛構和客觀真理結合起來，把詼諧的筆調和嚴肅的諷刺結合起來，把生活醜和藝術美結合起來。這樣，由詼諧與嚴肅的不諧到藝術美與理想美的和諧，從而構成具有民族色彩的審美形態二重性，這是吳承恩對小說諷刺藝術的貢獻，也是對古代小說美學的貢獻。

四　地位與影響

　　首先，《西遊記》在我國小說史上開拓了神魔小說的新領域。我國最初的長篇小說是宋、元人說話藝術中的講史，歷史小說可以說是我國古典長篇小說創立階段的唯一品種。雖然那些歷史小說中也夾有神魔鬼怪的超人間現象的情節，但只是起穿插的、渲染性的作用。最早將神魔故事從歷史故事中獨立出來的是元人的《西遊記平話》，即吳承恩百回本《西遊記》的前身。然而，只有《西遊記》才以完美的

───────────────────

18 〈《達爾杜弗》的序言〉，見《文藝理論譯叢》，第四冊。

藝術、精湛的表現，使神魔小說這一品種臻於成熟，從而確立了神魔小說在長篇小說中的獨立地位。

其次，《西遊記》在我國長篇小說史上開拓了浪漫主義的新境界。我國早期古典長篇小說絕大多數是以歷史生活為題材，揭示歷史規律，總結歷史經驗，歌頌進步力量，揭露反動事物，有著強烈的愛憎和明確的是非感。而吳承恩以他那獨特的藝術趣味，突破了這種基本上屬於現實主義範疇的創作框框，大膽地發揚了我國傳統文學中的浪漫主義精神，批判地運用了宗教故事中某些藝術形式和藝術思維，通過誇張、幻想、變形、象徵等手法，開拓了一個變幻奇詭、光怪陸離的新的藝術境界，以此寄託理想，抒發憤懣，折射現實，從而成功創造了偉大的浪漫主義長篇小說。

在《西遊記》的啟迪、影響下，明清兩代的小說創作別開生面地出現了一大批神魔小說，給了廣大讀者以奇幻的藝術感受。雖然這些神魔小說的大多數沒能汲取《西遊記》創作的精粹，但像《封神演義》、《西遊補》、《女仙外史》、《牛郎織女傳》、《東度記》等，其基本創作精神還是與《西遊記》相通的，並且在某些方面還有所發展。另外，《西遊記》故事在清代還被改編為戲曲搬上舞臺，甚至還出現了《升平寶筏》那樣大型的連臺本戲；一直到現、當代，仍然活躍在舞臺、銀幕、螢幕上。

《西遊記》不僅是中國人民的文化瑰寶，隨著世界文化的進一步交流，《西遊記》由於它的浪漫主義精神，由於它的主人公反映了人類最基本的品質和特徵，因此，它被更多的外國朋友所喜愛。早在二十世紀初的第一個年頭，西方漢學研究先驅之一，英國劍橋大學文學教授H・賈爾斯所著的《中國文學史》專闢一章，評介了《西遊記》及其作者。一九一三年，蒂莫西・理查得出版了一本題為《赴天堂之使命》的書，是《西遊記》最早的英譯本。以後陸續有人把《西遊記》譯成俄文、捷克文節譯、英文簡譯，到了一九八三年，由芝加哥大學

的文學和宗教學教授余國藩翻譯的《西遊記》四卷本全部出版，終於
使整個英語世界的讀者得以欣賞《西遊記》全貌的風采，這是中華民
族的光榮和驕傲。因此說，《西遊記》是中國的，也是屬於世界的。

第三節　《西遊記》的續書

　　對盛行於世的小說進行續補，是明清兩代小說創作的一大特色。

　　《西遊記》的出現，引起了明清兩代各階層人們的喜愛和關注。
特別是一些小說作家，在《西遊記》的思想、藝術的啟發和感染下，
按照各自的創作心理來「複製」這個西遊故事，因而出現了天花才子
評的《後西遊記》、真復居士題的《續西遊記》、董說的《西遊補》、
無名氏的《天女散花》等續書。我們可以把續書分為兩個階段，即以
《後西遊記》、《續西遊記》為代表的繼承發展階段和以《西遊補》、
《天女散花》為代表的創新階段，然後通過與原書的比較，分別從三
個方面來看《西遊記》續作的繼承、發展和創作、拓新。

一　不黏不脫的延續生發

　　《西遊記》既有史籍可稽又有民間文學的積累，而續書的故事原
型幾乎不見經傳，又沒有民間藝術的積累，續作者們只有靠藝術虛
構、力求不黏不脫地延續生發原著。從這一點上說，續作比起《西遊
記》的創作要困難得多，它在更大程度上屬於作家個人獨創性的精神
勞動產品。不過，如果細加比較，還是可以看出模擬階段和創新階段
在題材來源方面的差別。

　　《後西遊記》四十回，作者不詳，大約刊行於清康熙年間。書敘
唐僧取經返唐、佛經流布中國二百餘年後的唐憲宗年間，寺院主事倚
著憲宗皇帝崇佛的嗜好，「以禍福果報，聚斂施財，莊嚴外相，聳惑

愚民」。當年曾經歷盡劫難取得真經的唐僧師徒得知「世墮邪魔」的
真情之後，稟報如來，佛祖立即救命：「仍如求經故事，訪一善信，
叫他欽奏帝旨，苦歷千山，勞經萬水，復到我處求取真解，永傳東
土，以解真經。使邪魔外道，一歸於正。」《後西遊記》便由此鋪衍
成由唐半偈、小行者、豬一戒和沙彌四人重赴靈山求取真解的故事。
這個故事的整體雖屬烏有，但是書中有兩件事還是於史有據的：一是
寫韓愈與大顛和尚的交往，韓集載有〈與大顛師書〉三封[19]、乾隆
《潮州府志》卷三十的〈大顛傳略〉、卷四十二周敦頤的〈題大顛堂
壁〉詩等，都記載著他們貽書贈衣的親密交往；一是寫韓愈諫迎佛骨
上〈諫佛骨表〉，確是歷史上真實的有名事件，曾載於《資治通鑑》
等史書。另外，書中關於韓愈貶至潮州及深州解圍等行事，也與史實
沒有太大出入。

　　《續西遊記》一百回，明人撰，作者失考，現存清同治戊辰漁古
山房刊本。書寫唐僧師徒在西天取到真經以後，保護經卷送回長安的
經歷。據說經卷能消災釋禍，增福延壽，所以妖魔都想得到「真
經」，這樣，續書的主要矛盾就不是妖魔要吃唐僧，而是要搶經卷。
為了保護經卷，佛祖特命靈虛子與比丘僧暗中護送，一路上，搶奪經
卷的妖魔雖然沒有《西遊記》中登場的多，但作者也下了一番苦心，
充分發揮了藝術的想像，這個故事的描繪當然也似空中樓閣，但是它
也有一點事實根據。既是取經，有去必有還，來路即歸路；有去時之
艱危，必然也有還時之磨難：

　　　　……從缽羅耶伽國，經迦畢試境，越蔥嶺，渡波謎羅川歸還，
　　　　達於于闐。為所將大象溺死，經本眾多，未得鞍乘，以是少
　　　　停，不獲奔馳……

19　《外集》卷3。

　　從玄奘的〈還至于闐國進表〉這段簡略描述中，從《三藏法師傳》所寫的「輾轉達於自境」的「輾轉」二字中，可以想見取經一行東還途中的風風雨雨。

　　可見，繼承、發展階段的《後西遊記》、《續西遊記》，在題材構成上雖然比《西遊記》的創作來得困難，來得虛幻，但是卻較好地體現了作為神魔小說的續書這雙重身分的特點：一方面同大多數神魔小說一樣，多少都借一點歷史事件作緣由，然後由此生發開去；另一方面從整體構思看，是與原書接榫之後又別開生面地去展現自己獨特的故事。像《後西遊記》的西行取真解是在《西遊記》西行取經無效的情況下發生的；《續西遊記》正是得之於《西遊記》第九十九回關於經卷被奪未成的一段暗示：「原來那風、霧、雷、閃乃是些陰魔作號，欲奪所取之經。」從具體情節看，像《後西遊記》中的小行者出世、花果山水簾洞再起、大鬧三界、玉皇大帝頒遣天兵圍剿、太白金星求旨救請孫悟空收服小行者，以及唐半偈、豬一戒與沙彌同去西天求解一路所遇的劫難等一系列虛構的情節，都與原書互相扣合而又不落窠臼，不黏不脫，可以說是名副其實的續書。

　　《西遊補》十六回，作者董說（1620-1686），字若雨，明亡後為僧，更名南潛，號月函，浙江烏程（今吳興縣）人。他曾參加復社，是張溥的學生，也曾從黃道周學《易》。他一生沒當過官，著述很多，有《董若雨詩文集》。《西遊補》約作於崇禎十三年（1640）。現存明崇禎間刊本。主要敘述孫悟空化齋，被情妖鯖魚精所迷，漸入夢境：或見古人世界，或墮未來世界；忽作美女迷項羽，忽作閻王審秦檜，經歷了許多離奇古怪的事情，最後在虛空主人的呼喚下才醒悟過來。回到唐僧身邊時，太陽還掛在半天上，不過才過了一個時辰，而鯖魚精變的小和尚正在哄弄唐僧，孫悟空一棒下去，妖精就嗚呼哀哉了。於是，師徒們收拾行李，準備繼續西行。作者注明這是補入三調芭蕉扇之後，初看起來，似乎很像《西遊記》中的一難，實際上是節

外生枝，自成格局。全書十六回，有十四回半在寫孫悟空的夢境，而夢中的行者與《西遊記》中的行者並不合拍。這是作者肆意舖敘、精心構造的「鯖魚世界」。

《天女散花》十二回，清無名氏著。書寫唐僧取經歸唐後還至西天，如來向諸佛宣諭：「據唐三藏所稱，一路來有許多妖魔鬼怪，為非作歹，殘害忠良，實在可惡之極。」決定請天女下凡。天女往甘露寺極樂花園採了十萬八千朵仙花，偕四仙娥，「攜帶花籃，騰雲向東」，一路上「見妖魔剿滅警化，見善良散花消災」。到寶林寺被和尚囚拿，如來遂命唐僧、孫悟空、豬悟能前往相救，然後步行隨侍天女，前途又見「凡人許多迷性俗務」，才抵長安，會唐太宗，建散花高臺於天林寺，將「那十萬八千朵仙花完全散出」，終成善緣。

顯然，屬於創新階段的《西遊補》、《天女散花》是借續補之名而生發新的境界。首先，二書的題材來源沒有一點歷史根據。一個是由深刻哲理構築的夢幻世界，一個是由美好願望幻化的理想世界，完全來自作者的藝術虛構，可以說是無中生有。它們已經突破了神魔小說多少要有歷史根據的框框，開始趨向新的小說類型；其次，以整體構思看，二書的創作與原書沒有必然的聯繫，續補只是一個幌子。一位不知名的作者在他寫的《續西遊補雜記》中，道出了此類續書的真情，他說：「書中之事皆作者所歷之境；書中之理，皆作者所悟之道；書中之語，皆作者欲吐之言；不可顯著而隱約出之，不可直言而曲折見之，不可入於文集而借演義以達之。」[20]可見，這類續書的作者是有意借舊瓶裝新酒，以舊的形式裝上新的內容。當然，要借舊的形式也必須對它有所保留，所以二書的某些情節也或隱或現地照應到原書，比如《西遊補》，作者巧妙地把扇之能滅火和鐸之能驅山相互映襯，為續書和原書作個無形的過脈；《天女散花》中也有過流沙河、黑水河的回目，但是敘述的卻是與原書完全沒有關係的故事。因

20　〔明〕董說：《西遊補》（上海市：上海古籍出版社，1981年），卷首。

此，作為續書，《西遊補》、《天女散花》是不夠標準的，但卻為新的
小說類型的出現開闢了道路。

二　有所創新的形象描寫

　　既有濃郁的浪漫色彩，又有鮮明的現實個性，這是《西遊記》形
象塑造的總特點。續書的形象塑造藝術在繼承原書的同時又加以發
展，出現更多的是象徵型、抽象型的神魔形象。

　　在《後西遊記》、《續西遊記》中，作為繼承、發展階段的神魔形
象，有模擬逼真的一面，也有自具特色的一面。

　　首先，如果是從《西遊記》中直接移植過來的人物，像《續西遊
記》中的孫悟空、唐僧、豬八戒、沙僧，或者是與他們有血緣關係的
人物，像《後西遊記》中的唐半偈、小行者、豬一戒、沙彌，二書都
基本上保留他們原來的性格特徵。貪吃、呆氣與稚氣，是豬八戒這個
喜劇性格中最突出的特點。《後西遊記》第三十六回有一段關於豬一
戒貪吃的誇張描寫，自然使人聯想起《西遊記》第九十六回在寇員外
家，那場童僕、庖丁像流星趕日一樣為豬八戒上湯添飯的鬧劇；另
外，「我老實」三個字，是原書表現豬八戒耍賴裝傻的一句很有個性
化的語言，而《續西遊記》中的豬一戒，也口口聲聲自稱「我老
實」、「我是沒用的老實和尚」、「我一向只是老實」，可謂傻得可愛。
當然，在模擬的同時也是有所發展的。唐半偈既有玄奘的虔誠，又不
像他那樣懦弱和頑固；既有玄奘的慈善，又不像他那樣人妖顛倒、是
非混淆，處理徒弟的過錯也不像玄奘那樣不近人情。小行者既有孫悟
空的智慧勇敢，又不那麼驕傲自負。

　　其次，如果是作者自己創造的神魔形象，更多的是以假定性、象
徵性的形象與典型而存在，為表達作者某種思想感情而幻設。像《後
西遊記》第二十八回中的陰大王、陽大王。陽大王「為人甚是春風和

氣」，陰大王「為人最是冷落無情」，一個作熱氣烘人，一個作冷氣刺人，作者借小行者的口說：「人生天地間，宜一團和氣，豈容你一竅不通，擅作此炎涼之態。」這與其說是寫形象，不如說是在寫思想，寫形象的思想。另外，這些自創的神魔形象大都沒有具體的人名，其名稱純粹只是一種抽象的標誌，如《後西遊記》中的缺陷大王、解脫大王、文明大王、十惡大王，還有《續西遊記》中的七情妖、六欲魔、陰沈魔、福緣君等神魔精魅形象，顧名思義，這些假定的形象是有一定的象徵意義的。

作為創新階段的《西遊補》、《天女散花》，雖然出現原書中的取經人物，但是，有的面目已非，變得撲朔迷離，有的已經不是故事的主角。在形象塑造上，二書基本脫離了原書真與幻統一的表現藝術，也開始超越了現實主義與浪漫主義相結合的創作方法，向著近似荒誕派的小說發展。具體說，這類續書的形象描繪有兩個比較明顯的特點：

一是與前階段的自創形象一樣，多用象徵的表現手法，把作者的思想、觀念、感情化為某種符號性質的形象，實際上是一種非性格化、非典型化的抽象。無名氏在《續西遊補雜記》中說：「凡人著書，無非取古人以自寓。」[21]《西遊補》確實是取古人以自寓，書中所敘也確實是作者所歷的世界和所悟的道理。為了把這道理說得深入而淺出，婉曲而動人，便自然地用上了許多象徵的手法。像殺青大將軍陳玄奘，本來要滅情以向西天，但是終不能擺脫小月王的羈絆，以致殞身；他獲得許多「殺青」的兵器，但卻無一可以用來「殺青」，可見「青」之難殺，「情之難滅」。「青」就是「情」的象徵。另外，像綠玉殿的風華天子，綠珠樓的美人，古人世界的楚霸王，也都在說明，無論帝王、英雄、美人，都無法超出「情」外。這裡，作品中是按照自我意識的流程，為了說明某種哲理、表現某種願望而隨意設

21　〔明〕董說：《西遊補》（上海市：上海古籍出版社，1981年），卷首。

計、驅遣人物。像《天女散花》中的天女、仙娥。她們散花以除惡揚善，不也正是作為作者美好願望的象徵而幻設的形象。她們雖然很美，但是根本談不上有什麼人物性格，更不用說是典型塑造。

　　二是以荒誕離奇的變形藝術來描繪神魔形象。這裡的變形不同於《西遊記》等書的法術變化，它沒有宗教色彩，完全是一種藝術手段；它也不是為了表現人物性格，同樣也是為了說明某種哲理、表現某種願望而隨意扭曲、驅遣人物。這種變形表現在兩個方面，這兩個方面在《西遊補》中表現得較為突出：

　　首先，是西遊人物的變形。玄奘，在《西遊記》中是誠心求法、虔誠悟道、艱苦西行的「聖僧」，到了《西遊補》，卻把取經一事置之高閣，安然地做起了殺青大將軍，赴任前與翠娘告辭，只見他們哭作一團。這裡分明是在表明唐僧被情所牽，哪有當年唐僧的影子；孫悟空，吳承恩儘管賦予他變幻莫測的神通，但是，萬變不離其人，都是為了表現他智勇的基本性格特徵，而《西遊補》中孫悟空忽而變美人，忽而變閻王，忽而當上丞相，忽而有了夫人，人物面貌撲朔迷離，人物變化的因果關係非常突兀，讀者很難把握形象的真實面貌。特別奇絕的是，第十回寫孫悟空陷身於葛藟宮中，因為被象徵情慾的紅絲纏住而無法脫身，後被一個老者救了下來，可是，這位老者突然化為一道金光，飛入悟空眼中不見了，原來這位老者就是悟空自己。兩個悟空，一個代表性，一個代表情，真心救了妄心，情復歸於性，一分為二又合二為一，很像西方現代小說描寫人物性格雙重性的表現藝術。

　　其次，是歷史人物的變形。比如秦檜與岳飛，作者通過特定的變形形象，以強烈的感情、生動的描繪構成有趣的藝術美，從而曲折而又真實地表達了帶有普遍意義的社會問題和愛憎感情。當了半日閻羅天子的孫悟空在審秦檜時，先讓他上刀山，然後把他變螞蟻下油海；一會兒用霹靂把他打得無影無蹤，一會兒又用鋸把他鋸成千片萬片；

當審問到陷害岳飛時，秦檜嚇得變作一百個身子來回答。最後，孫悟空派鬼使上天借來李老君的葫蘆，將秦檜裝進去化為血水，倒出來做成血酒，恭恭敬敬地跪進岳飛，並稱他為「第三個師父」。這裡，形象隨意誇張與變形，人物沒有性格，想像漫無邊際，這種創作方法僅僅用現實主義或浪漫主義是很難概括得了的。

三　續書諷喻的思想意義

吳承恩在《禹鼎志》序裡說：「雖然吾書名為志怪，蓋不專明鬼，時紀人間變異，亦微有鑒戒寓焉。」[22]《西遊記》也確實曲折地反映了當時社會生活的一些本質方面，但也僅僅是「微有鑒戒寓焉」。無論是大鬧天宮還是解除磨難，全部故事都在表現中國人民敢於反抗、勇於追求和蔑視一切困難的精神，客觀上啟發了人們去探索人生，追求真理，這就是《西遊記》的主要思想意義。而《西遊記》的續書，出自各人之手，跨越明清兩代，其內容與意義自然並非單一，可以說是一幅由理想、諷刺、寓言、哲理雜揉組成的明清社會生活的畫卷。概括起來有三個方面的思想意義：

第一，諷儒佛以醒世。當世人一味沈醉於信佛崇儒的時候，《西遊記》續書的作者們卻非常清醒，因此，他們在作品中通過諷儒佛來醒世人之耳目。

在《後西遊記》中，儒佛都成了譏諷批判的對象。因為在作者看來，用儒佛之道濟世，是「秦州牛吃草，益州馬腹脹；天下覓醫人，炙豬左臂上」[23]，荒唐愚蠢，無濟於事的。儒家有識之士韓愈和佛門

---

22 黃霖、韓同文：《中國歷代小說論著選》（南昌市：江西人民出版社，1982年），上冊，頁122。

23 天花才子評：《後西遊記》（瀋陽市：春風文藝出版社，1982年），第二十七回，頁298。

正派高僧大顛，共同反對裝僧佞佛，自此引出取真解的故事，這就是
對西遊取經以濟世思想的否定；那麼，取真解能否濟世？作者通過如
來的懷疑態度，又是一次否定。又如《天女散花》，作者不崇佛法，
但請天女，認為「妖孽，不得不以激烈手段掃除」，這也是反西遊取
經的本意。這樣，就可能使人們驚醒：崇佛濟世的道路是行不通的。

　　對於儒者的鞭笞，比如《後西遊記》中的文明大王，自稱是孔子
之教的繼承人，自認是春秋史筆的掌握者，可他只會用文筆壓人，金
錢捉將；以文明教主自居，騎乘的反而是不學書、不學劍、自誇「力
拔山兮氣蓋世」的項羽的烏騅馬，最後不得不在真正的文星面前逃之
夭夭。可見，無論是弦歌村酸腐迂闊的儒生，還是這個無真學假文明
的「天王」，都不可能是濟世的材料。還有如《西遊補》第四回描寫
「天字第一號」鏡裡科舉放榜時那又哭又笑、又罵又鬧的醜態，可以
說是一篇微型的《儒林外史》。用這類人當官，自然可以想見官場之
所以黑暗、政局之所以腐敗的原因。所有這些，都可以激發人們更加
清醒地認識當時的社會。

　　第二，刺魔鬼以喻世。封建社會晚期的明末和清代，由於文字獄
的恐怖，也由於神魔題材的特點所決定，《西遊記》的續作者們往往
通過刺魔鬼來喻世道之險惡、人心之不古。

　　《後西遊記》中所描述的缺陷大王、陰陽大王、十惡大王、三屍
六賊等，都是刺世嫉邪、寓意深刻的故事。第十七回解脫大王用來陷
人的「三十六坑」、「七十二塹」，正是封建社會腐朽沒落的社會生活
的真實寫照。

　　董說在《西遊補》第九回中肆意斥罵奸鬼的描寫，可以說是一篇
絕妙的罵世之文：

　　　（行者）又讀下去：「紹興元年除參知政事，檜包藏禍心，唯
　　　待宰相到身。」行者仰天大笑，道：「宰相到身，要待他怎

麼！」高總判稟：「爺，如今天下有兩樣待宰相的：一樣是吃
飯穿衣、娛妻弄子的臭人，他待宰相到身，以為華藻自身之
地，以為驚耀鄉里之地，以為奴僕詐人之地；一樣是賣國傾
朝，謹具平天冠，奉申白玉璽，他待宰相到身，以為攬政事之
地，以為制天子之地，以為恣刑賞之地。

聯繫作者嫉惡如仇的性格和強烈的民族意識，自然可以想見這段描寫
所隱喻的，正是作者曾經控訴過的「庸人被華袞，奇士服斧鉞」的明
末現實。

　　第三，談哲理以警世。吳承恩創作《西遊記》，其主觀意圖是在
表現作家自己的願望和想像，但客觀上由於象徵意象的啟示，則激發
了讀者對人生哲理的思考。續書的作者們也從原書的客觀效果中得到
啟發，力圖借續《西遊記》之名，說出自己對社會、人生的認識。因
此，性格刻畫被忽略了，哲理意味則加濃了。

　　《西遊補》描寫孫悟空夢入鯖魚世界，迷於古今，迷於東西，迷
於虛實，不見真我；然後經過掙扎，經過奮鬥歸趨正道，打殺鯖魚，
終現真我。通過作者的「答問」可以知道，這些描寫意在勸誡世人要
「走出情外，認得道根之實」，必先「走入情內，見得世界情根之
虛」。雖然這是佛家情緣夢幻的玄理，但是，其中關於入內、出外的
辯證理趣，對認識人生，對文學創作都有很大的啟發。

　　《續西遊記》第三十回的比丘僧說：「世法人心若於事來看易
了，便生怠慢心；若看難了，便生兢業心。」《後西遊記》第三十八
回中的牧童，面對雲渡山，也作了與此相類的論述。像這類精警的語
言，正同現代的一些哲理語言一樣，使人警覺，催人奮發。

　　嚴格說來，中國古代小說史上還沒出現過真正的哲理小說，從這
意義上看，《西遊記》的續書是一組不可多得的哲理性的小說。

　　在《西遊記》續書中，《西遊補》最有特色，成就最高。其他續

書，在思想內容方面，比較平庸，無突出成就，而在藝術方面還有不少不足。主要表現在三個方面。第一，情節設計缺少豐富的幻想，如《後西遊記》第十九回小行者大鬧五莊觀的鬥法描寫，雖然小有曲折，但騰挪變化不夠曲折，缺少浪漫主義幻想的豐富內涵；又如《續西遊記》中添出靈虛子、比丘僧兩隻「蛇足」，使得情節「失於拘滯」，難以充分展開想像。第二，形象塑造缺乏鮮明個性。續書作者在塑造形象時，往往從觀念出發，以空泛的議論取代幻想形象的深入描繪，使不少形象僅僅作為思想觀念的傳聲筒而存在。第三，模仿多於創造，特別是在《續西遊記》、《後西遊記》中。首先，是人物性格的模擬。二書主要人物的性格特徵基本是承襲原著，像《續西遊記》中豬八戒的一些語言，《後西遊記》中豬一戒的貪吃等，其音容、行為近於抄襲，只是環境、名字不同而已。因而前人評說：「摹擬逼真，失於拘滯」[24]，先似肯定，實是否定。其次，是情節框架的模擬。二書的作者在情節的設計上雖然也盡量發揮藝術的想像，力求做到不黏不脫。但是，由於整體框架模仿的痕跡太重，因此，給讀者一種亦步亦趨之感。

　　另外，明方汝浩撰的《新編掃魅敦倫東度記》，一名《續證道書東遊記》，二十卷一百回。此書雖然不是《西遊記》的續書，但從作品的別名、整體構思、藝術風格及具體表現手法看，可以說與《西遊記》的續書是同類型的作品。書敘不如密多尊者在南印度、東印度「普度群迷」的故事，以及達摩老祖繼不如密多尊者的普度之願，接過法器，收徒弟道副等，由南印度國出發，自西而東，經東印度國，再往震旦國闡揚宗教，掃魅度世的故事，世裕堂主人在《閱東遊記八法》中說：「矢談無稽者九，總皆描寫人情，發明因果，以期砭世，勿謂設於牛鬼蛇神之誕，信為勸善之一助云。」可見此書與其他神魔

---

24 〔明〕董說：《西遊補》（上海市：上海古籍出版社，1981年），卷首，〈續西遊補雜記〉。

小說一樣，大旨是在勸善，但它主要是想通過「描寫人情」來達到「砭世」的目的，因此它的批判性與現實性強於其他神魔小說。可以說，《東度記》是首先從平凡的現實生活中廣泛揭露當時社會和家庭的各種矛盾的神魔小說。它真實地描繪出一幅封建末世社會上的家庭、道德、倫理的崩潰的畫面，從而對後代諷刺小說的創作產生較大的影響。

在藝術表現方面，《新編掃魅敦倫東度記》與《西遊補》等續書較為相近而且較有特色的是象徵藝術。一是形象象徵，作品中塑造了一大批具有象徵意義的妖魔形象，如不悌邪迷、不遜妖魔、欺心怪、懶妖等，是人的各種心理、道德的幻化；還有陶情、王陽、艾多、分心四魔是酒色財氣的象徵，他們的共性大於個性，是假定的、抽象的類型化形象。二是情節象徵，如第六十六回道士為老叟的兒子驅魔，不是用金箍棒打殺，而是用攻心術，一番道理就把老叟的長子說得心服口服，「滿面頓生光彩」。而正當懊悔之時，「只見一個火光燦爛，如星閃爍耀目，在屋滾出不見」，道士笑著恭喜：「此上達星光惟願先生黽勉勵志，自然妖魔摒跡。」這實際上就是在演化「心生魔生，心滅魔滅」的道理。作者在第二回詩中說：「格心何用弓刀力，化善須知筆舌強。」這種創作思想一方面使妖魔鬥法的描寫大大減少，但另一方由於強調「筆舌」，因此作品的議論、說教成分就顯得太多，這同時也是《西遊記》續書的共同缺點。

第四節　《封神演義》

一　作者與成書

《封神演義》一百回，成書年代難以確考，一般認為在明穆宗隆慶至明神宗萬曆年間（1567-1619）。日本內閣文庫藏有明萬曆年間的

舒載陽刻本，估計是現存最早的版本，二十卷一百回，別題《武王伐紂外史》，至於作者，目前有兩種說法：一是舒載陽刻本題作「鍾山逸叟許仲琳編輯」；一是《曲海總目提要》卷三十九「順天時」條下所云：「《封神傳》係元時道士陸長庚所作，未知的否。」長庚即陸西星的字。但這到底沒有版本上的證據來得直接，因此，目前還是把作者定為許仲琳較為妥當。

　　和我國早期長篇小說一樣，《封神演義》也是民間創作和文人加工相結合的產物。從《楚辭》〈天問〉、《詩》〈大雅〉〈大明〉、《淮南子》〈覽冥訓〉、漢賈誼的《新書》〈連語〉、晉常璩的《華陽國志》〈巴志〉、晉王嘉的《拾遺記》等的記載中，可以想見秦漢魏晉時關於「武王伐紂」的故事在民間流傳的盛況。到了元代，說書藝人匯集了民間的傳說、文人的記載，編成一部講史話本──《武王伐紂平話》，第一次從小說的角度較完整地演述了妲己惑紂王、紂王暴虐、姜子牙佐武王伐紂、紂王妲己伏誅這段殷周鬥爭的歷史故事。明代嘉靖、隆慶間人余邵魚，又按照歷史記載，對《武王伐紂平話》進行加工，把改寫的內容編進了他的《列國志傳》，其第一卷的內容，即始自「蘇妲己驛堂被魅」至「太公滅紂興國」止，十九則完全是在敘述武王伐紂的故事。不久，許仲琳就進而寫成了《封神演義》。不過，雖然《列國志傳》和《封神演義》的創作時間距離較近，但是，對《封神演義》起範本作用的，還是《武王伐紂平話》。這個《武王伐紂平話》之於《封神演義》，就像《三國志平話》之於《三國演義》，關係非常密切，因襲成分較多。趙景深先生曾在《〈武王伐紂平話〉與〈封神演義〉》中，把二書逐回比較，從中可以明顯地看出二書互相吻合的痕跡：《封神演義》從開頭直到第三十回，除了哪吒出世的第十二、十三、十四回外，幾乎完全根據《武王伐紂平話》擴大改編；從第三十一回起便放棄《武王伐紂平話》，專寫神怪，中間只是偶有穿插，直到第八十七回孟津會師，方才再用《武王伐紂平話》裡

的材料。

　　然而，作為神魔小說的《封神演義》，顧名思義，既是「封神」，又是「演義」，因此，在題材構成方面與一般的歷史小說有著明顯的區別。作為講史話本的《武王伐紂平話》和作為歷史演義的《列國志傳》、《有商志傳》，雖然有著歷史小說「以理揆真，懸想事勢」和「實者虛之，虛者實之」的虛構特點，但其中並沒有過多的神異情節。而《封神演義》則發展了歷史小說的想像和創造，化真為幻，化實為虛：一方面改寫了《武王伐紂平話》的某些情節，如《武王伐紂平話》寫許文素進劍除妖，《封神演義》卻說是雲中子；《武王伐紂平話》寫「胡嵩劫法場救太子」，《封神演義》卻說是仙人救去的等等；另一方面作者在殷周鬥爭中糅進了不見經傳的闡、截兩大教派的鬥爭，大批的神話人物，包括曾經獨立在民間流傳的八臂哪吒、灌口二郎、托塔天王和作者自己創造的申公豹、土行孫等，都被組織在殷、截和周、闡兩個陣營的鬥爭中。於是，政治集團的鬥爭與宗教門戶的鬥爭混在一起，人間的戰爭變成了神魔鬥法。雖然作者一方面勾勒了「武王伐紂」的歷史輪廓，但另一方面又給歷史塗上了一層濃厚的神奇怪誕的色彩，這就體現了神魔小說與歷史小說匯合的特徵，同時也體現了作者創作思想的複雜性。

二　探索歷史與侈談天命的捏合

　　「武王伐紂」是一個紛紜複雜的歷史之謎，它吸引著各個朝代的文人史家。處在風雲變幻、矛盾重重的明代社會的許仲琳，也竭力想揭開這個歷史的謎底。

　　首先，由於階級和時代的侷限，作者確實很難正確理解和解釋歷史和現實中的種種複雜現象。於是，就借助宗教思想，捏造了一條荒唐的「斬將封神」的線索，一切都用「天命」來解釋。在「天命」面

前，無所謂興衰變遷，「國家將興，禎祥自現；國家將亡，妖孽頻出」；無所謂忠奸邪正，「幾度看來悲往事，從前思省為誰仇。可憐羽化封神日，俱作南柯夢裡遊」；亡國暴君紂王和被他剁為肉醬的伯邑考一樣被封神，為紂王賣命的聞太師、余化龍和為伐紂捐軀的黃天化、楊任等一樣被稱為忠臣義士；即使是神通廣大的神仙，在神聖而崇高的「天命」面前，也「個個在劫難逃」。在這裡，看不到尖銳複雜的階級矛盾，看不到人類社會的發展規律。看到的只是一些籠罩著光圈的神仙和超人的宿命力量。於是，天命的必然性代替了歷史的必然性，一場社會歷史悲劇成了命運的悲劇。就像古希臘的史詩和悲劇，其中的成敗得失都是奧林匹斯諸神決定的一樣，任何掙扎、抗爭都是徒勞的。可見，「天命」二字是作者有意用來貫穿全書的思想線索。

其次，作為半是神魔小說、半是歷史演義的《封神演義》，除了幻想的線索，還有一條，「武王伐紂」的歷史線索。通過這條描寫比較客觀的線索，可以看出本書的思想價值。

作者一方面揭露了紂王的無道：設炮烙，置肉林，造蠆盆，剖孕婦，敲脛骨；為政不仁，不恤臣民，寵信群小，殺戮大臣，沈湎在酒色之中，致使朝政日非，人心離散，民怨鼎沸，諸侯側目。這是武王伐紂的原因。同時，作者還仔細地描寫了武王及八百諸侯奮起反商的過程，並反覆闡述了「天下者，非一人之天下，乃天下人之天下」的道理。可見，武王伐紂，是有道伐無道，是順應歷史發展潮流的，是合乎人心、順於民意的正義之舉。這就形象地反映了一個腐朽的統治集團和一個帶有民主性力量的集團間的衝突和鬥爭的過程，揭示了腐朽必然滅亡和新生必然勝利的歷史真理。文學作品的形象往往大於思想。作者也許沒有想到，他的這些描寫客觀上已經推翻了「成湯氣數已盡，周室天命當興」等宿命觀念，使人們看到這些鬥爭和它們的結果是生活本身的規律，並不是什麼上天意志的表現。作者也曾幾次說到：「縱然天意安排定，提起封神淚滿襟。」可見，作者的思想和感

情是矛盾的，他並不只是對那些宿命的信條發生興趣，現實生活中善惡、忠奸等鬥爭同樣也能激動著他。正因為如此，使得作品不僅在整體上具有民主性的傾向，即使在一些次要的描寫中，也時常能夠透露出民主性的光輝，比如哪吒剔骨肉還父母的情節，何等激烈慷慨，表現了人要掌握自己命運的願望；還有哪吒持槍與父親廝殺、廣成子勸殷郊幫助武王伐紂、黃飛虎叛紂等兒子敢抗父、臣子欲伐君的描寫，在那「君要臣死，臣不死不忠；父要子亡，子不亡不孝」的封建宗法制度下，簡直是冒天下之大不韙。雖然作者讓代表上帝的教主們去主宰人世間的萬事萬物，但是腐朽的畢竟已經腐朽，而在腐朽的土壤中萌芽的新生的民主根苗，一定會成長、壯大，這是歷史的必然。

三　浪漫類型和現實個性的結合

如果說浪漫類型主要是由神魔小說的特點所決定的話，那麼其現實個性的刻畫則更多是繼承了歷史小說的形象塑造藝術。可見，這種結合同樣與《封神演義》題材構成的特點有關係。

高爾基說：「神話乃是一種虛構。所謂虛構，就是說從既定的現實的總體中抽出它基本的意義而且用形象體現出來，這樣我們就有了現實主義。但是，如果從既定的現實中所抽出的意義再加上依據假想的邏輯加以想像——所願望的和可能的東西，那麼，我們就有了浪漫主義。這種浪漫主義就是神話的基礎。」[25]可見，神話裡的形象是可以、而且事實上許多就是作為概念的化身和思想的象徵。當然，這與一般作品的概念化不同，它不是作者的主觀臆想，而是對現實的概括、現實的抽象、現實的幻化。由於現實生活中存在著背叛正義和棄暗投明的現象，因此，在神仙中就有申公豹的卑劣活動，也有長耳定

25　高爾基：〈蘇聯的文學〉，《論文學》（北京市：人民文學出版社，1978年），頁113。

光仙的正義行為，作者通過這兩個具體形象概括了現實中某類人的思想品質。另外，這些浪漫主義類型的外形描寫，往往也是現實生活的幻化。如申公豹，作者賦予他以一個面朝脊背的形象，這種超現實的外在標誌，正是他助紂為虐、倒行逆施的象徵。總之，作為浪漫主義的類型形象，這些還是有典型意義的。

現實個性，是與浪漫主義的類型形象相對而言。它描寫的不是為概念而想像設置形象，而是具有一定個性的現實中的人。表現在作品中，就是作者既能寫出一些人物的性格的複雜性，比如土行孫機智幽默中有貪癡的一面，聞太師愚忠中又有正直之氣等等，他們的性格特徵不是一個抽象名詞能夠概括得了的。同時，作者還能寫出人物內心的複雜性，像第三十回對黃飛虎反叛前後的描寫：當他聽到夫人墜樓、妹妹被害的消息時，是「無語沈吟」；當他看到身邊四將持刃反商時，是遲疑「自思：『難道為一婦人，竟負國恩之理？將此反聲揚出，難洗清白……』」；當他想把四將叫回一起走時，轉念又把他們大罵一場；而當周紀設計激將時，他便一氣之下決定反出朝歌；以後，隨著情緒的穩定，就清醒地認識到紂王的無道，終於變被動反商為主動歸周。這裡，寫出了黃飛虎理智與感情的矛盾，以及這個矛盾的發展、轉化，從而寫出一個有血有肉、活生生的人，而不是「神」。遺憾的是，書中這種較有個性的描寫並不很多，特別是一些宗教神話人物，形狀怪異，法術離奇，根本看不出有什麼性格特徵。

四　程式描寫和特徵描繪的混合

《封神演義》的程式描寫，包括抄掇韻語和神仙鬥法兩個部分。對於這些，我們不能只看一面，也不能簡單否定。因為在抄掇韻語的同時，還混雜著一些較有意境的散文描繪；在神仙鬥法的後面，還暗含著一些科學想像。如果把「珠玉」從「魚目」中挑選出來，它們還

是會閃光的。

　　首先，關於抄掇韻語和意境描繪的混合。自然對人類有著直接的關係，人類對自然也有深厚的感情。可是，在中國古代小說領域裡，這種關係卻很少被重視。雖然也有一些描寫，但大都游離於人物性格、感情之外，而且都是套用現成的「有詩為證」，幾乎不用散文來描寫。但在《封神演義》中卻出現了奇怪的現象：凡是像古代其他小說中那樣用韻語描寫自然環境的，不是抄掇前人，就是文筆拙劣，千篇一律，毫無生氣；但另一方面不同於古代其他小說的是使用了散文描寫手法，並通過移情表現，寫出人與景的關係，卻是很有新意的。

　　關於韻語描寫，書中多抄掇了《西遊記》的文字而稍加改易。比如第十二回哪吒到天宮看天宮景色的韻語，與《西遊記》第四回孫悟空乍到天宮所見之景的韻語描寫大致相同；第三十九回冰凍岐山通過姜子牙眼睛看的雪景韻語，與《西遊記》第四十八回通天河遇雪對雪景的描繪韻語，也有不少文字相同；第四十三回聞太師眼中所見的東海金鰲島贊，與《西遊記》第一回形容花果山的韻語幾乎字字相同。這樣的描寫當然沒有景物的個性，沒有人物的感情，只能說是環境描寫的一種程式。

　　關於散文描寫，則是小說環境描寫的一大進步。它突破了堆砌詞藻的韻語程式，用清新流暢的散文筆調，富有感情的藝術眼光，寫出了不可重複的自然環境，同時又交融著人物的感情。比如第二十三回寫棄卻朝歌、隱於磻溪、守時俟命的姜子牙，面對渭水，「只見滔滔流水，無盡無休，徹夜東行，熬盡人間萬古。正是：唯有青山流水依然在，古往今來盡是空」。這裡寫流水，也是寫「逝者如斯」的人生常情，更是他那「何日逢真主，披雲再見天」的悵惘期待之情的形象寫照。又如寫聞太師的出征，所見的景色都染上了怡人的感情色彩；而當敗回之時，「但見山景淒涼」，不禁「回首青山兩淚垂」。因情生景，又觸景生情，人情與物態往返交流，達到了情景交融的境界。同

時，作者經常用富有特徵的景物描寫，為人物活動創造了和諧的環境氣氛：當渭水文王聘子牙之時，是「三春景色繁華，萬物發舒」之日；而妲己設計害比干，則是「彤雲密佈，凜冽朔風」的冷酷之景。總之，《封神演義》的寫景狀物雖然有抄襲的現象，也有拙劣的文筆，但比起其他神魔小說，也有不少富有意境的描寫。

其次，關於神仙鬥法和科學想像的融合。想像，是文學創作的翅膀，尤其是神魔小說的創作，倘若沒有「神與物遊」、超越時空的想像，那麼，他的創造就會失去這類小說應有的魅力。許仲琳和其他神魔小說的作者一樣，都具有異常豐富的想像力。但他的想像力點不在創造一個系統完整的神話世界，也不在描繪一些奇形怪狀的神魔形象，而是在作品裡創造了幾百種千變萬化、無奇不有、令人嘆服的「法寶」。例如那個隨身法寶累累的趙公明，偏偏遇到了武夷山散人肖升、曹寶。他們只有一件「法寶」，是一個長著翅膀的落寶金錢；趙公明每祭起一件「法寶」，就被落寶金錢帶落，入於二人之手；最後趙公明祭起雙鞭，落寶金錢就失效了，肖升被打得腦漿迸裂而亡。又如號稱玄都至寶的太極圖，據說妙用無窮，可是一沾上姚天君所煉的紅砂，也只能失陷在落魂陣裡。又如張奎、土行孫的地行術，身子一扭就能鑽進地裡，並且跑得飛快，真可謂神妙；但瞿留孫有「指地成鋼法」，一道符籙燒化，他們在地下就寸步難行，只得束手就擒。像如此眾多的鬥法描寫，確實會給人以奇異神妙、輕鬆愉快的藝術感受，而且對近代科學也有著啟示作用。但是，任何事物都必須有個限度，太多的鬥法描寫，必然會出現千篇一律的程式化，最後導致失去新奇的藝術魅力。這是從藝術的角度來看鬥法描寫，其中有得也有失。

第五節　歷史幻想化的神魔小說

這是一類由史變幻的神魔小說。這類小說雖然與歷史都有關係，

但在明清兩代，還是有所側重，有所變化的：或是以史實為主幹，以
神魔怪異為枝葉，把歷史故事幻想化，如《平妖傳》、《封神演義》、
《女仙外史》等；或是以虛幻人物為中心，以史實為點綴，建造空中
樓閣，使幻想故事歷史化，如《希夷夢》、《歸蓮夢》等。然而，不同
的題材所體現的主旨卻經常是探索歷史、表現忠奸、揭露現實三者結
合在一起的；同時，在形象塑造方面也有共同特徵，就是人性重於神
性，活動多在人間。

　　下面我們分由歷史故事而幻想化的神魔小說和由幻想故事而歷史
化的神魔小說這兩類分別加以分析闡述。

一　歷史故事的幻想化

　　羅貫中與馮夢龍的《平妖傳》、呂熊的《女仙外史》和《封神演
義》一樣，都是把歷史故事幻想化的神魔小說。

　　《平妖傳》，全名《三遂平妖傳》，二十回，元末明初羅貫中編。
現存的錢塘王慎修校梓的四卷二十回本，即為通常所稱的武林舊刻，
是羅貫中原本的重刻本。馮夢龍於明末萬曆四十八年（1620）根據此
本增補成四十回的《新平妖傳》。一般認為現存泰昌元年張無咎序的
《天許齋批點北宋三遂平妖傳》是馮夢龍增補的原刻本[26]。從二書核
對的情況看，馮本的改動很大[27]。但都是在演化宋代貝州王則起義及

---

26 陸樹侖在〈《平妖傳》版本初探〉中考述：現在流存的二十回本《平妖傳》，不是王慎
　修重刻羅貫中原本的「武林舊刻本」，而是一種復刻補配本；馮夢龍增補《平妖傳》
　在泰昌元年以前，天許齋批點的本子不是馮夢龍手授，是天許齋擅自翻刻的本子。

27 四十回本與二十回本《平妖傳》校對情況是：天許齋本第一回至第十五回，純屬新
　增；天許齋本第十六回至第二十五回，相當於二十回本第一回至第七回，增補了三
　回；天許齋本第二十六回至第三十回，相當於二十回本第八回至第十二回，不見增
　補；天許齋本第三十一、三十二兩回，相當於二十回本第十三、十四兩回，增補了
　個別情節，天許齋本第三十三回至第四十回，相當於二十回本第十五回至第二十
　回，增補了兩回。

被鎮壓之事。四十回本前十五回主要寫蛋子和尚盜得九天秘笈「如意冊」，在聖姑姑的主持下，和左黜兒一道，煉成七十二般道術。十六回起和二十回本的第一回銜接起來，寫胡媚兒托生到胡員外家，改名永兒，在其前世生母聖姑姑的秘密傳授下，練就一套殺伐變幻的本領，並在聖姑姑的周密安排下，超渡了卜吉、任遷等，收之為黨羽；又把永兒嫁給王則為其內助，同時囑託眾妖人一齊做王則的輔佐。然後趁貝州軍士嘩變之機，以妖術挪運官庫中錢米，買軍倡亂，殺死州官，據城為王。朝廷遂派文彥博率師剿殺，因得諸葛遂智、馬遂、李遂「三遂」之助，最後是「貝州城碎剮眾妖人，文招討平妖轉東京」。

　　《女仙外史》一百回，約成書於康熙四十二年（1703）。作者呂熊，字文兆，號逸田叟。作品假托唐賽兒係嫦娥轉世，燕王朱棣係天狼星被罰，他們為了天上的夙怨便在人間成了仇敵。燕王起兵謀反，攻入南京，建文皇帝逃走，而唐賽兒就起兵勤王，普濟眾生，經過前後二十多年的爭鬥，最後兵臨北平城下，追斬朱棣於榆木川，功成升天。

　　關於王則起義和唐賽兒起義之事，正史都有記載。前者見於《宋史》卷二九二的《明鎬傳》、《通鑑長篇紀事本末》等書；後者見於《明史》〈成祖紀〉、《明史紀事本末》等書。《平妖傳》、《女仙外史》雖然是以這兩次起義為題材，但卻是在作者主觀創作意圖指導下的變形的描寫。《平妖傳》是歪曲起義的事實，把「官逼民反」的起義寫成是道首聖姑姑的點化和授意，因而把起義領袖視作「妖人」，把他們殊死的鬥爭稱為妖術，使王則起義的本事退居次要地位，而神魔妖魅的活動反而成為故事的主體。《女仙外史》是改變起義的性質，作者在開篇就陳述題旨：「女仙，唐賽兒也，就是月殿嫦娥降世，當燕王兵下南都之日，賽兒起兵勤王，尊奉建文皇帝位號二十餘年。而今敘他的事，有乖於正史，故曰《女仙外史》。」可見，作者為了表現「褒忠殛叛」的主題，有意地把唐賽兒起義和明王朝削藩與反削藩的

鬥爭扯在一起，杜撰了許多情節，把農民起義寫成統治階級內部的鬥爭，從而改變了唐賽兒起義的基本性質。

《平妖傳》和《女仙外史》雖然未能正確地反映起義的歷史進程，但一些客觀的描寫和民間的傳說，卻在某種程度上反映了當時的社會歷史風貌，具有一定的認識價值。

首先，在探索歷史方面。作為歷史故事的演化，二書的作者都能在作品中透露出較為進步的歷史觀。《平妖傳》雖然把起義英雄視為「妖」，但能在第三十七回借李長庚之口明確指出：「妖不自作，皆由人興。」龔澹岩在評《女仙外史》第十七回時也總結道：「天定可以勝人，謂一時之敗。人定可以勝天，乃百世之綱常。」從「妖由人興」到「人定勝天」，可以看出兩部作品對歷史探索的共同基調。

第二，在表現忠奸方面，主要是借歷史影射現實。像《女仙外史》寫唐賽兒起義勤王的耿耿忠心和鐵、景二公的忠憤氣概、英靈颯爽，寫叛臣的凶殘暴虐，都表現出鮮明的褒貶之意。然而，作者所表彰的不僅僅是忠於建文帝的「忠臣義士」、「烈媛貞姑」，所誅伐的也不僅僅是燕王和助燕的「叛臣逆子」，而是借寫明初的史實來隱喻他對明清之際社會現實的看法，從而寄寓作者的故國之思、亡國之痛。

第三，在揭露現實方面。《平妖傳》一方面揭露了統治階級的腐朽和貪婪，客觀上透露了「官逼民反」的真實消息；同時還描寫了病態的封建社會的許多醜惡現象。《女仙外史》則在抨擊封建社會末期的種種社會弊病的同時，還針對弊病提出了某些大膽的社會政治主張，如重訂取士制度，頒行男女儀制，奏正刑書，請定賦役等，從而使處在水火之中的人們能夠呼吸到一些希望的氣息。

那麼，作者是如何把這兩個歷史故事幻想化的？

第一，雜以神仙道士之術。道教之方術大致有三，即符籙祈禳禁劾諸術、守庚申、行蹻變化。此類神魔小說一般用其行蹻變化之術。抱朴子〈遐覽〉篇云：「其法用藥用符，乃能令人飛行上下，隱淪無

方。含笑即為婦人，蹙面即為老翁，踞地即為小兒，執杖即成林木，種物即生瓜果可食，畫地為河，撮壤成山，坐致行廚，興雲起火，無所不做也。其次有玉女隱微一卷，亦化形為飛禽走獸，及金木玉石，興雲致雨，方百里，雪亦如之。渡大水不用舟梁。分形為千人，因風高飛，出入無間。能吐氣十色，坐見八極及地下之物。放光萬丈，冥室自明。亦大術也。」[28]作者宣揚這些法術，在作品中構成一個光怪陸離的神魔世界。如《平妖傳》中的「博平縣張鸞祈雨，五龍壇左黜鬥法」，「聖姑永兒私傳法」，「八角鎮永兒變異相」等；《女仙外史》中的「小猴變虎邪道侵真，兩絲化龍靈雨濟旱」，「黑氣蔽天夜邀剎魔主，赤虹貫日畫降鬼母尊」，「劍仙師一葉訪貞姑」等等。這些描寫，雖然給作品增添了奇幻色彩，但卻明顯地墮入神魔小說的程式描寫中，不僅文筆欠佳，同時，由於把人間的戰爭變成神仙異僧的法術之爭，因此也失去其思想意義。

第二，貫以想像幻想之情。永兒的降世，是胡員外得仙女畫，其妻焚之，因孕而生，然後由此再生出一串神奇變幻之事。唐賽兒的出世，則是由於嫦娥與天狼星的夙怨未結，玉帝救其投胎人間，並由她來掌管人間的賞罰大權。用超現實的幻想力量來決定人間一切的故事，雖然同《封神演義》一樣，不能導致人類對本身內在情感和社會生活的奧秘的深入了解，但是我們應當看到，《女仙外史》的作者已經不僅僅是從宗教迷信的角度來幻設情景，他在自「跋」中清楚地談到，「以賞罰大權畀諸賽兒一女子」，「是空言也，漫言之耳」。「熊也何人，敢附於作史之列？故託諸空言以為《外史》。」[29]可見，作者並不想讓人們相信他的幻想之情，而是有意借此化真為幻、化實為虛之筆法，在作品中造成一種迷離新奇的審美意趣，從而在虛幻的神秘性方面打動讀者的情感。

---

28 引自傅勤家：《中國道教史》（上海市：上海書店，1984年），頁126。
29 〔清〕呂雄：《女仙外史》〈古稀逸田叟呂熊文兆自敘〉，卷首。

　　同時，二書的作者還擷取了具有樸素意識的民間傳說和有關仙真、山嶽河瀆的神話傳說，把它們編進「起義陣線」，用它們反映社會風貌。

　　第三，襯以奇幻瑰麗之景。《平妖傳》的環境描寫，第二十三回九州遊仙枕所幻現的仙境，第二十八回奠坡寺瘸師入佛肚所見的世外桃源等，不可謂不奇不幻；《女仙外史》中也不乏海市蜃樓式的描寫，如第五十三回中莆田九峰的樓臺亭樹的幻影、雷州嶺畔蜈蚣啖牛的幻景等。但是這些都還沒跳出一般神魔小說描寫的框框。可喜的是，《女仙外史》的環境描寫中還為我們展現出一個詩的境界。比如第十八回二金仙九洲遊戲那移步題詩的筆法，第四十七回登日觀諸君聯韻，還有第七十六回唐月君夢錯廣寒宮那似夢非夢的描寫等，作者不是套用「有詩為證」的程式進行主觀描寫，而是「按頭製帽」，讓作品的人物根據各自的心境、審美觀來描繪。這是在《封神演義》基礎上的一大進步，對後代的創作起著有益的借鑑作用。

　　除上述《三遂平妖傳》和《女仙外史》二書外，還有一部值得一提的將歷史故事幻想化的神魔小說，這就是《三寶太監西洋記通俗演義》，簡稱《西洋記》，一百回，作者羅懋登，字登之，號二南里人，主要活動在明萬曆年間，書敘明初鄭和、王景弘等人下西洋通使三十餘國之事，並穿插了許多神魔故事和奇事異聞，在歷史故事幻想化的神魔小說中是頗有特色的一部。

　　發生於明初永樂年間的鄭和下西洋，不僅《明史》有記載，而且還留下了許多史料和傳說。史料方面有一批隨鄭和出使的人們的著作，如馬歡的《瀛涯勝覽》、費信的《星槎勝覽》等；傳說的則主要是大量的民間傳聞，在鄭和還活著或者死後不久的時候，他下西洋事蹟已被神化，從而在渴望探求奇異的人們心中喚起了浪漫的幻想。羅懋登就是在這些史料和傳說的基礎上，創作了《西洋記》，其中真人和神人雜陳，史實和幻想並列，力求表現作者不滿醜惡現實、痛心國

威不振、希望重現鄭和下西洋的歷史盛貌，以實現重振國威的理想。但是，由於作品摻雜的神魔成分太多，因此與作者慷慨的本意不甚相符。在藝術表現方面，《西洋記》最突出的特點就是廣收民間傳說，使一些情節敘述起來比較生動感人；其次是詼諧，作者往往能在一些淺俗的插科打諢中寄寓較為深刻的意義。然而，《西洋記》藝術表現的缺點比優點更為明顯。在形象描寫上，往往是堆砌對話，極少細節描寫和性格刻畫；在戰爭描寫上，多襲《三國演義》、《西遊記》、《封神演義》，缺少獨創性；另外，「文詞不工」，敘述枝蔓，也是此書不為後人稱道的原因。

　　總之，這類以歷史故事為主體、以幻想為枝葉的神魔小說，雖然其枝葉對人們認識主體有所妨礙，但從審美心理看，卻造成一種藝術距離感。因此，當人們讀這類作品時，逐漸不把它們當成歷史，而是作為小說來讀，頗受讀者的歡迎。而當這些接受階層的情況反饋到小說作者的筆下，就出現了幻想成分增多，歷史成分減少的創作趨勢。

二　幻想故事的歷史化

　　在這一類神魔小說中，《希夷夢》和《歸蓮夢》是其中有代表性的兩部小說。

　　《希夷夢》四十卷四十回，清安徽徽州府江寄撰，現存嘉慶十四年刊本。書敘陳橋兵變時，正在成都連橫的周臣閻、邱仲卿，得悉李筠恥降自焚，乃悲憤欲絕，投澗殉國，恰逢道士渡救。仲卿並未馬上入山，卻與韓都指揮之弟韓速暗謀復國，討伐反賊。然「報恩復國兮獨力艱」，二人只好暫投江南林仁肇謀事，奈唐主昏庸、眾臣無能，遂潛逃出走，途中施法，躲過按圖尋捕之關卡，後經道士指點，欲入名山。忽仲卿被風刮到一島國，改名古璋，吹笛招食，食未得，卻遇西大夫，遂為之治「春水河之乾涸，玉砂岡之亂襪」及「文風之衰

弱，武備之荒疏」，島主佩服，卻引起奸佞痛恨。於是，在島國施展了平時無法施展的治世之才，也在島國幻演了宋代三百年的興亡史。最後，「功名何處夢回剩得鬚眉白，疆土實存國喪仍餘篡奪評」，仲卿、子郵雖然能除「山中水內傷人之妖」，卻不能誅「人間噬殘生民之妖」，終騎鯤鵬遠逝。

　　《歸蓮夢》十二回，清無名氏撰，題「蘇庵主人新編」、「白香居士校正」，大約是雍正、乾隆年間的作品。書敘山東泰安縣白氏女，父母早亡，流落至泰山湧蓮庵，拜高僧真如為師，取名蓮岸，十八歲時別師下山，立志要「做一成家創業之人」。路上遇到白猿仙翁，授她天書一卷，學得了神通法術，遂招集民眾，創立白蓮教。在災荒遍地、官府橫徵之時，他們周濟貧乏，爭取民心，聯絡豪傑，壯大聲勢，為救窮苦百姓而高舉義旗，官府派兵征剿，屢為所敗。朝廷無奈，下旨招安。於是，白蓮岸的英雄夢，卻以其失敗為歸宿，降後幾被殺害，幸得其師搭救，並點破前因後果，終入仙列。

　　從二書的題材構成看，都與歷史有點關係，但卻不同於《平妖傳》、《女仙外史》，它們不是演化某個具體的歷史事件，把歷史故事幻想化，而是借虛構之事寫歷史、現實及理想，使幻想故事歷史化。《希夷夢》的故事主體是在作者幻設的島國中展開的，其中的人物、情節大多於史無據，陳橋兵變之事實，只是為引子而存於卷首；《歸蓮夢》並不是寫哪一朝代、哪一時期的哪一次白蓮教起義之事，而是幻演元、明、清三代的白蓮教武裝鬥爭的片斷，其中的人物、情節也大多於史無據，王森立教之史料只是作為點綴而已。同時，由於《歸蓮夢》中有不少言情的成分，因此可以說，它是歷史演義、英雄傳奇、神魔小說與才子佳人小說相結合的產物。這樣，從《封神演義》演義與神魔的結合、到《女仙外史》演義、傳奇與神魔的結合，再到《歸蓮夢》，我們可以看出中國古代小說由單一題材到多種題材相融會的發展軌跡。

　　那麼，作者借虛構之事來寫什麼樣的歷史、現實與理想？主要表現在兩對矛盾的處理上。

　　首先，在探索歷史方面，是強調天意與注重人事的矛盾。這與前面幾部小說似有相同之處，但二書更注重對人事的剖析。《希夷夢》中的幼帝或樂觀地認為「天命在周，趙氏自必殘滅」，或悲觀地認為「趙氏之興，實出天命」，這裡雖然把興亡都歸於天命，但這只是作為否定的靶子而樹於作品中。因此，作者能夠清醒地認識到：「奸詐是尚，仁義喪亡，四維既不能修，傳國又何能久」，「承祧之用異姓，二王之不得其死，天綱何常疏漏哉？皆由廢棄仁義、狙詐成風之所致也」。於是，作者就借幻設的島國為舞臺，演出了一場顯揚忠烈、扶植綱常的歷史劇。《歸蓮夢》中白蓮岸義軍的失敗，作者認為是由於「天意」，但作者又側重表現了人事違背天意的思想。曾經授天書給白蓮岸的白猿仙翁，在收回天書時對程景道說：「當年女大師出山時，我曾傳他一卷天書，要他救世安民。不想他出山興兵構怨，這還算天數。近聞他思戀一個書生，情慾日深，道行日減。上帝遣小游神察其善惡，見他多情好色，反責老夫托付非人，老夫故特來與他討取天書，並喚他入山。」這可以說是總結了白蓮岸起義失敗的主要原因：由於他的「興兵構怨」、「情慾日深」，違背了「救世安民」的「天意」。可見二書是發展了《女仙外史》中「人定可以勝天，乃百世之綱常」的思想，從而在神魔小說中表現出比較冷靜、理智的探索精神。

　　其次，在探索人生方面，是理想與現實、即追求功名與理想幻滅的矛盾。這種思想是前幾部神魔小說較少表現的。不管是《希夷夢》中的子郵、仲卿，還是《歸蓮夢》中的白蓮岸，他們都有建功立業的雄心壯志，子郵曾說：「大丈夫自應隨時建德成名，流芳百世。若人人甘死牖下，天下事孰旨為之。」白蓮岸也立志要「做一成家創業之人」。但是，幾經曲折，幾經苦樂，幾經奮鬥，理想無法實現，現實

畢竟殘酷。於是，最後都歸一「夢」字：「功名何處夢回剩得鬏眉白」，「蓮夢醒時方見三生覺路」，滄海桑田，如同幻夢，冤仇恩愛，皆成空花，人生的意義和目標在這裡找不到答案，雖然他們最後或立地成佛，或成仙遠逝，然而卻在人世間留下了問號與感嘆號。

為什麼清初這兩部神魔小說會籠罩著這麼一種人生空幻感？這與當時的時代思潮有著直接的關係。由於清初推行的是保守的經濟、政治、文化政策，便把正在成長的資本主義萌芽打了下去。於是，從社會氛圍、思想狀態、觀念心理到文藝各個領域，都出現了倒退性的變易，使得正在發展的浪漫文學，也一變而為感傷文學，這在當時歷史題材的作品中得到最迅速、最敏感的反映。在這種時代思潮的影響及文學情勢的推動下，當神魔小說與歷史內容結合時，就有可能出現這種無可奈何的人生空幻感。這樣，從《西遊記》及其續書到《希夷夢》、《歸蓮夢》，從喜劇色彩到悲劇氛圍，從浪漫文學到感傷文學，我們可以看到時代思潮是如何地影響著一種小說題材的內在變化。

至於二書的藝術水準，從整體看是比較低拙的。但是在個別方面卻能夠提供出新的東西，從而顯露出中國小說藝術發展的足跡。

首先，在《希夷夢》中創造了一個獨特的天地，即由作者虛構出來的六十小時為一日的島國世界。前面幾部神魔小說，雖然突破了現實性的描寫空間，構築出奇幻瑰麗的神話世界，但這幻想性的描寫過於荒誕，如孫悟空，一個筋斗雲翻十萬八千里，這固然使人感到新奇，同時也使人意識到這是幻想世界。而《希夷夢》中的島國世界，雖然也是幻想，但由於其描寫的合理性、現實性、精確性，使人們忘記這是一個假定的世界。而一旦意識到這個幻想的假定性，便如大夢初醒，從而對歷史、現實進行反思，這就開闊了人們的思維空間，收到其他作品所難達到的藝術效果。

其次，《歸蓮夢》中白蓮岸形象的塑造，表現出多種題材互相融合的特徵。首先，他具有傳奇式英雄那性格豪爽、蔑視一切、坦率真

誠、講究義氣的特徵，因此，他襟懷闊大，雄心壯偉，敢為救窮苦百姓而舉義旗。然而，作為一個佳人，一個年輕貌美又有權勢的女人，他又不能像傳奇式英雄那樣全心全意地為事業犧牲一切，因而為了個人的情戀而斷送了千萬人的正義事業，這是英雄與佳人的結合體。另外，白蓮岸備知兵法以及神詭變幻之術，具有其他神魔小說形象的神通特徵，但他又是一個普通的人：在戰鬥中，他也有失敗的時候；在生活中，他也有人的情義。她迷戀著王昌年，但他又尊重王昌年對香雪的愛情。正因為白蓮岸對王昌年的愛情是真誠的，所以他敬佩香雪對王昌年的忠貞。這又是仙人與凡人的結合體。可見，這個人物性格不是單一化的，這個英雄形象不是高、大、全的，而是一個活生生的、具有較強個性的起義首領形象。

第六節　民間故事演化的神魔小說

　　民間文學與作家書面文學，隨著社會和文學本身的發展，逐漸成為各自相對獨立的東西。可是，到了宋、元以後，由於市民階層的通俗文學這一橋樑，在某種程度上又接通了民間文學與作家書面文學。於是，大量的民間故事流入文人的作品中，尤其在明清的神魔小說中，或成為作品的點綴，或成為枝葉，或成為主幹，我們把這些作品歸為民間故事演化的神魔小說，包括宗教故事的演化和民間故事的加工兩部分。它們主要有三個共同的基本特徵：第一，多是由流傳在人民口頭的一些民間故事結集而成；第二，與民俗生活的關係特別密切，因此，社會影響很大；第三，都是經過文人加工、演化的。

一　宗教故事的演化

　　宗教故事是指那些宣揚宗教教義、神化仙佛行事的民間故事。神

魔小說有一部分是由這類故事演化的，如余象斗等編輯的《四遊記》，即《八仙出處東遊記志傳》、《華光天王傳》（南遊記）、《玄帝出身志傳》（北遊記）、《西遊記傳》（《西遊記》之簡本），雉衡山人的《韓湘子全傳》，朱鼎臣的《南海觀音出身傳》等。

　　《八仙出處東遊記》，簡稱《東遊記》，五十六則，明吳元泰編，余象斗刊刻。書敘上洞八仙鐵拐李、漢鍾離、藍采和、張果老、何仙姑、呂洞賓、韓湘子、曹國舅得道成仙之事。中間插敘呂洞賓弈棋鬥氣、下凡助遼蕭太后侵宋，與楊家將對陣；漢鍾離亦下凡助宋破陣，召回洞賓；末敘八仙在赴蟠桃宴的歸途中，各以法寶投海浮渡，驚動東海龍王，因太子劫取玉板及采和，七仙往索，與四海龍王大戰，初敗後勝，後經觀音調解，方才停戰言和，各回本處。

　　以八仙為題材的小說，還有稍晚於《東遊記》的《韓湘子全傳》，三十回，題「錢塘雉衡山人編次」。雉衡山人，即寫《東西晉演義》的楊爾曾。此書初刊於明天啟三年（1623）。前八回敘韓湘子身世及學道經過，後二十二回講述韓湘子超渡韓愈等人的事蹟。

　　《玄帝出身志傳》二十四則，明代余象斗編。書敘隋煬帝時，上界玉帝在三十三天設宴，宣眾真君赴會。忽見九重天外南方巽宮劉天君家瓊花寶樹，毫光燦燦，金花盛開。玉帝欲得此樹，聞眾神言，需為劉天君後代方可享用，因以自己三魂中之一魂前往投身為子，名長生，遂得朝夕供養賞玩。由於護樹的七寶如來當不起玉帝後身的供養，遂化為道人勸說長生修行返真。長生醒悟，修行二十年，後又轉世三次：先為哥閣國之太子，名玄明；再為西霞國王之子，名玄晃；三為淨洛國之太子，名玄光。因感酒色財氣之累，遇斗母元君點化，私往武當山修行，歷四十年，仍歸天界，封玉虛師相北方玄天上帝，重掌太陽宮。後又受封北方真武大將軍，前往下界除邪滅妖，使得人民安寧，宇宙清肅，民感其恩，為立廟揚子江武當山，以奉香火。至明永樂時，又率眾天將下凡，擊退蒙古兵入侵。帝命廣建廟宇，重塑

金身，以昭其功。

　　《南海觀音出身傳》二十五則，明朱鼎臣編輯。朱鼎臣，明萬曆間人，曾有《唐三藏西遊釋厄傳》名聞於世。書敘須彌山西林國妙莊王因往西嶽求嗣，遂得妙清、妙音、妙善三女。妙善原是仙女轉世，自幼即立志修道。由於不從父親招贅之命，被囚禁後花園，後因王后說情，王許至白雀寺修行。寺尼受王命，百般折磨妙善，欲逼使回宮，由於眾神相助，未成。王遂命火燒白雀寺，妙善刺血化作紅雨滅之。後妙莊王又以彩樓誘之，以死刑嚇之，皆未能改其修行之志。最後，妙莊王決然把她斬首，屍卻為虎銜救。妙善魂遊地府，普渡眾鬼；還魂後，受太白金星指點，至香山懸岸洞修道，九年修成，因名觀世音。時玉皇為懲妙莊王殺人放火之罪，降疾其身，妙善化為凡身前往治病，並在妙莊王被魔受難之際，救得君臣返國。最後，妙莊王一家團聚，皆敬佛修行，終於同歸淨土。

　　八仙是傳說中的道教八位神仙。關於他們得道成仙之事蹟，不僅在民間廣泛流傳，也多見於唐宋元明文人的記載。不過在宋以前的著述中，如唐段成式的《酉陽雜俎》、宋劉斧的《青瑣高議》等，多把他們作為宗教人物來記載。其中雖然不乏神異成分，但卻沒有作者的感情；到了元人雜劇，八仙才由散到合，逐漸走入文學領域。吳元泰就是在這基礎上，集合了民間傳說、宗教材料以及前人的文學創作成果，如鍾呂大破天門陣，有可能是節抄《楊家府演義》的，而八仙過海鬧龍宮，則是根據元曲《爭玉板八仙過滄海》改編的。同樣，玄帝與觀音，一個是道教大神，一個是佛教大神，二者在民間的影響最大，信仰最眾，他們的傳記曾經作為宗教故事收入《三教源流搜神大全》、《歷代神仙通鑑》等佛道的著作中。由於這些書是從宗教活動的實踐需要出發，因此也不能算是文學。所有這些宗教人物故事，當他們進入文學領域、演化為小說時，作者就不是從宗教活動的需要出發，也不主要是表現自己的宗教意願，而是基本上脫離了宣傳教義的

功利目的，從而對現實生活作折光的反映。

首先，表現了人間的感情和希望。《東遊記》、《玄帝出身志傳》、《南海觀音出身傳》，雖然書中也有「因果循環」、「善惡有報」、修行修道等佛、道教義的直接反映，但這些都是帶有作者的感情色彩的。其中的描寫並不是依據理性的客觀邏輯，而是依據情感和願望，即人間的情感和希望，採取了超人間的宗教幻想形式去表現。

妙善敢於違抗父親要她招贅之命，同時還斥責妙莊王：「爹爹正覺昏迷，邪心熾盛。你為萬民之主，不能齊家，焉能治國。」作為一個弱者，她執著地追求一種不依附於強者、不為他人意志左右的個性；作為一個善良的女人，她又真心地希望能「醫得天下無萬頹之相，無寒暑之時，無愛欲之情，無老病之苦，無高下之相，無貧富之辱，無你我之心」。在這裡，為善的，妙善得到了好報；作惡的，二駙馬得到了惡報。在《玄帝出身志傳》、《東遊記》中，當我們撇開說教的成分，把它們作為文學作品來看時，同樣可以感受到一種譴責醜惡、讚美意志、表現強烈的正義力量和英勇獻身精神的美學力量。同時也可以看出，作者在書中把邪不敵正的思想表現得較為充分，從而曲折地反映出人們在征服自然、征服邪惡的鬥爭中力量的增長。

其次，反映了傳統文化的民族特色。表現在以下幾個方面：第一，進取性。每個民族的傳統文化，似乎都有實際的、世俗的和想像的、神奇的兩個系統。在中國長期的封建社會中，孔子的儒家學說支配著人們的世俗生活，而只要進入神秘幻想世界，則道家的影響無處不在。我們從八仙、觀音的修道及真武大帝除害等的描述中，可以看到道教文化具有愛好和追求奇異事物的意向以及對人的潛在能力的樂觀自信。作為萬物之靈的人類，可以通過尋訪名師，勤學苦練，就能掌握制禦萬物的「道」，成為天地間的強者：「其不信天命，不信因

果，力抗自然，勇猛何如耶」。[30]第二，融合性。佛教傳入中國，給「中國文學帶來了新的題材、新的文體，同時也為神魔小說的創作提供了新的文學形象。」《南海觀音出身傳》中的觀音形象，本來是一個佛教大神，作者卻讓她去修道，並以丹藥、甘露濟人，使佛教之神道教化；同時，作品以一人得福、千人受祿的大團圓結尾，使得佛教天宇世界中的諸神力菩薩也完全漢化起來，從而表現了中國文化善於融合外來文化的特色。另外，在《東遊記》、《玄帝出身志傳》這些道教人物故事中，也摻和著大量的佛教故事，這同樣表現出中國文化的融合性。

關於這類神魔小說的藝術特徵，主要表現在與宗教的一個聯結點與一個分離點上。

首先，宗教與藝術的想像是重疊的。在以自然崇拜為主的原始宗教時期，宗教發揮了自己的想像，並且總是用肉眼可見的具體形象去解釋自然現象，這就使得宗教與以想像和形象為主要特徵的藝術合二為一。隨著人類社會的不斷進步，科學技術的日益發達，宗教的想像和藝術的想像在掌握和解釋世界這一點上逐漸分離，但又在追求人類的理想和希望這一點上重疊了。於是，在階級社會中，大量的宗教故事幻現出的降魔除妖、伐惡從善、救苦救難、無所不能的完美人格解救了芸芸眾生的苦難，使得被壓迫者慘痛的心靈得到慰藉，向人們提供了虛幻的生存希望，從而成為文學藝術家們謳歌和讚美的對象。像《玄帝出身志傳》中的真武大帝、《南海觀音出身傳》中的觀音菩薩、《東遊記》的八仙等，都是宗教的虛幻，達到表現人間理想、寄託人間希望的目的藝術形象。因此說，在這類小說中，宗教與藝術的想像是重疊的。

然而，宗教畢竟是宗教，藝術畢竟是藝術，二者雖然有想像重疊

---

30 許地山：《道教史概論》，頁84。

的特點，但在整個構思過程中，並非完全重疊。因為宗教想像最後都
歸結到一種信仰，一種狂熱的、穩定持久的信仰。而藝術想像的歸結
點則是美感，是自由靈活的藝術創造。這種分離點表現在形象的描寫
上，宗教想像更側重於通過渲染來美化形象的外形，而藝術想像則更
側重於通過行動來表現形象的內質。像宗教故事中描繪玄天大帝得道
之時有一大段的誇張形容之詞；寫觀音是慈愛典雅，俊秀飄逸，腳踏
蓮花，手持淨瓶，一滴楊枝水，便化入人間雨露甘霖這樣一個「神
女」的形象。這很美，但虛幻縹緲，距離我們太遠。而在小說中，這
類描寫減少了，插增的是大量能夠表現內在形象的民間故事和佛、道
典故。雖然這些故事的宗教意味很濃，但一經藝術想像的重新組織，
便進入文學作品為創造形象服務，原來的宗教意味被沖淡了。然而，
沖掉的是愚昧，沈澱下的是作為藝術形象所表現的人類的追求精神和
英雄氣概，因此，他們便具有了內在美的力量。

二　幻想故事的改編

　　民間文學演化的神魔小說也有一部分是根據民間故事傳說加工而
成的。像明朱名世的《牛郎織女傳》，玉山主人的《雷峰塔奇傳》，就
是根據民間四大傳說中的兩個傳說加工改編的。

　　《新刻全像牛郎織女傳》四卷，題「儒林太儀朱名世編」，此書
國內已失傳。三十年代國內出現過一本寫牛郎織女故事的小說，十二
回，戴不凡認為此書應是出於古本而非近撰，譚正璧也認為與日本所
藏萬曆本《牛郎織女傳》有關係。

　　牛郎織女，是從星座傳說衍化而來的。在《詩》〈小雅〉〈大東〉
中，織女、牽牛尚為天漢二星；到《古詩十九首》〈迢迢牽牛星〉，雖

然仍為天上二星，但人物形象已呼之欲出。到南朝梁殷芸《小說》[31]則云：「天河之東有織女，天帝之女也。年年機杼勞役。織成雲錦天衣，容貌不暇整。帝憐其獨處，許嫁河西牽牛郎，嫁後遂廢織紝。天帝怒，責令歸河東，但使一年一度相會。」這時，牛郎織女故事梗概已備，後來民間據此流傳演化；織女為天帝孫女、王母娘娘外孫女；牛郎則是人間的貧苦孤兒，常受兄嫂虐待。其時天地相距未遠，銀河與凡間相連，牛郎遵老牛臨死之囑，去銀河竊得織女天衣，二人遂為夫妻，男耕女織，生活幸福。不意天帝查明此事，立遣天神逮織女上天；牛郎與兒女因得老牛相助亦上天追尋織女，王母娘娘卻用金簪在織女與牛郎之間劃成一道天河，使得他們隔河相望，悲泣不已。後終感動天帝，許其一年一度於七月七日鵲橋相會。

　　到了朱名世的小說，織女是上界斗牛宮中第七位仙女，牛郎則是金童轉世。書敘玉帝遣金童向斗牛聖母借溫涼玉杯，金童遇織女一見留情，織女亦無心一笑。聖母怒，奏玉帝，罰織女居河東工織，金童則貶下凡塵受苦，投生於洛陽縣牛員外家為次子，名金郎。父母亡故後，常受嫂馬氏凌虐。金牛星受玉帝命下凡，化作黃牛與金郎作伴；分家時，金郎遵金牛暗囑，僅索黃牛及衣食。金童被貶已十三年，太白金星奉命下凡點化，因悟前生，留書其兄，攜金牛星隨太白金星回天，在天河邊與織女重逢。於是，玉帝賜金童、織女在靈藻宮內成婚；因婚後疏朝覲，以致再次遭貶，各分東西。後因太白金星會同太上老君上本，請准玉帝，遂得每年七月七日相會一次。

　　《雷峰塔奇傳》是根據白蛇傳的民間傳說，並在《西湖三塔記》及《白娘子永鎮雷峰塔》基礎上改編的。

　　從民間故事到神魔小說，我們可以從三個方面來看這種改編的得與失。

---

31 《月令廣義》〈七月令〉引。

　　第一，把已經脫離宗教的民間故事又塗上宗教的色彩。牛郎織女的傳說，在民間幻想故事階段並沒有宗教的色彩，也看不到對神的歌頌，有的只是對神的譴責與怨怒，是把他們作為人間悲劇的製造者而設立於作品中的。而到了神魔小說，顧名思義，神魔必然與宗教有關係，於是，便把已經脫離宗教的民間故事塗上了宗教的色彩。首先，把凡人牛郎變成仙人金童，把具有魔法的老牛變成金牛星的幻化；然後，把一個人間孤兒因受虐待而嚮往幸福的美麗幻想故事，變成一個天上仙人因心生「魔」而被罰受苦的神魔幻想故事。在這裡，神的最高代表玉帝並不使人感到可惡，因為他還特命金牛星下凡化作黃牛與金郎作伴，也賜金童、織女成婚。金童、織女的結局，不是由於外在壓迫的客觀必然性，而是他們自己造成的。《雷峰塔奇傳》中也有不少鬥法的描寫，還有「奉佛收妖」、「化道治病」等情節。這樣一改，神則更神了，但人民性、人情味卻淡化了。

　　第二，在本以娛心為主的民間故事裡加重說教的分量。牛郎織女的民間傳說，其中描寫的人物及其行事，和我們日常經驗隔得很遠，但他們所含的感情又是那樣的普遍、真摯、豐富，以致跨越時空，不論男女老幼，聽了都很愉快，很感動，從而在娛樂中培養一種道德感。而作為神魔小說，由於塗上了宗教色彩，必然使作品籠罩一種嚴肅的氣氛，首先就使人輕鬆不起來；再加上處罰、點化等情節的設置，它們的目的主要不是給人美感，給人娛樂，而是板著面孔的所謂道德說教。於是，一個帶著悲劇色彩的美麗的幻想故事，便變成一個帶著說教意味的嚴肅的神魔小說。同樣，《雷峰塔奇傳》的改編也有這樣的特點，正如作者的朋友吳炳文在序中所說的：「是書也，豈特紀許仙、夢蛟之軼事已哉，蓋將使後之人見之而知戒……其有功於世道人心也。」

　　第三，對民間幻想故事的基本模式既繼承又有所變化。民間幻想故事的基本模式表現在形象構成方面，往往就是一正、一輔、一反三

類人物形象。正，即故事主人公，農民、漁人，或樵夫、織婦之類的正面形象；輔，即主人公戰勝獲得幸福的障礙所不可缺少的朋友或工具；反，即故事中的反面力量，他們大多是人世間惡德的化身。牛郎織女的民間故事，三個陣營是比較清楚的：正──牛郎織女；輔──老牛；反──兄嫂、王母與天帝。而神魔小說中也基本上分為三個陣營：正──金童織女；輔──金牛星、太白金星；反──馬氏、聖母、玉帝。但是，第一、二類人物的身分變了，與第三類的鬥爭也變得較為複雜：既有人間的善惡之爭，也有天上仙家的內部之爭。這樣，由於形象的變化，也引起了情節結構的變化，即突破了民間幻想故事遇難、努力、獲勝的三段結構法，顯得較有層次，較為曲折。但是，部分情節的設置又走進這類神魔小說投生、點化、醒悟的框框。不過，在形象塑造上，《雷峰塔奇傳》中的白娘子，作為追求婚姻自由和幸福的可愛形象，已經大大地減少了民間傳說階段的妖氣；另外，與織女比起來，顯得更有個性特徵，因而更為人們同情和稱道。

　　總之，民間文學演化的神魔小說在藝術上是粗糙的，最主要是結構鬆散，人物缺乏個性；同時，這類小說的思想意義也不是很大，但其所寫或為民間熟悉的故事，或為民間信仰的人物，故多摻入里巷瑣談，且有一定的組織能力與幻想能力，因此，可以說，在歷史學上、民俗學上、文學上都有一定的價值。我們不能僅以荒誕不經的小說目之，而要作為一種文學現象，放在更廣闊的社會環境中去研究。

第七節　《綠野仙蹤》

一　作者與成書

　　《綠野仙蹤》又名《百鬼圖》。此書創作於清乾隆十八年（1753）至乾隆二十七年（1762）間，曾有抄本一百回傳世。另有八十回本，

有道光十年、二十年、二十五年三種刻本及其他翻刻本。百回抄本與八十回刻本的故事內容大體相同，但在每回內容的繁簡、情節的先後方面，劇本都作了部分壓縮和調整。概括地說，抄本在前，刻本在後；抄本是「原本」，刻本是「節本」。

作者李百川（約1719-1771後），生平事蹟不詳。有幸的是抄本存有他的自序，我們根據這篇自序及其友人陶家鶴、侯定超的書序，可以大致勾勒出作者的生平思想和小說的創作過程。

據自序可知，作者雖然生於康乾「盛世」，過的卻是「迭遭變故」、顛沛流離的生活。先是做了貼本生意，致使「漂泊陌路」；繼而為病所困，「百藥罔救」，「就醫揚州，旅邸蕭瑟」；後來「授直隸遼州牧，專役相迓」，「從此風塵南北，日與朱門做馬牛」。這就是他窮愁殘喘、浪跡他鄉的艱辛生活經歷。然而，他畢竟還是一個頗有才氣的知識分子，因此，他的精神生活還是比較豐富的。家居時有「最愛談鬼」的嗜好，後來雖然「生計日戚」，但也不失「廣覓稗官野史」的興趣，並對所讀作品進行評價。文窮而後工，學積而成才，這些都為他的創作打下了堅實的基礎。

至於創作經過，據自序可知，本書草創於清乾隆十八年（1753），接寫於乾隆二十一年（1756）、二十六年（1761），於乾隆二十七年（1762）在河南完稿，歷時九年。

另外，從自序中也可以看出作者不願輕易下筆的創作態度。他認為，要寫一部小說，需要有一個長期積累和構思的過程。雖然年輕時有獨特的文學趣味、文學修養，以及豐富而又艱辛的生活經歷，使他有較扎實的創作根基。然而，他還認為，要最後創作好一部「耐咀嚼」的小說，絕不能「印板衣褶」、「千手雷同」，而要「破空搗虛」，「攢簇渲染」，加以藝術的創造。特別是對於人物形象的塑造，他認為要描寫鬼，就要做到「描神畫吻」、「鬼鬼相異」，像施耐庵塑造許多不同的栩栩如生的人物形象一樣。他創作《綠野仙蹤》時，也正因

為書中的人物經年累月地醞釀於心中，所以到後來，「書中若男若女已無時無刻不目有所見、不耳有所聞於飲食魂夢間矣」。

　　既有似神魔小說作家談鬼搜神的文學愛好，又有如人情小說作家善於寫實的創作精神，這就是《綠野仙蹤》在題材構成方面的兩重性特徵，即神魔與人情相結合的主觀條件。客觀上，由於神魔小說發展到後來，逐漸從浪漫走向現實，於是就與明中葉以來盛行的人情小說合流，《綠野仙蹤》顯然是這種結合的產物。作品雖然有大量人情世態的描寫，比如描寫封建家庭內部的傾軋，表現世家子弟的腐朽墮落，通過日常生活的描敘，表現人與人之間的矛盾等等，但卻是以主人公冷于冰的修道與收徒為主要線索而貫串作品的始終。因此，它的基本傾向還是在神魔小說的界說之內，只不過是由於人情小說的影響，使得作品更具現實感，更真實地展現人情世態。

二　現實與理想

　　在元明清的戲曲小說作家中，多為懷才不遇、發憤著書的文人。這些文人從小浸潤著儒家典籍，其後投向社會，又受三教九流的影響，他們的人生哲理雖說是以儒家思想為主的大雜燴，但由於受社會市民階層的影響，且都有一點文學創作的靈性，因此，他們的思想是會超出當時社會的一般水準的。由於他們窮而在下，有所不敢言又不忍不言，於是，就藉婉篤詭謔之文以寄其志、洩其憤。「或設為仙佛導引諸術，以鴻冥蟬蛻於塵埃之外，見濁世之不可一日居……或描寫社會之汙穢、濁亂、貪酷、淫媟諸現狀，而以刻毒之筆出之。」[32]在戲劇方面，有元代馬致遠的神仙道化劇，如《呂洞賓三醉岳陽樓》、

---

32 黃霖、韓同文：《中國歷代小說論著選》（南昌市：江西人民出版社，1982年），下
　　冊，頁311。

《馬丹陽三度任風子》；明代有湯顯祖的《南柯夢》、《邯鄲夢》等。在小說方面，如上節提到的一大批根據宗教故事加工的神魔小說，都鮮明地表現著這種傾向。而《綠野仙蹤》的作者正是繼承這種傳統，把幻設仙佛導引與描寫社會汙穢結合起來，並使超現實的與現實的兩條線索、極善的與極惡的兩個極端統一在嚮往賢明政治的這一理想上。

在《綠野仙蹤》一書中，一方面表現為極惡的、現實的。在官場有荼毒百姓、殺害忠良、貪贓賣官、權傾中外的嚴嵩父子及其同黨。他們可以隨意使人科舉落第、人頭落地；他們還可以隨意製造「叛案」，從中勒索贓銀；他們畏敵如虎、禍國殃民，居然「送銀六十萬兩，買得倭寇退歸海島」等等。在社會有淫逸浪蕩的紈絝子弟，如大財主周通之子周璉，玩世不恭，貪色成性，騙娶民女，逼死前妻，暴露了地主階級驕奢淫逸的穢行；還有幫閒無賴的儒林群醜，像胡監生，雖然通過科舉管道當了官，卻是一個「好奔走衙門，借此欺壓善良」、一句文墨話都不曉得、滿身散發著銅臭味的土豪劣紳；另外，還有許多欺詐奴媚的市井細民。正是這些上自朝廷、下及鄉野的各種醜類，組成了一幅封建社會末期的腐朽、墮落、殘酷、陰冷的「百鬼圖」。

另一方面，此書又表現為極善的、超現實的。社會如此惡濁，現實如此殘酷，人們在黑暗的現實中看不到微露的曙光，找不到真正的出路。於是，作者就借宗教幻想的形式，請出冷于冰這樣無所不能的神仙來伐惡從善、來拯救吃人的人和被人吃的人，從而向人們提供了虛幻的希望和理想。冷于冰看破紅塵棄家修道，火龍真人授其道法，囑其「周行天下，廣積陰功」。於是，冷于冰一方面憑藉道術斬妖除魔，濟困扶危：既斬自然界的妖魔鬼怪，如「伏仙劍柳社收厲鬼」、「斬妖黿川江救客商」等。又懲人世間的「妖魔鬼怪」，如「救難裔月夜殺解役，請仙女談笑打權奸」、「冷于冰施法劫貪墨」、「借庫銀分散眾飢民」等。另一方面，冷于冰更是致力於度人出家，其中有浪蕩

公子溫如玉、有「大盜」連城璧，有農民金不換、還有獸類猿不邪等。魯迅曾在《小說舊聞鈔》〈雜說〉：「綠野仙蹤」條中認為，作者「以大盜、市儈、浪子、猿狐為道器，其憤尤深」，這可以說是作者的知音。因為從作品的整體看來，作者這樣設置有兩層意思：一是企圖從各個不同的生活側面表現貪嗔愛欲的虛幻，而更深的一層是說惡濁的現實使這些人為惡，只有擺脫俗念、一心修道方能從善，最後，人世間的忠奸是非已清，善惡已各得其報。冷于冰廣積陰騭，被上帝仙封為「靖魔太史兼修文院玉樓副史」，冷于冰的弟子們也均成仙身。

　　這裡，作者通過現實與超現實兩條線索或繼或續的互相勾連、忽明忽暗的互相映襯，疊現出人世和仙境兩個世界，以及在其中活動的人神、妖魔。雖然作品用了很大篇幅寫了冷于冰等人騰雲駕霧、呼風喚雨、畫符念咒、土遁縮地等仙術和法力，構思了不少除妖滅怪的情節，使作品落入神魔小說的舊套之中。但是，正如我國近代第一部文學史的作者黃人所說的，《綠野仙蹤》內容「最宏富，理想亦奇特」[33]。確實的，作者鞭撻了那個社會該鞭撻的假、醜、惡，即奸、貪、淫、詐等，表現了那個社會所能表現的理想，即賢明的政治。於是，一個披著道袍、步履於雲端、出入於仙境的神仙，卻無時無刻不注視著人間社會；而他在人間的所作所為，正是作者嚮往賢明政治的理想的體現。可見，作者對假、醜、惡的揭露和抨擊，並不是為了動搖其封建統治，而是為了出現賢明的政治；同樣，作者對冷于冰的美化，主要也不是為了宣揚宗教教義，而是把他作為實現自己政治理想的工具。如果說作者清醒地揭露現實的思想是超出當時社會的一般水準的話，那麼，在理想的表現上則沒有跳出儒家傳統思想的框框，雖然其表現形式很奇特，但卻沒能像曹雪芹、吳敬梓那樣表現出代表現實生活發展的必然趨勢的新的生活理想，而是把理想建立在一種虛無縹緲的幻

---

33 黃霖、韓同文：《中國歷代小說論著選》（南昌市：江西人民出版社，1982年），下冊，頁256。

想的基礎上。這雖然與雙重題材的構成有關，但也不能不說是作者世界觀方面的一大侷限。這是作品總的思想傾向。

具體地說，《綠野仙蹤》的思想意義還表現在對世態人情的描摹方面。通過精緻的描摹，作品真切而多方面地表現了當時的社會生活。比如關於周璉婚姻糾葛的幾回描寫，作品圍繞著周璉的喜新厭舊和妻室爭寵，連帶觸及家庭上下內外諸關係，為我們提供了一幅封建社會的人情風俗圖。然而作者對周璉、蕙娘是既有譴責又有同情的，而全面譴責的是他們幕後的縱容者。如八十三回龐氏捉姦教淫女，居然唆使女兒向姦夫索要財物、字據，並進一步教唆女兒：「你只和他要金子。我再說與你：金子是黃的。」還有第八十七回何其仁喪心賣死女，為了錢，竟然在賣屍的憑據上將女兒描畫得沒有人味。在這些極有生活氣息而又異常精緻的描繪中，我們可以看到封建末世人們精神支柱的動搖和物質觀念的變化；一方面隨著封建制度本身的日益腐朽，人們的傳統的倫常觀念日漸淡薄；另一方面，由於資本主義經濟的萌芽所產生的新思想觀念的衝擊，人們對於金錢財產的崇拜的信念，已在市民階層中普遍形成。既是風俗畫，又是「百鬼圖」；既是客觀的寫實，又是深刻的表現，因此具有一定的典型意義。

三　冷人與熱人

神魔與人情相結合的雙重題材，不僅影響著作品內容既是描寫現實、又是表現理想的雙重性，同時也決定著作品主要人物形象的兩重性，即仙與人、冷與熱的結合體。張竹坡在批評《金瓶梅》曾講：「以冷熱二字開講，抑孰不知此二字為一部之金鑰乎？」[34]這裡「冷熱」二字，也可以借來作為我們理解冷于冰這個形象及其他形象的一

34　《張竹坡評金瓶梅》。

把鑰匙。

　　《綠野仙蹤》的開篇，作者便在「冷」字上大做文章。冷于冰的父親因古樸鯁直、不徇私情而被同寅譏為「冷冰」，但是冷老先生卻以此為榮，「甚是得意」。當他得一「穎慧絕倫」的兒子時便說：

> 此子將來不愁不是科甲中人。得一科甲，便是仕途中人。異日身涉官海，能守正不阿，必為同寅上憲所忌，如我便是好結局了；若是趨時附勢，不過有玷家聲，其得禍更為速捷。我只願他保守祖業，做一富而好禮之人，吾願足矣！我當年在山東做知縣時，人都叫我冷冰，這就是生前的好名譽，死後的好諡法。我今日就與兒子起個官名，叫做冷于冰。冷于冰三字，比冷冰更冷，他將來長大成人，自可顧名思義。且此三字刺目之至，斷非仕途人所宜……

　　這裡，冷老先生，也就是作者看透了仕途官場和功名富貴，因此對現實採取嚴峻而冷漠的態度，鞭撻攻伐毫不留情，當然不會令主人公涉足鬧嚷嚷、熱騰騰的官場，而希望其能成為不與世俗同流合污的「冷人」。於是，作品先是沿著這個主觀意圖，逐步地把冷于冰引上道途，送進仙列。然而，作者又時常把這位神仙拉到人間：歸德平叛，他為了鎮壓師尚詔的農民起義，竟改換道裝，充作幕僚，住進了懷德總兵府；平涼放賑，他用法術攝取贓銀後，竟代替官府賑濟災民；他不屑於人間的功名利祿，卻熱衷於神仙的名位；他一邊致力於渡人成仙，一邊又極力幫助林岱、朱文煒等人求取功名、建立不朽之功業。這些所作所為，既不同於《八仙出處東遊記》中的八仙，也不同於《韓湘子全傳》中的韓湘子，哪像一個超塵出世的神仙？實際上可以說一個具有無邊道術的、外冷內熱的儒生形象。

　　然而，正是在這個仙與人、冷與熱的結合體的深處，卻體現著中

國傳統文化的儒道互補精神。在封建社會，那些具有抱負和才能之士，抱著儒家的政治信念，期望君臣遇合，得展其「濟蒼生」、「匡社稷」的懷抱，並且自己也能功名富貴兼得。可是，他們所奔走的仕途，並非是平坦的「長安大道」，或眼見別人，或自己經歷仕途的挫折、官場的失意，他們的理想便由「熱」轉「冷」。於是，就在他們尊奉儒學的同時，便自覺不自覺地接受了看破紅塵、棄濁求清的道家思想的影響，從而使之成為儒家思想的某種對立的補充。這對中國人，特別是士大夫階層的人生觀及文化心理結構產生了複雜的影響，不但「兼濟天下」與「獨善其身」經常是後世士大夫的互補人生路途，而且也成為中國歷代知識分子的常規心理以及其藝術意念。在《綠野仙蹤》中，作者的主觀意圖就是想通過冷于冰這個形象來表現這種「常規心理以及其藝術意念」。正如作者的朋友侯定超在序中所言：「今觀其賑災黎、蕩妖氣，藉林岱、文煒以平巨寇，假應龍林潤以誅權奸，脫董煒沈襄於桎梏，攝金珠米粟於海舶，設幻境醒同人之夢，分丹藥玉弟子之成，彼其於家於國於天下何如也？故曰天下之大冷人，即天下之大熱人也。」[35]既是遠離塵世的「大冷人」，又是關心社會的「大熱人」，先熱後冷、外冷內熱，這就是冷于冰形象所體現的現實意義及文化精神。

　　至於溫如玉，則是一個本性善良而又惡習難改的紈綺子弟的形象。他不同於冷于冰，他沒有仕途的坎坷，也沒有生命的慨嘆；他「花柳情深，利名念重」，只求眼前的享受，不想來日之成仙。然而，作者卻千方百計地想把這個凡人度進仙列，把這個「熱人」變為「冷人」：先讓他經歷了凌欺被騙、傾家蕩產到淪為乞丐的殘酷現實，然後又讓他神遊了出將入相、夫妻恩愛、子孫富貴的南柯夢境。夢醒後雖然表示永結道中緣，但還是凡心未滅，淫性未改，不僅在幻

---

35 侯定超：《綠野仙蹤》〈序〉。

境中娶孀婦，還在仙境中淫狐精，終被冷于冰亂杖打死於岩華洞內。
既不是能超脫的「冷人」，又不是能濟世的「熱人」，最後落得個可悲
的下場。可以說，溫如玉是作者有意設立的與冷于冰相對立的形象，
從而鮮明地表現出作者的愛憎感情。

　　可見，李百川已經有意無意地運用了人物形象塑造的辯證藝術，
從而在性格的矛盾統一中揭示出人的靈魂的奧秘，表現出人的性格的
複雜性。

四　勾勒與皴染

　　李百川與吳敬梓、曹雪芹同時生活於雍正、乾隆時期，雖然在他
創作《綠野仙蹤》的時候，還沒有來得及看到《儒林外史》和《紅樓
夢》，但是，由於他那較深厚的生活根底和藝術造詣，以及他那對藝
術嚴肅認真、精益求精的創作態度，使作品的形象描寫即有《儒林外
史》那漫畫式的勾勒，又有《紅樓夢》那圓雕式的皴染，雖然整體描
寫並未能達到二書的水準，但其勾勒的鮮明生動、皴染的細緻入微，
卻不能不說是《綠野仙蹤》的一大特色。

　　首先，在漫畫式的勾勒方面。作者往往用很有特徵的動作與極為
簡練的語言來繪人狀物，並使之帶有諷刺意味。如第二十六回在「請
仙女談笑打權奸」中，作者對兵部侍郎陳大經是這樣描寫的：第一
處，當他在嚴世藩府看冷于冰耍戲法把小孩按入地內時，便問冷于冰
道：「你是個秀才麼？」于冰道：「是。」又問道：「你是北方人
麼？」于冰道：「是。」大經問罷，伸出兩個指頭，朝著于冰臉上亂
圈，道：「你這秀才者，真古今來有一無二之秀才也！我們南方人再
不敢藐視北方人矣！」第二處，當太常寺正卿鄢懋卿引經據典來取笑
吏部尚書夏邦謨賜酒于冰時，陳大經又伸兩個指頭亂圈道：「斯言也
先得我心之所同然耳！」第三處，當夏邦謨請于冰同坐吃酒說「行樂

不必相拘」時，陳大經伸著指頭又圈道：「誠哉，是言也！」第四
處，當于冰所變的仙女在那裡裊裊婷婷地歌舞時，眾官嘖嘖讚美，惟
陳大經兩個指頭和轉輪一般，歌舞久停，他還在那裡亂圈不已。這
裡，作者只用了一個動作描寫和幾句文理不通的廢話，就把一個既不
學無術又假裝斯文、既迂腐無能又故作盛氣的所謂兵部侍郎勾勒得栩
栩如生，令人忍俊不禁。又如第八十九回在「罵妖婦龐氏遭毒打」中
有一段關於不同人物、不同身份的「笑」的描寫，既勾勒出他們笑的
形態，又刻畫出他們笑的心理，真可以與《紅樓夢》中描寫笑的筆法
比美。

　　其次，在圓雕式的皴染方面，中國古典小說重視在人物的行動中
表現性格、形象特徵，而形象、性格不是一次完成，它是多層次的逐
步顯示、「出落」。這在《水滸傳》等小說中都得到較成功的運用。到
了清中葉，隨著小說表現藝術的成熟和豐富，這種傳統的技法也得到
進一步的發展，使之雕刻得更為細膩，表現得更有層次。《綠野仙
蹤》在這方面的藝術成就，可以說是較為突出的。

　　先看一個賣身投靠嚴府的走狗羅龍文，作者是怎樣由弱到強、由
遠及近、有節奏有層次地讓讀者感受到他的性格特徵的。首先，作者
在人物一出場時就進入對形象和性格的描繪。初步顯示出他那醜陋的
外在形態及勢利卑瑣的內在性格：初見冷于冰這個窮書生，傲氣十
足，只收了晚生帖，回拜時也只問了幾句話、吃了兩口茶便走了。接
著，作者在把握性格主調和描摹形象輪廓的基礎上，通過一連串事件
的渲染和充實，緊拉慢唱，迤邐寫來：先是見冷于冰一揮而就的壽
文，因不識貨，也就淡然處之，遂以長者口吻應付幾句就走了；過了
兩天，羅龍文滿面笑容地入來，見了冷于冰又是作揖，又是下跪，又
是拍手大笑，又是挪椅並坐，並向冷于冰耳邊低聲表白自己極力保舉
之意。這時，晚生帖被硬換了兄弟帖，先前的傲氣變成了奴氣；而冷
于冰被嚴嵩接見回來，他更是醜態畢露，一副市儈勢利的小人相：

「只見羅龍文張著口，沒命的從相府跑出來，問道：『事體有成無成？』」冷于冰將嚴嵩吩咐的話細說一遍，龍文將手一拍；『如何？人生在世，全要活動。我是常向尊總們說你家這老爺氣魄舉動斷非等閒人，今日果然就扒到天上去了……請先行一步，明早即去道喜。」當他得知冷于冰與嚴嵩鬧翻而忿然出府時，「只見龍文入來，也不作揖舉手，滿面怒容，接過把椅子來坐下，手裡拿著把扇子亂搖」，坐了一會，把冷于冰訓了一通，冷于冰被惹急眼了，就冷笑道：「有那沒天良的太師，便有你這樣喪天良的走狗！」這下羅龍文也跳了起來，氣忿忿地要冷于冰他們滾出去，然後搖著扇子大踏步去了。從傲氣到奴氣、從晚生帖到兄弟帖、從「滿面笑容」到「滿面怒容」，從「將手一拍」到「扇子亂搖」，作者是一層一層、入木三分地刻畫出這個大官僚的幫閒和爪牙的奴才嘴臉和骯髒靈魂，猶如一個嫻熟的圓雕藝術家，用一把犀利的雕刀，為我們刻削出一個完全立體的雕塑形象。

另外，像苗秃子和肖麻子這兩個形象，作者同樣也是用皴染的手法，先用幾句話把兩個賭棍及地頭蛇的本質特徵簡練地勾勒出來，然後以生動的舖敘與描述，寫他們怎麼湊趣、怎麼牽引、怎麼打抽豐、怎麼另幫襯、怎麼激龜婆等，既誇飾了他們的外形，又深挖了他們那見錢眼開、隨利而變的內心，從而使諷刺獲得生動的效果，使形象獲得深刻的意義。

陶家鶴在《綠野仙蹤》〈序〉中指出此書在人物描寫上能「因其事其人，斟酌身分下筆」；在行文結構上「百法俱備」、「如天際神龍」；「而立局命意，遣字措辭，無不曲盡情理，又非破空搗虛輩所能比擬萬一」；並把此書與《水滸傳》、《金瓶梅》並列為說部中之「大山水大奇書」[36]這雖然有過譽之嫌，但應該承認《綠野仙蹤》在明清小說中，其藝術水準是較高的。

---

36 黃霖、韓同文：《中國歷代小說論著選》（南昌市：江西人民出版社，1982年），上
　　冊，頁479、480。

第六章

人情小說

第一節　概述

　　人情小說是指以戀愛婚姻、家庭生活為題材，反映現實社會生活的中長篇小說。也有人把這類小說稱之為「世情小說」。但我們以為稱人情小說更為確切，突出了它是通過戀愛婚姻、家庭生活來描寫人情世態這個特點，不僅可以與歷史演義、英雄傳奇、神魔、公案俠義等類小說明顯地區分開來，而且也與同樣描寫人情世態的諷刺小說區別開來，因為諷刺小說是以社會官場為諷刺中心，而人情小說則是以婚姻家庭為主要題材。

　　本章所介紹的人情小說，是專指明清兩代的中長篇小說。中國古代小說中早有寫人情的傳統，在魏晉小說中，雖然主體是「記怪異」，但也有些故事「漸近於人性」，表現戀愛婚姻的理想，如《吳王小女》、《韓憑夫婦》、《龐阿》、《河間男女》等。到了基本上以「記人事」為主的唐傳奇裡，以戀愛婚姻為題材的小說代表了唐傳奇的最高成就，《鶯鶯傳》、《霍小玉傳》、《李娃傳》等是其傑出的代表。在這些小說裡，才子佳人的戀情，悲歡離合的結構，愛情與世態描寫的融合，都說明這些作品具有人情小說的基本特徵。但是，本書已將志怪傳奇小說另闢專章敘述，因此本章不把這類作品列入，只是把它們看作是明清人情小說的源頭。基於同樣的理由，宋元話本和明清擬話本中的人情小說，因已在短篇白話小說一章中論及，這裡也不再贅述。但它們對市民形象的塑造，對市井生活的長足描寫、舖敘的描寫手法，以至某些人物形象，如〈計押番金鰻產禍〉中的計慶奴對潘金蓮

形象的影響，則是應該予以充分重視的。明代初年興起的長篇小說，尤其是英雄傳奇小說，在人物形象塑造、長篇小說的結構、市民階層心態和生活的描摹等方面，為人情小說的創作提供了豐富的經驗，如《水滸傳》中潘金蓮、潘巧雲的故事，就具有人情小說意味。明清人情小說正是在唐傳奇，尤其是宋元話本的基礎上，吸收了歷史演義、英雄傳奇和神魔小說的創作經驗而發展起來的。

　　明清人情小說的繁榮發展，有著深刻的政治經濟和思想文化原因。中國古代小說的第一次大繁榮是宋元話本的出現，繼之而來的明代初年，出現了《三國演義》和《水滸傳》兩部輝煌巨著，似乎標誌著中國古代小說的又一次高潮。但《三國演義》與《水滸傳》是經過民間長期積累而完成的，它們的基本輪廓在元代已經具備了，實際上它們是宋元小說繁榮的產物。因此，確切地說，中國古代小說的第一個高潮是宋元時代，而不包括明初。明代初年，朱元璋強化了君主專制制度，社會思想受到抑制和禁錮，商品經濟受到摧殘，這就使依靠商品經濟的發達、市民階層的強大而繁榮的市民文學——白話小說和戲曲的發展受到了嚴重的抑制，因而在明初到明中葉的一百年間，小說和戲曲出現了秋風蕭索、百花凋零的局面。到了明代中葉，天順、成化以後，由於近百年的休養生息，農業有了很大發展，商品經濟趨於活躍，專制嚴酷的政治局面開始緩解，市民階層和市民意識重新抬頭。而商品經濟的衝擊卻使社會風氣日趨敗壞，奢華淫逸、頹廢腐敗之風日盛。這些客觀條件促成了中國古代小說的第二次高潮的到來，神魔小說和人情小說是這個高潮的標誌。

　　商品經濟的活躍，市民階層的壯大，在思想文化領域有著明顯的反映，興起了一股啟蒙思潮。以李贄、三袁、馮夢龍為代表的思想家、文學家懷疑程朱理學，要求尊重人的個性，肯定人情和人欲的合理性，要求在戲曲、小說和詩文裡反對復古，反對模擬抄襲，要求表現「童心」，「獨抒性靈」，歌頌真情，以描摹人情工拙作為文學批評

的標準，這就推動了文學創作的繁榮。在這種思想解放運動中，「三言」等反映市民意識的白話短篇小說，《金瓶梅》等人情小說，歌頌「至情」的湯顯祖的劇作同時出現，絕不是偶然的現象，它們都是這股思想文化解放運動的產物，它們都以人情、人性、人欲為內容，強烈地反映了市民階層的心態。

唐傳奇、宋元話本和歷史演義、英雄傳奇等長篇小說在描寫人情世態方面的創作經驗，為人情小說所吸收，在前人藝術積累的基礎上，人情小說大發展、大繁榮，成為中國古代小說的主流，創造出標誌中國古代小說最高成就的作品。

人情小說是縱跨明清兩代、具有近三百年歷史的大流派，在它的內部擁有幾種分明不同的風格。從《金瓶梅》到《青樓夢》，人情小說大致包括以下幾種類型：

一、《金瓶梅》、《醒世姻緣傳》、《歧路燈》等，以家庭生活為題材，著重描寫家庭內部的矛盾和紛爭，可以稱為家庭小說。它們大多不涉及戀愛問題而是寫家庭內部的問題，用以反映世態人情，暴露黑暗和醜惡是作品的主要傾向。作者多為北方人，文風粗獷有力。

二、以《玉嬌梨》、《平山冷燕》、《定情人》、《金雲翹傳》等為代表的才子佳人小說。這類作品中有的通過戀愛婚姻，反映社會動亂；有的則通過戀愛婚姻，歌頌愛情的美好理想。但它們大多以戀愛問題為題材，才子佳人不管經過多少磨難和波折，最終還是「有情人終成眷屬」，婚姻美滿。作品寫到洞房花燭夜就戛然而止，至於他們婚後的家庭生活，作者就不去管它了。它們是戀愛小說而不是家庭小說，歌頌進步的愛情理想是其主要傾向。作者多是南方人，文字秀麗而典雅。

三、以《紅樓夢》為代表的人情小說，把戀愛婚姻與家庭生活結合起來，把暴露醜惡和歌頌理想結合起來，是人情小說的最高典範。

四、以清末《品花寶鑑》、《花月痕》、《青樓夢》為代表的狹邪小說，它們既沒有描寫正常的戀愛婚姻，也沒有揭示家庭內部的矛盾，

而是寫才子與娼妓、優伶的所謂「戀愛」，也就是寫非正常的婚姻生活。正像魯迅所說：「特以談釵黛而生厭，因改求佳人於娼優；知大觀園者已多，則別闢情場於北里而已。」[1]它們多表現理想的幻滅，文筆空靈淒婉。

五、人情小說受英雄傳奇、俠義小說的影響，出現融合的趨勢，產生了兒女英雄小說。它們雖然仍以戀愛婚姻為題材，但其主人公已不全是閨閣小姐與文弱書生，而是具有俠義心腸和高超武藝的英雄兒女；他們戀愛的方式也不是花前月下、琴瑟傳情，而是刀光劍影、馬上締盟。如《兒女英雄傳》等小說。

六、從明末一直綿延到清末，以《肉蒲團》、《繡榻野史》、《燈草和尚》等為代表的猥褻小說，它們發展了《金瓶梅》中猥褻描寫的一面，專寫肉慾色情，失去了家庭小說批判社會人情世態、才子佳人小說歌頌愛情理想的特色，成為人情小說中的逆流。因為這類小說無甚價值可言，讀者又不易看到，本書不準備介紹了。

《金瓶梅》揭開了人情小說的帷幕，使人情小說成為中國古代小說的主流，具有劃時代的意義。人情小說的出現，標誌著中國古代小說出現了重大的轉變。表現在以下幾方面：

第一，從寫歷史轉為寫現實。《金瓶梅》以前的小說都從歷史汲取題材，著重描寫歷史人物和歷史事件，而人情小說雖然大多是假托往事，但它主要還是以現實生活為題材，著重描寫現實的人生和社會，使小說增強了時代感和現實感，也縮短了與讀者的距離。

第二，從寫帝王將相、英雄豪傑、神魔鬼怪轉為寫現實生活中的普通人，官僚衙役、公子小姐、幫閒無賴以至三教九流，各色人等。

第三，從寫英雄品格到寫廣闊的人性。歷史演義、英雄傳奇、神魔小說多寫英雄豪氣、非凡智慧、超人武藝、無邊法術，對人的七情

1　魯迅：《中國小說史略》，見《魯迅全集》（北京市：人民文學出版社，1957年），卷8，頁223。

六欲卻涉之甚少；而人情小說則描寫凡夫俗子的人性，他們豐富的內心世界，他們的欲望和追求。

第四，從寫外部生活到寫內心世界。歷史演義、英雄傳奇和神魔小說，用驚心動魄的故事來刻畫人物，而心理描寫極少；人物多是道德的化身，帶有類型化的傾向。人情小說通過日常生活描寫人物，人物內心世界更豐富；所寫的人物「美醜並舉」，個性更為複雜，最終完成了古代小說人物從類型化典型到個性化、典型的轉變。

第五，從民間創作到文人創作。《三國演義》、《水滸傳》、《西遊記》等多為民間文學與作家文學相結合的產物，有著「說話」藝術的明顯痕跡；而人情小說大多是作家的獨立創作，逐步擺脫了「說話」藝術的影響。

第六，從以男性為中心向以女性為中心轉化。在歷史演義、英雄傳奇、神魔小說裡，主人公都是男性，女子只能作陪襯，甚至多是反面角色，是造成英雄悲劇的「禍水」；而人情小說裡，女子多作為主人公出現，她們都美貌多才，其品格才華多在男子之上，作者常常發出「堂堂鬚眉，誠不若彼裙釵」的感嘆。

第七，歷史演義、英雄傳奇、神魔小說對封建專制的政治制度進行猛烈抨擊，揭露官府的腐敗、訟獄的黑暗、政治迫害的深重等等。但較少觸及封建社會的意識形態。對封建的道德觀、文化觀多是肯定和讚揚的。而從人情小說開始，包括諷刺小說，除了對封建專制的政治制度進行揭露外，逐漸觸及封建的意識形態，對封建的道德觀進行大膽的抨擊，對封建文化進行比較深刻的反思。以上所說，可以概括《金瓶梅》前後中國古代小說的不同面貌和特色，當然這只是就其主流和主要代表作而言，並不等於《金瓶梅》以後所有的作品都具有這些特色。

明清人情小說總結了以往小說的藝術經驗，推進了中國古代小說體制向近代小說轉變，順理成章地過渡到近代小說和現代小說。它的

寫實精神和精湛的藝術技巧，對當時和後代各種流派的小說都產生了巨大的影響。歷史演義、英雄傳奇、神魔小說大多能更大膽地擺脫史實的束縛，更放手地進行藝術虛構；大多能更多地描寫日常生活，更緊密結合人情世態的描寫，著意在浴血的戰鬥中，穿插愛情婚姻故事。歷史演義小說《檮杌閒評》、《隋唐演義》，英雄傳奇小說《水滸後傳》、《說岳全傳》，神魔小說《女仙外史》，俠義小說《綠牡丹》等，都可以明顯地看到人情小說的影響。人情小說對社會人情世態的描寫，對諷刺手法的運用，直接影響了諷刺小說。到了近代的譴責小說，「五四」以後的現代小說，雖然接受了外來影響，但本民族的小說，特別是人情小說的影響，也是無可否認的事實。中國古代小說，特別是人情小說的藝術經驗，哺育了「五四」以後的文學巨匠，如茅盾、巴金、老舍等。

第二節　《金瓶梅》

一　作者、版本和成書年代

關於《金瓶梅》的作者和成書年代，近年來學術界歧見甚多，而對版本的看法卻比較簡單，意見較為一致。

（一）成書年代

要確定《金瓶梅》的成書年代，首先要解決一個問題，即《金瓶梅》究竟是民間創作與文人創作相結合的產物，還是文人的獨立創作？這個問題，學術界爭論很多。早在六十多年前，馮沅君先生在《古劇說匯》中就舉出十幾處例證，說明這部書最早是有「詞」有「話」的民間創作，「至少也是這種體例的遺跡」。五十年代有人提出

《金瓶梅》是一部「世代積累的長篇小說」的觀點[2]。這種觀點近來
影響很大，不少文章和著作對此作了深入的論證[3]。但我們仍堅持
《金瓶梅》是個人創作的觀點，其成書年代大約在明萬曆初年至萬曆
二十年間。理由如下：首先，《金瓶梅》除了「乃從《水滸傳》潘金
蓮演出一支」[4]之外，在現存的宋元或明初的戲曲和話本中沒能找到
直接的資料可以證明《金瓶梅》是經過「世代積累」的，而《三國演
義》、《水滸傳》、《西遊記》則有它們演化的確切證據。其次，所謂
「世代積累」的說法，還遇到一個很大的困難，就是《金瓶梅》是在
《水滸傳》之後寫成的，是以《水滸傳》為藍本，不但在人物、情節
方面多有因襲，而且還抄了《水滸傳》的大量韻文[5]。《水滸傳》目前
能見到的最早的百回繁本只有：刻於正德、嘉靖年間的《京本忠義
傳》殘頁，刻於嘉靖年間的鄭振鐸藏本《忠義水滸傳》殘本八回，萬
曆十七年（1589）天都外臣序本的《忠義水滸傳》，前兩種因是殘
本，無法與《金瓶梅》對勘，而天都外臣本是完整的，經過對勘，可
以看到《金瓶梅》有關部分完全是從天都外臣本《水滸傳》抄來的。
《金瓶梅》的萬曆本與崇禎本不同，所不同處就是萬曆本離《水滸
傳》近，而崇禎本離《水滸傳》遠。這正說明在《金瓶梅》本身版本
演化中，有意識地擺脫《水滸傳》而作的努力。既然承認《金瓶梅》
是從百回繁本的《水滸傳》演化出來的，那麼從百回繁本《水滸傳》
定型的嘉靖年間算起，到《金瓶梅》抄本出現，其間只有六、七十

2　潘開沛：〈《金瓶梅》的產生與作者〉，《光明日報》「文學遺產」第十八期（1954年8
　　月29日）。

3　參看徐朔方：〈《金瓶梅》的成書以及對它的評價〉等文章，收入《金瓶梅論集》
　　（北京市：人民文學出版社，1986年）。

4　〔明〕袁中道：〈游居柿錄〉，見《袁小修日記》，《中國文學珍本叢書》（上海市：
　　上海雜誌公司，1935年）。

5　黃霖：〈《忠義水滸傳》與《金瓶梅詞話》〉一文，《水滸爭鳴》第一輯。王利器：
　　〈《金瓶梅》的藍本為《水滸傳》〉，徐朔方、劉輝編：《金瓶梅論集》（北京市：人
　　民文學出版社，1986年），頁39。

年，因此，《金瓶梅》沒有「世代積累」的可能。第三，《金瓶梅》抄本出現在萬曆二十年前後。屠本畯《山林經濟籍》云：「往年予過金壇，王太史宇泰出此，云以重貲購抄本二帙。予讀之，語句宛似羅貫中筆。復從王徵君百谷家又見抄本二帙，恨不得睹其全。」屠本畯見到抄本的時間，約在萬曆二十年至萬曆二十一年[6]。袁宏道在萬曆二十四年（1596）給董思白的信云：「《金瓶梅》從何得來？伏枕略觀，雲霞滿紙，勝於枚生《七發》多矣。後段在何處，抄竟當於何處倒換？幸一的示。」這兩條材料，是《金瓶梅》抄本流傳的最早記載。由此可見，到了萬曆二十年前後，《金瓶梅》抄本才開始流傳。聯繫上面所說《金瓶梅》版本情況，《金瓶梅》大約成書於萬曆初年至萬曆二十年間。第四，《金瓶梅》情節雖有脫漏，語句亦有重複，但綜觀全書佈局嚴密，文筆風格統一，是一個作家的手筆。至於書中存在的說唱文學的種種證據，都只能說明，這是中國長篇小說發展過程中，其體例尚未完全擺脫說唱文學的影響而留下的「遺跡」，還不足以說明它是「世代積累」型的作品。第五，早在五十多年前，吳晗先生就從《金瓶梅》所反映的歷史事實，如孟玉樓說「借支太僕寺馬價銀」等，推斷《金瓶梅》寫定於萬曆年間[7]。第六，從《金瓶梅》版本看，萬曆「詞話本」已經定型，「崇禎本」只是適當刪節、修改，這種情況與《三國演義》的嘉靖本與毛批本相似，不能把從萬曆詞話本到崇禎本作為「世代積累」的例證。

（二）版本：

《金瓶梅》的抄本，已亡佚。現在可以見到的刻本，有兩個系統三種重要版本。

6　徐朔方、劉輝：〈《金瓶梅》版本考〉，見《金瓶梅論集》（北京市：人民文學出版社，1986年），頁22。

7　吳晗：〈《金瓶梅》著作時代及其社會背景〉，《文學季刊》創刊號（1934年1月）。

　　《金瓶梅詞話》一百回，萬曆刻本，卷首有欣欣子序。序云：
「竊謂蘭陵笑笑生作《金瓶梅傳》，寄意於世俗，蓋有謂也。」首次
提出蘭陵笑笑生是《金瓶梅》的作者。卷首還有萬曆丁巳（萬曆四十
五年）東吳弄珠客序和廿公跋。

　　《新刻繡像金瓶梅》或《新刻繡像批評原本金瓶梅》，一百回，
崇禎刻本，卷首有弄珠客序，但無欣欣子序。

　　這兩個系統版本的不同點是：第一，萬曆本從武松打虎寫起，而
崇禎本從「西門慶熱結十兄弟」寫起。萬曆本八十四回有吳月娘被王
矮虎所擄、為宋江義釋的情節，崇禎本無。第二，在體裁上，萬曆本
稱為「詞話」，題目後有「詩曰」或「詞曰」，有「且聽下回分解」。崇
禎本不稱「詞話」，不用「下回分解」，刪去不少詩詞。第三，崇禎本
無欣欣子序。第四，萬曆本回目粗劣，不對仗，崇禎本回目對仗工整。

　　《張竹坡批評金瓶梅》一百回，清康熙三十四年（1695）刊。無
欣欣子、東吳弄珠客序，卻有謝頤序。屬崇禎本系統。張竹坡
（1670-1698）名道深，字竹坡，徐州人。他的評論，特別是《讀法》
一百零八條，包含了不少真知灼見，是研究《金瓶梅》的重要材料，
對中國古代小說理論作出了新的貢獻。

（三）作者

　　這是《金瓶梅》研究中意見最為分歧的問題。沈德符在《萬曆野
獲編》中說作者是「嘉靖間大名士」；欣欣子序稱作者是「蘭陵笑笑
生」。由此圍繞著「嘉靖間大名士」和「蘭陵」這兩點，幾乎把嘉
靖、萬曆間的文人和山東嶧縣或江蘇武進縣的名人都猜遍了。明代提
出了「嘉靖間大名士」、「紹興老儒」、「金吾戚裡的門客」等說法，清
人提出了李漁、李開先、王世貞、趙南星、薛應旗、盧柟、李贄、徐
渭、馮惟敏等人，「五四」以後，進展不大。而近年人們又懷著強烈
的興趣，提出了幾種說法，影響較大的有五種說法：一是重申王世貞

說。這方面的代表作是朱星的《金瓶梅考證》。二是李開先說。中國
社會科學院文學所編的《中國文學史》，吳曉鈴、徐朔方等都力主此
說。三是賈三近說。近年張遠芬發表系列文章，反覆論證，其文章均
收入他的著作《金瓶梅新證》一書中。四是屠隆說。黃霖連續在《復
旦學報》上發表了〈金瓶梅作者屠隆考〉（1983年第3期）、〈金瓶梅作
者屠隆續考〉（1984年第5期），作了具體論述。五是馮夢龍說。吳
紅、胡邦煒《金瓶梅的思想和藝術》等著作則持此觀點。

　　比較這幾種說法，我們認為屠隆說不僅提出了一些新的材料，作
了精當扼要的考證，而且注意聯繫屠隆的思想、生活和文學創作觀，
論據比較充分，有說服力。當然，也還存在一些疑點，尚待進一步研
究[8]。

二　市井社會的眾生相

　　《金瓶梅》的故事是從《水滸傳》「武松殺嫂」一節演化出來
的。書中所寫的故事從北宋徽宗政和二年（1112）至南宋建炎元年
（1127）共十六年。但是，它不是一部歷史小說，而是假托往事、針
對現實的作品，反映的完全是晚明社會的現實。

　　中國古老的封建社會經過一千多年的緩慢發展，到了明中葉已日
薄西山，漸入衰境。一方面是統治階級已經逐漸喪失了統治的力量，
維持不了分崩離析的局面；另一方面，姍姍來遲的資本主義萌芽已在
封建社會的母體內迅速生長。工商業的繁榮、市民階層的崛起，金錢
力量的衝擊，使原來已經腐朽了的社會，更加奢侈腐化，「禮崩樂
壞」。《金瓶梅》的作者極其敏銳地覺察了社會的微妙變化，他的視角

8　參看徐朔方：〈「《金瓶梅》作者屠隆考」質疑〉，《杭州大學學報》1984年第3期（1984
　年）。

轉向過去不為人們重視的市井社會，以亦官亦商的西門慶為中心，一方面反映官場社會，一方面輻射市井社會，寫出晚明社會的眾生相，描繪市井社會五光十色的風俗畫，徹底暴露了封建社會晚期的黑暗與腐朽，客觀上表現了這個社會已經走向滅亡，已經無可挽救。《金瓶梅》是中國歷史上第一部以商人和市井生活為題材的長篇小說，具有開拓新路的歷史意義。

西門慶是破落戶出身，靠經商和交通官府起家。在中國特定的歷史條件下，商人很難通過正常的商業利潤積累或依靠先進的科學技術、興辦新興的實業而發財致富的。必然要靠官商勾結，巧取豪奪來聚斂財富，「富貴必因奸巧生，功名全仗鄧通成」，西門慶走的正是這樣一條中國式商人的道路。西門慶雖然胸無點墨，但頭腦靈活，隨機應變。他把搜括錢財和姦娶婦女一事緊密結合在一起，帶有濃厚的地痞惡霸的色彩。當他和潘金蓮毒死武大後，準備把潘金蓮娶回家中，這時媒人給他介紹了富有的寡婦孟玉樓，為了財產，他把俏麗的潘金蓮擱在一邊，把孟玉樓連同她的財產都「娶」了過來，人財兩得。接著又勾引朋友花子虛的妻子李瓶兒，謀奪了花家的大部分財產。女婿陳經濟的父親陳洪是楊戩的奸黨，楊戩倒臺，陳洪牽連在內，陳經濟把家產轉移到西門慶家裡，西門慶又發了一筆橫財。正因為楊戩倒臺，西門慶也被列入「親黨」名單之內，但他依靠財富，買通關節，找到主事的宰相李邦彥，把「親黨」名單上的西門慶改為「賈慶」，得以免禍。接著西門慶給蔡京送上一份厚重的生辰綱，換得了山東提刑所理刑千戶的官職，成了蔡京的乾兒子。於是金錢與權力互相依靠，利用金錢取得政治權力，又利用政治權力來發家致富。他貪贓枉法，放走殺人犯苗青，收了一千兩的賄賂；勾結蔡御史，比一般商人早一個月掣取三萬鹽引，牟取了暴利；倚仗權勢，偷漏關稅，「十車貨便少了許多稅錢」。這樣他的財富像滾雪球一樣越滾越大，到臨死時竟開了五六個店舖，不動產除外，資本達到十萬兩左右。

　　中國封建社會裡的商人具有濃厚的封建色彩。他們始終缺乏歐洲資產階級早期那種開拓精神和冒險精神。西門慶把他的財富，一部分用賄賂形式買通官府，謀取和鞏固政治權力，以保護自己的利益；另一部分則大肆揮霍，用於荒淫無度的生活消費。他瘋狂地追逐和佔有女人，他的精神世界完全被獸慾淹沒了，顯示了極其醜惡和墮落的靈魂。

　　西門慶集商人、官僚和惡霸於一身，是個典型的封建市儈；同時，封建官僚在商品經濟的衝擊下，迅速市儈化。他們已不像傳統的封建士大夫，自視清高，鄙視商人，而是與商賈稱兄道弟，或靠商人的賄賂來維持奢華的生活，或靠與商人勾結，插手商業活動，以牟取高額利潤。封建的門第、禮教在金錢的衝擊下土崩瓦解，甚至出身貴族之家的王三官也拜西門慶為義父，其母林太太，在掛著「節義堂」匾額，掛著「傳家節操同松竹，報國勳功並斗山」的對聯的宅子裡與西門慶通姦，貴族婦女竟也投向了市井流氓的懷抱，這是富有諷刺意義的。

　　《金瓶梅》的主角是西門慶，但它的書名卻隱含著潘金蓮、李瓶兒、龐春梅三個女性的名字。可見這三位女性在全書佔有重要地位。作者通過西門慶的家庭生活，妻妾爭風吃醋，惡棍的吃喝嫖賭，畫出了一幅市井社會的風俗畫。

　　潘金蓮出生在一個裁縫家庭，九歲就被賣到王招宣府裡。她聰明、美麗，既會描鸞刺繡，又會品竹彈絲，王招宣死後被賣給張大戶。這個六十多歲的老色鬼，把她佔有了。因家主婆吵鬧，又被許配給外貌醜陋的武大為妻。潘金蓮的命運是值得同情的，她對不合理的婚姻的不滿也是可以理解的。她用琵琶彈出了自己的不滿與怨恨：「不是奴自己誇獎，他烏鴉怎配鸞凰對。奴真金子埋在土裡。他是塊高號銅，怎與俺金色比。他本是塊頑石，有甚福抱著我羊脂玉體。好似糞土上長出靈芝。奈何？隨他怎樣到底奴心不美。聽知：奴是塊金磚怎比泥土基。」自尊、自傲、自信，把自己看得比金子還高貴，應

該說是婦女人性的覺醒。但是，在那樣摧殘人性的社會裡，在那樣金錢物慾橫流的世風裡，她的人性發生異化。她知道自己和吳月娘、李瓶兒、孟玉樓相比，是最沒有地位、沒有財富的。想要在這樣的封建市儈家庭中立足，一方面，只有得到西門慶的歡心，才能保持她的地位。她憑藉誘人的美貌，盡力滿足西門慶的獸慾，取得西門慶的寵愛。另一方面，除掉有可能奪取她受寵地位的絆腳石，所以，狠毒地害死了官哥兒，氣死李瓶兒，逼死宋蕙蓮。她的自我意識完全異化為自私自利；她的自尊變成了嫉妒；她的聰明伶俐，變成了工於心計；她的潑辣變成了狠毒；她對愛情的追求變成了縱淫和放蕩；她所受的侮辱，化成了復仇心理，也要去侮辱和玩弄別人。她徹底地墮落成一個壞女人，當然必不可免地遭到悲慘的結局，也失去了人們對她悲劇產生的同情。作品多層次地展示了她人性被扭曲的過程，為中國小說史增添了這樣一個被扭曲了的市民婦女的形象，反映了在寡廉鮮恥的社會裡，市民階層底層人物的墮落，反映了世風日下的悲哀。

　　李瓶兒是大名府梁中書的小妾，在梁山泊好漢攻打大名府時，帶了一百顆西洋大珠、二兩重一對鴉青寶石，隨養娘逃到東京，被花太監納為侄兒媳婦。花子虛是個紈絝子弟，撒漫使錢，宿娼嫖妓，「整三五夜不歸家」。李瓶兒感到精神的空虛和痛苦。正在這個時候，西門慶這個「風流男子」闖入她的生活。「朋友妻，不可欺」，這是古代人們的道德準則，而在世風淪喪的封建社會後期，在西門慶這樣的暴發戶心目中，早已一錢不值了。西門慶利用與花子虛的朋友關係，勾引李瓶兒。當花子虛因財產糾紛吃官司時，他便乘虛而入。李瓶兒一面可憐花子虛，央求西門慶「千萬只看奴之薄面，有人情，好歹尋一個兒，只休教他吃凌逼便了」；另一面，她把人倫道德觀念拋到九霄雲外，與西門慶打得火熱。作者極其真實地展示了李瓶兒性格的複雜性。花子虛被放出來後，因財產蕩盡，不久就氣病而死。西門慶正準備把李瓶兒娶過來時，又因楊戩倒臺，他惶惶不可終日，無心顧及。

李瓶兒忍耐不住，又嫁了蔣竹山。蔣竹山是個猥瑣無能的人，無法填補李瓶兒空虛的靈魂。經過這次波折，李瓶兒更把西門慶看作理想的男子漢，死心塌地嫁給他。她癡情而幼稚，善良而軟弱，對周圍環境的險惡、人際關係的複雜都缺乏清醒的認識，只是一味地滿足西門慶的獸慾，希望西門慶對她也能癡情；只是一味地討好西門慶的妻妾，希望能在西門慶家裡安穩度日。但是西門慶這個市儈家庭，內部鬥爭有著原始的野蠻性和殘酷性。因此，李瓶兒雖然美貌溫柔，雖然帶來許多財產，而且還為西門慶生了個兒子，但是，這個溫柔軟弱的癡情女人，卻被市井出身、有著豐富社會經驗、狠毒潑辣的潘金蓮擊敗了，被這個野蠻的暴發戶家庭吞噬了。李瓶兒的死寫得極其動人，在中國古代小說中還沒有這樣淋漓盡致地描寫一個無辜婦女被凌逼而死去的篇章。李瓶兒臨死前，夢見花子虛帶著官哥兒來找她，說明她內心的負疚，還是有罪孽感的；同時，又對西門慶一片癡情，牽腸掛肚，怕花子虛報仇傷害西門慶；又要西門慶「還往衙門去，休要誤了你公事要緊」；又交代她死後不要花太多錢買棺材，「你往後還要過日子」。這個溫柔善良而又因情慾而墮落的女人，在臨死前靈魂受著煎熬，她的悲劇催人淚下。當然，作者並不認為這是社會造成的悲劇，卻把它歸罪於情慾。

龐春梅是潘金蓮的貼身丫頭，曾為西門慶所「收用」，深得西門慶的寵愛。她與西門慶的女婿陳經濟通姦，西門慶死後被賣給周守備作妾，因生了兒子，成了守備夫人。後又繼續與陳經濟通姦，陳經濟死後，又與守備老家人的兒子周義通姦，縱慾身亡。

龐春梅生性高傲，正如張竹坡所說：「於春梅純作傲筆。」「於同作丫鬟時，必用幾遍筆墨寫春梅，心志高大，氣象不同。」她雖然地位低賤，卻「心高氣大」。應該承認這裡面包含著自尊、自信的合理因素。有一次吳神仙相面說她有貴相。吳月娘不相信春梅將來有做夫人的福分，認為「端的咱家又沒官，哪討珠冠來？就有珠冠，也輪不

到她頭上。」可是，春梅卻很自信：「那道士平白說戴珠冠，教大娘說有珠冠也怕輪不到他頭上。常言道：『凡人不可貌相，海水不可斗量。』從來旋的不圓砍的圓。各人裙帶上衣食，怎麼料得定？莫不長遠只在你家做奴才罷！」如果龐春梅性格中的合理因素向著正確的方向發展，那麼就會爆發出反抗壓迫的火花，成為像晴雯那樣「身居下賤，心比天高」的人，她的生命就會閃耀出動人的光彩。可是，龐春梅的自尊、自信卻被扭曲了，向著惡的方向發展。她倚仗西門慶、潘金蓮的寵愛，大施淫威，侮辱賣唱的瞎女申二姐，殘害同房的丫頭秋菊。當她有了權勢之後，對孫雪娥進行報復，凌辱拷打，以致把她賣入妓院，其凶殘狠毒不亞於潘金蓮。

龐春梅當了守備夫人之後以貴夫人的身分重遊舊家池館，看到西門慶家的花園臺榭，都已牆倒樓斜，昔日的繁華已冰消瓦解。「此回乃一部翻案之筆點睛處也。」[9]作者讓龐春梅作為西門慶家興衰的見證人，發出人世變遷、興衰浮沈的嘆息。

《金瓶梅》描寫了市井出身的潑婦潘金蓮、有貴婦人氣度的李瓶兒和生性驕傲的丫頭龐春梅，三個女人性格不同，但有一個共同的特點：好淫。作者以這三個淫婦的名字命名小說，他的創作意圖是很明顯的，即戒色慾。西門慶和三個淫婦都生活在情慾裡，「走情慾驅策的路，最後都慘死在情慾之手」[10]，導致了家業的衰敗。作者向世人發出了勸誡和警告。

《金瓶梅》裡的應伯爵寫得活靈活現又很有深度，為中國古代小說的畫廊增添了幫閒這種新的典型形象。

應伯爵是開綢絹舖的應員外的兒子，一份家財都嫖沒了，只好投靠西門慶，充當幫閒的角色，混碗飯吃。他聰明機敏，有文化，見識廣，但好吃懶做，既不肯「十年寒窗苦」，在科舉路上掙扎；也不願

9　張竹坡：《第一奇書金瓶梅》，第七十六回回評。

10　孫述宇：〈《金瓶梅》的藝術〉，引自《臺港金瓶梅研究論文選》。

經商做生意，為賺錢而辛苦奔波；更不可能去做工種田，自食其力。他只想過著鬆鬆垮垮、懶懶散散的寄生生活，從主子那裡乞討些殘羹冷炙，聊以度日。

　　他洞悉西門慶這個暴發戶的內心世界，是鑽進他肚子裡的「蛔蟲」。他知道西門慶需要靠吹捧抬高身價，他就瞎吹，說西門慶官服上的腰帶是什麼水犀牛角做的，「夜間燃火照千里，火光通宵不滅」，「就是滿京城拿著銀子也尋不出來」；他知道西門慶庸俗不堪，精神空虛，他就與妓女們插科打諢，為西門慶湊趣解悶，他跪在小妓女鄭愛月面前討酒喝，讓妓女打他的耳光。李瓶兒死後，西門慶大為悲痛，甚至不肯吃飯，應伯爵知道這時西門慶既需要安慰，又需要搭個臺階，忘掉悲痛，去尋找新的刺激和歡樂。於是他就勸解一番，讓西門慶既做到「有情有義」，又能心安理得地再去尋歡作樂。他還時常為別人當「說客」，向西門慶求情，為自己撈點好處。如幫妓女李桂姐修復與西門慶的關係，取得李桂姐的酬謝；幫商人黃四向西門慶借銀子，也得了一筆「手續費」。

　　應伯爵早已不是中國古代的那些俠客義士，肯「士為知己者死」，為認定的目標去赴湯蹈火；也不是封建官僚幕府中的幕僚高參，在政治風浪中，與主人共命運，為事業出謀獻策。他只是個蠅營狗苟的小人，雖然與主人也稱兄道弟，實際上只是金錢關係。他用奴顏媚骨，用那點可憐的機敏，為暴發戶們妝點門面，消愁解悶，填補精神的空虛。所以，西門慶死後，應伯爵又投靠了新的主子張二官，又為他出謀獻計，幫他娶李嬌兒到家中做了二房，又介紹潘金蓮如何美貌多藝，慫恿把她娶到家裡。

　　作者非常憎惡這種幫閒人物。他在書中用一大段文字批評他們「極是勢利小人」。但是，作者又如實寫出他們可悲的一面。應伯爵生個兒子，這本是個喜事，但衣食無著，不得不向西門慶借錢，在強顏歡笑中，隱含著辛酸。

　　應伯爵這個卑瑣的小人，在金錢社會裡，扮演著小丑的角色，走完了可卑又可悲的一生。

　　陳經濟也是小說裡的主要人物。在前八十回裡，作者只用幾個特寫鏡頭把他好色淫蕩的性格勾勒出來，到了西門慶死後的二十回，他成了作品裡的主角，有了較多的描寫。

　　陳經濟聰明伶俐，不但會雙陸象棋，拆牌道字，詩詞歌賦，而且精明能幹，辦事勤快，也是經商的一把好手。這是陳經濟與一般作品中敗家的紈絝子弟不同的特點。但是，好色淫蕩的性格卻是根深柢固的。在剛到西門慶家時，還只是偷香竊玉，與潘金蓮暗中勾搭，還裝出一副老實勤快的樣子，博得西門慶的信任，臨終前把家業托付給他。但是，西門慶死後，他就肆無忌憚地與潘金蓮、龐春梅通姦，公開侮辱吳月娘，以至被吳月娘趕出家門。陳經濟替西門慶經營家產，落魄時又得到父親的朋友王杏庵的接濟；後來又絕處逢生，遇到了當守備夫人的龐春梅。在人生的浮沈中，有這樣三次機會，憑著他的精明能幹，本可大顯身手，成為另一個西門慶。可是他和西門慶不同，西門慶在色與財之間，首先是財，所以能夠暴富，在一定程度上表現了商人的精明和魄力。而陳經濟卻根本不顧經濟效果，把做生意的本錢都拿來吃喝嫖賭，結果一敗塗地，成了典型的敗家子。在晚明社會特定的環境下，商人也是一代不如一代，預示著中國的商人階層不可能朝氣蓬勃地去開拓事業，成為上升的階級，而是在封建社會的末期，也隨著封建王朝的沒落而沒落。作者用諷刺嘲弄的筆法刻畫陳經濟的形象，較之過去作品中的敗家子形象有著更深刻的內涵。

　　除了以上幾個重要人物外，《金瓶梅》還寫了上自宰相、官吏，下至地痞、妓女等形形色色的人物，還寫出了官場社會尤其是市井社會的諸色人等。

　　作品全面地描寫了晚明社會的官僚政治、訟獄制度、商業活動、文化娛樂、風俗習慣，描繪出一幅五光十色的社會風習畫。正如鄭振

鐸先生所說：「表現中國社會的形形色色者，捨《金瓶梅》恐怕找不
到更重要的一部小說了。」[11]

　　作者極其敏銳地覺察到由於資本主義萌芽的發展給晚明社會所帶
來的重要變化，感受到在金錢力量的衝擊下，舊的社會體制和意識形
態正在逐漸演變和瓦解。但是，作者並不理解這是歷史的進步，因而
不可能更多地更積極地去反映商人的進取心和開拓精神，而是驚呼物
慾橫流、道德淪喪，把這種「禮崩樂壞」的現象歸之於人性惡，特別
是色慾，所以《金瓶梅》作者的主觀意圖就是要戒淫欲。西門慶、潘
金蓮、李瓶兒、龐春梅、陳經濟這幾個主要人物最後都得報應，死於
淫。作者用色空和因果報應的思想來解釋人世的變遷、世態的炎涼。
作品的客觀意義大大超過了作者的主觀思想。我們既要承認作品所反
映的市井社會，具有新的特點，《金瓶梅》是第一部以市井社會生活
為題材的長篇小說，作者在反映社會現實時，也具有某些市民階層的
心態。但是，又要認識到作者的立場仍是保守的，他對這一切變化是
抱著暴露批判態度的，他並不具有當時先進思想家如李贄等人的思
想。《金瓶梅》的作者是個敏銳的作家，但不是哲學家、政治家，這
是我們不能苛求的。

三　古代小說發展的里程碑

　　列寧說過：「判斷歷史的功績，不是根據歷史活動家有沒有提供
現代所要求的東西，而是根據比他們的前輩提供了新的東西」[12]。《金
瓶梅》在藝術上並非完美無缺，但它是中國古代小說發展中的里程
碑，顯示了中國古代小說逐步擺脫說唱藝術的影響向近代小說轉變的

11　鄭振鐸：《西諦書話》（香港：三聯書店，1983年），〈談金瓶梅詞話〉，頁98。
12　列寧：〈評經濟浪漫主義〉，見《列寧全集》（北京市：人民出版社，1972年），卷
　　2，頁350。

軌跡，為中國古代小說的發展作出了歷史性的貢獻。

（一）從歷史到現實生活

《金瓶梅》是長篇白話小說中人情小說的開山之作，標誌著中國古代長篇小說在題材方面的重大變化。

第一、從取材於歷史轉為取材於現實生活。《金瓶梅》以前的長篇小說都取材於歷史和神話故事，而《金瓶梅》雖然還假托往事，但實際上主要是寫現實生活，是中國長篇小說題材轉變的標誌，它還不能完全擺脫歷史的影子，但其主體結構已轉到現實生活方面來了，這就為長篇小說的題材開闢了新的領域。

第二、題材的變化帶來藝術表現方法的巨大變化。在《金瓶梅》之前，中國古代小說著重寫朝代興衰、英雄爭霸、神魔變幻，而《金瓶梅》卻取材於一個家庭的興衰，描寫卑微不足道的市井人物和他們的日常生活。在藝術表現上過去是以大見大，通過軍國大事、帝王將相來寫朝廷的興廢、歷史的盛衰；現在是以小見大，通過一個家庭的盛衰榮枯，一個普通人物的人生際遇來反映時代和社會的變遷。過去是站在高山之巔看大海的洶湧澎湃，現在是從一滴海水看大海的朝夕變化，萬千氣象。這就使作品與現實生活、與普通老百姓的心理更加貼近了，現實感和時代感更加鮮明了，標誌著中國古代小說現實主義的進一步成熟和深入發展。

第三、由於題材的變化，作品的立意也有很大變化。歷史演義、英雄傳奇關注國家的興亡，著重總結歷史經驗，表現政治和道德思想，注視那些掌握百姓命運帝王將相、英雄豪傑的升沈榮辱；而人情小說則關注人生的悲歡、世態的炎涼，著重探究個人與社會的關係，思索人生的哲理，更多的關懷著普通人的命運。

第四、由於題材的變化，作品改變過去用驚心動魄的故事和傳奇性的細節刻畫人物的方法，對日常生活場景作細膩的描寫，用生活細

節來描寫人物性格。當然《金瓶梅》尚處在轉變之中，因此，生活場景和細節的描寫提煉不夠，流於瑣碎、繁雜。

　　《金瓶梅》開闢了人情小說的創作道路之後，我國古代小說中人情小說成為主潮，產生了數以百計的作品，產生了像《紅樓夢》這樣的偉大作品。同時，在它之後的歷史演義、英雄傳奇、神魔、公案等類小說無不受其影響，表現出互相融合的趨勢。

（二）從理想主義到暴露文學

　　《金瓶梅》之前的長篇小說，在批判社會黑暗現實的同時，著力表現美好的理想與願望，歌頌明君賢相、忠臣義士、英雄豪傑，表現了相當濃厚的浪漫主義色彩；而《金瓶梅》卻是徹底的暴露文學，它以西門慶這個亦官亦商的暴發戶家庭為中心，寫出官場社會的黑暗和市井社會的糜爛，極寫「世情之惡」，精確地描繪出那鬼蜮世界，幾乎見不到一點亮光和希望。作品從上到下幾沒有一個正面人物。正如張竹坡所說：「西門慶是混帳惡人，吳月娘是奸險好人，玉樓是乖人，金蓮不是人，瓶兒是癡人，春梅是狂人，敬濟是浮浪小人，嬌兒是死人，雪娥是蠢人，宋蕙蓮是不識高低的人，如意兒是個頂缺之人。若王六兒與林太太等，直與李桂姐輩一流，總是不得叫做人。而伯爵、希大輩皆是沒良心的人。兼之蔡太師、蔡狀元、宋御史皆是枉為人也。」這樣如實地徹底地暴露社會的黑暗，在中國小說史上是空前的，接近於批判現實主義的創作方法，對《儒林外史》和晚清譴責小說有著明顯的影響。

　　為了適應暴露文學的需要，《金瓶梅》採用諷刺手法，具有諷刺文學的性質。它常用白描手法，如實地把人物言行之間的矛盾不動聲色地描寫出來，達到「戲而能諧，婉而多諷」的效果。《金瓶梅》裡寫了個道貌岸然、而人品極壞的韓道國，他竟然為了錢，讓妻子跟西門慶通姦的事也幹得出來，可是又偏偏愛吹牛，如寫他吹牛一段：

「那韓道國坐在凳上，把臉兒揚著，手中搖著扇兒，說道：『學生不才，仗賴列位餘光，在我恩主西門慶大官人處做夥計，三七分錢，掌巨萬之財，督數處之鋪，甚蒙敬重，比他人不同。』」正當他洋洋得意之時，有個謝（揭）汝謊，當場刺了他一下：「聞老兄在他門下，只做線鋪生意？」可是韓道國並不因此而收斂，牛皮反而吹得更大了：「二兄不知，線鋪生意只是名而已，今他府上大小買賣，出入資本，那些兒不是學生算帳，言聽計從，禍福共之，通沒我，一時兒也成不得……」正說得熱鬧，忽見一人慌慌張張來報告他的老婆與弟弟通姦被捉了去，韓道國慌了手腳，尷尬不堪。讀了這一段描寫，人們便不難看到這種諷刺手法在《儒林外史》和譴責小說創作中的影響了。

　　《金瓶梅》是以生活醜惡作為作品的題材，作者對醜惡的現實懷著強烈憎恨的感情，因此，從總體上說，做到化醜為美，「描繪了醜，卻創造了美」[13]。但是，無可否認，作品是有重大缺陷的。這表現在：第一，作者對社會的黑暗有強烈的憎恨，看到了「人性惡」，但思想是保守的，他並不像有些論者所說是站在王學左派思想解放的立場上。他沒有看到商品經濟的發展具有瓦解封建制度的力量；沒有看到市民階層代表著前進的力量，要挽救社會危機希望正在他們身上；只看到商品經濟帶來的道德的淪喪，只看到一片黑暗，給人窒息的感受。第二，在藝術上是不成熟的，在描寫「醜」時，分寸掌握得不好，尤其是對淫亂生活的描寫，更暴露了它的弱點。《金瓶梅》中關於性關係的猥褻的描寫，首先應該承認是受當時社會風氣影響，正如魯迅所說：「風氣既變，並及文林，故自方士進用以來，方藥盛，妖心興，而小說亦多神魔之談，且每敘床笫之事也。」[14]但是，不能因

13　寧宗一：〈《金瓶梅》對小說美學的貢獻〉，見《南開學報》1984年第2期（1984年）。

14　魯迅：《中國小說史略》，見《魯迅全集》（北京市：人民文學出版社，1957年），卷8，頁149。

此為它辯解，甚至把它與要求個性解放的思潮聯繫在一起。其次，作品中對性生活和性行為的描寫不是為了表現男女之間真摯的情感，互相愛悅和尊重，而是表現對女性的佔有與虐待；不是為了表現愛情的美好而是展覽醜惡，表現獸慾，作者不時流露出艷羨之情，暴露了作者庸俗低級的一面。第三，從藝術美學來看，作者不懂得藝術辯證法，沒有認識到生活化為藝術，是不能自然主義地照搬，必須發生變異，「沒有認識到變形和變質在這方面的偉大作用，不懂得在情感與情慾之間保持一種必要的錯位」，「二者錯位的程度越大，審美的價值越高」[15]。

（三）從類型化典型到性格化典型

《金瓶梅》以前的小說，所寫的人物大多是傑出人物，他們的性格或大善或大惡，屬於類型化的典型。而《金瓶梅》則寫普通人物，改變了人物的單色調，呈現出「雜色」，出現了「美醜並舉」的二元組合，「已經明顯地表現出由類型化典型到性格化典型的轉變軌跡」[16]。

上面談到西門慶、李瓶兒等人物時已經談到這一點了，在這裡，我們再從宋蕙蓮這個形象來看《金瓶梅》人物塑造的特色。

宋蕙蓮是個窮人家的女兒，最初賣給人家當婢女，後來嫁給廚子蔣聰，又與西門慶的家人來旺勾搭上了。蔣聰與人鬥毆被殺，她就嫁給了來旺。她俏麗聰明，但生性輕佻，自然很快就被西門慶勾引上了。她不以為恥，反而洋洋得意，用西門慶給的衣服打扮得妖妖艷艷；用西門慶給的錢買零食，還分給別人吃。她把自己放在主子與奴才之間，指手畫腳，指揮別的奴僕幹活；她混在西門慶妻妾群中，和她們一起盪鞦韆，在他們打牌時在旁邊插嘴；她與陳經濟打情罵俏。但

---

15 孫紹振：《論變異》，（廣州市：花城出版社，1987年），頁259。

16 傅繼馥：〈類型化藝術典型的光輝範本〉，見《三國演義研究集》（成都市：四川省社會科學院出版社，1983年），頁115。

是，這個淫蕩無恥的女人，卻又有著仁愛之心，當西門慶受潘金蓮挑撥，陷害來旺時，她多次向西門慶求情，西門慶也答應她會放出來。當她發現自己被欺騙和出賣時，她痛罵西門慶：「爹，我好人兒，你瞞著我幹的好勾當兒，還說什麼孩子不孩子！你原來就是個弄人的劊子手，把人活埋慣了，害死人還要看出殯的。你成日間哄著我，今日也說放出來，明日也說放出來。只當好端端的放出來，你如今要遞解他，也要和我說聲兒；暗暗不透風，就解發遠遠地去了，你也要合憑個天理，你就信著人，幹下這等絕戶計，把圈套兒做給我，你還瞞著我。你就打發，兩個人都打發了，如何留下我？做什麼？」從此她拒絕與西門慶來往，把他送來的飯也給捧掉了，最後自縊而死。

　　作者在寫出這樣一個淫蕩、下賤女人的同時，又寫出她對丈夫的仁愛之心、憐惜之情。她被欺騙之後的覺醒與抗爭，可以說這個形象已經不是過去小說中那種性格表層的不同特點；不是一個性格的不同側面，而是性格內部的深層結構中，即人的內心世界中的矛盾鬥爭，以及這種鬥爭引起的不安、動蕩、痛苦等複雜感情。

　　《金瓶梅》用生活場景和細節描寫刻劃人物性格；用白描手法描寫人物神態；通過別人的議論介紹人物特徵；透過室內陳設來襯托人物性格；用讖語隱括人物行徑，暗示人物結局；用個性化的語言表現人物性格等等，都豐富了中國古代小說塑造人物形象的藝術手段，積累了藝術經驗，為《紅樓夢》、《儒林外史》等巨著的出現奠定了基礎。

　　《金瓶梅》在人物塑造方面雖然取得了巨大的成就，但是，它的人物相當一部分還是類型化的，不過不是善的化身，不是英雄豪傑，而是惡的化身，是淫婦惡棍；雖然全書出現了八〇〇個人物（其中有姓名的約為四七七人）[17]但真正達到性格化的典型人物不足十人。所以，它與《紅樓夢》還有相當的距離，只有到了《紅樓夢》，中國古

17 據朱一玄編：《金瓶梅資料匯編》中的統計，男五五三人，女二四七人，共八〇〇人，石昌渝、尹恭弘著《金瓶梅人物譜》統計有姓名者，為四七七人。

代小說才進入自覺的時代，才在一部作品中出現了性格豐富的優秀形象體系，進入一個新的審美價值層次的時代。

（四）從線性結構到網狀結構

《金瓶梅》以前的長篇小說，都是從「說話」演變來的，受說話藝術的影響，重故事性，是一個個故事聯結起來的，可以說是短篇加短篇的結構，是線性結構。而到了《金瓶梅》，雖然仍採用章回小說的形式，但它從生活的複雜性出發，發展成網狀結構。它的特別不在於情節的曲折離奇，環環相扣，而在於嚴密細緻，自然展開。

《金瓶梅》全書圍繞西門慶家庭的盛衰史展開，前八十回以西門慶為中心反映官場社會的黑暗，以潘金蓮為中心反映家庭內部的糾葛；後二十回以龐春梅、陳經濟為中心，寫西門慶家庭的衰敗，交代全書主要人物的結局。全書形成一個網狀結構，像生活本身那樣繁複，千頭萬緒，各種生活情節和場面紛至沓來，大小事件接連而起。但作者把它組成一個意脈相連、情節相通、互為因果的生活之網，使全書結構嚴密細緻，渾然一體。許多故事既是獨立的，又是西門慶興衰史中的一個環節，互相烘托，互相制約。它寫一個故事，有多方面的作用，「草蛇灰線，伏脈千里」，在故事發展中逐漸顯現出它的作用，用某件事來連結故事或轉換情節。如潘金蓮丟了一隻繡花鞋，圍繞找鞋、拾鞋、送鞋、剝鞋等情節，把陳經濟調戲潘金蓮、西門慶怒打鐵棍兒、以及秋菊被罰、來昭被攆等生活場面呈現出來。

《三國演義》、《水滸傳》著重故事性，敘述一個故事或人物必須有頭有尾，緊緊連接，如寫林沖、武松要連續幾回，從他們受迫害，直寫到他們報仇雪恨，中間是不允許間斷的。但《金瓶梅》則人物時隱時現，他們的故事或續或斷。如十三至十六回比較集中寫李瓶兒與西門慶勾搭成姦，西門慶準備娶李瓶兒；忽然在十七回以後又插入楊戩倒臺，李瓶兒嫁蔣竹山的故事；到了十九回以後又接續西門慶娶李

瓶兒，然後她在西門慶家中生活。書中寫了潘金蓮、宋蕙蓮、李桂姐、王六兒等許多人物故事，在這些生活場景中，李瓶兒也時常出現，到了四十至四十一回寫她生兒子，潘金蓮等人的嫉妒；然後到了五十九回以後又集中寫官哥兒和李瓶兒的死；七十一回還寫她的托夢。這樣李瓶兒的故事分散全書，是與其他人物故事穿插進行；李瓶兒的性格是在這個大家庭中，與其他人物交叉呈現、互相影響和制約；性格是逐步完成的，這樣小說就像生活那樣自然、豐富，如行雲流水一般舒卷自如。

四　《金瓶梅》的續書

　　《金瓶梅》續書見於著錄者有四種。一、《玉嬌麗》，久佚。沈德符《野獲編》作《玉嬌李》，張無咎《新平妖傳》初刻序及重刻改定序均作《玉嬌麗》，謝肇淛《金瓶梅跋》云：「仿此者，有《玉嬌麗》，然則乖離彝敗度，君子無取焉。」可見《野獲編》誤「麗」為「李」。二、《續金瓶梅》十二卷六十四回，順治原刊本，清丁耀亢撰。三、《新鐫古本批評三世報隔簾花影》四十八回，湖南大字刊本，首「四橋居士序」。它是《續金瓶梅》的刪改本。四、《金屋夢》六十回，民國初年版，署「編輯者夢筆生。」它是《續金瓶梅》另一種刪改本。《隔簾花影》改易書中人物名字，刪改較多，情節也有變動。《金屋夢》改動較少，基本保持《續金瓶梅》原貌。

　　《玉嬌麗》早佚，《隔簾花影》、《金屋夢》是《續金瓶梅》的刪改本，所以《金瓶梅》的續書實際上只存一種。

　　丁耀亢，字西生，號野鶴，山東諸城人。生於明萬曆二十七年（1599），卒於清康熙十年（1671）[18]。他是明侍御丁少濱之子，弱冠

18　一說丁耀亢卒於一六七○年，黃霖：〈丁耀亢及其《續金瓶梅》〉，《復旦學報》1988年第4期，認為卒於一六七一年，此處從黃說。

為諸生，後為貢生。曾赴江南，遊於大畫家、《金瓶梅》收藏者之一的董其昌之門，與陳古白、趙凡夫等組織過文社。順治九年，丁耀亢由順天籍拔貢充當鑲白旗教習。順治十一年，任直隸容城教諭。十六年遷福建惠安知縣，越年即以母老告退。他一生著述甚多，其詩詞今存《丁野鶴遺稿》十二卷、《天史》十卷，傳奇有《西湖扇》、《化人遊》、《蚺蛇膽》、《赤松遊》四種。

《續金瓶梅》是丁耀亢在順治十八年（1662）六十三歲時所作[19]。作品以宋金戰爭為背景，以吳月娘與孝哥母子從離散到團聚為中心線索，著重寫金、瓶、梅三人的故事，即李瓶兒轉世的李銀瓶，在李師師、翟員外、鄭玉卿、苗青等人的拐騙爭奪下，自縊而死的故事；潘金蓮轉生的黎金桂、龐春梅托生的孔梅玉，因婚姻不幸，出家為尼的故事。小說結構鬆散而拉雜，沒有形成藝術的統一體。

劉廷璣批評《續金瓶梅》：「道學不成道學，稗官不成稗官」，是有道理的。全書以因果報應、勸善懲惡為主導思想，說教議論很多，讀來令人生厭。只有李銀瓶的故事，較為生動可讀。

《續金瓶梅》可貴之處在於它借《金瓶梅》以後的故事和人物，影射明末清初的現實，描繪了一幅亂世的圖景，抒發了對滿清入關後殘暴統治的憤懣之情。作品有許多地方暗示宋即是明，金實指清，如第六、十九、四十六、五十九回出現的「廠衛」、「錦衣衛」、「錦衣衛旗牌官」等等，均是明代特置的官署名目，而非宋代之官制；二十八、三十五回提及「藍旗營」、「旗下」，都是清代特有的八旗制度而非金人的軍事建制；五十三回描寫揚州慘遭金人屠殺時，引述了一首〈滿江紅〉，詞中寫道：「清平三百載，典章人物，掃地俱休。」北宋只有一六七年，而明朝統治了二七六年，這裡的「三百載」，顯然是指明非指宋。

19　據黃霖：〈丁耀亢及其《續金瓶梅》〉，《復旦學報》1988年第4期（1988年）。

　　當我們明白了作者是借宋喻明、以金指清的意圖時，那麼，作品中對金兵大屠殺，對抗金英雄岳飛、韓世忠、梁紅玉的歌頌，對賣國的奸臣秦檜，特別是蔣竹山、苗青引狼入室、叛國投敵，搜刮金錢美女的罪行的揭露，它們的含意就十分清楚。作者在這裡所表達的激憤之情，矛頭是直指滿清統治者，他的膽識也不能不令人敬佩了。

　　作者揭露北宋皇帝的荒淫腐敗，奸臣的貪贓枉法，北宋黨禍造成天下的動亂等等，也包含著對明王朝滅亡的歷史經驗的總結，作者沈痛而憤慨的心情與同時代的作品《桃花扇》、《樵史通俗演義》等相類似。

　　《續金瓶梅》有著如此強烈的反清情緒，在文網甚密的清初是難逃厄運的。康熙四年（1665）八月，丁耀亢因此書被鄰人告發下獄。他的《歸山草》中有詩記其事，詩的題目很長，其中云：「己巳八月以續書被逮，待罪候旨，至季冬蒙赦得放還山，共計一百二十日」。後又有〈焚書〉一詩記述此事：「帝命焚書未可存，堂前一炬代招魂。心花已化成焦土，口債全消淨業根，奇字恐招山鬼哭，劫灰不滅聖王恩。人間腹笥多藏草，隔代安知悔立言。」後來康熙帝還是釋放了他，但一百二十天的鐵窗生活，使年近七十歲的老人受到摧殘，從此兩眼失明，自署木雞道人。這部續書在清代多次遭到禁燬。

　　在宣揚因果報應之中，混雜著民族慘劇的血淚，是這本《續金瓶梅》屢遭厄運的原因，也是它的價值所在。

第三節　《醒世姻緣傳》、《歧路燈》等家庭小說

　　《金瓶梅》、《醒世姻緣傳》、《歧路燈》都是以家庭生活作為小說的題材，是人情小說中家庭小說這一派的代表作。它們共同的特點是：以寫實的手法通過家庭問題暴露社會黑暗，以北方生活為題材，筆力健旺而剽悍，語言流暢而潑辣。但是，它們反映生活的側重點又

有不同。《金瓶梅》通過西門慶的一生，著重描寫亦官亦商的暴發戶，反映市井社會中上層的腐朽、墮落；《醒世姻緣傳》以家庭內部反常的夫妻關係為中心，反映社會的黑暗，特別側重於農村的破產和道德淪喪；《歧路燈》以譚紹聞的墮落與轉變為主線，著重提出子女教育問題，更多地暴露市井社會中下層，特別是下層社會的黑幕。這三部小說從不同的角度，相當全面地反映了明中葉至清初的社會生活的各個側面。

　　在我們論述了《金瓶梅》之後，很自然地就會想起《醒世姻緣傳》與《歧路燈》了。本節以這兩部小說為主，兼及《林蘭香》及《蜃樓志》。

一　《醒世姻緣傳》

（一）作者

　　《醒世姻緣傳》一百回，題「西周生輯著，燃藜子校定」。首有環碧主人寫於辛丑年的〈弁語〉[20]、〈凡例〉八則和東嶺學道人的〈題記〉。據〈題記〉稱，該書原名《惡姻緣》，由東嶺學道人改為今名。日本享保十三年（清雍正六年）《舶載書目》有《醒世姻緣》一書，所記序跋、凡例與今通行本全同，可見該書刊行當在雍正六年（1728）之前，扣除傳入日本並引起注意和著錄所需時間，至晚在康熙末年。環碧主人的〈弁語〉寫於辛丑年，那麼，刊刻時間可能就在這年，即清順治十八年（1661）。

　　作者「西周生」，顯係化名，究竟是誰？學術界尚無定論。胡適、孫楷第、北大中文系五十五級《中國小說史稿》以及徐北文都認

---

20 這裡的辛丑年，當為清順治十八年（1661）。

為是蒲松齡所作[21]。主要理由是：

一、清人楊復吉（1747-1820），在其《夢闌瑣筆》中說：「蒲留仙《聊齋誌異》脫稿後百年，無人任欹劂。乾隆乙酉、丙戌，楚中、浙中同時授梓。楚本為王令君某，浙本為趙太守起杲所刊。鮑以文云：『留仙尚有《醒世姻緣》小說，蓋實有指』。」鮑以文即鮑廷博，他代趙起杲刊刻了《聊齋誌異》。趙、鮑、楊三人的年代距蒲松齡死時不過幾十年，他們的說法較為可信。

二、《醒世姻緣傳》的主要情節與《聊齋誌異》的〈江城〉，及根據〈江城〉擴大改寫的俚曲〈禳妒咒〉基本相同。

三、《醒世姻緣傳》所用的語言是蒲氏家鄉一帶的方言。

四、書中提到的某些史實、自然災害情況等可證明該書寫於明末清初。有的自然災害情況與蒲松齡《紀災前編》記載相同。

對上述推斷，路大荒、王守義、金性堯、曹大為諸先生則持反對意見[22]。我們認為，從目前材料看，蒲松齡是該書作者的說法，較為可信。

（二）宿命論籠罩下的社會真實圖景

《醒世姻緣傳》也像其他人情小說一樣，假托往事，針對現實。它以明英宗正統年間至憲宗成化年間（約重1440-1485）為背景，實際上是反映十七世紀中葉以後的現實生活。它敘述一個兩世惡姻緣的故事，反映了封建社會反常的夫妻關係以及由此產生的家庭糾紛。作品前面廿二回為前世姻緣，寫山東武城縣的官僚地主子弟晁源，憑藉

---

21 一九八〇年齊魯書社出版的《醒世姻緣傳》附有徐北文撰寫的《簡論》。

22 路大荒見解見齊魯書社刊《蒲松齡年譜》，王守義的〈《醒世姻緣傳》的成書年代〉，《光明日報》「文學遺產」第365期（1961年），金性堯的〈《醒世姻緣傳》作者非蒲松齡說〉，《中華文史論叢》1980年第4輯（1980年），曹大為的〈《醒世姻緣》的版本源流和成書年代〉，《文史》第23輯。

父親的權勢，娶戲子珍哥為妾，縱妾虐妻，致使嫡妻計氏自縊而死。他還過著驕奢淫逸的生活，在一次圍獵取樂的時候，射死了一隻仙狐，這就造成冤孽相報的前因。第廿二回以後則為今世姻緣。晁源因姦被殺，托生在綉江縣明水鎮地主狄宗羽家為子，名為狄希陳；仙狐托生在薛家，名為薛素姐，與狄希陳結為夫妻。計氏托生為童寄姐，為狄希陳之妾。珍哥托生為童寄姐的婢女珍珠，這樣狄希陳一家就成了前世冤仇相聚的地方，相互報冤。珍珠被寄姐逼死，而狄希陳備受素姐、寄姐的虐待。後來經高僧指點，狄希陳虔誠持誦《金剛經》一萬卷，才「福至禍消，冤除根解」。

作品開頭講人生三件樂事，而基礎是夫妻關係。「第一要緊再添一個賢德妻房，可才成就那三件樂事。」作者遵從儒家「夫婦乃人倫之始」的古訓，宣揚丈夫乃「女人的天」，要求建立夫權家庭的道德規範。作者通過這個冤冤相報的惡姻緣，揭露反常的夫妻關係和道德的淪喪，希望恢復儒家理想的西周的淳樸風尚，以此來達到「醒世」的目的，這就是作者化名「西周生」的寓意，也是作者的創作意圖。

作品存在著嚴重的宿命論思想，作者認為世上的惡姻緣都是「大仇大怨，勢不能報，今世皆配為夫妻」。這種生死輪迴、因果報應的佛家思想與維護封建婚姻家庭制度的儒家理想結合在一起，通過因果報應以「醒世」，這是作者思想的嚴重缺陷。

但是，和古代許多作家一樣，作者忠於現實生活的創作態度突破了他的主觀創作意圖。當我們揭掉籠罩著的宿命論面紗，就可以看到作者為我們描繪的封建社會的真實圖景，具有較高的認識價值和審美價值。

作者嚴厲抨擊了當時的官吏選拔制度。晁思孝本是農村秀才，歲貢之後，進京會試，靠老師的提拔，竟當了華亭縣知縣。又通過胡旦、梁生牽線，用二千兩銀子賄通大宦官王振，謀到了通州知州的肥缺。狄希陳連普通文章都讀不通，考秀才時請人代作答卷，考上秀才

後又用錢納監，買了個官。這樣的制度，當然不能選拔人才，只能培養奴才。可是這些才智低下的人物當了官之後，雖然對治國安邦一竅不通，但對於當官的秘訣卻十分機靈，一學就會。他們當官的訣竅是「一身的精神命脈，第一用在幾家鄉宦身上，其次又用在上司身上，待那秀才百姓，即如有宿世冤仇一般」。他們用錢買了官，就從百姓身上加倍地榨取回來，晁思孝當華亭知縣「不到十日內，家人有了數十名，銀子有了數千兩」。狄希陳在處置納粟監生一案中，暗中得了兩千兩銀子，一次外快就抵償他援例做官一半的本錢。

作品充分揭露了訟獄制度的腐敗。所謂打官司，實際上就是誰的賄賂多誰就贏。「天大的官司倒將來，使那磨大的銀子罷將去。」即使下了監獄，有了錢也可以把監獄變成天堂。珍哥入獄之後，晁源買通典史，給她蓋了單獨的院落，派丫鬟僕婦服侍，大擺生日宴席，真是「囹圄中起蓋福堂，死囚牢大開壽宴」。後來監獄中書辦張鳳瑞放火燒了牢房，用燒死的囚婦屍身頂替，把珍哥偷偷帶走，做自己的小老婆。監獄中的黑暗與腐敗，真是達到登峰造極的地步。

中國古代小說，很少反映農村生活，人情小說多數也只是反映市井社會的人情世態。而《醒世姻緣傳》的可貴之處在於，它把當時農村的凋敝和破產如實地描寫出來；把農村社會的風俗人情，生動地表現出來，為我們提供了一幅十七世紀中葉以後中國農村的風習畫。在作品裡，它為我們描寫了農村災荒的慘景。「小米先賣一兩二錢一石……後來長到二兩不已……後更長至六兩七兩……糠都賣到了二錢一斗。樹皮草根都給掘得一些不剩。」「莫說那老媼病媼，那丈夫棄了就跑；就是少婦嬌娃，丈夫也只得顧他不著。小男碎女，丟棄了滿路都是。起初不過把那死了的屍骸割了去吃，後來以強凌弱，以眾暴寡，明目張膽地把那活人殺吃，起初也只互相吃那異姓，後來骨肉滅親，即父子兄弟，夫婦親戚，得空殺了就吃。」作者還寫了幾個人吃人的典型故事。可以毫不誇張地說，恐怕中國古代小說中還沒有一部

作品如此真實地描寫了農村荒年的悲慘圖景。

　　作品多方面地描寫了農村的風俗人情，如家族親友之間爭奪財產；欺負孤兒寡母，謀佔遺產；地主對佃戶妻子的蹂躪；農村尼姑道婆的詐騙行為；農村荷重的租稅，農村賣買私鹽的活動等等，把當時農村光怪陸離的生活情景詳瞻而突兀地表現出來。

　　作者是一個長期生活在農村的知識分子，也許就是一輩子當私塾先生的蒲松齡，因而對農村知識分子的心態和命運有著深切的觀察和體驗。作品裡寫少數農村知識分子或有錢或有勢，靠賄賂鑽營走上了仕途，成為壓迫人民的官吏，像晁思孝、狄希陳那樣，更多的知識分子則苦悶、彷徨，潦倒一生。作品寫出知識分子的苦悶與彷徨，他們生活之路極其狹窄，開個書鋪吧，沒有本錢，而且親友都以借書為名，實則騙取，甚至官府也都要來勒索，只好白送；開個布鋪、當鋪吧，且不說沒有這麼雄厚的資本，「即使有了本錢，賺來的利息還不夠與官府賠墊」；去拾大糞吧，不僅官府離家裡田很遠，運不回去，而且還要納稅，花本錢；賣棺材吧，「看了慘人」，是「害人不利市的買賣」；結交官府，做做賀序、祭文之類，又「先要與衙役貓鼠同眠，你我兄弟」，喪失了人格，而且還要花錢請酒應酬，打通關節。所以，「千回萬轉，總然只有一個教書，這便是秀才治生之本」。但是教書「又有許多苦惱，受著許多閒氣，而且貧困終生」，像程樂宇那樣的先生，受盡學生的戲弄侮辱，真是「教這樣的書的人比那忘八還是不如」！試想，作者自己沒有一番甘苦，怎能把農村窮秀才們的生活和靈魂作如此深刻的剖析和描述！

　　作者對在金錢衝擊下，世風澆薄、道德淪喪痛心疾首。他以反常的夫婦關係為中心，描寫了許多忤逆父母，侮辱師長，兄弟相殘，出賣朋友，爭奪遺產，敲詐勒索，以至鋪張浪費、「暴殄天物」等社會上「不道德」的小故事，表現出作者對古代淳樸民風的憧憬，表現了作者的道德理想。

作者對當時的風俗習慣也有生動而細緻的描繪。婚喪嫁娶，禮儀往來，進香迎神，貨物交易，乃至衣、食、住、行以及物價等等，都有詳實的記載和描寫，提供了傳統史書所忽略的可貴資料，提供了一幅相當精確的山東縣城和農村的社會風俗畫。

（三）真實細緻和誇張諷刺的結合

以《金瓶梅》為代表的人情小說，一方面，在描寫生活的真實與細緻方面有了長足的進展，它們多層次多角度地展開社會生活的描寫，為典型人物描繪了高度真實的典型環境；同時，又把作品人物的生活和情感纖毫畢露地鏤刻出來，塑造了性格複雜而豐滿的人物形象。另一方面，在對社會的黑暗面進行揭露和抨擊的時候，採取了誇張諷刺手法，使醜惡現象更加集中、強烈地展示出來，具有諷刺小說的特色。《醒世姻緣傳》也是這樣。一方面，對生活的描繪極為精細，人物的音容笑貌，心靈的幽微隱秘，風俗習慣的細膩詳贍都多姿多彩地展現開來。銀匠童七拿太監陳公公的本錢開銀鋪，因為給陳太監打的首飾摻銅過多，銀器變色，露出破綻，被陳太監送到東廠治罪，追賠本錢。童七的妻子童奶奶聰明機變，為了救丈夫到陳太監家花言巧語，逢迎諂媚，使陳太監不但沒有治童七的罪，還免賠三百兩銀子。她又揣摩了陳太監的心理，買了佛手柑和橄欖去進獻，花錢不多，又買到陳太監的歡心，把原先的六百兩剩銅發還給她。童奶奶為了救丈夫，維持一家的生計，在卑媚的笑語中包含著辛酸的眼淚。這一段描寫把童奶奶心靈的痛苦、險惡的社會環境、性格的果斷機敏、富有情趣的生動語言以及當時社會的生活習俗都完美地結合在一起，塑造出這個市民婦女的豐滿形象，描繪了當時市民生活的五光十色的畫卷。作者描寫筆法的細緻達到了人情小說中很高的水準。作品描寫吳推官、狄希陳怕老婆的故事時，又另換一副筆墨，用誇大、漫畫化的手法，達到諷刺的目的。吳推官考察屬下官員，叫怕老婆的站在東

邊，不怕老婆的站在西邊。四五十個官員中，只有兩個不怕老婆。一個是教官，八十七歲，斷弦二十年，鰥居未續；一個是倉官，路遠不曾帶家眷。吳推官說：「據此看將起來，世上但是男子，沒有不懼內的人。陽消陰長的世道，君子怕小人，活人怕死鬼，丈夫怎得不怕老婆？」作者用誇大、漫畫化的手法，達到「罵世」的目的。當然，作者在某些描寫中，也有誇張過分，失去分寸，給人不真實感的地方，這個缺點在後來的譴責小說中又發展得更加嚴重了。

《醒世姻緣傳》和其他世情小說一樣，通過家庭寫社會；通過家庭成員與社會的廣泛接觸，把家庭和社會聯繫在一起，織成生活之網。《醒世姻緣傳》所不同的是通過兩個冤冤相報的家庭，把社會生活多方面地反映出來。同時，它還寫了好幾個相對獨立的故事，用以表現作者的道德觀念。這些故事與家庭生活聯繫是不緊密的，比較牽強，有的人物「事與其俱起，亦與其俱迄」，游離於作品的主線之外。這種結構方法，雖然能運用自如地安排各類人物和故事，達到比較廣泛地反映生活的目的，但整部小說結構顯得蕪雜鬆散，反映了作者組織生活、結構作品的能力比較薄弱。這種結構的方法對後來的譴責小說也有影響。

作品的語言風格活潑緊俏。熟練地使用方言和群眾語言，使作品無論人物語言還是敘述語言都生動潑辣，富有地方特色，它在語言上的成就，在中國古代小說中是比較突出的。

二　《林蘭香》

《林蘭香》六十四回，題「隨緣下士編輯」，「寄旅散人評點」。首有欒欒子序。存清道光十八年（1838）刊本。作者真實姓名，無從查考。成書時代，在康熙末年至雍正初年。因為小說結尾以一出梨園，一曲彈詞，成為「餘韻」，顯受《桃花扇》影響，因此，其上限

不會早於康熙三十八年（1699）。書中描寫的北京「燈市」、「金魚池」，「泡子河」等處繁華景象，據記載至乾隆中葉已衰落或「久廢」，可見其下限不會晚於雍正初年[23]。

　　全書以明初開國功臣泗國公耿再成之支孫耿朗一家，自洪熙至嘉靖百餘年的盛衰隆替為主線，相當全面地反映了當時的社會現實。故事寫洪熙元年，正當耿朗考校得優等，準備授職時，其未婚妻燕夢卿之父副御史燕玉突遭誣陷，擬議充軍。夢卿上書「乞將身沒為官奴，以代父遠竄之罪」，即蒙允准。耿朗另娶林御史之女雲屏為妻。不久，燕玉含冤病死後得到昭雪，夢卿隨之獲赦。夢卿堅持仍嫁耿朗，甘為側室。宣愛娘之父宣節亦因科場行賄案的牽連而被革職，氣病而死。愛娘無所依靠，下嫁耿朗為妾。任自立是個暴發奸商，因在洪熙皇帝歸天的當晚失火，擬判重罪。為求耿家代為疏通關節，將其女香兒送到耿府為婢，香兒亦成耿朗之妾。平彩雲本係宦家之女，父死勢衰，被惡霸東方巽劫奪，為俠所救，送往耿家，為耿朗之妾。至是，耿朗一妻四妾，家道興旺。妻妾之中，夢卿最賢，但因常諫勸耿朗，又因任香兒中傷，以至夫妻反目，夢卿含冤飲恨而死，後任香兒、平彩雲俱先耿朗而亡。耿朗立軍功，授副御史，但突然病故。夢卿所生幼子耿順，由侍妾春畹撫養成人，為國立功，襲泗國公爵位，家道有中興之勢。耿順懷念生母，遂建一樓，貯存遺物，以期傳留久遠。不料一場大火，焚燒淨盡。耿家舊事，僅借戲文與彈詞演唱，旋即又遭禁演，耿家故事遂湮沒無聞。

　　《林蘭香》是一部流傳不廣卻很重要的作品。它上承《金瓶梅》，下啟《紅樓夢》。它屬人情小說，但不是才子佳人小說。它和《金瓶梅》、《醒世姻緣傳》、《紅樓夢》、《歧路燈》等構成人情小說中家庭小說這一分支。

---

23 參看陳洪：〈《林蘭香》創作年代小考〉，《明清小說研究》1988年第3期（1988年）。

　　《林蘭香》上承《金瓶梅》，首先表現在它的取材上。如果說《金瓶梅》是以西門慶這個亦官亦商的家庭為題材，《醒世姻緣傳》是以晁思孝、狄希陳這兩個中小地主家庭為題材，那麼，《林蘭香》和《紅樓夢》一樣是以勛宦世家為題材。它們都是以一個家庭為中心，反映社會現實生活。其次，它的命名完全模仿《金瓶梅》。《金瓶梅》雖以西門慶這個男子為中心，但卻以作品中三個女性的名字作書名。《林蘭香》也以耿朗這個男子為主角，以林雲屏、燕夢卿，任香兒的名字作書名。「林者何？林雲屏也」。「蘭者何？燕夢卿也，取燕姑夢蘭之意。」「香者何？任香兒也。」而且，西門慶妻妾六人，耿朗原是妻妾五人，燕夢卿死後又將丫鬟春畹立為側室，也湊足六人之數。林雲屏與吳月娘，宣愛娘與孟玉樓，任香兒與潘金蓮性格上也有對應關係。

　　《林蘭香》寫耿朗這樣的勛宦之家的興衰榮枯；燕夢卿這樣才德兼備女子的悲劇命運，耿順建起小樓，珍藏舊物，要永世流傳，卻被一場大火燒得灰飛煙滅。作者的創作意圖是很清楚的。他憤恨社會之不平，預感它的滅亡，但又看不到希望，因而表現出夢幻之感。作品以邯鄲侯孟征上本起奏開頭，寄旅散人評曰：「孟同夢，征同證，以夢為證，乃必無之事。封邑在邯鄲，取夢之一字也。」故事收結時，耿順在邯鄲道呂公祠內祈夢。這一頭一尾，就要表現耿朗一家的盛衰只是邯鄲一夢而已。作品開頭就寫道：「天地逆旅，光陰過客，後之視今，今之視昔，不過一梨園，一彈詞，一夢幻而已。林耶？蘭耶？香耶？」全書結尾時又說：「總皆梨園中人，彈詞中人，夢幻中人也！豈獨林哉，蘭哉！香哉！」寄旅散人指出：「第一回開端數語，及此回收結數語，合為一篇，以為此書之總論也可。」《林蘭香》這種創作意圖在《金瓶梅》、《紅樓夢》中亦有表現，不過有高低軒輊之分。《林蘭香》對封建社會的暴露不如《金瓶梅》深廣有力，也沒能像《紅樓夢》那樣站在封建階級叛逆者的立場上進行揭露，缺乏《紅

樓夢》那樣的悲劇力量和詩意的光輝。

　　《金瓶梅》出色地描寫了幾個女生，但她們的聰明才智都用於爭強固寵，賣俏營奸，用以討得西門慶的歡心，缺乏獨立人格的追求。《林蘭香》裡的燕夢卿是作者全力塑造的人物。一方面，作者把她寫成標準的「淑女」。她代父充軍，甘心入宮為奴；她堅貞不二，矢志不改嫁，甘為側室；甚至為丈夫割髮、斷指。她被皇帝旌表為「孝女節婦」。作者又極力讚揚她才貌雙全。既有管家理財的能力，又有藝術才能，琴棋書畫，無所不精，是標準的才女。另一方面，作者又寫她是一個有獨立性格的女性，她要求和丈夫建立起「名為夫妻，實為朋友」的平等關係，她不獻媚邀寵，而是直言不諱，經常批評耿朗的過失。而耿朗這個世家子弟，只把女人當玩物和傳宗接代的工具，不能允許妻妾干涉他的生活和思想，所以他說：「婦人最忌有名有才，有才未免自是，有名未免欺人。」於是，他對夢卿加以「裁抑」，故意在感情上傷害她，以至夢卿含冤而死。燕夢卿的悲劇不是外在力量對愛情的破壞造成的，而是在於她的自身，即她所絕對接受的封建道學思想與她追求實現自我價值、追求獨立人格的矛盾。夢卿的悲劇不是封建叛逆者的悲劇，而是封建殉道者的悲劇。作者既不願意把自己女主人公寫成像《金瓶梅》中的李瓶兒那樣的人物，只是一味癡情，甘心當西門慶的玩物，而要寫她有自己的獨立追求，但又不能像《紅樓夢》那樣，寫出青年女子的叛逆與反抗，而又把她寫成道學氣味很濃的人物。

　　《金瓶梅》裡的人物已開始「多色調」，而避免絕對化。《林蘭香》裡有些人物也寫得較為複雜。如耿朗，他正直卻又多疑，多情而不專注；有抱負卻才幹平平，也是一個「說不得賢，說不得愚」的人物。

　　《林蘭香》繼承《金瓶梅》注重描寫生活場景和細節的傳統。全書主要文字寫兒女私情、家庭瑣事、飲饌遊宴，有不少場面寫得色彩

斑斕，富有生活氣息。

　　《林蘭香》無論思想或藝術成就都不如《金瓶梅》和《紅樓夢》，但它是從《金瓶梅》到《紅樓夢》發展過程中的一環，值得重視。

三　《歧路燈》

（一）作者

　　《歧路燈》作者李海觀（1707-1790），字孔堂，號綠園，河南寶豐縣人。他出身農村普通知識分子家庭，在三十歲時中舉人，後來科場並不順利，去北京應過考，但始終沒有中過進士。五十歲以後，宦遊二十年，走遍半個中國，晚年在貴州印江縣做過一任知縣。大約是乾隆十三年（1748）四十二歲時開始撰寫長篇小說《歧路燈》，連續寫了近十年，完成了全書的主要部分。以出仕的緣故，「輟筆者二十年」，晚年又開始續寫，至乾隆四十二年（1777）才脫稿，前後共歷時三十年。

　　《歧路燈》完稿後未付梓，以多種抄本流傳。到了一九二四年才出現洛陽清義堂石印本。一九二七年馮友蘭、馮沅君兄妹把抄本與石印本對勘，分段標點，交北京樸社排印，可惜只印行一冊（二十六回）就終止了。一九八〇年中州書畫社出版的欒星先生校注本，經過仔細的整理校勘，並加注釋，是目前最完善的本子。

　　李海觀的著述，除《歧路燈》外，還有《綠園文集》、《綠園詩抄》、《拾捃集》、《家訓諄言》等。《綠園文集》和《拾捃集》已佚，《綠園詩抄》存有殘本，《家訓諄言》被附抄於《歧路燈》卷首，得以保存。他所殘存的這些詩文，現都收集在《李綠園詩文輯佚》裡[24]。

24　弈星編著：《歧路燈研究資料》（鄭州市：中州書畫社，1982年）。

（二）迂腐的說教與逼真的人生圖景

《歧路燈》以書香門第公子譚紹聞的墮落和回頭為中心，展示了市井社會的黑暗與官場的窳敗，把當時社會的世態人情、風習流俗生動逼真地呈現在我們面前。

全書一百零八回，分為三大段，首尾呼應，大開大合，脈絡貫通，層次分明，結構謹嚴。第一大段從第一回到十二回，寫譚紹聞父親孝移教子，臨終前留下「用心讀書，親近正人」的遺言，點出全書主題，為後來譚紹聞的悔過伏筆。第二大段從十三回到八十二回，用七十回的篇幅真實細膩地描寫了譚紹聞在外界誘惑下墮落的過程。第三大段從八十三回到一百零八回，寫浪子回頭，譚紹聞終於改過從新，中副車，立軍功，蒙天子召見，選為知縣。其子簣初欽點翰林庶吉士，在家道復興的喜慶氣氛中結束全書。

作者的主觀意圖是圍繞封建家庭子女教育問題，宣揚封建的綱常名教，作為對日益腐敗的世道人心的補救。作者認為青年能否走正路，關鍵在於父母的教育、師長的引導、妻妾的輔佐、朋友的幫助。因此，在書中設置了一系列對立的形象，描寫他們對譚紹聞的不同影響。譚孝移的嚴格教育與王氏的嬌慣縱容，婁潛齋的高風亮節與侯冠玉的無德無行，孔慧娘的賢慧規勸與巫翠姐的蠻橫撒潑，程嵩淑等人的諄諄善誘與夏逢若等人的勾引誘騙。在這一場青年爭奪戰中，作者表現了濃厚的封建正統思想，時時流露出重視門第、輕視婦女、重農抑商、醉心仕途、提倡讀經、鄙視市民文化等等傳統觀念，表現出落後的政治思想與文化思想，與同時代的《儒林外史》、《紅樓夢》相比，思想境界是懸殊的。

作者落後保守的思想給作品帶來了損害，使它不能像《儒林外史》、《紅樓夢》那樣對封建社會制度及其意識形態進行深入的剖析與批判，不能表現出封建社會走向衰亡的必然趨勢，而是出現了興旺的

徵兆；不能敏銳地反映時代的變化，發出啟蒙思想的閃光。但是，作者寫實主義的創作方法，卻使作品超出了他的主觀意圖而具有較高的認識價值和審美價值。

　　《歧路燈》令人信服地展示了譚紹聞墮落的過程，寫出了他前後幾次大反覆的曲折經歷。譚紹聞在父親死後，也牢記了「用心讀書，親近正人」的教誨，循規蹈矩。但是，老師侯冠玉嗜賭成性，給他樹立了壞榜樣，在外界的誘惑下，他開始玩畫眉，狎婢女，下賭場。剛開始時，還「心中發熱，臉上起紅」，但很快就習以為常，拿起賭具「也不臉紅，也不手顫了」。正當他滑向邪路時，父輩及時進行教育，他還能聽得進去，認為，「三位先生說的是正經話」，決心改過；但是，又經不起夏逢若等人的誘騙，不久又下賭場，玩戲子，正是「沖年一入匪人黨，心內明白不自由」。可是，當他輸了二百兩銀子、賭徒們上門逼債時，自己又良心發現，覺得對不起母親，在僕人王中的勸導下，發誓改過，有幾天關在書房裡念書，足不出戶。可不久夏逢若又設圈套，用妓女紅玉作誘餌，譚詔聞經不起女色的誘惑又邁向賭場，被戲班頭子誣告，上了公堂。但回家後，妻妾的柔情蜜意又使他感化，悔恨自己不該去嫖妓賭博，下了很大決心改過，夏逢若、張繩祖來勾引他，被拒之門外。但好景不長，過了幾天，夏逢若又以替尼姑庵抄募捐單子為由，把他引到尼姑庵，在小尼姑的勾引下又一次下水，賭輸了五百兩銀子，只好到亳州躲債，路上吃盡苦頭；回來後割產還債，又被夏逢若請去看戲，用女色勾引，把他賣產業的錢榨個精光，甚至還牽連到人命案子中。到了這樣狼狽的境地，在義僕王中和父輩的教訓下，請了品德端莊、學問淵博的智萬周當老師，開始悔改，有幾個月拒絕與壞人來往，認真讀書。可是，夏逢若等人製造流言蜚語趕走老師，又一次把譚紹聞拉下水，從此變本加厲，因輸錢賣掉祖墳上的樹木，甚至把自己的院子拿來開賭場，一直發展到走上犯罪的道路。這時家產蕩盡，奴僕走散，幾乎活不下去，在族兄

譚紹衣的引導下，在朋友、義僕的規勸下，才開始真正的轉變。

譚紹聞的本質並不壞，他的墮落是社會造成的。作者把視線轉向官府和市井社會，寫出譚紹聞墮落的社會環境。

官場黑暗，賄賂成風。譚孝移被舉薦為賢良方正，但為了申報文書，婁潛齋替他賄賂了五十兩銀子。這真是絕妙的諷刺，所謂「賢良方正」應該是清正廉潔的表率，但卻不得不賄賂書辦衙役。正像王中所說：「如今銀子是會說話的。有了銀子，陝西人說話，福建人也省得。」譚孝移進京，到了稅亭檢驗，又送了十六兩銀子。因為：「俗話道：『硬過船，軟過關』，一個軟字，成了過關的條規。」沒有賄賂「那衙役小班，再也是不驗的」。戲班頭目茅拔茹訛詐譚紹聞，他想請結拜兄弟夏逢若說句公道話，王中對他說：「如今世上結拜的朋友，官場上不過勢利上講究，民間不過在酒肉上取齊。」對當時世風的批判確是一針見血、入木三分。地痞惡霸之所以敢於盤賭窩娼，「一定要與官長結識。衙署中奸點的經承書吏，得勢的壯快頭役，也要聯絡成莫逆厚交」。這就深刻指出官府是黑社會的靠山。當然，《歧路燈》對官府的揭露是很有限的，它的矛頭主要指向書辦衙役這些官府的爪牙，而作品裡出現了譚紹衣、婁潛齋等一批清官；祥符縣四任知縣，三位都是清官，只有一個董知縣是貪官，不久也被參革了，表現了作者認識上的侷限性。

作品裡描寫得更深刻的是譚紹聞委身的市井社會。譚紹聞的墮落主要因為賭博。作者對賭場和賭徒的描寫非常精彩。「從來開場窩賭之家，必養娼妓，必養打手，必養幫閒。娼妓是賭餌，幫閒是賭線，打手是賭衛。所以膏粱子弟一入其囮，定然弄的水盡鵝飛。」譚紹聞就是這樣經夏逢若牽線，妓女紅玉引誘，而下賭場；賭輸之後，打手假李逵就凶神惡煞似的上門逼債，把他搞得傾家蕩產。

作者還把視角轉向社會的各個角落。高利貸盤剝，尼姑庵賣淫聚賭，途路上行騙搶劫，江湖上庸醫草菅人命，風水先生、巫婆神漢迷

信活動，道士燒丹銀的詐騙行徑，製造假錢的犯罪行徑等等，都在作品中多色多姿地呈現出來，把所謂「乾隆盛世」的光怪陸離的醜惡現象暴露在光天化日之下，使讀者嗅出了花團錦簇下的霉變味。

作品用帶有河南地方色彩的語言把十八世紀中州的風習圖淋漓盡致地描繪出來，我們可以看到當時的婚娶喪葬、賓客宴飲、官場儀注、科闈規程以及文化娛樂等方面的風俗習慣，具有較高的認識價值。

《歧路燈》的社會價值還在於它提出了教育青年這個重要課題。雖然時代不同了，但作品豐富的內涵，卻值得今天的讀者思索與玩味。一方面，作者竭力鼓吹的封建正統教育是一種失敗的教育。作者寫譚孝移教育子女很嚴格，不許看戲，不許逛廟會，不許看「雜書」，完全封閉起來，正像王氏所說：「你再休要把一個孩子只想鎖在箱子裡，有一點縫絲兒，還要用紙條糊一糊。」這種封閉式教育的結果，使譚紹聞沒有獨立生活的能力，沒有抵禦壞影響的免疫力，當他一旦走上社會，就很快為黑社會的毒菌所感染，譚紹聞的墮落宣布了封建封閉式教育的失敗，這對今天的教育工作仍有啟發意義。另一方面，作者對譚紹聞墮落過程的描寫，使我們看到青年墮落的原因和複雜的心理過程，這對今天的青年教育工作無疑也具有借鑑的意義。

（三）轉變中的人物典型

中國古代小說的人物塑造，一般只注意兩端，即好人與壞人，雖然在成功的作品中，也寫出了人物性格的複雜性與性格的發展史，但是好人或壞人的基調是生來就定下的。例如，《金瓶梅》裡的西門慶，雖然也有仗義疏財等性格，但本質上是惡人；《紅樓夢》裡的賈寶玉，性格雖有發展，但他的叛逆性卻是從娘胎裡帶來的。《金瓶梅》和《紅樓夢》中有些人物是「多色調」的，性格複雜，不易簡單判斷為好人或壞人，但是，他們只是性格複雜，卻很少完成性格轉變。《歧路燈》卻描寫了譚紹聞、盛希僑、王隆吉三個出身不同青年

的轉變，尤其是極其細膩地描寫了譚紹聞的轉變過程，塑造了轉變中的人物典型，這是對中國小說史的重大貢獻。

譚紹聞書香門第出身，受著父親的嚴格的封閉式的教育，父親棄世，他從密封艙走出來，接觸到污濁的空氣，很快受到污染。他的墮落主要因為性格軟弱，抵抗力不強。盛希僑出身顯宦之家，祖上是堂堂布政使，財勢俱全，這位少年公子驕奢豪縱，揮霍無度，以至家產用盡，弟弟要和他分家，很有「孝悌」之心的盛希僑感到無比悔恨，開始轉變。王隆吉是小商人出身，容易染上市井社會的惡習，但他有生意人的精明，稍涉泥潭，急忙抽身，所以陷得不深，容易轉變。這三個青年都是轉變中的人物，但性格各異，形象鮮明，為我國古代小說史留下了一組轉變中的人物典型。

《歧路燈》對中國小說史的貢獻，除了譚紹聞這個「中間人物」典型外，還為小說史的畫廊增添了一個幫閒篾片典型夏逢若。夏逢若是江南微員的後代，把祖上的家產揮霍淨盡，靠著頭腦靈活，言詞便捷，見了有錢公子像蒼蠅一樣逐臭而來，挨進門去，拉他們下水，混些酒肉過活，覓些錢財養家。他是繼《金瓶梅》應伯爵之後，寫得最成功的幫閒形象。只是應伯爵投靠西門慶，更多幫閒色彩，用插科打諢等辦法來討好主子；而夏逢若勾引青年公子，更具無賴惡棍成分，用威脅利誘的手段拉人下水。

《歧路燈》寫了二百多個社會各階層的人物，給人留下較深印象的也有十多人，人物塑造的成功主要靠對比和白描。作者設置了一系列對立人物形象，在對照中黑白分明，賢愚立判，勾畫出人物的基本性格。又用白描手法，不加烘托渲染，簡練勾勒出人物的鮮明形象，使他們的神態口吻更加清晰地呈現出來。小說第十三回寫譚孝移死後入棺一段：

　　抬起棺蓋，猛可的蓋上，釘口斧聲震動，響得鑽頭，滿堂轟然

一哭。王氏昏倒在地，把頭髮都散了。端福只是抓住棺材，上下跳著叫喚。王中跪在地下，手拍著地大哭。妻、孔失卻良友，心如刀刺，痛的連話也說不出來。

這寥寥數語，就把幾個身分不同的人物的神態勾畫出來，傳神摹影，唯妙唯肖。

《歧路燈》是一本以青年教育問題為主題的小說，時常對社會問題進行評議。把評議與描寫結合是它的重要特色。由於作者社會生活閱歷豐富，議論深刻，對社會現象概括力強，這些評議與生動情節、人物性格結合在一起，所以，雖然說教頗多，但不令讀者生厭。例如，第五回對秀才們的評議：「原來秀才們性情，老實的到官場不管閑事，乖覺的到官場不肯多言，那些平索肯說話的，縱私談則排眾議而伸己見，論官事則躲自身而推他人，這也是不約而同之概。」這把當時秀才們的心態高度概括出來，具有對科舉制度的諷刺意義。三十九回對理學的評論，也鞭辟入裡，發人深省。「偏是那肯講理學的，做窮秀才時，偏偏的只一樣兒不會治家；即令僥倖一個科目，偏偏的只一樣兒單講升官發財。」「這還是好的。更大一等：理學嘴銀錢心，搦住印把時一心直是想錢，把書香變成銅臭。好不恨人。」

《歧路燈》作者社會經驗豐富，語言功底深厚，熟悉群眾語言，議論文字深刻，概括力強；描寫文字精練，表現力強；人物對話都能符合人物身分，該雅則雅，宜俗則俗，達到個性化的程度。它的語言風格凝練集中，但略嫌木訥，因此，也有生硬枯燥的地方。

四　《蜃樓志》

在介紹了《醒世姻緣傳》、《林蘭香》和《歧路燈》之後，附帶介紹一下《蜃樓志》。

　　《蜃樓志》，又名《蜃樓志全傳》，二十四回，題「庾嶺勞人說」、「禺山老人編」，首有「羅浮居士」序。作者真實姓名不詳。但序云：「勞人生長粵東，熟悉瑣事。」可見作者是粵東人或長期生活在廣東。存嘉慶九年（1804）刊本。

　　小說假托明代，實寫清代乾嘉時期粵東洋商與官場。以廣東十三行商總蘇萬魁之子蘇吉士為貫串全書的中心人物。作品從新任關差赫廣大敲詐勒索洋商寫起，引出蘇吉士，然後一條線寫蘇吉士的戀愛婚姻和竊玉偷香的風流韻事，連帶寫出溫素馨姐妹、施小霞、烏小喬、茹氏等幾個婦女的命運；第二條線寫赫廣大的貪虐驕奢，為求子招來番僧摩剌，摩剌連結洋匪，襲了潮州，自號光大王；第三條線寫義士姚霍武的兄長遭誣陷被處斬，自己又因打抱不平而遭監禁，因此與結義兄弟越獄起事，佔領海陸丰。蘇吉士因業師李匠山而結識姚霍武，持李信為朝廷招安了他，並利用他剿平摩剌。蘇吉士之妹嫁李匠山之子，官商聯姻，吉士送別，匠山飄然而去，全書在煙雲縹緲中結束。作品比較全面地寫出當時官場的黑暗與社會動亂，畫出一幅「山雨欲來風滿樓」的圖畫，預示著清王朝正在走向衰敗，一場狂風驟雨即將來臨。

　　這部小說的主要特色是：

1 新穎的題材

　　小說是以清代對外貿易的海關和洋商活動為題材。乾隆二十二年（1757）清政府限令外商只准在廣州互市，接著又下令洋貨交易須通過「公行」。由此，廣東海關成為清代對外貿易的唯一關口，權力極大，趁機敲詐勒索。而貿易要通過「公行」，洋商壟斷了進出口貿易，借此大發橫財。作品翔實地描寫了赫廣大貪贓枉法，敲詐勒索，到他勢敗抄家時，抄出了赤金四萬二千兩、白銀五十二萬兩和大批洋貨，真是富可敵國。由於關差的橫行，激起地方政府與海關的矛盾，

明爭暗鬥，互相傾軋。洋商雖然受到關差的敲詐，但它利用壟斷貿易的官商地位，也大發其財，所以蘇萬魁家「花邊番錢，整屋堆砌，取用時都以籮裝袋捆」。作品以中國早期買辦資產階級──洋商和海關關員為描寫對象，反映了時代的特色，這樣的題材在中國小說史上還是首次出現，具有很高的認識價值。

2 新鮮的形象

　　小說以開明洋商蘇吉士為主角，作者把他當作英雄來歌頌。

　　作者有意地把他寫成賈寶玉式的人物，重情感而輕功名。他對溫素馨說：「我也不想中，不想做官，只要守著姐姐過日子。」他又說：「我要功名做什麼？若能安分守家，天天與姐妹們陶情詩酒，也就算萬戶侯不易之樂了。」作者極力渲染他的風流韻事，不但沒有譴責他的淫亂行為，反而認為是溫柔多情，是出於對不幸婦女的同情。作者把多情與淫亂混在一起，津津樂道蘇吉士的放蕩行為，露骨地描寫性行為。這說明作者的藝術趣味不高，學《紅樓夢》而拾其餘唾，使蘇吉士失去賈寶玉的叛逆性格。

　　樂善好施而薄斂財。蘇吉士因家被搶劫，父親驚嚇而死。他想：「我父親一生原來都受了銀錢之累。」於是他決心處置鄉間銀帳及陳欠租項。擇日喚齊債戶，當眾宣布：「窮苦的本利都不必還，其稍有餘者還我本錢不必算利，這些抵押之物煩眾位挨戶給還，所有借券概行燒毀。」「說畢即將許多借票燒個精光。眾債戶俱各合掌稱頌，歡聲如雷而去」。接著蘇吉士又宣布減租：「將所欠陳租概行豁免，新租俱照前九折收納。」這就寫出了一個開明洋商的慷慨風度。

　　戰亂和災荒使糧價暴漲，蘇吉士將積年剩糧十三萬石平糶。其中八萬石米還多賣了十二萬八千銀子。作者頌揚他的「積善行為」，也指出這是他聚斂財富的手段，是「致富的根基」。作者的頭腦裡已滋生著資本主義意識，因此，認為這是英雄行為，「吾願普天下富翁都

學著吉士才好。」

　　作者具有初步的資本主義意識，因而把洋商當英雄，把蘇吉士寫成聰明俊秀、風流倜儻的人物，歌頌他多情的風姿，讚揚他開明慷慨的風度。但過多渲染他的風流韻事，而沒有寫出他銳意進取的經商活動；過分強調他的「多財而不聚」的慷慨開明，而沒能挖掘出他作為資本家聚斂財富的「雄心」；只揭露關差對洋商的敲詐，而沒有寫出洋商壟斷貿易的漁利行為。因此，蘇吉士這個早期洋商的形象雖然新鮮但不夠豐滿、深刻，歷史的力度不夠。

　　圍繞蘇吉士的幾個女子，如出身鹽商的溫氏姐妹，海關小吏之女烏小喬、施小霞，破落戶之妻茹氏等等，都是多情而潑辣的，在她們的頭腦裡貞節觀念已蕩然無存，在兩性關係上採取相當隨便的態度，甚至「不羞自獻」，反映了在商業經濟環境裡生長起來的青年婦女與傳統女性不同的道德觀念。

3　巧妙的佈局

　　羅浮居士序稱此節「無甚結構而結構特妙」，頗為中肯。以蘇吉士為中心，一條線深入赫廣大幽森府邸，把海關關差驕奢淫逸的生活勾勒出來，寫出官場黑暗；一條線又觸及社會下層，姚霍武等人被逼造反，佔山為王，點出社會動蕩；一條線則伸向閨房繡閣，把洋商的家庭生活、兩性關係加以點染，寫出世風的演變。這三條線圍繞蘇吉士這個軸心，互相勾連，互相影響，頭緒多端而不散亂，層次分明而又自然舒展。一人為主，聯綴諸事，曲折開闔，可伸可止，開晚清譴責小說結構之先河。但赫廣大與摩刺淫欲無度的生活描寫過多過露，姚霍武一線則模仿《水滸傳》，因襲之跡甚明，都是藝術上不足之處。

4　承上啟下的地位

　　《蜃樓志》以蘇吉士為中心，一面寫他一妻四妾的家庭生活和風

流韻事，一面寫官場黑暗、社會動亂、世風澆薄，基本上仍是人情小說的格局。它直接繼承《金瓶梅》和《紅樓夢》，蘇笑官、溫素馨的形象有西門慶、賈寶玉、李瓶兒的影子；在語言描寫、情節設計方面也有明顯的借鑒甚至模仿，如施小霞戲弄烏岱雲就是套用了鳳姐賈瑞的情節。

　　《蜃樓志》又不是典型的人情小說，因為不是通過一個家庭去寫社會，重點不是戀愛婚姻和家庭問題，而側重於官場的揭露。正如鄭振鐸先生所說：「因所敘多實事，多粵東官場與洋商的故事，所以寫來極為真切、無意於諷刺，而官場之鬼蜮畢現；無心於謾罵，而人世之情偽皆顯。在這一方面，他是開創了後來《官場現形記》、《二十年目睹之怪現狀》諸書的先河。」[25]同時，佈局結構，「他又啟示了後來《官場現形記》、《二十年目睹之怪現狀》諸書之絕無佈局，隨處可止，隨處可引申而長之的格式」[26]。總之，從承上看，應列入人情小說；從啟下看，應列入諷刺小說，是人情小說向譴責小說過渡的作品。人情小說如《金瓶梅》等，含諷刺小說的意味，對《儒林外史》諷刺藝術有著深刻的影響，因此，出現《蜃樓志》這樣從人情小說向譴責小說過渡的作品是不奇怪的。

第四節　才子佳人小說

　　明末清初湧現出一批才子佳人小說，是人情小說的一個分支，作為小說史上的一個流派，值得我們重視和研究。

25 鄭振鐸：〈巴黎國家圖書館中之中國小說與戲曲〉，見《中國文學研究》（北京市：作家出版社，1957年），頁129。
26 鄭振鐸：〈巴黎國家圖書館中之中國小說與戲曲〉，見《中國文學研究》（北京市：作家出版社，1957年），頁129。

一　才子佳人小說概況

在明末清初出現一大批小說，約有五、六十部之多，其中主要是才子佳人小說，也還有少量其他類型小說。本節要介紹的是比較純粹的才子佳人小說，因此，首先要界定它的範圍。

什麼是才子佳人小說？魯迅對它題材上的特點作了準確的概括：「至所敘述，則大率才子佳人之事，而以文雅風流綴其間，功名遇合為之主，始或乖違，終多如意。」從題材上說，是寫才子佳人的戀愛故事；其情節構成，大多是郊遊偶遇，題詩傳情，梅香撮合，私訂終身。其結局，或因命運乖違，或因小人撥弄，或出政事牽連，於是佳人逼嫁，才子遭難，但雖經波折，卻堅貞如一；或由於才子金榜題名，或由於聖君賢吏主持正義，終於「有情人終成眷屬」。從形式上說，這類小說也有共同特點，一是相當一部分作品書名模仿《金瓶梅》，用主人公的名字命名作品，如《玉嬌梨》、《平山冷燕》、《金雲翹傳》、《春柳鶯》、《宛如約》、《雪月梅》等等。二是一般在十六回至二十回之間，約十萬字左右，相當於現代一部中篇小說的篇幅。

有些作品，人們在談論才子佳人小說時常常涉及，但我們沒有把它列入本節。從內容方面看，如《世無匹》當屬俠義類，《林蘭香》屬家庭小說，《雙鳳奇緣》屬講史類；從體裁看，《美人書》（又名《女才子書》）基本上是用文言寫成，十二篇故事寫了十七位才女，類似傳奇小說；《鼓掌絕塵》、《生綃剪》、《五色石》、《雲仙嘯》、《珍珠舶》均為擬話本。這些作品在有關章節還會論及。

才子佳人小說，其源流可上溯到唐人傳奇、宋元話本和明代擬話本，但這些都是短篇小說的體制。作為長篇小說中的一類，它主要受《金瓶梅》的影響，是以《金瓶梅》為嚆矢，而逐步繁榮興盛的人情小說的分支。

才子佳人小說的發展可以分為兩個階段。第一階段是從明末至清初順治、康熙年間，以順、康年間為高峰。第二階段是清雍正、乾隆年間。這時的才子佳人小說較之前一階段，有較大變化，主要是反映生活面有所拓寬，世情方面的描寫有所增加；出現了與神魔、俠義、講史合流的趨勢；才子佳人由才美型向膽識型發展，有的還文武雙全，不少作品把功成名就的美滿結局改變為急流勇退，歸隱成仙；篇幅也逐漸加長，有的至四、五十回，二、三十萬字。乾隆以後是才子佳人小說的末流，一方面發展為狹邪小說，把佳人變為妓女、優伶，從花園閨閣移向妓院戲館，青年正當的戀愛變為婚外戀或同性戀。當然，狹邪小說除繼承才子佳人小說外，還有意識地向《紅樓夢》學習，但由於作者思想、藝術境界不高，只學皮毛，不能得其精髓，終於使狹邪小說走向窮途末路。辛亥革命前後又演變為鴛鴦蝴蝶派。另一方面，與俠義小說結合，發展為兒女英雄小說，把佳人變為俠女，把花前月下私訂終身變為在刀光劍影中結成良緣。當然，兒女英雄小說也受《紅樓夢》影響，其立意卻與《紅樓夢》相反，要把兒女情與英雄氣結合起來，充滿封建說教，因此，兒女英雄小說也難以為繼，逐漸衰落。

第一階段才子佳人小說的代表作有《玉嬌梨》、《平山冷燕》、《好逑傳》、《金雲翹傳》和《定情人》。

《玉嬌梨》又名《雙美奇緣》，二十回，題「荑荻散人編次」，成書於明末。荑荻散人究竟是誰？有人認為是秀水張勻，但證據不足，可能性較大的仍是天花藏主人[27]。它是我國較早傳到歐洲的作品，一八二六年在巴黎出版了法譯本，後又被譯為德文和英文。

《玉嬌梨》以明正統、景泰年間的政治鬥爭為背景，寫金陵太常卿白太玄之女紅玉貌美而有詩才，御史楊廷詔欲聘為媳，為白太玄所

27　林辰：〈《玉嬌梨》的版本和作者〉，《世界圖書》1982年第6期（1982年）。

拒，白太玄因而被遣出使瓦剌，議迎英宗。白太玄懼禍，將紅玉藏於妻弟吳珪家中，化名無嬌。吳珪路遇秀才蘇友白，見其題壁詩而愛其才，欲將紅玉嫁之。蘇友白誤相新婦，竟拒婚離去。白太玄出使回國，紅玉亦回白府。蘇友白從張軌如處獲紅玉〈新柳詩〉，愛慕非常。張軌如卻竊蘇友白詩稿以自薦，竟成白太玄擇婿對象，幸被丫鬟嬿素和紅玉識破。友白按紅玉指點，赴京求吳珪作伐，在山東遇見女扮男裝的盧夢梨，互相傾慕，夢梨贈金許「妹」。友白進京後，中進士。楊廷詔欲擇其為婿，為友白拒絕。友白懼禍棄官而逃，化名柳生，在會稽與化名皇甫員外之白太玄相遇。盧夢梨係太玄之甥女，此時避難白府。白太玄以二女許配「柳生」。最後，誤會消除，紅玉、夢梨均歸友白，故又名《雙美奇緣》。

《平山冷燕》，二十回，不署作者姓名，但清順治十五年（1658）天花藏主人將它與《玉嬌梨》編為《天花藏合刻第七才子書》，並作序。天花藏主人當為其作者，成書於順治初年。天花藏主人是明末清初最重要的才子佳人小說作家。他的作品或與他有關的作品約有十五、六種，佔明末至順、康間才子佳人小說的半數左右。天花藏主人又稱素政堂主人、荑荻散人等，大約生於明末至康熙十二年左右，是個不得志的文人。他的真實姓名尚不可考，有人認為是嘉興的煙水散人徐震[28]，有的則認為是張勻或張邵。張勻，字宣衡，號鵲山，秀水諸生；張劭，字博山，號木威道人，嘉興布衣[29]。還有人說是墨浪子[30]，但均無確證，目前還是存疑為妥。

《平山冷燕》敘述大學士山顯仁獻女兒山黛所作〈白燕詩〉，得皇帝賞識，召見山黛，賜玉尺以衡量天下文士，又賜金如意用御強暴。山顯仁為女兒建玉尺樓，並聘揚州才女冷絳雪為助。絳雪路過山

---

28 戴不凡：《小說聞見錄》（杭州市：浙江人民出版社，1980年），頁230。

29 參看蘇興：〈張勻、張邵非同一人〉，《明清小說論叢》第五輯。

30 王青平：〈墨浪主人即天花藏主人〉，《明清小說論叢》第二輯。

東汶上縣閔子祠，於壁上題詩，有才子平如衡見而和之，互相傾慕。松江府才子燕白頷，尋訪才子，與平如衡結為莫逆之交。後天子下詔求賢，為山黛、絳雪相婿。吏部尚書之子張寅，在幫閒文人宋信的支持下，為謀娶山黛，竟剽竊燕、平之詩作，被識破。燕白頷、平如衡為皇帝選中，一賜狀元，一賜探花，一娶山黛，一娶絳雪，於是全書以兩對夫婦於金殿各賦一首〈白燕詩〉而結束。此書一八六〇年就有了法譯本，也是較早傳到西方的中國小說。

《玉嬌梨》、《平山冷燕》兩書成為才子佳人小說的範本，以後各書多仿此而作，只是稍加變化而已。

《金雲翹傳》，二十回，題「青心才人編次」，首有署「天花藏主人偶題」的序。可見此書係青心才人編撰，天花藏主人見後，有感而「偶題」之。青心才人，生平不詳。成書約在順治十五年至康熙初年間。

《金雲翹傳》與大多數才子佳人小說不同，它是依據史料加工編撰的，不是完全虛構的故事。徐海和王翠翹都是歷史上實有的人物。明茅坤《紀剿徐海本末》及附記，較詳細記載了徐海和王翠翹的事蹟。王世貞輯《續艷異編》中有《王翹兒傳》，粗具傳奇形態。周揖的《西湖二集》中收有〈胡少保平倭戰功〉一篇。也是專演其事的。《虞初新志》卷八，收有余懷《王翠翹傳》，故事有了進一步發展；胡曠《拾遺錄》殘稿中亦有《王翠翹傳》。在故事的演化過程中，徐海從面目可憎的強盜變為豪爽有志的俠義人物，王翠翹也演化為多才多情的薄命佳人。青心才人在這些成果的基礎上進行再創作，寫成了著名的《金雲翹傳》。

書敘嘉靖年間，北京良家女王翠翹與書生金重相戀，金重去遼陽奔喪，而翠翹父犯罪，翠翹賣身贖父，被人販子騙到臨淄賣入妓院。遇無錫書生束守，兩人相戀，束生娶之為妾。後被其妻宦氏發覺，設計將翠翹劫回無錫，送入府中為奴，翠翹不堪虐待，逃至尼庵棲身。

又受困擾，仍流落為娼，遇草莽英雄徐海。徐海係海盜頭子，勢大，屢挫官軍，又為翠翹報仇，凡迫害過翠翹之仇人均受懲處。翠翹屢勸徐海反正，徐海向督府投降，被殺。翠翹被配給永順軍長，過錢塘江投水自殺。為尼姑覺緣救起，後仍與金重結為夫婦，其妹翠雲已代姊嫁金重，姊妹共事一夫以終。此書描寫王翠翹悲劇一生，本非才子佳人小說，但作者虛構了翠翹與金重的戀愛故事，把它套入了才子佳人小說的框架裡。

《金雲翹傳》對越南文學影響甚大。越南大詩人阮攸（1765-1820）將它改編為長篇敘事詩〈斷腸新聲〉，成為越南文學的名著。

《定情人》，十六回，不署撰人，卷首有序，署「素政堂主人題於天花藏」。此題署與常見的「天花藏主人題於素政堂」不同，引人注目。素政堂主人與天花藏主人當為一人。書成於順治末康熙初。

書敘成都府雙流縣故去的禮部侍郎之子雙星不滿於老母主婚，媒人提親，以遊學為名，出外尋找理想情人。至浙江山陰，投義父江章家，與其女蕊珠相戀。不久，雙星回家赴省試。權門公子赫炎向蕊珠求婚不成，趁內宮點選民女之機，將她推薦入宮。船至天津，蕊珠投河以死殉情。幸遇救，投雙星之母處。時雙星入京，中狀元，因拒屠駙馬之女婚事，被派出使海外。及歸，因功封太子太傅。至山陰成婚，江章按蕊珠行前所託，以婢女彩雲為次女嫁之。雙星歸川省母，始知蕊珠尚在，一夫二妻大團圓。

《好逑傳》，又名《俠義風月傳》，十八回，題「名教中人編次」。清夏敬渠（1705-1787）《野叟曝言》三十一回曾引及此書，據此，作者當為清初人。

書敘大名府秀才鐵中玉，美貌多智而且武藝高強。父鐵英在朝為御史，因參大夫侯沙利搶奪民女事，以無佐證反被參下獄，中玉進京省親，持錘闖入公侯府，救出民女。鐵英得昭雪，升都察院，大夫侯沙利被罰，中玉名動京師，遊學山東。

　　山東歷城縣兵部侍郎水居一因薦邊將失機被削職充軍。其弟水運謀奪兄產，逼姪女冰心嫁學士子過其祖。冰心沈著機智，多次擺脫過其祖的糾纏。某日，水運又偽造居一復職喜報，誘冰心出而劫之。適中玉來歷城，路遇相救。中玉寓居長壽院，過其祖設計投毒。冰心遂迎中玉至家，為之療治。二人雖互相敬慕，但卻嚴守禮教。後水居一獲釋升尚書，與鐵英為兒女訂婚。過學士不甘失敗，唆使萬御史劾奏中玉曾在冰心家中養病，男女同居一室，先姦後娶，有傷名教。皇后驗明冰心確係處女，中玉、冰心奉旨完婚。

　　《好逑傳》也是較早傳到西歐的中國小說，十七世紀末十八世紀初就被譯成英、葡兩種文字，後又有法、德、荷蘭文譯本出版。

　　除上述五部代表作外，題天花藏主人撰，或不題撰人而首有天花藏主人序的還有《兩交婚小傳》（十八回）、《人間樂》（十八回）、《錦疑團》（十六回）、《飛花詠》（十六回）、《麟兒報》（十六回）、《畫圖緣小傳》（十六回）、《賽紅絲》（十六回）等。《玉支璣小傳》（二十回）[31]、《賽花鈴》（十六回）、《鴛鴦配》（十二回）、《合浦珠還》（十六回）均題「煙水散人編次」或「檇李煙水散人」，作者當為徐震。徐震，字秋濤，嘉興人，還著有《後七國樂田演義》。《鳳凰池》（十六回）、《巧聯珠》（十五回）、《飛花艷想》（十八回）題「樵雲山人」或「煙霞散人」、「煙霞逸士」等，作者是寫《斬鬼傳》之劉璋[32]。此外還有題「薔香草堂編著」的《吳江雪》（二十四回），不著撰人的《宛如約》（十六回）等，也是這個階段較為重要的作品。

　　才子佳人小說創作的第二階段，即雍正、乾隆以及以後的作品，主要有與步月主人有關的《蝴蝶媒》（十六回）、《五鳳吟》（二十回）、《幻中遊》（十八回），「歧山左臣編次」的《女開科傳》（十二

31　《玉支璣小傳》亦有天花藏主人序。
32　參看王青平：〈劉璋及其才子佳人小說考〉，《明清小說論叢》第一輯。

回），靜恬主人作序的《金石緣》（二十四回），李春榮撰《水石緣》
（三十則），與娥川主人有關的《生花夢》（十二回）、《炎涼岸》（八
回），張士登撰的《三分夢全傳》（十六回），惜陰堂主人編的《二度
梅全傳》（四十回），九容樓主人撰的《英雲夢》（十六回），崔象川的
《白圭志》（十六回）等等。可以作為這個階段代表作的有《雪月梅
傳》、《駐春園小史》、《鐵花仙史》。

　　《雪月梅傳》，五十回，題「鏡湖逸叟著」。作者陳朗，字曉山，
生平不詳。嘉興平湖縣有陳朗，字太暉，乾隆三十四年進士，授刑部
主事，升郎中，後任撫州知府，有《青柯館詩抄》。此人是否與《雪
月梅傳》作者是同一人，待考。《雪月梅傳》乾隆三十九年（1774）
成書，乾隆四十年付梓。

　　書敘嘉靖年間，金陵岑秀，天姿俊雅，熟習韜略。懼禍攜家投山
東沂水縣母舅何式玉。式玉妻本一仙姑，生女小梅。仙姑離去，式玉
鬱悶而死。小梅被叔祖賣浙江王進士為婢。故岑秀到沂水不遇。

　　江南六合老秀才許綉有女雪姐，美慧異常。一日與乳母林氏自舅
家歸，為大盜所擄，林氏遇害，雪姐被賣為妾，不甘受辱，自縊而
死，得何仙姑賜仙丹還魂，與岑秀訂婚。

　　劉電為父遷柩，途中遇勇士殷勇，結為兄弟。電兄劉雲為山東某
縣令，丁憂南歸，為盜賊所困，幸為殷勇所救。經劉雲保舉，殷勇任
把總之職，征倭有功，並與智勇雙全的女子華秋英結為婚姻。

　　值鄉試之期臨近，岑秀母子乃返金陵。經湖州，賃王進士之屋暫
居。王進士者，蓋當初買小梅為婢者也。進士有女月娥，並收小梅為
義女。王進士先後將月娥、小梅配岑秀。

　　岑秀中舉並奉命征倭，分兵進剿，大獲全勝。至是，許雪姐、王
月娥、何小梅共事岑秀，各得封贈。

　　小說以抗倭鬥爭為故事背景，將歷史演義、英雄傳奇、神魔小說、
人情小說熔為一爐，變才子佳人吟詩作賦之才為經國濟世之才，篇幅

大大加長，從中篇發展到長篇，顯示了才子佳人小說的重大變化。

《駐春園小史》，又名《綠雲緣》，二十四回，題「吳航野客編次」、「水箸散人評閱」。卷首有乾隆壬寅，即乾隆四十七年（1782）水箸散人序。存乾隆四十八年（1783）刊本。作者生平不詳。

書敘明代浙江嘉興曾青，曾官光祿大夫，年老病逝。夫人葉氏攜女雲娥、婢愛月投母舅葉渡家。旁有駐春園，為故兵部尚書之子黃玠讀書處。尚書在日，黃玠與金陵吳翰林之女綠筠定親。吳公逝後，夫人郭氏擬將綠筠另配。

一日，雲娥、愛月登樓遠眺，忽見黃玠，互相愛悅。黃生寄簡，雲娥投帕，私訂終身。不料葉渡獲罪，雲娥母女往年伯吳翰林家避難。黃玠追至金陵，因怒郭夫人悔婚，不入其門，遂賣身吳鄰周尚書家為書童。幾經周折，方與雲娥見面。

周尚書託媒求雲娥為媳，葉氏應允。黃玠得俠士王慕荊之助，與雲娥、愛月逃歸嘉興。適周府遇盜，疑黃玠所為，告官追捕得之。雲娥奮不顧身，上堂鳴冤。黃生發配充軍，雲娥判歸吳家。黃玠發配途中，為王慕荊所救，改名李之華，入京應試，欽點探花，與綠筠、雲娥成婚，納愛月為妾。後夫婦同居駐春園，白頭偕老。此書基本保持《玉嬌梨》、《平山冷燕》風格，但亦雜入俠義小說情節。

《鐵花仙史》，二十六回，題「雲封山人編次」、「一嘯居士評點」，卷首有「三江釣叟」序。現存刊本均不著刊刻年月，但序中提及《玉嬌梨》、《平山冷燕》，可見晚於二書，而從內容、風格考察，當為後期作品。

故事大要是明代孝廉蔡其志，隱居埋劍園。此園係其宋代遠祖埋劍之處，故名。蔡其志有女若蘭，許配翰林王悅子儒珍。儒珍與陳秋麟友好，同在埋劍園讀書。園中有玉芙蓉花為埋劍所化；已修煉成仙，化女媚秋麟，被花神貶往揚州。不久，儒珍父母雙亡，家道衰落，其志悔婚。時秋麟中舉，為儒珍不平，偽稱向若蘭求婚，其志允

婚。值朝廷點秀女，其志急欲嫁女。若蘭聞訊，與婢紅蕖改男裝出逃，途遇錢塘知縣蘇誠齋，為其女招若蘭為婿，後被識破，認若蘭為義女。

吏部侍郎夏英獲罪而死，其繼子元虛品行惡劣，竟將夏英之親女瑤枝獻入宮中，瑤枝進宮途中投水自殺，亦為蘇誠齋所救，收為義女。蘇誠齋攜家到揚州赴任。秋麟私來揚州，留居蘇家，誠齋以瑤枝相許。玉芙蓉花靈化作瑤枝與秋麟相會，相偕逃往京師。誠齋侄紫宸曾遇仙授異術，精武藝，出海平寇有功，卻入山修道。

蔡其志失女後，悔過，招儒珍為嗣子，改姓蔡。蘇誠齋將女馨如配儒珍，又以瑤枝許配秋麟。秋麟始知前之瑤枝為假。

儒珍、秋麟入京應試高中，告假還鄉。若蘭將實情告誠齋，若蘭與儒珍仍結為夫婦。眾人在埋劍園歡宴，紫宸前來祝賀，迫玉芙蓉花顯形，先化為劍，後化為龍，紫宸乘之上天。此後，儒珍、秋麟升官得子、優游林下。後紫宸度儒珍、秋麟兩家老夫婦飛升。

此書情節中多雜神怪、戰爭，功成歸隱成仙，與早期才子佳人小說大團圓結局不同，顯示了才子佳人小說的變化軌跡。

二　才子佳人小說的歷史地位

才子佳人小說從單篇作品看，大多成就不高，但作為一個文學流派，從總體上考察，應該肯定它們在中國古代小說史上的地位，即它們是人情小說的一個分支，是聯結《金瓶梅》與《紅樓夢》之間的鏈環。

才子佳人小說與《金瓶梅》風格迥異，但它卻是脫胎於《金瓶梅》，沿著《金瓶梅》開闢的創作道路發展的。它是文人獨創的小說，它以戀愛婚姻、家庭生活為題材，以普通人為主角，描寫平凡的日常生活；它假托往事，針對現實，著重反映人情世態；它強調女子

的才能，女性形象在書中佔有重要地位，甚至連書名也大多模仿《金瓶梅》。

　　事物總是沿著辯證法的道路螺旋式發展的，後代文學對前代文學總是有所否定又有所繼承，有所揚棄又有所承襲的。才子佳人小說雖脫胎於《金瓶梅》，但又與《金瓶梅》大異其趣，其創作思想和作品風格大相逕庭。

　　《金瓶梅》是暴露文學，通過西門慶與妻妾家庭生活，深刻暴露市儈家庭的糜爛和市井社會的黑暗。才子佳人小說卻是理想文學，通過青年男女的戀愛故事，抒寫宣洩作家胸中的鬱悶與理想，是作家強烈的自我表現、自我追求意識的產物。

　　明末清初是個社會大動盪的年代，在作家思想上引起了強烈的震動。一部分作家，站在明代遺民立場上，堅決反對新朝，他們通過文學作品表現故國之思和抗清復明的強烈願望。陳忱就把《水滸後傳》當作「洩憤之書」，發洩他那激憤的愛國情感。另一部分作家，大多是失意文人，他們懷才不遇，厭惡權貴當道、世風澆薄，但對滿清的籠絡政策又抱幻想，希望科場得志，金榜題名；受明末啟蒙思潮和文風影響較深，在愛情婚姻觀中有進步成分，感嘆佳人難得，熱衷於才子佳人的悲歡離合，幻想著風流韻事，洞房花燭，但又受禮教束縛，要維持名教。所以，他們在新舊之間彷徨，在風流與道學之中徘徊。他們把才子佳人小說當作詩詞來創作，作為抒寫自己理想與情感的工具。

　　天花藏主人在〈《天花藏合刻七才子書》序〉中說：「予雖非其人，亦嘗竊執雕蟲之役矣。顧時命不倫，即間拂金聲，時裁五色，而過者若罔聞罔見，淹忽老矣。欲人致其身，而既不能，欲自短其氣，而又不忍；計無所之，不得已而借烏有先生以發洩其黃粱事業。有時色香援引，兒女相憐；有時針芥關投，友朋愛敬；有時影動龍蛇，而大臣變色；有時氣衝斗牛，而天子改容。凡紙上之可喜可驚，皆胸中

之欲歌欲哭。」

「借烏有先生以發洩其黃粱事業」，道出才子佳人小說創作的特點。「金榜題名，洞房花燭」是小說中「可喜可驚」之事，正是在現實生活中百般營求而不能得到的東西，所以，「皆胸中之欲歌欲哭」之事。

才子佳人小說所表現的理想是有一定進步意義的。它歌頌女子的才能，作品女主人公都是美貌而多才。如《平山冷燕》中的山黛、冷絳雪的詩才壓過群臣，《好逑傳》中水冰心的膽識才能超過了男子。《平山冷燕》裡燕白頷感嘆地對平如衡說：「天地既以山川秀氣盡付美人，卻又生我輩男子何用？」「如此閨秀，自是山川靈氣所鍾。」

才子佳人小說提出了色、才、情三者一致的愛情觀。《玉嬌梨》中蘇友白說：「有才無色，算不得佳人；有色無才，算不得佳人；即有才有色，而與我蘇友白無一段脈脈相關之情，亦算不得我蘇友白的佳人。」他們特別強調「情」，即共同的思想感情作為愛情的基礎，強調情的專一和情可起死回生的巨大力量。「不移不馳，則情在一人，而死生無二定矣。情定則如鐵之吸石，拆之不開；情定則如水之走下，阻之不隔。再欲其別生一念，另繫一思，何可得也……因知情不難於定，而難於得定情之人耳。」這種愛情觀與市民階層的價值觀、道德觀相一致，具有近代色彩。作品為了表現美好的愛情，使小說扭轉了《金瓶梅》以來風靡一時的淫穢描寫之風，得到淨化，表現出雅緻秀麗的風格。當然，它們的「情」比較抽象，缺乏反封建制度的深刻內涵，他們只是在愛情上有進步性，但還不是叛逆者的愛情。在這些作品中無例外地把愛情的希望寄託在科舉成名上，無例外地宣揚一夫多妻制，最終總是「雙美奇緣」，甚至「五美奇緣」。有的露骨鼓吹迂腐的封建道德，像《好逑傳》中的鐵中玉和水冰心重視名教風化，透出一股封建倫理的酸臭味。

才子佳人小說對社會的黑暗也有所揭露。才子佳人的戀愛總是幾

經波折，或是權臣惡霸對美好婚姻的干涉，或是地痞流氓、無行文人對才子佳人戀愛的挑撥破壞，或是家長嫌貧愛富、見利忘義造成了兒女婚姻的不幸，甚至是皇帝選妃拆散了民間的美好姻緣。但是，這些描寫是作為理想的陪襯，作為實現理想過程中的障礙物而被輕而易舉地掃除了。所以，一般來說，都比較膚淺，比較表面，缺乏對封建社會本質的深刻剖析，因而也缺乏悲劇力量。

由於才子佳人小說只是抒發作者的主觀情感，表現自己的理想與追求，而他們的生活又極為貧乏，躲在個人構築的棲息所中，憑著那一點可憐的生活經驗來杜撰編造。因而，缺乏對人物典型環境的精確描寫，削弱了人物性格的典型性，造成了人物缺乏個性化，「千人一面」。甚至有的作品只顧發洩作者內心情感而不顧生活邏輯和藝術規律而任意編造，這就造成了公式化和概念化，「千部一腔」。為了表現才子佳人就任意拔高、美化，如山黛七歲能詩而且她的詩還壓倒群臣；為了寫好事多磨，就任意編造不合情理的誤會性情節。作家們對這一點，也直言不諱。天花藏主人在《飛花詠序》中說：「非多事也。金不煉，不知其堅。檀不焚，不知其香。才子佳人，不經一番磨折，何以知其才之慕色如膠，色眷才似漆？雖至百折千磨，而其才更勝，其情轉深，方成飛花詠之為千秋佳話也。」也就是說，為了表現才子的慕色和佳人的羨才故意製造「百折千磨」的曲折情節。他們也知道自己杜撰的故事，漏洞百出，所以，《鐵花仙史》的一則評語，作了很透徹的解釋：「秉筆者於子虛烏有之事，往往故留一破綻示人，非以滋疑，正以釋疑，謂我不過借翰墨以消遣長晝。」當頭幾部才子佳人小說出現後，由於才子佳人悲歡離合故事頗合市民階層的審美心理，而又文字通俗，篇幅適中，可以滿足人們消愁破悶的需要，因此轟動一時。於是，仿作紛起，「窠臼固知難逃俗，憑空撰出乞真評」（《駐春園小史》）。為了「賈利爭奇」，更助長了公式化傾向的發展。才子佳人小說的作者們也察覺到這一點，他們糅進神仙怪異、英

雄戰爭故事，但無濟於事，挽回不了逐漸衰落之勢。

　　《金瓶梅》主要描寫光怪陸離的市井生活，表現市井社會粗俗潑辣的審美情趣；才子佳人小說主要描寫書房閨閣的文人生活，表現了知識分子優雅閒適的生活趣味。《金瓶梅》主要表現北方的社會生活和風俗習慣，表現山東一帶的景物和方言，顯示出粗獷潑辣的藝術風格；才子佳人小說絕大部分作者是南方人，書中男女主角幾乎全是江浙一帶的書生小姐，描寫的人情風俗、地理景觀全部是南方的色彩，顯示出典雅秀麗的藝術風格；甚至可以說，《金瓶梅》、《醒世姻緣傳》等家庭小說是北方的文學，才子佳人小說是南方的文學。《金瓶梅》描寫西門慶的暴亡和家庭的敗落，滲透著一股濃重的悲傷和幻滅的情緒，可以說是地道的悲劇；而才子佳人小說，總是大團圓結局，即使像《金雲翹傳》這樣的悲劇作品，最後也要套入才子佳人大團圓的框架裡，以喜劇告終。

　　《紅樓夢》對才子佳人小說也是既有繼承也有否定。才子佳人小說對青年男女愛情生活的細緻描寫，它所表現的才、色、情一致的愛情觀，「山川秀氣盡付美人」的進步婦女觀，對女子吟詩作賦才能的描寫，著重表現理想、抒寫作家個人情感的創作特點，對南方秀麗風光和亭臺樓閣的描寫等等，都對《紅樓夢》的創作產生了影響；甚至某些人物性格和情節，對《紅樓夢》也有所啟發。例如，《金雲翹傳》中十首斷腸詩和畫冊的描寫；束守妻子宦氏滿面春風又極為毒辣的性格；《玉嬌梨》中紅玉降生時，白太玄夢見神人賜他一塊美玉的情節；《定情人》中若霞對雙星的試探，雙星因而發呆發傻的情節；甚至用諧音的辦法給人物取名的方法等等，都可以在《紅樓夢》中看到類似的描寫。

　　同時，《紅樓夢》對才子佳人小說又作了深刻的批判：「至若佳人才子等書，則又千部共出一套，且其中終不能不涉淫濫，以至滿紙潘安、子建、西子、文君，不過作者要寫出自己的那兩首情詩艷賦來，

故假擬出男女二人名姓，又必旁出一小人其間撥亂，亦如劇中之小丑
然。」曹雪芹這段話，深刻指出才子佳人小說的要害，思想上的淺薄
虛假和藝術上的公式化、概念化。

　　《紅樓夢》吸收了《金瓶梅》等家庭小說和才子佳人小說的優點
又克服了它們的缺點，把揭露現實和描寫理想有機地統一起來，把青
年男女的戀愛和封建家庭內部的生活結合起來，把北方、南方的風俗
人情、山川景物融合在一起，既粗獷潑辣又典雅秀麗。

　　總而言之，才子佳人小說對《金瓶梅》有所繼承又有所否定，
《紅樓夢》對才子佳人小說也有所借鑑又有所揚棄，經過這樣否定之
否定的辯證發展，《紅樓夢》就吸收了兩者的優點，以更高級的形態
出現在古代小說史上。當我們高度評價《紅樓夢》的時候，也不應忽
視才子佳人小說在人情小說發展上的歷史作用。

第五節　《紅樓夢》

一　作者、成書與影響

　　曹雪芹（約1715-1763或1764），名霑，字夢阮，雪芹是其號，又
號芹圃、芹溪。祖籍遼陽，先世原是漢人，大約在明朝末年入了滿洲
籍，屬滿洲正白旗。後來，由於祖上曹振彥隨清兵入關，並以軍功得
到提拔，這就成了曹家發跡的起點。

　　在康熙的整個年代，是曹家富貴榮華的黃金時期。先是曹雪芹的
曾祖母孫氏選入宮廷當康熙帝玄燁的保姆，從此加深了曹家與皇室的
關係。康熙即位後，就派曾祖曹璽為江寧織造。這是內務府的肥缺，
它除了為宮廷置辦各種御用物件外，還充當皇帝的耳目，是個官階不
高、有錢有勢的要職。祖父曹寅做過玄燁的伴讀與御前侍衛，後又任
江寧織造，兼任兩淮巡鹽監察御使，極受玄燁寵信。玄燁六下江南，

其中四次由曹寅負責接駕，並住在曹家。曹寅病故，其子曹頫、曹頫先後繼任江寧織造。他們祖孫三代四人擔任此職達六十年之久，在這期間，與他們的親戚——蘇州的李煦、杭州的孫文成，「連絡有親，互相遮飾扶持」，以皇帝親信的身分成為江南政治、經濟、文化的要員。曹雪芹幼時就是在這「烈火烹油，鮮花簇錦」的貴族生活中長大的。

　　然而，「喜榮華正好，恨無常又到」。隨著康熙皇帝的壽終正寢、雍正皇帝的上臺，由於封建統治階級內部政治鬥爭的牽連，這個「鐘鳴鼎食」之家遭到了一系列的打擊，曹頫以「行為不端」、「騷擾驛站」和「虧空」罪名革職，家產抄沒，並被「枷號」一年有餘。十三歲的曹雪芹，從此結束了「錦衣紈絝，飫甘饜肥」的富貴生活，全家於雍正六年離開金陵舊居，遷回北京居住，開始過著「茅椽蓬牖、繩床瓦灶」的貧困生活。

　　晚年，曹雪芹移居北京西郊，生活更加窮苦，「滿徑蓬蒿」，「舉家食粥」。他以堅忍不拔的毅力，專心致志地從事《紅樓夢》的寫作與修訂。乾隆二十七年（1762），幼子夭亡，他陷於過度的憂傷和悲痛，臥床不起。到了這年除夕（1763年2月12日）終因貧病無醫而離開人世[33]。遺留下來的，只有他的「新婦」和八十回《石頭記》遺稿。百年望族的曹家從毀滅中孕育出這樣一位與天地共存、與日月爭輝的偉大作家，該是中華民族的驕傲與榮幸。

　　曹雪芹是一個性格傲岸、憤世嫉俗、豪放不羈、才氣縱橫的人，他取號夢阮，明顯表現出對阮籍的追慕之意。阮籍好老莊，曹雪芹也得其精髓；阮籍嗜酒，曹雪芹也是「舉家食粥酒常賒」；阮籍能為青白眼，曹雪芹是「一醉酕醄白眼斜」；阮籍「時人多謂之癡」，曹雪芹被人稱為「瘋子」。這一點與吳敬梓有相似之處。如果說以狂狷者的形象作為審美觀照，以荒誕的行為掩蓋著清醒的鋒芒，是封建社會中

---

33 曹雪芹卒年，另有乾隆二十八年除夕（1764年2月1日）之說。

不甘隨波逐流而以節操自勵的文人的共性的話，那麼，既是「狂」人，又是「情」人，既是中國十八世紀一位最傑出的現實主義文學巨人，又是呼喚新時代到來的最初一位詩人，則非曹雪芹莫屬。他的悲劇體驗，他的詩化情感，他的探索精神，他的創新意識，成就了偉大的《紅樓夢》，從而把中國古典小說創作推向高峰。

關於《紅樓夢》成書過程，雖然不像《三國演義》、《水滸傳》、《西遊記》那樣，從正史記載到民間傳說再到文人創作，但它也有獨具特色的三部曲，即從《風月寶鑑》到八十回《石頭記》再到一百二十回《紅樓夢》，其中有曹雪芹「披閱十載、增刪五次」的心血，也有高鶚續補的功勞。

甲戌「重評」本第一回有一則評語說，「雪芹舊有《風月寶鑑》之書，乃其弟棠村序也。今棠村已逝，余睹新懷舊，故仍因之。」由此可知，曹雪芹是在《風月寶鑑》的基礎上加工改寫成《紅樓夢》的。

那麼，《風月寶鑑》是一部什麼樣的作品？我們雖然看不到原書，但甲戌「重評」本的《紅樓夢旨義》說得很明白：「《風月寶鑑》，是戒妄動風月之情。」同時指出：「賈瑞病，跛道人持一鏡來，上面即鏨『風月寶鑑』四字，此則《風月寶鑑》之點睛。」聯繫《紅樓夢》第十一回、十二回文字，可以推測「風月之情」乃《風月寶鑑》之主要線索，戒淫勸善乃《風月寶鑑》之基本思想，且作品格調不高，這也正是晚明以來不少言情小說的基本模式。

顯然，這部《風月寶鑑》舊稿並未傳世。隨著生活環境的改變，曹雪芹的思想也起了很大的變化。他不僅看到貴族之家的亂倫生活導致喪身敗家的醜惡現實，同時也看到貴族之家的內部產生了具有一定破壞作用的叛逆力量；他既悲憤現世人生，又強烈地追求人生的藝術化。於是，從生活的困擾到精神的超越，使得曹雪芹自覺地淨化和升華《風月寶鑑》中的生活經驗，刪去舊稿中過分直接的現實的生活描寫，增以更多淨化的材料。比如關於秦可卿事蹟的刪改，原作把她當

作「敗家之根本」，經過修改，刪去了「淫喪天香樓」一節，並提高了她的身分，淨化了她的行為，使她成了賈府晚一輩媳婦中最得上下等稱許的人物；另外，以「紅樓夢」這「古今之情」之線索，代替了「風月鑑」那「風月之情」之線索，使得因色戕生、貪色與貪生的矛盾，昇華為「悲喜千般同幻渺」的人生悲劇的描寫，並把原來「肉」的生活之描寫轉換為側重「靈」的生活之描寫，從而，使一部淫邀艷約的舊稿趨向於詩的境界。

當然，並不是說曹雪芹在創作《紅樓夢》的時候已經完全脫離了《風月寶鑑》的思想，實際上《風月寶鑑》中描寫貴族家庭的亂倫生活，爬灰的爬灰，養小叔子的養小叔子，仍隱約保留在《紅樓夢》裡，尤其是前二十回。但不管怎麼說，從《風月寶鑑》的舊作到《紅樓夢》的新作，其思想和藝術都是一種質的飛躍。

曹雪芹是否只創作了《紅樓夢》前八十回？我們從乾隆間滿洲富察明義的〈題紅樓夢〉詩中，從周春的《閱紅樓夢隨筆》中及脂批的提示中，可以肯定地說，曹雪芹創作《紅樓夢》並不止於前八十回，他已經使《紅樓夢》具備了大致的規模，只是沒來得及全部整理、定本，便去世了，所以流行的抄本最早只是前八十回。在這種情況下，高鶚根據曹雪芹的佚稿或接近原作的傳抄散稿修輯了後四十回。他在〈引言〉中說：「書中後四十回，係就歷年所得，集腋成裘，更無他本可考。惟按其前後關照者，略為修輯，使其有應接而無矛盾。至其原文，未敢臆改。」這裡的「集腋成裘」，就是集曹雪芹的舊稿。

至於對後四十回的評價，雖然有思想和藝術上的不足，但總的方面應該是肯定的。首先，由於有了後四十回而使《紅樓夢》成為一部完整的文學作品；第二，它寫出了全書中心事件、主要人物的悲劇結局，如黛玉之死、賈家之敗、寶玉出家等，從而保持原有矛盾的發展，基本上符合前八十回的意圖和傾向；第三，具體情節的描寫生動精彩，如瀟湘驚夢、鶯兒迷性、黛玉焚稿、魂歸離恨等，令人不忍卒

讀。如果說，前八十回寶黛愛情的描寫，往往令人在含英咀華中深味其優美嫻雅和感傷淒艷的情致的話，那麼，後四十回寶黛悲劇的描寫，則使人在一掬同情之淚時，更痛切地激憤於封建社會制度摧殘美的人物、美的情感、美的追求的罪惡，它同樣也有較高的美學價值。

從《風月寶鑑》到《石頭記》，直至程、高本的排印本，經歷了半個世紀的風雨，經歷了從低級形態向高級形態的飛躍，經歷了由缺到整的修輯，這就是這部偉大文學名著的整個成書過程。

關於《紅樓夢》的版本。《紅樓夢》早期流傳的抄本帶有「脂硯齋」等人批語，題名《脂硯齋重評石頭記》。這種脂評本僅八十回，現存版本完整的很少，「甲戌本」，存十六回；「己卯本」，存四十三回又兩個半回；「庚辰本」，存七十八回。「戚序本」，是經過整理加工的「脂評本」。另外還有舒元煒序本、夢覺主人序本、蒙古王府藏抄本、列寧格勒藏本、昆山于氏藏本、揚州靖氏藏本、楊繼振《紅樓夢稿本》，鄭振鐸藏本。這十二種脂本大致可分三種類型。第一類是甲戌本、己卯本、庚辰本和列寧格勒藏本，書內有大量脂批，而且過錄時基本上保持了當初批寫的原貌；第二類是戚序本、蒙府本和靖本，經過旁人加工整理，仍保持了大量的脂批，卻把批語的署名和所記年時已全部刪去，書名中「脂硯齋重評」字樣也抹掉了，只題《石頭記》，又混雜了一些不是脂批的別種批語；第三類是甲辰本、楊藏本、舒序本和鄭藏本，因「評語過多」、「反擾正文」，故整理者便將不少脂批刪去。

乾隆五十六年（1791）由程偉元、高鶚活字排印《紅樓夢》，題《新鐫全部繡像（紅樓夢）》，一百二十回，稱「程甲本」，第二年程偉元和高鶚對「程甲本」修訂後的排印本稱「程乙本」，合稱「程高本」。「程高本」的印行，迅速擴大了《紅樓夢》的流傳和社會影響，解放後出版的《紅樓夢》就是根據程乙本重印的。一九八一年中國藝術研究院紅樓夢研究所前八十回以庚辰本後四十回以程甲本為底本校

勘，整理了一部比較完善的《紅樓夢》，並由人民文學出版社出版。

　　《紅樓夢》的問世並流傳，首先對青年的影響最大。賈寶玉、林黛玉和薛寶釵的愛情婚姻悲劇引起了封建時代渴求自由的青年的共鳴，鄒弢的《三借廬筆談》曾談到，當時的青年男女被感動得「中夜常為隱泣」。第二，影響續書、狹邪小說及現、當代文學的創作。第三，不僅當時出現了許多根據這部小說改編的戲曲和說唱，如《紅樓夢傳奇》、《瀟湘怨傳奇》、《絳蘅秋》、《三釵夢北曲》等等，直至今日，根據《紅樓夢》改編的劇本、戲曲、電影、電視就出現得更多了。第四，最能說明《紅樓夢》影響之大的是「紅學」的形成。對《紅樓夢》的評論和研究是從脂硯齋開始的，脂硯齋以後，評論和研究者越來越多，形成了一門學問，稱為「紅學」。「五四」運動以前，影響最大的是評點派和索隱派。評點派以脂硯齋為代表，索隱派的代表性著作出現在清末民初，其研究方法近於猜謎。「五四」運動以後，以胡適的《紅樓夢考證》和俞平伯的《紅樓夢辨》為代表的「新紅學派」崛起，掃除了索隱派的迷障，但由於觀點、方法的限制，認為《紅樓夢》是曹雪芹的自傳，仍沒能正確解釋《紅樓夢》。解放以後，《紅樓夢》研究得到蓬勃發展，逐漸深入，科學意義的「紅學」逐漸形成。

　　《紅樓夢》的影響還遠及國外，在一八四二年（清道光二十二年）就有一部分被譯成英文。此後各種外國文字的譯本陸續出現，計有英文、俄文、德文、法文、義大利文、日文、越南文、荷蘭文等，不下一二十種，其中俄文譯本、日文譯本和法文譯本是全譯本。此外，有關《紅樓夢》的各種外文論著，也有十數種之多。這些都說明《紅樓夢》的國際影響和世界意義。

二　悲劇的三重意義

什麼是悲劇？中外許多美學家在審美實踐的過程中，曾不斷地發現悲劇的許多重要特徵，曾不斷地給予闡述。比如亞里斯多德說：「悲劇是從幸福到苦難的變遷」；恩格斯說：悲劇是「歷史的必然要求和這個要求的實際上不可能實現之間的悲劇性的衝突」；魯迅說，悲劇是「把人生有價值的東西毀滅給人看」等等。雖然各自的敘述不盡相同，但都道出了作為美學範疇的悲劇的基本特徵：從幸福到苦難，從追求到幻滅，從有價值到毀滅，既標出了事物的兩極，又標出了兩極從有到無的變遷、衝突和毀滅過程。王國維之所以稱《紅樓夢》為「徹頭徹尾之悲劇」，正是在這一點上看到了《紅樓夢》與傳統悲劇不同，與世界著名悲劇相通的藝術形態。根據悲劇的這一基本特徵，可以看出《紅樓夢》的悲劇具有三重意義。第一，從題材的表層意義看，是通過賈府的興衰過程及寶、黛、釵的愛情婚姻悲劇寫時代悲劇；第二，從題材的深層意義看，是通過幾個女子的毀滅過程寫文化悲劇；第三，從題材的象徵意義看，則是通過由好到了、由色到空的變遷過程寫人生悲劇。它打破了傳統的思想，使作品的內涵更為豐富、更為深刻，更具有典型意義。

在封建社會的歷史長河中，盛與衰總是同時存在而又彼此包含的，由衰而盛，盛極衰來，是一種螺旋式的發展。清王朝也是這樣，雖然當時出現過中國歷史上著名的「康乾盛世」，但其弊病和危機比起以往任何一個封建王朝來或許更為可怕。一方面，封建統治者為了加強精神統治，對思想文化採取了歷史上少見的箝制與麻醉的政策；另一方面，在統治階級內部，特別是佔有大量莊田和享有種種特權的上層貴族，由於失去了開國之初一定程度的淳樸、節儉的作風，驕奢淫逸的風氣日益蔓延，日臻腐敗。這就加深了封建吏治的黑暗，加劇

了封建社會固有的階級矛盾和勞動人民的貧困化，也使不少貴族世家
趨於破敗。如果說，吳敬梓通過《儒林外史》的描寫，從一個側面反
映了清王朝思想箝制造成的精神悲劇的話；那麼，曹雪芹通過貴族盛
衰的描寫，則較全面地表現了清王朝腐朽沒落造成的時代悲劇。這是
作品題材呈現出來的表層意義。

　　《紅樓夢》裡的榮寧二府，係開國勳臣之後，「功名奕世，富貴
傳流」，正是康乾時期貴族世家的典型與代表，但其光景氣象則如第
二回冷子興所介紹的，「如今生齒日繁、事務日盛，主僕上下，安富
尊榮者盡多，運籌謀劃者無一；其日用排場費用，又不能將就省儉，
如今外面的架子雖未甚倒，內囊卻也盡上來了……更有一件大事；誰
知這樣鐘鳴鼎食之家，翰墨詩書之族，如今的兒孫，竟一代不如一代
了！」這裡，作者借冷子興的口，從荒淫、奢侈到後繼無人，從物質
基礎到精神世界，全面而深刻地揭示了這個貴族世家必然衰敗的悲劇
命運。

　　荒淫，是這個貴族世家衰敗的原因之一。老太爺賈敬死了，賈
珍、賈蓉父子聞訊趕來，似乎不勝哀痛。可一聽到尤氏姐妹來了，兩
個「孝子賢孫」便「喜得笑容滿面」，竟不管熱孝在身，死纏著她們
說下流話，做出種種無賴面孔。當丫鬟看不過出來阻止時，賈蓉竟厚
顏無恥地當著眾人說：「從古至今，連漢朝和唐朝，人還說『髒唐臭
漢』，何況咱們這宗人家？誰家沒風流事？」荒淫，在這個貴族世家
被視為平常之事。然而，荒淫不僅僅給賈府帶來生活腐敗、道德淪
喪，由它引起的人事糾紛、甚至惡毒的殘殺，更是不斷地動搖著這座
封建大廈。第四十回「變生不測鳳姐潑醋」，一件穢行攪亂了水陸紛
陳、笙歌盈耳的生日盛會，終於逼出了人命；第四十六回「鴛鴦女難
免鴛鴦事」，引起了一系列的連鎖反映；第六十五回「賈二舍偷娶尤
二姨」，其後果是王熙鳳大鬧寧國府，尤二姐被逼自殺。在這個貴族
世家那重簾繡幕的背後，堆積著淫亂和罪惡，充塞著令人窒息的霉

爛。雖然那些清白的女兒們努力地在這罪惡的泥潭裡掙扎、反抗，但最終與這腐朽的貴族之家同歸於盡。

　　奢侈，是這個貴族之家衰敗的原因之二。且不說那些名目繁多的美器珍玩如何填滿這個家庭的每個角落，也不說那些精心烹調的美味珍饈如何充塞這個家庭的每個盛筵，單說秦可卿之喪事與賈元春之省親，那奢華靡費的程度就夠驚人的了。可卿出殯，用的是一千兩銀子無法買到的棺材；還有一百零八位和尚拜懺，九十九位道士打醮，一百二十人打雜；又花了一千二百兩銀子買通內監為賈蓉捐了個「御前侍衛龍禁衛」的官銜。元妃省親，一邊是大興土木地「堆山鑿址，起樓豎閣」，修建省親別墅，一邊是大量置辦珍飾古玩，連元妃看了也嘆道：「太奢華過費了。」「月滿則虧，水滿則溢」，樂極生悲，盛極衰來。奢侈糜爛的生活，當經濟發生危機的時候，便不可避免地要走向腐敗沒落。雖然作者借秦可卿之魂給這個「赫赫揚揚」的百年望族敲了「樹倒猢猻散」的警鐘，雖然鳳姐、探春等個別家庭成員已經感到了危機，並開始設想了「省儉之計」，然而誰也無法挽狂瀾於既倒，誰也無法挽回這個貴族之家「金銀散盡」的一敗塗地的悲劇結局。在內外交困之際，只得「眼看他起朱樓，眼看他宴賓客，眼看他樓塌了」。

　　「一代不如一代」，更是這個貴族之家的致命傷，賈敬訪道煉丹，希求長生，白送了性命；賈赦作威作福，恣意享樂，幹盡骯髒下作的勾當；賈珍、賈璉、賈蓉等紈絝子弟，沈湎酒色，毫無廉恥；賈政，似是個「端方正直」，「謙恭厚道」的人物，但頭腦古板，迂闊無能，除了板著面孔訓斥寶玉甚至大加笞撻之外，對賈府江河日下的局面一籌莫展。

　　腐朽的已無可救藥，那麼，新生的命運又如何呢？唯一較有靈性的賈寶玉，是「行為偏僻性乖張」。他逃避封建教育，鄙視功名富貴，把當時知識分子所沈迷的科舉考試譏諷為「鉤名餌祿之階」，又

把那些追求功名仕進的人痛罵為「國賊」、「祿蠹」。他痛恨那些「濁沫渣滓」的男人，他讚賞那些聰明靈秀的女人，他追求真正的愛情，他嚮往自由的生活；他痛苦地呼吸著令人窒息的悲涼之霧，他敏感地感應著正在萌芽的先進思想。然而，時代和社會並未為他提供進一步發展的軌道，甚至根本不允許這種叛逆者的存在，包括他所追求的一切。這突出表現在寶黛的愛情悲劇中。開始，寶玉並非把全部的熱情傾注於黛玉，他對寶釵也有好感，時常「見了姐姐就把妹妹忘了」。那麼是什麼決定了寶玉在愛情上的取捨呢？是共同的思想基礎和心心相印的感情基礎，使寶玉選擇了體弱多病、孤標傲世的黛玉而捨棄了有才有德、美麗溫柔的寶釵。然而，這種以個人性愛為基礎的婚姻必然會與封建家長權衡利害的婚姻產生矛盾，賈家所追求的，是在四大家族範圍內裙帶相連、親上加親，或者進一步高攀權貴、加固靠山，而無財無「德」、孑然一身的黛玉自然不符合賈家家長的擇媳標準。這種矛盾必然使叛逆者的愛情導致悲劇的結局。退一步說，即使寶黛愛情能夠取得封建家長的俯允而如願結合，也仍然是一個悲劇。因為在那個時代，不僅找不到一塊能夠容納自由戀愛、婚姻自主的樂園，也難以找到一塊能夠容納這對叛逆者的生活理想和思想品格的淨土。在這時代不容納他們，他們也不屈從時代的悲劇衝突中，隨著腐朽力量的由盛而衰，新生力量也落了個由萌芽到夭折的結局。

由此看來，「腐朽」有可能「萌發」新生，卻不可「催化」新生；相反，當腐朽勢力還相當強大時，還會扼殺「新生」。於是，家庭婚姻悲劇便從這一角度折射出時代的悲劇。觀察清代康乾盛世由盛轉衰的軌跡，可以這樣說，正是在上層社會蔓延的腐敗現象，抑制了資本主義萌芽的發展，阻礙了當時國家經濟文化的發展和社會的進步，終於導致了衰亡。從這個意義上說，賈府的悲劇是時代悲劇的一面鏡子。

悲劇的時代造成了時代的悲劇，腐朽的力量阻扼了新生的萌芽。然而，透過作品的表層意義，可以看到《紅樓夢》中並非所有的悲劇

都是惡人的作梗或對前途的迷惘。相反，造成許多「天下之至慘」的
悲劇，卻往往是「通常之道德，通常之人情，通常之境遇為之而已」，
是幾千年積澱而凝固下來的正統文化的深層結構造成的性格悲劇。

　　作為倫理型的中國文化，將人推尊到很高的地位，所謂「人為萬
物之靈」，「人與天地參」，「天有四時，地有其材，人有其智」，把人與
天地等量齊觀。然而，中國文化系統的「重人」意識，並非尊重個人
價值和個人的自由發展，而是將個體與類，將人——自然——社會交
融互攝，強調個人對宗族和國家的義務。因此，這是一種宗法集體主
義的「人學」，是缺乏個性意識的「人學」，它造成了逆來順受、自我
壓縮的人格，造成了不冷不熱、不生不死的狀態。可是，歷代文學家
一味歌頌這種善良、忍辱負重的傳統美德，卻很少看到「中國人從來
沒有爭得人的價格」[34]這種文化意識造成的悲劇。曹雪芹的過人之處就
在於他看到了，並把它寫出來，從而引起人們的深思，促使人們反省。

　　迎春，很善良，但也太懦弱了。「虎狼屯於階陛，尚談因果」，其
不被噬者幾希。乳母為了賭錢，把她的一些簪環衣服借去當了，而且
把她珍貴的累金鳳也偷去。當聚賭事被發覺、邢夫人來責怪她時，她
表現的是懦弱怕事：

　　　　迎春低頭弄衣帶，半晌答道：「我說他兩次，他不聽，也叫我
　　　　沒法兒。況因他是媽媽，只有他說我的，沒有我說他的。」

　　當乳母的媳婦為她婆婆偷累金鳳事與房裡丫頭繡橘、司棋爭吵
時，「迎春勸止不住，自拿了一本《太上感應篇》來看」，恰巧寶釵、
黛玉、探春等約著來安慰她，並請來平兒想為她清理左右。可當平兒
問她的意見時，她卻說：

34　魯迅：《燈下漫筆》。

問我，我也沒什麼法子。他們的不是，自作自受，我也不能討
情，我也不去苛責就是了。至於私自拿去的東西，送來我收
下；不送來，我也不要了……你們若說我好性兒，沒個決斷，
竟有好主意可以八面周全，不使太太們生氣，任憑你們處治，
我總不知道。

就是這種逆來順受的性格，往往使自己讓佔便宜的容忍度增加，對受
別人擺布、控制和欺負的敏感度降低。而且，還往往會縱容與姑息不
合理的事情。因此，她下嫁中山狼孫紹祖，一年後就被折磨死了。固
然孫紹祖是個「無情獸」，但像迎春這樣懦弱無能的人，生活在封建
社會複雜的家庭組織裡面，本來就不免要發生不幸。所以迎春的悲劇
是必然的，即使嫁給別人，在那樣的時代裡，仍舊會發生不幸，環境
的影響只是使其悲慘性有深淺之別而已。因此可以說，迎春之不幸，
多由於性格。

　　如果說迎春的悲劇是由於她性格的過分庸弱，那麼，率直坦蕩、
孤標傲世的黛玉的悲劇，難道完全是外力與環境造成的？其實不盡
然。人們往往看到她稟賦優秀傳統文化而生的一面，卻沒有看到她深
具傳統文化性格而死的一面。由於傳統文化個性意識的缺乏，在傳統
文化中往往表現為人的依附性，即一個弱者的主體性往往必須依附在
家庭、父母或一個強者的身上。黛玉雖然在意識上要擺脫這種依附，
但在靈魂深處，卻已被這種依附性折騰得筋疲力盡。因此說，黛玉的
死固然是由於不容於時代，然而性格的缺陷也是導致悲劇的原因之一。

　　黛玉父母雙亡，自小寄居賈府，雖然賈母萬般憐愛、寶玉體貼多
情，但由於一種寄人籬下、失去依附的感覺，使她變得自卑、多愁、
孤僻、多心。當她看到賈母自己捐資二十兩銀子為寶釵過生日的時
候，當她看到寶釵在薛姨媽面前撒嬌的時候，她便想到那失去了而永
不會再回來的家，那有親生父母憐愛她的溫暖的家，當有人刺傷她的

自尊心時，她便用尖酸的語言來表達不滿，因為她沒有一個可以躲避風雨陰晦的家，她只能用這種可憐的方式維護自己的尊嚴。有時一場誤會，也會勾起她那最痛心的身世孤淒之感，她認真的思忖著：「雖說是舅母家如同自己家一樣，到底是客邊。如今父母雙亡，無依無靠，現在他家依棲，若是認真慪氣，也覺沒趣。」她愈想愈傷感，竟「不顧蒼苔露冷，花徑風寒，獨自一個立在牆角邊，花蔭下，悲悲切切，嗚咽起來。」這一夜黛玉倚著床欄杆，兩手抱著膝，眼睛含著淚，好似木雕泥塑的一般，直坐到二更多天，第二天就寫了那裂人肺腑的〈葬花吟〉。當寶黛愛情發展到成熟的時候，我們看到的黛玉並沒有因愛情的幸福而振作起來，反而越發憔悴了。她想到的還是「父母早逝，雖有銘心刻骨之言，無人為我主張」，她時刻感到失去依附的痛苦、淒涼甚至絕望。於是，她的病更加沈重，內心更為痛苦，兩者惡性循環，以致心力交瘁，在愛情尚未毀滅之前，她的生命卻已走到了盡頭。實在地說，黛玉愛情的毀滅，是無情世道的他毀，也是悲劇性格的自毀。

關於薛寶釵的悲劇，一般都認為一個努力迎合時代的人竟也不為社會所容，因此，這是社會的悲劇。但是從文化角度看，她也是封建文化之樹上一顆必然的苦果。她是一個封建社會的典範人物，同時也是一個失去自我的悲劇人物；她在婚姻上是勝利者，但她卻「從來沒有爭得人的價格」。

封建文化要求每個「個體」去做的事，最好不要去符合心中的欲望。只有使人心中欲望與實際行動這兩個焦點最好不要重疊的人，才會獲得社會觀眾的好評。於是，在中國封建社會裡，許多人都是自覺或不自覺地追求著這種做人的理想，薛寶釵就是其中的一個。在愛情上，她分明有愛情的追求與嚮往，對賈寶玉是情有所鍾、愛有所專的，但她卻將這種感情封閉到莊而不露、熱而不顯的地步；在才學上，她是大觀園中唯一可以與黛玉抗衡的才女。才華的顯露、知識的

運用，是人的自我價值實現的方式。人的自我表現意識是人的本能之一。寶釵雖然不時欲掩還露地表現她那淵博的知識和超人的才華，但又時時處處以「女子無才便是德」約束自己，規範別人。在生活上，她也有愛美的天性和相當高的審美能力，可她卻常常用封建意識去扼殺或壓抑自身的愛好與情趣。這一切，從整體來說，寶釵已被封建文化磨去了自己應有的個性鋒芒：自己對所愛的人與物不敢有太強烈的追求，而對自己不喜之人與事也不敢斷然決裂；她的感覺處於不冷不熱的中間地帶，生命處於一種不生不死的混沌狀態。這種自我壓縮，使她的生命過早地萎縮了，而她卻泯然不覺，尚自得地生活在那片腐敗的土地上。我們從這一形象的毀滅過程，可以看到封建文化的深層意識是如何地在蠶食人的靈魂，如何地在消磨人的個性，從而發掘出這一形象的悲劇意義。這種歷史沈鬱中的文學的思索，是拋開了廉價、虛偽的樂觀幻想之後的清醒，又是執著追求、頑強探索中的痛苦，是一種民族精神的覺醒。

當然，我們必須看到，性格是作為「社會關係的總和」的人在處世態度上的一種特殊表現形式，並非單純是人的自然形式的個性顯現。因此，性格的形成，除了天生的成分和文化意識的浸染外，還深深地打著階級的烙印。迎春的逆來順受、黛玉的孤標自矜、寶釵的自我壓抑，都是與她們各自出身的階級有關係。迎春出生在一個浪蕩落魄的貴族老爺家裡，耳聞目睹著沒落家庭的醜惡行徑，使她對生活失去了信心，於是「得過且過，無可無不可」便成了她主要的性格特徵；黛玉出身於一個已衰微的封建家庭，且父親又是科甲出身，因此，在她身上看到的更多的是不得志的封建知識分子的稟性；而寶釵出生在一個豪富的皇商家庭，這種商人與貴族結合的家庭，既有注重實利的市儈習氣，又有崇奉禮教、維護封建統治的傾向，這自然使寶釵稟賦著與黛玉完全不同的性格特質。由此看來，性格悲劇也有著深刻的社會內涵。

　　時代悲劇側重從橫斷面去解剖當時社會，文化悲劇側重從縱深處去反思民族的文化，而人生悲劇則從哲學上去思考生命的本質。「儘管人生如夢、光陰似箭，儘管生存的漂浮感和人生的無盡之謎從四面八方向我們壓來，但是，每個人並未對此作出持續不斷和鍥而不捨的哲學沈思，而只有少數極為例外的人才在這方面有所建樹」[35]。曹雪芹就是這「極為例外的人」中的一個，因此，他「能就個人之事實，而發現人類全體之性質」[36]，從而打破了中國古代小說幾乎從不思考有關於個人存在等基本哲學問題的創作態度。這就是《紅樓夢》能跨越時空的思想魅力。

　　「人之生也，與憂俱生。」生命的歡樂往往是在痛苦的追求之中。這種痛苦的程度是與知識同步增長的。由於曹雪芹和他所塑造的賈寶玉，是「非常之人，由非常之智力，而洞察宇宙人生之本質，始知生活與苦痛之不能分離」[37]。於是，具有靈性的賈寶玉便擔荷著許多痛苦。其中除了家庭破敗與個性壓抑之痛苦外，在與黛玉的愛情上，那不斷的試探、反覆的折磨，那「我也為的是我的心。你難道就知道你的心，不知道我的心不成」的呼喚，不正展現出人性深處那愛的幸福是如何通過愛的痛苦而獲得；在日常生活中，「愛博而心勞」，那一份博愛，那一份同情心，會使他生出多少痛苦。例如第五十八回：寶玉病後去看望黛玉，見杏花全落，已結小杏。

　　　　因想到：「能病了幾天，竟把杏花辜負了！不覺倒『綠葉成蔭子滿枝』了。」因此仰望杏子不捨。又想起那岫煙已擇了夫婿一事，雖說是男女大事，不可不行，但未免又少了一個好女兒。不過兩年，便也要「綠葉成蔭子滿枝」了。再過幾日，這

35　叔本華：《意欲與人生之間的痛苦》。

36　王國維：《紅樓夢評論》。

37　王國維：《紅樓夢評論》。

> 杏樹子落枝空，再幾年，岫煙未免烏髮如銀，紅顏似槁了，因
> 此不免傷心，只管對杏流淚嘆息。

又如第七十八回，

> 寶玉聽到寶釵已搬出大觀園後：怔了半天，因看著那院中的香
> 藤異蔓，仍是翠翠青青，忽比昨日好似改作淒涼了一般……門
> 外的一條翠樾埭上也半日無人來往，不似當日……心下因想：
> 「天地間竟有這樣無情的事！」悲感一番，忽又想到去了司
> 棋、入畫、芳官等五個，死了晴雯……大約園中之人不久都要
> 散的了。

這裡寶玉的痛苦已超越了一個家庭破敗之痛苦和個性壓抑之痛苦，這
是屬於眾多人的痛苦，是個人在無窮無盡的自然生活和社會歷史的不
斷發展面前，感到人生有限、天地無情的痛苦。在這種感覺的壓迫
下，開始寶玉並不懼怕生活，而是正視生活，對生活以及自身在生活
中具體存在價值、存在目的抱著一種特殊態度。於是，他明知道總有
一天，所有的悲歡都將離他而去，可他仍然竭力地追尋那些美麗的糾
纏著的值得為她而活著的人生；於是，他希望人生能常聚不散，希望
韶華永駐、青春常留，這雖然是天真的幻想，但也確實是普遍地在人
人心頭隱蔽地存在著的願望。

　　然而，「天地不仁，以萬物為芻狗」。不但事物無常，人生易老，
就是感情也不能永久保存，於是，「彼之生活之欲，因不得其滿足而
愈烈，又因愈烈而愈不得其滿足，如此循環，而陷於失望之境遇，遂
悟宇宙人生之真相，邊而求其息肩之所；彼全變其氣質，而超出乎苦
樂之外，舉昔之所執著者，一旦而捨之；彼以生活為爐，苦痛為炭，

而鑄其解脫之鼎」[38]。這種「悟破」，不是一般的「了悟」，而是「悟宇宙人生之真相」，是對生命的價值與人生的理想的沈思。人生就是這樣，總是不美滿，總是多所欠缺，而生命原是要不斷地受傷和不斷地復原，這是人人概不能外的悲劇。當這種悲劇與黑暗社會造成的災難、封建文化造成的不幸相結合的時候，那麼，作品也就顯出錯綜的面貌和多義的性質，從而產生更加誘人的魅力。

　　以上是從寶玉的形象來看人生悲劇的意義。從整部作品看，也籠罩著一層由好到了、由色到空的感傷色彩，這側重表現在許多曲、詞的詠嘆之中。對情來說，「霽月難逢」，是「多情公子空牽念」。對富貴榮華和天倫之樂來說，是「喜榮華正好，恨無常又到。眼睜睜，把萬事全拋。蕩悠悠，芳魂銷耗。望家鄉，路遙山高。故向爹娘夢裡相尋告：兒命已入黃泉，天倫呵，須要退步抽身早」！是從追求功名到成荒塚、從聚集金銀到眼閉了、從恩愛夫妻到妻隨人去了、從癡心父母到「孝順兒孫誰見了」的「好」與「了」的哀嘆。從女兒命運來說，是「風流靈巧招人怨」，是「可憐金玉質，終陷淖泥中」，是可嘆「金閨花柳質，一載赴黃粱」，是美的毀滅。人生有如此多的缺陷，當我們超越題材的表層意義來體會時，便會感到這種缺陷的揭示是能夠激發人們更加珍惜時光、執著現世，是能夠激發生命更加積極地運轉。當然，倘若消極對待的話，就會走向喪失意志、悲觀厭世的另一端。

　　見者真故知者深。由於曹雪芹深刻體驗到人世的痛苦和人生之「大哀」，並具有超凡的智慧、清晰的認識。故能將在生活中體驗到的痛苦和憂患提升到一種形而上的、人類痛苦的高度加以藝術表現。這種哀怨之聲，這種悲劇之感，不同於儒家的憂患意識，儒家的憂患意識來源於群體意識中產生出來的責任心和義務感，而曹雪芹雖然有「無才補天」之嘆，但更直接的是與莊子的思想相通的。因此，他對

38　王國維：《紅樓夢評論》。

人生之憂勝於對家國之憂；因此，比屈原、杜甫的「離憂」具有更深沈、更普遍的人生內涵。

　　從《紅樓夢》的三重悲劇中，可以看出曹雪芹對現實、文化、人生的批判、反思與探索精神。然而，他畢竟出身於封建大家庭，生活在封建社會中，雖然啟蒙的思潮對他產生了較大的影響，雖然生活的困擾使他產生了精神的超越，但與舊的、傳統的、落後的東西也還是會有絲絲縷縷的聯繫。於是，批判現實與希望中興、意識中反傳統與潛意識中維護傳統、出世與入世，便是對應著三重悲劇的三對矛盾。

　　《紅樓夢》出現在十八世紀中葉，這個時代的特點是整個封建意識形態的弊端已經顯露出來，但有名的康乾盛世，確實也使社會出現了某種程度的生機。這種時代的矛盾二重性，決定了人們心理觀念的二重性，即在沒落的危機感中懷有朦朧的希望。曹雪芹的世界觀中也明顯地滲透著這種時代意識的特點：他一方面控訴著腐朽貴族製造悲劇的種種罪行，同時又維護著世家望族的外表尊嚴，誇耀「天恩祖德」；他一方面憤怒地詛咒著社會現實的黑暗和腐敗，揭示了必然衰亡的悲劇命運，同時又津津樂道地回味著元妃省親、實為南巡接駕的盛況，把「中興」的希望寄託在皇權上。這表現了作者批判的時代偏限性。

　　在對封建文化的反思方面，潛意識理論為我們的剖視提供了新的角度，即人的意識層面與潛意識層面經常處於衝突之中。歷代不少思想家對傳統的反叛往往不徹底的原因之一，就是當他們在意識層面上起來反叛傳統的時候，在潛意識層面上常常還停留在傳統之內，常常會不自覺或不自主地與傳統認同。理解這一點，我們就會理解作者雖然對封建禮教的某些內容持深惡痛絕的批判態度，卻也有「背父兄教育之恩，負師友規訓之德」的「無才補天」之嘆；就會理解作者雖然寫出寶釵被封建文化蠶食的可悲可憐，卻也常流露出某些讚嘆之情，每每稱她為「賢寶釵」、「山中高士」等等。

　　「熱愛生活而又有夢幻之感」、入世與出世，這是曹雪芹在探索人生方面的矛盾。其實，曹雪芹並不是厭世主義者，他並不真正認為人間萬事皆空，也並不真正看破紅塵，真要勸人從所謂的塵夢中醒來，否則，他就不會那樣痛苦地為塵世之悲灑辛酸之淚，就不會在感情上那樣執著於現在之世界人生。他正是以一種深摯的感情，寫出入世的沈溺和出世的嚮往，寫出了沈溺痛苦的人生真相和希求解脫的共同嚮往，寫出了矛盾的感情世界和真實的人生體驗。

三　藝術的二重組合

　　《紅樓夢》這座藝術高峰，當我們走近它時，頓生「曲徑通幽處」的嚮往；當我們抬頭仰望時，又有「不識廬山真面目，只緣身在此山中」之悵惘；而當我們把它推到一定的距離外進行觀照時，又會發出「橫看成嶺側成峰，遠近高低各不同」的讚美。這，不能不歸功於藝術之二重組合，即寫實與詩化兩極的充分發揮及完美融合。

　　「實錄」，原是中國歷史著作的寫作精神，但是，由於早期文史界限不清，許多文人都把文學與歷史相混淆，往往把歷史著作當作文學來看，並且學習史書的實錄方法來進行文學創作。因此，「實錄」的原則便被運用到文學創作中，成為古代寫實文學的一種創作原則。然而，真正認識並實踐這個創作原則的是曹雪芹，他在《紅樓夢》第一回中就明確地宣布他所遵循的創作原則就是「實錄」。他首先指責了那些公式化、概念化、違反現實的創作傾向，認為這種創作遠不如「按自己的事體情理」所創作的作品「新鮮別致」，那些「大不近情、自相矛盾」之作，「竟不如我半世親睹親聞的這幾個女子」，「其間離合悲歡，興衰際遇，俱是按跡循蹤，不敢稍加穿鑿，至失其真」。這裡，曹雪芹所講的「實錄」，顯然不是史學之「實錄」，而是文學之實錄，是藝術之真實。

　　取材，來自作家「半世親睹親聞」的幾個女子的「離合悲歡」及其家族的「興衰際遇」。從寫神鬼怪異到寫英雄傳奇最後到寫普通人的日常生活，這是中外文學史上一個共同規律，雖然今天看來是必然的發展，但在小說發展史上，每一次轉折都不是那麼容易的。在中國，從《三國演義》、《水滸傳》、《西遊記》等歷史英雄傳奇式的小說，並沒有一下子轉到《紅樓夢》，其間還經歷了《金瓶梅》等小說這許多座橋樑，到了曹雪芹，小說才真正在自己的旗幟上寫上了「文學就是人學」這幾個大字。

　　首先，沒有一點因襲、模仿的痕跡，既不是借助於任何歷史故事，也不以任何民間創作為基礎，而是直接取材於現實的社會生活，尤其寫的是「半世親睹親聞」的人物，是他自己「歷盡離合悲歡炎涼世態的一段故事」，是「字字看來皆是血」、「一把辛酸淚」滲透著作者個人的血淚感情的。唯見之真才知之深，這就是此書何以能突破舊小說傳統的主要原因。

　　其次，《紅樓夢》對於現實生活的描繪，經過了嚴格的藝術提煉，因此，它與《金瓶梅》的自然主義恰同涇渭：它寫了日常生活的「家務事」、「兒女情」，可是他卻能汰盡濁臭、庸俗的雜質，而充分顯示出隱藏在生活中的優美的詩意；它寫了普通人的生活和命運、歡樂和痛苦，也寫了普通人的高貴品格和理想追求，它在對社會醜惡現象作淋漓盡致的揭露的同時，也深刻地揭示了歷史的規律和生活的真理。

　　小說題材這一重大更新，必然給小說帶來相應的變化，其顯著的特點是真實性的增強，而這真實性的增強突出表現在描寫真實的人方面。以前的小說大多把人寫成某種道德、某種性格，某種情慾的化身，直到明初的《三國演義》也還是「敘好人完全是好，敘壞人完全是壞」，以致寫劉備之「長厚」而「似偽」，寫諸葛亮之「多智」而「近妖」。即使是與曹雪芹同時代的吳敬梓，在《儒林外史》中描寫的正面人物王冕、杜少卿等，性格也比較單純，不過是狂傲清高、

「不貪圖人的富貴，又不侍候人的顏色」這樣一種品格的化身。《紅樓夢》的人物描寫，可以說「強似前代所有書中之人」，因為它打破了「敘好人完全是好、壞人完全是壞」的寫法，「所敘人物，都是真的人物」。[39]

　　第一，作者寫出了人物性格的獨特性，即性格的外部對照。《紅樓夢》中的形象體系，是世界文學史上罕見的複雜龐大的系統，這個大系統中各種人物的排列組合，又形成幾個對照性質的子系統；十二釵正冊中的人物性格為一系統，副冊與又副冊中的性格又是另外的系統。每一個對照系統又有若干對照層次，每個層次的性格又形成對照，從而形成一個不可重複的、立體交叉的多層次結構。為組成這樣一個結構，作者往往採取兩種寫法。一是突出性格的主要特徵，如賈寶玉的「愛博而心勞」，林黛玉由於對生活保持著清醒而產生的超負荷的悲哀，特徵非常鮮明突出，以致成為一種「共名」。但這不是類型化的典型，不是某種道德品質的化身，而是「滲透於思維和感覺、意志和情感、記憶和嚮往、語言和行動各個方面的個人特點」[40]。「愛博而心勞」的賈寶玉，他的思維和感覺是那樣的敏銳和細膩，他的意志和情感是那樣的堅韌和豐富，他的記憶和嚮往是那樣的執著，他的語言和行為又是那樣的乖僻，難怪使脂硯齋嘆為觀止。他說：「寶玉之發言，每每令人不解，寶玉之生性，件件令人可笑。不獨於世上親見這樣的人不曾，即閱今古所有之小說傳奇中，亦未見這樣的文字。於顰兒處更為甚，其囫圇不解之中實可解，可解之中又說不出理路。合目思之，卻如真見一寶玉，真聞此言者，移之第二人萬不可，亦不成文字矣。」這種獨特性就是賈寶玉這個形象具有永久藝術魅力之奧秘。

　　曹雪芹描寫人物性格獨特性的另一方法，是由性格的多方面特點

39　魯迅：《中國小說的歷史的變遷》，見《魯迅全集》（北京市：人民文學出版社，1957年），卷8，頁350。

40　傅繼馥：《古代小說藝術典型基本形態的演變》。

在均衡發展中的對照描寫。他不僅能夠異常分明地寫出人物各自不同
的性格，而且也能在相似中顯出特獨性。同是具有溫柔和氣這一性格
側面的少女，紫鵑的溫柔和氣，在淡淡中給人以親切，而襲人的溫柔
和氣則是一種令人膩煩的奴才習性。另外，同是豪爽，尤三姐與史湘
雲不同。同是孤標傲世，林黛玉與妙玉不同：一個「潔來還潔去」，
一個「云空未必空」。就像自然界沒有任何兩片相同的樹葉一樣，《紅
樓夢》中也沒有任何兩個性格完全相同的人物。

　　第二，作者寫出了人物性格的豐富性，即表層性格的二重組合。
托爾斯泰曾用河水的寬窄、急緩、清濁、冷暖變化多態來比喻人的性
格，認為「人也是這樣。每一個人身上都有一切人性的胚胎，有的時
候表現這一些人性，有的時候表現那一些人性。他常常變得完全不像
他自己，同時卻又始終是他自己」[41]。那麼，要寫真實的人，那他就
不是魔，也不是神，不是純綷的壞蛋，也不是超絕的英雄，而是具備
人性中兩種相反的東西，即人性的優點與人性的缺點。曹雪芹在《紅
樓夢》中「美醜並舉」、「美醜泯絕」的描寫，是中國古代文學描寫人
物性格內部的美醜對照和組合的偉大開端。

　　「美醜並舉」，有如鳳姐。她一方面是當權的奶奶、治家的幹
才，似乎是支撐這個鐘鼎之家的一根樑柱；另一面又是舞弊的班頭、
營私的裡手，又實在是從內部蝕空賈府的一隻大蛀蟲。治家與敗家，
頂樑柱與大蛀蟲，構成鳳姐性格中的一對矛盾。另外，她一方面要盡
情享受塵世的快活，常常為了金錢、權勢而玩弄權術，置人死地；另
一方面，她也要求在精神上滿足優越感，她那靈巧的機智、詼諧的談
吐、快活的笑聲，確實令人嘆服。這是一個充滿活力的、不僅使人覺
得可憎可懼、有時卻也可親可敬的痛快人物。野鶴曾在《讀紅樓夢劄
記》中發過這樣的感想：「吾讀《紅樓夢》第一愛看鳳姐兒。人畏其

---

41 托爾斯泰：《復活》。

險，我賞其辣，人畏其蕩，我賞其騷。讀之開拓無限心胸，增長無數閱歷。」這就是真實的人物性格喚起讀者的審美效應。

「美醜泯絕」，有如寶、黛。寶玉在「癡」「呆」可笑中表現了他的可愛；黛玉在尖酸刻薄中表現了她的一往情深。脂硯齋曾對寶玉評道：「說不得賢，說不得愚，說不得不肖，說不得善，說不得惡，說不得正大光明，說不得混帳無賴……說不得聰明才俊，說不得好色好淫，說不得情癡情種，恰恰只有一顰兒可對，令他人徒加評論，皆未摸著他二人是何等脫胎，何等骨肉。」所謂「說不得善，說不得惡」等，正是「正邪二氣」、美醜兩極互相滲透以致達到「美醜泯絕」的性格自然境界。我們雖然說不出其美醜之界限，卻能感受到其真實的生命。

第三，作者寫出了人物性格的複雜性，即心靈深處的矛盾衝突。一九三〇年麥仲華在《小說叢話》中曾引西洋小說理論來批評中國小說：「英國大文豪佐治賓哈威云：『小說之程度愈高，則寫內面之事情愈多，寫外面之生活愈少，故觀其書中兩者分量之比例，而書之價值可得而定矣。』可謂知言，持此以料揀中國小說，則惟《紅樓夢》得其一二耳，餘皆不足語於是也。」雖然我們的批評不能硬套西洋理論，但由此可以看出，內在描寫對小說創作、尤其是寫實小說創作的重要作用。而《紅樓夢》恰恰在內在描寫方面比中國古代其他小說要深刻得多。

首先，《紅樓夢》寫出人物心靈深處情感因素與理性因素的真實搏鬥。寶釵一方面想把自己塑造成「完美」的封建淑女的形象，這是她的真實的文化欲求，但是另一方面，她又是一個有生命的人，她不能擺脫生命賦予的本性。於是，兩種欲求便在心靈深處發生衝突：一方面她無可奈何地任憑自然天性開拓愛的疆土，而另一方面則自覺地用理性原則掩埋著愛的心跡；她要愛，但對這種愛的代價感到恐懼；她心中有一種力量要掩埋愛、推開愛，而另一種力量又使她時時流露

愛、關心愛。在探望寶玉時，她「點頭嘆道：『早聽人一句話，也不
至於今日，別說老太太、太太心疼，就是我們看著，心裡也疼……』
剛說了半句又忙咽住，自悔說的話急了，不覺的就紅了臉，低下頭
來」。愛與不敢愛，感情與理性，兩股潛流在奔湧、碰撞，使讀者從
中更深地發現自己心靈深處那些真實的東西，從而引起深思、共鳴，
進而更加關注人物的命運。

其次，《紅樓夢》寫出人物情感內部的二極背逆。從情感邏輯
看，一種情感的量度越強，往往會引起相反的情感量度的同步增長。
這是人性世界中潛意識層次的情感內容，它在愛裡，尤其在情愛裡表
現得最為淋漓盡致。寶、黛之間的愛情，可謂心心相印，刻骨銘心。
然而，他們卻愛得那樣痛苦、那樣哀怨：欲得真心，卻瞞起真心，以
假意試探。結果弄得求近之心，反成疏遠之意；求愛之意，反成生怨
之因。而疏遠之意又生試探之念，怨更深，愛更切，如此往復循環，
真實地寫出與愛情同步增長的試探、痛苦、懷疑、嫉妒、癡迷、怨
恨，以致互相傷害感情、自我戕害心靈的內在情感運動。這種真實的
內心激動，在使人體驗到蓬勃的生命力的同時，已不知不覺地縮短了
與讀者之間的距離，從而成為讀者心靈的象徵。

真實的人，不只是受社會群體、文化意識制約的人，也是一個活
生生的有生命的人。

小說題材的更新，還給小說的結構帶來很大的變化。由於中國古
典小說與歷史著作、說話藝術的密切關係，由於中國人崇拜傳奇英
雄、追求有始有終的心理因素，所以小說的故事、情節往往是沿著一
條線索縱向發展，且注重傳奇性，忽視真實性。雖然《儒林外史》有
所突破，能夠較為真實地表現出生活的橫斷面，但「實同短制」的特
點使得作品的結構畢竟有些地方缺乏有機的聯繫。而《紅樓夢》則以
賈府的興衰為圓心，以寶黛愛情為經線、女兒悲劇為緯線，織成了一
個儲藏非常豐富的網狀結構，從上層貴族的燈紅酒綠到普通人物的悲

歡離合，從市民社會到農村景況，從歷史風雲到日常瑣事，縱橫交錯，繁而不散，從而把生活的多面性、整體性以及它的內在聯繫性真實而又自然地表現出來。

當我們沿著曲徑認識了一群真實的人，看到了一個真實的世界之後，便拾階而上，想去探尋新的境界。可那境界有如霧裡微露的樓臺，是那樣的朦朧，又是那樣的壯觀，是那樣的歷歷在目，又是那樣的難以企及。這是因為《紅樓夢》的作者自覺地創造一種詩的意境，自覺地運用了象徵的形式，努力追求一種更高的藝術形態。

意境，原是屬於詩的；象徵，原也是屬於詩的。然而，詩不僅僅是一種獨立的文體，它「同時也是一種普遍性的藝術，通用於一切藝術形式或一切類型之藝術」[42]。由於中國是詩的國度，因此，詩，是藝術，也是中國文人生活的一部分，是情感領域的藝術，也是展示客觀世界的藝術，它統攝著中國的文學藝術。可以說，中國文學藝術走的就是一條不斷詩化的道路；史，是史與詩的交融；畫，是畫中有詩；詞，是以詩為詞；散文，是由散體到詩化；戲曲，是從曲藝到詩劇。而唐後的小說，不管是民間藝術還是文人，都自覺不自覺地把詩的形式帶進小說的領域，雖然開始只起穿插與介紹作用。到了《紅樓夢》，作者則完全自覺地把握這一發展規律，通過意境的創造和象徵的應用，給小說注入詩的魅力、詩的靈魂，使作品富有美感的意象和情趣，具有深刻的寓意和詩意，從而完成小說詩化的使命。

意境，在《紅樓夢》中表現主要有三種方式。

其一，情與物興，借景抒情。在慧紫鵑情辭試莽玉、致使寶玉大病之後，對黛玉越發癡情。當他看到山石後面那「狂風落盡深紅色，綠葉成蔭子滿枝」的杏樹，先是「仰望杏子不捨」。這裡，有他對時光流逝的追戀，也有對良緣未遂的感懷。接著又對岫煙擇夫之事反覆推求，「不免傷心，只管對杏流淚嘆息」，「正悲嘆時，忽有一個雀兒飛

42　黑格爾：《美學》（北京市：商務印書館，1984年），卷3。

來，落於枝上亂啼」，於是，又觸景生情，心下想道：「這雀兒必定是杏花正開時他曾來過，今見無花空有子葉，故也亂啼。這聲韻必是啼哭之聲，……但不知明年再發時，這個雀兒可還記得飛到這裡來與杏花一會了？」這裡的景不過是一柳一杏一雀而已，卻挑起了主人公多少情感活動，把潛伏在心底的東西也給喚醒了，從而使寶玉那「情不情」、即對一切無情的事物充滿著憐愛之情的性格特徵，得到了詩意的描繪。

借景抒情，主要表現在大量的詩、詞、曲、賦中。如黛玉的〈葬花吟〉、〈秋窗風雨夕〉、〈桃花行〉，寶玉的〈芙蓉女兒誄〉，湘雲、寶釵的〈柳絮詞〉，寶琴的〈詠紅梅花〉等等，都是情景交融、意境深遠的絕唱。

其次，物以情觀，移情於景。當黛玉無意中被關在怡紅院外、獨自在花蔭下悲戚之時，那附近柳枝花朵上的宿鳥棲鴉一聞此聲，俱忒愣愣飛起遠避，不忍再聽。真是「花魂默默無情緒，鳥夢癡癡何處驚」。花何曾有情緒，鳥如何有癡夢，看似無理，然而，這是經過藝術改造的形象，它已經成了人物感情外化的對象，於是，無情的花鳥便有了人的靈魂、人的感情。我們從這新的藝術形象中又可以想見黛玉那多少難以言傳的苦情愁緒，可謂感時花濺淚，恨時鳥驚心。還有，同樣是風聲雨聲，在黛玉高興的時候，她會對李商隱「留得枯荷聽雨聲」的意境表示欣賞；但當她煩悶之時，卻讓淒涼之情滲透了風簾雨幕，感到「雨滴竹梢，更覺淒涼」。在作者筆下，搖搖落落的蓼花葦葉，會隨著人物的憶故之情而有追憶故人之態；本無成見的月色，也會隨著人物的衰落之感而從明朗變為慘淡。這一切人化的自然，都為我們留下了深情的回味、想像的天地。

其三，詩畫一體，意境優美。《紅樓夢》的作者有意識地把圖畫的寫意技法融進小說的創作中，其景物描寫，並不著眼於現實的光色、明暗，而是想像與人物的精神面貌相互映發的山山水水、一草一

木，在特定的氛圍中塑造藝術形象，以喚起審美享受。比如黛玉葬花時的飛燕飄絮，襯著落花流水；寶、黛在沁芳閘同讀《西廂》時的落紅陣陣，襯著白瀑銀練；還有湘雲醉臥石凳時的紅香散亂，襯著蜂蝶飛舞；寶琴折梅時的紅梅襯著白雪；女兒聯詩時的冷月襯著鶴影等等。詩境入畫，畫中有詩，從而使人物更添神采，景物更具氣韻，作品也因此更具有一種空靈、高雅、優美的風格。

如果說，《紅樓夢》意境的創造體現了詩抒情特性的話，那麼，其象徵藝術的自覺運用，則在情景交融和情理滲透之間建立起一種互補結構，使得詩性在更高層次上得以發揮，從而在人們心中喚起雙重感應：一方面激發美感的愉悅、情緒的振奮，一方面又引領讀者伴隨弦外之音，去參觀現實人生的奧秘。

象徵，在《紅樓夢》中表現主要也有三種形態。

其一，觀念象徵。這是一種比較傳統的象徵手法，其象徵的涵義往往可以用概念性的語言概括出來。像翠竹，象徵黛玉孤標傲世的人格；花謝花飛、紅消香斷，則象徵著少女的離情傷感和紅顏薄命等，這種象徵意象一般是由文化傳統和文化氛圍喚起的。還有另一種觀念象徵，則是來自作家個人的獨創。如「木石前盟」是寶玉、黛玉自由戀愛的象徵，「金玉良緣」是寶玉、寶釵包辦婚姻的象徵，「風月寶鑑」是戒淫的象徵，寶玉出家披著大紅猩猩氈斗篷則是他「赤子之心」的象徵，這些象徵意象往往是小說內容的有機組成部分，它將支撐著形象體系的演變歷程。不過，觀念的象徵比較容易破譯，而情感的或意緒的象徵，那就較為曲折、複雜。

其二，情緒象徵。這是較為高級的象徵形態，它的象徵意象不是通向某個觀念的蘊涵，而是在於激起或喚醒某種情感或意緒。《紅樓夢》中的許多夢，突出地表現了這種象徵形態。

第三十六回，「繡鴛鴦夢兆絳芸軒」。說一天中午，寶釵獨自走來，順路進了怡紅院，意欲找寶玉閒聊，以解午倦。寶玉在床上睡著

了，襲人坐在身旁做針線，旁邊放著一柄白犀麈。她倆閒話了一陣，襲人笑道：「好姑娘，你略坐一坐，我出去走走就來。」寶釵只顧看著活計，便不留心一蹲身，剛好也坐在襲人方才坐的位置上，由不得拿起針來……這時偏偏黛玉約湘雲來給襲人道喜。二人來至院中從紗窗中看到寶釵坐在寶玉身邊，旁邊放著蠅刷子做針線的情景，忍著笑走開了——

> 這裡寶釵只剛做了兩三個花瓣，忽見寶玉在夢中喊罵，說：「和尚道士的話如何信得；什麼『金玉良緣』，我偏說『木石姻緣』！」薛寶釵聽了這話，不覺怔住了。

這裡，誰能用話把其中的含義說盡？這裡，不僅表現出寶玉、寶釵、黛玉和湘雲之間微妙的感情糾葛，而且預示了寶玉和寶釵因「父母之命」，「縱然是舉案齊眉，到底意難平」的結局。寶玉的夢中「喊罵」，正是他醒著時反覆進行著的心理活動。倘若我們不追尋夢境與人物情緒史的隱秘關係，我們就無法破譯這種象徵涵義。

又如第八十二回，「病瀟湘癡魂驚惡夢」。夢中的寶玉雖然無限真情，不惜剖「心」相示，卻發現「心」沒有了。寶玉沒有了「心」已預示「失玉」的奇禍，而失玉又象徵失去「黛玉」的瘋傻心境。如此曲折、深蘊的情緒象徵，同樣必須結合黛玉那憂慮、煩惱、愛而不得所愛的心靈歷程來領悟。

其三，整體象徵。即把象徵性意象擴大為整個形象體系。也許可以說，小說中象徵與寫實的結合並非曹雪芹的發明，《水滸傳》從洪太尉誤放妖魔下凡寫起，引出一群英雄豪傑，最後又歸結到天上一百零八顆星宿在梁山排座次，這就是把現實的故事囊括在一個象徵的框架裡。然而《水滸傳》的象徵僅僅是一個空套子，而《紅樓夢》的象徵則是把作者的情緒、感受以至人物的遭際、命運等都浸透到象徵中

去，從而構成一個既有骨架、更有血肉的整體象徵體系。

　　《紅樓夢》又名《石頭記》，可見石頭是書中一個非常重要的象徵。作者在第一回的神話中告訴我們：頑石在得到靈性後，開始有煩惱和欲求。靈性可以說是人的知性、思考能力或智識；人有了思考能力或智識後，煩惱和欲求便隨之而來。劉姥姥像塊頑石，安貧守愚，也頗自得；而靈性最高的賈寶玉似乎所受的痛苦也最深。可見，這塊石頭並非自然性質的石頭，它將作為一個象徵意象而貫穿作品的始終，從而規範著作品形象的演進、結構的安排、悲劇的發展。石頭既是石、又是人的雙重涵義，造成了小說雙重層次的藝術世界：一是以人間故事所代表的寫實的具象世界，一是以石頭闡明的詩的世界，前者是形象性的，後者是意會性的，兩者的復合與交織，便使作品所提供的美學啟迪意義呈現出多義性，甚至是無限性。這就是象徵的魅力。美國作家海明威曾說過：「冰山在海裡移動很是壯觀，這是因為它只有八分之一露出水面，而有八分之七是在水面以下。」我們用此來評價《紅樓夢》的象徵藝術，確實是足以當得起壯觀的美譽。

第六節　《紅樓夢》的續書

　　在雕塑藝術的聖殿中，不少藝術家根據自己的想像為維納斯女神雕像補塑雙臂，想去完成這件看來「未完成」的傑作，但一切努力與嘗試都失敗了；在音樂藝術的聖殿裡，也有不少熱心者想為舒伯特的《第八交響曲》補寫後兩個樂章，結果難免有「畫蛇添足」之嫌；在文學藝術的聖殿中，曹雪芹的《紅樓夢》也是一部未完成的作品。於是，從清代乾隆、嘉慶以後，就不斷出現了一些《紅樓夢》的續書，其中高鶚的續書是流傳下來了，而其他許多續書都隨著歲月的流逝而逐漸湮沒。可見續作難，續名作更難。

　　然而，當時許多文人為什麼不避續貂之譏而作紅樓續書？續書之

風為什麼能在毀多譽少的責難中愈演愈烈、竟達三十餘種之多？看來，這不是「續貂」、「效顰」所能概括得了的。作為小說史上的一種現象，這是值得注意的，並且需要給予客觀的評析。

一　現實題材披上荒誕的外衣

中國早期的古代長篇小說題材，不外乎朝代的興衰更替、英雄的偉業壯舉、神魔的荒誕奇幻。到了人情小說的出現，才使創作題材真正從史料堆裡和神魔天地中解放出來，「凡目之所見，耳之所聞。心有感觸，皆筆之於書」[43]，從而使小說面貌發生了巨大的變化。《紅樓夢》的問世，集中表明了寫實小說藝術進入了成熟階段。但是，由於《紅樓夢》續書的出現，致使人情小說「走火入魔」，現實題材終於又披上了荒誕離奇的外衣。

《紅樓夢補》，四十八回，歸鋤子撰，成書於嘉慶二十四年（1819）。在諸續作中，歸鋤子的續作是較好的一種。書接《紅樓夢》「瞞消息鳳姐設奇謀」。這一回歸鋤子告於友曰：「《紅樓夢》一書，寫寶、黛二人之情，真是鑽心嘔血，繪影鏤空。還淚之說，林黛玉承睫方乾，已不知賺了普天下人之多少眼淚。閱者為作者所愚，一至於此。余欲再敘數十回使死者生之，離者合之，以釋所憾。」於是，杜撰出一部彌補憾恨的荒唐之作。書敘黛玉起死回生，病癒回蘇州；鳳姐瞞天過海，封鎖黛玉復活的消息；賈寶玉入大荒山出家，後得禪師指點，方知黛玉在世，幾經周折，最後皇帝賜婚，寶、黛終成眷屬，並振興家業。即所謂「大觀園裡，多開如意之花，榮國府中，咸享太平之福」[44]。

---

43 自怡軒主人：《娛目醒心編》〈序〉。
44 歸鋤子：《紅樓夢補》〈自序〉。

　　《續紅樓夢》，三十卷，秦子忱撰，接《紅樓夢》第九十六回而續。秦子忱，隴西人，名都闆，號雪塢；是位軍人，曾任袞州都司。他於嘉慶二年（1797）開始撰此書，嘉慶四年（1799）梓行問世。書敘黛玉死後，魂入太虛幻境與父母團圓。後因天帝和人間帝王雙頒恩詔，使得太虛幻境內所有《紅樓夢》中有情之人，普返幽魂，都成伉儷之緣。「遂使吞聲飲恨之『紅樓』，一變而為快心滿志之『紅樓』」。《懺玉樓叢書提要》云：「是書作於《後紅樓夢》之後，人以其說鬼也，戲呼為『鬼紅樓』。」

　　《後紅樓夢》，三十回，逍遙子撰。據嘉慶三年仲振奎〈《紅樓夢傳奇》跋〉所說「丙辰（嘉慶元年）客揚州司馬李春舟先生幕中，更得《後紅樓夢》而讀之，大可為黛玉晴雯吐氣」，推知成書時間不會晚於嘉慶元年（1796）。書接第一百二十回。我們從第一回「毗陵驛寶玉返藍田，瀟湘館絳珠還合浦」、第十四回「榮禧堂珠玉慶良宵，瀟湘館紫晴陪側室」以及末回「林黛玉初演碧落緣，曹雪芹再結紅樓夢」這三個回目，可以窺其故事梗概，無非也是寶玉返家、黛玉復活，二人結為夫婦，寶玉既有黛玉這個如意的妻子，又有紫鵑、晴雯這兩個美慧的姬妾，這就是所謂的團圓結局。

　　《紅樓復夢》，一百回，嘉慶十年（1805）刊行。作者姓陳字少海、南陽，號香月、紅羽、小和山樵、品華仙史。書接《紅樓夢》第一百二十回，以賈璉夢遊地府為緣起，另敘尚書祝鳳三兄弟為祝夢玉娶十二金釵之事。人物多由賈府女子輪迴轉世而來；命運安排，也時常掛連《紅樓夢》。但八十八回以後，描寫寶釵掛帥，十二金釵參戰，進軍嶺南，征剿猺人，功成封爵。

　　海圃主人的《續紅樓夢》，四十回，嘉慶十年（1805）刊本。書敘寶玉仙逝後，上帝感寶玉之「待人無偽，馭下能寬」、寶釵之「靜守女箴，克嫻婦道」，即命金童玉女分別托生為寶釵之子賈茂、寶琴之女月娥，後賈茂狀元宰相，文武全才，與月娥成親，完一善果。另

外還有臨鶴山人的《紅樓圓夢》、郭則澐的《紅樓真夢》等，在此不一一列出。

　　從這幾部作品可以看出，紅樓續書的荒誕性不是表現在鬥法、神變方面，而是多把故事裝進因果報應的框子裡，盡量滿足讀者「善有善報」的主觀願望，於是，張揚鬼魂，描寫冥界，就成了續書題材的主要組成部分。

　　在紅樓續書中，幾乎都有死而復生的情節。在《後紅樓夢》是「瀟湘館絳珠還合浦」，在《續紅樓夢》是「施手段許起死回生」、「癡男怨女大返幽魂」，在《紅樓圓夢》是「禪關花證三生果，幻境珠還再世緣」等等。這種死而復生的情節，在魏晉小說、唐傳奇和宋元話本中，往往與對封建禮教的反叛、與作品主人公對愛情的生死不渝、熱烈執著相聯繫，從而寄託人們對理想愛情的嚮往與讚美之情，如唐傳奇中的《本事詩》〈崔護〉、話本小說中的《鬧樊樓多情周勝仙》等。可是到了《紅樓夢》續書裡，這種轉生、返生的故事往往都與宗教迷信結合起來，因此就失去了它的積極意義和美學價值。作者或借神人，或用定魂丹，把紅樓冤魂一個個從墳中棺裡請出來，既非表現對理想的追求，更不是表現對現實的批判，而往往是為了證因果、償恩怨、彰盛世，因此，描寫大同小異，情節索然無味。

　　在紅樓續書中，冥界描寫是其主要內容。中國小說中現存最早的、完整地描寫冥界的作品，是劉義慶《幽明錄》中趙泰的故事，此後，冥界遊歷便成為小說創作中的一個重要題材。不管是唐傳奇、宋元話本，還是神魔小說、公案小說，都有不少遊歷酆都、溝通陰陽之類的故事。這種描寫一般說來是荒誕不經的、消極的。但在藝術表現中，倘若處理得好，卻又可能有一定的思想價值和藝術價值。義大利但丁的《神曲》寫了地獄，就是一部偉大的作品。

　　紅樓續書的冥界描寫，在作品中大致有三個作用。第一個作用是宣傳迷信思想，把地獄作為輪迴業報的場所，既給人們以警告，又給

人們以安慰。比如《續紅樓夢》第十二卷寫賈母、鳳姐在賈珠、秦鍾的陪同下參觀地獄的情景：

> 進了虎頭門，但覺一團陰森之氣，侵入肌骨。又見兩邊廊下，一帶房屋綿亙百餘間，每一門外，立著一個相貌猙獰的惡鬼。賈母見了這般光景，不覺心中害怕，乃向賈珠道：「這個地方有什麼可逛之處，看著怪怕人的。」賈珠笑道：「這都是聖人垂教後世，勉力為善的意思。譬如，世上的人，顯然有惡的，國有常刑；惟有惡在隱微，國法所不及者，死後必入地獄……罪犯具是有年限的，年限一滿，就放去脫生，或人或畜或獸或禽，皆視其罪之輕重，臨時分別酌定……」賈母道：「古來的人，你們也不必看他，我們也做不出他們的那樣事來。只揀如今世上常有的罪孽看一兩處。觸目驚心，不但警醒自己，兼可勸化他人。」賈珠聽了，便吩咐鬼卒把現在的速報司的獄門打開……賈母等進去一看，但覺冷氣逼人，裡面嚎天慟地，哭聲震耳。也有上刀山的，也有下油鍋的，也有剖腹挖心的，也有凌遲肢解的，種種淒慘，不一而足。賈母見了，惟有合掌念佛，悲憐嗟嘆而已。

此外，像《紅樓復夢》第二回「為恩情賈郎遊地獄，還孽債鳳姐說藏珠」，《紅樓真夢》第二十回「省重闈義婢共登程，拯幽獄小郎親謁府」等都有類似的描寫，其中地獄的恐怖，以及一整套刑罰制度，確實能夠迷惑一些世人。

　　紅樓續書中冥界描寫的第二個作用，就是用它間接表露一點對現實的看法。像《紅樓真夢》第四十一回寫東方曼倩對寶玉、賈珠講的一個笑話：

東方曼倩道：「妲己本是玉面狐狸轉世，周武王滅紂，把他也殺了。閻王因他狐媚惑主，罰做章臺歌妓，因此記的唱本倒不少，可惜都是些俚俗的。後來又到冥間，自誇他的陰功，說是專門救人之急，將身布施。閻王一時懵住了，說道：『將身布施是慈悲佛心，快給他一個好去處罷。』判官便注定他來生做禮部尚書，兼管樂部。那樂部或許是他所長，禮部卻管著科舉學校，他只懂得唱本上的字、唱本上的句子，要迫著士子當金科玉律，那可誤盡蒼生了。」賈珠道：「你這話未免言之過甚。他從前不認識字，既做了官，還不裝作識字的麼？」東方曼倩道：「若如此倒好了，他就因為自己不認識字，不許以後再有認識字的，要叫天下人的眼睛都跟他一樣的黑。所以要鬧糟了呢。」

在冥界，今人可以與古人對話，現實可以與歷史溝通，並且講出在現實中不敢講出的話，這可以說是一種獨特的藝術處理。

第三，紅樓續書中的冥界描寫，在小說結構上也起到一定的作用。續書作者多在作品中描繪幽、明兩個世界，並把它們相溝通，這種構思雖然是受佛教輪迴觀念的影響，但它卻擴大了形象的活動空間，也即擴大了文學的表現領域，因此，冥界描寫在藝術表現上的意義還是值得研究的。

那麼，紅樓續書的作者們為什麼如此張揚鬼魂、冥界？為什麼現實的題材又披上荒誕離奇的外衣？這固然與作者宣揚宗教迷信以維護封建統治的創作思想有關係，與續書難作的客觀限制有關係，同時也與明清時代小說、戲曲要求「傳奇」的創作思潮有關係。猶如明清詩文的復古與反復古鬥爭，明清小說、戲曲也存在著守舊與創新的鬥爭。從明代萬曆年間到清代雍正、乾隆年間，小說、戲曲創作因襲著舊套之風愈演愈烈，不少作品對於人物塑造和環境描寫，只用一些現成的固定的套子，套來套去，因襲模仿，造成了公式化、概念化的創

作傾向。於是，便出現像才子佳人小說那樣的因襲濫造之作。針對這種沿襲舊套之風，當時不少文人便積極地提倡「傳奇」，把「傳奇」作為小說、戲曲創作的一個重要標準，力求掃除窠臼，推動創新。

然而，從明代中葉到清代中葉，小說、戲曲的「傳奇」卻產生了嚴重的分歧。一種是強調從生活出發，傳奇而不失其真，如《桃花扇》、《紅樓夢》、《聊齋誌異》等，另一種則是徒求離奇變幻，為傳奇而傳奇。這種「傳奇」的主要特點：一、題材大都是說情說夢、傳神傳鬼。二、即使真實的事，也硬要弄成空幻，愈造愈幻，一味獵奇。三、漫無頭緒，只求熱鬧；不論根由，不近人情。因此，貌似「傳奇」，實則「傳怪」。這種「傳奇」，根本不從生活出發，單純賣弄離奇情節，以致陷入荒唐怪誕的泥坑。本來「傳奇」為救沿襲之弊，可是如此「傳奇」，不僅沒能擺脫因襲的窠臼，而且把小說、戲曲創作引向另一歧途。紅樓續書的作者們正是在這種創作思潮影響下，摒棄原著的寫實精神，片面發展原著的奇幻描寫，從而使人情小說「走火入魔」。

二　美化現實、宣揚倫常的反悲劇傾向

中國傳統的倫理道德觀念主要是由儒學闡明的，千百年來，它已經滲透了每個中國人的心靈，積澱為一種固定的價值標準，符合這種標準的就是「善」，違背這個標準的就是「惡」。隨著三教合一為特色的文化變遷，這種強烈而深厚的倫理意識，便滲透到佛教與道教中。發展到明清，道教和佛教更表現出一種強烈的世俗化、倫理化的趨向。於是，執掌人間功過的鬼神便成了封建文化的護法神。人們在鬼神的威懾之下，只能乖乖地依照鬼神的旨意，將自己的思想、行為納入封建倫理的規範之中。紅樓續書的作者們就是在這樣的思想背景下，把佛教的因果輪迴、道教的鬼神獎懲同儒家的忠孝節義結合起

來，從而使作品表現出一種美化現實、宣揚封建倫常的反悲劇傾向。

　　在上一節，我們談到《紅樓夢》的三種悲劇，即從橫的方面看，是通過家庭婚姻悲劇來折射時代悲劇；從縱的方面看，是通過幾個女子的被毀滅來表現文化悲劇；最後是從籠罩全書的憂患感、命運感來寫人生悲劇。而紅樓續書則處處與此相背，它們不是寫時代悲劇，而是美化現實；也不是寫文化悲劇，而是宣揚封建文化的糟粕；同時更缺乏一種充滿哲理的詩情和泛宇宙意識，而是用封建禮教和宗教迷信取代了憂患感、命運感。

　　從《紅樓夢》的寫作到紅樓續書的不斷出現，歷史已經從雍、乾盛世走到了清末的衰落時期，嘉慶、道光、咸豐時代，清政府日益腐朽，所謂「三年清知府，十萬雪花銀」，就是那時腐朽吏治的寫照。加上武備廢弛，軍紀渙散，以致列強入侵，一潰千里。深重的災難，震蕩了小說家的營壘。有的能夠面對現實，寫出了表現危機感的作品，如譴責小說等。可是，紅樓續書的作者們卻借小說來美化現實，頌讚「天恩祖德」。像秦子忱的《續紅樓夢》，作者無視天崩地裂的社會現實，摒棄人情小說的寫實方式，借助荒誕手法，讓善惡各得報應。如第二卷寫王熙鳳在冥界被尤二姐、尤三姐又罵又追，狼狽不堪；第十二卷寫薛蟠的妻子夏金桂因生前好淫，被閻王罰為青樓之妓；還有寫王善保家的發瘋、趙堂倌女兒遭鬼纏等等。在第二十卷還給中山狼孫紹祖「洗心」，並異想天開地發明「孔聖枕中丹」，使賈璉、薛蟠、賈珍、賈蓉等惡人服用此丹而變善士，從而彌合各種不可調和的矛盾。

　　又如歸鋤子的《紅樓夢補》，作品歪曲寶黛叛逆性格，寫寶玉極好功名，中進士，點探花，授編修；黛玉得金鎖，持家政，贖產振業，光復門庭。一對叛逆者，竟成了統治階級的接班人。而當皇帝賜婚、娘娘恩賞之際，黛玉竟然滿心歡喜地暗想：「當今體貼人情無微不至，雖九重寵賜毫無補於恨海情天，但外觀顯赫亦為勢利人吐氣揚眉。若不遭蹭蹬早早完就姻緣，焉得有此榮顯。」同時，王熙鳳知悔、趙姨

娘感恩，甚至賈雨村、中山狼都個個改邪歸正。在這裡，看不到《紅樓夢》中那腐朽力量與新生力量之間的悲劇衝突，看不到那悲劇的時代造成的時代悲劇，而是用死者回生、惡人轉善、頌歌不斷、盛筵常開等來「彰盛世昇平之祥瑞」。這種思想傾向，在其他續書中或多或少都有表現，因為它是那些逃避現實的人們的有效麻醉劑。

在《紅樓夢》中，曹雪芹描寫了迎春的逆來順受、黛玉的性格缺陷、寶釵的自我扼殺，客觀地揭示出造成許多「天下之至慘」的悲劇的深刻根源之一，即「通常之道德，通常之人情，通常之境遇」的深層文化意識，從而表現出作者對封建傳統文化的批判精神。而紅樓續書的作者們則極力維護和宣揚封建傳統文化。《後紅樓夢》的作者在敘中稱自己的作品旨在「歸美君親，存心忠孝」；《紅樓復夢》的作者也在自序中稱他的作品「倫常俱備，而又廣以懲勸報應之事以警其夢」，使讀者「知孝悌忠信禮義廉恥之節」；《紅樓夢影》的作者云槎外史在序中則稱其書「善善惡惡，教忠作孝，不失詩人溫柔敦厚本旨」等等。於是，他們便時時不忘「以忠孝節義為本」去續其「紅樓之夢」。

他們寫情，是「發乎情，止於禮義」。像《紅樓復夢》中的秋瑞對夢玉說道：「我見你舉止動作無不合我心意，舍你之外，無可與語，所以我打心眼兒的歡喜親愛。我既愛極了你，我又不能同你百年相聚，徒然叫情絲捆住，枉送了性命。我父母只我一女，我為一己私情，失雙親之愛，罪莫大焉，安能言情？」看她如此自覺地、明智地為維護禮法而扼殺愛情，作者之用意便不言而喻。他們寫寶玉作的詩是「天恩祖德日方中，彝訓清嚴教孝忠。共愛薄昭持謹恕，更推郭況守謙恭」（《後紅樓夢》）。曾經是用自己的整個生命感受著人生的無常和世事的變遷的偉大叛逆者，在這裡卻被整個的換了靈魂，由一個「意淫大師」、徹底的叛逆者變成一個頌贊天恩祖德、大講忠孝節義的封建衛道士，他已經沒有任何探索社會和人生的悲劇精神，而只有

強烈的封建倫理意識，這正是對「悲劇」的叛變。

　　他們筆下的薛寶釵，只要從海圃主人《續紅樓夢》中的一些章回就可以看出，他們是如何地頌揚寶釵的賢德和才德，從而把一個被封建文化扼殺而失去自我的悲劇人物，寫成一個奉旨旌表節孝的「光輝形象」。至於他們筆下的林黛玉，更是面目全非、個性皆無。她治家有方，深得長輩的疼愛；她言行謙恭，連寶釵也稱她是個謙謙君子；她寬宏大度，能夠和妻妾和睦相處；她善於感人，在佳節良辰遊戲賞玩之時，會想起：「趙姨娘做人雖然器量窄狹，行為鄙陋，未免人家也太奚落了他，激之使然。我想天下無不可感化的人，何不甄陶他同歸於善，書上講的『和氣致祥』，俗語流傳『一家和氣值千金』，我先盡我的道理，明兒的龍舟定要去邀他們來瞧瞧。」她議事時要講一套「治國必先齊家」的道理，連認薛姨媽做乾媽也要講什麼「由忠而恕」的濫調。於是，一個蔑視封建禮法的叛逆形象，被捏造成一個恪守封建禮法的典範人物。另外，在《紅樓復夢》第五十回，作者還借寶釵的口說：「人生得意之事，莫過於忠孝節義，與那和平寬厚愷悌仁慈。這些人所作得意之事，必上貫日星，下聯河嶽，生為英傑，死為神靈，其樂不可言既矣。」從這個角度看，紅樓續書不是文學作品，而是封建倫常的宣傳品。

　　在《紅樓夢》中，曹雪芹是要通過寶黛愛情悲劇和賈府敗落的悲劇表現對「命運」的沉思，即對人生進行哲理和審美探討。因此，他寫「眼淚還債」的夙世前因，很有一種「命運」意識，這就十分自然地匯合在家族命運的大悲劇之中，從而表現了人對命運的悲壯反抗。而紅樓續書純粹是一些世俗的善惡倫理故事，雖然也有不少因果之談，但都毫無命運感可言，一切都歸給予「善有善報，惡有惡報」的庸俗觀念。像《後紅樓夢》第十回寫湘雲、惜春在談論人定勝天還是天定人命時，湘雲說：「大凡人要成個仙，不但自己心上一毫牽掛也沒有，也要天肯成全他。天若生了這個人，定了這個人的終身，人也

不能拗他。你看從前這些念佛作祖的，也有歷盡魔障，也有跳出榮
華，到底算起來許他歷得盡跳得過，這裡頭也有個天在呢。」惜春
道：「這樣看起來，天定人命總不能勝的了。」湘雲道：「大也由著你
做去，你只將幾千幾百的善果逐漸的累上去，做到幾世裡，真個的你
自己立了根基，這便是人定勝天。」在紅樓續書中，難得有這樣對人
生的探討，遺憾的是，這種探討毫無命運感，而皈依了宗教和倫理。
因為命運感只有疑問，只有探求，而倫理和宗教都是以善惡分明的信
仰和希望為基礎的。正是基於這樣的思想認識，紅樓續書寫的多是懲
惡獎善的「天意」，多是給人以精神安慰的宗教鴉片，多是善惡分明
的大團圓的結局。

倘若和《紅樓夢》作個比較的話，可以這樣說，《紅樓夢》是從
賈府和寶玉的徹底敗落、貧困中顯示出對人生、對社會的懷疑和否
定。儘管曹雪芹主觀上是從佛、老思想的所謂「看破人生」的觀點出
發的，實質上卻否定了當時的社會制度，批判了傳統的封建文化，因
此能夠寫出「如實描寫，並無諱飾」的徹頭徹尾的「大悲劇」。而續
書的作者們儘管也有牢騷不滿，儘管在作品中也不時罵人罵世，但
是，由於他們「心志未灰」，未忘「名教」，對封建文化和現存制度還
有無限的眷戀和幻想，因此，他們炮製出來的只能是曲為迴護、多方
粉飾的「大團圓」，即「瞞和騙的文學」。

三　從典型向類型的逆轉

魯迅說《紅樓夢》的美學價值在於打破「敘好人完全是好的，敘
壞人完全是壞的」傳統格局，這是中國藝術典型歷史形態一次質的飛
躍。面對這種審美突破，紅樓續書的作者們不但沒有發展，而且又倒
退回「惡則無往不惡，美則無一不美」的舊傳統。於是，原著在特殊
中顯出一般的具有獨特性、豐富性、複雜性的性格結構便異化為一般

而非特殊的概念化、公式化、簡單化的性格結構，圓的典型蛻變為扁
的類型，而且是一種失敗的類型，是與《三國演義》、《水滸傳》的類
型化典型不可同日而語的。

　　在《紅樓夢》中，人物性格以多面、立體、善變著稱，很難用
「好人」、「壞人」作簡單劃分，表現出一種「美醜泯絕」、「美惡並
舉」的高級藝術形態。而續書中的人物性格則失去了這種特點，
「美」和「醜」、「善」和「惡」都說得清，看得明了。如《紅樓夢》
中的薛寶釵，性格內向，善於「藏愚」、「守拙」，既有賢妻良母、溫
文恭謙的一面，又有城府深嚴、工於心計的一面，美中有醜，醜中有
美。而在續書中，貶之者使她的「醜」一目了然，如《紅樓圓夢》極
力寫她的「假道學而陰險」；褒之者則使她「美則無一不美」，像《續
紅樓夢》極力頌揚她的賢德與才能，把她描寫成「節孝」的典範。又
如賈寶玉，在《紅樓夢》中既是一個有著不良習氣的公子哥兒，又是
一個思想活躍、才華橫溢的人。續書則喪失了他那「說不得善，說不
得惡」的特點，使他的「善」變得清晰起來。他講四書五經，悟道參
玄，他時時不忘「天恩祖德」，常常難拋「功名利祿」……我們看
《紅樓夢補》第七回的一段描寫：

　　　　且說寶玉苦志用功，非溫習經書，即揣摩時藝，把先前焙茗所
　　　　買這些飛燕、合德、武則天、楊貴妃外傳都焚化了，一切玩耍
　　　　之事淨盡丟開，只知黃卷青燈，不問粉香脂艷，竟大改舊日脾
　　　　氣了。

這哪裡是賈寶玉，分明是一個就範於封建禮俗的庸人，一個貴族之家
的好兒子、好丈夫、好主人。這種「盡善盡美」的庸俗性格，雖然變
得清晰了，容易理解了，但也正表明立體化的典型向乾癟的類型蛻化
了。

　　在紅樓續書中，人物性格從典型向類型逆轉的又一表現是，從「人」向「神」或「半神」倒退。小說起源於神話，「從神話演進，故事漸近於人性，出現的大抵是『半神』，如說古來建大功的英雄，其才能在凡人以上，由於天授的就是」[45]。這種帶有神奇性的描寫，確有使小說人物「半神」化、簡單化等缺陷，給人以不夠真實之感。由於《紅樓夢》對於主要人物性格形成的客觀現實性作了非常合理、細膩、精湛、翔實的描寫，因此寫出了「真的人物」。而紅樓續書的作者們卻沒能很好地把握這一點，往往把人物性格寫成是「天授的」，結果他們筆下出現了「半神」的形象。像《紅樓夢》林黛玉那自卑、多愁、孤傲、多心的性格特徵，完全是那個社會環境和文化背景造成的。而續書中的林黛玉之所以是人們最難以接受的形象，就因為她不是「人」，而是「才能在凡人以上」的「半神」。她不僅有非凡的治家才能、精明的處世手腕，而且是一個「財星」。《紅樓夢補》第二十七回「興寶藏財星臨福地」，寫瀟湘館前後左右鋪得滿滿的元寶，元寶上赫然鑿著「林黛玉收」四個字。鳳姐看了笑道：「這也奇了，怪道前兒瞧見那裡有火光呢！原來林妹妹是個財星！」還有《紅樓圓夢》寫黛玉的淚珠可以化為明珠千千萬萬，真是神乎其神，這種描寫真俗不可耐。最可笑的是，《紅樓圓夢》還把林黛玉寫成一個智勇雙全、能夠臨陣對敵、施放「掌心雷」的女將。這些續書的作者們本來想褒揚黛玉，替黛玉作不平之鳴，沒想當他們把她從「人」提到「半神」的位置上時，她也就失去了生命。

　　那麼，中國古代小說的藝術典型形態為什麼會在紅樓續書中出現逆轉？從主觀原因看，一方面是續書的作者們沒有真實的生活體驗，且又缺乏創造之才，只好模仿那些「千部共出一套」的才子佳人之作。於是，寶玉、黛玉、寶釵、鳳姐等人便能在眾多的才子佳人之書

45　魯迅：《中國小說的歷史的變遷》，見《魯迅全集》（北京市：人民文學出版社，1957年），卷8，頁315。

中找到相似的形象，這不能不是扁的類型。另一方面，續書的作者們都有一種善惡分明、果報顯著的主觀意念，表現在小說中，正、反面必有鮮明的陣線，就像臨鶴山人在《紅樓圓夢》的楔子中宣稱的那樣，要「把假道學而陰險如寶釵、襲人一干人都壓下去，真才學而爽快如黛玉、晴雯一干人都提起來」。這樣，善惡交織、「美醜並舉」的人物自然就不存在了。

　　從客觀原因看，這種逆轉反映了中國古代藝術典型形態演變的艱難、曲折。在理論上，中國並沒有形成像歐洲古典主義那樣系統的理論、嚴格的規範。但是，儒家思想和倫理道德觀念的緊密結合，卻制約著人們的審美認識。孔子是以理性主義哲學進入美學領域的，強調詩和樂統一於禮，也就是文藝和審美觀念直接與倫理性的社會感情相聯繫，並從屬於現實政治。古代小說理論自然也不能擺脫這種思想的支配，總是要求小說作為「六經國史之輔」[46]，強調其「不害於風化，不謬於聖賢」的教育作用，在強調人物形象體現倫理規範的同時，也就要求把人物類型化。明代笑花主人在《今古奇觀》〈序〉中要求小說把「仁義禮智」寫成是「常心」，「忠孝節烈」寫成是「常行」，「善惡果報」寫成是「常理」，「聖賢豪傑」寫成是「常人」，使「善者知勸，而不善者亦有所慚惡悚惕，以共成風化之美」。這是封建倫理觀念制約類型的審美內涵的典型理論。於是，突出倫理規範便成為中國古代小說類型形象的一大特點。而這一特點正好與紅樓續書的作者們那美化現實、宣揚倫常的主觀願望相吻合，這樣創造出來的人物形象當然只能是乾癟的類型。

---

46 〔明〕可一居士：《醒世恒言》〈敘〉。

第七節　狹邪小說

一　傳統題材在長篇中的再現

狹邪小說，是指清咸豐年間逐漸盛行的、以妓女、優伶故事為題材的長篇小說。代表作有陳森的《品花寶鑒》、魏秀仁的《花月痕》、俞達的《青樓夢》。魯迅的《中國小說史略》、《中國大百科全書》（中國文學卷）及一些文學史都把這類作品劃入近代小說，我們考慮到這幾部作品大都出於舊派文人的手筆，所反映的無非是封建文人的情場生活、人生理想，讀者從中感受不到近代反帝反封建的時代氣息，我們認為它們是古代小說的餘波。因此也列入本章論述的範圍。

至於稍後在上海的所謂十里洋場中興起的另一批狹邪小說，如韓邦慶的《海上花列傳》、孫玉聲的《海上繁華夢》、張春帆的《九尾龜》等，可稱之為海派狹邪小說。它們雖然同樣以娼門艷事為題材，但不是封建文人的理想化描寫，而是毫不掩飾地把妓女寫成只是嫖客洩慾的工具，嫖客也絕不妄想在妓院中遇到像林黛玉那樣的多情女子，從而比較真實地反映了半封建半殖民地的上海妓女的現實生活，近代氣息較濃，因此不在這裡論述。

《品花寶鑒》，又名《怡情佚史》，亦題《群花寶鑒》，六十回。作者陳森，字少逸，號采玉山人，又號石函氏，江蘇常州人，生卒年不詳，主要生活在道光年間。據陳森〈《品花寶鑒》序〉云：因「秋試下第，境益窮，志益悲，塊然魁壘於胸中而無以自消，日排遣於歌樓舞館間，三月而忘倦，始識聲容伎藝之妙，與夫性情之貞淫，語言之雅俗，情文之真偽」，於是，在某比部的啟發下，開始撰寫《品花寶鑒》，「兩月間得卷十五」，因窮愁而輟筆；中間又有粵西某太守的督促，在回京應試的船上又續寫了十五卷，後來考試落榜，「知科名

與我風馬牛也」，這才絕意功名。此時某農部又鼓勵他續完小說，於是，「臘月擁爐挑燈，發憤自勉，五閱月而得三十卷，因此告竣。又閱前作三十五卷，前後舛錯，復另易之，首尾共六十卷」。到了道光二十九年（1849），由和陳森素未謀面的幻中了幻居士校閱刪訂，刊印傳世。

　　清乾隆以來，達官名士、公子王孫招伶陪酒助樂之風甚盛，扮演旦角的優伶被呼為相公，又稱作「花」。這些伶人雖為男性，卻被視為妓女般的玩物。《品花寶鑑》即以此為題材，以青年公子梅子玉和男伶杜琴言神交鍾情、相思相戀為中心線索，寫了像梅、杜這樣的「情之正者」，他們認知已而不及亂，絕無狎意，並且稱頌杜琴言、蘇蕙芳等梨園名旦「出污泥而不滓，隨狂流而不下」的不俗氣質，同時還寫了商賈市井、紈綺子弟之流的「情之淫者」，嘲諷那些「狐媚迎人，娥眉善妒，視錢財為性命，以衣服作交情」的黑相公。作者以優伶為佳人、狎客為才子，寫得情意纏綿，悱惻動人。最後諸名旦脫離梨園，當著眾名士之前，熔化釵鈿，焚棄衣裙，結局純是作者個人的理想。

　　《花月痕》，又名《花月姻緣》，五十二回，眠鶴主人編次，棲霞居士評閱。眠鶴主人即魏秀仁（1819-1874），字子安，一字子敦，福建閩侯人。道光舉人，屢試進士不第，遂客遊山西、陝西、四川等地，曾為山西巡撫王慶雲的幕僚。王督四川，應聘為成都芙蓉書院講席。離職後，到山西太原，先後寄寓太原知府曹金庚和保眠琴門下。同治元年（1862），返居故里，從事教學和著述，最後卒於南平道南書院。子安少負文名，通經史，工詩詞，精書畫，一生撰述宏富，見於謝章鋌〈魏子安墓志銘〉著錄的有三十三種，林家溱的《子安先生別傳》則謂四十餘種，然「著作滿家，而世獨傳其《花月痕》」[47]。

---

47 〔清〕謝章鋌：《賭棋山莊詩集》

　　《花月痕》是作者在太原知府保眠琴家處館時所作，首有咸豐戊午（1858）自序，蓋於同治初年修改定稿，光緒十四年（1888）刊刻問世。書中描寫韋痴珠、劉秋痕和韓荷生、杜來秋兩對才子、妓女相戀的故事，敘述他們窮通升沉的不同遭遇。韋風流文采，卓絕一時，然時運不濟，既不能自展其才，也未能救其所愛，以致困頓終身，落魄而亡，秋痕亦殉情而死。韓則高見卓識，得達官貴人賞識，終致飛黃騰達，累遷官至封侯，成為中興名臣，其所狎妓杜來秋亦封一品夫人。最後以痴珠的兒子小珠高中進士，作了欽差使，奉旨前往江東犒勞大軍，賑恤難民，事後到并州護送痴珠和秋痕的棺木歸里作結。

　　《青樓夢》，又名《綺紅小史》，六十四回，成書於清光緒四年（1878）。作者俞達（？-1884），一名宗駿，字吟香，自號慕真山人，江蘇蘇州人。除小說《青樓夢》外，尚著有《醉紅軒筆話》、《花間棒》、《吳中考古錄》、《閑鷗集》等。關於作者的身世，我們只能從其遺作及其朋友的詩文中，看出他中年的生活概貌及性情。鄒弢《三借廬剩稿》云：「中年淪落蘇臺，窮愁多故，以疏財好友，家日窘而境日艱」，可見生活的落魄；然其生性浪漫，好作冶遊，「芳魂地下曾知否？踏遍斜陽我獨來」[48]，是個多情的才子。後因生計所迫，舉家隱居西鄉，並產生了潛隱山林的遁世思想，但是「塵世羈牽，遽難擺脫」，在苦悶和貧病交加之中，於「甲申初夏，遽以風疾亡」（鄒弢《三借廬剩稿》）。

　　《青樓夢》以狎妓為題材，寫所謂「風流才子」的生活理想。主人公金挹香，以其風流才情得三十六妓女的青睞，與他們朝夕往來，結為知己；又不忘「努力詩書」，成就功名，後科考及第，為養親而捐了官，授余杭知府，納五妓為妻妾。不久，父母皆在府衙中跨鶴仙去，挹香亦入山修道，又歸家度其妻妾。原來以前所識的三十六妓，

48　俞達：〈遨遊真娘墓〉。

都是散花苑主座下司花的仙女，今皆塵緣已滿，重入仙班。於是，離散於人間的才子佳人遂歡聚於仙界。

從上面幾部作品看來，除了《品花寶鑒》有些新的題材內容，其他則可以說是傳統題材在長篇小說中的再現。實際上，反映妓女的命運和遭遇、表現社會狎妓風尚的文學作品，是隨著娼妓制度的產生而產生，進而發展成為文學作品中一個反覆表現的題材。在這類題材的發展演變中，一般是兩條線索並行的，一是敘事文學，一是抒情文學。敘事文學，即歷代的筆記小說、唐宋傳奇、宋元話本、明擬話本，像唐崔令欽的《教坊記》、孫棨的《北里志》、明梅鼎祚的《青泥蓮花記》、清余懷的《板橋雜記》，都比較真實地記敘了各個時代嫖妓狎伶的風尚；還有唐傳奇中的《霍小玉傳》、《李娃傳》，宋元話本中的《玉堂春落難逢夫》、明擬話本的《杜十娘怒沉百寶箱》等，多寫妓女的命運與遭遇，其表現的側重點在於妓女方面。抒情文學，即唐詩、宋詞、元曲，如杜牧的詩〈贈別〉、〈遣懷〉，柳永的詞〈雨霖鈴〉、〈鳳棲梧〉，趙顯宏的散曲〈行樂〉等，其表現的側重點在於文人方面，多寄身世之感懷。而當這類傳統題材在長篇小說中再現的時候，作者則有意無意地合二為一，以敘事文學之體裁，融抒情文學之意味，把身世之感打入風花雪月的描寫中，從而使狹邪小說呈現出獨特的思想和藝術風貌。

二　客觀而又深刻的認識價值

對於《品花寶鑒》、《花月痕》、《青樓夢》這幾部狹邪小說的思想評價，一般都認為這些作品是作者追求功名利祿、讚賞腐朽墮落生活、抒發頹廢沒落情緒的思想表現，這當然沒有進步意義可言。不過，如果結合作者、作品、時代及歷史文化背景進行比較具體的分析的話，還是可以看出一定的認識價值。

　　首先，在反映封建社會妓女的悲慘命運的同時，肯定讚揚了她們的追求和才華。

　　《花月痕》中的劉秋痕因父亡家敗，九歲時被堂叔賣與章家為婢，年幼無知，日受鞭打；後被章家女佣人牛氏及其妍夫李裁縫攜逃到太原，逼她為娼，從此便成為牛、李的搖錢樹了。但她身居下賤，性情卻很倔強，不甘心倚門賣笑，對人總是冷淡。她的滿腔悲憤，無處訴說，只得以淚洗面，借歌曲而發婉轉淒楚之音。當她遇到詩才橫溢而卻命運多舛的韋痴珠時，有感於「同是天涯淪落人」，有感於痴珠的真心相愛、平等相待，便以身相許，不再接客，而清貧孤介的痴珠卻無法為她贖身。在這樣的境遇下，李裁縫的兒子企圖姦污她，嫖客們設計陷害她，牛氏肆意打罵她，最後把她劫走，以絕她和痴珠的關係。她卻堅貞不移，給痴珠留下血書：

　　　　釵新今生，琴焚此夕。身雖北去，魂實南歸。裂襟作紙，嚙指
　　　　成書。萬里長途，伏惟自愛。

後來她見到痴珠含恨而逝，在絕望中只有以死酬知己。秋痕從逃荒、被賣、墜入火坑，以至悲慘了結一生，是封建時代許多妓女的共同遭遇，而那個忠於愛情的美好靈魂，確實能夠引起後人「生既堪憐，死尤可敬」的永恆思念。在《青樓夢》中，愛卿屬意挹香，決意不再接客，然身不由己，故想服毒自殺。當挹香把她救活時，她雖感激挹香的情意，但並不認為是一件幸事，愛卿泣道：

　　　　我昨與老虔婆鬥口，後追思往事，清白家誤遭匪類，致污泥
　　　　塗。此時欲作脫身而反為掣肘，即使回鄉，亦無面對松陵姐
　　　　妹。與其祝發空門，不若潔身以謝世。今蒙君救妾，雖得餘
　　　　生，然仍復陷火坑，奈何？

這裡，同樣是一齣封建妓女的命運悲劇，寫得衰艷淒婉，使人動容。

可以看出，像劉秋痕、鈕愛卿她們是封建時代婦女中的最不幸者，生活對她們是最無情的。為了生存，不得不屈己從人，強顏歡笑，來對付生活中形形色色可憎可怕的人物。她們被糟踏，被侮辱，如同漂泊不定的浮萍，無依無靠，一錢不值，因此她們多麼希望能在生活中遇上一個知音，使疲憊的生命之舟能夠停在寧靜的港灣。可是，在那樣的社會裡，在那些以女人當玩物的男性中，她們深深感到：「易求無價寶，難得有心郎！」所以，她們一旦在來客中遇上一個稱心如意的人，總是那麼眷戀，那麼深情。然而，正是在這一點上體現出真正的情愛觀念。她們絕無半點禮教或貞潔觀念的束縛，只要有情愛基礎，對象是可以自由選擇的。雖然作為風塵女子，身為下賤，然而，表現在與「知音」的關係上，情愛的真誠便是整個的心靈所在。像劉秋痕之於韋痴珠，鈕愛卿之於金挹香，他們的情與愛是真誠熱烈的，她們的靈與肉是合於一體的。她們不考慮社會輿論，不計較妻妾地位，不管年紀大小，不嫌清貧孤介，敢愛敢恨，只要能成為一個真正的人，只要能得到真心的愛，不僅「衣帶漸寬終不悔」，即使「九死亦無悔」。

當然，妓女的悲慘命運及她們的追求與抗爭，並非到了狹邪小說才得到表現，這裡也只能說是短篇妓女題材表現的思想在長篇中的再現，並無太多新意。不過，倘若要作個簡單比較的話，可以這樣說，唐傳奇中的妓女尚缺乏對自己獨立的人格和尊嚴的覺醒與追求，因此，她們的抗爭往往只以脫籍從良為目的，如《李娃傳》；明擬話本由於受到時代思潮的影響，作品中妓女的追求不僅僅以從良為目的，而是把支點放在愛情的追求上，把真正的愛情的追求看成是一個真正的人的自我價值的實現，如杜十娘、莘瑤琴；而清代，由於男尊女卑的傳統觀念的動搖，甚至還出現了尊女抑男的思潮，於是，在才子佳人小說和《紅樓夢》中，多表現出一種「天下靈秀之氣鍾於女子」，

的思想傾向。狹邪小說作為人情小說的分支、才子佳人小說的末流，其對妓女形象的描寫也不僅僅在於同情她們的不幸、肯定她們的追求，而且還表現她們超過鬚眉男子的才華和見識，書中的男主人公們往往為這些聰明靈秀的妓女們折服得五體投地，甘拜下風。

　　第二，在反映逛妓狎伶社會風尚的同時，表現了封建文人普遍存在的一種變異心態。

　　我國妓女制度的產生，起於春秋初齊管仲的設「女閭」[49]；到了唐宋，由於城市經濟的繁榮和市民階層的大量出現，娼妓制度大盛，上至帝王將相，下至布衣庶民，都有過不同情況的狎妓生活，而文人學士則更是浪漫風流；到了元明，妓女制度又有一定的發展，清初雖然曾下令禁止官妓制度，但雍乾之後，妓女制度又惡性膨脹起來。在這淫靡世風的浸染下，狹邪小說的作者們不僅耳聞目睹，而且自己也有這方面的嗜好與體驗。因此，他們選擇狎妓題材，描寫狎妓生活，客觀上反映了當時社會狎妓風氣盛行的真實狀況。

　　當然，封建文人出入花街柳巷的狎妓生活，確實是在罪惡制度下的腐化墮落的表現。但是，我們還應看到這種現象背後所蘊藏的一種文化形態，即愛欲與事業的矛盾心理。在中國傳統文化中，「男主外，女主內」，「好男兒當馬革裹屍還」，倘若耽於閨房之樂，便是「英雄氣短、兒女情長」的怯懦表現，務須斬斷情絲，「學成文武藝，貨賣帝王家」，這就形成一種畸形的功名心理。他們可以隻身躲到深山去苦讀，他們可以「三過家門而不入」，他們的事業心侵襲了他們的情慾。然而，當功名失意時，他們的情慾似乎才甦醒過來。於是，便往往走向縱情聲色的另一極端，其中有的純粹是為了得到情慾的滿足，有的則是希望在風月場中得到一種慰藉的撫愛。我們看宋詞中柳永那「忍把浮名，換了淺斟低唱」，「未遂風雲便，爭不恣狂蕩」

一類的話，還有辛棄疾那「倩何人，喚取紅巾翠袖，搵英雄淚」等，
就可以感受到他們的狂蕩，詠嘆中所隱藏的功名無望、人生艱難的感
慨。我們從幾部狹邪小說的創作動機及作品描述中，同樣可以感受到
這一點。魏子安「見時事多可危，手無尺寸，言不見異，而骯髒抑鬱
之氣無可抒發，因遁為稗官小說，托於兒女之私，名其書曰《花月
痕》」[50]。謝章鋌則說《花月痕》是作者描繪他自己在太原知府家坐館
期間那「花天月地」的冶遊生活的[51]。博才多學的俞達也是渴望功名
的，認為「為鬚眉者必期顯親揚名」，但他懷才不遇，感慨「公卿大
夫無一識我之人」，「反不若青樓女子竟有慧眼識英雄於未遇時也」。
於是，便把身世之感融入《青樓夢》的創作中，寫了一名多情公子如
何得到三十六名妓女的青睞、愛戴以及他們的愛情糾葛。雖然他沒有
視妓女為玩物，能夠以平等的「人」來對待妓女，和妓女產生平等自
由的愛情，但這只能說是一種變態的愛情生活。所以說，「不得志，
則托諸空言」，這是封建文人遭到挫折時可以選擇的一條尋常出路；
但是，不得志，則轉向風月場中尋求知音和慰藉，這就反映了在愛欲
與事業對立的文化背景下產生的一種變異心態，它並不值得肯定，但
確有認識價值。

　　至於招伶侑酒助樂的風氣，據記載是始於漢代。《漢書》〈張禹
傳〉云：「禹將崇人後堂，飲食婦女相對，優人管弦，鏗鏘極樂，昏
夜乃罷。」到了唐代，家伎且為法令所許。發展到清代，還有人專門
蓄養、訓練男扮女裝的伶人，「人家宴客，呼之即至。席前，施一氍
毹，聯臂踏歌，或溜秋波，或投纖指」[52]……面對這種既新鮮又刺激
的怪現象，那些土豪劣紳、市井筴片醜態百出，看戲之意不在戲，而
是把男伶當作娼妓一樣的來玩弄。像《品花寶鑑》中淫毒徇內奚十

50　〔清〕謝章鋌：《賭棋山莊文集》，卷五，〈魏子安墓志銘〉。

51　〔清〕謝章鋌：《課餘續錄》，卷一。

52　〔清〕汪啟淑：《水曹清暇錄》。

一、色狼潘其規及篾片魏聘才、唐和尚等，他們凌辱優伶，習以成性，確實反映了當時腐朽墮落的社會風尚。不過，士大夫狎優情形有所不同，他們或是因懼怕文字獄，不敢著書立說而退居林下，擁妓招優，詩酒度日；或是因懼怕政治風雲，一心明哲保身而沉溺戲園酒樓。他們大體上把伶人當人看待，但是還不能說是從真正平等的意義上尊重名優，因往往把男性女性化了的名旦當花來欣賞，把品評優伶之色藝作為一種風雅韻事，這就是在當時狎優風氣下派生的一種「好男色而不淫」的怪現象。

這種「好男色而不淫」的現象，一方面是由腐朽的客觀現實造成的，另一方面也與士大夫自己的變異心態有關係。因為清代在法律上不允許士大夫嫖妓，這就導致了「性轉移」現象的產生。於是，在「才子」形象的描述中，出現了女性化的傾向，到了《品花寶鑒》等狹邪小說更發展成畸形的同性戀，像梅子玉和杜琴言、田春航與蘇蕙芳、金粟和袁寶珠、史南湘與王蘭保，他們都是有意識的、公開的相思相戀，雖然也打著「覓知音」的幌子，實際上有的已發展成一種粗鄙的變態行為。如第二十九回寫「名旦」杜琴言往梅子玉家問病時那溫情軟語、纏綿悱惻的情狀，初讀彷彿黛玉往怡紅院問病之情景，可一想到這是在描寫同性之間的柔情蜜意，確實令人作嘔。可見，當人的情感被扭曲成一種可悲的形態時，便會在不知不覺中，把高尚引向粗鄙，使情愛淪為肉慾。

第三，在表現「風流才子」的生活嚮往的同時，表現了晚清封建文人的雙重理想人格。

在中國古代文學中有兩種理想人格：一種是依賴型的人格，即人的個性受制於封建的倫理道德；一種是自尊型的人格，具有近代性的自由人格。作為處在封建時代與近代之間的晚清文人，他們追求的理想人格必然同時烙著新與舊的印記。像《青樓夢》中的金挹香。他所嚮往的是「遊花園，護美人，采芹香，掇巍科，任政事，報親恩，全

友誼，敦琴瑟，扶子女，睦親鄰，謝繁華，求道德」的理想生活，這就是一個具有兩重理想人格的典型形象。一方面，他盡忠、篤孝、情真、義合，「故其事君，則筮仕盡心，無荒故事；事親，則常存顧復，思力不怠；待美人，則知憐解惜，露意輸忱；待朋友，則言而有信，氣誼感孚」[53]。可以說是一個五倫全備的封建文人形象。同時，他又是一個放恣、率真、癡情的名士形象，他無視封建禮法，豪蕩不羈；他無視傳統的貞操觀念，敢於明媒正娶風塵女子；他擁妓冶遊，眠花宿柳，往往「疏放絕倒，不能自禁」[54]。這雖然是一種變異心態，但從另一角度看，它肯定了人欲，也就是肯定了人的個體意志，反映了那個時代新的人格理想標準。魏子安在《花月痕》中塑造了韓荷生這個理想形象，前面寫他不阿附權貴，只寄情風月、流連詩酒，是一個灑脫的名士形象；後面則寫他功成名就，賜爵升官，極力表現他對功名利祿的渴望與追求。這確實使形象出現不一致性，但正是在這一點上，表現了晚清封建文人的雙重理想人格。這種既有封建性又有近代性的雙重理想人格，決定了他們只能在傳統中反傳統，戴著腳鐐跳舞，畢竟無法跳出封建正統思想的範疇。於是，自由人格的實現最後只得採用消極的乃至病態的方式，表現在作品中，就是對擁妓狎優的津津有味的欣賞，就是像金挹香那樣選擇了一條消極的追求自由人生的道路——悟道成仙。

三　細膩而又空靈的藝術表現

　　狹邪小說作為人情小說的支流，在藝術表現上主要學習了《紅樓夢》描寫細膩、筆法空靈的特點，於是，細膩與空靈便成為狹邪小說主要的藝術特徵。

53　瀟湘館侍者評語。
54　〔清〕錢謙益：《列朝詩集小傳》，丁集中，〈王僉事思任〉。

　　細膩，首先是場面描寫的纖細、真切。在《品花寶鑑》第十一回寫「六婢女戲言受責」的場面，先是夫人們看這一班頑婢「有鬧得花朵歪斜的、鬢髮蓬鬆的，還有些背轉臉去耍笑的，還有些氣忿忿以眉眼記恨的，不覺好笑」，只得說她們幾句，說得「群婢低頭侍立，面有愧色」。可當蘇小姐問她們行什麼令這般好笑時，群婢中又有些抿嘴笑起來，倒惹得兩位夫人也要笑了。華夫人笑道：「這些癡丫頭，令人可惱又可笑」——

　　　　蘇小姐又問道：「你們如行著好令，不妨說出來，教我們也賞
　　　鑒賞鑒，如果真好，我還要賞你們，就是你們的奶奶也決不責
　　　備你們的。」愛珠的光景似將要說，紅香扯扯她的袖子，叫她
　　　不要說。愛珠道：「她們說的也多，也記不清了」。蘇小姐急於
　　　要聽，便對華夫人、袁夫人道：「她們是懼怕主人，不敢說，
　　　你們叫她說她就說了。華夫人也知道這些婢女有些小聰明，都
　　　也說得幾個好的出來，便對袁夫人微笑。袁夫人本是個風流跌
　　　宕的人，心上也要顯顯他的丫鬟的才學，便說道：「你們說的
　　　只要通，就說說也不妨。若說出來不通，便各人跪著罰一大杯
　　　酒。」紅薇與明珠的記性最好，況且沒有他們說的在裡面，便
　　　說道：「通倒也算通，恐怕說了出來，非但不能受賞，更要受
　　　罰。」華夫人笑道：「你們且一一的說來。」於是明珠把愛
　　　珠、寶珠、荷珠罵人的三個令全說了，紅薇也將紅雪、紅雯、
　　　紅雲罵人的三個令也說了，笑得兩位夫人頭上的珠鈿斜颭，欲
　　　要裝作正色責備他們，也裝不過來。蘇小姐雖嫌她們過於褻
　　　狎，然心裡也贊她們敏慧，不便大笑，只好微頷而已。這兩夫
　　　人笑了一回，便同聲的將那六個罵人的三紅三珠叫了過來，強
　　　住了笑，說道：「你們這般輕薄還了得，傳了出去，叫你們有
　　　什麼顏面見人，還不跪下。」六婢含羞只得當筵跪了。

這裡，作者繼承和發展了傳統的白描手法，把夫人、小姐、婢女各自的身分、性格、情態、心理描繪得栩栩如生，確實「能使讀者看到語言所描寫的東西就像看到了可以觸摸的實體一樣」[55]。還有像《花月痕》第十四回寫秋華堂的一次夜宴，從秋華堂的擺設寫到入席後的彈唱笑語，各人的風貌不同；從眾人的善意取笑到秋痕的哭笑無常，各人的心理不同，寫得頗為真切。這種場面描寫可以說是直接受《紅樓夢》的影響。

　　細膩，在作品中的第二表現是心理描寫的細緻入微、曲折委婉。狹邪小說的作者們一方面繼承了中國古典小說以人物的神態、動作揭示心理的傳統手法，一方面也較嫻熟地運用靜態的心理描寫，從而細膩地傳達出人物複雜的內心情感，在《青樓夢》第十六回中，作者寫金挹香和鈕愛卿互探真情的一段心理較量：

> 愛卿自從挹香與她話目之後，心中萬分感激，早有終身可托之念。惟恐挹香終屬紈綺子弟，又有眾美愛她，若潦草與談，他若不允，倒覺自薦。故雖屬意挹香，不敢遽為啟口。但對挹香道：「妾淪跡歌樓，欲擇一知心始訂終身，詎料竟無一人如君之鍾情，不勝可慨！雖君非棄妾之人，恐堂上或有所未便。」挹香聽是言，或吞或吐，又像煢煢無靠之悲，又像欲訂終身之意，甚難摹擬。我若妄為出語，雖愛卿或可應許，似覺大為造次。萬一她不有我金某在念，豈非徒托空言，反增慚惡？心中又是愛她，又想夢中說什麼「正室鈕氏」之語，莫非姻緣就在今夕麼？又一忖道：「既有姻緣，日後總可成就，莫如不說為妙。」便含糊道⋯⋯

---

55 高爾基：〈本刊的宗旨〉。

互相愛慕，偏偏又有許多計謀；心心相印，偏偏又是心口不一，把多情公子與風流女於真心相愛的特殊感情心理描寫得微妙曲折。這裡，我們不難看出《紅樓夢》中那對癡情兒女的影子。另外，在《品花寶鑒》中也有很多靜止分析人物精神活動的描寫，如第二十六回「進讒言聘才酬宿怨」，作者把酒色之徒魏聘才挾嫌陷害杜琴言的內心活動刻畫得很有層次。

空靈，首先表現在整體構思方面。我們從三部書的書名看，「品花」與「寶鑒」，「花月」與「痕」，「青樓」與「夢」，一實一虛，虛實相映，雖是無意的巧合，卻似有意的安排，這當然也是得之於《風月寶鑒》、《紅樓夢》的啟示。

《品花寶鑒》，作者的用意主要不在於品花，而是在於如何通過「寶鑒」照出情之正者與情之淫者，因而使作品有一種寓言之味，空靈之感，正如臥雲軒老人所評的那樣，「罵盡人間讒諂輩，渾如禹鼎鑄神奸；怪他一只空靈筆，又寫妖魔又寫仙」[56]。《花月痕》，「痕」是「花月」的影子，二而一，一而二。作者以此構思全書，便是一種正反對照而又正反合一的結構布局。所以魯迅說，荷生即痴珠，采秋即秋痕，富貴之極可至荷生、采秋，窮愁之極則如痴珠、秋痕。我們看第三十六回寫采秋做夢：「忽見荷生閃入，采秋便說道：『痴珠死了，你曉得？』荷生吟吟的笑道：『痴珠那裡有死，不就在此。』采秋定神一看，原來不是荷生，眼前的人卻是痴珠，手裡拿個大鏡，說道：『你瞧，采秋將喚秋痕同瞧，秋痕卻不見了，只見鏡裡有個秋痕，一身艷裝，笑嘻嘻的不說話，卻沒有自己的影子，』」還有從他們的名字看來，韓荷生、韋痴珠即「荷之珠」，杜采秋、劉秋痕即「秋之痕」，正是互相關聯的統一體，這樣構思，便把一個具體的故事寫得空靈搖曳，頗有詩意。而《青樓夢》是以「夢」為全書之主腦。就像

56　《品花寶鑒》〈題詞〉。

瀟湘館侍者在第三回評中所云：「此書以夢起，以夢結。此一回之
夢，原為一部之主腦。此回之夢，入夢之夢；後來之夢，出夢之夢。
且天地，夢境也；古成，夢藪也；挹香、眾美，夢中人也；吟詩詠
賦，夢中情也；求名筮仕，夢中事也。他人以夢為真，挹香以真為
夢。以真為夢而夢易醒，故後日挹香參破夢情，跳出夢境。於是乎，
誓不作夢矣。」這裡，同樣使作品迴盪著一股靈動之氣、一種含有人
生哲理的主旋律。

　　空靈，還表現在具體描寫的詩化方面，這是與《紅樓夢》的詩化
描寫一脈相承的。在這幾部作品中，作者一方面運用了大量的詩詞曲
賦，描寫肖像、景物，抒發內心感受，表現生活情趣；另一方面用散
文筆法也創造了許多情景交融的意境，從而使作品呈現出一種清麗雅
潔的詩化傾向。如《品花寶鑒》第三十回寫杜琴言從梅子玉處回到華
府，華公子責他私行出府，把他軟禁在裡外不通的內室時，「一日獨
坐在水晶山畔，對著幾叢鳳仙花垂淚」的情景，既寫花之不幸，又寫
人之不如花，從而把一個伶人不甘拘束的痛苦心理、無所歸結的悲慘
命運形象地傳達和表現出來。

　　如果說，大量運用詩詞曲賦及通過散文筆法創造意境是其他人情
小說常用的兩種詩化手段的話，那麼，化用戲曲的意境、形式，則是
狹邪小說常用的第三種詩化手法。

　　第一，化用戲曲的意境。像《品花寶鑒》梅子玉與杜琴言魂牽夢
縈的情節，幾乎是化用《牡丹亭》的「驚夢」、「尋夢」等。第五回寫
杜琴言在到京前夕做了一個夢：

　　　　夢見一處地方，萬樹梅花，香雪如海，正在遊玩，忽然自己的
　　　　身子陷入一個坑內，將已及頂，萬分危急，忽見一個美少年，
　　　　玉貌如神，一手將他提了出來。琴言感激不盡，將要拜謝，那
　　　　個少年翩翩的走入海花林內不見了。琴言進去找時，見梅樹之

上結了一個大梅子，細看是玉的，便也醒了。明日進城在路上擠了車，見了子玉就是夢中救他之人，心裡十分詫異。

這是「驚夢」、「尋夢」、「遇夢」，以後又有了第十回的「復夢」，「從此一縷幽情，如沾泥柳絮，已被纏住」……在《青樓夢》第十一回「詩感花妖，恨驚月老」中，作者也寫了金挹香在牡丹花畔一夜驚夢，幾夕尋夢，由於化用巧妙，所以瀟湘館侍者嘆曰：「一回書中，寫得全部靈動，作者真神乎技矣！」

第二，把戲曲的形式與小說的描寫結合起來。戲曲中抒情性的唱段，是戲曲作者運用延伸和放大內心活動的辦法，來表現人物細緻、複雜的思想過程和豐富、深刻的感情波瀾的。小說作者把這種形式融進小說的描寫中，確實給人以空靈搖曳的藝術感受。像《品花寶鑑》第六回寫梅子玉聽杜琴言唱「驚夢」的情態，還有《花月痕》第十四回寫秋痕唱《紅梨記》和痴珠聽《紅梨記》的情態，誇張地渲染出一個充滿傷感、淒楚色彩的藝術境界和審美氛圍。這種筆法明顯是模仿《紅樓夢》第二十三回黛玉回瀟湘館路經梨香院聽牆內唱《牡丹亭》的情景。但黛玉與唱戲的之間毫無關係，且又隔著一堵牆，黛玉的內心情感是通過唱戲的代言而抒發出來。而這裡唱戲的和聽戲的都是作品的主角，且又是情人的關係，把他們放在同一場面上，猶如把他們推到同一舞臺上，讓他們通過演唱直接抒發自己的內心情感，展現自己的內心世界。因此，與其說他們是在唱戲、聽戲，不如說他們全都進入角色在演戲。

第三，用戲曲結小說。《花月痕》第五十二回把痴珠、秋痕的故事編成戲曲，全書結於夢中聽戲，可謂別具一格。其空靈之效果，如棲霞居士所評：「此回為全書餘波，純乎羽化登仙，非復人間煙火，以菊宴一劇，結五十二回文字，所謂神龍見首不見尾也。」

不過，作為人情小說的分支，作為學《紅樓夢》之作，狹邪小說

在內容上沒能很好地把人情描寫同社會批判結合起來，題材狹窄，思想平庸，無論在反映現實或表現理想方面，都缺少優秀的人情小說的深刻性，它只能說是人情小說的末流。在藝術上，它的不足之處也是顯而易見的。首先，它摒棄了人情小說的寫實精神，理想化地塑造人物、處理關係，過分美化狎邪生活；其次，太多詩詞曲令的插入，妨礙了情節的正常進行，損害了小說自然的結構，像六十回的《品花寶鑒》，就有近十回的繁冗無味的詩詞曲令；第三，一些穢褻描寫，沖淡了作品本來具有的清麗雅潔之靈氣，從而破壞作品的藝術美感。

第八節　兒女英雄小說

後期的才子佳人小說已經開始和神魔、俠義小說揉合在一起，到了乾隆以後，更進一步把兒女情和英雄氣結合起來，才子佳人故事和神魔或俠義故事融合，演化為兒女英雄小說。這類作品都產生在《紅樓夢》之後，它們發展了才子佳人小說中理想主義的成分，而演變為更加脫離現實的虛假的理想主義，他們塑造封建主義「高、大、全」的理想英雄，藝術上更加公式化和概念化。如果說，產生在《紅樓夢》之前的才子佳人小說，還可以看作是《紅樓夢》的鋪路石子，還有過積極意義；那麼，兒女英雄小說則自覺或不自覺地與《紅樓夢》唱反調，在中國古代小說發展史上是一種倒退，除個別小說在藝術上尚有可取之處外，從總體上看，是沒有多少歷史進步作用可言了。

兒女英雄小說以《野叟曝言》、《嶺南逸史》、《兒女英雄傳》為代表。

《野叟曝言》，二十卷，一百五十四回[57]。作者夏敬渠（1705-

---

[57] 光緒七年本為一百五十二回，光緒八年本為一百五十四回。前人都認為光緒八年本多二回，是後人所補。但近人研究，一百五十四回係原本，不是後人增補。參看歐陽健：〈《野叟曝言》版本辨析〉，《明清小說研究》1988年第1期（1988年）。

1787），字懋修，號二銘，江陰人，諸生。他好學多才，知識淵博，「通經史，旁及諸子百家禮樂兵刑天文算數之學，靡不淹貫」。自負才學，遊歷江西、江蘇、安徽、山東、河北諸省，足跡走遍半個中國，但科場不利，終身不得志。除《野叟曝言》外，還著有《綱目舉正》、《唐詩臆解》、《浣玉軒詩文集》、《醫學發蒙》等。《野叟曝言》是他晚年作品，大概完成於乾隆四十四年（1779）前後，一直以抄本流傳，到了光緒七年（1881）才付梓。

《野叟曝言》以明代成化、弘治兩朝為背景，敘寫文白（字素臣）一生的英雄業績。文素臣文武雙全，胸懷壯志，見宦官擅權，政治黑暗，於是遊歷天下，一路除暴安良，相繼救得美貌才女璇姑、素娥和湘靈，後皆納為側室。入都後，為皇帝及王子治病，欽賜翰林。奉詔平定廣西苗亂，大功告成又聞京中景王謀叛，立即匹馬入都救護太子，赴山東萊府為皇帝保駕，除盡奸黨。東宮太子即位，素臣為大學士，兼兵、吏二部尚書。後又平倭寇，破日本，征蒙古，服印度，使拜佛之國皆崇儒術；素臣二妻四妾，子孫繁衍，皆得高官厚祿。小說結尾寫除夕之夜，素臣四世同做一夢，意謂素臣當列於聖賢行列，地位當不在韓愈之下。

據說主角文白二字，合起來是一個夏字。作者以文白自況，把文素臣寫成無所不能的英雄，不但事業上飛黃騰達，而且又有幸福家庭，嬌妻美妾，兒孫滿堂。作者是在做白日夢，用以填補生活中的缺陷，表現對功名富貴的艷羨。雖然作者竭力塑造封建主義的高大英雄，但由於思想迂腐，脫離現實，漏洞百出，因而人物形象蒼白無力。此書又是作者炫耀才學之作，把自己的經史論著大段移入小說，使作品漫長無味，失去藝術魅力。

作品把文素臣和四個愛妾的悲歡離合故事與他建功立業、斬妖除奸的英雄業績結合起來，脫離不了才子佳人小說和神魔小說的俗套。

《嶺南逸史》，二十八回，題「花溪逸士編次」。作者黃岩，號花

溪逸士，嘉應州（約今廣東梅縣）桃源堡人。生卒年代不詳，約為乾隆、嘉慶間人。一生以醫為業，著述尚有《醫學精要》、《眼科纂要》等。

《嶺南逸史》書首有三篇序文，最早的是乾隆癸丑五十八年（1793）醉園序，此書應成於此之前。現存最早的是嘉慶十四年（1809）樓外樓刊本。

小說根據《廣東新語》、《雜錄聖山外記》和永安、羅定、廣州府志等地方志有關明代廣東瑤軍及歷次征剿山民武裝起義的記載虛構而成。書敘明萬曆年間，嘉應州秀才黃逢玉，奉父母之命去從化探望姑母，經羅浮山梅花村，在莊主張翰家投宿，遇賊，以法術保護張翰一家，因而與張女貴兒訂婚。後因姑母遷離從化，逢玉在途中經嘉桂嶺時，被新瑤王李小環公主強迫成親。逢玉仍不忘父母之命，繼續尋找姑母，又誤入天馬山，為年輕瑤王梅英所劫，被迫與其姐映雪成親。逢玉始終懷念貴兒和李公主，趁機逃脫，在仙女的幫助下乘船趕到貴兒家，但其家已遭賊劫，不知去向。逢玉遭誣害，被南海知縣以瑤軍間諜罪逮捕入獄。梅英姐弟與李小環合力攻廣州城，官軍難守，只好議和，釋放逢玉。

貴兒遭賊劫後，女扮男裝去嘉應州尋找逢玉，途中被強盜藍能強招為婿，藍女謝金蓮非藍能親生，而是被掠來的妻子前夫之女。金蓮和貴兒一起，要殺掉藍能報仇。

逢玉出獄後，被朝廷任命為兵部侍郎，率嘉桂、天馬二山瑤軍征剿藍能，功成之後，逢玉被封為東安侯。張貴兒、李小環、梅映雪、謝金蓮並為黃逢玉之妻，隱居大紺山，後仙去。

此書不脫才子佳人小說之窠臼，又雜以神仙、戰爭故事，黃逢玉和他的幾位妻子都是英雄兒女，作者以黃逢玉功名顯赫，一夫多妻的大團圓結局。寫瑤族反叛，變閨閣佳人為能征善戰的女豪傑，這是它與其他兒女英雄小說不同之處。思想腐朽，藝術虛假，亦無足稱道。

　　《野叟曝言》和《嶺南逸史》產生在《紅樓夢》之後，但沒有證據說明作者曾讀過《紅樓夢》，雖然，作品立意與《紅樓夢》相反，但未必是有意為之。而《兒女英雄傳》則是有意與《紅樓夢》唱反調的作品。

　　《兒女英雄傳》原有五十三回，後十三回因「殘缺零落，不能綴輯，且筆墨弇陋」，疑他人贗續，由整理者刊削[58]，今存四十回並〈緣起首回〉，題「燕北閑人著」。書前有托「雍正閼逢攝提格（甲寅，十二年）上巳後十日，觀鑒我齋甫拜手謹序」，及「乾隆甲寅（五十九年）暮春望前三日，東海吾了翁弁言」兩序，都是假托的性質。因為書中提到《紅樓夢》及《品花寶鑒》中人物徐度香與袁寶珠，說明不可能是雍正、乾隆時的作品。柳存仁先生推測，兩篇偽序干支都是甲寅，很可能作品寫作的時間是「乾隆甲寅」之後的一個花甲──咸豐甲寅（四年，1854）[59]。這種推測是有道理的。

　　《兒女英雄傳》作者自稱「燕北閑人」，真名文康，字鐵仙，姓費莫氏，滿洲鑲紅旗人，約生於乾隆末、嘉慶初。死於同治四年（1865）之前。

　　文康出身於累代簪纓的八旗世家。從乾隆至咸豐，他家都有人做大官，或為宰輔重臣，或為封疆大吏。曾祖溫福，乾隆朝巡撫，官至武英殿大學士。祖父勒保歷任巡撫、總督而至大學士，授軍機大臣，兼管理藩院。文康是勒保次孫。文康生平所知甚少，只知道他曾在理藩院任員外郎，當過天津道臺，後又任安徽鳳陽府通判。「晚年諸子不肖，家道中落，先時遺物斥賣略盡。先生塊處一室，筆墨之外無長物……乃垂白之年，重遭窮饑。」[60]最後，「丁憂旋里，特起為駐藏大

58　〔清〕馬從善：《兒女英雄傳》〈序〉。

59　柳存仁：《倫敦所見中國小說書目提要》（北京市：書目文獻出版社，1982年），頁245。

60　〔清〕馬從善：《兒女英雄傳》〈序〉。

臣，以疾不果行，遂卒於家」[61]。

　　文康出身顯貴之家，青年時代是位風流倜儻的貴族公子，但晚年卻窮餓以終。他的一生飽經滄桑，歷盡沉浮。他的身世與曹雪芹相似，但二人的思想卻大相逕庭。曹雪芹是帶著血淚如實地寫出封建大家庭必然沒落的大悲劇，而文康卻是充滿幻想地寫出封建大家庭興旺發達的大喜劇。

　　《兒女英雄傳》與其他人情小說不同，不是假托歷史，針對現實，而是在第一回就聲明：「這部書近不說殘唐五代，遠不講漢魏六朝，就是我朝大清康熙末年，雍正初年的一椿公案」。書敘少年公子安驥（字龍媒），因父親安學海在河工任上被奸人陷害，下在獄中待罪賠修。為了營救父親，安驥變賣田產，湊集巨款，趕赴淮安父親任所。而唯一跟隨照顧的老奶公，又在中途病倒。安驥隻身前往，先是雇用的兩個騾夫起了歹心，圖財害命。後又誤入能仁寺，落入凶僧手中。幸虧俠女十三妹在悅來店與安驥相遇後，探悉騾夫奸謀，一路暗中護助，終於彈斃凶僧，全殲能仁寺強徒，搭救了安驥和另一個蒙難的村姑張金鳳及其父母。十三妹作主撮合，將張金鳳許配安驥。

　　十三妹原名何玉鳳，父親被大奸臣紀獻唐所害，她將母親安置在義士鄧九公處，自己練就一身武藝，伺機為父報仇。後安學海告訴玉鳳，大仇人已被朝廷誅戮，對她進行了一通封建說教，何玉鳳改變了立志出家的初衷，嫁給了安驥。金鳳、玉鳳同事安驥，幫他讀書上進；安驥則科場連捷，位極人臣。「一龍二鳳」，「龍鳳呈祥」，享盡人間富貴。

　　馬從善〈《兒女英雄傳》序〉云：「書中所指，皆有其人，余知之而不欲明言之，悉先生家世者，自為尋繹可耳。」書中奸臣紀獻唐，即清初權臣年羹堯，安驥則是以文康的堂兄弟文慶作為模特兒[62]。文

61　〔清〕馬從善：〈《兒女英雄傳》序〉。

62　林薇：〈《兒女英雄傳》作者文康家世‧生平及著述考略〉，《文史》第十八輯。

康晚年，諸子不肖，在饑寒困頓中創作《兒女英雄傳》。把他們家族在仕途上一帆風順的文慶作榜樣，顯然是重溫昔日繁華舊夢，寄託對貴族之家的緬懷和希望。

作者充滿著道學家的迂腐思想。書中有很多封建說教，令人生厭；安學海、安驥、張金鳳、何玉鳳等人物成為作者封建倫理思想的傳聲筒，影響了人物塑造。他提出符合封建道德要求的兒女英雄的標準，認為忠臣孝子對君父的忠孝之情，才是兒女之至情。「有了英雄至性，才成就得兒女心腸；有了兒女真情，才做得出英雄事業。」於是，作者把安驥和何玉鳳、張金鳳寫成忠孝節義俱全的兒女英雄，用樹立正面榜樣的辦法與《紅樓夢》唱對臺戲，為封建統治服務。

作品對現實的弊疾、對官場的黑暗進行了比較深刻的揭露，對何玉鳳、鄧九公的俠義行為也有比較生動的描寫，但由於作者思想的迂腐，給人物形象造成損害。在前半部寫得瀟灑爽朗的何玉鳳，後半部硬把她納入封建正軌，變成溫柔恭順的賢妻良母，「遂致性格失常，言動絕異，矯揉之態，觸目皆是矣」[63]。

《兒女英雄傳》作者寫作技巧是很高的，雖然思想迂腐給作品造成損害，但在藝術上還是有不少可以肯定的地方。首先，在作品結構上，它用平話體寫作，所以，關節筋脈，伏線呼應，行文布局都很緊湊，故事情節生動曲折，特別前半部，引人入勝。其次，繪事狀物，細緻真切，描寫言行，生動傳神。如悅來店十三妹與安公子相會，處處從安公子眼裡看出，把一個從未出過遠門的貴族公子的幼稚、呆氣，與一個飽經人世滄桑的女俠豪爽、潑辣的性格作了鮮明對照。第三，人物心理描寫比較成功，在中國古代小說中它在這方面成就比較突出。三十五回描寫安驥中舉時，家人的各種情景，十分傳神。家人

---

63 魯迅：《中國小說史略》，見《魯迅全集》（北京市：人民文學出版社，1957年），卷 8，頁229。

張進寶氣喘吁吁跑進來報喜，安學海拿著報單，就往屋裡跑，安太太樂得雙手來接報單，卻把煙袋遞給了安老爺，安公子一個人站在旮旯裡哭著；丫頭長姐兒獨自在房裡坐立不安，聽到喜信，把給安老爺的帽子卻錯給了安公子；舅太太未撒完溺就跑了出來；安公子的丈母張太太卻一個人躲到小樓上，撅著屁股向魁星爺磕頭。這一大段描寫五千字左右，把安家上下老少崇美功名的內心世界極其準確地表現出來。第四，用流利曉暢的北京口語寫成，無論敘事狀物或是人物對話，都能準確、生動。作者語言方面的功力與《紅樓夢》、《水滸傳》作者相比，也並不遜色。

文康和曹雪芹一樣出身顯赫的貴族世家，晚年都陷入饑寒困頓之中，文康藝術描寫、語言表達能力也不比曹雪芹弱。但是《兒女英雄傳》卻比《紅樓夢》大為遜色，其關鍵在於作者的思想。這是中國古代小說史上，作家世界觀對創作起著重要影響的一個突出例子。

《兒女英雄傳》前半部寫得比較精彩，影響很大。「悅來店」、「能仁寺」等片段被改編成戲曲作品。

《兒女英雄傳》也有續書。清無名氏作，光緒二十四年（1898）出版的《續兒女英雄傳》，三十二回，續寫安驥的蓋世功業，思想、藝術均無可稱道。

第七章
諷刺小說

第一節　概述

在中國小說史上，自魯迅先生把《儒林外史》列為諷刺小說之後，雖然人們一直沿用此說，但是對這個名稱的理解時有異議：或認為是指《儒林外史》的題材內容而言，因為魯迅的《中國小說史略》大多是按題材分類命名的；或認為是指《儒林外史》的藝術表現而言，因此指出魯迅此說的概括與全書體例不一致。對此，我們可以通過對魯迅的一些論述的分析，來排除異議，明確概念。

魯迅在《中國小說史略》〈清之諷刺小說〉中說：「迨吳敬梓《儒林外史》出，乃秉持公心，指擿時弊，機鋒所向，尤在士林；其文又戚而能諧，婉而多諷：於是說部中乃始有足稱諷刺之書。」很明顯，魯迅所說的諷刺包括題材內容與藝術表現兩個方面，即以婉曲的諷刺形式，描寫被否定的諷刺形象，批判不合理的社會現實。這裡的諷刺對象，有「官師，儒者，名士，山人，間亦有市井細民」；這裡的「指擿時弊」，除了「機鋒所向，尤在士林」，還有攻難制藝，「刻畫偽妄」，「掊擊習俗」等。可見，同是描寫現實、反映世態的作品，諷刺小說卻不同於人情小說，如果說人情小說主要是以寫實的筆法，通過對婚姻家庭與社會世態的描寫去反映現實的話，那麼，諷刺小說則是以諷刺的形式，包括寫實、誇張、象徵、怪誕等手法，通過對社會世態與被否定形象的描寫去揭露時弊、批判社會。這是我們從魯迅對作品的具體論述中引申出的結論。

另外，從魯迅先生的美學理論中，我們同樣可以看到他並沒有把

諷刺僅僅作為一種藝術手法。他說：「悲劇將人生有價值的東西毀滅給人看，喜劇將那無價值的撕破給人看，諷刺又不過是喜劇的變簡的一支流。」[1]諷刺是喜劇的支流，喜劇的本質是：人類愉快地與自己的過去訣別。然而，在尚未達到這樣的歷史階段的時候，這種喜劇本質往往以一種扭曲的形態表現出來，即諷刺主體對被諷刺的客體表現為一種義憤，義憤的情感達到極致時採用了一種逆向表現形式，這便是諷刺。可見，諷刺是一種藝術手法，同時也是社會歷史中客觀的喜劇性矛盾衝突的一種特殊形態。我國封建社會時期，雖然在「溫柔敦厚」的文學傳統的影響下，諷刺藝術發展的步伐是緩慢的，閃現的光芒是微弱的，但還是以各種形式活躍在文壇上。可以說，只要社會存在著具有諷刺意味的現實，那麼，諷刺就不會衰亡。

在先秦文學中，《詩經》中的怨刺詩，諸子著作中的寓言散文，就是善於捕捉和突出時代的社會癥結，以暴露一切醜惡腐朽的現象為其主要特徵的。其中有對統治階級的諷刺，如《詩經》〈伐檀〉、《詩經》〈碩鼠〉、《孟子》〈攘雞〉、《列子》〈獻雞〉等；有對新興士階層的諷刺，如《莊子》〈儒以詩禮發家〉、《韓非子》〈舉燭〉等；還有很多對一般人情世態的諷刺，如《莊子》〈效顰〉、《孟子》〈揠苗助長〉、《韓非子》〈鄭人買履〉等。文章機智、鋒利、詼諧、幽默，引人入勝，發人深省。

到了漢魏，在散文方面，如賈誼的《新書》、劉向的《說苑》、《新序》，王充的《論衡》等著作中，就有不少精彩的諷刺之作，即使以記述歷史為主的作品，如《史記》、《漢書》中的〈滑稽列傳〉、〈枚皋傳〉等，也可以說就是絕妙的諷刺文學作品；在「文學的自覺時代」的魏晉南北朝，更有一大批尖銳潑辣、詼諧警辟、嬉笑怒罵皆成文章的諷刺散文，如孔融的〈與曹操論禁酒書〉、阮籍的〈大人先

1　魯迅：〈再論雷峰塔的倒掉〉《墳》（北京市：人民文學出版社，1980年），頁187。

生傳〉、孔稚珪的〈北山移文〉等。另外，在早期的小說方面，魏邯
鄲淳的《笑林》、隋侯白的《啟顏錄》中有不少諷刺小品，干寶的
《搜神記》與劉義慶的《世說新語》，也有很多較有特色的諷刺片
段，如《搜神記》中的〈秦巨伯〉、〈倪彥思〉、〈宋大賢〉等篇。

　　唐代，是中國古代諷刺藝術成熟的時期。在中唐，韓愈、柳宗元
以清醒的頭腦、批判的精神，創作了許多不朽的諷刺作品；到了晚
唐，可以說是中國古代諷刺文學創作的自覺時代，是產生卓越的諷刺
藝術家的時代。據《唐才子傳》記：羅隱「詩文以諷刺為主，雖荒祠
木偶，莫能免者」。魯迅也曾評說：「唐末詩風衰落，而小品放了光
輝。但羅隱的《讒書》，幾乎全都是抗爭與憤激之談，皮日休和陸龜
蒙，自以為隱士，別人也稱之為隱士，而看他們在《皮子文藪》和
《笠澤叢書》中的小品文，並沒有忘懷天下，正是一塌糊塗的泥塘裡
的光輝和鋒芒。」[2]至於宋代，諷刺也多在散文中表現；而到元代，
諷刺藝術則在散曲及戲劇文學中得到了新的開拓和發展。

　　明清，是我國諷刺文學發展到最高水平的時代。元明之際，鄧牧
的《伯牙琴》中的一些篇章，宋濂的《燕書》、劉基的《郁離子》中
的諷刺散文，都是有感而作，嘲諷中暗寓著人生哲理，斥責裡蘊含著
熱淚。此後，又有方孝孺的〈越巫〉、〈吳士〉，馬中錫的〈中山狼
傳〉、以及歸有光等一大批作品，使古代諷刺散文蔚為大觀。在小
說，《西遊記》、《西遊補》及至《金瓶梅》等長篇小說，其中不乏對
世態人情的譏諷；短篇小說如《聊齋誌異》，更有不少嘲諷科舉、指
摘時弊的篇什。在戲劇，像《桃花扇》等名著也有極濃的諷刺色彩。
從先秦機智詼諧、怨而不怒的諷刺，到漢魏的辛辣精闢、嬉笑怒罵，
再到唐代的鋒芒畢露，直至明清那深情憂憤的筆調，都為諷刺小說的
產生提供了豐富、寶貴的經驗。

2　魯迅：〈小品文的危機〉《南腔北調集》，見《魯迅全集》（北京市：人民文學出版
　　社，1981年），卷4，頁575。

　　然而，只有藝術經驗，也不一定能產生真正的諷刺小說。既然諷刺不僅僅是一種藝術手法，同時也是社會歷史中客觀的喜劇矛盾衝突的一種特殊形態，因此，我們還「要到社會底物質生活條件中，要到社會存在中去探求」[3]諷刺小說產生的根本原因。早在明中葉，資本主義萌芽給死氣沈沈的社會生活帶來了生氣與希望。可是，在明清易代之際卻遭到清王朝的阻扼。這種阻扼的結果，一方面使本已失去其存在的合理性的封建制度又頑固地回光返照，使社會倒退入最腐朽、最反動的年代；另一方面，使資本主義的發展先天失調，它那生氣勃勃、帶合理性的進步的一面暫時隱退了，而其唯利是圖、唯錢是親的罪惡的一面就相對凸現出來，散發著污染社會風俗的銅臭味。這些政治、經濟的變化，首先在意識形態領域裡引起巨大的反響，顧炎武、王夫之、黃宗羲、顏元等一大批進步思想家，他們對腐朽的封建社會進行了相當深刻的批判，由此而匯聚成一股壯闊的民主啟蒙思潮。這股思潮又影響著當時具有民主思想的進步作家和一些出身士大夫階層的、憤世嫉俗的文人。於是，他們厭惡、不安，他們詛咒、批判；於是，義憤之情達到極致時的一種逆向表現形式——諷刺，便在小說藝術成熟的明清時代找到了表現的廣闊天地；於是，在源遠流長的諷刺藝術傳統的哺育下，在明清，尤其是清代那具有諷刺意味的現實土壤中，諷刺小說便應運而生。

　　至於諷刺小說的作品，經常提到的似乎只有魯迅先生認為「足稱諷刺之書」的《儒林外史》。但是，魯迅又曾經說過：「一個作者，用了精煉的，或者間有些誇張的筆墨——但自然地也必須是藝術地——寫出或一群人的或一面的真實來，這被寫的一群人，就稱這作品為『諷刺』。」[4]根據這段論述，我們認為除《儒林外史》之外，還有幾

3　斯大林：《辯證唯物主義與歷史唯物主義》。

4　魯迅：《且介亭雜文二集》〈什麼是「諷刺」？〉，見《魯迅全集》（北京市：人民文學出版社，1981年），卷6，頁328。

部稍次於《儒林外史》的中篇小說，也可以歸入諷刺小說之列。它們是：清初劉璋撰的《第九才子書斬鬼傳》四卷十回，清雲中道人編的《唐鍾馗平鬼傳》八卷十六回，清張南莊撰的《何典》十回，清乾嘉時落魄道人撰的《常言道》十六回。另外，李汝珍的《鏡花緣》中也用了虛虛實實、真真假假的獨特筆法，諷刺了現實社會的一些醜惡現象，因此，也把它列入諷刺小說。

魯迅說：「諷刺的生命是真實」，這裡的「真實」，是指藝術真實。因此，諷刺小說的創作在強調寫實的同時，並不排斥運用誇張、變形、象徵以至怪誕的手法。恰如其分地運用這些藝術手法，同樣可以增加作品的藝術魅力，有時還可以起到強化藝術真實的作用。根據幾部諷刺小說不同的創作特色，我們把它分為三類：

第一，魔幻化的諷刺小說，包括《斬鬼傳》、《平鬼傳》、《何典》等，我們在〈神魔小說〉一章〈西遊記續書〉中認為，西遊續書的藝術風格從原書的浪漫逐漸走向現實，開了諷刺小說借魔幻形式批判現實的創作新徑，這類諷刺小說的創作精神是承此而來的；而具體的藝術手法，則多承前代諷刺文學對虛構的、寓言式的人與事進行諷刺的特色。於是，本來可以直接認識的人和事，作者卻像魔術師那樣變幻或改變了它們的本來面目，用怪誕的手法描繪現實中不存在的鬼怪神妖，生活真實在作者虛幻的想像中消失了。但是，由於作者是基於藝術真實的原則來創作的，所以他們虛構的被諷刺的對象恰好是社會醜的典型概括。「談鬼物正似人間」，猶如拉丁美洲的魔幻現實主義小說，「變現實為幻想而又不失去其真」；說滑稽時有深意，在詼諧的描寫中表現了嚴肅的主題，使作品不致成為淺薄的笑劇、無理的謾罵。

第二，寫實性的諷刺小說，即《儒林外史》。吳敬梓繼承和發揚了我國文學中的現實主義創作精神，遠承《史記》、《漢書》的春秋筆法，近把《金瓶梅》開拓的現實主義暴露傾向，上升到對於社會黑暗的自覺、嚴肅的反思與批判，使我國的現實主義文學邁進了新的階

段。而這現實主義精神決定了《儒林外史》自始至終是以寫實為主的創作特色。《儒林外史》的「閒齋老人評」指出:「古人所謂畫鬼怪易,畫人物難,世間惟最平實而為萬目所共見者為最難得其神似也。」吳敬梓在進行諷刺時,並不標新立異,而是在「最平實而為萬目所共見者」中選取典型事例予以真實的描繪:喜劇性的衝突是寫實的──寫出喜劇衝突的出現不是偶然的現象,而是歷史的必然;幽默感的描寫是寫實的──不是「故意把不倫不類的東西很離奇地結合在一起」[5],而是將荒謬可笑的事物按照它本來的面貌加以描寫:諷刺對象也是寫實的──他很少把被諷刺對象的個性的某一特徵加以誇張,使之極端化,而是使「每個人都是一個整體,本身就是一個世界,每個人都是一個完滿的有生氣的人,而不是某種孤立的性格特徵的寓言式的抽象品」[6]。

　　第三,諷喻式的諷刺小說,即《鏡花緣》。這部作品既有《斬鬼傳》等小說虛構的特徵,即把現實幻化為一些具有抽象意義和諷刺意味的國家,然後對這些國人進行誇張的、漫畫化的描寫,從而幽默地嘲諷了種種醜陋世態,表現出一種怨而不怒的諷喻意味;同時,又有一些《儒林外史》中「直書其事,不加斷語」的寫實筆法,因此,便沖淡了因寫實而透露出來的悲劇色彩。從這個意義上說,它更接近於喜劇的本質。

第二節　魔幻化的諷刺小說

　　魔幻化的諷刺小說,是在神魔小說的影響下,以魔幻的形式諷刺現實的一種小說類型。在封建末世,面對著該否定、該粉碎的舊事物,一些憤世嫉俗而又「無才可去補蒼天」的作者,便借助魔幻的形

5　黑格爾:《美學》(北京市:商務印書館,1984年),卷2,頁373。

6　黑格爾:《美學》(北京市:商務印書館,1984年),卷1,頁303。

象、怪誕的故事，把筆鋒指向這樣的世界：人鬼顛倒，曲直不分，一切都是荒謬絕倫的，一切都是可笑的，從而表現出對現存社會秩序及其傳統陋習的反叛。應該說，這是一種不與世沈浮、不屈服現實的可貴精神。這類作品較有代表性的是劉璋的《斬鬼傳》、張南莊的《何典》、落魄道人的《常言道》。它們的外在形式有三個基本特徵：一，都是中篇小說；二，都用俗語寫成；三，多是借鬼寫人。

《斬鬼傳》，又名《第九才子書斬鬼傳》，四卷十回，寫定於康熙四十年（1701）仲夏，大約刊行於康熙五十六年左右，現存有莞爾堂刊袖珍本，同義堂刊本及兩種舊抄本。作者署名煙霞散人或樵雲山人，清人徐昆在《柳崖外編》中說，作者是山西太原人劉璋。劉璋，字于堂，康熙三十五年（1696）春中舉人，直到雍正元年（1723）才任縣令。《深澤縣志》的名宦傳載：「劉璋，陽曲人，年及耄，始受澤令。諳於世情，於事之累民者惡除之……任四載，民愛之如父母。旋以前令虧米穀累，解組。」可見，劉璋是一個宦途失意且又有一定正義感的人。他還寫過幾本才子佳人小說。

《斬鬼傳》是借鍾馗斬鬼的故事重新創作的諷刺小說。鍾馗捉鬼的故事，在我國民間赫赫有名。唐中宗時的韻書曾有一條「鍾馗，神也」的注釋，可見，鍾馗在唐初就被奉為神靈。後來，由於一些文人有作遊戲文章之習，遂有虛構的鍾馗故事出現，像《唐逸史》、《補筆談》中都記載著落第舉子鍾馗夢中為唐玄宗捉鬼的故事，此後便在民間廣為流傳；《斬鬼傳》之前佚名撰的明刊《鍾馗全傳》四卷，基本上是按照這個故事傳說演化而成。作者循著傳說原來的路向，把鍾馗當作一個歷史上的傳奇人物來寫，寫他神奇的出生，非凡的抱負，著重表現了人的自我意識的覺醒，作品的諷刺意味很淡薄。

劉璋的《斬鬼傳》，則是藉題發揮。書敘唐德宗時，終南山秀才鍾馗到京應試，成績卓異，主考官韓愈和副主考官陸贄嘆為真才，把他取在一甲一名。金殿陛見時，德宗嫌他貌醜意欲不取，奸臣盧杞乘

機進讒附和，鍾馗舞笏便打。德宗喝令拿下，鍾馗奪劍自刎。經陸贄奏說，德宗後悔莫及，貶了盧杞，追封鍾馗為驅魔大神，著他遍行天下，以斬妖邪。鍾馗的魂魄先到陰間報到，閻君說：陰司「並無一個游魂作害人間。尊神要斬妖邪，倒是陽間甚多」。於是，判官出示人間鬼冊三十六個名單，閻君派了含冤、負屈兩個文武將軍輔佐他，又撥三百陰兵助威，並把春秋時吳國奸臣伯嚭所變的白澤獸供他坐騎，返回陽世，按照鬼簿名單，跋山涉水，逐個驅除，最後被玉帝封為「翊聖除邪雷霆驅魔帝君」。德宗見了奏報，忙命柳公權題匾，派禮部尚書前往鍾馗廟掛匾，在隆重的禮炮聲中，眾人看到的是五個瓦盆大的金字：「哪有這樣事！」全書至此結束。

　　《何典》，又名《十一才子書鬼話連篇錄》，十回。作者張南莊，據光緒刊本「海上餐霞客」跋，張南莊為乾、嘉時上海十位「高才不遇者」之冠首，「歲入千金，盡以購善本，藏書甲于時，著作等身；而身後不名一錢……」所著編年詩稿十餘部，皆毀於咸豐初之兵火，獨此書幸存，初印於光緒四年（1878）。書敘陰山下鬼谷中三家村有一財主名活鬼，因中年得子，演戲謝神，結果戲場中鬧出了一場人命，受到土地餓殺鬼的敲詐勒索，弄得家破人亡。其子活死人少小無依，為舅母逐出行乞。幸遇仙人賜以辟谷丸、大力子和益智仁，並得仙人指點到鬼谷先生處學藝，後與師兄弟一起平定青胖大頭鬼和黑膝大頭鬼的叛亂，被閻羅封為蓬頭大將，並奉旨與臭花娘成親，安居樂業。

　　《常言道》，又名《子母錢》，四卷十六回，定稿於嘉慶九年（1804），現存嘉慶甲戌十九年刊本及光緒乙亥鐫的袖珍本。作者題名「落魄道人」，而關於落魄道人的真名真事，目前一無所知。不過從作者的道號及作品的描寫可以想見，這也是一個獨具慧眼、滿懷憤激的失意文人。書敘青年士人時伯濟出外遊歷，帶著子錢尋找母錢，不幸失足落海，飄至小人國，在沒逃城中受到貪財慳吝、廉恥喪盡的財主錢士命的侮辱，後逃至道德高尚、古風猶存的大人國；錢士命仗勢

欺人，在向大人國索取時伯濟時討戰罵娘，被大人踩死，落得身亡財空。而時伯濟則時來運轉，為大人送歸本土，渡海得錢，闔家團聚。

從題材構成看，三本書是各有特點的：一是把陰間的鬼魂請到陽間斬鬼，一是把人間的活報劇搬到陰間，一是以海外之民俗影射本土之風情。由於題材構成的不同，所以諷刺的重點也有所不同，從對醜惡世相的諷刺，到對官場黑暗的抨擊，再到對金錢本質的揭露，可以說是封建社會末期的諷刺三部曲。

第一部曲：《斬鬼傳》對醜惡世相的諷刺

在封建社會，不良不善的習尚都會或重或輕地危害著社會風氣，或多或少地侵蝕人們的靈魂。到了清初，這些習氣以及表現在各種人物身上的病態現象，如妄尊自大、思想僵化、誆騙、慳吝、貪婪、好色之類，隨著封建末世的日漸腐朽，便很快地蔓延開來，雖然大多屬於不犯王法的社會道德風尚問題，然而卻足以敗壞世道人心。因此，劉璋就在鍾馗捉鬼故事的基礎上，進一步想像、虛構，把世間眾生各種不良習性、癖性幻化為形是人類、心為鬼魅的陰間鬼物，然後把它們作為書中主要諷刺對象。其中有妄尊自大的搗大鬼等，他們大言不慚、自吹自擂，把三個捉鬼大將弄得牙癢筋疼、無法下手；還有寡廉鮮恥的涎臉鬼，具有一幅「千層樺皮臉，非刀劍槍戟所能傷，亦非語言文字所能化」；有一毛不拔的齷齪鬼，見桌子上落了幾顆芝麻，就借講話時比劃手勢的機會，用手指蘸著唾沫一一黏來吃了；還有哪怕被鍾馗捉到、主張把銀子打成棺材、趁早鑽進去埋在地下、以便「人財兩得」的守財奴仔細鬼等等。作者用詼諧滑稽的筆調，把三十多種具有諷刺意味的病態現象一一抉出，畫出它們醜陋的特徵，讓人們在覺得可笑的同時引起警惕；然後假托鍾馗，加以剪除，使惡人在感到畏懼的同時驚而改過，從而把半似陰曹地府的人間改造成清明的世界。

　　另外，作者對世俗偏見的諷刺也有一定的深度。像鍾馗這樣一位文采超凡、心地純良的英雄才子，卻僅僅為一副醜陋的容顏而不容於當道，被皇帝黜落。皇帝卻說：「我太宗皇帝時，十八學士登瀛州，至今傳為美談，若此人為狀元，恐四海愚民，皆笑朕不識人才也。」所謂四海愚民，代表的正是世俗之見。於是才華高超的鍾馗卻被以貌取人的世俗偏見所吞噬。衣冠社會，原只重衣冠表相不重人，悠久的文明傳統，居然不許貌醜的才子有正常的嚮往與追求。這是對現實和歷史的嘲諷。可見，作者諷刺的對象並不是某一個人，也不是不分青紅皂白地專對某一群人，而是世間眾生相中醜惡的一群。這是一群人鬼，他們所代表的，就是當時人鬼不分、是非不明的社會風氣及傳統惡習。

　　由於劉璋把諷刺的重點放在醜惡的世相及傳統的惡習方面，所以，對那些草菅人命、貪贓枉法的官場人物，為富不仁的大賈富商、地主豪紳以及一些較深刻的社會問題，是很少觸及的。

第二部曲：《何典》側重對黑暗官場的抨擊

　　《何典》，通過描寫嘲笑閻羅王及形形色色的妖魔鬼怪，雖然也反映了某些醜惡世相，如醋八姐的見錢眼開，牽鑽鬼的損人不利己，和尚尼姑的貪財好色，封建文人的不學無術等，但重點還是在諷刺和抨擊我國封建社會崩潰前夕官場內幕的黑暗現實。

　　在第二回，活鬼因中年得子而酬神演戲，黑膝大頭鬼在戲場上打死了破面鬼。可是，三家村的土地餓殺鬼竟放著凶手不抓，卻把無辜的活鬼拘捕，施以酷刑，捏造一個造謠惑眾的罪名。原來那土地「又貪又酷，是個要財不要命的主兒，平素日間，也曉得活鬼是個財主，只因螞蟻弗叮無縫磚階，不便去發想」，於是就乘機狠狠敲一筆。果然錢可通神，錢一到手，活鬼即被放出。

　　到了第八回、第九回，餓殺鬼已是枉死城的城隍，又遇上畔房小

姐打死豆腐西施一案。畔房小姐是識寶太師的女兒，餓殺鬼是用錢走
了識寶太師的門路、擠走了白蒙鬼才當上城隍的，恩人之女，豈能問
罪。於是聽從了男妓劉打鬼的鬼主意，用移花接木的辦法，把荒山裡
的兩個大頭鬼抓來當替罪羊，自己則可以邀功求賞、官上加官。不料
激起一場戰事，終於把自己全家以及合衙官吏的性命全賠上了。這
裡，作者借迷露裡鬼的口，比較深刻地揭露出封建官場的黑暗，他
說，「雖說是王法無私，不過是紙上空言，口頭言語罷了。這裡鄉村
底頭，天高皇帝遠的。他又有財有勢，就便告到當官，少不得官則為
官，吏則為吏，也打不出什麼興頭官司來……且到城隍老爺手裡報了
著水人命，也不要指名鑿字，恐他官官相衛……」

　　貪官汙吏見錢眼開，見人有了幾個錢便生勒索之心，然後又用勒
索到的錢再去買通上司，步步高升，以致官官相護，大官小官，無一
好官，直弄到官逼民反，一發而不可收拾，作為最高統治的閻王也差
點跟著完蛋。這種描寫比起《斬鬼傳》，更具有認識價值和批判意味，
可以說，這是封建末世官場活劇的概括，是清王朝吏治腐敗的縮影。

第三部曲：《常言道》側重對金錢本質的揭露

　　《常言道》是一部專以金錢為題材的作品，它以海外小人國的民
風習俗影射本土的風俗人情，以大人國的敦厚民風對比本土的歪風邪
氣，並且在更深廣的意義上揭露了金錢的本質，可以說是對《何典》
中「錢能通神」的一般認識的深化。

　　首先，作者在第一回就開宗明義地闡明了金錢的本質、流通與力
量，表現了對金錢的清醒認識。

> 無德而尊，無勢而熱，無翼而飛，無足而走，無遠不往，無幽
> 不至。上可以通神，下可以使鬼。係斯人之生命，關一生之榮
> 辱，危可使安，死可使活，貴可使賤，生可使殺。故人之念

恨，非這個不勝；幽滯，非這個不拔；怨仇，非這個不解；令
聞，非這個不發。

作者在這裡摘錄了晉代魯褒《錢神論》中的原句，把金錢尊為
「天地間第一件的至寶，而亦古今來第一等的神佛」；同時，作者又
進一步論述這個「至寶」「失之則貧弱，得之則富昌」，今天不要，明
天也要，人人都要，總之，「或黃或白，以爾作寶。凡今之人，維子
之好」。這與莎士比亞在《雅典的泰門》中對金錢罪惡的控訴，有著
異曲同工之妙，他們對金錢本質的認識都是較為深刻的。

然而，由於資本主義因素曾有一定程度的發展，必然會使人們的
金錢意識有所增強，這本來是有它的合理性的。因此，《常言道》的
作者並沒有完全否定金錢的作用，而是清醒地提出了對待金錢的正確
態度，即取之以義：「古人原說聖賢學問，只在義利兩途。蹈義則為
君子，趨利則為小人。由一念之公私，分人品之邪正。」又說，「古
人說得好，『臨財無苟得』，得是原許人得的，不過教人不要輕易苟且
得耳。」他叫人不要見利忘義，為錢所役，做了「錢用人」的人，相
反，應做一個「人用錢」的人。就是說，人不能異化為錢的奴隸，人
應保持自己的人格尊嚴，要能支配金錢這種異己力量，不要為這種異
己力量所奴役。這實際上包含著深刻的人生哲理。

其次，作者通過財主錢士命拚命追索子母錢的諧謔描寫，具體地
揭露了金錢對人的靈魂的腐蝕。

當錢士命聽到時伯濟提起金銀錢時，「身兒雖在炕上，一心想著
這金銀錢，那裡還睡得著，翻來覆去一夜無眠」；當他異想天開、拿
著自己的母錢到海中去引那子錢時，誰知那枚母錢也落在水裡，於
是，「頓時起了車海心，要把海水車乾」。當他一旦得到朝思暮想的金
銀錢時，便要裝模作樣，擺出財主的樣子，受人叩賀，恬不知恥；當
他向時伯濟討取金銀錢、耀武揚威地向大人國尋事而被踏死之時，還

不知兩個金錢銀都在家裡，一個自己藏在庫中，一個被妻子偷去私藏……

他的人生就是為錢，除了快快發財，不知還有別的樂趣；除了丟失金錢，不知還有別的痛苦。他與莎士比亞筆下的夏洛克一樣，金錢是他唯一的上帝，他們有著對金錢的崇拜和強烈的佔有慾，但是，他們卻喪失了正常人的感情、人的靈魂。

通過分析可以看出，當我們把這三部作品分開看時，它們的思想意義並不是十分突出，而當我們把它們貫穿為具有一定內在聯繫的三部曲時，就可以看出清代中篇諷刺小說表現的內容具有由面到點、由現象到本質的不斷深化的特點，似乎整個社會都進入他們的批判網中，雖然批判不是很有力的，但是，作品還是具有了一定的廣度與深度。

魔幻化諷刺小說，儘管在題材構成、諷刺對象等方面有所不同、有所側重，但在藝術表現方面則是有著共同的特徵。如果說，借魔幻形式批判現實的基本創作精神是承《西遊記》續書而來的話，那麼具體的藝術手法，則多承前代諷刺文學對虛構的、寓言式的人與事進行諷刺的特色。其表現為：

第一，談鬼物正似人間。表現在作品中主要是用怪誕的手法描繪社會現實中不存在的鬼怪神妖、大人小人，以此批判社會，影射現實。

情節怪誕，這是通向藝術組織的整體怪誕。《斬鬼傳》把陰間的鬼魂請到人間斬鬼，由此虛構了一連串荒誕不經的故事：和尚的大肚子可以吞下三個鬼物，然後把它們「當作一堆臭屎屙了」；樺樹皮可以造臉，並且還可以裝上良心，良心一發動，厚臉就會變薄等等。《何典》則把人間的活報劇搬入陰間，「其言則鬼話也，其人則鬼名也，其事實則不離乎開鬼心，扮鬼臉，懷鬼胎，釣鬼火，搶鬼飯，釘鬼門，做鬼戲，搭鬼棚，上鬼堂，登鬼籙，真可稱一步一個鬼矣」。還有《常言道》中時伯濟帶子錢尋找母錢及錢士命用母錢到海灣中引子錢等情節。

　　荒誕性格，這是通過誇張描寫喪失「自我」的畸形人。在病態的社會土壤裡，往往會孕育出這種精神變異、性格荒誕的人。像《常言道》中的錢士命，就是一個喪失人的感情、人的靈魂的畸形人。又如《斬鬼傳》中的仔細鬼，臨死時吩咐兒子道：「為父的苦扒苦掙，扒掙的這些家財，也夠你過了。只是我死之後，要及時把我的這一身肉賣了，天氣炎熱，若放壞了，怕人家不肯出錢。」說著就嗚呼哀哉了，不多時又悠悠地轉活過來叮囑道：「怕人家使大秤，要你仔細，不要吃了虧……」說畢才放心死去。人死肉尚能賣，可見人已物化。

　　所有這些，都是現實中不可能發生的事、不可能存在的人，但是，作者為了使讀者產生一種怪誕的感覺，為了更真實地表現社會的病態現象，就把諷刺和怪誕的審美意蘊結合起來，從而創造出一種既超現實又不脫離現實的藝術氛圍，讀者在此氛圍中，還是可以感受到較明確的象徵意義，即談鬼物正似人間。斯坦尼斯拉夫斯基曾說過：「真正的怪誕是賦予豐富的包羅萬象的內在內容以及鮮明的外部形式，並加以大膽的合理化，而達到高度誇張的境地。不僅應該感覺和體驗到人的熱情的一切組成元素，還應該把它們的表現加以凝聚，使他們變成最顯而易見的，在表現力上是不可抗拒的，大膽而果敢的，像諷刺畫似的。怪誕不能是不可理解的，帶問號的。怪誕應該顯得極為清楚明確。」[7]可見，怪誕儘管是一種現實的變形，但仍然要求有內在的現實內容，這就是「怪」與「真」的統一，魔幻化的諷刺小說基本上做到了這一點。

　　第二，說滑稽時有深意，魔幻化諷刺小說的作者都很關心現實，關心人生。由於關心，所以對日下的世風、醜惡的現實更有一種憂患感、痛苦感、憤激感。然而，他們卻把苦惱藏在奇異的輕率之中，在自己的作品中採取了一種輕佻的形式；嘻嘻哈哈，玩世不恭，把痛苦

7　《斯坦尼斯拉夫斯基論文講演談話書信集》，頁279。

變為滑稽，從而在滑稽中宣洩憤激之情，表現他們對人生、對社會、對生活的善良而真誠的願望。

在《斬鬼傳》中有一「五鬼鬧鍾馗」的情節。伶俐鬼因釀臉鬼等被誅，風流鬼又被鍾馗趕入棺木，大哭一場，認為「此仇不可不報」，就糾集鬼兄鬼弟，趁縣尹弔喪、含冤負屈二將外出時，假扮衙役，灌醉鍾馗；然後，伶俐鬼、清虛鬼脫了鍾馗的靴子，滴料鬼偷了寶劍，輕薄鬼偷了笏板，短命鬼爬上樹去，扳著樹枝，伸下腳來，將紗帽夾去藏了。弄得鍾馗脫巾、露頂、赤腳、袒懷，不成模樣。誅殺人間眾鬼的神道鍾馗，卻經常被眾鬼戲弄，確實滑稽可笑。但在這眾鬼把醜自炫為美的滑稽描寫中，卻曲折地表現了清代那些「人鬼」活動之猖獗、搗鬼之有術，使敢於主持公道、為民除害的官員難免受欺的可惡現實。

在《常言道》第十一回中，錢士命得了金銀錢，便財多身弱，發起病來，自覺「腹內的心好像不在中間，隱隱地在左邊腋下」，請到一個庸醫，問錢士命一向調理用何藥物，錢士命拿出一個丸方遞與庸醫看，但見那丸方上開著：

> 爛肚腸一條。欺心一片。鄙吝十分。老面皮一副。
> 右方撋斤估兩，用蜜煎砒霜為丸，如雞肉賠子大，大完時空湯送下。

那庸醫看完，就另外開了一帖：

> 好肚腸一條　慈心一片　和氣一團　情義十分　忍耐二百廿個
> 方便不拘多少，再用鶯汁一大碗，煎至五分。

可是錢士命咽不下新藥，仍「將舊存丸藥吃了一股，喉嚨中便覺滋

潤，因此仍服舊藥。又服了幾天，初時腹內的心尚在左邊腋下，漸漸地落將下去，忽然一日雲時洩瀉，良心從大便而出，其色比炭團還黑」。已經無可救藥，卻還一本正經地服什麼新藥、舊藥，明明是可悲可笑的，卻還不知自己的可悲可笑。這種滑稽的描寫，看似粗俗無稽之談，實際上隱藏著作者勸善、救世的用心與對醜惡鄙薄、憤激的感情。張南莊在《何典》的描寫中也是這樣，他把世間一切事物，全都看得非常渺小，憑你是天皇老子烏龜虱子，作者只是把它們看做一錢不值、滑稽可笑的鬼東西。於是，在玩世不恭、鄙薄醜惡的同時，也就表現了作者不與世沈浮、不屈服於現實的可貴精神。因此，儘管不少描寫失之油腔滑調，卻不能一概視之為淺薄的「江南名士」式的滑稽。

第三，用俗諺常出妙語。在語言運用方面，三部書除了充滿了雙關妙語、諧趣橫生之外，更突出的特點是對俗諺的活用，從而使這類諷刺小說更有一種輕鬆有趣的喜劇氣氛。魯迅曾在《門外文談》中談到：「方言土語裡，很有些意味深長的話，我們那裡叫『煉語』，用起來是很有意思的，恰如文言的用古典，聽者也覺得趣味津津。」這種活潑有趣、頗有意味的方言土語，在作品中有三個表現特色：

一是以慣用的成語、俗諺來比喻某種「現世相」。成語如「攬紗帽」比喻因氣憤而辭職，「濕布衫」比喻纏在上身擺脫不掉的棘手事，「三腳貓」諷刺什麼都懂一點又什麼都不精的角色，「掇臀捧屁」形容諂媚逢迎的無恥情態；俗諺如「說嘴郎中無好藥」比喻夸夸其談的人沒有真本領，「殺他無得血，剝他無得皮」形容光棍無賴的本質，「和尚無兒孝子多」是對貪色和尚的諷刺。這些都可以說是「現世相的神髓」。

二是把方言土語融入敘述、對語中，使文字更見精神，作品更添趣味。《斬鬼傳》第二回寫挖渣鬼為搗大鬼壯膽時說：「兄長不必怕他，要的俺弟兄們作甚？要打就和他打，要告就和他告，臊羊胡吃柳

葉，我不信這羊會上樹。」

　　《何典》第三回敘述活鬼得病、服藥無效後的幾句插白：「正叫做藥醫不死病，死病無藥醫。果然犯實了症候，莫說試藥郎中醫弗好，你就請到了狗咬呂洞賓，把他的九轉還魂丹像炒鹽豆一般吃在肚裡，只怕也是不中用了。」

　　又如《常言道》中對錢士命拜佛的描寫：「錢士命立起身來，滿殿走去，見了大佛磕頭拜，見了小佛踢一腳，揀佛燒香，獨向救命皇菩薩案前暗自禱告。」這就是「大佛得得拜，小佛踢一腳」俗諺的化用。

　　三是用俗語、俗典表現人物的心理。如《常言道》第三回寫錢士命想金銀錢想得一夜無眠，作者就擷取民間流行的「五更調」讓他唱道：「一文能化萬千千，好換柴和米，能置地與田，隨心所欲般般便，教人怎不把情牽，勝此爹娘與主子個也先，我的錢啊，稱買命，是古諺！……」把天下財主的心眼描摹得唯妙唯肖，真可謂剖腹挖心，剔膚見骨。

　　俗諺，是勞動人民創造的，其中有生動、質樸的，也有粗野、鄙俗的，這是必然的現象。有的作者純粹出於玩世的態度，有的也為了迎合小市民的低級趣味，因而，不是從創造人物的需要出發，而是「拾得籃中就是菜，得開懷處且開懷」，把俗諺中的糟粕也收了進去，像《何典》這方面的問題比較嚴重，這樣自然會降低作品的格調，削弱作品的諷刺意義。

第三節　《儒林外史》

一　作者與版本

　　吳敬梓（1701-1754），字敏軒，號粒民，安徽全椒人。移家南京

後自號秦淮寓客，因其書齋署「文木山房」，故晚年又自稱文木老人。在明清小說作家大都失傳的不幸歷史中，吳敬梓算是最幸運的，通過他的《文木山房集》，我們可以較為準確地編次他的年譜，可以較有根據地勾勒他的形象。

吳敬梓出身於一個世代書香的門第。其家世，浸潤著傳統的儒家思想。高祖吳沛早年想在舉業上奮發，後因被黜失利，只以一名廩生終老。但他自信有為，一面設帳講學，擁有大量的生徒；一面又潛心宋儒理學，著書立說，希望繼承儒家的所謂「道統」，著有《詩經心解》六卷，《西墅草堂集》十二卷。當時，「道德文學為東南學者宗師」[8]。

自吳沛以後，全椒吳姓連續產生由科舉出身的顯貴人物。據《全椒志》載：吳沛有國鼎、國器、國縉、國對和國龍五個兒子。除國器以布衣終老，其餘四個都達到當時讀書人所企盼的科第高峰。吳敬梓的曾祖吳國對，是順治戊戌探花，一直以八股制藝名家，詩古文辭及書法也有名於世。曾典試福建，提督順天學政，由編修做到侍讀。這是吳氏家族的鼎盛時期。

據陳廷敬的《吳國對墓志》，國對生三子，長子名旦，次名勛，次名昇。吳勛生吳雯延，是吳敬梓的生父，吳旦生吳霖起，是吳敬梓的嗣父。這兩代人雖然也有後起之秀，但整個趨勢是在走下坡路。吳雯延是秀才，吳霖起也不過是一名拔貢，曾為贛榆教諭，是個清貧的學官，因不容於勢利薰天的社會，於康熙壬寅年（1722）辭官歸耕，次年春去世。以後家業遂衰。

從這四代家世看來，他們的治學，他們的追求，他們的政見，他們的修養，都受到傳統儒家思想的長期霑霖。除吳沛直接提倡宋儒理學外，他們特別重視儒家奉為六經之一的《詩經》，吳沛有《詩經心

8　〔清〕陳廷敬：《吳國對墓志》，見《耆獻》〈類徵〉。

解》，吳國鼎有《詩經講義》，吳國縉有《詩韻正》，從而使《詩經》的「美刺」傳統能更好地傳給吳敬梓。另外，他們對科舉功名的熱衷追求，對忠信孝悌的高度重視，都對吳敬梓產生了潛移默化的影響。然而，吳敬梓的生活、思想絕不是前輩的翻版。他雖然也曾發憤制藝，但並沒有成為他人生唯一的追求；他雖然也信奉道德學說，但並沒有築成他思想唯一的支柱。他的學識，他的修養，更多地透露出孤標脫俗的叛逆個性。

「何物少年志卓犖，涉獵群經諸史函」。當時的父師們為了培養子弟們的應試才能，一般是不讓他們閱讀其他雜書、史書，只需他們一心誦習朱熹注釋的「四書」，而吳敬梓卻在前輩的書樓中過著「笙簧六藝，漁獵百家」的讀書生活。他的學業除了攻讀朱注為主的《四書》，還廣泛「涉獵群經諸史」，尤其對《詩經》、《史記》、《漢書》的研究有著獨特的見解，曾著有《詩說》數萬言及未成書的《史記紀疑》；另外，吳敬梓不僅能寫好八股文，也工於詩賦詞章。程晉芳的〈文木先生傳〉評曰：「詩賦援筆而成，夙構者莫之為勝。」江寧黃河的《儒林外史》〈序〉評曰：「其詩如出水芙蓉，娟秀欲滴。」吳湘皋的《儒林外史》〈序〉評曰：「敏軒以名家子好學詩古文辭雜體以名於世。凡有所作，必曲折深入，橫發截出……」我們讀他的〈金陵景物圖詩〉，讀他的〈移家賦〉，可以想見他的文心詩思，這都為《儒林外史》的創作打下了堅實的文學基礎。

「敏軒生近世，而抱六代情」。在人格修養方面，他既慕建安詩人之風雅，更追竹林七賢之狂狷，尤其是阮籍、稽康。他們在理論上提出「越名教而任自然」，以自然的人性來對抗虛偽的「名教」；在生活中，表面上灑脫風流，內心裡悲憤痛苦，他們的作品多是表現一種彷徨苦悶的心情與不滿現實的情緒，他們的縱心肆志常常帶有狂誕不經的色調，這對歷代不循規蹈矩走封建正路的士大夫文人都有一定的影響。吳敬梓對此尤為景仰，常以仿效。於是，他在詩賦中直寫人生

之憂患：「文瀾學海，落筆千言徒灑灑。家世科名，康了惟聞氄氄
聲。」「西北長安，欲往從之行路難；明日明年，蹤跡浮萍劇可憐。」
（〈減字木蘭花〉）「人生不得意，萬年皆愬愬。有如在網羅，無由振
羽翮。」（〈丙辰除夕述懷〉）於是，他慷慨任氣，放誕不羈，常與酒
侶們「科跣箕踞互長哺」，「酒酣耳熱發狂叫」（金榘〈寄吳半園外
弟〉），被人認為「狂疾不可治」；於是，他蔑視功名，「橫而不流」，
「一事差堪喜。侯門未曳裾」（〈春興八首〉之五），「安有卻聘人，灌
園葆貞素」（〈左伯桃墓〉），終為「眾庶之不譽」。這是一種具有憤世
嫉俗的狂狷色彩的叛逆性格。然而，這種仰慕與仿效並非是貴族公子
的附庸風雅，而是有著內在的心理依據。當他看到科舉制度的不合理
的時候，當他發現道德學說的虛偽性的時候，當由貴到賤的地位變化
使他感到苦悶的時候，當新舊交替的時代思潮使他感到困惑的時候，
一種憂生之嗟、「物外之思」自然而生。於是，建安詩人、竹林名士
便成了他仰慕、追步的對象；於是，一個科舉世家的後裔便成了蔑視
功名的逆子。可以說，吳敬梓那內在深沉、外在狂放的性格特徵，是
在坎坷的生活中、在痛切的反思中形成的。

　　吳敬梓只在少年時期過了幾年安逸的讀書生活，到了十三歲就
「喪母失所持」，十四歲又跟隨父親到贛榆縣教諭任所，生活動蕩不
安，但思想還是比較單純的。到了二十三歲，由於父親的正直丟官，
抑鬱而死，他開始窺見官場鬥爭的現實；又看到家族的無賴之徒貪婪
地要攫奪他的祖遺財產的情形，使他初步地認識了世人的真面目。而
這一階段他對科舉的認識是由追求到懷疑；為了避免從「王謝高堂」
中落到「百姓之家」的命運，他也曾想發奮於科舉制藝。可是，在二
十九歲夏天的鄉試預試中，卻因「文章大好人大怪」，而差點被黜，
更不幸的是同年秋闈鄉試他又失敗了。自恃「文瀾學海」之才，反而
被黜落第，這種不合理的現象，自然會使他對科舉制度產生懷疑。「三
十年來，那得雙眉時暫開？」於是，他嘆人生行路之艱難，感蹤跡漂

泊之可憐。

　　在勢利薰天的社會裡，吳敬梓這個落魄公子、科舉落第的秀才，自然遭到世俗的非議和毀謗。面對難堪的侮辱，他毅然決定離開全椒，移居南京。在南京，他一方面是飲酒以澆心中塊壘，一方面是廣交以體驗人事。由於自己社會地位的改變，使他逐漸清醒地看到封建社會的種種病痛，形成了他蔑視富貴、孤標脫俗的叛逆性格。

　　在吳敬梓三十五歲那年，江寧府學訓導唐時琳等推薦他參加「博學鴻詞」科的考試，由於詞科的開設是不用八股文章，所以吳敬梓開始沒有拒絕。第二年春天，他參加了安慶府的院試，等到錄取以後，再次推薦赴京應廷試時，他經過觀察思考，一方面看穿了詞科與八股取士一樣，都是拿功名富貴來牢籠知識分子；另一方面他也不忘曾在科歲考上受到的侮辱和打擊，為了不再辱名，為了不受牢籠，他就借病辭卻了。從此，吳敬梓不再應鄉舉，也放棄了「諸生籍」。他在三十九歲生日那天寫的〈內家嬌〉詞中，在一番自省之後，終於唱出了「恩不甚兮輕絕，休說功名」的心聲。至此，吳敬梓才真正認識到科舉制度的不合理和醜惡。

　　從此，吳敬梓決心在困厄中著書，主要是醞釀創作《儒林外史》。人世的滄桑，生活的折磨，內省自己，靜觀外物，激起了吳敬梓內在的創作欲望。為了寫自己，也為了寫人生；為了批判假、惡、醜，也為了歌頌真、善、美，在「囊無一錢守，腹作千雷鳴」、「近聞典衣盡，灶突無煙青」的困厄境況中，靠著頑強的意志、孤高的個性、深厚的修養，終於完成了這部三十萬字的巨著。胡適曾在《吳敬梓年譜》中說：「吳敬梓是一個八股大家的曾孫，自己也是這裡面用過一番工夫來，經過許多考試，一旦大覺悟之後，方才把八股社會的真相──醜態──窮形盡致的描寫出來。」可見，只有深刻、獨特的人生體驗，方能創作出深刻、獨特的作品。

　　吳敬梓創作《儒林外史》，是從南京一直寫到揚州，最後在揚州

修改完稿的。他對揚州有一定的感情，常誦「人生只合揚州死」之句。一七五四年，他帶著妻兒寄寓揚州，繼續過著淡泊名利的生活。不想就是這年的十二月十一日，在與友人王又曾飲酒消寒、縱談今古之後，入夜突患痰湧，匆匆離開人世，結束了他坎坷磊落的一生。

然而，「著書壽千秋，豈在骨與肌？」在吳敬梓逝世後不久，《儒林外史》就有抄本流傳，引起人們廣泛注意和好評。作者的好友程晉芳在乾隆三十五、六年間編的《文木先生集》中說：「《儒林外史》五十卷，窮極文士情態，人爭傳寫之。」此後，各種印本不斷出現，流傳更廣。

關於《儒林外史》的版本，歷來有五十回、五十五回、五十六回等歧說。程晉芳說原稿五十回，從葉名澧《橋西雜記》的記載中也可以看出清代確曾存在過五十回本；而金和的跋文中說原本為五十五回，並說最早的刻本是金兆燕乾隆間任揚州教授時所刻。但金刻本至今未見，是否五十五回，沒有實證可以斷定。現存最早刻本是嘉慶八年（1803）臥閑草堂的巾箱本，刻書已在作者逝世後五十年，為五十六回本；其次是嘉慶二十一年的清江浦注禮閣本和藝古堂本，實際上是臥本的複刊本。此後比較有名的，有同治十三年（1874）的齊省堂本和同年的《申報》館的活字本，兩本都出於臥閑草堂本的五十六回本、卻作了一些不必要或不妥當的減省改訂。迄今可據的材料，還不能證實原作為五十回或五十五回，只能根據現存最早的版本認定全書應為五十六回。

二　傳統文化的反思與民族精神的探索

我國溫帶大陸型的社會地理環境、農業型的自然經濟、家國一體的宗法社會，共同孕育出一種以倫理道德為規範的倫理型文化。這種文化一方面可以說是以「求善」為目標的道德型文化；同時，由於它

與政治的關係極為密切，因此，它又是一種以「求治」為目標的政治型文化。這樣的文化潛移默化地滲入人們的心靈，不知不覺地左右人們的言行，綿延幾千年，成為一種超穩定體系的深層意識，習以為常，久而不變，人們的自省與批判官能麻木了；對自己四周的人、事，較多採取一種身不由己的反射態度，而普遍地缺乏一種自省意識，即以一種沉靜冷峻的客觀態度，反省我們自身，反省我們的心態、行為方式，反省我們的文化價值。如果說，吳敬梓的《儒林外史》比他的前輩提供了什麼新東西的話，那就是他具有一種自省的靈性，一種批判的精神，對傳統文化中那種超穩定體系的深層結構產生了懷疑。

首先，對科舉制度的剖析，是對傳統的政治型文化的反思

作為中國傳統精神文化之母的先秦學術文化，是在複雜、激烈的政治鬥爭中產生的，因此，帶有濃厚的為現實政治服務的色彩。而秦漢以後，由於專制中央集權的封建政體的確立，更是通過政權的力量使學術文化為封建統治服務，至於各個學科的自身發展，並不太被歷代統治者所關心。

這種政治型文化體現在教育方面，便是為學不離從政，為學不重科學。「學干祿」、「學而優則仕」成為官辦和多數民辦教育的宗旨，國家通過考選的辦法從士人中選拔各級官吏，隋唐以後定型為科舉制度。於是，讀書做官成了封建專制統治下的知識分子的唯一出路，成了封建社會讀書人乃至整個社會的人心習尚的指揮棒：士人自己「兩耳不聞窗外事，一心只讀聖賢書」，惟在儒家經典的考訂和解釋上苦下工夫；士人的親人則望子成龍，希望通過科舉走上仕途，而「中」與「不中」，更關係著社會上的人情冷暖。於是，這些為做官而讀書的士子們的實際學問，更多的是考慮如何酬世、如何做官的一套工夫，至於自然知識，尤其是生產技藝，則被排斥在讀書人的視野之

外。如《漢書》〈藝文志〉、《新唐書》〈方技列傳〉等，鄙薄科技之意，溢於言表。這種情況發展到封建末世的明清時代，統治階級更是變本加厲，把科舉制度套上八股制藝的枷鎖，立論依朱熹的《四書集注》，行文按八股的固定格式。這種愚蠢的辦法不僅製造出一批愚蠢的官僚，更主要的是它腐蝕和摧殘著一代一代的文人。在這舉世汲汲於功名、醉心於科舉的時代，吳敬梓以他的深切體驗，清醒地撞響了「一代文人有厄」的警鐘，並通過對幾個典型人物的心靈世界的剖析，希望能夠喚醒人們認識自己的愚昧性，認識民族文化的真實相。

　　窮苦知識分子出身的周進、范進，這是癡迷執著的一類。周進苦讀了幾十年書，連秀才也不曾做得。他默默地忍受著新進學的梅玖的凌辱，奴顏婢膝地侍奉「發過的」王惠，這些一次次地在他受傷的心靈上增添傷痕。當他見到貢院號板時，便萬感俱發，「一頭撞在號板上，直僵不省人事」。被人救醒之後，還是「伏著號板」，「放聲大哭」，「滿地打滾」，「直哭到口裡吐出鮮血來」，這豈止口裡流血，心也在淌血。范進，考了二十多次都沒有考取的老童生，受盡了世人的奚落和丈人胡屠戶的唾罵。而當夢寐以求的夙願一旦當真實現時，頓時就發了瘋：「把兩手拍了一下，笑了一聲道：『噫！好了！我中了！』說著，往後一跤跌倒，牙關咬緊，不省人事。」這哪兒是在笑，分明是在哭。一個因不能參加鄉試而悲不自勝，一個因考中舉人而發狂失態，異曲同工，都在引發人們深思他們的精神悲劇：他們還未受到政治迫害、經濟壓迫，是什麼使他們那樣的自輕自賤、逆來順受，養就了他們那萬劫不復的奴才性格？又是什麼使他們那樣的麻木不仁、執迷不悟，心甘情願地把整個身心都交付出去？

　　名門世族出身的蘧駪夫與莊農人家出身的匡超人，這是受人引誘的一類。蘧駪夫風流俊逸、超然不群。他瞧不起八股文，可是他的岳父偏偏是以八股文起家的魯編修，他的妻子又偏偏是一位有家學淵源、精通八股的魯小姐；他對科舉是不感興趣的，一度進行過反抗，

但由於小康家境的衰落，想做名士而無望，加上馬二先生的鼓吹，於是，他的個性，他的主觀願望便由對抗、軟化、妥協終至投降，成為一個庸俗的八股文評選家；匡超人，曾經是一個單純淳厚、勤勞儉樸的青年，由於馬二先生一番「文章舉業」是人生唯一可以出頭之事的啟蒙教育，由於知縣李本瑛對他的一番抬舉，還有假名士、市井惡棍的薰陶、教唆，於是，便從科舉的道路走向卑鄙的深淵，成了一個喪失靈魂的衣冠禽獸。然而，魯編修、魯小姐、馬二先生、李本瑛，以及許許多多假名士並沒有感到他們是在催人退化，引人墮落，甚至還以為是出於一番真誠的好意。可見，一種看不見、摸不著的落後的封建文化意識，是如何地深入人心、影響社會。

馬二先生，似乎是清醒明智的一類。他不像周進、范進那樣一生迷醉於通過科舉升官發財，而是一個精明能幹，對社會、人生有很實際了解的人；他又不同於蘧馹夫、匡超人，他不僅自己是封建文化的受害者和犧牲品，同時還要招呼、引誘更多的人一起朝著明知沒有出路的死胡同裡走。他不僅把自己的全部精力獻給八股選政，還到處鼓吹宣傳：「書中自有黃金屋，書中自有千鍾粟，書中自有顏如玉。」他認為世界上除了時文而外就沒有其他的文章，人生除了舉業以外就沒有其他的事業；孔孟程朱的語錄，使他失去了自己獨立思考的能力；封建的蒙昧主義，又使他窒息了人所具有的愛美天性。這是一個看似清醒明智實已失去自我的封建知識分子的典型。

如果說歐洲是由於科學型文化的高度發展而造成人性的異化的話，那麼在中國的明清時代，則是政治型文化的舉業至上主義，造成了知識分子的心理變態和人性的異化。這是中國古代知識分子慘痛的教訓，人們只有正視它，認識它，才能對傳統文化進行積極的揚棄與擇取。

吳敬梓在《儒林外史》中不僅通過對具體形象的剖析，引起讀者對八股制藝所造成的精神悲劇的思考，同時還通過作品某些人物的口

及四大奇人的描寫，直接地表現出作者對「重政務，輕自然，斥技藝」的政治型文化的反思與對新文化的模糊嚮往。

由於歷代統治者總是力圖把文化變成現實政治的附庸，文化人也以此為當然，一切學問不離從政。這種政治實用傾向妨礙了各個文化分支的自由、獨立的發展。吳敬梓借遲衡山的口說：「依小弟看來：講學問的只講學問，不必問功名，講功名的只講功名，不必問學問。若是兩樣都要講，弄到後來，一樣也做不成。」把學問從功名，即把學術從政治的附庸中分離出來，這是作者對中國文化的探索，幾乎說出了一、兩百年後現代文化領袖所要說的：「中國學術不發達之最大原因，莫如學者自身不知學術獨立之神聖」[9]。難怪天目山樵評曰：「此論圓融斬截，千古不易。」

另外，自然科學、生產技術在中國古代是受到歧視的。不要說孔子是輕視農、工、商諸業，就是整個儒家後學，在貶抑探索天地自然的「物理」及生產技藝這一點上，也是一脈相通的。吳敬梓由於受到親友中研究自然科學學風的薰陶，以及當時重視自然科學學習的進步思想家顏元、李塨的影響，因而他在作品中一方面以科學的精神、批判了扶乩算命、風水術士的迷信思想；另一方面，他的小說中的一些正面人物都通曉天文、地理、工、虞、水火之學，並對出身於市井小民憑一技之長謀生的自食其力的精神給予肯定。雖然新形象的描寫還缺乏生活基礎，雖然新精神的探求還囿於孔孟之道，但畢竟表現了作者可貴的探索和熱切的嚮往。

其次，對封建禮教的揭露，是對道德型文化的反思

在古代和中世紀，許多國家和民族以宗教作為維繫社會秩序的精神支柱，中國文化系統卻避免了全社會的宗教化。由於尚不能產生科

---

9 陳獨秀：《隨感錄》〈學術獨立〉，見《陳獨秀著作選》（上海市：上海人民出版社，1984年），頁389。

學體系以取代宗教，因此，曾經長期充當維繫社會秩序的精神支柱，是倫理道德學說，從某種意義上說是一種「準宗教」。因此，對倫理道德學說的重視，不只是某一學派的信念，而是整個中國文化系統的共同特徵。從孔子把孝悌、忠信等都從屬於仁的總原則之下的「仁學」創立，到孟子又把孔子的道德學說加以條理化，再到韓非子的「臣事君、子事父、妻事夫」的三綱思想，《管子》的以「禮義廉恥」為民族的精神支柱等，這些由先秦思想家構造起來的倫理說一經產生，便對中國民族精神發生巨大影響。它雖然具有鼓舞人們自覺維護正義、忠於民族國家的精神力量，但又具有精神虐殺的一面。到了宋明理學，理學家們提出：「存天理，滅人欲」的主張，認為人類歷史上凡是真的、善的、美的、光明的都是天理，凡是假的、惡的、醜的、黑暗的都是人欲。因此，必須立公去私，存理去欲，但一與封建專制主義結合，便築成了奴役人民、鞏固封建統治的精神枷鎖。於是，人民甘於受辱，人格不能獨立，社會缺乏生氣，並且給中國後期封建社會造成了「以理殺人」的惡果。在進步思想家的影響下，吳敬梓一方面用小說形象揭露了禮教吃人的殘酷現實，另一方面又表現出對新道德精神的嚮往與歌頌。

　　忠孝節悌，是封建道德文化的核心，它在力求維繫社會秩序的同時，卻扼殺了個性、培養了奴性。且不說匡超人為顯親揚名而鑽研舉業，走向墮落；也不說蕭雲仙為了盡孝養之責，不敢遠離老父去施展自己的抱負才能；且不說范進被岳父大人叱罵侮辱時那「唯唯連聲」、默默忍受的醜陋相；也不說馬二先生在西湖御書樓上面對仁宗皇帝的御書，認真地行起君臣大禮的奴才相；就以王玉輝的女兒殉節一事而言，已是使人驚心，引人深思。

　　王玉輝是一個受封建禮教毒害極深而幾乎喪失了人性的迂拙夫子，同時又不自覺地成了封建階級以禮教「殺」人的幫凶。當了三十年的秀才，考不上舉人，爬不進官場，卻立志要寫三部「嘉惠來學」

的書。其中第一部就是禮書，將「事親之禮，敬長之禮」等分類編纂，「採諸經子史的話印證」，「教子弟們自幼習學」。另外，還有一部是「添些儀制」，目的在「勸醒愚民」的《鄉約》書。他對吃人的禮教不僅不惜以殘年之力進行宣傳，而且還身體力行。當女兒提出要以死守節這樣悖逆情理的想法時，他不但沒有勸阻，反而大加鼓勵：「我兒，你既如此，這是青史上留名的事，我難道反阻攔你？你竟是這樣做罷。我今日就回家去叫你母親來和你作別。」這分明是在催促女兒勇敢地走向禮教的刑場。當他得知女兒從夫自盡的噩耗時，他心滿意足地安慰妻子說：「只怕我將來不能像他這一個好題目死哩！」還仰天大笑：「死的好，死的好！」這裡，沒有壞人引誘，也沒有法律規定，卻是一種隱藏得很深的頑固的道德力量的積澱，使王玉輝的女兒自覺從容地為夫就義，使王玉輝不自覺地成為一個喪失人性與人情的殺人幫凶。在這樣的文化桎梏中，人的死活只能為他人所左右，為教條所約束，哪裡談得上人格的獨立、個性的發展。

　　另外，在社會普遍認為「德之所在」、「義之所在」，生死赴之，而物質欲望與利的誇耀都被認為是不道德的和低賤的文化氛圍中，又滋生了士大夫脫離實際、空論仁義的陋習。南宋事功派學者陳亮痛論士林積弊：「為士者恥言文章行義，而曰『盡心知性』，居官者恥言政事書判，而言『學道愛人』。相蒙相欺，以盡廢天下之實，則亦終於百事不理而已。」[10]明朝學者徐光啟也曾尖銳批評明朝文士的空談心性，「竟以曠達相矜誇」。發展到清代，便出現了大批偽裝清高、冒充風雅的「名士」、「高人」。吳敬梓在《儒林外史》中，也揭露了這些由封建道德文化孕育出來的假名士的偽善和偽君子的醜惡靈魂。

　　婁三、婁四作為相門公子，只因「科名蹭蹬，不得早年中鼎甲，

10　〔宋〕陳亮：〈送吳允成運幹序〉，見《陳亮集》（北京市：中華書局，1974年），頁179。

入翰林」而轉為「名士」。於是，或模仿文人騷客之調，在酒酣耳熱之際高談闊論，以示自己有高超的見解。然而，他們所陶醉的只是「高論」本身的形式，對內容並未認真考慮，或模仿禮賢好士之風，不惜出重金和屈尊「三顧茅廬」，招攬楊執中、權勿用等一些所謂「高人」、「賢士」於門下，日夜置酒鶯脰湖裡，淺斟低唱，作樂尋歡。然而，他們的求賢養客完全不是為了實現什麼政治理想，而只是為了沽名釣譽，為了填補空虛。因此，他們並不看重賢人的真假，而只是對求賢養客的形式感興趣，結果收羅的這些「高人」、「賢士」，竟被衙門差役「一條鏈子鎖去」。「半世豪舉，落得一場掃興！」

　　如果說，二婁的禮賢豪舉表現的是封建末世名士們精神的空虛，那麼，表面裝著清高絕俗而靈魂卑鄙齷齪、言若清磬而行同狗彘的杜慎卿，則表現了沒落地主階級精神道德的虛偽與腐朽。這樣的「名士」，不僅於家於國無用，就是於己於人，也是多餘的。

　　封建道德型文化雖然維繫了社會的和諧，卻扼殺了人性，壓抑了個性，培養了奴性，助長了惡性。吳敬梓在對這些邪惡罪行進行反思的同時，又描寫了一批閃耀著時代光芒的形象。其中有身為戲子、卻能從人格上爭取自己的獨立的鮑文卿；有操著為社會所輕視的職業，卻又有著真實的能力、真實的人生的四個奇人。而沈瓊枝與杜少卿，則更是令人耳目一新的典型形象。由於婚姻不幸逃到南京賣藝的沈瓊枝，有著堅強不屈的反抗精神，沉著靈活的應變機智，精工巧妙的生活技能；百萬豪華的富商大賈，如狼似虎的衙門差役，在她心目中視如無物；南京城裡噴噴可畏的人言，她不在乎，獨來獨往，一切都是主動的。她能在那樣的社會裡爭取婦女人格的獨立，而人格的獨立又是建築在自食其力的基礎上的。這是一個前所未有的新女性。杜少卿，他不守家業名聲，拒絕應徵出仕，背離了科舉世家和封建階級為他規定的人生道路；他在治學和生活中，敢於向封建權威和封建禮俗挑戰，追求恣情任性、不受拘束的生活；他尊重自己的個性，也尊重

別人的個性與人格。他的形象預示著中國文化系統中尊重個人價值和個人自由發展的真正的人文主義的覺醒，從而喚起民族精神文化的內省與更新。

然而，這裡觀念的改變與文化的更新也僅僅是預示與呼喚而已。因為在當時雖然有資本主義的萌芽，但還沒能形成一種新的生產方式，產生一種新的階級力量，因此，吳敬梓所期望的理想人格、自在的生活，也只能是「桃花源」式的空想。另外，又由於歷史條件的侷限、傳統儒學的浸潤，吳敬梓雖然能站出來對封建傳統文化進行客觀的反思，但並未能做出徹底的批判；指摘科舉「時弊」，卻只認為八股制藝「法定的不好」，隱約流露出一種改良的思想；他揭露禮教的虛偽，卻提倡恢復古禮樂，祭奠先賢，並非是以復古反傳統，而是在某種程度上表現出對「聖經」「賢傳」中的「禮治」文化精神的留戀。他為找不到真正的人生出路而彷徨，而探索，為看不到理想的民族文化而苦悶，而呼喚，他的反思帶著濃厚的悲劇色彩。

三　小說視野的開拓與諷刺藝術的發展

明中葉以後，在強調人的價值的哲學思潮的啟示下，在開始注重寫實的文學理論的引導下，出現了一大批以家庭生活為題材反映現實的人情小說。於是，整個古典小說的趨向，便從以英雄為主角、非奇不傳的古典主義走到了以凡人為主角、描寫世俗的現實主義。這種轉折是以《金瓶梅》為開端，而真正完成這種轉折的，則是《儒林外史》的問世。它既沒有歷史演義、神魔小說那驚天動地的傳奇色彩，也沒有人情小說那情意綿綿的動人故事，都是當時隨處可見的世俗日常生活及人的精神世界，從而真正拓展了小說視野，標誌著中國古代小說藝術的日趨成熟和豐富。

如果說，當時的創作氛圍是吳敬梓創作《儒林外史》的客觀條件

的話，那麼，獨特的生活體驗與文學師承，則是吳敬梓採取獨特的藝術形式的主觀原因。黑格爾認為，諷刺產生於「一種高尚的精神和道德的情操無法在一個罪惡和愚蠢的世界裡實現它的自覺的理想，於是，帶著一腔火熱的憤怒或是微妙的巧智和冷酷辛辣的語調去反對當前的事物，對和他的關於道德與真理的抽象概念起直接衝突的那個世界不是痛恨，就是鄙視」[11]。正統的儒學教育，孤高的個性氣質，家道的盛衰榮辱，人生的酸甜苦辣，理想的幻滅，現實的惡濁，這一切，促使吳敬梓選擇了諷刺的藝術形式去反映現實、表現理想。另外，吳敬梓對《史記》的重視和研究，使他的創作直接受到《史記》秉持公心的實錄精神與委婉曲折的諷刺手法的影響。這些主、客觀原因，決定了《儒林外史》寫實的創作精神。

第一，諷刺對象是寫實的

在魔幻化的諷刺小說中，作者往往把諷刺客體的個性的某一特徵加以誇張，如《常言道》中錢士命的見錢似命，《斬鬼傳》中仔細鬼的刁鑽吝嗇，都是一種孤立的、極端化的性格描寫，是寓言式的抽象品。吳敬梓則寫出他們豐富的性格特徵、複雜的內心世界及他們出現的歷史必然性。

嚴監生作為吝嗇鬼形象，與世界文學名著中的葛朗臺、阿巴公等並列而無愧。這是個有十多萬銀子的大地主，臨死時，卻因為燈盞裡點著兩根燈草而不肯斷氣。然而，他並不是「吝嗇」這個概念的化身，他是一個活生生的人。他雖然慳吝成性，貪婪成癖，但又有「禮」有「節」，不失人性，既要處處維護自己的利益，又要時時保護住自己的面子。所以，當他哥哥嚴貢生被人告發時，他能拿出十幾兩銀子來平息官司；在夫人王氏去世時，修齋、修七、開喪、出殯等

---

11 黑格爾：《美學》（北京市：商務印書館，1984年），卷2，頁266。

竟花了五千銀子，並常懷念王氏而潸然淚下。一毛不拔與揮銀如土，貪婪之欲與人間之情，就是這樣既矛盾又統一地表現出人物性格的豐富性。

馬二先生作為虔誠的八股科舉信徒，既有庸俗、酸腐、鄙陋、可笑的一面，又有另外的性格側面。他江湖浪蕩到處為家，但他耿介端方沒染欺騙、逢迎等惡習，他又富有熱情，篤於友誼，為救人之難而慷慨解囊，為撫人之心而相濡以沫，這些都是他可貴的一面。所以，他能夠以泰伯祠祭祀大典中「三獻」的身分出現。這是一個崇高與滑稽二重組合的性格形態。

勃蘭兌斯說：「文學史，就其最深刻的意義來說，是一種心理學，研究人的靈魂，是靈魂的歷史」。吳敬梓不僅通過諷刺客體的外部行動來展示他們的性格的豐富性，更主要的貢獻是在於他能夠通過縱橫兩方面的挖掘，較大限度地開拓了諷刺客體內心的廣度和深度，寫出他們「靈魂的歷史」，並以此透視出時代的歷史。

縱的方面，就是多層次地披瀝人物心理活動的波瀾。如第一回寫時知縣的內心世界。他先是在危素面前誇下大口，心想官長要見百姓有何難處？誰知王冕居然將請帖退回，不予理睬。他便想：可能是翟買辦狐假虎威恐嚇了王冕，因此不敢來。既然老師把這個人托我，若叫不動，怕惹得老師笑我疲軟。於是就決定親自出馬。可是，他的這一思考忽然又被他內心閃過的念頭推翻，認為一個堂堂縣令，屈尊去拜見一個鄉民，又怕惹得衙役們笑話。但又想到老師對王冕的垂青，想到：「屈尊敬賢，將來志書上少不得稱讚一篇。這是萬古千年不朽之勾當，有什麼做不得！」想給青史留下三顧茅廬似的佳話，「當下定了主意」。這裡，種種複雜心理不斷轉折、變幻，心態在縱向中曲線延伸，讓人看到時知縣那靈魂深處的活動。

橫的方面，在作品中表現為人物因某一事件的觸發而引起諸端心理、情緒的波動。第四十八回圍繞逼女殉節之事，寫出王玉輝一系列

內心的波瀾：先是一次關於青史留名的侃侃而談，接著是兩次仰天大笑，後來又寫了他三次觸景生情，傷心落淚。從笑到哭，從理到情，從父訓到父愛，層層盪開，層層推動，把這個做了三十年老秀才的腐儒的靈魂寫活了。另外，作者以敏銳的眼光，洞察了人在感情最深摯的時候，往往會跌進變態的陷坑，違反常規的理性。因此，周進的悲極撞號板，范進的喜極發瘋，都是他們深層靈魂活動的寫照，是他們內在生命萎縮的外化；還有第二回雛妓騁娘在來賓樓燈花驚夢等，通過對人物夢幻的描寫，展現其微妙的、下意識的心理活動，同樣也是對人們內心世界的橫向解剖。

吳敬梓一方面寫出諷刺對象豐富的外在性格特徵，一方面又挖掘出他們深廣的內心世界。如果說，這些形象的外在性格特徵讓我們感受更多的是「諧」的喜劇因素的話，那麼，透過他們的內心世界，我們感受更多的則是「戚」的悲劇潛流。他們的性格史，是在可笑的形式中發展的悲劇史，又是在可悲的內核中發展的喜劇史。他們的所有表現都是喜劇的，同時又都是悲劇的。由於個人的悲劇體驗，時代的悲劇因素，所以吳敬梓能夠真實地展示出士林階層中人物性格戚諧組合、悲喜交織的二重結構，從而給讀者以雙重的審美感受，讓人「既笑得渾身顫抖，而又止不住眼淚直往上湧」。這種摻和著淚水的笑聲，總是帶來蒙著愁霧的深深思索，這與《儒林外史》對傳統文化反思的內容是一致的。

第二，諷刺描寫是真實的

從平淡和尋常的生活現象中顯示諷刺鋒芒的寫實藝術，是《儒林外史》成功的一條重要經驗，也是中國諷刺小說的一條重要經驗。魯迅曾經論述道，諷刺「所寫的事情是公然的，也是常見的，平時是誰也不以為奇的，而且自然是誰都毫不注意的。不過這些事情在那時卻已經是不合理，可笑，可鄙，甚至於可惡，但這麼行下來了，習慣

了，雖在大庭廣眾之間，誰也不覺得奇怪；現在給它特別一提，就動人」[12]。這裡，魯迅指出了諷刺小說的寫實方向，即從「常見」「公然」「不以為」中發掘諷刺意味的現實主義方向。而「常見」的現象中的不合理性，是諷刺喜劇的來源。能夠在「誰也不覺得奇怪」的情況下，發現出來，「特別一提」，那就是諷刺小說家獨特的審美視角。吳敬梓就是以他獨特的審美視角，發現「常見」的現象中的不合理性，然後將荒謬可笑的事物按照它本來的面貌加以描寫，從而開拓了諷刺小說的現實主義新路。

一直是直書其事的客觀敘述。魯迅曾批評明末擬話本末流「告誡連篇，喧賓奪主」，缺乏藝術感染力；對果戈理的《死魂靈》的諷刺藝術，魯迅在高度讚揚的同時，也指出作者「常常要發一套議論」。而《儒林外史》則不同，它只是把事件客觀地敘述出來，讓諷刺意味從描寫中自然地流露出來，使讀者從中領悟出深刻的審美內涵。

比如第四回，寫嚴貢生正在范進和張靜齋面前吹噓：「小弟只是一個為人率真，在鄉里之間從不曉得占人寸絲半粟的便宜。」言猶未了，一個小廝進來說：「早上關的那口豬，那人來討了，在家裡吵哩。」正如臥閑草堂本的評點者所批：「才說不占人寸絲半粟便宜，家中已經關了人一口豬，令聞者不繁言而已解。使拙筆為之，必且曰看官聽說原來嚴貢生為人是何等樣文字，便索然無味矣。」又如湯知縣請正在居喪的范進吃飯，范進不肯用銀筷，也不肯用象牙筷，換了一雙白顏色竹子的方才罷了。知縣疑惑他居喪如此盡禮，倘或不用葷酒，卻是不曾備辦。後來看見他在燕窩碗裡揀了一個大蝦圓子送在嘴裡，方才放心。這裡，不是作者介入事件的「講述」，而是不帶任何貶斥色彩的「顯兆」，看似漫不經心，平淡無奇，但卻產生了強烈的諷刺效果。這不僅是諷刺藝術的發展，同時也標誌著小說藝術的進

---

12 魯迅：《且介亭雜文二集》〈什麼是「諷刺」？〉，見《魯迅全集》（北京市：人民文學出版社，1981年），卷6，頁328。

步。艾倫・塔特在談到福樓拜的《包法利夫人》中的精彩片段時說：
「這一情節不是從作者的角度來說出的，而是以情境和場面來呈現
的。使這一點成為小說藝術的生命屬性，實際上是創造了小說的藝
術。」[13]從這個意義上說，吳敬梓也是中國小說史上較早地創造了真
正的小說藝術的作家。

　　貌似誇張的寫實藝術。《儒林外史》中許多濃厚諷刺意味的場
面、細節，似乎是運用了誇張的手法，其實質仍是寫實。如第五回寫
嚴監生臨死時因家人多點一莖燈草而伸著兩指掙扎一段，是最富有諷
刺意味的，但這並不是誇張。據阮葵生《茶餘客話》卷十五載吳敬梓
長子吳杉亭之言，這是發生在當時的一個真實的故事，吳敬梓很可能
從吳杉亭那裡聽說這一趣聞，然後把它加工、提煉，運用到自己的小
說創作中。

　　又如第十二回寫權勿用戴個高高的孝帽在人叢中亂撞，恰好高帽
子撞到一個鄉下人掮的扁擔上去，把高帽子悄悄地挑走了。鄉裡人沒
看見，權勿用摸摸頭，才發現沒了帽子，急得亂叫亂跑，追著鄉下人
要帽子，卻不料一頭撞到一頂轎子上，差點把轎裡的官兒撞跌下來。
這種描寫同樣也是看似誇張的寫實。因為權勿用原來是按照腐儒常規
的方式生活的，日子久了，就形成他的生活方式的慣性，一旦有個東
西出來阻止他的慣性，他必然應付不了，必然倉皇失措，醜態百出。
還有第七回寫梅玖要和尚把周大老爺的親筆寫件揭下來裱藏，第三十
七回寫成老爹的眼睛隨著滾動著的元寶而滾動的細節，都是沒有誇張
的描寫，只是由於作者突出地描寫了人物的可笑可鄙之處，寫實也就
成了諷刺。

　　總之，在吳敬梓的諷刺描寫中，一切都是那麼的平淡、瑣碎，又
都是那麼的愚昧、可笑。在這裡，根本沒有外在形式上的神秘、混

---

13 艾倫・塔特：《小說的技巧》，見《塞維尼評論》1944年第52期（1944年），頁210。

亂、荒唐。然而卻深刻地表現了人的內在生命的慢慢萎縮，社會精神
支柱的緩緩倒塌。正如亨利‧W‧韋爾斯所說的：「《儒林外史》表面
上是寫實主義文學不二之圭臬，而本質實富詩意。」[14]一種深沉的詩
意，一種哲學的詩意。

第三，情節結構是自然發展的

從中國古代的整個審美傾向看來，是以「文奇則傳」為主流的。
只有奇特才能傳世，這一理論影響了小說、戲曲，唐傳奇首先顯示了
這一特點。後來的戲曲和小說又互相作用，互相發明，從而形成了中
國小說情節具有很強的戲劇性的特徵，即情節曲折離奇，主角配角分
明。這個特徵到《金瓶梅》的出現雖然有所轉變，但還是以一、二主
角貫穿始終的傳統形式。而《儒林外史》則衝破了前後推進的波浪式
的故事線，代之以徜徉汗漫的生活流式的人物線。首先，作品的情節
不故作巧合、曲折，沒有貫穿情節的單一的中心事件，也找不出哪一
部分是故事的頂點，而是按照生活的原貌來描繪生活，寫出生活本身
的活生生的自然形態，寫出當時隨處可見的日常生活。這種情節的淡
化，一方面給人以自然逼真的生活本色感，同時，由於它不是靠曲折
的情節而是靠內在的意蘊來打動讀者，因此，讀者往往要讀畢全書，
或者反覆閱讀，才能體會作品的全部意蘊。正如亨利‧詹姆斯所說：
「在小說提供給我們的東西中，我們越是看到那『未經』重新安排的
生活，我們就越感到自己在接觸真理；我們越是看到那『已經』重新
安排的生活，我們就越感到自己正被一種代用名，一種妥協和契約所
敷衍。」[15]其次，作品沒有明確的主角、配角，而是「驅使人物行列

---

14 亨利‧W‧韋爾斯：《中國文學與外國文學之比較研究》，見李漢秋：《儒林外史研
　　究資料》（上海市：上海古籍出版社，1984年），頁328。
15 轉引自〔美〕W‧C‧布斯《小說修辭學》（北京市：北京大學出版社，1987年），
　　頁25。

而來」。全書寫了二百七十多個人物，就儒士來說，有迷戀功名的，有迷信舉業的，有借名欺人的，有為官不正的；名士中，有假作清高而行為卑下者，有冒充飽學而胸無點墨者；賢人中，有重文行者，有重人情者，有重禮樂者，有尚兵農者；至於社會上的士農工商、高人隱士、醫卜星相、娼妓狎客、吏役里胥等三教九流，作者把這眾多生相一一推上歷史舞臺。從而展示當時社會的政治、文化、世態、人情，構成一幅幅《清明上河圖》式的社會生活畫，以啟迪人們對歷史的深沉回顧，對現實的清醒思考。邁斯基曾對托爾斯泰的《戰爭與和平》作過這樣的評價：「……一讀這無與倫比的小說，我們便彷彿覺得自己就是此中的人物似的；這並非單是書籍或小說，乃表現了那時代的一切特色的生活本身。所謂《戰爭與和平》的主角者，就是『那個時代本身』的表現……」而清代惺園退士的序曾引述這樣的話：「慎勿讀《儒林外史》，讀之乃覺身世酬應之間，無往而非《儒林外史》。」精闢的見解，驚人的相似，我們說，吳敬梓也正是通過獨特的情節設置，塑造了一個沉滯苦悶、平凡而庸俗、紛杳而散漫的巨大主角——「那個時代本身」。

另外，中國古代小說家在安排全書結構時，一般地說總是在通盤的藝術全局中具體地表現情節。因此，在主體特徵上，注重把握整體和諧元素的構成秩序，尋求整體系統質。從敘述角度說，這是外視角的敘述模式。而吳敬梓一方面能夠把握全局，如外在的五次集會：第一次是第十二回的「名士大宴鶯脰湖」，第二次是第十八回的「約詩會名士攜匡二」，第三次是第三十回的「逞風流高會莫愁湖」，第四次是三十七回的「祭先聖南京修禮」，第五次是第四十六回的「三山門賢人餞別」，五次雄峙並立，互相呼應，各次都聚攏著前一次的諸色人物；內在的五次轉折互相關聯，即樹立理想儒者、儒者受害、假儒猖獗、真儒思振、理想破滅，最後尋找新的理想，使作品不失為長篇之結構。另一方面，吳敬梓為了避免系統的故事的人工構成，在高屋

建領的同時，又把視點散開，設身處地地讓各種人物的眼光來審視周圍發生的一切，讓作品中的某個人物或某幾個人物充當事件、生活場景、故事情節的目擊者和敘述者，使作品具有立體的感覺、透視的深度。比如第二回關於范進中舉之事，我們聽到的不是作者一個人的聲音，而是多聲部的交響；其中有鄰居的報喜聲，有范進的狂聲笑；有老太太的哭聲，有眾鄰居的勸聲；有胡屠戶的壯打「文曲星」，有張鄉紳的疏財認世兒；有來送田產的勢利人，有來圖蔭庇的破落戶；有因夫貴而倚勢驕人的胡氏，有因子榮而痰迷心竅的范母。這裡，作者把觀察點投向場面中的許多人，讓他們自我表演，自我剖析，而畫面的中心點則在范進身上。這樣既便於對外部世界的觀察探索，又利於對內心世界的洞幽燭微；既深刻地表現了作者的總體意圖，又真實地描繪了人類生活的不確定性，即幸運與痛苦、有益的事物與有害的事物等都隱藏在混亂的生活之中，都是那樣的飄忽不定、福禍相倚。這比作者單獨的敘述要豐富得多，生動得多，深刻得多。應該說，這是中國古代長篇小說在結構藝術上、在敘述方式上的創新與進步。

四　地位與影響

《儒林外史》在中國小說史上，是一部具有開創性的傑作。首先，它以知識分子為題材，其中沒有傳奇性，也沒有脂粉味，開闢了一條前所未有的創作道路。第二，它以「秉持公心，指摘時弊」的批判精神，以「燭幽索隱，物無遁形」的描寫功力，以「戚而能諧，婉而多諷」的美學風格，奠定了諷刺小說在中國小說史上獨立而崇高的地位。第三，它以寫實的創作精神，獨特的審美視角，拓展了小說視野，完成了中國古典小說從以英雄為主角、非奇不傳的古典主義到以凡人為主角、描寫世俗的現實主義的徹底轉變。第四，從文學樣式看，它已經脫離了話本的窠臼，也不依賴前人的現成的故事，標誌著

真正的創作小說的發展。

　　《儒林外史》不僅在中國小說史上佔有重要地位，對後代的小說創作也有深遠的影響。

　　首先，是對晚清譴責小說的影響。在內容上，譴責小說吸取了《儒林外史》的批判精神，對科舉的腐蝕人心，名士的招搖撞騙，社會的道德墮落，官僚的貪瀆無知等都有程度不同的揭露、批判。如李伯元的《官場現形記》頭回「望成名學究訓頑兒」的描寫，明顯是對范進中舉的模仿；吳趼人的《二十年目睹之怪現狀》中那些辦什麼「竹湯餅會」的斗方名士們，可以與「西湖宴集」相媲美；還有《官場現形記》中的冒得官逼女兒為上司做妾，《二十年目睹之怪現狀》中的苟才夫婦跪在新寡的媳婦面前求她改嫁給總督做姨太太等，都是揭露當時社會道德的墮落和人物靈魂的卑污；又如《老殘遊記》寫玉賢治曹州一年，就用站籠這種酷刑站死了二千多人，這比湯知縣用牛肉堆在枷上枷死回教老師父要殘酷得多。總之，《儒林外史》「秉持公心，指摘時弊」的批判精神影響了譴責小說家，使他們在時代要求下，無情地掊擊了以官場為中心的整個晚清社會。但是，由於時代與作家思想的不同，又由於其作品必然要「合時人嗜好」，因此，譴責小說格調不免平庸。這與吳敬梓完全出於公心而創作的思想境界是有一定差距的。

　　在形式上，主要是《儒林外史》的結構章法對譴責小說影響較大，比較突出的是《官場現形記》。魯迅在《中國小說史略》中指出此書「頭緒俱繁，腳色複夥，其記事遂率與一人俱起，亦即與其人俱訖，若斷若續，與《儒林外史》略同」。《二十年目睹之怪現狀》，歷記「九死一生」者二十年中所遇、所見、所聞，雜集「話柄」，也類似《官場現形記》。至於曾樸的《孽海花》，雖也受《儒林外史》的影響，但實有較大的差別。作者曾將他的小說結構跟《儒林外史》作了比較，認為二書雖然同是聯綴多數短篇成長篇的方式，但《儒林外史》像一根直穿到底的珠鏈，而《孽海花》則是一朵蟠曲迴旋的珠

花，這生動地說明了二書在結構形式上的區別。

其次，《儒林外史》對魯迅的小說創作也有很大影響。魯迅對知識分子題材的重視，對科舉弊端和理學虛偽的批判，以及對諷刺藝術手法的運用，都與《儒林外史》有著一脈相承的聯繫，當然，魯迅的批判更徹底、藝術更成熟。

《儒林外史》目前有英、法、德、俄、越、日等譯本，世界各大百科全書對《儒林外史》及其作者都有概括的介紹和評論，不少外國學者對《儒林外史》的思想內容、敘述形式、文學技巧進行了專門的研究，得出的結論是：「全書充滿濃郁的人情味，足堪躋身世界文學史傑作之林。它可以與義大利薄伽丘、西班牙塞萬提斯、法國巴爾扎克或英國狄更斯等人作品相抗衡了。」[16]

第四節　《鏡花緣》

一　作者與版本

李汝珍（約1763-1830），字松石，大興（今北京市）人。《順天府志》的〈選舉表〉裡，舉人進士行列中沒有他的姓名，大概也是一個科舉上不曾得志的秀才。另外，《順天府志》的〈藝文志〉裡沒有載他的著作，〈人物志〉裡也沒有他傳記，因此，關於他的生平思想，目前只能從他的《李氏音鑒》與余集的〈李氏音鑒序〉等資料中，勾畫出一個粗略的輪廓。

一七八二年秋，李汝珍隨兄李汝璜移家到海州之板浦，受業於凌廷堪仲子夫子，「論文之暇，兼及音韻」[17]。由於凌廷堪精通樂理，旁

---

16 亨利・W・韋爾斯：《中國文學與外國文學之比較研究》，見李漢秋：《儒林外史研究資料》（上海市：上海古籍出版社，1984年），頁327。

17 李汝珍：《李氏音鑒》，見胡適《中國章回小說考證》（上海市：上海書店，1940

通音韻，故李汝珍自說：「受益極多。」到一七九三年，凌氏補殿試後，自請改教職，選得寧國府教授，一七九五年赴任。此後，李汝珍便因道路遠隔，不常通問了。但他卻與一大批朋友往來切磋韻學，與內弟許桂林相處尤其密切。許桂林在《李氏音鑒》〈後序〉中說：「松石姊夫，博學多能，方在胸時，與余契好尤篤。嘗縱談音理，上下其說，座客目瞪舌撟，而兩人相視而笑，莫逆於心。」

　　一八〇一年，李汝珍任河南縣丞。從《大清歷朝實錄》的記載及許喬林的〈送李松石縣丞汝珍之官河南〉詩中可知，嘉慶年間黃河多次決口，水勢氾濫成災，蘇、豫兩省治河，役使民工達數十萬人。「熟讀河渠書」、「及時思自現」的李汝珍，毅然決然地投效河工。他親眼看到那些治河官吏見錢眼開，置災區人民於不顧的現狀，親耳聽到數十萬河工大軍要求興工治河的呼聲；他認為，百姓的正當要求應當得到朝廷的重視，這是誰也違背不了的。「他年談河事，閱歷得確驗」，這就是李汝珍從閱歷中得到的一點真正的體會。

　　一八〇五年冬，李汝珍再度官於河南。同年，《李氏音鑒》基本成書，李汝璜為之作序。

　　《李氏音鑒》刊行之後，早已倦於宦海浮沉的李汝珍，便把大部分精力用於寫作《鏡花緣》。據說《案頭隨錄》曾載[18]，李汝珍在青年時不止一次隨舅兄漂洋過海，在海上談天說地，講些奇聞異事，並商討編寫一部書。《案頭隨錄》所錄下的遊戲文章，有不少和《鏡花緣》中相同。後來，大概花了二十年時間，到一八一五年才於板浦完成一、二稿，並送請許喬林「斧正」，一八一七年冬，《鏡花緣》定稿。

　　李汝珍的形象概貌是：博學多才，韻學尤精；不屑於做八股之文，不汲汲於功名富貴，性好詼諧，似有玩世不恭之嫌，然而他卻是

年），頁514。

18　《案頭隨錄》，據許紹蓮先生說是他的高祖，即李汝珍的舅兄所著，現已失傳；與《鏡花緣》的關係，是許氏聽他祖父講的。

一個信奉儒家學說、有社會理想、憧憬新生活的正直文人。

關於《鏡花緣》的版本較少歧見。它的版本僅清刻本就有七種：江寧桃紅鎮坊刻本，此為最早刻本，是按作者第二稿傳抄本私刻的；蘇州原刻本，此刻甚精。此外，還有道光元年刻本、芥子園新雕本、芥子園重刻本及與坊刻本近似的丁丑本。一九四九年後，人民文學出版社又出版了新的橫排本。

二　龐雜而新穎的社會內容

在《鏡花緣》中，作者通過幻想的形式，創造了一個變幻無窮、光怪陸離的藝術世界。然而，作品並非單純的蒐奇獵怪，作者在第二十三回中說道：「這部『少子』（即《鏡花緣》），雖以遊戲為事，卻暗寓勸善之意，不外諷人之旨。」可見，作者是有意識地以遊戲之筆，構造一個具有象徵意味的境界，來達到諷時刺世、棄舊迎新的目的。於是，在這廣闊而奇幻的藝術世界中，便裝上了龐雜而新穎的社會內容。

第一，諷刺科舉，探求人生之道路

首先，作者辛辣地諷刺了在科舉制度壓抑、束縛下的知識分子的空疏不學、淺薄無聊。如第二十一、二十二回寫唐敖等人闖進「白民國」的學館，只見「詩書滿架，筆墨如林」，廳堂懸「學海文林」之玉匾，兩旁掛「研經」、「訓世」之對聯，這種堂而皇之的氣派，嚇得唐敖一行「連鼻子氣也不敢出」。可這高雅堂皇的氣氛，卻薰陶出白字連篇的八股先生，居然把《孟子》的「幼吾幼，以及人之幼」讀成「切吾切，以反人之切」，把「序者，射也」讀成「予者，身也」，牛頭不對馬嘴，令人啼笑皆非。還有「淑士國」，到處豎著「賢良方正」、「教育人才」的招牌，卻到處瀰漫著令人欲嘔的酸氣：有裝腔作

勢、滿口「之乎者也」的酒保，有一段話用了五十四個「之」的腐
儒，還有「舉止大雅」、「器宇不俗」卻一毛不拔、愛佔便宜的老者
等。這裡的境與人、名與實、言與行都是那麼的不協調，又都是那麼
的習以為常，不可救藥。

　　其次，在一定程度上揭露了科舉制度的弊病，一方面，作者通過
黑齒國的紅衣女子紅紅赴試落第等事，揭露了當時被取之人「非為故
舊，即因錢財」，「所取真才，不及一半」的真相，從正面抨擊了科場
「有貝之『財』勝於無貝之『才』」的舞弊之風；另一方面，又通過閨
臣說出「天朝」考官莫不清廉，為國求賢從無貪緣的反語，用一個明
顯違背事實的命題，從反面提醒人們注意「天朝」自身的嚴重弊病。

　　然而，作者並沒有把主要筆力用在諷刺與揭露方面，而是更多地
從正面探求知識分子人生之道路：是執迷不悟地走科舉之路，還是走
自己的路？

　　唐敖，曾經熱衷於科舉考試，但並沒有全力以赴，而是「秉性好
遊」，「因此學業分心」，屢試不第；後來考中探花，卻因人告發而被
革。於是，毅然同科舉考試一刀兩斷，索性到海外縱情漫遊，最後到
小蓬萊吃了「仙草」，頓時撒手凡生，成仙入道了。可惜他走的是中
國古代失意文人的老路：棄儒從仙。

　　唐敏一向「無志功名，專以課讀為業」，他認為，與其為功名而
「奔馳辛苦，莫若在家，倒覺自在」；又說：「若把天下秀才都去做
官，那教書營生倒沒人作了。」在那惟考是途的時代，他卻理智地選
擇了一條既不束縛個性、又對社會有用的人生之路：棄「考」從教。

　　多九公，幼年入學不得中，但他沒有像范進、周進那樣考得死去
活來，而是有自知之明地「棄了書本，作些海船生意，後來消折本
錢，替人管船拿柁為生，儒巾久已不戴」。這比起淑士國那些儒巾素
服、假裝斯文的人，要真實進步得多，充實得多。而正是這種走南闖
北、浪跡天涯的經歷，使他積累了淵博的知識，連考中探花的唐敖很

多地方都得向他請教。

　　從尋求超脫的棄儒從仙，到甘於恬淡的棄「考」從教，再到走南闖北、具有冒險精神的棄儒從商、從工，既表現了對那種以科舉為人生唯一目地的世風的否定，也表現了對恬淡自守的傳統價值觀念的突破。

第二，揶揄世態，嚮往理想之社會

　　李汝珍生活的嘉慶、道光年間，是清王朝由「盛」到衰的轉折期，也是我國封建社會由腐朽走向崩潰的前夕。新舊交替，沉渣汎起。作者認為，社會的醜惡腐敗只是「世風日下，人心不古」。於是，便通過虛構的神話形象，影射當時澆薄的世風。通過牛形藥獸的形象，揶揄了那些「不會切脈，也未讀過醫書」、「以人命當耍」的庸醫；通過翼民國人頭長五尺的形象，嘲笑了那些「愛戴高帽」、喜歡奉承的劣徒；另外像注重錢財、到處伸手搜刮的「長臂」者，腹中空空、卻「偏裝作充足樣子」的「無腸」者，心術不正、暗懷鬼胎而胸部前後潰爛相通的「穿胸」者，還有好吃懶做、遊手好閒而積成痼疾的「結胸」者等，都在作者的筆下露出可憎的面目、可惡的本質。刻畫尤其生動的是那些表面和善、本質凶惡、「只重衣冠不重人」的「兩面人」，作者通過歷經世故的多九公告誡人們：要特別留神，及時識破，方可免遭其害。這就深刻地映現出這些虛構的兩面人的現實模特兒——封建惡勢力以及充滿凶險、醜惡、詭詐的社會風氣。

　　同樣，作者也不僅僅是在揶揄世態、暴露黑暗，而是通過對一些海外世界的想像描寫，具體地表現他的社會政治理想。在君子國，「耕者讓畔，行者讓路」，「無論富貴貧賤，舉止言談，莫不恭而有禮」；市場上，買主主動付大價錢，取次等貨；而賣主則力爭收賤價錢，售上等貨；這裡民風淳樸，和平安寧。更為可貴的是宰相謙恭和藹，「脫盡仕途習氣」；國王沒有架子，有事親到宰相家中商議；國家

嚴禁送禮行賄等不良風氣。這種文明的社會風氣、和諧的社會制度、賢明的官吏，正是作者所嚮往的理想社會。

然而，這種嚮往既可喜亦可悲。可喜的是，作者能夠站在先進社會力量的一邊，從改革社會、變革現實的角度，力求用新的東西去否定舊的東西，並且把眼光投向「天朝」以外的廣闊天地。而可悲也正在此，作者的幻想之筆雖然跨越了時空的界限，但卻沒能跨越出傳統的封建模式：君子國是泰伯之後，世俗人文，都是「天朝文章教化所致」；軒轅國是黃帝之後，所以鸞歌鳳舞，一派昇平景象。可以說，在中國古代作家的幻想當中，從來就沒有設想過一種與儒家傳統制度完全不同的合理的社會模式。如果說君子國的平等互利已經透露出資產階級民主主義的氣息，但卻由於描寫的不具體、不真實，因而只能成為可笑的、空幻的「烏托邦」。

第三，表彰才女，呼籲婦女之解放

在清代，崇拜小腳之「拜腳狂」，貞節觀念之宗教化，集大成之女教，好媳婦之標準，一款款、一條條，摧殘毀滅了多少美麗善良、多才多藝的女性。在中國婦女的非人生活達到登峰造極的時候，學術界、文學界出現了不少女性同情論者。俞正燮、李汝珍是其代表。俞正燮在《癸巳類稿》和《存稿》中，對纏足、多妻、強迫婦人守節、室女守貞等，都發表了大膽的議論，提出了嚴格的一夫一妻制等進步的主張。而李汝珍，則通過形象的描繪來討論婦女問題。

首先，作者用「反諸其身」的辦法，形象地控訴封建社會壓迫摧殘婦女的不人道、不合理。在第三十三回，借了林之洋被女兒國選作王妃的事情，使他身受種種女子所受的痛苦，「矯揉造作」，血淚模糊，「求生不能，求死不得」。於是，幾十天的「加工」，居然使一個天朝上國的堂堂男子，向那女兒國的國王，顫顫巍巍地「彎著腰兒，拉著袖兒，深深萬福叩拜」了。作者寫得是那樣的怨而不怒，卻又那

樣深刻驚人：它使人不能不同情婦女的不幸，不能不感到習俗的殘酷。同樣，在討妾問題上，作者也是用「反求諸己」的方法。第五十一回中那兩面國的強盜想收唐閨臣等作妾，因此觸怒了他的壓寨夫人，這位夫人把她的丈夫打了四十大板，還數他的罪狀，要男子反躬自問，要男子生出一點忠恕之心。

　　雖然，李汝珍破舊方面的主張，並不能超過俞正燮，可貴的是他能夠提出女子參政的主張，能夠承認男女智慧之平等，從而高昂地呼喚著一個婦女解放的春天的到來。作者在四十八回借泣紅亭主人寫的碑記說：「蓋主人自言窮探野史，嘗有所見，惜湮沒無聞，而哀群芳之不傳，因筆志之。」可見，一部《鏡花緣》，原就是專為發揮女子才能而寫的。他寫「天地英華原不擇人而畀」，「況今日靈秀不鍾於男子」，明確承認男女智慧的平等，所以女子應當同男子一樣的讀書、科考，一樣的社交、參政；他寫一百位才女「莫非瓊林琪樹，合璧駢珠」，才德兼備，後來都名列高科，做官的做官，封王的封王；為了使他的理想合理化、合法化，他還寫了歷史上確實存在的武則天這樣的女皇帝，上官婉兒這樣的女才子。於是，他不但把賤視女子的社會心理完全打破，而且還把女子的社會地位提高到和男子一樣。這種大膽的主張，不僅表現出對婦女解放的嚮往，而且表現出人的覺醒和社會解放的理想。

　　然而，李汝珍這種思想並不是偶然的，也不完全是幻想，而是得之於社會的暗示，因為在他當時和稍前曾出了許多女詩人，清代婦女才學的發達，也是兩千多年來所未有的。清初陳維崧撰的《婦人集》，凡九十七條，記的都是明末清初婦女能詩詞者的軼事。嘉慶初，許夔臣選輯《香咳集》，錄各家婦女詩，少則一首，多則三十五首，前綴小傳，凡三百七十五家，其自序云：「自昔多才，於今為盛。發英華於畫閣，字寫烏絲；攄麗彩於香閨，文縹黃絹……拈毫分韻，居然脂粉山人，繡虎雕龍，不讓風流名士。」到了道光年間，蔡

殿齊編《國朝閨閣詩鈔》十卷，合有百家，選擇甚精，可以代表道光
以前的清朝一代的女詩人。這是實實在在的、現實生活中的「百花才
女」。她們的歌唱雖然還不能跳出「吟風弄月，春思秋怨」的範圍，
但也唱出了她們想了解世界、想探討學問、想陶冶性情的時代心聲：
「足不逾閨閣，身未歷塵俗，茫茫大塊中，見聞苦拘束。風雨恣搜
羅，得意必抄錄，自笑女子身，乃如書生篤。學問百無能，探討性所
欲，豈但填枵梜，或可正芳躅。遙遙一寸心，前修自勉勖。」（王滿
《讀史》）可見，李汝珍對社會是關注的，因此能夠在風雨如晦的環
境中，看到光明，看到進步，看到新生，能夠真誠地為婦女設想一種
正式的教育制度、參政制度，具體地提出了解決婦女問題的方法，雖
然在當時是不現實的。從這個意義上看，《鏡花緣》比同時的《紅樓
夢》及一些才子佳人小說要進步得多。

第四，顯揚才學，反映時代之風尚

梁啟超說清代兩百多年的學術，是「取前此二千餘年之學術倒卷
而纏演之；如剝春筍，愈剝而愈近裡：如啖甘蔗，愈啖而愈有味」。
尤其是乾隆、嘉慶時期的幾代學者，雖身處逆境，卻仍潛心於學術，
孜孜於典籍，從而在開拓文字、音韻、訓詁、目錄、版本、校勘、金
石諸領域取得了新的學術成就，結出了清代獨有的學術碩果，即以考
證的方法治學的乾嘉學派。這種言之有據、質樸無華的學術風氣，必
然會影響有清一代的文壇。正如胡適所說的：「那個時代是一個博學
的時代，故那時代的小說，也不知不覺掛上了博學的牌子。這是時代
的影響，誰也逃不過的。」確實的，連《紅樓夢》也沒能逃過，不過
它不是掛上博學的牌子，而是把「博學」融化在藝術形象中，而《鏡
花緣》則直接顯示了同考據派的深刻淵源。作者曾托黑齒國紫衣女
說，「學問從實地上用功，議論自然確有根據」，因而他的作品多從學
問上用功，多從自己得之於書本的知識結構中尋找「有根據」的創作

靈感。

　　一是古代神話知識的應用。《鏡花緣》寫到的幾十個國家的名稱，大都出自《山海經》等古籍，一一都有來歷，那些珍禽異獸奇花仙草的名稱，也都各有所本，像駿馬見《西山經》、人魚見《異物記》，木禾見《淮南子》、肉芝見《太平寰宇記》等。作者雖然只是以「古」為本，生發開去，為表現思想服務，但也體現了當時言之有據的學風。

　　二是關於音韻學、經學、醫學等方面的知識，這些確實是很踏實的學問。如第十六回至第十九回黑齒國的識字辨音之爭，第三十一回的切韻表等，顯然是在炫耀他治音韻的才學：又如唐敖、多九公在黑齒國女學堂裡談經，論《論語》宜用古本校勘，論《易經》王弼注偏重義理，「既欠精評，而又妄改古字」，還有唐閨臣論注《禮》諸家，以鄭玄注為最善等，都是當時經學盛行的副產物。

　　三是著力介紹古代各種文娛活動。如琴棋書畫、燈謎、酒令、雙陸、馬吊、射覆、蹴球等等，其中很多在當時是已近失傳的東西，作者就把自己掌握的書本知識寫進作品，雖然旨在表現才女們的多才多藝，但是介紹多了，也就失去了文學意味，讓人覺得作者是在逞才，而非創作。

　　總之，作品中知識性的描寫，學問式的議論，大多是在炫耀作者的才學，同時也反映了博學的時代風尚。魯迅把《鏡花緣》歸入「清之以小說見才學者」之列，這種概括雖然不能涵蓋整部小說，但也說明這是《鏡花緣》的主要內容之一。

三　豐富而幽默的諷刺藝術

　　我國古代文學有一種傳統的「諷兼比興」的表現手法，即運用比興的方法來達到諷喻的目的。在韻文方面，《詩經》、《楚辭》到唐宋

詩詞，都有大量的以此喻彼、托物起興的諷喻作品；而早期的小說，也常常「近取譬論，以作短書，治身理家，有可觀之辭」[19]。到了《鏡花緣》，作者則借對神話傳說的虛構生發來象徵影射，從而創造出一個既超越現實又不離現實的神話幻想世界。它不同於寫實為主的《儒林外史》，在某種程度上說更接近於魔幻化諷刺小說的荒誕特徵，但它又不同於魔幻化諷刺小說的過分滑稽乃至油滑，而表現出一種較為高雅的幽默氛圍。

首先，從整體構思與具體表現看，作者是運用多種手法對神話傳說進行生發虛構，來組構象徵體系，表現諷喻意味。

一是承用舊名，杜撰新事。女兒國本於《山海經》之女兒國。〈海外西經〉說：「女子國在巫咸北。兩女子居，水周之。」〈大荒西經〉說：「有女子之國」，下有郝懿行引《魏志》：「有一國在海中，純女無男。」《鏡花緣》的女兒國則沒有：「水周之」、「純女無男」的特點，其中有男有女，不過國是以女為君，家是以女為主，男子是受女子的支配，這是借女兒國之名杜撰出來的故事。它在表現男女平等的民主主義思想的同時，象徵影射了當時男女極端不平等的社會現實。另外，像淑士國的故事、白民國的故事，都是借名杜撰的。

二是抓住一端，生發開去。有的是生發故事，間接諷世：〈海外東經〉說君子國人「衣冠帶劍，食獸，使二犬在旁。其人好讓不爭」。李汝珍就抓住「其人好讓不爭」生發開去，設想出一個君子國來。市場上做買賣的，賣的要低價，買的卻出高價；一個非高不買，一個非低不賣。這樣「好讓不爭」，雖然有些矯飾反常，讓人感到滑稽可笑，但也是對當時社會好爭不讓、缺少君子風度的一種影射、一種反諷。大人國故事則是根據《博物志》的大人國人「能乘雲而不能走」的特徵加以發揮的。有的是生發議論，直接諷世：第九回唐敖就

19　〔梁〕蕭統編，〔唐〕李善注：《文選》，卷三十一引《新論》。

精衛用心之專議論道：「此鳥秉性雖癡，但如此難為之事，並不畏難，其志可嘉。每見世人明明放著易為之事，但卻畏難偷安，一味蹉跎，及至老大，一無所能，追悔無及。如果都像精衛這樣立志，何患無成！」還有借山雞的剛烈血性，發「世人明知己不如人，反靦顏無愧」的議論；借人魚的受恩知報，抒「世上那些忘恩的，連魚鱉也不如」的感慨。這種類似「托物起興」的藝術手法，較好地體現了作品的諷喻特色。

三是漫畫解釋，類型勾勒。李汝珍為了達到諷世的廣度，往往對神話傳說中的一些奇形怪狀作漫畫化的解釋、類型化的勾勒。〈海外東經〉說毛民國「為人身生毛」，《鏡花緣》就解釋說是「因他生性鄙吝，一毛不拔，死後，冥官投其所好，給他一身長毛」；〈海外南經〉說羽民國「其為人長頭，身生羽」，《鏡花緣》則解釋說是因為他們最愛奉承，愛戴高帽子，漸漸地把頭弄長了；又如犬封國的狗頭狗腦，穿胸國的狼心狗肺，長臂國的四處伸手，豕喙國的撒謊成性等等，作者就像一個漫畫展的解說員，給讀者講解描述各種「類型」人物的形成與特徵，一幅一幅，既有諷刺，又有寓勸誡，合而觀之，就是當時社會一部醜陋的「現形記」。

其次，關於作品的美學風格。如果說滑稽、諷刺、幽默是喜劇的三個審美範疇的話，那麼，明清時期的這幾部諷刺小說，正好有所側重地體現了三種美學風格：《斬鬼傳》等寓諷刺於滑稽，風格顯得比較輕佻；《儒林外史》寓諷刺於寫實，風格顯得比較凝重；而《鏡花緣》是寓諷刺於幽默之中，表現出來的是一種比較輕鬆的風格，它預示著人類將愉快地把該否定的東西送進歷史的墳墓。

寓諷刺於幽默，常常表現一種巧妙的揶揄、樂觀的自嘲。

第五回對武太后怒貶牡丹花的諷刺。當上官婉兒看到上林苑兩千株牡丹花快被炭火炙焦時：

　　上官婉兒向公主輕輕笑道：「此時只覺四處焦香撲鼻，倒也別
有風味。向來公主最喜賞花，可曾聞過這樣的異香麼？」公主
也輕輕笑道：「據我看來，今日不獨賞花，還炮製藥料哩。」
上官婉兒道：「請教公主，是何藥料？」公主笑道：「好好牡
丹，不去澆灌，卻用火炙，豈非六味丸用的炙丹皮麼！」上官
婉兒笑道：「少刻再把所餘二千株也都炙枯，將來倒可開個丹
皮藥材店哩。向來俗傳有『擊鼓催花』之說。今主上催花，與
眾不同，純用火攻，可謂『霸王風月』了。」

　　對專橫粗野的女皇的諷刺，是在才女風趣的笑語揶揄中表現出來
的。這裡，不是嚴肅的諷刺、激烈的否定，而是一種溫和、自信的
「揚棄」。

　　第六十七回對林婉如、秦小春在放榜前夕一反常態、舉止失措的
描寫，「立也不好，坐也不好」；醒著也笑，夢中也笑；還「立在淨桶
旁邊，你望著我，我望著你，倒像瘋癲一般，只管大笑」。倘若就此
擱筆，那與「范進中舉」還有點異曲同工之妙。可是作者又讓舜英出
來揶揄一番：「二位姐姐即或樂的受不得，也該撿個好地方。你們只
顧在此開心，設或沾了此中氣味，將來做詩還恐有些屁臭哩」。既嘲
人又自嘲，便把原來一點悲劇意味都沖沒了。

　　第十八、十九回寫唐敖一行本想在黑齒國女子館擺些資格，賣弄
些學問，沒想反被紅衣女子、紫衣女子駁得「汗如雨下，無言可
答」。過後唐敖說道：「原想看他國人生的怎樣醜陋。唯知只顧談文，
他們面上好醜，我們還未看明，今倒被他們先把我們腹中醜處看出去
了！」於是，三人「只覺自慚形穢」，「只覺面目可憎，俗氣逼人」，
「只覺無窮醜態」，趕快「躲躲閃閃，聯步而行」地潛逃了。他們不
是那種不知己醜、又把醜自炫為美的滑稽人物，他們敢於自省、樂於
自嘲；能夠自知其醜，又能夠愉快地與自己醜的東西告別。這就是幽

默的本質。

　　寓諷刺於幽默，還常常是和超現實的理想緊密結合的，即在藝術世界中的意象並非現實的模擬，而是把真實、理性、邏輯讓位於想像，從而構築一個生動、奇幻的藝術境界。像作品中常常運用一種和現實顛倒對照的手法，以及「反諸其身」的手法，如君子國的「好讓不爭」的描寫，女兒國女比男強的描寫，兩面國的強盜向夫人求饒的描寫等等，那些在現實中尚不能否定、但卻該否定的事物，在理想世界中被輕鬆愉快地送進了墳墓。

四　與《鏡花緣》相類的「炫耀才學」的小說

　　《蟫史》和《燕山外史》是兩部用文言寫成的章回小說，與《鏡花緣》是同時代的作品，因為魯迅曾把它們與《鏡花緣》放在一起，作為「炫耀才學之作」，所以，我們在這裡作簡要介紹。

　　《蟫史》，二十卷。作者屠紳（1744-1801），字賢書，號笏岩，江陰人。二十歲中進士，曾任雲南師宗縣知縣，尋遷甸州知州，官至廣州同知。著有筆記小說《六合內外瑣言》和《鶚亭詩話》等。

　　《蟫史》一書敘桑蠋生海行墜水，投入甘鼎麾下，幫助他平定苗族叛亂的故事。桑蠋生是作者自況，甘鼎即乾隆末年平定苗亂的傅鼎。這是一本才子佳人與神魔揉合的小說，思想淺薄，而文字古奧，正如魯迅所說，「雖華艷而乏天趣，徒奇崛而無深意」。

　　《燕山外史》，八卷。作者陳球，字蘊齋，秀水人，家貧以賣畫自給。他以明馮夢楨所撰《竇生傳》為藍本，用駢文寫成了這本三萬餘言的小說。成書時間在清嘉慶十五年（1810）前後。

　　書敘明永樂年間，書生竇繩祖就學嘉興，與貧女李愛姑相戀，但竇父強迫他娶淄川宦族之女為妻，將竇生與愛姑拆散。愛姑為金陵鹽商所騙，流落為妓女，得俠士馬遴幫助，回竇生家。但竇妻悍妒，竇

生與愛姑不堪忍受，雙雙逃走。後又因唐賽兒起義，這對情人被沖散。待戰亂平定，竇生回家，家產蕩然無存，妻亦離去。孑然一身，孤苦伶仃。此時，愛姑忽至，言戰亂中避難於尼姑庵。二人團聚，竇生中舉，官至山東巡撫。愛姑生子，尋乳媼，竟是竇妻。竇妻不思悔改，又設計陷害俠士馬遜，牽連竇生。後得昭雪，竇生與愛姑成仙而去。

　　以駢體文作小說，早有唐代張鷟之《遊仙窟》，但這篇傳奇小說在中土久已失傳，陳球沒有機會看到，因此，自以為是獨創，頗為得意，他說：「史體從無以四六為文，自我作古，極知佞妄……第行於稗乘，當希末滅。」

　　這本《燕山外史》不脫才子佳人小說舊套，用駢儷體，文字呆板，無可稱道，但用駢儷體寫成長篇，畢竟極為罕見，略提一筆，說明小說史上有此文體而已。

第八章
公案俠義小說

第一節　概述

　　在封建專制制度下，人民沒有民主。封建法律是封建統治階級意志的體現，它有維護封建統治者利益的一面，也有調節與制約階級矛盾的一面。法律的正確執行，既可維護統治者的利益，也可以防止超越法律許可程度的壓迫與剝削，為的是防止廣大人民起來反對統治階級的壓迫與剝削，從而推翻統治者。但是，在人民完全處於無權地位的情況下，法律的施行完全取決於官吏，官吏清廉，法律就執行得好一點；官吏貪酷，法律就變成一紙空文。而且，統治階級往往不滿足法律所規定的種種特權，總要千方百計地謀取法外特權。對於這些法外特權，敢不敢加以抑制以至制裁，也完全取決於官吏。剛正不阿的官吏敢於制止法外特權，諂媚逢迎的官吏就會放縱惡霸豪紳橫行不法。在封建專制制度下，「衙門口朝南開，有理無錢莫進來」，成為普遍的社會現實；屈打成招，冤獄遍地，成為封建社會司空見慣的現象。儘管人民在封建重壓下呻吟，想清除這種沉重的迫害，但他們還未覺悟到必須廢除封建專制制度，他們希望執法如山的清官；當清官難尋的情況下，又寄希望於民間的豪俠出來為他們伸冤。這就是產生公案俠義小說的社會原因。

　　公案小說與俠義小說，在中國小說史上是獨立發展的兩個流派，但到清代中葉以後，逐漸合流成為公案俠義小說，爾後又分為二支。公案小說逐漸衰歇，而俠義小說在清代末年大為興盛，發展為武俠小說，到了二十世紀的二十至四十年代又掀起高潮，不肖生、趙煥章、

顧明道、李壽民（還珠樓主人）、白羽等人的武俠小說風行一時；五六十年代，港臺的新派武俠小說蔚為大觀，金庸、梁羽生、古龍三大家影響頗大，雖已與清代武俠小說面貌不同，但也還留有古代武俠小說的痕跡。

公案小說，以清官斷案折獄為主，歌頌剛正不阿、清明廉潔、執法如山、為民伸冤的清官。《史記》中的循吏和酷吏列傳就孕育著公案小說的種子。魏晉南北朝小說，如《搜神記》裡面的「東海孝婦」勾勒了于公的清官形象。記述獄訟事件的書，在五代時就出現了。五代時和凝的《疑獄集》及其子㠓的續作、宋鄭克的《折獄龜鑒》和桂萬榮的《棠陰比事》等都是。宋代《名公書判清明集》將案件分門別類的編纂方法，對後世的公案小說有明顯影響。但是，賦予公案以文學性質，大概從南宋的「說公案」開始。宋元話本《錯斬崔寧》、《合同文字記》、《三現身包龍圖斷冤》、《簡貼和尚》等就是著名的公案小說。與此同時，元代出現了大量清官戲，現在保留下來有完整劇本的還有十六七種，其中寫包公斷案的有十一種之多。到了明代，出現了《百家公案》、《龍圖公案》等小說和《明成化說唱詞話》中有關包公故事的詞話八種。到了清代中葉以後，公案小說與俠義小說合流，產生了《三俠五義》、《施公案》、《彭公案》等作品。到了民國以後，公案小說逐漸消亡。

在公案小說中清官形象有個演變的過程。在宋元話本、優秀元雜劇、《明成化說唱詞話》的部分作品、《包公案》部分故事中，清官是人民願望的化身，是人民美好理想的體現。其主要表現是：一、包公鬥爭的對象，他的對立面不是市井小民，也不是一般的竊賊強盜、奸夫淫婦，而是「權豪勢要」，即大貴族、大官僚、大惡霸。二、這些作品中受害者不是消極等待、乞憐，而是奮起反抗。三、包公斷案手段主要不是靠神靈啟示，而是靠智慧，靠調查研究，靠人民支持。四、清官身上寄寓了人民群眾的美學理想。不畏權勢，清正廉潔，勤

儉樸素等美好品格，是理想化的，並非封建官吏所具有的特性。在元
雜劇和公案小說中還存在另一種清官，即神化的清官。他們鬥爭的對
象不是「權豪勢要」，而是竊賊強盜、奸夫淫婦。提出的不是大貴
族、大官僚、大惡霸壓迫人民的問題，而是偷竊姦淫這些社會倫理道
德問題。當然這些社會醜惡現象也是封建統治腐敗的產物，但把當時
社會問題僅僅歸結為盜賊橫行，淫婦邪惡，顯然迴避了社會的主要矛
盾，而且在這些描寫中又打上了很深的封建道德的烙印。清官斷案既
不靠智慧，也不靠調查，而是靠神靈顯身、神佛托夢、鬼魂訴冤等
等，所有案件審理幾乎全靠鬼神，使這些作品帶有濃重的封建迷信色
彩。清官形象因此也逐漸失去光彩，逐步偶像化、公式化，成為神化
的清官。

　　前面所說的兩種清官形象，大體上都是民間的產物，沒有直接介
入朝廷的重大鬥爭。到了明代，清官形象又發生了重大變化，即從民
間的清官轉化為積極參與朝廷忠奸鬥爭的忠臣形象。標誌著這個轉變
的是《明成化說唱詞話》中的〈仁宗認母傳〉和《百家公案》、《龍圖
公案》中仁宗認母故事。清官所斷的已不是民間的冤案，而是皇帝家
族內部爭奪王位的大案，清官成為與朝廷中奸臣鬥爭的忠臣。清代
《三俠五義》沿著這條線索發展，他們鬥爭的對象已不是奸夫淫婦、
竊賊強盜，也不僅僅是橫行不法的「權貴勢要」，而是「常懷不軌之
心」、「反跡甚明」的奸臣或帝戚，這些上層貴族人物不但欺壓百姓而
且覬覦皇權，陰謀叛亂。清官從折獄斷案型變為除奸平叛型了。

　　到了《施公案》出現，清官形象又進一步演化為鎮壓人民的劊子
手。他們要斷的已不是民間冤案，而是人民造反的欽案；要鎮壓的已
不是謀反的叛臣，而是于六、于七這樣的農民起義領袖。清官從除奸
平叛型變為滅盜平叛型。

　　在優秀的公案作品裡，清官鬥爭的對象是「權豪勢要」，重點是
反惡霸，是代表人民向統治階級中的官僚惡霸作鬥爭；神化的清官，

重點是反盜賊、流氓，它們雖然沒有抓住社會的主要矛盾，但所揭露的仍是封建統治下的腐敗醜惡現象；忠臣型清官，重點是反奸臣，清官忠臣色彩大大加強。清官從統治階級外部轉向統治階級內部，從代表人民向統治階級中特權人物作鬥爭轉為統治階級內部的鬥爭，即清官為審理皇家的冤案，平定統治階級內部的叛亂，為了鞏固皇權而鬥爭。但是，清官還是站在正義的一邊向邪惡勢力作鬥爭，它的鬥爭對象是統治階級內部的奸臣，而不是農民起義。《施公案》等作品重點是反對農民起義，它使鬥爭從統治階級內部又轉向外部，即清官為平定農民起義而鬥爭。這樣，清官就完全成了統治階級的奴才和鷹犬，成了鎮壓農民起義的劊子手。清官斷案的故事完全喪失了它的積極意義，公案小說也隨之而湮沒。

　　俠義小說與公案小說是密切聯繫但又自成體系的，它們按同樣的軌道發展。

　　俠義小說，以豪俠仗義行俠為主，歌頌重義尚武、扶困濟危的俠客，《史記》中〈刺客列傳〉、〈遊俠列傳〉可視為俠義小說的濫觴。在漢魏六朝的小說中，《吳越春秋》中的〈越女試劍〉，《搜神記》中的〈三王墓〉（即〈干將莫邪〉）、〈李寄斬蛇〉，《世說新語》中的〈周處〉等等已展現俠義小說之雛形。到了唐代，俠義小說達到高潮，中晚唐出現了比較成熟的俠義小說，如《虬髯客傳》、《紅線》、《崑崙奴》、《聶隱娘》等等。宋元話本中「朴刀桿棒」和部分公案類作品也是俠義小說，如《宋四公大鬧禁魂張》、《楊溫攔路虎傳》等。從唐代到宋代，豪俠有兩類：一類屬於個人仗義行俠的，他們主要是憑靠自己的武術和技藝，或拳法劍術，或飛簷走壁，去完成驚險的救困解危的英雄行動，在戲曲舞臺上屬於「短打」一派，後代的俠義小說主要繼承了這一類。另一類則先是個人行俠，後加入集體，表現出豪俠的群體性，如《水滸傳》、《楊家將》等，發展為英雄傳奇小說，它們已不單是個人行俠，而是集體反抗；他們已不單單是靠個人的飛簷走壁

或拳術刀法，而是運籌帷幄，行軍布陣，設伏打援，戰場拚殺，展開千軍萬馬的武裝鬥爭，豪俠也變成了武將，在戲曲舞臺上屬於「長靠」一派，脫離了俠義小說的範疇。

明代俠義小說並不發達，雖然《水滸傳》等作品也含有俠義小說的成分，但它已脫離俠義小說，發展為英雄傳奇小說。而比較典型的俠義小說，卻在清代中葉以後出現，《綠牡丹》可以說是長篇俠義小說的先聲，《三俠五義》、《施公案》、《彭公案》則是俠義與公案結合的產物。這以後，《聖朝鼎盛萬年青》、《七劍十三俠》等又逐步從公案俠義的合流中分流出來，成為獨立的武俠小說。

俠義小說，在宋元明之前，豪俠主要是代表了人民的願望，它們或與豪強惡霸作對，救助貧弱百姓；或向官府朝廷挑戰，炫耀自己的武術本領。他們大多屬於下層人民，或飄忽不定，或隱姓埋名，並沒有成為統治階級的附庸。當然這種個人反抗、個人復仇、個人英雄主義並不可取，但它畢竟是被壓迫的人民在封建重壓下反抗意識的表現，在無望中寄託的幻想。到了《三俠五義》，公案與俠義結合，俠客成了清官的助手。他們在忠與奸的鬥爭中，站在忠臣的一邊與奸臣作鬥爭，為皇帝討伐篡權反叛的奸臣賊子，還沒有直接與農民起義作對。而《施公案》、《彭公案》、《永慶昇平》中的俠客，則在清官的統率下，滅盜平叛，成為鎮壓農民起義的幫凶與鷹犬。俠客從代表人民的願望向封建秩序挑戰，再轉變成統治階級的忠臣義士向亂臣賊子作鬥爭，再轉變為統治階級的劊子手去鎮壓人民，這樣，俠客的光彩盡失，成為罪惡的化身。《聖朝鼎盛萬年青》、《七劍十三俠》等則又展開了教派門戶之爭，主要是個人恩怨，教派鬥爭，又雜以神怪妖法，這種單純的俠客個人復仇，沒有多少社會意義。

從中國古代小說演變史來考察公案俠義小說，就其總體來說，它並不代表小說史前進發展的潮流，而是表現了逆轉的趨勢。這種逆轉趨勢表現為：一是從作家個人的獨立創作又轉向群眾與作家相結合創

作的說書體小說；二是從日常生活個性化的描寫又轉向半人半神的類型化描寫；三是從對封建意識形態的批判又轉向對封建倫理道德觀念的歌頌；四是書中正面人物由懷疑封建制度、而不願為封建統治效勞、成為具有離心傾向的浪子或逆子，又變成了積極為封建制度效勞、鼓吹為維護封建王朝而建功立業的所謂「英雄豪傑」。而且從這種發展趨勢來看，是越來越差，從具有一定人民性的公案俠義小說發展為有落後或反動傾向的小說，這種公案小說在數量上也越來越多。

當然，我們只是就公案俠義小說總體趨勢而言，並不排斥某些作品在思想藝術上有一定的成就；不諱言它的說書體小說的優點，即情節的驚險與曲折，很有吸引力，在老百姓中頗受歡迎，產生巨大影響的事實；不忽視它的創作，為現代武俠小說提供了素材，積累了藝術經驗。正因為如此，我們認為研究公案俠義小說是必要的，忽視它的存在，在小說史中一概抹殺，都是不妥當的。

第二節　公案小說

宋元時代的公案小說，大體有兩類。一類是民間說書藝人創作的公案小說，它主要敘述冤案的發生和經過，對含冤受屈者寄予很大的同情，最後，依靠受害者的鬥爭，冤案得以昭雪，即使有清官判案，也只是在案情大白之後，履行一下判案的司法程序而已，重點並不在歌頌清官的明斷。如《錯斬崔寧》，主要寫崔寧、陳二姐含冤受屈的悲慘遭遇，由於官府審案「率意斷獄，任情用刑」，造成冤案。案件是由劉大娘子發現凶手，並向官府報告後，才得以昭雪。《簡貼和尚》也是著重敘述由於和尚的奸謀，致使皇甫松休妻，造成夫妻離散的悲劇，最後也是由於楊氏發覺和揭發了和尚的陰謀，冤情才大白於天下。元雜劇中的公案戲，情況也類似。這類作品有較高的思想、藝術價值。另一類，是由承襲前代「公案書」而來的。現在我們可以看

到的宋人編的《名公書判清明集》，為宋人編刊的「公案書」之僅存
者。此書宋刻殘本，只存戶婚門這一部分，約六萬五千字。明隆慶三
年，盛時選的翻刻本是完整的。全書共十四卷，分為官吏、賦役、文
事、戶婚、人倫、人品、懲惡七門，約有二十二萬字。它主要收錄了
一些著名官吏明敏斷案、平反冤獄的記載或士大夫自己的判詞，供為
官者參考。《名公書判清明集》分門別類編纂的方法，以及著重記載
官吏判詞的體例，對宋元另一類公案小說有很大影響。《醉翁談錄》
所載的「私情公案」和「花判公案」，就是承襲了它的形式。這類故
事重點是記述官吏的明敏斷案和判詞的巧妙、詼諧，對受屈含冤者並
沒有很大的同情和興趣。它主要來源於前代「公案書」等文獻資料，
而不是民間藝人的創作。其思想、藝術價值不如前一類公案小說，有
的還只是說書人的參考資料，還沒有賦予它文學創作的性質。

　　明代萬曆年間，出現一大批公案小說，大多數是收集民間故事和
「公案書」裡的案例，繼承了後一類公案小說的形式。現在可以看到
的，有下列幾種：

　　一、《包龍圖判百家公案演義》，六卷一百回，題「錢塘散人安
遇時編集」，「書林朱氏與耕堂刊行」，有「萬曆甲午歲朱氏與耕堂」
字樣，當為萬曆二十二年（1594）刊本。

　　二、《龍圖公案》，十卷一百則，序署「江左陶烺元乃斌父題於
虎丘之悟石軒」，明刊本。又有《龍圖神斷公案》，題署亦同，十卷六
十二則，為百回本之簡本。

　　三、《海剛峰先生居官公案傳》，四卷七十一回，題「晉人義齋
李春芳編次」，「金陵萬卷樓虛舟生鐫」，卷首有李春芳寫於萬曆丙年
（萬曆三十四年，西元1606年）序。

　　四、《皇明諸司廉明奇判公案》，二卷，存萬曆二十六年（1598）
余象斗自序本，又有明建安書林鄭氏萃英堂刊本，不題撰人。上卷分
人命、姦情、盜賊三類，計三十七篇；下卷分爭佔、罪害、威逼、拐

帶、墳山、婚姻、債負、戶役、鬥毆、繼立、脫罪、執照、旌表等十三類，計六十八篇，上下卷共一百零五篇。

五、《皇明諸司公案》，六卷，題「山人仰止余象斗編述」，「書林文臺余氏梓行」，明萬曆三臺館刊本。封面題「續廉明公案傳」，可視為《皇明諸司廉明奇判公案》之續書。卷一至卷六，依次是人命、姦情、盜賊、詐偽、爭佔、雪冤六類，計五十四篇。

六、《新民公案》，四卷，首有萬曆乙巳孟秋序（即萬曆三十三年，西元一六〇五年），題「建州震晦楊百明發刊」，「書林仙源金成章繡梓」。分欺昧、人命、謀害、劫盜、賴騙、伸冤、奸淫、霸公八類。

七、《明鏡公案》，七卷，題「明葛天明、吳沛泉彙編，三槐堂王崑源梓行」。分為人命、索騙、姦情、盜賊、雪冤、婚姻、圖賴、理冤、附古、古案十類，計五十八篇。現殘存四卷，共二十八篇。每卷末有「新刻諸名公奇判公案一卷終」、「新刻續皇明公案傳二卷終」、「新刻皇明諸司廉明公案三卷終」、「新刻諸名公廉明奇判公案傳」等字樣，可見此書當出於《皇明諸司廉明奇判公案》和《皇明諸司公案》之後，故標為「新刻」。

八、《詳情公案》，全書六卷，現存卷二至卷四，題「陳眉公編」、「存仁堂陳懷軒刻」，卷二末尾有「李卓吾公案卷二終」的字樣。卷二至卷四分為強盜、搶劫、竊盜、奸拐、威逼、人命、索騙七門。此書似出自《明鏡公案》。

九、《律條公案》，七卷，全名是《新刻海若湯先生匯集古今律條公案》，「書林蕭少衢梓行」。前面有「六律總括」、「五刑定律」、「擬罪問答」等，分為謀害、強姦、姦情、強盜、竊盜、淫僧等類。

十、《杜騙新書》，四卷，題「浙江夔衷張應俞著」。分為二十四類，此書所敘案情，全為欺騙類，但無訴狀、判詞等，不同一般公案書。

　　這幾部公案小說，有共同的特點：一、有的以章回小說形式出現，有的以短篇小說集形式出現，實際上都是短篇小說集，各篇或各回之間並無聯繫，都是單獨成篇。二、編輯方法大都與《名公書判清明集》相似，按案件性質分類編排。《百家公案》、《龍圖公案》、《海剛峰先生居官公案》雖有中心人物，採取章回小說形式，但細考其內容，也仍是按類編排，把同類案件集中在一起。三、形式上一般是四個部分。先敘案情，然後是告狀人的告狀，被告的訴狀，最後是官吏的判詞。四、案件內容多是民間刑事案件，如姦情、盜竊之類。其中一部分靠清官智慧斷案，一部分靠鬼神啟示斷案。這些故事大同小異，互相抄襲，雷同的案例很多。五、藝術水平不高，文字多半文半白，比較粗糙。六、這些書都是在明萬曆二十年以後到明末出現的。在前後五十年的時間裡，出了十來部同類性質的作品，也可以算是明代後期的一個文學流派了。

　　我們概括地介紹了明代公案小說之後，下面重點介紹有關包拯和海瑞的公案小說。

一　包拯故事的作品

　　歷史上的包拯，經過民間的創造，成為小說、戲曲作品中的活躍人物，成為我國家喻戶曉、婦孺皆知的清官形象。包公故事在宋元話本中就出現了，《合同文字記》和《三顯身包龍圖斷案》是最早的包公斷案故事。《宋四公大鬧禁魂張》雖不是包公斷案故事，但在篇末出現了包公的名字：「直待包龍圖相公做了府尹，這一班盜賊，方才懼怕。各散去訖，地方始得寧靜。」但總的來說，在流傳下來的宋元話本中，包公的故事並不多。可是在元雜劇裡包公成為重要的角色，可以專闢一類，稱為「包公戲」。現在保存下來的有完整劇本的清官斷案戲有十六、七種，其中包公斷案的就有十一種之多，這就是無名

氏的《陳州粜米》、《合同文字》、《神奴兒》、《盆兒鬼》，關漢卿的
《蝴蝶夢》、《魯齋郎》，鄭廷玉的《後庭花》，李行道的《灰闌記》，
曾瑞卿的《留鞋記》，武漢臣的《生金閣》，還有一種是科白不全的
《張千替殺妻》。

　　到了明代出現了兩種有關包公的小說。一是《包龍圖斷百家公
案》，二是《龍圖公案》，它又有百回本與六十二回本之別。這是兩種
不同的小說，其中相同的故事只佔四分之一。一九六七年上海嘉定出
土的《明成化說唱詞話》中有與包公故事有關的八種詞話：〈包待制
出身傳〉、〈包龍圖陳州粜米記〉、〈仁宗認母傳〉、〈包龍圖斷歪烏盆
傳〉、〈包龍圖斷曹國舅公案〉、〈張文貴傳〉、〈包龍圖斷白虎精傳〉、
〈師官受妻劉都賽上元十五日看燈傳〉。

　　這三部書，從刊刻時間看，《明成化說唱詞話》最早，《百家公
案》次之，《龍圖公案》最晚，可能是明末刊本；從內容方面考察，
三書相同的幾個故事加以比較，也說明是《明成化說唱詞話》最早，
《龍圖公案》最晚，因為在演化過程中，情節的漏洞得到彌補。如劉
都賽故事，《明成化說唱詞話》、《百家公案》裡都是劉都賽被趙皇親
強虜進王府後，太白金星化為小蟲咬壞她的衣服，劉都賽要織匠來
補，這才有與經營紡織業的丈夫師官受見面的機會。《龍圖公案》改
為劉都賽衣服是被老鼠咬破的，情節更近情理。

　　這三部有關包公的小說和說唱詞話，有幾點值得重視：

　　一、《明成化說唱詞話》中有〈包待制出身傳〉，《百家公案》的
卷首有一篇〈包公出身源流〉，而《龍圖公案》沒有。《明成化說唱詞
話》與《百家公案》中關於包公出身的敘述不盡相同，但都是《三俠
五義》中包公出身故事的雛形。

　　二、《百家公案》、《龍圖公案》中大多數是民間刑事案件，反對
的是奸夫淫婦、小偷強盜，但在《明成化說唱詞話》、《百家公案》、
《龍圖公案》中都有一部分作品，矛頭直指皇親國戚、惡霸豪紳，具

有尖銳的政治內容。如三書都有劉都賽、袁文正等故事，揭露觸目驚心的貴族官僚殘害百姓的案件，這是三書中最有價值的部分。

三、三書都出現了仁宗認母故事。據《宋史》記載，宋仁宗生母李宸妃，原是章獻太后（劉后）的侍兒，她生下的皇子，章獻太后認為己子，讓楊淑妃養育，到皇子長大，繼承了皇位，就是仁宗皇帝。可是李妃還「嘿處先朝嬪御中」，「人畏太后亦無敢言者」，「終太后世，仁宗不自知為妃所出也」，到了劉后死後，才有人告訴仁宗他的生母是李妃。「仁宗不視朝累日，下哀痛之詔自責，尊宸妃為皇太后，謚『莊懿』」。這是當時轟動朝野的大事，民間廣為流傳。人民對李宸妃表示同情，對劉后的專橫深為憤慨，圍繞皇子的命運，敷演出動人的故事。陳琳、寇承御等忠臣與劉后、郭槐等奸賊展開驚心動魄的鬥爭，但這個故事與包拯無關。只有到了《明成化說唱詞話》中的〈仁宗認母傳〉、《百家公案》等七十四和七十五回、《龍圖公案》中的「桑林鎮」裡才把這個故事與包公斷案聯繫在一起，這樣包公斷的已不僅是民間的案件，而是皇帝宮廷裡爭奪繼承權的大案了。包公介入了朝廷內部的忠奸鬥爭，包公已成為皇家的包公，這是包公形象的重大轉變。

四、過去《百家公案》不易見到，論述包公系統故事多只舉《龍圖公案》。實際上，兩書相比，《百家公案》更有價值。這不但因它刊刻年代更早，而且因為《百家公案》中有陳世美拋棄妻子秦氏的故事；還有狄青、楊文廣與包公互相支持的故事，後來《萬花樓楊包狄演義》就以此而敷衍成書；另外還有彈子和尚的故事，與《平妖傳》相似；此外包公的衙役裡出現了張龍、趙虎，顯然對《三俠五義》產生影響，等等。這些都為研究包公故事流變和古代小說之間的相互影響提供了寶貴的資料。

五、從藝術上看，三書都比較粗糙、幼稚，但它為後來的小說、戲曲劇作提供了素材，積累了經驗。

二　海瑞故事的作品

　　海瑞是明代中葉著名的剛正廉潔的官吏，被稱為「南包公」。他經歷明代正德、嘉靖、隆慶、萬曆四朝。他在任淳安知縣時，就有兩件事轟動朝野。《明史》〈海瑞傳〉上這樣記載：

> 「宗憲子過淳安，怒驛吏，倒懸之。瑞曰：『曩胡公按部，令所過無供帳。今其行裝盛，必非胡公子。』發橐金數千，納之庫，馳告宗憲。宗憲無以罪。」

> 「都御史懋卿行部過，供帳甚薄，抗言小邑不足容車馬。懋卿怒甚，然素聞瑞名，為斂威去。」

　　後來海瑞做了京官，任部都主事，上〈治安疏〉尖銳批評嘉靖皇帝。「帝得疏，大怒，抵之地，顧左右曰：『執之，無使得遁！』宦官黃錦在側曰：『此人素有癡名，聞其上疏時，自知觸忤當死，市一棺，訣妻子，待罪於朝，僮僕亦奔散無留，是不遁也。』帝嘿然。少頃復取讀之，日再三，為感動太息，而留中數月。嘗曰：『此人可方比干，第朕非紂耳！』」這件事更使海瑞忠直剛正的美名，廣泛傳揚了。「時都下人編公事為小說，詠唱通衢，取齁口錢。」（黃秉石《海忠介公傳》）海瑞在萬曆十五年（1587）病逝，二十年後，即萬曆丙午年（1606）就出現了《新刻全像海剛峰先生居官公案傳》（一題《海忠介公居官公案傳》）一書。書首有晉人義齋李春芳序，恐係偽托[1]。

1　李春芳，字石麓，江蘇興化人，隆慶年間曾為相。但在出版於嘉靖三十一年的《大宋中興通俗演義》後附有〈精忠錄〉題為「李春芳編輯」，《海剛峰先生居官公案傳》，也題「晉人義齋李春芳」，《海公大紅袍》又題「山右義齋李春芳編次」。可能先是託名宰相李春芳，以抬高小說身價，後來有的就沿用了。

此書七十一回，敘述了七十一個互不關聯的海瑞審案故事，是一部短篇小說集。內容都是強姦、盜竊、圖財害命之類的案件，反映了社會的腐敗黑暗，與同時的其他公案小說相類，並沒有什麼特色。令人不解的是，海瑞一生轟動朝野的幾件大事，《海瑞集》所收錄的他在淳安縣任上所審的許多案卷，竟沒有一件反映在這部公案小說中。而且，後來有關海瑞的小說、戲曲、說唱作品都與它沒有直接的關係。這些情況表明，它只是把當時流傳的一些公案故事加以編輯、附會在海瑞的名下，因此，《海剛峰先生居官公案傳》的價值不是很大的。

描寫海瑞故事的尚有《海公大紅袍全傳》和《海公小紅袍全傳》兩書。《海公大紅袍全傳》，六十回，署「晉人李春芳編次」，顯係受《海剛峰先生居官公案傳》題署的影響，託名李春芳，其真實姓名無考。《海公小紅袍全傳》四十二回，清無名氏撰。這兩本都不是公案小說，也難算作歷史傳記小說，因為幾乎毫無歷史依據。勉強可算為英雄傳奇小說，它以海瑞一生與奸臣鬥爭的英雄業績為題材。因為都是寫海瑞的，所以我們放在這裡來介紹。

《海公大紅袍全傳》從海瑞出生寫起，赴考、招親花了不少篇幅。進入仕途之後，以海瑞與嚴嵩的鬥爭為貫穿的主線，著重寫海瑞出任山東歷城縣知縣時，和依附嚴黨的惡霸劉東雄的鬥爭。《海公小紅袍全傳》與前書相照應，寫海瑞在萬曆皇帝即位後，被重新任用，他與宰相張居正的鬥爭是前三十二回的中心事件。張居正把持朝政，私藏國寶，陷害忠良，甚至圖謀篡權奪位。海瑞支持孫成、周元表等到張居正家鄉荊州搜出罪證，於是張居正滿門法辦，海瑞出任宰相。後十回，寫海瑞折獄斷案，為周文玉兄弟平反冤獄的故事。

《海公大紅袍全傳》中關於海瑞在淳安知縣任內抵制欽差大臣張志伯，與歷史上海瑞與鄢懋卿鬥爭的事蹟有關；《海公小紅袍全傳》中周元表是以歷史上的鄒元標為原型。除此之外，都是根據傳說鋪演虛構而成，沒有歷史根據。有的則與史實相距甚遠，例如，《海公小

紅袍全傳》寫張居正陰謀叛亂；楊令婆成了地仙，長生不死，又帶領楊家將來支持海瑞，反對奸臣，實屬荒誕不經。

《海公大紅袍全傳》、《海公小紅袍全傳》二書，以忠奸鬥爭為主線，一方面，寫奸臣惡霸為非作歹、貪贓枉法，殘害百姓的種種罪行，反映了當時朝政的黑暗，具有一定的認識價值；另一方面，海瑞與奸臣惡霸作鬥爭，其剛正不阿、嫉惡如仇的形象亦頗生動鮮明。《海公大紅袍全傳》中，海瑞在賣豆腐的張老兒父女處於悲慘境地時救助了他們，到元春當了皇后，生了皇子，又被嚴嵩陷害，打入冷宮時，海瑞又向皇帝進諫，使張皇后和太子「重慶承恩」。這樣，海瑞深深介入了皇家內部爭奪繼承權的鬥爭，和明代與包公有關的說唱詞話和小說的思想傾向是一致的，即從民間的包公轉化成皇家的包公。海瑞以張皇后和太子為靠山與奸臣權相作鬥爭，削弱和淡化了海瑞鬥爭的艱苦性，影響了海瑞形象的塑造，「應該說是大敗筆」[2]。

《海公大紅袍全傳》和《海公小紅袍全傳》情節比較曲折生動，描寫極度渲染誇張，頗有民間文學的氣息。如《海公大紅袍全傳》寫海瑞對抗張志伯，正面交鋒，言詞鋒利，揭露張志伯搜括勒索，使他的囂張氣焰有所收斂；自己跳下河裡，與衙役一起背縴，逼迫張志伯就範，故事生動有趣。又如《海公小紅袍全傳》第五回寫海瑞與家人海安、海洪進京時，有一段對話：

> 行不半日，兩個家人叫道：「老爺，小人二人挑不得了。老爺家裡說過，行李三人輪流挑的。」海爺道：「如此你們先挑一程。」二人道：「小人出門挑過了。」海爺只得挑起，肩頭疼痛，寸步難行。叫道：「海洪，我老爺挑不起了。」海洪道：「挑不起，回去吧。」海爺道：「你去雇個牲口」海洪即刻雇了牲口。

2　蔣星煜：《中國戲曲史探微》（濟南市：齊魯書社，1985年），頁82。

這段描寫生動活潑，饒有趣味，海瑞淳樸、親切的形象躍然紙上。

根據《海公大紅袍全傳》改編的戲曲不少，整本的就叫《大紅袍》。至於改編其中一個片段的，有《三上轎》、《假金牌》、《孫安動本》等。而彈詞《福壽大紅袍》、《玉夔龍》，京劇中的《五彩輿》、《德政坊》等，雖也是寫海瑞故事，但並不是直接從《海剛峰先生居官公案傳》、《海公大紅袍全傳》、《海公小紅袍全傳》改編的，而是另行創作的。

第三節　公案俠義小說

唐傳奇和宋元話本中有不少俠義小說，但是長篇小說領域裡卻很少見。《水滸傳》包含著俠義小說的因素，可視為長篇俠義小說的源頭之一，但畢竟不是純粹的俠義小說。在明萬曆二十年到明代末年，公案小說大為興盛的時候，也沒有出現長篇的俠義小說。一直到了清代後期，即嘉慶、道光年間，俠義與公案結合產生了數量相當多的公案俠義小說和武俠小說，一直延續到清末。為什麼在嘉道年間到清末會出現這麼多的公案俠義小說？這是有深刻的社會原因和小說自身發展的原因。

首先，適應了統治階級挽救危機的需要。嘉慶時期緊接著康熙、乾隆的「盛世」，是清代歷史由盛轉衰的時期。這時，一方面，統治階級大量搜刮財富，兼併土地，過著奢侈腐化的生活；另一方面，人民不堪忍受壓迫，反抗運動在經過康、乾時期的沉寂之後，又蓬勃興起了。嘉慶元年，張正謨、姚之富等人領導的白蓮教起義，揭開了清代後期農民大革命的序幕；嘉慶十八年，李文成、林清領導的天理教起義，以及天地會、八卦教、聞香教的起義在嘉慶年間綿延不斷。到了道光、咸豐年間，更爆發了偉大的太平天國起義，從此，清王朝走上了滅亡之路。在聲勢浩大的農民起義面前，統治者採取了鎮壓招撫

並用的政策。這時，滿清的八旗兵已損失了當年入關時的戰鬥力，成為一支腐敗的軍隊。因此，他們只有招撫農民起義中的反叛分子和各地的地主武裝，利用它們來作為鎮壓農民起義的骨幹力量。公案俠義小說的大量出現正是統治階級這種政治需要在文化上的反映。

其次，這種現象的出現是人民特別是市民中落後思想的產物。受清代統治者嚴厲統治和懷柔腐蝕的影響，這時人民群眾中滋長著一種情緒：一方面，看到政治的日益腐敗，對清官的幻想逐漸破滅，把希望寄託在「除暴安良」的俠客身上；另一方面，農民起義中的反叛分子和地主武裝集團在鎮壓人民革命中「立功」，封官受賞，得到特殊的「恩典」。封建統治者大力宣揚這些封建爪牙的富貴尊榮，引起市井遊民的羨慕。正如魯迅一針見血指出的：「時去明亡已久遠，說書之地又為北京，其先又屢平內亂，遊民輒以從軍得功名，歸耀其鄉里，亦甚動野人之歆羨，故凡俠義小說中之英雄，在民間每極粗豪，大有綠林結習，而終必為一大僚隸卒，供使令奔走以為寵榮，此蓋非心悅誠服，樂為臣僕之時不辦也。」[3]

第三，有小說自身發展的原因。一方面，萬曆到明末的公案小說，實際都是短篇小說集，內容大同小異，而且文牘案例體的固定模式大大限制了它的發展，在興盛一時之後，逐漸失去它的吸引力；另一方面，明末清初興起的才子佳人小說，到了乾隆年間，逐步加入俠義的內容，向才子佳人、俠義、神魔小說融合的方向發展。公案小說、神魔小說、才子佳人小說都令人厭倦了。「值世間方飽於妖異之說，脂粉之談」時，這種「以粗豪脫略見長」的公案俠義小說就應運而生，「於說部中露頭角也」[4]。

3　魯迅：《中國小說史略》，見《魯迅全集》（北京市：人民文學出版社，1957年），卷8，頁237。

4　魯迅：《中國小說史略》，見《魯迅全集》（北京市：人民文學出版社，1957年），卷8，頁231。

　　清代嘉慶、道光年間至清末出現了十多種公案俠義小說，擇其要者，簡介如下：

一　《施公案》與《彭公案》

　　《施公案》，清無名氏撰。最早的刊本有一篇嘉慶三年（1798）序。現存道光四年（1824）刊本。初刻《施公案》八卷九十七回，又名《百斷奇觀》。另有續集一百回，又名《清烈傳》，光緒十九年（1893）刊本。以後又有二續三續，發展成為五百廿八回，約一百二十萬字。一九八〇年寶文堂書店出版的《施公案》，斷於四百零二回，即「竇耳墩明正典刑」止，這以後的一百多回未收。

　　《彭公案》，二十四卷一百回，署貪夢道人撰。存光緒十七年（1891）刊本。但道光四年慶昇平班戲目中有六齣與《彭公案》有關的戲，可見它的故事在戲曲中流傳更早，編成小說較晚。《彭公案》亦有《續彭公案》八十回，再續八十一回，以後不斷續作，竟達十七集之多。一九八七年寶文堂書店把《彭公案》和它的續書一起整理出版，凡三百四十一回。

　　《施公案》以施世綸為原型。據《清史稿》卷二六〇、二七七「列傳」所載，施世綸（小說為仕倫）是靖海侯施琅的兒子，康熙二十四年以「蔭生」出任江蘇泰州知州，歷任揚州及江寧知府、湖南布政使、順天府尹、直至戶部侍郎、漕運總督。清代文人筆記中多有記述，鄧之城《骨董三記》中繪其形狀：「蘇州施撫軍世綸……貌甚奇，腿歪手瘸，足跛、口偏」，與小說所描寫相同。《施案奇聞》的序中說他稟性：「峭直剛毅、不苟合、不苟取。一切故人親黨有謁者，俱已正色謝絕之……凡民有一害，必思有以除之，有一利，必思有以興之。即至密至隱之情，未有不探跡索隱，曲得其實者。」民間廣泛流傳其為民伸冤、平反冤獄的故事。如陳康棋《郎潛紀聞》中說：

「少時，聞父老言施世綸為清官。入都後，則聞院曲盲詞有演唱其政績者。蓋由小說中刻有《施公案》一書，此公為宋之包孝肅、明之海忠介。故俗口流傳，至今不泯也。」

《彭公案》裡的彭朋，以彭鵬為原型，《清史稿》卷二七七有傳。彭鵬，順治十六年舉鄉試，「耿精忠叛，迫就偽職，鵬陽狂示疾，椎齒出血，堅拒不從。」因此，耿精忠叛亂平定後，康熙二十三年，授三河知縣。後歷任工部給事中、廣西、廣東巡撫等職，以清官著稱。

《施公案》與《彭公案》為姐妹篇，兩書情節和人物多有交叉銜接處。《彭公案》成書晚於《施公案》，但書中的故事卻早於《施公案》。《彭公案》裡黃天霸還是個剛開始闖蕩江湖的少年，而《施公案》裡卻成為叱吒風雲的人物了。

《施公案》、《彭公案》裡的案件有三大類。一是民間刑事案件。如《施公案》裡金鋪老板逼佔伙計女兒，殺死其夫；陶武生父子用高利貸逼迫貧民還債；地主郎如豹私造假契，吞併農民土地等等。《彭公案》裡惡霸地主左青龍強奪平民張永德之女；雞姦趙永珍之子，並把他打死；霸佔劉四的田地五十畝等等。二是大案，就是一些與封建當權上層有牽連的惡霸土豪、皇糧莊頭的大案件。如《施公案》裡大地主關升縱容惡奴閣三片，奪田佔房，州官徇情，互相勾結。施仕倫微服察訪，也被吊打；皇糧莊頭黃隆基，吞併千頃土地，網羅流氓爪牙，勾結官府，奪佔民房。《彭公案》裡武舉人武文華，是索皇親的義子，與皇糧左莊頭勾結，為非作歹，竟到京城買通御史，參劾彭朋，將其免職。這兩類案件，反映了當時惡霸官吏的橫行不法，揭露了所謂「盛世」的黑暗與腐巧，應該說，是有一定的認識價值的。第三類是欽案，就是施仕倫、彭朋率領俠客鎮壓農民起義。如《施公案》裡魔天嶺余成龍，作品裡也說他是「不劫往來客人，專劫富貴人家」的好漢，施仕倫、黃天霸卻把他剿滅了。竇耳墩是綠林好漢，他盜「御馬」是向皇權挑戰。可是黃天霸「三進連環套」，用殘酷手段

鎮壓竇耳墩，奪回了「御馬」，從此飛黃騰達。作品還詳盡描寫了施、黃等人鎮壓于六、于七的起義。《彭公案》裡的周應龍，也是一位綠林好漢，並沒有幹什麼殘害百姓的事。他把楊香武盜來的「九龍杯」奪到手，藏在避俠莊，不肯交出來，黃三太上門去要，周應龍冷笑一聲：「黃三太，你不必拿著皇上來嚇我。我周應龍是堂堂正正奇男子，轟轟烈烈大丈夫，你只管調官兵來，我也不怕。」最後，黃三太、楊香武為了向皇帝效忠，盜回「御杯」後，康熙下旨將周應龍「就地正法」，「勿容一名漏網」。這一部分案件的出現，標誌著所謂「清官」已完全發生了質變，不僅是皇家的忠臣與奸臣作鬥爭，而且是朝廷鎮壓農民起義的劊子手。俠客雖然戲弄皇帝，盜走「御杯」，好像與《宋四公大鬧禁魂張》中的俠客近似，但最後還是「效忠皇上」、與清官勾結，在清官率領下，殘酷鎮壓農民起義，成為皇家的鷹犬。《施公案》與《彭公案》成為當時統治階級利用「綠林好漢」鎮壓人民革命的樣板，二書的反動性質是昭然若揭了。

　　《施公案》與《彭公案》是從「院曲盲詞」中來的，是說書體小說，因此有民間說唱文學的特色。

　　從清官破案方面說，它以「公案」勾連串套，形成特殊結構，前案未破，後案又起；數小案懸結於一大案，一大案分枝為諸小案。比起明代的公案小說，有了很大進步。但清官逐漸偶像化、公式化，成為傀儡，失去了它的光彩。而俠客形象卻有血有肉，鮮明生動，黃三太、黃天霸、楊香武等人都給讀者留下了深刻的印象。

　　說書體小說，最大的優點是「情節拿人」，故事的曲折驚險，使它吸引了許多讀者。雖然，編書的人文學修養很差，正像魯迅所說「幾不成文」，但曲折生動的情節，卻是較好的毛坯，為戲曲和曲藝藝術家的加工創造奠定了良好的基礎。《施公案》、《彭公案》出現在花部戲曲鼎盛的時期，據小說改編的戲曲，如《惡虎村》、《連環

套》、《九龍杯》、「八大拿」[5]等戲目在藝術上達到爐火純青的地步。

二　《三俠五義》及其續書

　　道光年間著名說唱藝人石玉昆是演說包公故事的專家。當時有人把他說唱的《龍圖公案》記錄下來，題作《龍圖耳錄》，一百廿回，存謝藍齋抄本，一九八〇年上海古籍出版社出版了傅惜華、汪原放校點本。石玉昆本來是連說帶唱的，《龍圖耳錄》只存講說部分，沒有唱詞，這樣就把它改成純粹的散文話本了。後來，又有人把它改編成《三俠五義》。清同治十年（1871）前，問竹主人第一次加以修訂，成為一百二十回本的《三俠五義》，又名《忠烈俠義傳》。到了光緒元年（1875），入迷道人，即文琳，又把問竹主人修訂的稿子作了第二次加工。光緒五年（1879）出了活字印本。光緒十五年（1889）俞樾改寫了第一回，把書名改為《七俠五義》，重加刊印，成為民間最流行的本子。[6]

　　《三俠五義》前面二十七回左右，主要寫包公故事，後面七十多回，主要寫俠義故事。寫包公故事部分，包括包公出身、斷烏盆案、斷仁宗生母李妃案，它集中了元代以來戲曲、小說中包公故事的精華，並把它定型化，此後，小說戲曲中的包公故事就沒有多少發展了。《三俠五義》裡包公是沿著忠奸鬥爭的軌道發展的，包公忠臣的形象更加突出。這表現在：一、包公斷李妃案演變得更完整，加入了

5　「八大拿」說法不一，據張肖傖《菊部叢譚》、《芢寶劇話》稱：「八大拿」指《武文華》、《趴蜡廟》、《獨虎營》、《雙盜印》、《霸王莊》、《東昌府》、《拿左青龍》、《拿郎如豹》。或云《拿左》，《拿郎》兩齣不在「八大拿」之內，應加入《拿李佩》、《拿侯七》，又云《拿謝虎》劇亦在內。

6　關於石玉昆的生平和《三俠五義》成書過程，可參看〈石玉昆及其《三俠五義》〉，見《河北文學》1961年第4期；〈有關《三俠五義》作者的一首可貴的詩〉，見《天津日報》1961年8月29日。

劉后、郭槐勾結狸貓換太子的故事。陳琳、寇珠、余忠為了救護太
子，不惜犧牲自己的生命，寇珠撞階而死，余忠冒名頂替代李妃而
死，表現了他們對皇帝的赤膽忠心。另一方面，劉后、郭槐等人耍盡
陰謀詭計，狸貓換太子，逼死寇珠，甚至要害死李妃，表現了奸詐毒
辣的性格，成了典型的奸臣。李妃流落桑林鎮，路遇包公，包公為這
椿皇家冤案的審理立了大功，他對皇帝的忠心得到突出的表現。二、
《三俠五義》裡的包公為民間百姓伸冤報仇的事少了，鬥爭的對象也
不僅是「權豪勢要」，而是有「造反」跡象的奸臣。例如，包公與馬
朝賢（太監）叔侄的鬥爭、與襄陽王的鬥爭都是因為這些人「常懷不
軌之心」，「反跡甚明」，包公是為鞏固皇權而鬥爭，與包公對立的，
不僅僅是統治階級中為非作歹的特權人物，而是一個以篡奪皇位為政
治目的的叛亂集團。因此，《三俠五義》裡的包公雖然依靠智慧和實
地調查，偵破了一些民間刑事案件如「墨斗殺人案」等。但是，與襄
陽王等武裝叛亂集團的鬥爭僅僅靠智慧和「微服察訪」是無法解決
的，包公、顏查散要依靠一批俠客，靠他們的高超武藝和飛簷走壁的
本領，才能搜集罪證，揭露陰謀，平定叛亂。三、突出包公和全書的
忠君思想，使包公的忠臣色彩大大加強。包公是反對圖謀叛亂的忠
臣，是保衛皇權的擎天柱。他率領的俠客，也被賦予忠臣義士的品
格。例如，包公向皇帝引薦「五鼠」時，把「鑽天鼠」（盧方）改稱
為「盤桅鼠」，把「翻江鼠」（蔣平）改為「混江鼠」，「恐說出『鑽
天』『翻江』，有犯聖忌，故此改了，這也是憐才的一番苦心」。這些
俠客見了皇帝也是開口「罪民」，閉口「罪臣」。他們以被封為「御
貓」、作為皇帝的侍衛而感到無比光榮；他們以協助清官、鏟除亂臣
賊子作為自己的神聖職責。他們已不是民間「除暴安良」的義俠，而
是朝廷的偵探和保鏢了。

　　包公形象雖然也有寫得比較生動的一面，但總的說來，是偶像
化、模式化了。但豪俠的形象卻栩栩如生，有血有肉，這是《三俠五

義》藝術上的最大成就，為中國小說史畫廊增添了這一類型的人物形象，對後代武俠小說具有重大的影響。正如魯迅所說：「至於構設事端，頗傷稚弱，而獨於寫草野豪傑，輒奕奕有神，間或襯以世態，雜以詼諧，亦每令莽夫分外生色。值世間方飽於妖異之說，脂粉之談，而此遂以粗豪脫略見長，於說部中露頭角也。」[7]

　　《三俠五義》是部說書體小說，「繪聲狀物，甚有平話習氣」，保持了平話的特點，在驚險血折的故事情節中展示人物性格。北俠歐陽春與雙俠丁兆蘭在刺殺馬剛時，性格就完全不同。丁兆蘭年輕氣盛，鋒芒畢露，高聲張揚，還嘲笑歐陽春膽小；歐陽春老成持重，考慮周密，不動聲色，卻在丁兆蘭動手之前殺了馬剛。通過對比，歐陽春膽識、武藝顯高一籌，令人信服，兩人的不同性格，涇渭分明，格外醒目。

　　《三俠五義》不但能在驚險曲折的故事中刻畫人物，還能通過富有情趣的市井生活來塑造人物，使小說富有生活氣息，真實可信。在「真名士初交白玉堂，美英雄三試顏查散」這一回裡，顏查散與化名金相公的白玉堂交上朋友，白玉堂每到一處，故意揮霍顏查散的銀子，擺闊氣，鬧排場，考驗顏查散。通過小書童雨墨的眼睛，極有風趣地把白玉堂的豪氣、顏查散的質樸、雨墨的機靈都活脫脫地表現出來。《三俠五義》這一類作品中的人物「大半粗豪」，容易寫得性格雷同，而《三俠五義》人物雖有「行俠尚義」和「致君澤民」的共性，但又寫得個性分明。白玉堂的心高氣傲，鋒芒畢露；蔣平心機深細，謹慎而又靈活；展昭謙遜平和，謹小慎微；歐陽春深沉老練，質樸豪放；艾虎則粗中有細，活潑可愛；沈中元忍辱負重，隨機應變；丁氏雙俠，富貴氣象，風流倜儻。這中間最成功的要算白玉堂。作者把他的英雄豪氣和心高氣傲的個性統一在一起。白玉堂說：「我既到東

7　魯迅：《中國小說史略》，見《魯迅全集》（北京市：人民文學出版社，1957年），卷8，頁231。

京，何不到皇宮內走走。倘有機緣，略略施展施展，一來使當今知道
我白玉堂，二來也顯示我們陷空島的人物，三來我做的事，聖上知
道，必交開封府，既交開封府，再沒有不叫南俠出頭的。那時我再設
個計策，將他誆入陷空島奚落他一場。是貓兒捕了耗子，還是耗子咬
了貓？縱然罪犯天條，斧鉞加身，也不枉我白玉堂虛生一世。那怕從
此傾身，也可以名傳天下。」為此，他出入深宮內院，殺人題詩；在
相府裡闖蕩奔躍，盜走「三寶」；又把「御貓」展昭囚在通天窟內，
盡情嘲諷，表現了他根本不把官府皇宮看在眼裡的豪氣，又表現他心
胸狹窄的毛病。最後，因為「爭強好勝不服氣」，慘死在銅網陣裡，
「血漬淋漓，慢說面目，連四肢俱各不分了」。寫英雄人物的缺點和
悲慘下場，打破了「平話」小說描寫英雄高大完美模式，使人物形象
更加真實感人。

　　市井細民口語的熟練應用，是這部小說的重要特色。三十九回，
寫眾人在猜測白玉堂為何要與展昭作對時，有這樣一段描寫：

> 展爺道：「……他若真個為此事而來，劣兄甘拜下風，從此後
> 不稱『御貓』，也未為不可。」惟趙虎正在豪飲之間，聽見展
> 爺說出此話，他卻有些不服氣，拿著酒杯，立起身來道：「大
> 哥，你老素昔膽量過人，今日何自餒如此？……倘若那個甚麼
> 白糖咧，黑糖咧——他不來便罷。他若來時，我燒一壺開開的
> 水把他沖著喝了，也去去我的滯氣。」展爺連忙擺手，說：
> 「四弟悄言。豈不聞窗外有耳？……」剛說至此，只聽拍的一
> 聲，從外面飛進一物，不偏不歪，正打在趙虎擎的那個酒杯
> 上，只聽鐺啷一聲，將酒杯打個粉碎。

情節之驚險，語言的風趣都表現出來了。
　　《三俠五義》的續書很多，比較有名的是《小五義》和《續小五

義》。《小五義》，一百二十四回，光緒十六年（1890）五月刊出。《續小五義》，一百二十四回，同年十月問世。這兩部續書都題石玉昆撰，但是，正如魯迅所說，「序雖云二書皆石玉昆舊本」，實際上「疑草創或出一人，潤色則由眾手」[8]。

　　《小五義》從顏查散奉旨上任，得知襄陽王謀反開始，寫眾俠客為朝廷除害，競相去探襄陽王所布銅網陣的故事。這時，白玉堂因探銅網陣已經犧牲，老一輩義俠大都衰老，而他們的子侄繼承了他們的事業。盧方之子盧珍，韓彰義子韓天錦，徐慶兒子徐良，白玉堂侄子白芸生，歐陽春義子艾虎，合稱「小五義」。他們在投奔顏查散途中，一路鏟除地方豪強，扶弱濟貧，最後集中武昌，同老一輩義俠一起，準備共破銅網陣。

　　《續小五義》，敘眾英雄共破銅網陣，又會同官軍圍攻王府，襄陽王由暗道逃遁，後至寧夏國。諸破銅網陣之人，皆得封賞。一日，大內更衣殿天子冠袍帶履被盜，留下印記粉漏的白菊花。於是眾俠客又去捕捉白菊花晏飛。南陽府東方亮助襄陽王謀反，設機關密布之「藏珍樓」，將天子冠袍帶履及至寶「魚腸劍」藏於樓中。眾俠巧破機關，活捉東方亮。一波未平，一波又起，東方亮妹東方玉清武藝出眾，為救其兄，夜闖開封府，刺殺包拯，不成，又盜走包公相印，逃往朝天嶺。眾俠客得君山寨主鍾雄水軍相助，攻陷朝天嶺。正在高興之際，忽報陷空島為白菊花晏飛攻破，盧方身負重傷。群雄又趕赴陷空島，殺死晏飛。此時，襄陽王發寧夏國兵攻潼關，群雄又急赴潼關，生擒襄陽王，「從此國家安定，軍民樂業」。

　　《小五義》和《續小五義》保持了《三俠五義》的優點，情節曲折驚險，能吸引人，雖頭緒紛紜，但主幹清晰，枝葉扶疏。蔣平、艾

8　魯迅：《中國小說史略》，見《魯迅全集》（北京市：人民文學出版社，1957年），卷8，頁234。

虎、徐良等人亦頗生動。但二書文字都不如《三俠五義》，藝術水準是不高的。

第四節　武俠小說

　　武俠小說是指以憑藉武技、仗義行俠的英雄為主要表現對象的小說。它不同於公案俠義小說，因為此類書中基本沒有清官斷案或清官率領俠客破案，而是單純的俠客「尚義行俠」。它是在清代嘉慶、道光年間興起，一直延續到清末。其中一部分是由公案俠義小說中分化而來，由清官俠義型向武俠型轉化。另一部分則由才子佳人小說演化而來。乾隆以後的才子佳人小說已與俠義、神魔小說融合，有的已演變為兒女英雄小說，有的則進一步淡化才子佳人的愛情婚姻故事，突出「尚義行俠」的內容，演變為武俠小說。

　　武俠小說的興盛，除了我們在公案俠義小說一節裡所說的原因外，還與中國武術的發展密切相關。「吾國技擊之學，發端於戰國，昌明於唐宋，盛極於明清。」[9]清代武術達到鼎盛時期，這與前代武術的積累，與滿清入關後將北方民族的技擊引入有關，也與白蓮教、天理教、太平天國等農民起義以「精武」號召群眾有關。在群眾性學習武術的熱潮中，產生了武俠小說是很自然的。

　　清代武俠小說有兩種類型，一是寫實型，一是幻想型，後者把武術與道家術士的修煉之術結合，增加了武俠小說的神奇性。

　　下面分別介紹一些比較著名的武俠小說。

9　《拳經》(上海市：大聲書局，1917年)。

一　《爭春園》與《綠牡丹》

　　《爭春園》又名《劍俠奇中奇》，四十八回，不署撰人，卷首有序，署「己卯暮春修禊，寄生氏題於塔影樓之西榭」。柳存仁根據英國博物院所藏《五美緣》書序的題署，斷此己卯為嘉慶二十四年（1819）[10]。

　　書敘漢平帝時，洛陽郝鸞行俠好義。遇仙人贈以龍泉、攢鹿、誅虎三口寶劍，囑其自留龍泉，另二劍可分贈英雄。郝鸞在開封西門外爭春園遇宰相米中立之子米斌儀，仗勢搶奪太常少卿鳳竹之女樓霞。郝鸞在義士鮑剛協助下，救助樓霞及其未婚夫孫佩。後孫佩被誣入獄，樓霞賣入青樓。郝鸞與鮑剛、馬俊結義，將寶劍分贈二人。郝鸞等英雄幾經周折，救出孫佩、樓霞，二人結為夫婦。郝鸞結義兄弟柳緒入京，適公主拋繡球招親，中柳緒。奸相米中立逼走柳緒，以他人冒名頂替。後陰謀敗露，米中立伏法。郝鸞等三人皆壽至九十餘，白日飛升。

　　另有《大漢三合明珠寶劍全傳》，四十二回，不題撰人。孫楷第先生云「似本《爭春園》」[11]。書中人物多與《爭春園》有關，但情節卻有不同，存同治十三年（1874）刊本。

　　《綠牡丹》，又名《宏碧緣》、《四望亭全傳》、《龍潭鮑駱奇書》，六十四回，作者不詳。存道光辛卯十一年（1831）刊本。

　　小說以唐代武則天時期為背景，以江湖俠女花碧蓮與將門之子駱宏勳的婚姻為線索。敘述駱宏勳與定興縣富戶任正千為結義兄弟。任正千娶妓女賀氏為妻。一日，江湖豪俠花振芳為擇婿帶女兒花碧蓮以

---

10 柳存仁：《倫敦所見中國小說書目提要》（北京市：書目文獻出版社，1982年），頁235。

11 孫楷第：《中國通俗小說書目》（北京市：人民文學出版社，1982年），頁220。

賣藝為名，闖蕩江湖，來到定興。花碧蓮看上駱宏勳，花振芳向駱求親，駱不允。花花公子王倫調戲花碧蓮，為駱、任所勸。賀世賴為妹子牽線，賀氏與王倫勾搭成姦。王倫、賀氏逼走駱宏勳，誣任正千為盜。其後，「旱地響馬」花振芳和「江河水寇」鮑自安等豪俠協助駱宏勳、任正千剪除武周佞臣及其黨羽爪牙，嚴懲了王倫、賀氏、賀世賴，除掉四傑村地霸朱家「四虎」，幾經周折，駱宏勳與花碧蓮結為美滿姻緣，眾豪傑在狄仁傑、薛剛率領下，逼武則天退位，中宗登極，眾豪傑俱得封賞。

　　《綠牡丹》在思想藝術上都比《爭春園》高出一籌。《綠牡丹》可能是從才子佳人小說演化而來，因此仍保留了駱宏勳、花碧蓮婚戀這個框架，書名也叫《宏碧緣》，但其主要方面則是比較純粹的俠義小說。

　　小說裡的駱宏勳和他的僕人余謙、任正千、花振芳和女兒花碧蓮，鮑自安與女兒鮑金花、女婿濮天雕等，都是「解禍分憂，思難持危」的義俠或綠林好漢。作品反覆強調他們鬥爭的正義性，不是強盜而是豪俠。「花、鮑二人皆當世之英雄，非江湖之真強盜也；所劫者，皆是奸佞；所敬者，咸係忠良。每恨無道之秋，不能吐志，常為之吁嗟長嘆。」這些俠客具有濃厚的民間色彩，他們是為了反對奸佞、惡霸而鬥爭。他們不像《三俠五義》中的俠客那樣，俠氣少，官氣多；也不像《施公案》、《彭公案》裡的俠客淪為官家的鷹犬。小說歌頌豪傑俠士對黑暗社會的衝擊與搏鬥，貫穿著「為友盡義，為民解危」的主題思想。

　　作品富有民間文學的氣息。在緊張驚險的故事中塑造人物，卻能做到人物形象鮮明，甚至相似的人物也有不同的個性色彩。「旱地響馬」花振芳仗義耿直，「江河水寇」鮑自安機智爽朗；余謙赤膽忠心，而粗中有細；任正千粗豪質樸，而近於魯莽；同屬俠女，花碧蓮深摯而細緻，鮑金花驕矜而急躁。小說不是簡單地敘述故事，而能注

意心理描寫。三十五回花振芳設計劫走駱宏勳之母，假傳死訊，逼駱宏勳回家。駱宏勳、余謙趕到靈前祭奠時，知道內情的濮天雕拜也不是，不拜也不是，進退兩難；駱宏勳、余謙見他猶豫不定，心中大怒。駱宏勳過於哀傷而不覺察；余謙粗中有細，窺破箇中秘密。在這一件事中，駱、余、濮三人心理活動描寫細緻曲折，趣味橫生。

小說在結構上，採用複線交叉進行，情節曲折有致，事件此起彼伏，而轉換自然，保持著說書體小說的特點。小說語言也保持民間文學的風格，質樸明快，粗獷動人。

《綠牡丹》對《兒女英雄傳》、《三俠五義》等後代小說有明顯的影響，是長篇俠義小說的先聲，它的故事也被改編為戲曲作品和平話，活躍在舞臺上，盛演不衰。

二　《永慶昇平》

《永慶昇平》分前後傳。前傳九十七回，為清姜振名、哈輔源演說，郭廣瑞編。書前有郭廣瑞寫於光緒辛卯，即光緒十七年（1891）的自序，敘述了成書過程「國初以來，有此實事傳流。咸豐年間，有姜振名先生，乃評談今古之人，嘗演說此書，未能有人刊刻流傳於世。余長聽哈輔源先生演說，熟記在心，閑暇之時錄成四卷，以為遣悶。茲余友寶文堂主人，見此書文理直爽，立志刊刻傳世，非圖漁利，實為同好之人遣悶。余亦樂從，遂增刪補改，錄實事百數回，使忠臣義士得以名垂千古……」現存光緒十八年（1892）寶文堂刊本。

後傳一百回，「因前部刊刻敘事未完」，所以貪夢道人續寫，成書於光緒十九年（1893）。

《永慶昇平》是以清朝初期經濟繁榮、政局穩定為歷史背景，以鎮壓天地會、八卦教起義為主要事件，宣揚康熙皇帝的聖明和清王朝的「太平盛世」。故事開始時，康熙微服出訪，到興順鏢店訪查「邪

教」的活動，馬成龍等豪俠保駕有功，被康熙重用。因天地會、八卦教勢力遍及全國十二省，康熙派神力王、穆將軍掛帥，馬成龍等為大將，率領兵馬前往河北、四川、雲南、福建等地進行鎮壓。在趙玄真、雲霞道人、回教正等高僧聖道協助下，終於剿滅天地會、八卦教，活捉了八路督會總吳恩及眾會總，將他們「勿分首從」，全行「就地正法」。全書結尾唱起這樣的頌歌：「皇王有道家家樂，天地無私處處同。從此天下太平，五穀豐登，萬民樂業，永慶昇平。」

　　《永慶昇平》前後傳作者的反動立場是十分鮮明的。作品美化滿清王朝的統治，把它稱為「太平盛世」，把天地會、八卦教稱為「匪徒」，把他們描寫成搶掠婦女、巧取豪奪、破壞水利工程、致使黃河氾濫成災的「妖逆」。小說中多次通過「清官」、「義俠」之口，宣稱：「自前明崇禎甲申，流賊李自成作亂，天下刀兵四起，吳三桂請我國聖人入關以來，趕走李自成，滅了張獻忠，天下賴以太平。今又有妖逆作亂，上干天怒，下招人怨，不久必被大兵所滅。我皇上自定鼎以來，省刑罰，薄稅斂，恩威並施，賞罰分明，以天下黎民為重。這些不知時務的妖逆任意胡為。」作品把地主豪紳、鏢頭賈商、退隱僧道、綠林好漢以及義軍中的叛徒統統組織起來；把鎮壓天地會、八卦教的劊子手顧煥章、馬成龍都披上「俠客義士」的外衣，盡力美化他們，使他們成為「正義」的化身，成為人民的榜樣，以此來消除反叛，維護王朝，達到「皇朝永固」、「永慶昇平」的目的。

　　《永慶昇平》作者的主觀創作意圖是反動的，但作品在客觀上也有一定的認識價值。首先讓我們看到「太平盛世」並不太平。《永慶昇平》前傳第七回康熙微服查訪，在廣慶榮園聽說「四霸天」無惡不作。康熙說：「難道地面巡城御史還不辦他們嗎？」茶園老板孫四說：「唉！你老人家偌大年紀，還不通世路嗎？有官就有私，有水就有魚。他等俱有幾個朋友庇護。」這就透露了在天子腳下的京城，也是惡霸橫行，結黨營私，可見官府的黑暗腐敗。

其次，作者對天地會、八卦教也是極為仇視的，用歌頌性筆調正面描寫對天地會、八卦教的殘酷鎮壓，但客觀上，使我們看到統治者對人民的血腥鎮壓的殘酷性。他們不但把首領吳恩就地正法，就是對一般會眾也是格殺勿論。如《永慶昇平》前傳五十七回，馬成龍在祁家莊殺了一百零三口，知縣王文超對他說：「馬大人，你殺這一百多人，不但無罪，而且還有功。」「我已派人驗過，頭上俱有頂記，都是天地會、八卦教中人。康熙老佛爺有旨意：無論軍民人等，頭上有頂記，殺死無罪。」

總之，《永慶昇平》前後傳，也與《蕩寇志》一樣是自覺的反動小說，可是，它在藝術上卻遠不如《蕩寇志》。它在藝術上成功之處，主要是保持了說書體小說的優點，情節曲折動人，引人入勝；結構巧妙，在大事件中穿插小事件，連環式交叉發展，波瀾起伏，增強了小說的趣味性；有一些人物形象比較生動，特別是馬夢太、馬成龍這「二馬」個性比較突出。小說裡還出現了鷹爪功、點穴法之類的武術技法，反映了武俠小說中武術描寫的發展。《永慶昇平》不僅有「短打」還有「長靠」，雖是武俠小說，但也出現千軍萬馬對陣作戰，在武俠小說中又融入歷史演義、英雄傳奇的寫法，是武俠小說發展中的一個趨勢。

《永慶昇平》與京劇有密切關係，書中有些情節事件被改編為京劇。如京劇連臺本戲《永慶昇平》共有八本；改編為單本劇的有《五龍捧聖》、《二馬下蘇州》、《夜鬧福建會館》、《汝寧府》、《張廣太》、《剪子谷》等十多種。

三　《聖朝鼎盛萬年青》

《聖朝鼎盛萬年青》，八集七十六回，不著撰人。前二集十三回，刊行於光緒十九年（1893），「始作者為廣東人」。以後有人陸續

續作，最後竟續至八集七十六回，其刊行時間或已在清末民初[12]。

此書有兩條線索，一條是乾隆將朝政交給劉墉、陳宏謀，為了「查察奸佞、尋訪賢良」，自己化名高天賜到江南微服私訪；另一條線索是圍繞胡惠乾、方世玉的故事，展開峨眉、武當和泉州少林寺的武林門派鬥爭。五十七回以後，兩條線索合一，乾隆下令剿除胡惠乾等，峨眉山白眉道人、武當山八臂哪吒馮道德以及尼姑五枚大師等會聚泉州，擊斃至善禪師和他的徒弟方世玉、胡惠乾等，攻破泉州少林寺。

乾隆下江南這條線索，一方面，將乾隆神化，把他說成是真命天子，土地神、太白金星等一路護駕，白蛇、黑虎精等俱來朝拜討封。另一方面，把乾隆俠客化，他到處除暴安良，鏟除奸佞，甚至不顧國法，未經官府審判隨意就將惡霸、奸臣殺死；動不動就打上公堂，將知府、知縣揪出毒打；更可笑的是他還坐上聚義廳，與綠林好漢一起抵抗官軍。對乾隆的描寫是繼承了《飛龍傳》等小說的傳統，既把皇帝平民化、俠客化，又在他的頭上設置神靈的光圈，將其神聖化。乾隆下江南這條線索，一方面反映了當時社會黑暗，如海邊關提督葉紹紅父子橫行不法，魚肉百姓；新科翰林區仁山仗勢欺人，用假銀兩買張桂芳的雞蛋，還將張桂芳誣陷下獄，將其妻賣入妓院，逼使張妻跳河自殺等等。正像乾隆所說：「朕今來此遊玩，逢奸必削，遇寇則除，不知革了多少貪官汙吏，可見食祿者多，忠心為國者少，然則，世態如此，亦無可如何。」這說明在所謂「盛世」的乾隆時代，也是貪官惡吏橫行，誣害冤獄遍地。另一方面，反映了百姓對清官幻想的破滅，寄希望於俠客，現在連對俠客的希望也破滅了，竟幻想皇帝變成俠客，不但有武功蓋世，可以打抱不平，而且有至高無上的權力，可以任意制裁奸佞惡霸，而不受任何限制與干涉。乾隆下江南，一路上遇見高進忠、周日青等所謂「忠良」，賞以高官，遇到豪俠，以至

---

12 吳敢、鄧瑞瓊：〈《聖朝鼎盛萬年清》版本補考〉，載《明清小說研究》1988年第4期（1988年）。

綠林好漢，也薦到京城，委以武職，這也是平民百姓對功名的羨慕，對榮升封賞的幻想。

武林門派這一線索寫出至善禪師、胡惠乾、方世玉等人的複雜性格。胡惠乾父親開小雜貨店，被機房的人欺侮而死。胡惠乾決心為父報仇，是值得同情的。但是，當他拜泉州少林寺至善禪師為師，學成一身武藝之後，卻倚仗武功，欺侮機房的機工，達到蠻不講理的地步，竟成了地方一霸，最終走向反面。這是告誡武林人士切不可借武功欺壓百姓。方世玉秉性剛強，富有正義感，少年時代就懲治惡棍雷老虎，後來又救助被打得遍體鱗傷的胡惠乾，作者也熱情肯定和讚揚他，但後來因為陷入門派之爭而不能自拔，終於被過去十分喜愛並幫助過他的五枚大師所殺。至善禪師也是好人，愛護徒弟，解人危難，做過不少好事，但對徒弟過分溺愛，到了不分青紅皂白、一味袒護包庇的地步，最終也落得悲慘下場。人物性格沒有簡單化、絕對化，描寫比較成功。

書中所寫的武林門派之爭，武當、峨眉、少林三大派之間的鬥爭，內功外功、梅花樁、八卦掌、點穴法，出少林寺要打一百多個木人等等，都為後代武俠小說所承襲。

這部小說是出自多人之手，斷斷續續寫成，因此，前後不連貫，內容拉雜，結構鬆散，有的人物有頭無尾，有的故事有始無終，文字也比較粗糙。

四　《七劍十三俠》

《七劍十三俠》又名《七子十三生》，三集一百八十回，三集陸續寫完，先後刊出，石印本題「姑蘇桃花館主人唐芸洲編次」。《仙俠五花劍》首有光緒二十六年惜花吟主人自序，說明它是繼《七劍十三俠》初集而作，可見《七劍十三俠》初集刊行時間不會晚於光緒二十

六年（1900）。

　　如果說《三俠五義》及《小五義》、《續小五義》主要內容是寫俠
客們在包拯、顏查散率領下平定襄陽王叛亂，那麼《七劍十三俠》的
內容也差不多，它是以明正德年間為背景，寫徐鳴皋等豪俠在七子十
三生的協助下，由王守仁率領平定江西寧王叛亂。兩書思想傾向大體
相同，都是以俠客為朝廷平叛滅奸為題材。但是，《七劍十三俠》在
豪俠故事中融入神妖鬥法，胡編亂造、嚴重脫離現實，其成就遠遜於
《三俠五義》。

　　《七劍十三俠》第一集六十回，主要寫寧王「收羅草澤英雄，除
卻忠良之輩」，為謀反作準備。徐鳴皋等十二位英雄豪傑蘇州打擂
臺，三上金山寺，除奸鋤惡，鏟除寧王黨羽。第二集六十回，徐鳴皋
等人在楊一清率領下征討安化王，平息贛閩一帶謝志山等人造反。第
三集六十回，集中寫徐鳴皋等人在王守仁率領下，與七子十三生一起
征討寧王，寧王請來白蓮教主徐鴻儒以及余半仙、非幻道人等「妖
人」與王師對抗。雙方鬥法，王師大勝，寧王被凌遲處死，從此「風
調雨順，國泰民安」。

　　這部小說除了以前英雄傳奇和俠義小說中常有的兩軍對陣、飛簷
走壁、刀法劍術、暗器機關之外，又增加了劍仙口吐飛劍的情節，俠
客型轉化為劍仙型，屬於幻想型武俠小說，這是這部小說的特點。但
神妖鬥法，只重法寶飛劍之類的荒唐怪誕描寫，而人物形象蒼白無
力，七子十三生二十個人物面目一樣，徐鳴皋等十二位英雄性格雷
同，藝術上實在無甚可取。

　　從《施公案》、《彭公案》、《三俠五義》到《聖朝鼎盛萬年青》、
《七劍十三俠》，武俠小說的各種類型齊備。《施公案》主要是飛鏢暗
器；《三俠五義》主要是刀法劍術和布設機關；《聖朝鼎盛萬年青》主
要是門派拳術；《七劍十三俠》則在武藝中加上了「修仙之一道」，俠
客成了能口吐飛劍的劍仙。此後的武俠小說，包括近來盛行的臺港武

俠小說，除了吸收西方小說的寫法，使人物內心描寫豐富，作品結構
精巧外，如果單從武俠們的手段來看，可以說沒有什麼新鮮的東西，
在我們前面介紹的幾部作品中都已具備了，他們只是模仿、抄襲，有
的則加以巧妙地運用罷了。

　　除前面所介紹的公案俠義和武俠小說之外，還有《李公案》（李
秉衡）、《劉公案》（劉墉）、《于公案》（于成龍）、《英雄大八義》、《英
雄小八義》、《七劍十八俠》、《仙俠五花劍》等等，千篇一律，大體不
出以上所介紹諸書之範圍，故不贅述。

後記

　　大學畢業後留校當研究生，在吳組緗、吳小如先生的指導下，研讀宋元明清文學，以古代小說為重點。當時，我曾萌生過將來要編寫一本小說史的念頭。研究生畢業後，遇上十年動亂，編寫小說史的願望當然化為泡影，一九八〇年春，到中山大學參加中國戲劇史研討班，來自全國高等學校的十六位同志在王季思先生的指導下學習。這段時間，我重溫了業已荒疏了的專業，編寫小說史的念頭也復甦了。一九八三年春，從蘭州大學調回家鄉，在福建師大中文系任教。　這是一個學術空氣濃厚而又團結和諧的集體，老一輩專家和中青年同志的奮發努力，激勵著我，團結和諧的集體，為潛心鑽研業務提供了良好的環境。於是，我打算把編寫小說史的願望付諸實踐。

　　我的想法，得到我的導師吳小如教授的熱情支持。在總體構想時，他提出了精闢的見解；全部稿件他都仔細審閱，從內容到文字提出了寶貴的意見，最後又為本書寫了序言。我的想法，也得到青年同志的支持，包紹明、陳惠琴同志自願參加，承擔了部分撰寫任務。因此，可以說，這部《中國古代小說演變史》是我們老中青三代人合作的成果。

　　本書著重勾勒了中國古代小說的輪廓，提供研究小說史的主要線索。在編寫過程中，我們盡量吸收前人和當代的研究成果，參考了許多專家和同行的論著。特此說明。

　　本書涉及相當多的中國古代小說，資料方面的困難是顯而易見的。北京圖書館、首都圖書館、北大圖書館、北師大圖書館、南京圖

書館、江蘇社科院圖書館、南京師大圖書館都給了我們很多幫助。福建師大圖書館又動用了寶貴的外匯，從海外為我們購置了一批圖書。對此，我們是感激不盡的。

編寫書不容易，出版書則更難。敦煌文藝出版社在目前出書如此艱難的情況下，願意賠大錢出版我們這部著作，他們支持學術事業、扶植中青年學者的精神也使我們深受教育和鼓勵。書稿交稿後，責任編輯仔細推敲，精心修改，補缺補漏，對他們的熱心幫助，我們表示誠摯的謝意。

本書的框架和提綱集體討論，然後分頭執筆。包紹明執筆第一、二兩章，陳惠琴執筆第五、七兩章和第六章的五至七節，緒論和第三、四、八三章及第六章的一至四節、第八節由我執筆，並負責全書的總纂。研究生潘賢強負責資料和書稿的謄寫工作。

當我們把這部書稿呈獻在讀者面前的時候，感到興奮而又不安。書畢竟是印出來了，勞動成果能夠奉獻社會而沒有束之高閣，這令人喜悅；但又感到惴惴不安，因為我們斗膽寫了這樣一部相當大部頭的書，涉及面又那麼寬，誠然是力不從心的。規律性問題沒有闡述透徹，不少論述僅及皮毛而不深入，材料上也會有錯誤和漏洞，誠懇地希望專家和讀者指教。

當我們完成了這部書之後，心裡又產生了一個奢望。希望能有機會根據專家和讀者的意見把本書重新修訂並補入本書目前未涉及的小說理論及近代小說兩部分，使之成為一部更完備的中國小說史。當然，這只是一種設想，但願能夠成為現實。

齊裕焜

一九八九年十二月於福州

主要參考書目

魯　迅	《中國小說史略》
譚正璧	《中國小說發達史》
郭箴一	《中國小說史》
北大中文系一九五五級	《中國小說史稿》
孟　瑤	《中國小說史》
胡士瑩	《話本小說概論》
孫楷第	《中國通俗小說書目》
袁行霈、侯忠義	《中國文言小說書目》
胡　適	《胡適文存》
蔣瑞藻	《小說考證》
錢靜芳	《小說叢考》
孔另境	《中國小說史料》
譚正璧、譚尋	《古本稀見小說彙考》
王古魯	《王古魯日本訪書記》
趙景深	《中國小說叢考》
阿　英	《小說閑談》、《小說二談》、《小說三談》
鄭振鐸	《中國文學研究》
劉修業	《古典小說戲曲叢考》
戴望舒	《小說戲曲論集》
柳存仁	《倫敦所見中國小說書目提要》
戴不凡	《小說見聞錄》

陳汝衡　　　　　　　　　《說苑珍聞》

李劍國　　　　　　　　　《唐前志怪小說史》

黃霖、韓同文　　　　　　《中國歷代小說論著選》（上、下）

朱一玄、劉毓忱　　　　　《三國演義資料彙編》

朱一玄、劉毓忱　　　　　《水滸傳資料彙編》

朱一玄、劉毓忱　　　　　《西遊記資料彙編》

一　粟　　　　　　　　　《紅樓夢卷》（上、下）

朱一玄　　　　　　　　　《聊齋誌異資料彙編》

李漢秋　　　　　　　　　《儒林外史研究資料》

譚正璧　　　　　　　　　《三言兩拍資料》（上、下）

附錄
二十世紀小說史學研究

　　在中國古代，正統文學是詩歌和散文，而小說是不能登「大雅之堂」的「閑書」，因此，古代小說研究直到宋末元初才起步，還處於萌芽狀態。小說史學成為一門學科是在二十世紀逐步創立和發展的。古代小說研究成績斐然，蔚為大觀，並形成世界性的影響，是二十世紀古代文學研究領域中最引人注目的變化。

　　二十世紀中國小說史學研究可分為三個時期。

　　第一個時期（1900-1949）。這是傳統的學術範式向現代學術範式轉變，中國小說史學建立的時期。

　　傳統的小說研究是以為小說作序跋和小說評點為基本方法的。這種方法主要包括對作品的社會批評、道德評判與藝術欣賞。它是直觀式、領悟式、隨感性的，基本上侷限於對特定作品的批評鑒賞，還沒有小說史研究的觀念和格局。

　　從傳統的學術範式向現代學術範式轉變，最突出的代表人物是梁啟超和王國維。梁啟超等人為推動政治改良運動，借鑒西方的經驗，十分強調小說的社會作用，把小說作為推行維新的工具。一八九七年幾道・別士（即嚴復、夏曾佑）發表〈本館附印說部緣起〉一文，指出小說具有經、史無法比擬的「易傳行遠」的特點，中國要「使民開化」，就要重視小說。一九〇二年梁啟超在論〈小說與群治之關係〉一文中正式提出了「小說界革命」的口號，把小說提高到空前重要的地位。梁啟超的小說研究具有鮮明的政治意圖，強調小說的政治功能，有濃厚的功利主義色彩。梁啟超的觀點影響很大，大大提高了小

說的地位，但其政治解讀模式也有負面影響，小說研究忽視了審美導向，影響了它的學術品格。

　　與梁啟超政治解讀方式不同的是王國維。他用西方哲學觀點來評論中國小說。一九○四年他發表了〈《紅樓夢》評論〉，以哲學和美學作為文學批評的理論基礎，認為《紅樓夢》揭示了人生悲劇，是「文學的」，因而具有美學的、倫理學的價值。他的研究具有鮮明的文學研究的學科性質，是小說史學研究轉向現代學術範式的標誌。

　　與此同時，開始了小說史的研究。約在一九○五年黃人編寫了《中國文學史》講義，小說在其中佔有一定的地位；一九○七年王鍾麒的《中國歷代小說史論》開始了中國小說史的研究。「五四」運動使中國思想文化界發生了深刻變化，在民主與科學精神推動下，在文學方面形成的新思想和新方法，促進了小說史的研究。最傑出的代表人物是胡適和魯迅。胡適用歷史考證的方法，以本事考辨與版本校勘為基礎，貫穿著歷史進化的觀念和母題研究的思路，對作家的家世、生平和生活遭遇進行考證；從故事的演進以及母題變化來理解中國章回小說的演變，取得豐碩的成果。一九二○年的《水滸傳考證》，一九二一年的《紅樓夢考證》，直至一九二五年的〈三俠五義序〉，為中國小說史研究作出重要的貢獻。魯迅一九二○年底開始到北大講小說史，注重小說資料的收集整理。《古小說鈎沉》、《唐宋傳奇集》、《小說舊聞鈔》為小說史的寫作奠定了堅實的基礎。一九二三年底和一九二四年中，《中國小說史略》分上、下冊出版。首創了小說史的理論框架和編撰體例，勾勒出中國小說發展的基本輪廓，建立起比較科學的體系，產生了重大而深遠的影響。

　　本時期小說史研究的進展，主要表現在以下三個方面：

　　一、小說史的編撰掀起熱潮。除魯迅的《中國小說史略》外，先後出版的還有張靜廬的《中國小說史大綱》（1920），范煙橋的《中國小說史》（1927），郭希汾的《中國小說史略》（1934），阿英的《晚清

小說史》（1934），譚正璧的《中國小說發達史》（1935），郭箴一的
《中國小說史》（1939）等。

　　阿英的《晚清小說史》開創了小說斷代史的寫作，對近代小說作
了梳理，成為研究晚清小說的奠基之作。譚正璧的《中國小說發達
史》資料比較豐富，較為學術界所重視。其他小說史都沒突破魯迅小
說史的體例，有的只是魯迅小說史的簡單模仿和改編。

　　二、古代小說文獻研究取得較大成績。孫楷第一九三二年出版的
《日本東京所見小說書目》、一九三三年出版的《中國通俗小說書
目》，是小說版本目錄學方面的重要成果，是以後治小說者不可或缺
的工具書。鄭振鐸除收集、考證古代小說方面的成就外，對幾部長篇
章回小說的演化作了細緻的考察和梳理，取得引人注目的成果。趙景
深、阿英、譚正璧、王古魯、孔另境、葉德均、王利器、劉開榮、馮
沅君、戴望舒等為小說文獻研究作出重要貢獻。有的省吃儉用，費盡
周折，千辛萬苦地把散佚在國外的古代小說影印回來；有的對古代小
說進行比較系統的整理、考證，為小說史的研究作了扎實的基礎性的
工作。

　　三、對幾部小說名著和小說史中的若干重要問題作了較為深入的
探討。如俞平伯、茅盾、薩孟武、李辰冬、王昆崙等對《水滸傳》、
《紅樓夢》、古代神話等方面的研究。

　　這個時期，由於西方哲學思想、文學理論的影響，在二、三十年
代，以進化論的觀點為基礎進行小說史研究；四十年代由於馬克思主
義的影響日益深入，社會歷史批評的方法逐步盛行，研究方法的改
變，科學性、系統性、實證性得到加強，中國小說史研究的現代學術
範式建立起來了。但是，進化論的觀點不能完全正確地闡釋小說史的
發展，在強調一條進化主線時，容易忽略主線之外的其他小說的演
變，容易忽視其他因素對小說發展的影響，忽視文本、文體和作家的
獨創性。

　　這個時期中國社會處在激烈的震盪之中，學者處境艱難，難以潛心研究，重大課題也無力進行，小說史研究處於比較零碎、分散的狀態，研究還不深入。

　　第二個時期（1949-1978）。這個時期以反映論為基礎的社會歷史批評成為小說史學研究的主流，名著研究逐步深入，文獻整理更為系統，而小說史著作比較稀少。

　　在本時期近三十年的時間跨度內，五〇年代前期和六〇年代前期成果較為豐碩；五〇年代後期和一九六三年以後，由於政治運動的衝擊，古代小說研究比較冷落；而一九六六年至一九七六年十年「文革」期間則陷於停頓狀態。

　　全國解放後，古代文學研究者努力學習馬列主義、毛澤東思想，以反映論為哲學基礎，運用社會歷史批評的方法研究古代小說，根據「存在決定意識」的原理，著力研究不同時代的經濟、政治對小說創作的決定性影響，注重對古代小說作家的階級屬性及其世界觀進行分析，堅持「政治標準第一，藝術標準第二」的原則來評價古代小說，強調挖掘古代小說的現實意義。

　　這個時期運用社會歷史批評的方法對《水滸傳》、《紅樓夢》等名著進行研究，從一個側面大大深化了對古代小說思想內容的研究；運用典型理論，分析了古代小說人物形象的文化意蘊和審美特徵；努力探討古代小說的民族形式；運用古代小說理論中「白描」、「傳神」、「虛實」、「春秋筆法」等概念對作品進行分析，取得較好的成績。何其芳、吳組緗、董每戡、聶紺弩、范寧、劉修業、吳小如、何滿子、徐士年、許政揚、吳世昌、吳恩裕、李希凡、蔣和森、程毅中、郭豫適、袁世碩、劉世德、戴不凡等一大批學者的研究論文和著作，對古代小說名著和小說史上的若干問題進行較深入的探討，取得相當可觀的成績。

　　這個時期古代小說的文獻資料工作繼續取得新的進展。俞平伯的

《脂硯齋紅樓夢輯評》，在評注搜集方面開創了良好的先例。王利器輯錄的《元明清三代禁毀小說戲曲史料》一書，在古代小說資料搜集方面開闢了新的領域。一粟的《紅樓夢卷》、魏紹昌的《老殘遊記資料》等開闢了出版專書研究資料的新路。小說研究資料搜集整理更集中、更完備。張友鶴的《聊齋誌異會校會注會評本》，將大量的評注、版本資料集中在一起，創造了古代小說資料輯錄的新方法。

在這個時期，出版了游國恩等主編的《中國文學史》和中國科學院文學研究所編寫的《中國文學史》。劉大杰的《中國文學發展史》雖然出版於解放前，但這時重新修訂印行。在這些文學史著作中，古代小說佔有相當大的分量。然而，專門小說史的撰寫卻比較冷落。一些學者力求用馬列主義觀點重新研究古代小說，撰寫小說史感到沒有把握；「左」的思想的影響，大批古代小說被打入「冷宮」，撰寫小說史難以下手，所以小說史的撰寫只好暫時擱置了。但是，「初生牛犢不怕虎」，北京大學中文系五五級同學在集體編寫了《中國文學史》之後，又編寫了《中國小說史稿》。這部小說史反映了解放後古代小說研究的新水平，大體上總結了幾部名著的研究成果，在某些具體作品的評介上超過了《中國小說史略》的範圍。如增加介紹了《綠野仙蹤》等作品，加大了文言小說的分量。但是也反映了那個時候的侷限，即「左」的思想影響，整部小說史主要是幾部名著的評論，次要作品一筆帶過或略而不提，對某些小說或流派簡單否定，不夠實事求是。

「文革」十年，整個學科處於被取消的狀態，雖然也有過「評《紅樓夢》」和「評《水滸》」，但完全是從當時政治鬥爭需要出發，借題發揮，與古代小說研究根本不是一回事。

綜觀這個時期小說史研究，研究模式單一，具有簡單化、庸俗化的傾向，缺乏開闊的視野和多角度的研究，如宗教、神話、民俗等與小說史關係的研究；片面強調了作家與時代的關係、作家世界觀對創作的影響，強調評價作品「政治標準第一」，因而不少作品被打入

「冷宮」；一些作品和流派成為研究的禁區，如《金瓶梅》、才子佳人小說；對小說的藝術形式、文體演進研究較少，無法全面反映中國小說史發展的全貌；與海外學術界處於完全隔絕的狀態，他們小說史研究的成果沒有介紹進來，我們比較閉塞。

第三個時期（1978- 至今）。這個時期學術思想空前活躍，多元化研究方法的探索與嘗試蔚然成風，小說史學研究取得重大進展，呈現繁榮發展的大好局面。

這個時期的主要特點是多元化。所謂多元化，是指馬克思主義的唯物論得到重新的認識和闡釋，糾正庸俗社會學所導致的片面性和絕對化；其他各種學術觀念和方法也得到相應的尊重和吸納，使本學科的研究呈現「百家爭鳴」的局面。

這個時期前後二十餘年，一九八五年以前主要是「撥亂反正」，對幾部名著重新研究，清除「左」的影響和「四人幫」製造的混亂；西方的文學理論和方法大量被介紹進來，為多元化的學術研究作準備。一九八五年以後，出現了古代小說史學研究空前活躍的局面。

這個時期小說史學研究的成就主要表現在以下幾個方面：

一、研究方法的更新和多元化。研究者一方面從外部拓展古代小說的研究方法，大量引進西方現代社會學、文化學、人類學、心理學、宗教學、歷史學等理論，倡導一種廣義的文化批評，掀起了一股「文化熱」。另一方面，轉向小說的內部研究，從敘事學、語言學或審美鑒賞角度研究古代小說，對小說文體特徵、敘事方式、原型母題等都作了較為深入的探討。這兩方面交叉進行，互相滲透融合，因而在小說流派的演化、小說的文化蘊涵、小說的敘事特徵等許多方面的研究大大深入一步，湧現了一批質量較高的專著和論文。陳平原的《中國小說敘事模式的轉變》是研究古代小說敘事學的專著，較有新意。還有一些較有代表性的論文和論著都體現在幾部名著的研究上，將在名著研究的條目中介紹，這裡不贅述。

　　二、打破禁區，擴大了古代小說研究的範圍。對過去不太敢涉及的作品如《金瓶梅》掀起了研究熱潮；對過去不敢涉及或忽視了的小說流派如才子佳人小說、猥褻小說、狹邪小說等都引起了重視；幾乎出版了保留下來的全部古代小說，為小說史研究提供了必不可少的條件；相繼介紹了海外學者的研究論著，如劉世德編的《中國古代小說研究》、夏志清的《中國古典小說導論》、韓南的《中國白話小說史》、柳存仁的《倫敦所見中國小說書目提要》等等。

　　三、小說文獻研究取得重大進展。目錄學方面：江蘇社科院文學所編輯的《中國通俗小說總目提要》、袁行霈、侯忠義的《中國文言小說書目》、中國大百科全書出版社出版的《中國古代小說百科全書》、程毅中的《古小說簡目》、寧稼雨的《中國文言小說總目提要》，這些目錄學著作為小說史研究提供了良好的條件。李劍國的《唐五代志怪傳奇敘錄》、《宋代志怪傳奇敘錄》，把鉤沉資料與條析源流、辨別真偽等結合起來，與單純的目錄學著作比較，有了新的發展。作品方面：有林辰主持編校、春風文藝出版社出版的《明末清初小說選刊》、中華書局出版的《古本小說叢刊》、上海古籍出版社出版的《古本小說集成》；研究資料方面：每一部小說名著都出版了多種研究資料集，出版了綜合性的資料集，如朱一玄編的《明清小說資料匯編》、黃霖、韓同文編的《中國歷代小說論著選》、丁錫根編的《中國歷代小說序跋集》等等。還出版了《水滸傳》、《三國演義》、《儒林外史》、《紅樓夢》等著作的彙評本。徐朔方、馮其庸、章培恒、袁世碩、程毅中、劉世德等繼承前輩學者重資料、尚實證的治學態度，有力地推進了小說史的考證性研究。

　　四、研究工作更有組織，更加系統。相繼成立了《紅樓夢》、《水滸傳》、《三國演義》、《儒林外史》、《金瓶梅》等學會，出版了《紅樓夢學刊》、《紅樓夢研究輯刊》、《三國演義學刊》、《水滸爭鳴》、《聊齋誌異研究集刊》、《明清小說論叢》、《明清小說研究》等刊物。學會和

刊物成為團結和組織大批研究者，特別是中青年研究者的學術陣地。

　　古代小說研究的進展為小說史的撰寫奠定了堅實的基礎。八〇年代專題史、斷代史陸續出版，到九〇年代各類小說史爭奇鬥艷，蜂擁而出，出現了前所未有的繁榮局面。

　　撰寫於六十年代、幾經修改、在一九八〇年出版的胡士瑩的《話本小說概論》（上、下冊），是一本材料豐富、功力深厚的著作，實際上是一部古代短篇白話小說史或說書史。接著出版的是李劍國的《唐前志怪小說史》、方正耀的《明清人情小說研究》，都具有專題小說史的性質。其後小說通史也陸續撰寫出版。齊裕焜主編的《中國古代小說演變史》、徐君慧的《中國小說史》、李悔吾的《中國小說史漫稿》、楊子堅的《新編中國小說史》相繼出版。其中《中國古代小說演變史》從體例上突破了《中國小說史略》的框架，將類型學引入小說史研究，採取了分類編寫的路子，梳理其發展脈絡，顯示「演變」的前因後果；所論列的各類小說涉及範圍甚廣，有許多是此前小說史和小說論著中從不提起的作品。這是一次有創造性的嘗試，有較大的影響。與此同時或之後，以題材為別的小說史大量出現，如黃岩柏的《中國公案小說史》、寧稼雨的《中國志人小說史》、齊裕焜、陳惠琴的《中國諷刺小說史》、陳文新的《中國傳奇小說史》，羅立群、劉蔭柏、王海林各出了一本《中國武俠小說史》，陳平原的《千古文人俠客夢》、徐斯年的《俠的萍蹤》也類似武俠小說史。

　　以形式為別的小說史有侯忠義的《中國文言小說史稿》（上下冊）、吳志達的《中國文言小說史》、杜貴晨的《中國古代短篇小說史》、徐振貴的《中國古代長篇小說史》等。「五四」以後重視白話小說，對文言小說研究甚少，侯忠義、吳志達的文言小說史對文言小說進行了梳理，顯示了文言小說的演進歷史，具有開創性的意義。

　　斷代史方面，有侯忠義的《漢魏六朝小說史》、程毅中的《唐代小說史話》、《宋元小說研究》、陳大康的《明代小說史》等。特別是

陳大康的《明代小說史》，不僅規模很大，內容豐富，而且建構了一個「明清小說在作者、書坊主、評論者、讀者，以及統治者的文化政策五者共同作用下發展的研究模式」，力圖改變目前小說史多是作家作品連綴的毛病。

　　為了突破現有的小說史編撰模式，有的著力從小說藝術形式演變和小說流派發展方面進行探討，如張稔穰的《中國古代小說藝術教程》、劉上生的《中國古代小說藝術史》、陳文新的《中國文言小說流派研究》；有的採取以點帶面、史論結合的方法，對小說史研究中的重大問題進行探討，如陳平原的《二〇世紀中國小說史》（第一卷）、楊義的《中國古典小說史稿》、石昌渝的《中國小說源流論》；有的則古今貫通，力求探討古代和現代小說之間的繼承和發展，如江蘇教育出版社出版的《中國小說史系列叢書》；歐陽健的《中國神話小說通史》、齊裕焜的《中國歷史小說通史》、陳節的《中國人情小說通史》、游友基的《中國社會小說通史》、陳穎的《中國英雄俠義小說通史》。浙江古籍出版社推出《中國小說史叢書》分為斷代史、題材史、體裁史、通史四類十八種，已出版的有斷代史六種：王枝忠的《漢魏六朝小說史》、侯忠義的《隋唐五代小說史》、蕭相愷的《宋元小說史》、齊裕焜的《明代小說史》、張俊的《清代小說史》、歐陽健的《晚清小說史》；體裁史三種：苗壯的《筆記小說史》、薛洪勣的《傳奇小說史》、陳美林的《章回小說史》；題材史三種：林辰的《神怪小說史》、向楷的《世情小說史》、曹亦冰的《俠義公案小說史》。尚有六種待出。由安平秋、侯忠義主編的《古代小說評介叢書》八十冊，既有小說簡史，也有重要作家作品的評介，為弘揚民族優秀文化，普及古代小說史知識，起了良好的作用。

　　與此同時，還編寫了小說學術史的著作，如郭豫適的《紅樓研究小史稿》、《續稿》，之後有韓進廉的《紅學史稿》、白盾的《紅樓夢研究史論》、劉夢溪的《紅樓夢與百年中國》等。與小說史密切相關的

小說理論批評史也取得豐碩的成果，除敏澤的《中國文學理論史》、王運熙、顧易生主編的《中國文學批評史》外，專門研究小說理論史的有葉朗的《中國小說美學》、黃霖的《古小說論概觀》、王先霈、周偉民的《明清小說理論批評史》、陳謙豫的《中國小說理論批評史》、方正耀的《中國小說批評史略》、陳洪的《中國小說理論史》、劉良明的《中國小說理論批評史》等。

　　總之，二十世紀八、九〇年代是中國小說史學取得重大進展、成績輝煌的時期。

　　我們充分肯定二十世紀尤其是八、九〇年代小說史學研究的成績，但同時還應該清醒地看到目前小說史的著作主要還是量的擴張，即著作數量的增加和著作規模的「膨脹」，而沒有從量變引起質的變化。至今我們小說史著作大多還只是作家作品的評介，還只是對小說發展外在表象的孤立斷續的描述，雖然在局部問題上有過比較深入的探討，然而還沒有達到對整個小說史內在邏輯的完整的把握，還沒有對小說史發展規律予以科學的總結，還缺少具有理論形態的中國小說史著作，說實在還沒有一部小說史能全面超過魯迅的《中國小說史略》，像它那樣給後代學人以巨大的影響。

　　到目前為止，一些作品包括一些名著的作家、版本和成書過程還沒搞清楚；一些流散的古代小說還正在不斷發現之中，如近年發現的《型世言》、《姑妄言》等等；許多小說文獻還有待整理、考訂、辨析，扎實嚴謹的基礎性工作還有待加強，否則更高質量的小說史著作難以產生；更新觀念和方法，對小說史研究中的疑案、難點還要進行高屋建瓴的理論思考；小說史外部研究，即各學科之間的交叉研究，如小說與社會學、人類學、民俗學、民族學、心理學、宗教學、語言學等等的互相關係的研究還有待深入；小說與其他文體，如與詩歌、散文、說唱、戲曲之間的關係；小說內部的內容與形式、虛與實、雅與俗；小說文本的敘事方式、美學風格、小說的民族形式等等還需要

進行深入探討。小說史如何寫法也有一個不斷創新、不斷探索的問題，目前小說史大多數還是教科書式的寫法，應該提倡更有理論性的個性化的小說史著作。

　　二十世紀的小說史學已有一個良好的開端，在這個基礎上，經過艱苦努力，下世紀小說史學的更大成就是可以預期的。

參考文獻

徐公持：〈四個時期的劃分及其特徵──20紀世中國古典文學研究的
　　　　近代化進程論略〉，見《百年學科沉思錄》（北京市：人民文
　　　　學出版社，1998年9月）。

郭英德等：〈學術研究範式的嬗變軌跡──關於20世紀中國古代白話
　　　　小說研究的談話〉，見《文學遺產》1998年第2期（1998
　　　　年）。

侯忠義：〈古代小說史研究綜述〉，見《稗海新航》（瀋陽市：春風文
　　　　藝出版社，1996年7月）。

──本文原刊於《文史哲》2002年第4期。

作者簡介

齊裕焜

　　一九三八年生，福建福州人。一九六一年北京大學中文系畢業，一九六五年北京大學中國文學史專業研究生畢業。現為福建師範大學教授、博士生導師、中國《三國演義學會》副會長。長期從事中國古代小說、中國古代戲曲研究。著有《中國古代小說演變史》、《中國諷刺小說史》、《明代小說史》、《中國歷史小說通史》、《中國古代小說研究》、《獨創與通觀》等著作。

本書簡介

　　本書是一本體例獨創，內容詳實，論述深入的小說史。從體例上突破了一般小說史的框架，一改按歷史順序分階段評析，變為分類編寫的方式撰文，即先按小說類型、再按時間先後分章敘述。全書合則為完整的小說史，分則為各類小說的演變史。本書內容豐富翔實。不但對幾部古典小說名著作了深入、有說服力的新論述，而且改變以往「小說史」只重視作家作品評論的侷限，對一般小說史較少提及的小說，都予以適當評論，不僅使讀者對中國古代小說的面貌，有一系統的了解，更引導讀者去開拓新的研究領域。本書於一九九〇年出版後，得到學界和讀者一致的好評。

福建師範大學文學院百年學術論叢·第一輯 1702A09

中國古代小說演變史

作　者	齊裕焜
總策畫	鄭家建　李建華

發行人	林慶彰
總經理	梁錦興
總編輯	張晏瑞
編輯所	萬卷樓圖書股份有限公司
排版	林曉敏
印刷	百通科技股份有限公司

發　行　萬卷樓圖書股份有限公司
　　　　臺北市羅斯福路二段 41 號 6 樓之 3
　　　　電話 (02)23216565
　　　　傳真 (02)23218698
　　　　電郵 SERVICE@WANJUAN.COM.TW
香港經銷　香港聯合書刊物流有限公司
　　　　電話 (852)21502100
　　　　傳真 (852)23560735

ISBN 978-986-478-202-4
2020 年 6 月再版二刷
2018 年 9 月再版
2015 年 1 月初版
定價：新臺幣 840 元

如何購買本書：

1. 劃撥購書，請透過以下郵政劃撥帳號：
　　帳號：15624015
　　戶名：萬卷樓圖書股份有限公司
2. 轉帳購書，請透過以下帳戶
　　合作金庫銀行 古亭分行
　　戶名：萬卷樓圖書股份有限公司
　　帳號：0877717092596
3. 網路購書，請透過萬卷樓網站
　　網址 WWW.WANJUAN.COM.TW

大量購書，請直接聯繫我們，將有專人為
您服務。客服：(02)23216565 分機 10

國家圖書館出版品預行編目資料

中國古代小說演變史 / 齊裕焜著.
-- 再版. -- 臺北市：萬卷樓, 2018.09
面；公分. --（福建師範大學文學院百年學術
論叢·第一輯·第 9 冊）

ISBN 978-986-478-202-4（平裝）
1.中國文學史 2.中國小說

820.8　　　　　　　　　　　　107014290